BASTEI LÜBBE
TASCHENBUCH

Weitere Titel des Autors:

NSA – Nationales Sicherheits-Amt
Der Jesus-Deal
Das Jesus-Video
Todesengel
Herr aller Dinge
Ausgebrannt
Ein König für Deutschland
Exponentialdrift
Eine Billion Dollar
Der Letzte seiner Art
Der Nobelpreis
Eine unberührte Welt
Kelwitts Stern
Solarstation
Die Haarteppichknüpfer
Quest
Eine Trillion Euro

Zusammen mit Verena Themsen:
PerryRhodan – Die Falsche Welt

Titel in der Regel auch als Hörbuch und E-Book erhältlich

Danksagung

Mein besonderer Dank gilt:

Frau Dagmar Klenovsky, die für mich im September 1997 eine Wohnzimmerlesung organisiert hat, damit ich jenen Text, der in überarbeiteter Form nun zum ersten und dritten Kapitel dieses Romans geworden ist, einem Publikum von etwa einem Dutzend aufmerksamer Zuhörer vorlesen konnte. Das hat mir geholfen, ein Gefühl für die Schwächen der Geschichte zu entwickeln – und für ihr Potenzial.

Herrn Professor Dr. Jonghwa Chang vom Atomforschungsinstitut in Taejon, Korea, der mir im August 2001 genau erklärt hat, wie man Gold macht.

Frau Dr. Barbara Ellermeier für ihre Unterstützung bei meinen historischen Recherchen.

ANDREAS
ESCHBACH

TEUFELS GOLD

THRILLER

BASTEI
LÜBBE
TASCHENBUCH

BASTEI LÜBBE TASCHENBUCH
Band 17727

Dieser Titel ist auch als Hörbuch und E-Book erschienen

MIX
Papier aus verantwortungsvollen Quellen
FSC
www.fsc.org
FSC® C083411

Vollständige Taschenbuchausgabe
der bei Lübbe Hardcover erschienenen Hardcoverausgabe

Dieses Werk wurde vermittelt durch die
Literarische Agentur Thomas Schlück GmbH, 30827 Garbsen

Taschenbuchausgabe 2018 by Bastei Lübbe AG, Köln
Lektorat: Stefan Bauer
Umschlaggestaltung: Johannes Wiebel | punchdesign, München,
unter Verwendung von Motiven von © shutterstock / R. P. Visual
Satz: Dörlemann Satz, Lemförde
Gesetzt aus der Adobe Caslon und der Berkeley Oldstyle
Druck und Verarbeitung: CPI books GmbH, Leck – Germany

ISBN 978-3-404-17727-1

2 4 5 3 1

Sie finden uns im Internet unter www.luebbe.de
Bitte beachten Sie auch: www.lesejury.de

Am Anfang steht die Gier nach Gold …
es folgt die Gier nach Unsterblichkeit …
dann die Gier nach *noch mehr* …

Prophezeijung des hochberühmten

D. Philippi Theophrasti Paracelsi,

Anno 1546

Dass ich in meinem Grabe nicht gelassen werde,
sondern man wird mich wiederum aus meinem Grabe
gegen Morgen legen, und ich sage euch:
Ein großer Schatz liegt verborgen zwischen
Schwaben und Baijern, den Ort nenne ich nicht,
zu verhüten groß Uebel und Blutvergießen.

Prolog

»Ich sehe, dass Ihnen eine wichtige Reise bevorsteht«, sagte die Frau im Zigeunerkleid. Sie saß schief da, über Hendriks Hand gebeugt. »Sie werden sie bereichernd finden, denn Sie lieben ein gewisses Maß an Abwechslung und Veränderung. Wenn Einschränkungen Sie hemmen, fühlen Sie sich unzufrieden. Sie besitzen erhebliches Potenzial, aber Sie nutzen es bis jetzt noch nicht zu Ihrem Vorteil. Manchmal fragen Sie sich, ob Sie die richtigen Entscheidungen im Leben getroffen haben.«

Das alles rasselte die Wahrsagerin genauso gelangweilt herunter wie ein Losbudenverkäufer seine immer gleichen Sprüche. Auch nur ein Job. Ein Job in einem muffigen, abgewetzten Zelt, in dem jedes Detail Kitsch und Klischee war: die Kristallkugel (die vermutlich einfach aus Glas bestand) auf dem mit dunklem Stoff verhängten Tisch, die enormen goldenen Ohrringe, das grelle Make-up, die wasserstoffblonde Mähne.

Nun, was hatte er erwartet? Auf einem Jahrmarkt? Enttäuschung war doch bei all diesen sogenannten Attraktionen fest eingebaut. Zehn Euro beim Teufel, für nichts. Reingefallen auf das Versprechen, etwas Außerordentliches zu erleben.

»Sie fühlten sich von Ihren Eltern oft missverstanden«, fuhr sie fort. Hendrik erwog, aufzustehen und zu gehen. Es sich so einfach zu machen! Gab es auf dieser Welt einen einzigen Menschen, der sich von seinen Eltern je *nicht* missverstanden gefühlt hatte?

Na gut. Er hatte es angefangen, er würde es durchstehen. Sonderlich lange konnte es ohnehin nicht mehr dauern, wie er diese Kirmesbetrüger kannte.

Sie hielt einen Moment inne, als sei ihr entfallen, was sie sagen wollte. Hendrik verzog die Mundwinkel. Nicht nur eine betrügerische Vorstellung, auch noch eine lausige! Nicht zu fassen. Wie sie in seine Handfläche starrte, als könne sie tatsächlich darin lesen! Wie sie seine Hand umkrampfte, hineinstarrte wie in einen tiefen Brunnen, während sie wahrscheinlich in Wahrheit nur ihr dumpfes Gedächtnis durchstöberte auf der Suche nach dem entfallenen Stichwort!

»Sie haben einen Bruder«, sagte sie schließlich.

Der Klang ihrer Stimme hatte auf einmal etwas, das Hendrik unwillkürlich den Atem anhalten ließ.

»Sie haben einen Bruder«, wiederholte sie, »aber Sie haben kaum noch Kontakt zu ihm.«

Hendrik nickte verwirrt. Wie konnte sie *das* jetzt wissen? Wieso fing sie ausgerechnet von seinem Bruder an, von dessen Existenz praktisch niemand wusste?

Die Hellseherin starrte immer noch auf seine Hand hinab, hielt sie mit ihren schwitzigen Fingern fest. Die blonden Haare hingen ihr übers Gesicht, und ihr Oberkörper schwankte sachte vor und zurück, wie Schilfgras im Wind. Falls sie vortäuschte, in einer Trance zu sein, dann spielte sie jetzt gut.

»Es gibt ein Geheimnis, das Sie und Ihren Bruder trennt«, sagte sie. Ihre Stimme war dunkel geworden, schien plötzlich die eines anderen Menschen zu sein, aus einem tiefen Schacht zu ihm zu dringen. »Ein zweites Geheimnis wird Sie beide wieder zusammenbringen. Es wird Sie unauflöslich aneinanderketten, bis die Frage beantwortet ist.«

Hendrik räusperte sich. »Welche Frage?«

Sie schien ihn nicht zu hören. »Einer von Ihnen«, hauchte sie, »wird die Frage mit dem Leben beantworten. Der andere mit dem Tod.«

Sie ließ seine Hand los. Atmete schwer. Dann strich sie sich die Haare zurück und sah ihn mit verschleierten Augen an, das Gesicht von Erschöpfung gezeichnet. Sie versuchte ein Lächeln, aber es wurde eine Grimasse. »Das war alles.«

Als er aus dem Halbdunkel des Zeltes trat, zurück in den Trubel des Volksfests, musste er blinzeln. Was das eben gewesen war, darauf konnte er sich noch immer keinen Reim machen.

»Na?«, fragte Miriam. »Hat es sich gelohnt?«

Er überlegte einen Moment, lachte dann. Die Gespenster, die die blonde Hexe vor ihm heraufbeschworen hatte, lösten sich auf. »Ach was«, meinte er. »Natürlich war es Talmi und Humbug, wie alles hier. Aber«, fügte er hinzu, »es war wenigstens mal was anderes!«

Miriam musterte ihn befremdet, so, wie sie ihn oft musterte. »Oh Hendrik«, seufzte sie. »Du suchst halt immer, nicht wahr? Du bist nie zufrieden.«

»Nein«, gab er freimütig zu. »Das Drama meines Lebens.« Er schaute auf ihre Tochter hinab, die mit geduldigem Ernst auf den Fortgang des Ausflugs wartete. »Na, was ist? Was willst du als Nächstes machen?«

»Karussell fahren?«, meinte Pia, aber ihr Blick wanderte dabei an den glitzernden Streben des Riesenrades empor.

Hendrik ging vor ihr in die Hocke. »Nein, weißt du was? Wir fahren Riesenrad! Ganz hoch hinauf! Ich halt dich auch fest. Ganz fest.«

Wie sie strahlte! So sah pures Glück aus. Die Ekstase eines Kindes, für das die Welt noch ein großes, wunderbares Versprechen war. »Au ja!«

»Was hast du denn dem grade erzählt?«, wollte Rolo wissen, als Seraphina ins Freie trat.

Die Frau schien ihn nicht zu bemerken. Ihr Blick ging in die Ferne. Sie starrte auf das Gewimmel und die bunten Wagen und nahm doch nichts davon wahr; schien durch all das hindurchzusehen zu unsichtbaren, ungreifbaren Horizonten.

»He«, quengelte Rolo weiter, »du sollst die Leute zufriedenstellen – nicht sie zu Tode erschrecken. Der Mann war weiß im Gesicht wie ein Leintuch!«

Seraphina würdigte ihn immer noch keines Blickes. Sie fingerte eine Zigarettenschachtel aus einer der Schubladen in Rolos Kassentisch, schob sich eine Zigarette zwischen die Lippen und griff dann nach seinem Feuerzeug. »Ich mache *meinen* Job«, sagte sie. »Und du machst einfach *deinen* Job.« Sie zündete sich die Zigarette an, inhalierte tief, wie eine Ertrinkende, die nach Luft schnappt, und stieß den Rauch mit einem seufzenden Laut wieder aus. »Okay?«

1.

Die Rüstung, die weinte

Es begab sich im Jahre des Herrn 1295, dass Knappen des Ritters Bruno von Hirschberg in dessen Wäldern, genauer an der Furt, die über den Fluss führte, auf einen einsamen Reisenden trafen. Ein armseliger Wagen stand schief inmitten des schimmernden Stromes, als sie des Weges kamen, und auf dem Kutschbock saß ein grauhaariger Mann, der fluchend mit seiner Peitsche auf das davor gespannte Pferd einschlug. Dessen Fell glänzte schon vom Schweiß, doch sosehr es sich, kläglich wiehernd, ins Geschirr legte, der Karren stak im Kies des Flussbettes fest und rührte sich nicht von der Stelle.

»He-ho!«, rief einer der Schildknappen, ein Mann namens Egbert, und preschte mit seinem Pferd in die Furt. »Können wir Euch helfen, Fremder? Mir scheint, Ihr habt es schlecht getroffen.« Die anderen Reiter folgten ihm, fünf an der Zahl, junge und kräftige Burschen.

Der Mann auf dem Kutschbock senkte die Peitsche und wandte sich den Reitern zu. Graues, ungepflegtes Haar und ein filziger Bart rahmten ein Gesicht, in das Zeit und Wetter tiefe Furchen gegraben hatten. Gekleidet war er in ein grobes Gewand aus Sackleinen, das alt und zerschlissen aussah, ebenso wie der Wagen, den er fuhr. Allein seine Augen waren nicht die eines gewöhnlichen alten Mannes – ein merkwürdiges Feuer loderte in ihnen, eine argwöhnische Wachsamkeit, wie sie Verfolgte zeigen, die seit Jahren auf der Flucht sind.

Holla!, dachte Egbert bei sich. Er hatte seinen Herrn auf dem letzten Kreuzzug begleitet, und sein Instinkt, der sich auf dieser gefahrvollen Reise bewährt hatte, warnte ihn, dass es mit diesem Mann eine besondere Bewandtnis haben musste.

»Eines der Räder ist eingesunken«, sagte der Fremde mit einer Stimme, die brüchig klang und doch, als sei sie in Wahrheit aus Eisen. »Wenn Ihr mir helft, es freizubekommen, kann ich meine Fahrt wohl ohne Schwierigkeiten fortsetzen.«

Egbert nickte den anderen zu, und sie sprangen von ihren Pferden in den Fluss. Das Wasser reichte ihnen bis zu den Hüften und umströmte sie kalt und nass, als sie sich gemeinsam gegen den knarrenden Holzkasten stemmten. Der alte Mann ließ wieder die Peitsche sprechen, sie drückten und stöhnten und spornten sich gegenseitig an und bekamen das Rad schließlich frei.

»He-ho!«, rief Egbert noch einmal und watete rasch zu seinem Pferd, griff nach dessen Zügeln und schwang sich zurück auf den Sattel, um eilig dem Gespann zu folgen, das rumpelnd quer durch die Strömung fuhr und sich daranmachte, das Ufer zu erklimmen.

Es war Egbert nicht entgangen, wie unerhört schwer der Wagen gewesen war. Kein Wunder, dass seine Räder eingesunken waren in dieser Furt, die sonst die größten Handelstrosse ohne Weiteres passierten.

»Fremder!«, rief er dem Wagen nach, als der wieder trockenes Land unter den Rädern hatte, und winkte seinen Begleitern, rasch aufzuschließen. »Wer seid Ihr, und wohin wollt Ihr?«

»John Smith ist mein Name«, gab der Reisende zurück, ohne anzuhalten, »und ich bin Angelsachse, auf dem Weg nach Hause!«

Egbert holte ihn ein und ritt neben ihm her, auf der Höhe des Kutschbocks. »Seid Ihr ein Bader?«

»Nein.«

»Ihr fahrt einen Wagen, wie Bader ihn fahren.«

»Ich habe ihn von einem Bader gekauft, aber ich bin kein Bader. Ich bin nur ein Reisender.«

»Und woher kommt Ihr, John Smith?«

Der alte Mann, der sich John Smith nannte, warf ihm einen unwilligen Blick zu. »Aus dem Süden.«

»Wollt Ihr uns nicht erzählen, woher?«, beharrte Egbert und sah sich nach seinen Kameraden um.

»Was geht Euch das an?«, fragte der Fremde zurück.

Da hieb Egbert seinem Pferd in die Seiten, sprengte voran und versperrte dem Gespann den Weg. Zornig straffte der alte Mann die Zügel, aber sein Pferd blieb ohnehin mit bebenden Flanken stehen. »Was soll das?«, rief er mit funkelnden Augen.

»Ihr seid uns noch einen Dank schuldig«, erklärte Egbert, während sich die anderen zu ihm gesellten und sich auf sein Kopfnicken hin um den Wagen des Fremden verteilten. »Wir haben Euch geholfen, aber Ihr seid einfach weitergefahren ohne ein Wort des Dankes.«

»Also schön«, knurrte der Reisende. »Ich danke Euch.«

Egbert schüttelte den Kopf, und er tat es ganz langsam. Wer ihn kannte, wusste, dass dies eine Drohung war. »Ihr werdet uns begleiten, John Smith. Unser Herr wird es interessant finden, Eure Bekanntschaft zu machen.«

Ritter Bruno von Hirschberg war ein Mann, der rund und gemütlich wirkte, solange er still dasaß. Bewegte er sich jedoch, merkte man ihm ein feuriges Ungestüm an, eine brennende Ungeduld, die ihn vorantrieb. Er kannte wenig Nachsicht mit seinen Untergebenen, hetzte die Diener unentwegt, war den ganzen Tag rastlos unterwegs, Befehle bellend, als würde er von tausend Geistern gehetzt und als stünden die Sarazenen vor den Toren der Burg. Auch des Nachts, so erzählte man sich, war er rastlos, und so trug seine Gemahlin, die ihm in den Jahren des Kreuzzugs treu gewesen war, endlich ein Kind unter dem Herzen, von dem die Wahrsagerinnen weissagten, dass es ein Sohn werden würde.

Normalerweise nahm Ritter Bruno von niemandem einen Rat entgegen, am allerwenigsten einen Rat, was er tun oder lassen sollte. Einzig auf seinen Schildknappen Egbert hörte er, ab und zu wenigstens. So kam es, dass der Ritter, sein Schildknappe und sein Medicus, ein Bär von einem Mann namens Mengedder, hinter einem der Fenster des Burgturms standen und hinabsahen auf den Burghof, in dessen Mitte das kuriose Gespann des Fremden wartete.

»Habe ich nichts Besseres zu tun, als mich um jeden Reisenden zu scheren, der meine Ländereien durchquert?«, schnaubte Bruno aufgebracht. »Unterdessen schaffen meine Bauern ihre halbe Ernte beiseite und betrügen mich um den Zehnten.«

»Mit diesem da hat es etwas auf sich, Herr«, meinte Egbert ruhig, der solchen Ton gewöhnt war.

Der Medicus spähte lustlos hinunter auf den Fremden, der schief auf seinem Kutschbock saß und seinem Pferd zusah, wie es an einem Büschel Heu fraß. »Was soll es mit dem wohl auf sich haben?«, brummte er. »Ein alter Angelsachse mit unfreundlichen Manieren. Na und?«

»Als wir seinen Wagen aus der Furt befreiten, fiel mir auf, dass er so schwer war, als sei er vollgeladen mit purem Eisen. Seht Ihr, wie zerschunden das arme Pferd ist? Es ist kaum zu glauben, dass es allein eine solche Last zu ziehen vermag.«

»Was ist so seltsam an einer schweren Last?«

Egbert sah den Ritter an, als er antwortete. »Ich habe einen Blick hinein getan in den Wagen«, sagte er ernst. »Und das Seltsame ist: Er ist so gut wie leer. Ich sah ein paar Kleider, ein paar Vorräte, eine Tasche und eine kleine Kiste – das war alles!«

Bruno machte zischende Geräusche mit den Zähnen. »Und du sagtest, es sei etwas in seinem Blick?«

»Ja«, erwiderte der Schildknappe und nickte. »Er schaut drein wie einer, der Verfolger hinter sich weiß.«

»Ihr denkt, er hat ein Verbrechen begangen?«, fragte der Medicus.

»Ich bin mir nicht sicher«, gestand Egbert. »Es könnte auch sein, dass er einen Schatz erbeutet hat, den er nach Hause bringen will.«

Der Ritter schnaubte triumphierend. »Vielleicht ist es der Wagen selber, der so schwer ist«, überlegte er laut. »Mag sein, dass er nur so aussieht, als sei er aus Holz.«

Sie lockten den misstrauischen Fremden von seinem Gespann fort, indem sie vorgaben, ihm ein Gemach zuweisen zu wollen, in dem er sich ausruhen könne, bis der Burgherr ihn zu sprechen wünschte. Doch kaum war der Mann mit seinem Begleiter in der Tiefe der Burg verschwunden, machten sie sich über den Wagen her, stießen mit ihren Messern in die Holzlatten und hoben die Dielen des Wagenbodens an, um zu sehen, ob etwas darunter sei. Wie sich rasch herausstellte, war der Wagen tatsächlich aus Holz, aus altem, brüchigem Holz noch dazu – es würde heikel werden, dem Angelsachsen die Beschädigungen an seinem Karren zu erklären. Was so unerhört schwer war, war die kleine Kiste.

Egbert hatte sie herausziehen wollen, allein, er vermochte die Kiste, die kaum so lang war wie ein Unterarm und kaum so hoch wie ein Stiefelschaft, nicht von der Stelle zu bewegen. Zuerst glaubte er, sie sei festgenagelt, aber unter Aufbietung aller Kräfte zog er sie doch eine Handspanne fort, und da wusste er, dass er den Schatz gefunden hatte.

Er holte einen seiner Kameraden zu Hilfe, einen jungen, starken Burschen namens Arved, und gemeinsam mit zwei weiteren Männern brachten sie glücklich die schwere Kiste aus dem Wagen und auf den Boden des Burghofs.

»Bei Gott«, rief Arved aus, »dieses Ding muss inwendig mit purem Gold gefüllt sein.« Und er versuchte, den Deckel zu öffnen, doch der war verschlossen. Wer den Schlüssel zu der Kiste bei sich trug, war nicht schwer zu erraten.

Egbert kniete sich nieder und studierte die Kiste. Bei Tageslicht sah man, dass sie saubere Schreinerarbeit war, aus hellem, festem Holz gemacht und an allen Ecken mit stählernen Beschlägen versehen. Dass der Deckel durch ein eingebautes Schloss gesichert war, versprach wertvollen Inhalt.

»Wir werden den Angelsachsen zwingen, sie zu öffnen«, beschloss der Schildknappe und erhob sich. »Und das falsche Spiel mit ihm können wir beenden.« Er gab einem der Burschen einen Wink. »Geh und hol den Fremden her. Und sag, dass ich es angeordnet habe.« Der Bursche rannte los.

»Was brauchen wir den Angelsachsen?«, meinte Arved geringschätzig. »Sollten wir so ein Schloss nicht leicht selber aufbekommen?« Und er zückte sein Messer.

Egbert beschlich ein Gefühl drohender Gefahr, als Arved anfing, mit seinem Messer an der Kiste herumzufuhrwerken. Er sah sich um, sog witternd die Luft des späten Nachmittags durch die Nase und roch doch nur Küchendünste, Schweiß, Staub und Fäkalien. Er blickte hoch zu den Zinnen der Burg, sah die Wachen stehen, wie immer. Und trotzdem …

»Ein verteufeltes Schloss«, schimpfte Arved. »Wer das gebaut hat, versteht etwas vom Schlosserhandwerk …«

Die Kiste. Es hatte mit der Kiste zu tun. Doch was konnte schon gefährlich sein an einer Kiste?

»Lass sie in Ruhe«, sagte Egbert, obwohl er wusste, dass Arved nicht auf ihn hören würde. Dabei musste jeden Augenblick der alte Mann zurückkommen, und sie würden ihn heißen, ihnen den Inhalt der Kiste zu zeigen.

»Ich hab den Riegel getroffen, glaube ich«, verkündete Arved, der verbissen mit der Spitze seines Messers in der dünnen Ritze zwischen Deckel und Kasten hantierte. »Oha! Und auf ist sie!«

»Nicht!«, schrie da eine Stimme vom Haupthaus her. »Nicht die Kiste!«

Egbert fuhr herum. Der alte Angelsachse. Mit wehenden Haaren kam er angestürzt, offensichtlich außer sich vor Entsetzen. Die Gefahr! Also doch …

»Arved!«, rief der Schildknappe. »Lass sie zu!« Und er stürzte nach vorn, um den Kameraden zu hindern.

Aber er kam zu spät. Keiner von ihnen würde jemals im Leben vergessen, was sich ihren Augen darbot: Arved lüftete den Deckel der Kiste, nur einen Daumen breit – doch schon aus diesem winzigen Spalt schoss ein Strahl grellen weißen Lichts hervor, heller als die Sonne am Himmel, gleißender als alles Gold im Palast der Königin von Saba … Arved, der ahnungslos mitten hineingeblickt hatte in dieses Licht, das so hell war wie das Antlitz Gottes, schrie auf, ließ los und fiel schreiend hintenüber, schreiend wie ein Tier, die Hände vor die Augen gepresst. Der Deckel klappte zu, und das Erlöschen des Lichts ließ den hellen Tag ringsum auf einmal dunkel aussehen.

»Narren!«, donnerte der Angelsachse. »Narren! Was habt ihr an meinem Wagen zu schaffen, ihr nichtsnutzige Bande von Wegelagerern …?«

Egbert erwachte aus seiner Starre. Egal, was dies alles zu bedeuten hatte, es musste gehandelt werden. »Soldaten, zu mir!«, befahl er und reckte sich, damit jeder sah, wer dies rief. Den ersten beiden Waffenmännern gebot er, auf den Angelsachsen zeigend: »Nehmt diesen Mann fest und bringt ihn ins Verlies!« Und während der Fremde protestierend abgeführt wurde, ließ er die anderen Soldaten einen weiten Kreis rund um den Wagen, das müde Pferd und ihren grausigen Fund bilden: »Dass mir niemand in die Nähe der Kiste kommt!«

Arved schrie nicht mehr, er wimmerte nur noch, und sein Atem ging röchelnd. Die Hände hatte er immer noch vor den Augen, und ein immer stärker werdendes Zittern beherrschte seinen Körper. Egbert drängte die Kameraden beiseite, die sich um den Jungen bemühten, kniete bei ihm nieder und beugte sich über ihn. Arved schien fast wahnsinnig vor Schmerz. Behutsam griff Egbert nach Arveds Händen, versuchte vergebens, sie ihm vom Gesicht wegzuziehen. Die Gesichtshaut war rot, wie von der Sonne verbrannt, und begann sich zu schälen und aufzuplatzen. Man musste ihm nasse Tücher auflegen, Heilerde aufbringen … Er durfte sich nicht das Gesicht durch den Druck seiner Hände zerstören, schon um der Frauen willen nicht, deren Herzen für ihn schlugen.

»Holt Mengedder«, sagte Egbert, zu niemand Bestimmten, und es genügte ihm, daraufhin eilige Schritte zu hören.

Er packte noch einmal die Hände Arveds. Diesmal ließ Arved zu, dass er sie beiseitezog, und als Egbert sein Gesicht sah, wusste er, warum der Junge sich gewehrt hatte. Er wusste auch, dass hier kein Medicus mehr helfen konnte. Er hatte viel gesehen während der Schlachten gegen die Heiden, doch dies hier ließ selbst ihn würgen.

Die Augen. Arved hatte keine Augen mehr. Was einmal seine Augen gewesen waren, rann ihm als schleimige Gallerte aus den Höhlen.

Sie verhörten den Fremden im Großen Saal. Sie hatten die Tische zu einem Geviert zusammengestellt, in dessen Mitte der geheimnisvolle Reisende stand. Im Schein der Kerzen und des Feuers im Kamin sah sein Gesicht dämonisch aus und sein Bart wie der eines Zauberers.

»Ich bedaure, was geschehen ist«, erklärte er zum wiederholten Male, »aber niemand hat ihn geheißen, Hand an meinen Besitz zu legen.«

Der Ritter saß in seinem hohen Lehnstuhl, wie es seiner Würde gebührte, doch er hatte eine Hand um den Knauf der Lehne geschlossen, und diese Hand bebte, so fest presste er das Holz. »Wer seid Ihr?«, fragte er, auch zum wiederholten Male. »Und was ist das in dem Kasten?«

Der fremde Reisende blickte ihn müde an. »Es ist ein Fund, den ich getan habe. In dem Kasten liegt ein leuchtender Stein, so groß wie eine Männerfaust und so schwer wie ein ganzer Mann; ein Stein, der eines Nachts vom Himmel fiel unweit der Stelle, wo ich mein Lager aufgeschlagen hatte. Als ich mich ihm näherte, sah ich, dass Vögel, die in seine Nähe kamen, tot zu Boden fielen. Ich sah Mäuse daneben verenden und das Gras verdorren. Ich fand schließlich, dass man sich dem Stein einzig unter dem Schutz von reinem Blei nähern kann, und deswegen ist der Kasten inwendig aus Blei gemacht und so schwer. Es war eine Narretei, ihn leichtfertig zu öffnen«, schloss er grimmig.

»Und was wollt Ihr mit diesem gefährlichen Stein?«, begehrte Bruno von Hirschberg zu wissen.

»Hätte ich ihn liegen lassen sollen?«

Alles sah auf, als sich in diesem Moment das schwere Hauptportal knarrend öffnete und Mengedder eintrat, der Medicus, einen dicken Folianten unter dem Arm und Trübsinn im Blick. »Gott in seiner Gnade hat Arved zu sich geholt«, erklärte er grollend und hustete. »Es gab nichts mehr, was man hätte tun können.«

Unter den Anwesenden entstand Unruhe. Man bekreuzigte sich und murmelte Gebete. Das Licht der Kerzen schien dunkler zu werden.

»Sagt mir, Angelsachse«, fragte Mengedder, während er an einen der Tische trat und das Buch vor sich hinlegte, »aus welchem Grund führt Ihr ein so teuflisches Mineral mit Euch auf Euren Reisen?«

Der Fremde sah ihn misstrauisch an. »Das ist schwer zu erklären«, meinte er dann. »Vielleicht könnte man sagen, aus Neugier?«

»Ah, aus Neugier!«, wiederholte der Medicus und schlug wie nebenbei den Einband des Folianten auf, den er mitgebracht hatte. »Da Ihr Neugier offenbar für eine schätzenswerte menschliche Eigenschaft haltet, werdet Ihr mir sicher verzeihen, dass ich noch einmal bei Eurem Wagen war und mir erlaubt habe, in Euren Aufzeichnungen zu lesen …«

Der bärtige Reisende kniff die Augen zusammen, dass sie funkelten, und zischte einige schier unverständliche Laute.

»Aber, aber, das war ein Fluch! Ein lateinischer zwar, und ein interessanter dazu, aber ein Fluch«, mahnte Mengedder. »Und seid gewiss, dass ich des Griechischen ebenso mächtig bin.« Er blätterte mit grimmiger Gelassenheit die ersten, eng beschriebenen Seiten um. »Es war zweifellos klug von Euch, Euren richtigen Namen zu verschweigen, denn sonst hätte ich schon viel früher Verdacht geschöpft.«

»Heraus mit der Sprache, Mengedder!«, drängte Bruno von Hirschberg. »Was habt Ihr herausgefunden?«

»Ich lese hier von Transmutationen und Ammoniak, von den fünf Elementen und den antagonistischen Kräften, von Amalgamen und Sulfuren und von getöteten und wiederbelebten Metallen. Ich finde ganze Seiten, die abgeschrieben sind aus Werken Al'Razis und des Zosimos von Panopolis. Dieser Mann, Herr, ist tatsächlich Angelsachse. Jedoch ist sein Name nicht John Smith, sondern John Scoro, und er ist ein Alchemist, dessen Name bekannt ist in Kreisen der Gelehrten. Das, was er in seinem Kasten mit sich führt und was dem armen Arved zum Verhängnis wurde, ist nichts anderes als der Stein der Weisen.«

2.

Allerhand, dachte Hendrik und klappte das Buch zu, um es einer genaueren Betrachtung zu unterziehen. Es handelte sich um ein ausgesprochen schmales Bändchen, in festen, leinenbezogenen Karton gebunden, mit einer Art Wappen mit einem schlichten Kreuz auf der Vorderseite und der Ziffer 1 auf dem Rücken, in Gold geprägt, das allerdings schon reichlich abgegriffen wirkte. Auf der Rückseite Reste eines Aufklebers: *Collec … Ott …* ließ sich noch entziffern. Auf dem Deckblatt stand unter dem Titel *Band 1*, weiter unten *Gedruckt 1880*, sonst nichts – kein Verlag, kein Autor, keine anderen Informationen. In der rechten unteren Ecke fand sich ein uralt aussehender handschriftlicher Vermerk, zwei Zahlen: *21/20*.

Das war nicht der Preis, oder?

Hendrik schob sich an zwei staubigen Kartons vorbei und machte sich auf die Suche nach dem Antiquar.

Der stand an dem Schreibtisch im vorderen Teil des Ladens und telefonierte gerade, in einem Schwiizerdütsch, von dem Hendrik kein Wort verstand. Er war ein gutes Stück jünger als Hendrik, Mitte zwanzig vielleicht, trug ein klein kariertes, blassrosa Hemd mit einem abgewetzten Kragen, der ihm zu eng war, und hatte Pickel.

Endlich beendete er das Gespräch, knallte den schwarzen Hörer auf das ebenfalls äußerst antiquarisch wirkende Telefon und fragte barsch: »Ja?«

»Das hier«, sagte Hendrik und reichte ihm das Büchlein. »Was soll das kosten?«

»Das steht immer auf dem –« Er hielt inne, das Buch in Händen, bekam auf einmal große Augen. »Woher haben Sie das?«

»Das lag da hinten auf –«

»Das ist nicht zu verkaufen«, schnappte der Antiquar. »Das ist bereits für einen Kunden reserviert.« Er drückte das Buch an sich, als befürchte er, Hendrik könne es ihm entreißen, und machte eine ausholende Geste mit der freien Hand. »Bei den anderen Büchern steht der Preis auf dem Deckblatt. Rechts oben, mit Bleistift.«

Damit ließ er Hendrik stehen und marschierte, das Buch an der Brust gesichert, zurück in den hinteren Ladenraum. Dort stand noch ein Schreibtisch, ein wurmstichiger Sekretär, über und über mit betagten Druckwerken vollgestapelt wie jede freie Fläche in diesem Antiquariat. Hendrik folgte ihm, sah verdattert zu, wie der Mann aus einer überquellenden Schublade einen wattierten Briefumschlag zerrte, in den er das Buch hineinstopfte.

In dem Moment klingelte erneut das Telefon. Der Antiquar gab einen Laut von sich, der wie *»Chogä!«* klang, klatschte den Umschlag auf einen der Stapel und hastete wieder nach vorne.

Hendrik wandte sich den Regalen zu. Schade, er hätte zu gerne gewusst, wie die Geschichte weiterging. Er spähte aus dem Fenster des im Souterrain gelegenen Antiquariats, sah dann auf seine Armbanduhr. Der Regenschauer, der ihn hereingetrieben hatte, schien vorüber zu sein, doch sein Zimmer im Hotel war bestimmt immer noch nicht bezugsbereit.

Die Müdigkeit, die ihm in den Knochen saß, hatte einen Punkt erreicht, an dem sie ihn spürbar aggressiv machte. Das würde hoffentlich bis zum Beginn des Seminars vergehen, aber jetzt gerade hätte er seinen Chef auf den Mond schießen können. Um halb vier Uhr morgens war er aufgestanden, um den ersten Flug nach Zürich zu erwischen, und einzig aus dem Grund, weil das der billigste war!

Hendrik zog aufs Geratewohl weitere Bücher aus den Regalen, las die Titel, um sich abzulenken. *Böhmische Sagen und Märchen. Baltische Schicksale im Spiegel der Geschichte einer kurländischen Familie 1756 bis 1919.* Friedrich Förster, *Ausführliches Handbuch der Geschichte, Geographie und Statistik des Preußischen Reichs* – zweihundert Franken sollte das alte Buch kosten, allerhand! Oder hier: Ernst Willkomm, *Wanderungen an der Nord- und Ostsee*, aus dem Jahre 1850, aber erstaunlich gut erhalten.

Hendrik schob den Band zurück ins Regal, atmete tief durch. Es roch nach Staub und vergilbtem Papier und von draußen nach feuchtem Asphalt. Er hörte die eiligen Schritte von Passanten, Motorengeräusch, das Gurgeln von Wasser in Gullis.

Und den Antiquar, der immer noch telefonierte.

Hendrik sah den Briefumschlag an, der auf dem Sekretär lag. Unverschlossen.

Auf einmal fand er den Gedanken, dass er nie im Leben erfahren sollte, wie die Geschichte um den Angelsachsen und dessen geheimnisvollen Stein weiterging, unerträglich. Geradezu empörend. Infam. Eine Ungerechtigkeit des Schicksals, die zum Himmel schrie.

Das Telefonat wurde auf Französisch geführt, Hendrik verstand kein Wort. Aber es klang irgendwie, als würde es noch eine Weile dauern.

Hendrik ging das Regal ab, zog ein Buch heraus, das dem im Umschlag in Größe und Farbe ähnelte: Braune, *Gotische Grammatik* stand auf dem Rücken. Auch in Gold geprägt. Gedruckt in Halle, 1887. Harter, dunkelbrauner Leineneinband.

Nicht identisch, aber ähnlich genug.

Es waren nur drei rasche Schritte bis zum Schreibtisch. Nur eine kühne Bewegung, das eine Buch herauszuziehen und in die Regenjacke zu stecken, das andere an seiner Stelle in den Umschlag zu schieben. Dann die Jacke zugezogen, damit das gestohlene Buch an seinem Platz blieb, und los.

Aber langsam. So, als wenn nichts wäre.

»Auf Wiedersehen«, sagte Hendrik zu dem Antiquar im rosa Hemd.

Der sah auf, ohne den Gruß zu erwidern, musterte ihn argwöhnisch, dem Hörer in seiner Hand lauschend. Hendrik spürte sein Herz bis in den Hals herauf schlagen, während er die bimmelnde Tür aufzog und die drei ausgetretenen Steinstufen hinauf auf die Straße nahm. Er war überzeugt, dass der Mann ihn gleich verfolgen würde.

Er entfernte sich von der Ladentür, zügigen Schrittes, aber nicht *zu* zügig. Alles in ihm schrie danach loszurennen, so schnell er konnte, doch das wäre zweifellos ausgesprochen dumm gewesen.

Nur sein Herz raste wie verrückt. Das Buch, das er unter der Jacke eingeklemmt trug, schien zu brennen. Auf seltsame Weise war er überzeugt, dass man es ihm ansah, ein Dieb zu sein, und zugleich, dass diese Überzeugung Unsinn war, eine Stressreaktion.

Er wich einer Pfütze aus. Es war kalt, kälter als heute Morgen, oder kam es ihm nur so vor, weil er schwitzte? Der graue Himmel riss auf, Sonnenlicht fiel herab wie der Strahl eines Suchscheinwerfers.

Jemand hinter ihm schrie. Hendrik fuhr herum, aber es war nicht der Antiquar, sondern ein Mann in einem grünen Lodenmantel, der jemandem auf der anderen Straßenseite etwas zugerufen und gewunken hatte.

Noch mehr Schweiß, der ihm kalt und klebrig den Rücken hinablief. Und Erleichterung.

Verrückt, das alles. Verrückt, so etwas zu tun, für ein blödes altes Buch!

Endlich eine Straßenecke, um die er biegen, Gleise, die er überqueren konnte, und schließlich ein großes blau-weißes Ungetüm von Straßenbahn, das ihn forttrug, das ihn rettete.

Er stempelte, ließ sich in einen freien Sitz fallen, schaute aus dem Fenster auf die davonziehenden Fassaden der Züricher Altstadt und hätte am liebsten laut gelacht, gejubelt, triumphiert. Alle Müdigkeit war weg wie nie gewesen, er war hellwach, fast, als hätte er Aufputschmittel genommen. Was für eine Aufregung! Ein regelrechtes Abenteuer.

Vielleicht musste er das öfter machen: Dinge, *die sich nicht gehörten*. So eine kleine Grenzübertretung gab dem Leben doch gleich eine ganz andere Würze.

Er ließ das Buch, wo es war, befühlte es nur durch den Stoff seiner Jackentasche hindurch, vergewisserte sich, dass es nicht herausfallen konnte. Nach ein paar Stationen fiel ihm ein, dass er gar nicht wusste, wohin er eigentlich fuhr, also stand er auf und studierte den Verkehrslinienplan an der Decke des Wagens.

Nach einmal Umsteigen und weiteren zwanzig Minuten Fahrt kam er wieder zum Grandevue au Lac, dem Viersternehotel, in dem das Anlegerseminar stattfinden würde. Anders, als er es erwartet hatte, hieß es nicht, sein Zimmer sei noch nicht bereit, sondern im Gegenteil: »Ihr Gepäck ist schon auf Ihrem Zimmer, aber wenn wir das mit dem Seminarraum vielleicht jetzt sofort erledigen könnten?«, bat die Frau von der Rezeption. »Nachher wird es ein bisschen eng mit dem Personal.«

Hendrik hielt das Buch im Innern seiner Jacke umklammert. »Ja, gut«, gab er nach. »Aber ich muss trotzdem vorher noch auf mein Zimmer, wenigstens ganz kurz.«

Die Frau lächelte angespannt. »Dann schlage ich vor, unser Herr Zurbrügg holt Sie gleich am Zimmer ab, ja?« Sie reichte ihm den Schlüssel, der an einem schweren vergoldeten Anhänger befestigt war. »Zimmer 101, im ersten Stock.«

»Gut, ja«, stammelte Hendrik und kam sich überrumpelt vor. Er war noch nie in einem so luxuriösen Hotel gewesen, wurde die Furcht nicht los, unter den anderen Hotelgästen als Trampel aufzufallen. Die zwei Nächte hier kosteten fast so viel wie Miriam und er monatlich an Miete zahlten; unfassbar, dass sich manche Leute das wirklich leisten konnten.

Keiner der Aufzüge wollte kommen, also nahm er die Treppe. Zimmer 101, das war gleich das erste Zimmer. Es stimmte, das Gepäck war da. Hendrik legte das gestohlene Buch auf den Schreibtisch, zog die Jacke aus, kramte die Seminarunterlagen aus dem Koffer und aus diesen die Checkliste, die er jetzt brauchen würde. Dann klopfte es schon.

Er öffnete. Ein junger Mann in einer Livree in den Hausfarben stand vor der Tür. »Ich soll Ihnen den Seminarraum –«

»Ja, alles klar«, sagte Hendrik hastig. »Ich komme.«

Der diensteifrige junge Mann, bei dem es sich wohl um den angekündigten Herrn Zurbrügg handelte, ging vorweg, in einem Tempo, dem Hendrik nur mit Mühe folgen konnte.

»Was die Ausstattung anbelangt, habe ich mich an das Fax gehalten, das mir Ihre Kollegin geschickt hat«, erklärte er auf ihrem Weg durch die mit dicken Teppichen ausgelegten Flure. »Frau von Steinheim, nicht wahr?«

»Steinfeld«, sagte Hendrik.

»Frau von Steinfeld«, wiederholte der Junge und räusperte sich. *»Nüt für unguät.«* Es schien ihm schrecklich unangenehm zu sein, sich falsch erinnert zu haben.

Endlich der Seminarraum. Wow. Der sah eher aus wie ein Klubraum für Millionäre: alle Wände in edlem Holz getäfelt, goldene Wandlampen, schwere gelbe Vorhänge, dazwischen ein Bilderbuchblick auf den Zürichsee … Hier zu stehen war, als schnuppere man mal eben ins wahre Leben hinein, schoss es Hendrik durch den Kopf.

Was vermutlich auch so gedacht war. Das ideale Ambiente für ein Seminar, dessen Teilnehmer von Reichtum träumten.

»Da es nur sechzehn Personen sind«, erläuterte der eifrige Hotelangestellte, »erlaubt das, die Tische u-förmig aufzustellen. Ist Ihnen das recht? Ich kann es auch anders machen, kein Problem.«

»Nein, nein, das ist wunderbar so.« Hendrik fühlte sich immer noch leicht überwältigt. Die Stühle waren mit Leder bezogen und sahen genauso teuer aus wie die Tische. An jedem Platz lagen eine lederne Schreibunterlage, ein Notizblock und ein Kugelschreiber. Kleine Flaschen Perrier und Evian standen bereit, Kaffeetassen, Gläser, Schälchen mit einzeln verpackten Schokoladentäfelchen …

Die Checkliste fiel ihm ein. Er zog sie heraus. »Am besten, wir gehen einfach das hier durch, würde ich sagen. Ob alles da ist, was ich brauchen werde.«

Das Anlegerseminar fand vier- bis sechsmal pro Jahr statt, je nach Nachfrage, und neben Zürich hatten sie noch Verträge mit Luxushotels in Antwerpen und Potsdam. Laut Ausschreibung diente das Seminar dem Ziel, den privaten Anleger sicherer und erfolgreicher in seinen Entscheidungen zu machen, und auf den ersten Blick war es auch eine durchaus seriöse Sache: Im Lauf der anderthalb Tage würden sie die Vor- und Nachteile sowie das Prozedere sämtlicher Anlageformen durchgehen – Sparkonten, Festgeldanlagen, Termingelder, Obligationen, Rentenpapiere, Staatsanleihen, Aktien, Warentermingeschäfte, Fonds und so weiter –, und die vermittelten Informationen waren alle korrekt. Trotzdem war das Seminar so konzipiert, dass die Teilnehmer zu dem Schluss kommen mussten, mit Investmentfonds am besten zu fahren, und zwar am allerbesten mit jenen, die Hendriks Firma, WCM Trust Frankfurt, selber auflegte und managte.

Das Seminar diente also in erster Linie der Kundengewinnung und Kundenbindung und war deswegen rein kostendeckend kalkuliert. Hendriks Firma wollte nicht an den Seminaren verdienen, sondern an den dadurch angeregten Investments der Teilnehmer.

Ob diese Rechnung auch diesmal aufgehen würde, stand in den Sternen. Denn es war das erste Mal, dass Hendrik dieses Seminar leitete. Es war sogar das erste Mal, dass er *überhaupt* ein Seminar leitete, und er war sich ziemlich sicher, dass es gewaltig in die Hose gehen würde.

Normalerweise war es Freifrau Sylvia von Steinfeld, die diese Seminare hielt oder, besser gesagt, zelebrierte. Ihr Adel war zwar nur angeheiratet, nichtsdestotrotz wirkte sie beeindruckend aristokratisch, und von ihr als »Kollegin« zu sprechen kam Hendrik geradezu blasphemisch vor. Genau genommen war sie auch gar keine Kollegin, sondern eine externe PR-Beraterin, die ausschließlich für diese Seminare engagiert wurde – und vor allem dafür, so zu tun, als gehöre sie den obersten Rängen des WCM Trust an, dem inneren Zirkel, Gefilden also, in denen mit sicherer Hand Millionen verdient wurden.

Doch nun war sie, mit knapp vierzig, noch einmal schwanger geworden und würde für anderthalb Jahre aussetzen. Warum man ausgerechnet ihn als Ersatz auserkoren hatte, war Hendrik ein Rätsel; vermutlich war aber bloß niemand anders verfügbar gewesen. Die bevorstehende Einführung des Euro als

Buchgeld zum Jahreswechsel 98/99 und die Entwicklungen am Neuen Markt hielten alle in Atem.

Hendrik inspizierte die Checkliste, versuchte die handschriftlichen Anmerkungen darauf zu entziffern. Dieses Seminar und auf jeden Fall das in Potsdam Mitte Juli, das stand schon fest. Danach, so hatte Gerhard, sein Chef, gemeint, würde man weitersehen.

Oder auch nicht.

Eins nach dem anderen, sagte sich Hendrik. Overheadprojektor? Vorhanden, ein teures Modell. Eingesteckt, blitzsauber, funktionierte auf Anhieb, war sogar scharf gestellt. Flipchart? Stand bereit, Stifte in vier Farben in der Ablage, alle frisch.

»Von hier aus können Sie alle Lampen ein- und ausschalten«, erklärte ihm der junge Hotelangestellte ein Schaltpult, das unter einer Klappe im Referententisch verborgen lag. »Das da steuert die Verdunkelung der Fenster und dieser Regler das Mikrofon.«

Das testeten sie. Es war ein etwas altertümliches, drahtloses Mikrofon zum Umhängen, aber die Klangqualität war beeindruckend.

Und dann waren sie auch schon durch. Es gab nichts auszusetzen. Alles war da, alles funktionierte. Nun musste es nur noch vierzehn Uhr werden.

»Das ging ja schnell«, meinte Hendrik, faltete die Checkliste wieder zusammen und steckte sie ein.

Er hatte erwartet, dass der Hotelangestellte ihn nun schnellstmöglich aus dem Raum komplimentieren würde, um seinen anderen Aufgaben nachgehen zu können, doch tatsächlich blieb er stehen, rieb nervös die Hände und fragte: »Ähm, Herr Busske … wenn ich mir vielleicht eine Bitte erlauben dürfte?«

Hendrik nickte verdutzt. »Ja?«

»Es ist so«, begann der junge Mann zögernd, der laut goldenem Namensschild am Revers *Michel* hieß, »dass ich auch ein bisschen in Aktien mache … im kleinen Maßstab natürlich, große Sprünge erlaubt mein Gehalt nicht … Andererseits bietet der Neue Markt derzeit unerhörte Chancen … Kurz und gut: Ob Sie vielleicht einen Tipp für mich hätten?«

Ah. So war das. Mit derlei müsse er rechnen, hatte ihn die Steinfeld während ihres Briefings gewarnt. Und ihn auch gleich mit der Antwort versehen, die er darauf geben sollte.

»Es geht in diesem Seminar nicht um Tipps«, erklärte Hendrik also. »Es macht wenig Sinn, auf einzelne Aktien einzugehen, denn es kommt ja immer auf die Situation an. Ziel des Seminars ist, dem Einzelnen das nötige Wissen und die Instrumente an die Hand zu geben, um seine Anlagen kompetent selber entscheiden zu können.«

»Ach so. Ja. Verstehe.«

Der junge Mann nickte enttäuscht. Er hatte eine schlecht vernähte Hasenscharte, sah Hendrik erst jetzt. Irgendwie rührte ihn das. Er hätte ihm durchaus gerne einen Tipp gegeben, bloß hatte er selber keinen. Mit Aktienhandel hatte er selber ja nichts zu tun. Sein Job waren die Kleinanleger – Leute, die ein paar Tausend Mark anzulegen hatten und das Geld möglichst in WCM Trust-Fonds stecken sollten.

Er zögerte. »Was haben Sie denn so im Portfolio?«

Der magere junge Mann zog den Kopf ein. »Nichts Besonderes. Dies und das. Ein paar Aktien von Bayer … Allianz … VW … Thyssen …«

»Klingt alles solide.«

»Ja, schon, aber jetzt reden doch alle von diesem Neuen Markt. Bloß ist der so schrecklich unübersichtlich!«

Hendrik hatte eine Idee, wie er sich aus der Affäre ziehen konnte. »Passen Sie auf – ich kann Ihnen eine Methode zeigen, mit der Sie die Entwicklung von Aktien besser verfolgen können als mit den üblichen Charts. Wenn Sie wollen.«

Er sah in aufleuchtende Augen. »Oh ja, gern!«

Also griff Hendrik nach Block und Kugelschreiber und erklärte ihm, wie man den Kursverlauf von Aktien nach der *Point & Figure*-Methode notierte und wie man Kauf- und Verkaufssignale aus der Darstellung herauslas. Die Methode war eigentlich uralt, aber kaum jemand benutzte sie heutzutage noch.

Hendrik kannte sie aus einem amerikanischen Buch, das er in einem Antiquariat aufgestöbert hatte.

Was ihn an seinen heutigen Besuch in einem Antiquariat denken ließ und an das Buch, das er gestohlen hatte.

Das jetzt einfach so in seinem Zimmer lag.

Was, wenn jemand hineinging, solange er hier zu tun hatte? Mist, er hätte es zumindest in den Koffer stecken können!

»Also, solange der Kurs fällt, tragen Sie untereinander das Zeichen O ein, und solange der Kurs steigt, übereinander das Zeichen X«, fasste er hastig zusammen. »Und immer, wenn der Kurs die Richtung wechselt, fangen Sie eine neue Spalte an.«

Der junge Mann nickte fasziniert.

»Und so sieht ein Kaufsignal aus«, fuhr Hendrik fort. »Drei Säulen. Die erste aufwärts. Die zweite abwärts, aber nicht mehr Einheiten, als die vorige aufwärtsgegangen ist. Und die dritte muss die erste um mindestens eine Einheit übersteigen.«

»Und ein Verkaufssignal wäre das gleiche, nur auf den Kopf gestellt?«, begriff der junge Mann.

»Genau.«

Hendrik riss das Blatt ab, reichte es ihm. Der Angestellte nahm es ehrfürchtig entgegen, faltete es behutsam zusammen und steckte es ein, als wäre es eine Kostbarkeit. »Vielen Dank«, sagte er. »Man merkt gleich, dass Sie ein Experte sind. Danke.«

Wenn du wüsstest, dachte Hendrik mutlos, lächelte tapfer und sagte: »Keine Ursache.«

Er hatte es eilig, zurück in sein Zimmer zu kommen – einerseits. Andererseits hätte er am liebsten die Zeit angehalten. Sein Schritt verlangsamte sich wie von selbst, während er den endlosen Flur entlangging und der dicke Teppich das Geräusch seiner Schritte schluckte. Er versuchte, sich auszumalen, wie es wäre, eine solche Umgebung *gewohnt* zu sein. *Immer* so zu nächtigen. Jemand zu sein, der in dieser Etage der Welt *zu Hause* war – nicht bloß jemand, der verstohlen durch den Spalt eines Vorhanges blickte, auf dem »Zutritt für Unbefugte verboten« stand.

Er erreichte seine Zimmertür viel zu rasch. Der Schlüssel lag schwer in der Hand, fühlte sich gediegen an, wertvoll, fast, als wäre er wirklich aus Gold. Auch das Schloss: flüsterleise, solide, makellos funktionierend.

Das Buch lag noch da, wo er es hingelegt hatte. Er schlug es auf, schlug es wieder zu. Nein, erst duschen. Sein Hemd klebte am Rücken. Er war am ganzen Körper verschwitzt von dem Flug, dem frühen Aufstehen und seinem haarsträubenden Abenteuer in der Innenstadt.

Er packte aus, hängte den anderen Anzug – den, den er im Seminar tragen würde – auf einen Bügel, nahm den Waschbeutel und ging das Bad inspizieren. Ringsum weißer Marmor. Dusche, Badewanne, ein Bidet. Sogar ein eigenes Telefon neben der Toilette!

Er stellte die Tasche ab, kehrte zurück ins Zimmer. Tatsächlich, ein Telefon auf dem Nachttisch und eines auf dem wuchtigen Schreibtisch. Und dazu ein eigenes Faxgerät!

Eindeutig ein Zimmer für Leute, die wirklich etwas zu sagen hatten.

Während er sich auszog, fiel ihm auf, dass die dem Bad gegenüberliegende Wand nicht gerade verlief, sondern sich nach innen wölbte, deutlich sogar.

Ein bizarrer Anblick. Hendrik musste die Wand betasten, um sich zu vergewissern, nicht nur einen absurden Traum zu träumen. Als er den Zimmerplan auf der Innenseite der Tür konsultierte, fand er die Erklärung: Sein Zimmer grenzte unmittelbar an die runde, hohe Eingangshalle. Nicht genug, dass sein Zimmer nicht auf den berühmten See blickte, sondern nur auf den langweiligen Hotelvorplatz, es war überdies kleiner als alle anderen Zimmer auf diesem Flur. Eine Art Notzimmer, so sah es aus.

Hendrik sah sich ernüchtert um. Okay, Ende der süßen Träume. Er war weit davon entfernt, zu dieser Welt zu gehören. Er war hier gewissermaßen nur geduldet.

Zu duschen tat trotzdem gut. In den mahagonibraunen, flauschigen Bademantel mit dem goldgestickten Signet des Hotels gehüllt und seine Armbanduhr in der Hand, musste er eine Entscheidung treffen: entweder Mittagessen im Hotelrestaurant – oder in dem Buch weiterlesen.

Für das Buch sprach, dass ihn die Lektüre vielleicht ablenken würde, von seiner Nervosität, von dem Lampenfieber, das ihn mit der Gewissheit eines nahenden Todes zu erfüllen versuchte. Weil er das Seminar versieben, in den Sand setzen, an die Wand fahren würde. Weil er sich unsterblich blamieren würde. Weil man ihn auslachen und mit den zusammengeknüllten Unterlagen bewerfen würde, bis er schamhaft fliehen musste, außer Landes, nach Hause, wo ihn bereits die fristlose Kündigung erwartete, ach was, Schadenersatzforderungen seiner Firma in fünfstelliger Höhe …

Er musste sich wirklich ablenken. Auf der anderen Seite hatte er auch wirklich Hunger.

Hendrik schlug die Zimmerkarte auf. Saftige Preise, alles, was recht war: zwanzig Franken für einen Salat, vierzig für ein warmes Gericht …

Egal. Das würde er sich jetzt einfach gönnen. Heute war schließlich der Tag der Grenzüberschreitungen. Er konnte es ja als Henkersmahlzeit betrachten, sagte er sich, hob den Hörer ab und bestellte ein »Sandwich au Lac«, mit gebratenen Putenbruststreifen, Salat und Kräutersoße. Für dreißig Franken.

Er war noch nicht fertig mit Föhnen, als es schon klopfte. Eine junge Frau mit Pferdeschwanz, auch in Livree, das Tablett mit seiner Bestellung in Händen.

Hendrik fühlte sich auf einmal schrecklich unbeholfen. Wie benahm man sich in einer solchen Situation? Noch dazu nur mit einem Bademantel bekleidet?

Zum Glück übernahm die Frau die Initiative, sagte: »Ihre Bestellung, Herr Busske«, trat ein, ohne die Miene zu verziehen, und stellte ihm das Tablett auf den Schreibtisch. Hendrik leistete die geforderte Unterschrift auf dem ausgedruckten Beleg, dann war sie wieder verschwunden.

Duften tat es jedenfalls gut. Hendrik nahm den weißen Plastikdeckel ab und entdeckte ein Monster von einem Sandwich, umlagert von ein paar dicken Pommes und garniert mit Unmengen Salat. Eine richtige Mahlzeit, nicht nur ein Imbiss.

Umso besser. Er holte sich – wenn schon, denn schon – ein alkoholfreies Bier aus der Minibar, schob den Sessel so hin, dass er das Tablett neben sich hatte, und machte es sich bequem. Er nahm einen ersten Bissen, schlug, während er genussvoll kaute, das Buch auf und suchte die Stelle, an der er im Antiquariat aufgehört hatte.

3.

Die Rüstung, die weinte (…)

Der Fürst hatte sich mit dem Medicus und einigen anderen Vertrauten zur Beratung zurückgezogen. Als sie zurück in den Großen Saal kamen, erwarteten sie aufgerissene Augen und gespannte Gesichter. Der Alchemist stand in der Mitte der Tische wie einer, der ein Gerichtsurteil erwartet, womit er wohl recht behalten sollte.

»Gebt ihm einen Stuhl«, verfügte der Burgherr. Dann, als der Fremde saß, eröffnete er ihm seinen Beschluss: dass John Scoro für ihn, Bruno von Hirschberg, Kreuzritter und Fürst, Gold machen solle, und zwar so viel, dass er imstande sein werde, einen neuen Kreuzzug aufzustellen.

Ein Raunen ging daraufhin durch den Saal. Einer stieß den anderen am Ellbogen, einige bekreuzigten sich, und allen rann ein Schauer über den Rücken, als spürten sie den Hauch der Geschichte durch den Raum ziehen. Ein neuer Kreuzzug! Die Mamelucken vertreiben aus Palästina, das Heilige Land endgültig zurückführen in die Hände der Christenheit! Das menschliche Seelenheil zu entscheiden und zu erringen, für alle Zeit! Gewisslich würde es das Ende aller Tage näherbringen, die Wiederkehr des Herrn und den Anbruch seines ewigen Reiches!

Und all das sollte möglich werden durch diesen Mann, der da in ihrer Mitte saß? Der Mann, dessen Bart grau und filzig war und dessen Augen dunkel und finster dreinblickten? Jedermann wusste, dass die letzten Kreuzzüge kostspielig gewesen waren und die Herrscher der Deutschen und der Franken ihre Völker mit schweren Steuern hatten bedrücken müssen, um sie zu bezahlen. Könige und Königreiche waren an den Kosten zerbrochen, Päpste gestürzt, und Schlachten waren verloren gegangen, weil es an Geld gefehlt hatte. Doch all das würde nun anders werden, da dieser Mann, der da vor ihnen saß, in grauen, schmutzigen Kleidern, Gold zu machen vermochte, so viel er wollte.

John Scoro sah den Burgherrn unverwandt an, während das Raunen anschwoll und wieder abebbte. Dann sagte er, leise, kaum hörbar: »Verlangt das nicht von mir.«

Der Ritter ließ krachend die flache Hand auf den Tisch fallen. »Euren eigenen Aufzeichnungen zufolge habt Ihr Gold gemacht für die mohammedanischen Gewalthaber, John Scoro! Oder leugnet Ihr das?«

Scoro schüttelte langsam den Kopf. »Nein.«

»Und war es nicht so, dass sie mit Eurem Gold den Krieg gegen die Kreuzritter bezahlten?«

»Ja. Aber sie zwangen mich dazu, ich tat es nicht freiwillig. Wenn ich ihnen nicht gehorcht hätte, hätten sie mich getötet.«

Bruno von Hirschberg lächelte ein kaltes, mitleidloses Lächeln. »Seht Ihr? Genauso wird es Euch hier ergehen.«

Der Alchemist blickte zu Boden. »Verlangt das nicht von mir, bitte«, wiederholte er.

Der Ritter beugte sich vor. Seine Nasenflügel bebten. »Ich war beim letzten Kreuzzug dabei. Ich bin endlose Wochen durch den Sand Ägyptens marschiert, ich habe um Tripolis gekämpft, und ich bin der Schlacht von Akkon mit Mühe entkommen. Meine Gefährten sind neben mir gestorben, von mameluckischen Soldaten niedergestreckt. Mein eigener Bruder starb von der Hand der Heiden. Und alles war bezahlt mit Eurem Gold, John Scoro! Sagt mir, warum ich nicht von Euch verlangen soll, was Ihr für die Heiden getan habt?«

Es war, als hätten diese wütenden Worte die Maske der Unnahbarkeit zertrümmert, die der Alchemist bis jetzt getragen hatte. Es zuckte in dem düsteren, mürrischen Gesicht wie Wetterleuchten, und die knochigen Hände krallten sich ineinander, so ingrimmig, dass die Knöchel weiß schimmerten. Einen Augenblick lang sah es aus, als wollten sich jahrelang angestaute Tränen Bahn brechen, doch dann fing er an zu sprechen mit einer Stimme, in der panische Verzweiflung schwang. »Es ist wahr, dass ich Gold machen kann«, gestand Scoro. »Und es ist wahr, dass ich für die Sultane Gold gemacht habe. Aber als ich aus der Gefangenschaft entkam, habe ich einen Schwur getan, es nie wieder zu tun. Ich habe gehungert, obwohl ich in Saus und Braus hätte leben können, ich trage Lumpen, obwohl ich Purpur tragen könnte, alles, um meinen Schwur zu halten. Bitte verlangt nicht von mir, diesen Schwur zu brechen, um meinetwillen nicht und auch um Euretwillen nicht, denn mein Gold ist Teufelsgold.«

Einen Herzschlag lang herrschte Stille, ein großes Luftanhalten. Bruno und Mengedder tauschten einen Blick, und der Medicus runzelte dabei misstrauisch die Stirn, als wittere er eine weitere Lüge.

»Teufelsgold?«, wiederholte Bruno. »Wie meint Ihr das?«

»Wer ruft hier fortwährend den Namen des Verderbers?«, knurrte es vom Ende der Tafel. Pater Augustinus, der wohlbeleibte Beichtvater des ritterlichen Hofstaates, war aus seinem berüchtigten Dämmerschlaf erwacht, in dem er die Tage zu verbringen pflegte, vorwiegend deshalb, weil er in seinen wachen Momenten dem Essen und dem Bier in reichlichem Maße zugetan war.

»Wie meint Ihr das, John Scoro?«, insistierte der Ritter.

»Ihr habt gesehen, was mit dem Jungen passiert ist, der die Kiste öffnete«, grollte der Alchemist. »Es ist eine gefährliche Kunst, und das Gold wird Euch kein Glück bringen. Ich sage Euch, es ist Teufelsgold. Verlangt es nicht von mir, denn Ihr verlangt Euer Verderben!«

Bruno von Hirschberg sah sich um in der Runde seiner Getreuen und las das Entsetzen in ihren Augen, sah ihre Angst. Widerwillig fühlte er Respekt vor dem alten Angelsachsen. Der Mann wusste, welche Töne man anschlagen musste, um das gemeine Volk zu beeinflussen! Sogar Pater Augustinus schien beeindruckt zu sein.

»Herr, wir brauchen nichts zu überstürzen«, raunte ihm Egbert, sein Schildknappe, unruhig zu.

»Der Glanz des Goldes darf uns nicht so sehr blenden«, mahnte der Pater mit schwerer Zunge, »dass wir den Einflüsterungen des Verderbers anheimfallen.«

Der Ritter trommelte ruhelos mit den Fingerspitzen beider Hände auf dem Tisch. Ein Blick hinüber zu Mengedder brachte auch keine Hilfe, selbst der Medicus war unsicher geworden.

»Ihr sagt, John Scoro, es sei Teufelsgold. Wir werden das zu prüfen wissen«, erklärte Bruno, einer plötzlichen Eingebung folgend. Innerlich lachte er auf. Damit würde er ihn kriegen, den alten Fuchs! »Ihr werdet Gold machen. Währenddessen holen wir einen Goldschmied, der aus dem Gold ein Kruzifix schmieden soll. Ist es nicht so, Pater Augustinus, dass sich das Gold, wenn es des Teufels ist, weigern wird, die Gestalt des Heilands anzunehmen?«

Der Pater starrte ihn mit weiten, stumpfsinnigen Augen und halb offenem Mund an. Er kippte den Kopf zuerst zur einen, dann zur anderen Seite, als müsse er diese Frage gründlich durch sein Gehirn sickern lassen, und nickte schließlich heftig. »Zweifellos!«, verkündete er.

»Also«, beschloss Bruno, »werden wir es genau so machen. Wenn es gelingt, ein Kruzifix aus Eurem Gold zu machen, Scoro, so ist bewiesen, dass es kein Teufelsgold sein kann. Und dann werdet Ihr die Chance haben, reumütig Eure Schuld an der Christenheit abzutragen ...«

Unter der Aufsicht Mengedders und nach den Vorgaben des Alchemisten wurde im Keller der Burg ein alchemistisches Laboratorium eingerichtet. Ein gewaltiger Schmelzofen wurde in der Mitte des Gewölbes hochgemauert, allerlei Tiegel und Pfannen und Flaschen mit seltsamen Essenzen die engen Wendeltreppen hinabgetragen, und misstrauische Soldaten wachten über jeden Schritt John Scoros, der überdies eine festgeschmiedete Kette um das rechte Fußgelenk trug. Jede Anweisung des Alchemisten wurde von dem Medicus geprüft, der zudem dessen Aufzeichnungen unter Verschluss genommen hatte. Niemand tat etwas, ohne dass Mengedder zuvor genickt hätte.

Diese Arbeiten machten rasche Fortschritte. Schwieriger war es, das Ausgangsmaterial zu beschaffen, aus dem Scoro Gold machen wollte.

»Ich dachte, ein Alchemist kann aus allen Metallen Gold machen?«, fragte Bruno nach, als er zum ersten Mal davon hörte. »Aus Eisen, Kupfer, Blei …«

»Aus Blei offensichtlich nicht«, erklärte Mengedder, »da der Kasten, in dem er den Stein der Weisen verwahrt, aus Blei ist und es sich noch nicht in Gold verwandelt hat. Nein, er benötigt tatsächlich Merkurium, das man auch Quecksilber nennt – ein flüssiges Metall, das man in Italien und Spanien findet.«

»Er will Gold machen aus einem *flüssigen* Metall?«, wunderte sich der Ritter. Aber sie kauften Quecksilber, so viel sie bekommen konnten, und dazu Sulfur, Phosphor und Ammoniak sowie einen großen Bergkristall, der in die Wand des Schmelzofens eingemauert wurde, sodass man zu sehen vermochte, was darin geschah. Der Fürst ließ in weitem Umkreis die Holzvorräte für den Winter beschlagnahmen, denn der alchemistische Prozess würde ungeheure Hitze benötigen, und die Wälder von Hirschberg hallten danach wochenlang von Axtschlägen wider, da es galt, die Vorräte neu anzulegen.

Schließlich entzündete man das Feuer unter dem Schmelztiegel. Beißende Dämpfe begannen, das Gewölbe zu erfüllen und zu durchdringen, und das Quecksilber fing an zu sieden und Blasen zu schlagen. Der Alchemist mischte nach seinen geheimnisvollen Rezepturen allerlei Ingredienzien hinein, rührte und rührte und rührte, und Mengedder, der aufmerksam dabeistand, hörte ihn halblaut unverständliche Worte murmeln.

»Beschwört Ihr die Geister?«, fragte er schließlich. »Oder gar …« Er wagte nicht, den Verderber beim Namen zu nennen.

»Es sind persische Kinderreime«, erklärte John Scoro, ohne den Blick von seinem Sud zu wenden. »Die persischen Kinder verwenden sie, um die Zeit zu bestimmen, wenn sie Verstecken spielen. Ich habe sie ihnen abgelauscht, und ich verwende sie, um die Zeit zwischen den alchemistischen Schritten zu messen.«

Schließlich kam der heikelste aller Schritte – die Zuführung des Steins der Weisen. Das Laboratorium wurde abgeriegelt, nur Scoro und Mengedder und zwei Gehilfen blieben darin sowie die geheimnisvolle Kiste. Den beiden Helfern, die Mengedder aus der Burgküche abkommandiert hatte, stand der Schweiß auf der Stirn, als sie mit vereinten Kräften den bleiernen Kasten auf die Umrandung des Schmelztiegels wuchteten. Sie hatten vom Schicksal Arveds gehört, und so handelten sie mit äußerstem Bedacht, als sie nach den Anweisungen des Alchemisten eine Kette an einem Ring befestigten, der im Deckel des Kastens eingelassen war. Dann legten sie den Kasten auf die Seite und schoben ihn dicht an das siedende Quecksilber heran. Endlich hieß Scoro sie, zu ihnen hinter den Schutz der Ummauerung zu kommen, wo er stand und das andere Ende der Kette in der Hand hielt.

Er sah den Medicus noch einmal an. »Auch wenn Ihr mir nicht glauben werdet, es ist Teufelsgold«, sagte er auf Lateinisch, sodass die Helfer ihn nicht verstanden. »Wollt Ihr wahrhaftig, dass ich es mache?«

»Gewiss«, versetzte Mengedder, der bei sich eine grausige Faszination feststellte, die das Prozedere in ihm ausgelöst hatte.

Der Alchemist nickte entsagungsvoll. »So sei es«, seufzte er und zog heftig an der Kette.

Mit einem Ruck schlug der Deckel auf, und das überirdische Licht, das der Stein der Weisen verbreitete, brach heraus wie ein nicht enden wollender Blitzstrahl. Es drang durch hastig geschlossene Augenlider und brannte gleißend wie Feuer, und es schien selbst durch ihre Kleider, ihre Körper, ja sogar durch die Verliesmauern zu dringen. Später sollte sich Mengedder einmal daran erinnern, dass er in diesem Augenblick mit heißem Schreck gedacht hatte: *Das muss ein Stück des Höllenfeuers sein!*

Doch dann rumpelte der Stein aus seinem Behältnis und fiel in das brodelnde, glitzernde, dünnflüssige Quecksilber, und die Helligkeit erlosch.

»Ihr könnt die Augen jetzt öffnen«, hörten sie John Scoros müde Stimme.

Was sie sahen, war womöglich noch unirdischer als das Licht, das sie geblendet hatte. Sie sahen den Stein auf dem Grund des Schmelztiegels liegen, so strahlend, dass seine Helligkeit durch das kochende Quecksilber hindurchschimmerte und das flüssige Metall in etwas Geisterhaftes, ganz und gar Unheimliches zu verwandeln schien. Es war, als sei der Schmelzofen angefüllt mit nebelartigem, körperlosem Glanz, als sei es ihnen gelungen, ein Stück des Himmels zu Beginn der Abenddämmerung im Sommer herauszuschneiden und auf die Erde herabzubringen. Rund um den Stein wirbelten und tanzten elfenhafte Schlieren, und während man ihren trunkenen Tänzen zusah, konnte man die ersten goldenen Funken entdecken.

»Nun darf der Nachschub an Brennmaterial und Quecksilber nicht mehr ausgehen«, erklärte der Alchemist ruhig. »Das Gold amalgamiert mit dem Quecksilber. Bald werden wir beginnen können, es herauszulösen.«

Mengedder konnte den Blick nicht von dem quirlenden Schmelztiegel wenden, von den goldhellen Streifen, die inmitten des grellen, fast blau schimmernden Prozesses entstanden. Das also war die große Transformation, die Transmutation, das Große Werk. Diesem John Scoro war gelungen, wonach Alchemisten seit Jahrhunderten gestrebt hatten: die fünf Elemente Luft und Wasser, Feuer, Erde und Raum zu beschwören, die innere Reinigung zu vollziehen und das reinste aller Metalle aus den unedlen erstehen zu lassen – Gold.

Wie würden sie den Stein der Weisen einst wieder zurückbekommen in seinen Kasten? Einen Herzschlag lang hatte Mengedder die Vision, dass sie nun dazu verurteilt sein könnten, ohne Unterlass Gold zu produzieren, immer weiter und weiter, weil der Stein der Weisen sie vernichten würde, sobald er aus dem Quecksilber zum Vorschein kam.

»Wir wissen nicht, was er tut«, stieß Bruno hervor. »Er kann alles Mögliche im Schilde führen.«

Der Morgen brach an, ein grauer, trüber Morgen, der sich wie eine bleierne Kuppel über ihnen wölbte. Der Ritter sah so müde aus, als hätte er die Nacht auf den Zinnen seiner Burg verbracht. Die Wälder ringsum lagen fahl und stumm, kaum, dass einmal ein Ast knackte oder ein Tier Laut gab. Als hielte die ganze Welt den Atem an.

Egbert räusperte sich. »Herr, Mengedder ist bei ihm. Der Alchemist kann nichts ohne ihn tun.«

Bruno sah seinen Schildknappen mit rot geränderten Augen an. »Wieso dieser Schwur? Wieso schwört einer, der Gold machen kann, dass er keines mehr machen wolle? Er könnte der Herr der Welt sein – wovor fürchtet er sich?«

Egbert wich dem Blick seines Herrn aus. So hatte er sich das noch nicht gefragt, aber er konnte spüren, wovor der Alchemist Angst hatte. Es war hier, um sie herum, in jedem Raum und in jedem Stein der Burg. Sie hatten es eingeladen, und nun war es da. Er wünschte sich, sie hätten es nicht getan.

Doch er war Schildknappe, und seine Pflicht war es, seinem Herrn beizustehen. Er hob den Kopf, zog witternd die Luft durch die Nase. »Erinnert Ihr Euch an den Morgen, bevor wir Tripolis stürmten?« Er flüsterte unwillkürlich. »Damals war es genauso ruhig. Genauso grau.«

»Tripolis?« Der Ritter trat an das Burgwehr und sah hinab auf den Hof, unter dem das Laboratorium lag. »Nein, es war Akkon. Es war der Morgen, bevor die Mamelucken stürmten.« Er verharrte eine Weile schweigend, dann hob er den Kopf und ließ einen düsteren Blick über den Horizont schweifen. »Nein. Der Morgen nach der Kreuzigung unseres Herrn. So muss er gewesen sein.«

Mengedder saß schlaftrunken auf seinem Stuhl und verfolgte die Bewegungen des Alchemisten, der unermüdlich die gewaltige Rührstange durch den Kessel schob, als verginge nicht Stunde um Stunde. Mittlerweile musste draußen der Morgen grauen. Er hätte alles gegeben für einen Atemzug kühler, frischer Morgenluft. Der Rauch und die Hitze konnten selbst in der Hölle nicht heißer brennen, und von dem lächerlichen Krug Wasser, den er sich mit herabgenommen hatte, war längst nichts mehr übrig.

Scoro dagegen schien weder Müdigkeit noch Erschöpfung zu kennen. Sein hageres Gesicht leuchtete wie im Fieber, während er unentwegt durch den Bergkristall hindurch das Wunder der Transmutation verfolgte. Er schien vergessen zu haben, auf wessen Befehl er hier war und was ihm angedroht worden war, um ihn dazu zu bringen zu tun, was er tat. Er machte Gold, das allein zählte. Er vollbrachte, was niemand außer ihm vermochte.

Ob er genauso ausgesehen hatte, als er Gold machte für den Krieg der Heiden um das Heilige Land? Bestimmt. Mengedder erinnerte sich dunkel an Berichte, die er über die Alchemisten und Hermetiker gehört hatte, ihre verbissene Suche nach dem Elixier, nach dem Stein der Weisen, eine Suche, der sie Geld und Gut, Familie und Ehre geopfert hatten. Was scherte da ein Krieg? Mengedder verfolgte die Arbeit des Angelsachsen aus müden Augen, die ihm jeden Moment zufallen wollten, aber er sah dennoch, dass John Scoro in diesen Stunden der König der Alchemisten war, der Beherrscher der Elemente. Und dass nur das zählte.

»Es ist so weit«, sagte Scoro plötzlich. Seine Stimme drang durch das Knistern des Feuers und das Zischen des Quecksilbers wie ein Schwert durch Gebüsch. Mengedder zuckte hoch, setzte sich aufrecht hin. Aufzustehen vermochte er nicht.

»Der äußeren Wandlung muss die innere Wandlung vorausgehen«, fuhr Scoro fort, während er eine gusseiserne Pfanne zur Hand nahm, die er schon vor ein paar Stunden bereitgestellt hatte. Er begann, sie mit einem eigenartigen Fettsud auszureiben. »Der inneren Transformation folgt die äußere. Es geht darum, sich selbst zu veredeln, und das ist das Schwerste daran. Aber erst wenn der Alchemist innerlich zu Gold geworden ist, gelingt auch das Äußere. Das Gold, das sich manifestiert, ist nur der Beweis dieser geglückten Wandlung.«

Er stellte die Pfanne auf einen Holzklotz, den er gleichfalls vor geraumer Zeit an die Stelle gerückt hatte, an der er jetzt stand. Hernach versenkte er eine lange Schöpfkelle aus geschwärztem Eisen, die der Schmied eigens nach seinen Anweisungen gefertigt hatte, mitten in das siedende Quecksilber. Noch einmal schaute er durch den Kristall, dann zog er die Kelle behutsam wieder heraus und kippte ihren Inhalt mit einer raschen Drehung in die Pfanne.

Nun entfaltete er hektische Geschäftigkeit. Er ließ die Schöpfkelle achtlos zurück in den Kessel fallen, packte eilig den Griff der Pfanne und schwenkte sie mit weiten, ausholenden Bewegungen, zu denen er wieder seine persischen Verse krächzte. Jetzt stand Mengedder doch auf, hielt sich an der Lehne des Stuhles fest und folgte mit den Augen dem Kreisen der silberglänzenden Flüssigkeit.

Mit der letzten Silbe seines Verses schüttete Scoro alles zurück in den Kessel, drehte sich zu dem alten Medicus um und streckte ihm die leere Pfanne hin. »Na?«, rief er triumphierend.

Mengedder blickte verständnislos in die Pfanne, in der nichts zu sehen war außer ein paar verkohlten Fettklumpen. »Was ist?«, wollte er wissen.

Der Alchemist lachte, griff in die schwarze Fettmasse und nahm einen der Klumpen heraus. »Gold«, sagte er, und als der Medicus ihn ansah wie einen Wahnsinnigen, stellte er die Pfanne beiseite, kratzte mit den Fingernägeln an dem dicken, verbrannten Fett herum, rieb den Brocken schließlich am Ärmel seines Kittels, ehe er ihn ihm noch einmal hinstreckte. Unter der rußigen, wachsartigen Fettschicht glänzte gelbes, mattes Metall, so groß wie eine Walnuss.

»Gold«, wiederholte Mengedder erschüttert und musste sich wieder setzen.

Der Goldschmied war ein buckliger, unglaublich hässlicher Mann. Die Augen in seinem schiefen Gesicht zuckten unruhig von einem zum anderen, und er schien nicht recht zu wissen, was er mit seinen unförmigen Händen anfangen sollte, bis ihm Ritter Bruno das Gold des Alchemisten reichte. »Du weißt, was du tun sollst«, sagte er. »Mache ein Bildnis unseres gekreuzigten Herrn daraus.«

Heftig nickend nahm der Alte den Goldklumpen und drehte

ihn dicht vor den Augen in alle Richtungen, als müsse er sich jede Einzelheit einprägen. Schließlich förderte er aus seinen zerlumpten Taschen einen Lappen zutage, mit dem er das Gold eingehend rieb und polierte.

Bruno war zurückgetreten in den Kreis seines Hofstaates, der in der Werkstatt des Goldschmieds aufmarschiert war, und beugte sich gegen das Ohr seines Schildknappen. »Seid Ihr gewiss, dass dieser sein Handwerk versteht?«, raunte er. »Der sieht aus, als wüsste er nicht einmal, was Gold ist!«

Egbert nickte beruhigend. »Habt Geduld.«

»Ich will nicht, dass ein dummer Zufall das große Werk gefährdet …«, murmelte Bruno, aber mehr zu sich selbst.

So ungeschlacht die Hände des Goldschmieds bisher gewirkt hatten, so flink und geschickt vollbrachten sie nun, da er an seinen Schmelztiegel und seine Werkbank getreten war, erstaunliche Dinge. Er fachte sein Feuer an, erhitzte den Goldklumpen und teilte ihn mit einem raschen, leicht aussehenden Schnitt in zwei ungleiche Teile. Die größere Hälfte ließ er in dem Tiegel weiter schmelzen, während er eine Gussform hervorholte, in die ein Kreuz geschnitten war. Nachdem er die Form, in der wohl schon viele Kreuze entstanden waren, bereitgestellt hatte, machte er sich mit einer staunenswerten Vielzahl von Hämmern, kleinen Meißeln, Schabern und Zangen über das kleinere Stück Gold her. Er trieb es in eine ebenfalls annähernd kreuzförmige Gestalt, stauchte das kürzeste Ende zu einem auf Anhieb leidensvoll geneigten Kopf und arbeitete so nach und nach die Gestalt des Heilands heraus. Mittlerweile war das Gold im Tiegel geschmolzen. Vorsichtig nahm er diesen vom Feuer und ließ es in die Gussform rinnen, die es bis auf den letzten Tropfen aufnahm wie abgemessen. Während das geschmolzene Gold abkühlte und sich zitternde, silbern schimmernde Häutchen auf der Schmelze bildeten, kratzte er mit einer kräftigen Nadel die letzten Züge in den Körper des Gottessohns, packte den Korpus schließlich mit einer Zange und hielt ihn so über das abkühlende Kreuz, dass er mit dem halbflüssigen Gold verschmolz. Nach einer ganze Weile schüttete er mit einer unerwarteten, heftigen Bewegung einen Krug brackigen Wassers darüber, der unbeachtet auf der Werkbank gestanden hatte, und eine wilde Wolke weißen Dampfes stieg empor. Mit einer flinken Drehung seiner Zange hob er Kreuz samt Korpus aus der Gussform und stieß es in ein größeres Wasserbecken. Er wartete, bis das Werk völlig ausgekühlt war, und streckte es dann von sich, richtete es auf den Ritter: ein Kruzifix, gefertigt aus dem Gold des Alchemisten.

Bruno nahm es und reichte es dem Priester. »Weihe es!«

»Schließ die Augen«, sagte Bruno zu Elna, seinem Weib, und als sie tat wie geheißen, trat er hinter sie und legte ihr das Band mit dem goldenen Kreuz daran um den Hals. Sie jauchzte auf, als das kühle, schwere Metall ihre blanke Brust berührte. Bruno lachte.

»Wie schön!«, rief sie aus. »Wie wunderschön!«

»Es ist aus dem gleichen Gold, das Jerusalem befreien wird«, erklärte Bruno zufrieden. »Das Gold, das die Stätte der Kreuzigung zurück in die Hände der Christenheit geben wird.«

Elnas Lächeln erlosch. Ihre Finger umklammerten das Kreuz, als überlege sie, es mit einem Ruck abzureißen. »Du kannst an nichts anderes denken, Bruno, nicht wahr?«, fragte sie leise. »Einen neuen Kreuzzug. Du kannst an nichts anderes denken als daran, mich wieder zu verlassen.«

Ihr anklagender Ton erzürnte den Ritter. »Schweig, Weib! Was verstehst du schon davon?«

»Weißt du, wie viele Jahre du mich allein gelassen hast?«, schrie sie auf. »Weißt du, wie viele Jahre ich an diesem Fenster gesessen habe, auf dich gewartet habe und nicht wusste, ob du jemals zurückkommen würdest? Ich habe gewartet und war dir treu, und dann war es endlich vorüber, und du warst wieder bei mir. Aber jetzt trage ich dein Kind unter dem Herzen, deinen Sohn – soll er ohne Vater aufwachsen? Den Vater vielleicht niemals kennenlernen? Hast du das schon einmal bedacht?«

»Was nützte es ihm, wenn er seinen Vater kennenlernte, und

dieser Vater wäre eine Memme? Hör auf zu plärren! Ich muss tun, was ich tun muss.«

Elna verbarg ihre Tränen, aber sie spürte das Kreuz auf ihrem Busen wie eine bedrückende Last. Als Bruno in dieser Nacht zu ihr kam, liebte sie ihn, als sei es das letzte Mal.

Ritter Bruno von Hirschberg befahl, Gold zu machen, mehr Gold zu machen, hatte nichts anderes mehr im Sinn als Gold. Tag und Nacht dampften die Kamine des alchemistischen Laboratoriums, ohne Pause zogen Händlerkarren durch das Burgtor, die das teure Merkurium brachten, und die Knechte zogen immer weiter hinaus in die Wälder, um das Brennholz zu schlagen, das nötig war, um das unersättliche Feuer unter dem Kessel zu unterhalten. Jeden Abend mussten zwei neue Gehilfen hinab in die Kellergewölbe, und jene zwei, die sie ablösten, kamen mit rußgeschwärzten Gesichtern und ausgedörrten Gliedern wieder zum Vorschein und sahen zum Fürchten aus. Mengedder jedoch und der Alchemist gönnten sich keine Pause, arbeiteten ohne Unterlass und schöpften das Gold kellenweise aus dem gespenstischen Sud.

Bruno brannte wie im Fieber. Er ließ das Gold, das aus den Kellern kam, wiegen und in Münzen gießen, kaufte weiteres Quecksilber damit, kaufte Waffen und Pferde und schickte seine Werber aus, Soldaten zu rekrutieren für den großen Waffenzug. Die Soldaten, die er schon hatte, mussten pausenlos Wache stehen, auf den Zinnen der Burg und auf vorgeschobenen Posten in dem dünner werdenden Wald, gerade so, als erwarte er jeden Augenblick einen feindlichen Angriff.

Als sein Schildknappe Egbert ihn fragte, wen er fürchte, knurrte der Ritter düster und sagte: »Meinst du, es gibt keine Gottlosen unter meinesgleichen? Es beginnt sich herumzusprechen, dass sich in meinen Kellern das Gold türmt, und das wird manch einen auf begehrliche Gedanken bringen.«

Die ungeheure Anstrengung warf den alten John Scoro schließlich auf das Krankenlager. Ausgemergelt und innerlich glühend lag er im Fieberwahn, sprach auf Arabisch zu den

Frauen, die ihn auf Geheiß des Medicus pflegten, und fiel endlich in einen tiefen, todesähnlichen Schlaf, der das Schlimmste befürchten ließ. Pater Augustinus legte in seiner Kammer schon einmal Kelch und Hostien bereit, um die Sterbesakramente erteilen zu können, wenn es so weit war.

Mengedder, zum Glück, war ein gelehriger Schüler des greisen Alchemisten gewesen. Auch ohne John Scoros Unterstützung war er imstande, den Strom des Quecksilbers, das in den Kessel floss, und des Goldes, das daraus hervorging, beinahe unvermindert aufrechtzuerhalten. Wuchtig und gewaltig fuhrwerkte er in dem raucherfüllten Gewölbe, in dem es stank und heiß war wie in der leibhaftigen Hölle, und mit seinen wild funkelnden Augen in seinem feisten, schwarz verschmierten Gesicht sah er aus wie der Fürst derselben. Bald munkelte man, er sei irre geworden; immer wieder lache er wie ein Wahnsinniger, ohne dass man einen Grund wisse, um gleich darauf die Gehilfen anzubrüllen, dass ihnen das Herz schier stehen blieb. Niemand wagte sich mehr in seine Nähe, nicht einmal Bruno von Hirschberg selbst. Mengedder lebte, aß und schlief neben dem Kessel, verschlang ungeheure Mengen gebratenen Fleisches und frischen Brotes und trank das Wasser eimerweise. Der einzige Anlass, sich vom Kessel zu entfernen, war, wenn er in eine dunkle Ecke des Kellers trat, um seine Notdurft zu verrichten.

Bruno schickte Reiter aus mit Einladungen an die Ritter und Heerführer, die er auserkoren hatte, auf seinem neuen Kreuzzug an seiner Seite zu kämpfen. Er lud sie ein, seine Schätze zu besichtigen, seine Waffen- und Heerlager, um dann alles Weitere in einer Ritterrunde zu besprechen. Man würde einen Kirchenmann brauchen, um den heiligen Kreuzzug auszurufen, und einen König, um die Truppen auszusenden, aber letztendlich, sagte sich Bruno, würde es der Glanz seines Goldes sein, der den Ausschlag hierfür geben würde. Wenn er seine Gäste davon überzeugen konnte, dass der Nachschub daran unerschöpflich war, dann wurde alles möglich.

Doch die Reiter waren kaum ausgeschickt, als Elna, seine Gemahlin, des Morgens über Schwäche klagte, sich weigerte aufzustehen und kurz darauf Blut erbrach. Und niemand wusste, was für eine Krankheit es war, an der sie litt.

Das Erste, was Bruno sah, als er an das Krankenlager Elnas trat, war, dass sie das Kreuz abgelegt hatte. Es lag auf dem Tisch neben ihrem Bett, in dem sie siech und elend ruhte, so blass, dass ihr Gesicht kaum von den Laken zu unterscheiden war. Bruno kniete sich hin, nahm ihre Hand, die kalt und feucht war, und fragte, warum sie es abgenommen habe.

»Es liegt mir auf der Seele, Bruno«, hauchte sie fast unhörbar. »Hat nicht der Alchemist gesagt, sein Gold sei Teufelsgold?«

Der Ritter begriff jäh, welche Gerüchte um sich greifen würden, sollte Elna sterben. Gerüchte, die gefährlicher waren als Lanzen und Hellebarden. »Das Kreuz zeigt unseren Heiland«, sagte er sanft. »Und es ist durch Pater Augustinus geweiht. Wie könnte es Teufelsgold sein?«

»Es ist mir eine Last, eine drückende Last auf dem Herzen …«

Bruno wechselte einen Blick mit dem Medicus, den er aus der nahen Stadt hatte kommen lassen, weil Mengedder im Laboratorium unabkömmlich war. Der bärtige Mann, der Elna zur Ader gelassen und ihr einen Sud aus Heilkräutern eingeflößt hatte, hob entsagungsvoll die Hände. Bruno griff nach dem Kreuz, löste den Knoten des Bandes und legte es Elna erneut um den Hals. »Ich will, dass du es trägst«, sagte er dazu. »Es wird dich retten.«

Doch es rettete sie nicht. Eine Nacht noch lebte sie, um im Morgengrauen zu sterben, und das Kind des Ritters mit ihr.

Bruno von Hirschberg raste. Vor Schmerz brüllend wie ein Tier tobte er durch die Burg, zerschlug Stühle und Krüge, hieb sinnlos mit dem Schwert gegen Türen und Pfosten und stieß so lange unaussprechliche Verwünschungen aus, bis er schließlich zusammenbrach. An Elnas Grab, während Pater Augustinus die Totenmesse las – mit zitternden Händen, weil er nicht mehr gewagt hatte, auch nur einen Becher Wein anzurühren –, stand der Ritter stumm und leer. Er konnte sie schon hören, die wispernden Stimmen, die von Teufeln und bösem Zauber zu wissen glaubten. Die Menschen schreckten zurück, als er zwischen ihnen hindurchging, gerade so, als stehe er mit dem Leibhaftigen im Bunde. Er rammte das hölzerne Kreuz in die Erde und konnte in ihren Augen die Zweifel sehen, die an seinem Werk nagen würden wie Würmer am Gebälk eines Hauses, wenn er nichts unternahm.

»Man mache mir eine Rüstung aus Gold!«, verfügte er. »Sobald meine Gäste kommen, will ich ihnen in einer Rüstung aus Gold entgegentreten, die leuchtet wie der Sieg!«

Und so fertigten die Rüstungsschmiede einen Brust- und Rückenharnisch, wie es üblich war, nämlich indem sie sorgfältig einzelne Spangen derart auf inwendig mit Samt überzogene Leinwand nieteten, dass den Bewegungen des Oberkörpers in alle Richtungen nachgegeben werden konnte – nur war dieser Harnisch aus Gold. Ein Topfhelm wurde geschmiedet, aus reinem Gold, ebenso die Kesselhaube, die man darüber stülpte. Sie hämmerten Armschienen aus dem Gold, das Mengedders Keller entströmte, sowie gleißend polierte Ellbogenkacheln und goldblinkende Wadenbeinschienen, ferner zwei schnabelförmige Schuhe aus Gold, die in goldene Sporne mündeten. Die Späher auf den Türmen meldeten den ersten Tross der Geladenen, gerade als die Handschütze fertig wurden, gefingerte Panzerhandschuhe, deren Stulpen bis über die Handgelenke reichten.

Als Schutz und Panzer würde die Rüstung aus Gold nichts taugen, dazu war das Material zu weich, aber sie war ein unglaublicher Anblick, eine kaum fassbare Entfaltung von Pracht und Reichtum. Kein König und kein Kaiser hatte je dergleichen getragen. Ritter Bruno von Hirschberg ähnelte einem Gott mehr als einem Menschen, nachdem er die goldene Rüstung angelegt hatte.

Unterdessen ließ der Alchemist nach dem Priester rufen, um die Beichte abzulegen. Pater Augustinus, dem schrecklich elend war von der langen Zeit des Durstes, nahm vorsichtshalber die

Gerätschaften für das Sterbesakrament mit, die er für John Scoro bereitgelegt und für Elna von Hirschberg gebraucht hatte.

»Du willst beichten, mein Sohn?«, fragte er den Kranken, der ihm mit schweißnassem Gesicht entgegensah und dessen Atem jämmerlich pfiff.

»Nennt es beichten, wenn Ihr wollt«, sagte John Scoro matt. »Es gibt etwas, was ich Euch erzählen muss aus meinem Leben. Etwas, das mit dem Stein zu tun hat.«

Dem Pater war nicht entgangen, was in den Kellern der Burg vor sich ging, und er spitzte die Ohren. »Ich höre, mein Sohn.«

Der Angelsachse erzählte ihm von seinem Leben, von seinem ersten, aufkeimenden Interesse an der Alchemie, an den Künsten der Transmutation und ihren Verheißungen und davon, wie dieses Interesse immer weiter Raum gegriffen hatte in seinem Leben – wie es ihn Familie, Ehre und Vermögen gekostet hatte und schließlich auch die Heimat, nachdem er losgezogen war, um in den verbotenen Schulen Persiens zu lernen, was es zu lernen gab. Er sprach langsam und konzentriert, unterbrochen nur von harten, schmerzhaften Hustenanfällen, die keinen Schleim mehr emporzufördern imstande waren, und der Priester hörte gebannt zu.

»Ich betete zu Gott, heimlich, um nicht als Christ erkannt zu werden, bot ihm mein Herz und mein Verlangen dar, das Geheimnis der Transmutation zu enthüllen, und kam doch nicht weiter. Ein Lehrer nach dem anderen entpuppte sich als Scharlatan, als Heuchler, als Betrüger, der nichts anzubieten hatte außer geschickten Täuschungen für das Volk – aber niemand wusste wirklich etwas von Wert. Und eines Abends, als ich einmal mehr unterwegs war, eine Stadt enttäuscht verlassen und mich auf den Weg zur nächsten gemacht hatte, fielen alle meine Hoffnungen in sich zusammen, kam mir mein Weg so sinnlos und vergebens vor, dass mich unbeschreibliche Wut ergriff, und ich fluchte Gott.« Er hustete, quälender als die Male zuvor, während sich der Priester hastig bekreuzigte, und fuhr dann fort: »Ja, ich fluchte Gott. Ich lag auf den Knien und schrie zum Himmel, dass ich meine Seele dem Teufel überantworten würde für das Geheimnis, Gold zu machen. Ich schrie es wieder und wieder, bis ich einschlief. Und in dieser Nacht fiel der Stein der Weisen vom Himmel.«

Pater Augustinus bekreuzigte sich noch einmal und murmelte ein rasches Gebet.

»Ich erwachte von einem pfeifenden Geräusch und sah den Stein herabfallen, hell und gleißend wie ein Stück des ewigen Lichts«, erzählte der alte Mann. »Ich stand auf und ging vorsichtig näher. Das Licht, das von ihm ausging, schmerzte mir in den Augen, und ich sah Tiere und Pflanzen sterben und verwelken rings um die Stelle, an der er lag. Das Gefühl, das mich bei diesem Anblick befiel, werde ich Euch niemals auch nur annähernd beschreiben können. Ich wusste, dass meine Gebete erhört worden waren, dass dieser Stein, kaum größer als eine Faust, für mich bestimmt war, und obwohl ich wusste, dass damit meine unsterbliche Seele verloren war, erfüllte mich unsagbarer Triumph – als hätte ich mich mit den ewigen Mächten angelegt und einen Sieg davongetragen.«

Mit grausiger Faszination folgte der Priester den Worten des sterbenskranken Alchemisten, der mit brüchiger Stimme die schwierige Bergung des furchtbaren Steins schilderte. Um ihn vor Entdeckung zu schützen, hatte er aus sicher scheinender Entfernung Erdklumpen danach geworfen, bis das Licht darunter begraben lag. Dann war er in die nächste Stadt geritten, um ein Behältnis zu kaufen, in dem er den Stein würde transportieren können. Da er Pflanzen in dessen Nähe hatte verdorren sehen, kaufte er eines aus Metall, und das einzige, was er in der Eile – denn er hatte Angst, jemand würde ihm zuvorkommen und den Stein stehlen – bekommen konnte, war ein schwerer Kasten aus Blei, den er ohne Hilfe kaum anzuheben vermochte. So gab er einem kräftigen, einfältig aussehenden Wanderer, der zerlumpt des Weges kam, etwas Geld, dass er ihm mit dem Behältnis auf dem Rücken folge, und als sie bei der bewussten Stelle ankamen, hieß er ihn, zu dem Erdhügel zu gehen, den Stein auszugraben und in den Kasten zu legen, und versprach ihm noch einen Dukaten dafür. »Ich sah aus der Ferne zu, wie er die Erde beiseiteräumte, und als er hinabgriff in das lodernde Licht und den Stein heraushob mit solcher Anstrengung, als stemme er ein ganzes Pferd, hörte ich ihn aufschreien. Er schaffte es, den Stein in den Kasten zu legen und den Deckel zu schließen, dann fiel er um und war tot, und die Erde färbte sich dunkel von dem Blut, das aus seinen Ohren floss.«

»Der Herr sei seiner Seele gnädig«, murmelte Pater Augustinus.

Der fiebrige Blick des Alchemisten verlor sich in der Ferne, als schaue er schon eine andere Welt. »Ich saß lange da an jenem Tag und wusste nicht, was ich tun sollte«, fuhr er fort, leiser werdend, sodass der Priester sich vorbeugen musste, um zu verstehen, was er sagte. »Bis ich einen Raben sah, der bei dem Kasten landete, sich den toten Mann besah und unbeschadet wieder davonflog. Da begriff ich, dass das Blei die Macht des Steins bändigte. Ich nahm den Behälter unter Mühen mit mir, suchte mir einen abgelegenen Ort, um dort mein Laboratorium einzurichten und herauszufinden, was der Stein vermochte. Nach vielen Fehlschlägen fand ich, dass er Quecksilber in Gold verwandeln konnte, und ich forschte weiter, bis ich Gold von höchster Reinheit zu gewinnen imstande war.«

Er hatte die Lider geschlossen, sein Atem ging flach und kaum wahrnehmbar. Der Priester wartete einige Zeit, und als er den Eindruck gewann, dass es nun zu Ende ging, fragte er: »Soll ich dir nun die Sterbesakramente erteilen?«

John Scoro schlug die Augen auf und packte mit einer Hand die Kutte des Priesters. »Es ist Gold, das kein Glück bringt«, keuchte er. »Ich wurde reich, aber die Sultane wurden auf mich aufmerksam. Und auch ihnen brachte das Gold, das sie mir abpressten, kein Glück. Es ist Teufelsgold, Pater. Es macht krank. Es tötet. Ja – es tötet.«

Wenn nur die Rüstung nicht so schwer gewesen wäre. Gold wog schwerer als Eisen, das wusste jedes Kind. Aber so schwer … Als sie in den Rittersaal kamen, winkte er einen Knappen herbei und ließ sich den Helm abnehmen. Das verschaffte Linderung.

»Eure Einladung enthielt Worte von erstaunlicher Kühnheit, Ritter Bruno«, eröffnete einer der Männer, die König Adolf als Gesandte geschickt hatte, das Gespräch. »Ein neuer Kreuzzug … Freilich ist es der Traum jedes aufrechten Christenmenschen, Jerusalem und Palästina befreit zu sehen. Allein, der letzte Kreuzzug hat die Mittel aller erschöpft, hat weite Landstriche in Not gestürzt, sodass dieser Tage niemand ernstlich ein solches Unternehmen erwägt. Nun aber sehe ich Eure Rüstung und frage mich, was es mit dieser auf sich hat …«

Bruno blinzelte, um die Schlieren vor seinen Augen zu vertreiben. Ihm war übel, verdammt noch mal, zum Speien übel. Er durfte sich nichts anmerken lassen.

»Es hat«, begann er, bemüht, sich dem höfischen Tonfall des Gesandten anzupassen, »Gott dem Herrn gefallen, mir gewissermaßen das Gold der Sarazenen in die Hände zu geben.« Er musste husten. »Viel Gold. Unermesslich …« Er starrte den blutigen Auswurf auf dem goldenen Glanz seiner Panzerhandschuhe an. Hatte er das ausgehustet? Und warum war ihm so schwindelig?

»Ritter Bruno?« Jemand nannte seinen Namen. Von weit her. Ein Gesicht, vor ihm. Der Gesandte. Der Gesandte des Königs. Er blickte besorgt drein, fragte ihn, ob alles in Ordnung sei. Warum sorgte er sich? Es war genug Gold da, genug für alle, genug, um die Straßen bis ins Heilige Land damit zu pflastern … Kein Grund, sich zu sorgen …

Der Gesandte sprang hinzu, als Bruno taumelte und stürzte, barg ihn in seinem Schoß, und das Blut, das der Ritter aushustete, färbte sein schneeweißes Gewand.

Sie bestimmten eine weitab gelegene Höhle zu seinem Grab, schafften einen Sarkophag dorthin und setzten ihn darin bei. Die goldene Rüstung wurde daneben aufgestellt und die Höhle verschlossen. Diejenigen, die den Leichnam des Ritters berührt hatten, erkrankten ebenfalls, genasen aber alle wieder, bis auf den Gesandten des Königs, der während der Rückreise starb.

Nach einiger Zeit erbrachen gierige Hände die Siegel am Grab des Ritters von Hirschberg, in der Absicht, das Gold zu stehlen. Doch ein heiliger Schauder ergriff die Räuber und brachte sie von ihrem Vorhaben ab, als sie sahen, was ihre Fackeln dem Dunkel entrissen: Vor den Augen der Eindringlinge löste sich ein großer, silberglänzender Tropfen aus dem Augenschlitz des Stechhelms, rollte über die Schulterberge und den Brustharnisch und fiel schließlich herab auf den Boden, der ihn zögernd aufnahm.

Die Rüstung, so erzählte man sich später, weine um die Seele ihres Ritters …

4.

Faszinierend, dachte Hendrik. Er blätterte die vergilbten Seiten noch einmal durch. War das wirklich nur eine spannende Geschichte, die sich irgendjemand vor über hundert Jahren ausgedacht hatte? Oder war es eine alte Sage, von der er bloß noch nie gehört hatte? Normalerweise hatte er es nicht so mit historischen Erzählungen, doch diese rührte etwas in ihm an, von dem er nicht hätte sagen können, was.

Der gedruckte Text endete rechts, und als Hendrik die Seite umblätterte, fand er eine blasse, handschriftliche Notiz vor, in Bleistift zwar, aber noch gut lesbar:

198 HG 0,1 - 197 AU
198 HG 0,1 - 197 HG, 64 Std - 197 AU
199 HG 0,17 - 198 AU, 2,7 Tg - 198 HG
200 HG 0,23 - 199 AU, 3,1 Tg - 199 HG
201 HG 0,13 - 200 AU, 48 m - 200 HG
202 HG 0,3 - 201 AU, 26 m - 201 HG
204 HG 0,07 - 203 AU, 1 m - 203 HG

Was das wohl bedeuten sollte? Es sah aus wie ein Geheimcode, eine dieser Botschaften aus dem Weltkrieg, zu deren Entschlüsselung man besondere Geräte gebraucht hatte …

Hendriks Blick fiel auf die Uhr. Höchste Zeit, sich anzuziehen! Keine halbe Stunde mehr, bis der Kurs begann!

Er legte das Buch weg, sprang auf, warf den Bademantel von sich. Während er sich ankleidete, betrachtete er sich im Spiegel, wie immer nicht ohne Selbstzweifel. Er wirkte einfach nicht seriös, fand er. Diese wolligen schwarzen Locken, die eigenartige Stupsnase, die alle aus der Familie Busske hatten – wäre er Schauspieler am Theater gewesen, man hätte ihn problemlos als jugendlichen Liebhaber besetzen können. Aber für einen Investmentberater war er viel zu … Wie hatte ihn Miriam mal genannt, ganz am Anfang, als sie sich kennengelernt hatten? *Knuffig*. Er sei *knuffig*, hatte sie gesagt und gelacht.

Da – und schon klappte das Binden der Krawatte nicht. Zu kurz beim ersten Mal, zu lang beim zweiten. Hendrik schloss die Augen, atmete dreimal tief durch. Das Lampenfieber, jetzt überfiel es ihn wieder mit aller Wucht. Sollte ja ein gutes Zeichen sein, hieß es. Energien aktivieren und so. Und fachlich hatte er es schließlich drauf; in dem Seminar ging es letztendlich um genau dieselben Themen wie in seinen Kundengesprächen.

Er musste sich sagen, dass die Teilnehmer einfach nur sechzehn Kunden auf einmal waren.

Er öffnete die Augen wieder, dachte an das Buch. Die Notiz beschäftigte ihn. Wer mochte sie geschrieben haben? Einer der Vorbesitzer, klar. Aber warum? Was hatte er in dieser Geschichte gesehen? Falls sich die Notiz auf die Geschichte bezog.

Noch einmal die Krawatte. Dunkelrot, ein Geschenk von Miriam zu seinem zweiunddreißigsten Geburtstag. Diesmal klappte es, kam die Spitze genau auf der Mitte der Gürtelschließe an. Und die Farbe harmonierte mit dem zweireihigen Anzug, seinem besten. Jetzt sah er immerhin so aus, als gehöre er in diese Umgebung.

Sein Blick fiel auf das Faxgerät, und auf einmal hatte er eine Idee, wie er herausfinden konnte, was es mit dieser Notiz auf sich hatte.

Er würde allerdings eine Fotokopie der Seite dazu brauchen.

Die Tasche mit den Seminarunterlagen war der schwerste Teil seines Gepäcks. Auf dem Nachhauseweg würde ihm sein Koffer so leicht vorkommen, dass ihn wahrscheinlich die ganze Zeit das Gefühl plagen würde, etwas vergessen zu haben.

Aber jetzt war nicht der Augenblick, um schon an den Nachhauseweg zu denken.

Er musste sich wirklich beeilen. Ein letzter Blick in den Spiegel. Saß alles. Auch der Reißverschluss der Hose war zu. Gut. Würde schon schiefgehen.

Ach ja, das Buch. Er schob es zu den Unterlagen in die Tasche. Und los.

Unten an der Rezeption war erstaunlich viel los für die Tageszeit, aber er hatte Glück: Sein allererster Schüler, der junge Herr Zurbrügg, hatte auch Dienst und kümmerte sich sofort um ihn. Hendrik erklärte ihm, was er brauchte: eine Fotokopie der Seite mit der Notiz, den Kontrast so eingestellt, dass die schwache Schrift gut lesbar war.

»Alles klar, Herr Busske«, sagte der Angestellte unter fast schon *zu* eifrigem Nicken; er schien im Stress zu sein. »Werde ich hurtig erledigen lassen.« Er zog einen Zettel aus einem Fach, kritzelte »Kopieren!« darauf und steckte ihn an die fragliche Stelle im Buch. »Ich lass es auf Ihr Zimmer bringen, wenn es Ihnen recht ist?«

»Ja, bitte«, sagte Hendrik und sah zu, wie das Buch in einer Ablage verschwand. »Und danke.«

»Ich habe zu danken, Herr Busske«, versicherte ihm der junge Mann. »Ich glaube, die Methode, die Sie mir gezeigt haben, ist Gold wert.«

Na, wenigstens schon mal *ein* zufriedener Schüler. Hendrik rang sich ein Lächeln ab, drehte sich um – und erstarrte.

Am anderen Ende der Rezeptionstheke standen zwei Polizisten.

Hendrik war, als setze sein Herz ein paar Schläge lang aus. Er konnte nicht anders, er musste hinschauen. Zwei breitschultrige, grimmig dreinblickende Männer in Polizeiuniform, komplett mit Funkgeräten, Waffengurt und Käppi. Sie redeten auf einen älteren Rezeptionisten ein, den Empfangschef wohl.

Sein Herz fing wieder an zu pumpen – und wie! –, seine

Atmung kehrte zurück. Und auch die Erinnerung daran, dass er längst im Seminarraum hätte sein müssen.

Was sollte er tun? Eigentlich blieb nur, sich so zu benehmen, als könne das alles unmöglich etwas mit ihm zu tun haben. Und das Beste zu hoffen. Dass er die beiden Polizisten angestarrt hatte, machte wohl nichts – das tat gerade jeder im Saal.

Hendrik räusperte sich, wandte sich ab und ging seiner Wege, ganz ruhig, ganz ruhig.

»He, Sie! Halt!«, rief jemand, als er in den Aufzug steigen wollte.

Keiner der Polizisten. Ein alter Mann am Gehstock, der mit nach oben wollte. Hendrik hielt ihm die Tür auf, mit leicht zittriger Hand, zwang sich zu lächeln.

Endlich, der Seminarraum. Als sei nichts. Die Teilnehmer waren alle da, hatten sogar schon die bereitgelegten Namensschilder ausgefüllt und aufgestellt, öffneten die ersten Sprudelflaschen. Erfahrene Seminarteilnehmer offenbar.

Mit einem Puls, den er bis in den Hals schlagen spürte, begrüßte Hendrik sie. *Guten Tag, mein Name ist Hendrik Busske. Ich freue mich, Sie hier zum Anlegerseminar der Firma WCM Trust begrüßen zu dürfen. Ich hoffe, Sie hatten eine gute Anreise.* Diese Sätze hatte er eingeübt, hätte sie auch hersagen können, wenn man ihn mitten in der Nacht aus dem Schlaf gerissen hätte. Bei den ersten drei Sätzen, die man vor Publikum von sich gab, durfte man nicht stottern. Die mussten einem locker-flockig von den Lippen gehen, dann war der erste Eindruck gerettet: Das zumindest behaupteten die Bücher über Rhetorik, Vortragsgestaltung und das freie Reden, die er in den letzten Wochen konsultiert hatte.

Er teilte die Unterlagen aus. Der Scherz zur Auflockerung der Stimmung, den er sich zurechtgelegt hatte, wollte ihm nicht mehr einfallen, also musste es so gehen. Dann eine kurze Vorstellungsrunde – wer bin ich, was will ich aus dem Seminar mitnehmen, welche Erfahrungen bringe ich mit? Das lief ganz gut; Hendrik nickte allen zu, dankte ihnen für ihren Beitrag ... ja, und sicher wäre es gut gewesen, sich zu merken, was sie gesagt hatten, aber das funktionierte mit seinem gerade völlig in Adrenalin getränkten Gehirn leider nicht.

Dann begann er mit den einleitenden Worten. Dass das Lehrgangsziel sei, souverän in seinen Anlageentscheidungen zu werden. Dass er vom Allgemeinen zum Besonderen vorgehen wolle, vom Grundsätzlichen zum Anwendungstechnischen, und dass er bei alldem auf »Fachchinesisch« weitgehend verzichten werde, außer da, wo man bestimmte Begriffe kennen müsse …

»Entschuldigung«, unterbrach ihn eine resolut wirkende Frau, mütterliche Erscheinung, gelbes Kleid. *Angela Schwesig* stand auf dem Namensschild. »Was ist eigentlich mit Ihnen? Was qualifiziert Sie, dieses Seminar zu geben?«

Hendrik starrte sie an. Wie hatte sie ihn so schnell durchschaut? Er begriff es nicht.

»Ja«, merkte jemand anders an, ein rundlicher, gemütlich wirkender Mann mit einem Spitzbart, der ein dunkelrotes Jackett trug. *Karl Windauer* laut Namensschild. »Wir haben uns alle vorgestellt, nur Sie nicht. Man will doch gern wissen, mit wem man es zu tun hat.«

Ach so. Stimmt. Das hatte er vergessen. Mist.

»Entschuldigen Sie«, sagte Hendrik, und dabei klang ihm seine Stimme seltsam in den Ohren. »Sie haben natürlich völlig recht. Also – mein Name ist, wie gesagt, Hendrik Busske. Ich bin 32 Jahre alt, gelernter Bankkaufmann und seit sieben Jahren Berater im Privatkundenbereich von WCM Trust. Wir managen Portfolios in zweistelliger Millionenhöhe und …« Der Rest der sorgfältig auf Effekt hin formulierten Vorstellung – denn tatsächlich gab es in der Firma nur zwei Portfolios, die mehr als zehn Millionen Mark umfassten, und mit denen hatte er nicht das Geringste zu tun – wollte ihm nicht mehr einfallen. »Ja, und privat bin seit drei Jahren glücklich verheiratet und lebe in der Nähe von Frankfurt«, fügte er hinzu, um kein peinliches Schweigen entstehen zu lassen.

»Kinder?«, wollte Frau Schwesig wissen.

»Bis jetzt nicht«, gestand Hendrik. Es lag nicht daran, dass sie es nicht versuchten. Es hatte bis jetzt nur noch nicht geklappt, sehr zu Miriams Leidwesen.

»Warten Sie nicht zu lange«, riet Windauer. »Kinder brauchen junge Eltern.«

»Und die Nerven, die man für Kinder braucht, sind auch besser, solange man jung ist«, fügte jemand anders hinzu, worauf alle lachten.

Gut. Vielleicht würde es dadurch leichter werden.

Zumindest, bis die Polizei kam und ihn wegen Diebstahls eines antiquarischen Buchs verhaftete.

Nicht dran denken, ermahnte er sich und begann mit der Einführung. Was war Geld eigentlich? Welche Bedeutung hatte die Liquidität, welche das Kapital? Lauter Themen, über die man viel erzählen und über denen man dunkle Wolken am Horizont vergessen konnte.

Doch die Polizei kam nicht. Hendrik erläuterte den Begriff der Geldmenge und die Grundzüge der Zinspolitik, erklärte, was Konjunkturzyklen waren und welche Rolle den Banken und Versicherungen im Finanzwesen zukam, dann machten sie Kaffeepause, immer noch unbehelligt. Jemand meinte, das sei ziemlich trockener Stoff gewesen, worauf Hendrik zugab, ja, das sei wahr, aber von jetzt an würde es interessanter. Doch dann galt es erst einmal, die verzinslichen Wertpapiere durchzunehmen, und Hendrik konnte den Unwillen richtig spüren, der sich beim einen oder anderen aufbaute. Allerdings folgte der Ablauf des Seminars exakt den Ankündigungen in der Beschreibung, vielleicht beschwerte sich deswegen niemand.

Es sei wichtig, noch am ersten Tag zum Thema Aktien zu kommen, hatte ihm die von Steinfeld eingeschärft. Und das stimmte: Ein sichtlicher Ruck ging durch die Gruppe, Köpfe reckten, Schultern strafften sich – sie schienen auf einmal alle wach zu werden. Stellten Fragen. Machten Notizen.

Und so wurde es bei gehobener Stimmung 18 Uhr 30, womit das Seminar für heute zu Ende ging. »Wir treffen uns um

20 Uhr im Hotelrestaurant, dort ist ein Tisch für uns reserviert«, kündigte Hendrik an und erhielt Klopfapplaus. Immerhin.

Danach musste er sich ein bisschen bewegen. Der Seminarraum lag im dritten Stock des Anbaus, an dessen äußerstem Ende es eine Treppe gab, die Hendrik nahm. Erst jetzt, als die Anspannung nachließ, spürte er den Stress, unter dem er den ganzen Nachmittag gestanden hatte. Es war alles gut gegangen, einigermaßen zumindest. Begeisterung hatte er zwar nicht gerade ausgelöst, sich auch ein paar Mal verhaspelt, aber immerhin, niemand hatte unter Protest den Raum verlassen.

Er spürte ein eigenartiges Zittern im Körper. Und er hatte kein bisschen Hunger; am liebsten hätte er sich einfach hingelegt und bis morgen früh durchgeschlafen. Doch das Abendessen war im Seminarpreis inbegriffen und die Anwesenheit des Referenten Pflicht. Den »Verwöhnteil« nannte es sein Chef und »die beste Gelegenheit, die Leute ein bisschen zu bauchpinseln«.

Irgendwie musste er sich in den Etagen verzählt haben, jedenfalls kam Hendrik im Erdgeschoss heraus und landete unversehens wieder im Foyer. Wo immer noch Polizisten standen, inzwischen mehr als ein Dutzend, und außerdem jede Menge Leute, die aufgeregt durcheinanderredeten. Alles schien auf irgendein ungeheures Ereignis zu warten.

Hendrik blieb neugierig stehen. Gleich darauf richtete sich die allgemeine Aufmerksamkeit auf die Haupttreppe, wo sich etwas tat: Zuerst kam eine Gruppe von Männern über den dicken roten Läufer herab, Männer mit ausladenden Schultern und Knöpfen in den Ohren – Bodyguards offenbar, wie sie Hendrik bislang nur in Kinofilmen gesehen hatte.

Ihnen folgten mehrere Frauen in Abendgarderobe: freie, makellose Schultern, tiefe Dekolletés, kunstvolle Frisuren, unirdisch schön geschminkte Gesichter und Schmuck, der kostbar im Licht des Kronleuchters funkelte. Und noch ein Bodyguard. Und noch einer. Es war ein Wirbelsturm von Menschen, der sich da die Treppe herab bewegte und in dessen stillem Auge sich ein einzelner Mann von eher schmächtiger Statur aufhielt, der einen silbern schimmernden Smoking trug und all jenen, die im Foyer ausgeharrt hatten, nicht einen einzigen Blick schenkte. In dem Moment, in dem man ihn erblickte, verstand man, dass sich alle nach ihm richteten, ihn gewissermaßen umkreisten, um jede seiner Bewegungen ergeben mitzumachen. Er bewegte sich gelassen, ja, fast gelangweilt zum Ausgang und stieg draußen in einen Wagen, dessen hinteren Wagenschlag ihm jemand aufhielt. Und nicht einfach in einen Wagen, sondern in einen Rolls-Royce, wie Hendrik schockiert erkannte, der die Kühlerfigur bisher nur auf Fotos gesehen hatte.

Es war eine verstörend unwirkliche Erscheinung. Der Mann wirkte in diesem Moment fast wie ein Gott, der sich herabgelassen hatte, die Sphäre der gewöhnlich Sterblichen zu durchschreiten. Hendrik sah fassungslos zu, wie sich seine Entourage auf die übrigen Wagen der Kolonne verteilte, die schließlich geschlossen davonfuhr, während er immer noch nicht fassen konnte, was er da eben miterlebt hatte: So etwas gab es also *tatsächlich!*

»Wer war das?«, fragte er eine Angestellte, die in seiner Nähe gewartet hatte.

Sie hob entschuldigend die Schultern. »Tut mir leid. Das dürfen wir nicht sagen.«

Hendrik nickte und sagte: »Verstehe«, obwohl er gerade gar nichts verstand. War ja auch egal. Jedenfalls war das jemand gewesen, der es wirklich, wirklich geschafft hatte.

Während sich rings um ihn die Schaulustigen wieder zerstreuten, blieb Hendrik noch einen Moment stehen, durchströmt von einem Verlangen, das er so brennend seit Langem nicht mehr verspürt hatte, einer Gier, die so hell aufloderte, als wolle sie ihn verzehren. Es war ein uraltes Gefühl, ein ungestillter Hunger, der ihn schon sein Leben lang begleitete: mehr zu sein als das, was er durch den blinden Zufall seiner Geburt und der Umstände seiner Kindheit war. Sich nicht abzufinden mit dem, mit dem zufrieden zu sein man ihm stets abverlangt hatte. Das Leben, das einzige, kostbare Leben, das er je haben würde, voll auszuschöpfen, es bis zur Neige auszukosten. Den Mut zu finden, über die Grenzen des Gewöhnlichen hinauszugehen und das Außerordentliche zu leben, das Ungeheuerliche, das Einzigartige.

Es war immer da, dieses Sehnen, es schlief die meiste Zeit nur. Doch in solchen Momenten wachte es wieder auf und erfüllte ihn mit der panischen Angst, sein Leben, sein *wahres* Leben zu verpassen, weil er sich mit Kleinkram abgab, mit kleinlichen Sorgen, belanglosen Dingen, trivialen Zielen. Himmel, er war immerhin schon zweiunddreißig! Sein Leben lief längst, und es lief in grässlich gewöhnlichen Bahnen – Job, Ehe, demnächst Kinder … Ein Leben, wie es *jeder* führte!

Das alles kam wie eine Flutwelle über ihn, und wie eine Flutwelle ging es auch wieder. Hendrik atmete seufzend aus. Wie immer das zu bewerten war, heute Abend würde sich an alldem ganz gewiss nichts ändern. Er hatte ein Seminar zu bestreiten, und im Moment hieß das, dass er sich frisch machen musste für das Essen, das, wie die von Steinfeld ihm erklärt hatte, dazu diente, »unauffällig Kompetenz auszustrahlen«.

Na ja. Was PR-Leute eben so redeten. Er würde schon zufrieden sein, wenn er den Abend ohne Eklat überstand.

Als er in seinem Hotelzimmer ankam, lag das Buch auf dem Schreibtisch und daneben ein Stapel Papier. Hendrik nahm ihn auf. Das durfte jetzt aber nicht wahr sein, oder? Sie hatten ihm das *gesamte Buch* kopiert! Und das bei einem Preis von einem Franken pro Kopie!

Er würde sich beschweren, gleich morgen. Wenn das so weiterging, kostete ihn das alles hier am Ende mehr, als er dabei verdiente. Er stopfte die Kopien in seinen Koffer, dann ging er ins Badezimmer.

Um nicht erneut zu spät zu kommen, erschien Hendrik eine Viertelstunde zu früh, womit er der Erste am Tisch war. Er ließ sich ein Glas Wasser bringen und wartete, erfüllt von innerer Unruhe.

Immer wieder überprüfte er den korrekten Sitz seiner Krawatte. Er hatte sich umgezogen, trug ein frisches Hemd – gut, dass er auf Miriams Anraten mehr mitgenommen hatte als nötig! –, trotzdem fühlte er sich unwohl. Er musterte die übrigen Gäste. Wer davon wohl jemand wirklich Wichtiges war? Das hatte er sich noch nie zuvor klargemacht: dass auch reiche Leute, Milliardäre, Ölscheichs, berühmte Schauspieler und andere Prominente unterwegs übernachten mussten, wenn sie reisten – und wo, wenn nicht hier, in einem der vornehmsten Hotels von Zürich?

Hendrik nippte an seinem müde perlenden Wasser und kam sich klein vor, ein armer Schlucker, ein Zaungast nur. Er betrachtete den gedeckten Tisch, die Gläser und Teller und den Blumenschmuck und dachte daran, dass er all das nicht wirklich würde genießen können. Für ihn war dieser Abend eine Prüfung, die es zu bestehen galt – und auf die er sich schlecht vorbereitet fühlte.

Nach und nach trudelten die Teilnehmer ein. Die Frauen wirkten festlich, trugen Abendgarderobe, passend zu dem Rahmen, in dem sie sich hier bewegten. Die Männer hatten sich weniger Mühe gegeben, die meisten jedenfalls.

Man studierte die Speisekarten, die ihnen der Kellner reichte. Sie hatten ein eigenes Menü, eine engere Auswahl dessen, was das Restaurant anbot – auf diese Weise kostete es Hendriks Firma nicht so viel, und bisher, hieß es, habe sich noch niemand beschwert. Hendrik bestellte das geräucherte Duo von Lachs und Scampi und das Ragout vom Schweizer Hirsch und erklärte sich im Namen der Gruppe mit der Weinempfehlung des Sommeliers einverstanden. Damit war diese Hürde umschifft.

Der Wein kam, das Wasser und kleine Appetithäppchen, und noch vor dem Entree wurde wieder über Aktien diskutiert, speziell über Internetaktien und den Neuen Markt. Tipps und Warnungen flogen über den Tisch hin und her, ein verbales Tennisspiel mit sechzehn Teilnehmern. Hendrik hielt sich aus der Diskussion heraus. Er fand die Erwartungen, die manche mit diesem Internetboom verbanden, höchst übertrieben, eine Einschätzung, mit der er in der Firma allerdings alleine dastand.

Während er sich überlegte, was er sagen sollte, falls man ihn nach seiner Meinung fragte, brachte jemand ein Thema auf, das schon seit einiger Zeit durch die Medien geisterte: dass womöglich die Computer am 1. Januar 2000 verrückt spielen würden. »Und was passiert dann mit all diesen Internetfirmen?«, fragte er. »Deren Aktien sind dann doch auf einen Schlag wertlos!«

Frau Schwesig erklärte, davon noch nie etwas gehört zu haben; das sei ja wohl nur eine wilde Verschwörungstheorie, oder?

»Durchaus nicht«, erwiderte der Mann, der dichte graue Haare und einen grauen Schnurrbart hatte. Hendrik erinnerte sich nicht an seinen Namen, aber daran, dass er in der Vorstellungsrunde erwähnt hatte, schon im Ruhestand zu sein und das Investment als Hobby zu betreiben. »Ich sage das als jemand, der einst Dozent für technische Mechanik an der TU München war. In den 80er-Jahren hatten wir einen sogenannten Supercomputer im Leibniz-Rechenzentrum, der mehrere Millionen Mark gekostet hat, der Stolz der Universität – aber man musste ihn noch mithilfe von Lochkarten programmieren. Die hat man abgegeben, und am nächsten Tag ist man wiedergekommen, um das Ergebnisprotokoll abzuholen, meterlang auf Endlospapier gedruckt.«

»Und was hat das mit dem Jahr 2000 zu tun?«, fragte Frau Schwesig skeptisch.

»Das lässt sich mit einem Wort umschreiben: Speicherplatz. Ein Megabyte Speicherplatz – was der Textmenge in einem dicken Buch entspricht – kostet heutzutage etwa eine Mark. In den 60er-Jahren dagegen lagen die Kosten bei über 1500 Mark. Deswegen ist man extrem sparsam damit umgegangen. Ein gängiger Trick war, Datumsangaben nur sechsstellig zu speichern, mit anderen Worten, für das Jahr nur zwei Stellen vorzusehen. Wohlgemerkt, wir reden von der Anfangszeit der Computerisierung. Damals sind viele grundlegende Programme entwickelt worden, die zum Teil heute noch in Betrieb sind. Und nun überlegen Sie mal, was passiert, wenn die Jahreszahl von 99 auf 00 umspringt!«

Frau Schwesig hob die Schultern. »Nun, dann geht eben alles wieder von vorne los. So, wie wenn der Tacho beim Fahrrad wieder auf null springt.«

Die Vorspeisen kamen. »Ja, aber das Leben geht weiter«, meinte der pensionierte Dozent, nickte der Kellnerin dankend zu, die ihm den Teller anreichte, und fuhr fort: »Und dass dann 106-jährige Einschulungsbescheide bekommen, wird noch die kleinste Sorge sein. Wenn die Computer in den Banken glauben, dass auf einmal wieder der 1. Januar 1900 ist – wie werden sie dann Zinsen und Fälligkeiten berechnen?«

»Das kommt mir aber wie ein *sehr* theoretisches Problem vor«, meinte Frau Schwesig entschieden.

»So theoretisch ist das gar nicht«, warf ein anderer Teilnehmer ein, ein etwas verwegen wirkender junger Mann, Ingenieur, wenn sich Hendrik recht entsann. »Letztes Jahr hat unsere Firma eine Versicherung abgeschlossen, zur Absicherung eines Bauprojekts, nichts Alltägliches. Die Laufzeit war fünf Jahre, also bis 2001. Einen Monat später kam eine Mahnung für zwei überfällige Jahresprämien – nämlich für die Jahre 1900 und 1901, zusammen mit Verzugszinsen für 97 Jahre.«

Gelächter, aber auch erschrockene Gesichter rings um den Tisch. Sogar Frau Schwesig schien nun davon überzeugt, dass das Thema ernst zu nehmen war.

»Wenn man bedenkt, wo heutzutage überall Computerchips drin sind«, überlegte ein Teilnehmer. »In der Kasse im Supermarkt. Im Videorekorder. Im Telefon. In Uhren. Sogar in meiner neuen Heizungssteuerung ist einer; wenn die's nicht mehr tut, mitten im Winter? Na danke.«

»In Aufzügen, in Verkehrsampeln, in Flugzeugen«, fügte ein anderer hinzu. »Auch in vielen Autos schon. Diese Chips sind überall!«

»Und viele davon sind unerreichbar«, gab der pensionierte Dozent zu bedenken. »Computerchips in Unterseekabeln, beispielsweise. Oder in Herzschrittmachern. In Nachrichtensatelliten. Und man kann die Programme in dieser Art Chip nicht mehr ändern, man muss die Dinger komplett austauschen.«

Während Suppen gelöffelt oder kunstvolle Salatkreationen

vertilgt wurden, steigerte sich die Runde in immer wildere Katastrophenszenarien hinein: Was, wenn plötzlich alle Flugzeuge abstürzten, weil die Bordcomputer versagten? Wenn überhaupt der Verkehr zum Erliegen kam? Wenn die Versorgung mit Strom und Wasser ausfiel, die Heizungen, die Fernwärme? Wenn Banken schließen mussten, weil ihre Computer verrücktspielten? Was, wenn alle Telefonverbindungen zusammenbrachen? Was für gravierende Auswirkungen das auf den Handel, die Industrie, überhaupt die ganze Weltwirtschaft haben würde – gar nicht auszudenken!

Es würde Regressforderungen geben, überlegte jemand. Womöglich stand den Gerichten in aller Welt eine Lawine von Prozessen bevor. »Vielleicht sollte man in Aktien von Anwaltskanzleien investieren?«, witzelte er, aber niemand lachte.

Und was wollten Gerichte machen, wenn auch die Polizei nicht mehr einsatzbereit war? Wenn Polizeiautos nicht mehr fuhren, die Telefone in den Amtsstuben stumm blieben …

Oder das Militär! Womöglich führte das Durchdrehen der Computer dazu, dass die Atomraketen von selber starteten!

Alle waren blass geworden. Dann, wie auf ein geheimes Zeichen hin, richteten sich alle Blicke auf Hendrik. Was er denn dazu meine?

Zum Glück tauchte just in diesem Moment ein Kellner auf und räumte Hendriks leeren Teller ab. Wertvolle Bedenkzeit.

»Das ist alles zweifellos richtig«, sagte Hendrik dann bedächtig, »trotzdem halte ich diese Sorgen für übertrieben. Ich darf so viel verraten, dass zum Kreis unserer Klienten mehrere Softwarehäuser zählen« – es waren genau zwei, und dass es sich um Klitschen mit nur drei beziehungsweise fünf Mitarbeitern handelte, brauchte er ja nicht zu erwähnen – »und die sind derzeit restlos ausgelastet mit genau solchen Aufträgen: Jahr-2000-Fehler in Computeranlagen zu finden und auszumerzen. Mit anderen Worten, das Problem ist in Fachkreisen durchaus bekannt, und es laufen weltweit entsprechende Arbeiten, es zu beseitigen. Es wird am 1.1.2000 vielleicht ein paar minimale Störfälle geben, aber Gravierendes, denke ich, wird nicht passieren.«

»Dann ist das«, schlussfolgerte der kleine runde Mann in dem rostbraunen Jackett – Windauer, erinnerte sich Hendrik, Karl Windauer –, »sozusagen ein *Markt?*«

»Genau«, sagte Hendrik. »In einer Größe von weltweit mindestens sechshundert Milliarden Dollar.«

Windauer hob den Zeigefinger. »Das heißt doch aber im Umkehrschluss, dass dieser Markt wegbrechen wird, wenn das Jahr 2000 erst einmal angebrochen ist. Mit entsprechenden Auswirkungen auf die jeweiligen Aktienkurse!«

Hendrik, dem dieser Gedanke noch nie gekommen war, sagte: »Ganz genau.« Sich jetzt bloß nichts anmerken lassen!

Karl Windauer nickte anerkennend, sah in die Runde, dann wieder zu Hendrik und meinte: »Allerhand. In Ihnen steckt mehr, als man auf den ersten Blick denkt.«

Und die ganze Runde nickte ebenfalls.

Hendrik, den dieses unerwartete Lob restlos verblüffte, wusste nicht, was er sagen sollte. Zum Glück kam der Hauptgang und erlöste ihn von der Notwendigkeit, darauf zu reagieren.

Das Gespräch wandte sich erneut dem Internetboom zu und den Aussichten der zahllosen Aktien, die ständig neu auf den Markt kamen. Doch die Atmosphäre, so schien es Hendrik nach diesem großen Lob für ihn und der allgemeinen Anerkennung, war eine völlig andere. Wohlwollender. Zuversichtlicher. Einvernehmlicher.

»Was meinen Sie denn, Herr Busske?«, wollte Windauer plötzlich wissen. »Sie haben doch bestimmt einen genialen Tipp in der Hinterhand, an den noch keiner von uns gedacht hat.«

Den hatte Hendrik nicht, im Gegenteil: Die meisten der Aktien, von denen die Runde bis jetzt geredet hatte, sagten ihm überhaupt nichts.

Doch irgendwie beunruhigte ihn das auf einmal gar nicht mehr.

Er legte das Besteck ab und sagte bedächtig: »Ich denke, es greift zu kurz, sich auf Aktien zu fixieren und zu glauben, man bräuchte nur den richtigen Tipp und alles wäre gut. Es geht in Wirklichkeit gar nicht um Aktien. Es geht um Reichtum. Wir wollen *reich* werden – *das* ist das Ziel. Aber dafür muss man zuerst seine innere Einstellung ändern. Wir müssen erst *innerlich* reich werden, dann folgt das Äußere nach.« Diesen Spruch hatte er aus einem seiner zahllosen Wie-werde-ich-reich-Bücher.

Bei dem Gedanken an seine Bücher zu Hause fiel ihm auch das Buch auf seinem Zimmer wieder ein, die Geschichte, die er heute Mittag gelesen, etwas, das dieser John Scoro gesagt hatte. »Es ist wie bei den alten Alchemisten«, fuhr Hendrik fort. »Was jeder weiß, ist, dass sie Gold machen wollten, edle Metalle aus unedlen. Was aber die wenigsten wissen, ist, dass es ihnen dabei in erster Linie darum ging, *sich selber* zu veredeln.«

Er sah sich plötzlich einer geradezu erschreckenden Aufmerksamkeit gegenüber. Aller Augen blickten ihn fragend an, gespannt, begierig auf mehr. Er würde weiterreden müssen, egal was.

Jetzt hieß es improvisieren. »Das betrachteten sie als ihr großes Geheimnis«, fuhr er fort. »Indem sie sich selbst veredelten, indem sie sozusagen *innerlich zu Gold wurden*, würde auch das Äußere gelingen. Das physische Gold war nur der Beweis ihrer geglückten inneren Wandlung. Ja, eigentlich war es die *Folge* dieser Wandlung. Einem Alchemisten, der innerlich unedel war, konnte die Transmutation nicht gelingen.« Es überraschte Hendrik selber, was er da von sich gab. Eine Eingebung wohl, aus der Not geboren.

Frau Schwesig schaute, wie üblich, skeptisch drein. »Aber es hat doch nie jemand wirklich Gold aus Blei gemacht, oder?«

»Es kommt darauf an, welchen Berichten man glauben will«, erwiderte Hendrik.

Das war eine Antwort, die ihm bei Kundengesprächen in ähnlichen Situationen oft geholfen hatte. Er durfte jetzt keinen Fußbreit nachgeben, um nicht jede Glaubwürdigkeit zu verlieren.

Der pensionierte Dozent kam ihm unwissentlich zu Hilfe,

indem er an seinen Teller klopfte und meinte: »Weißes Gold – das haben wir auf jeden Fall der Alchemie zu verdanken. Böttger oder so hieß er. Wollte Gold machen und hat dabei das Porzellan erfunden. Was der Menschheit mehr genützt hat, wenn Sie mich fragen.«

Ein anderer Mann, ein blass wirkender Buchhaltertyp, der bis jetzt noch nicht viel gesagt hatte, meinte: »Das mit dem reich denken, da ist was dran, finde ich.« Dann erzählte er von einem entfernten Verwandten, der ziemlich gut verdiene, mehr als jeder andere in der Familie, aber alles Geld in Spielkasinos verzocke. Die meisten nannten es Spielsucht, doch er sei sich da inzwischen nicht mehr sicher. »Ich bin einmal mitgegangen, wollte sehen, was ihn treibt. Das war in Baden-Baden. Er ist an einen der Roulettetische, hat gespielt und sogar gewonnen, viel, hatte irgendwann mehr als hunderttausend Mark in Chips vor sich liegen. Komm, habe ich gesagt, lass uns gehen, besser wird's nicht mehr. Aber er sagt, nein, wenn man eine Glückssträhne hat, darf man nicht aufhören. Und dann hat er alles wieder verspielt, alles, bis auf den letzten Pfennig. Ich hab ihm zugesehen und hatte das Gefühl, dass ihm das Geld, der große Gewinn, im Grunde unheimlich gewesen ist. Dass es ihm Angst gemacht hat. Bisher habe ich mich gefragt, ob er sich vielleicht irgendwie bestrafen will, aber wofür? Doch jetzt, wo Sie das sagen mit dem reich denken, da glaube ich, er packt das innerlich nicht. Das Eigenartige ist nämlich, dass er immer ungefähr gleich viel Geld hat, obwohl er mit seinen Provisionen immer völlig unterschiedlich viel verdient. Als ob er einen inneren Thermostaten hätte, der regelt, wie viel Geld er behalten darf.«

»Das ist ein guter Vergleich«, fand Karl Windauer. »Ein innerer Thermostat. Ja, das ist gut.«

Hendrik hatte zugehört, aber nur mit halbem Ohr. In ihm hallten noch die Worte nach, die er aus seinem eigenen Mund gehört hatte, ohne recht zu wissen, wie sie dorthin gekommen waren. Denn, so erkannte er, im Grunde hatte er zu sich selbst gesprochen. Im Grunde galt das alles für ihn selber auch.

So, wie er bis jetzt an das Seminar und an seinen Aufenthalt hier herangegangen war, war auch er nicht innerlich reich, sondern arm: neidisch, verzagt, gehemmt, jemand, der sich selbst nur als »Zaungast« oder »armer Schlucker« beschrieb.

Anstatt es aus vollem Herzen zu *genießen!* Er betrachtete den Tisch, die eleganten Flaschen mit edlem Wein, das Essen, das wunderbar duftete, nuancenreich schmeckte, hervorragend zubereitet und sorgfältig angerichtet war, ein wahres Kunstwerk jeder einzelne Teller: Doch er hatte all das bis jetzt nur in sich hineingeschlungen, wie man Benzin in einen Tank füllt, hatte kaum hingeschmeckt vor lauter Suhlen in negativen Gedanken.

Es war wie aufzuwachen. Er hob den Blick, hatte das Gefühl, das gediegene, geradezu überwältigende Ambiente des Speisesaals zum ersten Mal wirklich zu *sehen*. Eine Umgebung, die fein genug war für die reichsten Menschen der Welt – und er war hier! Zwar nur bis morgen Abend, aber immerhin!

Hendrik fühlte, wie dieses Gewahrwerden etwas in ihm veränderte. Es war, als lösten sich Knoten in seiner Brust und in seinem Bauch, als fiele all die Anspannung, all die Angst von ihm ab wie ein härenes Büßergewand. Etwas Warmes erfüllte ihn, etwas, das Freude sein musste, oder Genugtuung, oder zumindest Zufriedenheit. Wenn nicht sogar Glück, das Glück des Augenblicks, von dem man so viel las und so wenig verstand. Ja, ihm war fast, als beginne sein Leben, sein *wahres* Leben, erst jetzt, an diesem Abend, in diesem Moment!

»Sagen Sie, Herr Busske«, riss ihn Windauer aus seiner glückseligen Versunkenheit, »wird das denn noch Thema sein in unserem Seminar?«

Hendrik hatte Mühe, seinen Blick auf ihn zu richten. »Ich fürchte, eher nicht.«

»Hören Sie, das ist aber sehr bedauerlich.«

»Ich habe das Seminar leider nicht konzipiert.«

»Das hätten Sie aber vielleicht sollen«, meinte der rundliche Mann mit dem Spitzbart.

Hendrik lächelte nur. Unwichtig. Sein Leben hatte gerade begonnen, was scherten ihn da Seminarinhalte?

Frau Schwesig schüttelte wieder mal skeptisch den Kopf.

»Das verstehe ich nicht. Wieso sollte jemand Angst vor Geld haben? Jeder will doch möglichst viel Geld.«

Wieder richteten sich alle Blicke erwartungsvoll auf Hendrik. Faszinierend, wie der Sog, der von diesen Erwartungen ausging, Einsichten zutage förderte, von denen er nicht geahnt hatte, dass sie in ihm waren.

»Wir sind Produkte unserer Konditionierungen«, hörte er sich sagen. »Die Erziehung, die wir durch unsere Eltern erfahren, die Schule, das soziale Umfeld, in dem wir aufwachsen, prägen uns. Wir übernehmen die Vorstellungen, Werte und auch die Vorurteile unserer Umgebung, das ist unvermeidlich.« Das hatte er vor langer Zeit mal irgendwo gelesen, aber erst jetzt, hier und heute, an diesem Abend, verstand er wirklich, was das hieß. »Wir wachsen auf mit Sätzen wie *Geld macht nicht glücklich*, *Wie gewonnen, so zerronnen* oder *Eher geht ein Kamel durch ein Nadelöhr als ein Reicher in den Himmel*. Wir lernen, dass der *Mammon schnöde* ist. Und so weiter.«

Nicken in der Runde. Augenbrauen, die sich hoben. Augen, in denen Erkenntnis schimmerte.

»Wenn wir als Kinder hören«, fuhr Hendrik fort, »wie unsere Eltern über jemanden, der zu Reichtum gekommen ist, missgünstig sagen, *das Geld hat ihn verändert, und nicht zum Guten*, dann geloben wir uns insgeheim, nie so zu werden. Und wenn wir diesen Entschluss ins Erwachsenenleben mitnehmen, und sei es unbewusst, wird er stets unterschwellig als Gegenkraft zu unseren Bemühungen wirken, Wohlstand zu erlangen, und unsere Anstrengungen ständig unterminieren.«

Karl Windauer hob das Weinglas. »Prost, Herr Busske. Das Thema würde mich viel mehr interessieren als Konjunkturzyklen und Liquiditätskontrolle, muss ich sagen.«

Wofür ihm fast die ganze Runde ebenfalls zuprostete.

Hendrik hob sein Glas auch, erfüllt von Zuversicht. Alles war gut, nein, mehr als gut, großartig! »Vielleicht kann ich ja morgen doch noch ein bisschen dazu sagen.« Er nahm einen Schluck. Der Wein schmeckte wie von Engeln gekeltert, und kurz schoss ihm der Gedanke durch den Kopf, ob es der Wein sein mochte, der ihn so beflügelte. »Oder gleich jetzt«, meinte er. »Da wir alle so schön beisammensitzen.«

»Oh ja, bitte«, sagten sie.

Und so begann er zu reden. Er konnte nicht anders, so, wie sie an seinen Lippen hingen. Das, was er erzählte, stammte aus Hunderten von Büchern über Geld, Erfolg und Reichtum, die er in Antiquariaten aufgestöbert oder in Buchhandlungen gekauft hatte, Bücher, die ihn, so war es ihm oft vorgekommen, förmlich angesprungen, ihn unwiderstehlich verlockt hatten mit dem Versprechen, dass er es endlich schaffen würde, reich zu werden, wenn er nur den einen Kniff lernte, den einen wesentlichen Trick erfuhr, den dieses Buch für ihn bereithielt.

All das hatte nicht viel gebracht, doch die Lektüre hatte sich in wenig frequentierten Kammern seines Geistes abgelagert, hatte sich dort sedimentiert und fermentiert. Die Sätze und Gedanken hatten miteinander reagiert, waren ohne sein Zutun untereinander verschmolzen und irgendwie zu dem vergoren, was ihm jetzt, beflügelt von der Magie dieses Abends, wie von selbst auf die Zunge strömte.

Unser Problem mit dem Geld, erklärte er, beginne schon damit, dass wir es nicht sinnlich wahrnähmen, es nicht wertschätzten als das, was es war. Dass wir nicht bemerkten, dass die Scheine und Münzen, mit denen wir hantierten, kleine Kunstwerke waren, aufwendig gestaltet und sorgfältig hergestellt. Stattdessen stopften wir unser Geld achtlos in Geldbeutel oder Hosentaschen, schauten bei Zahlungsvorgängen weg, sei es uns peinlich, Geld zu überreichen oder anzunehmen. Kurzum, wir behandelten Geld achtlos. Wir betrachteten es, auch wenn das jeder von sich wies, doch als »schmutzig«, als »Wurzel alles Bösen«.

Wir seien uns auch kaum dessen bewusst, dass Geld *überall* war: in Supermarktkassen, in Bankautomaten, hinter dem Tresen im Lokal, in den Taschen von jedem, dem wir auf der Straße begegneten. Dass es so allgegenwärtig war wie Blätterrauschen im Wald.

Und was passierte, wenn man nicht hinschaute? Jeder, der als

Kind einmal des Nachts angstvoll die Bettdecke über den Kopf gezogen hatte aus Angst vor dem Gespenst am Fenster, wusste das: denn hätte man hingeschaut, hätte man gesehen, dass es nur der Vorhang war, den der Wind blähte. Weil wir nicht hinschauten, erschien uns das Geld bedrohlich, unverständlich, ja, überwältigend.

Teil dieses Nichthinschauens war, dass es auch keine Erziehung zum vernünftigen Umgang mit Geld gab. Man hatte in der Schule alle möglichen Fächer, lernte die Daten großer Kriege, die Pflanzenwelt Südamerikas und die Namen der Jupitermonde, aber nicht, wie man ein Girokonto führte, die Kosten eines Kredits berechnete oder Aktien kaufte. Was das anbelangte, war jeder auf sich allein gestellt.

»Im Grunde«, meinte Hendrik, »sollte alles, was wir heute im Seminar besprochen haben, Schulstoff sein.«

Und dabei konnte Geld einen ungeheuren Einfluss auf unser Seelenleben nehmen: Schulden zu haben etwa – was für ein Druck, der damit auf einem lastete! Wie viele Menschen begingen Selbstmord, nur einer Zahl auf einem Stück Papier wegen! Oder: Nicht bezahlen zu können – jedermanns Albtraum! Geld konnte eine existenzielle Bedrohung sein, psychosomatische Krankheiten verursachen, Magengeschwüre, Herzinfarkte, es mochte sich mit Ängsten vor Liebesverlust vermengen oder mit Frustrationen aller Art. Und Ängste waren es, die einen dazu trieben, in miesen Jobs auszuharren, schlechte Verträge abzuschließen oder sich mit minderwertigen Leistungen zufriedenzugeben.

Dabei war es nicht einmal so, dass Geld alle Probleme löste. Nicht wenige Milliardäre wurden immer noch von Existenzsorgen geplagt, lebten in der Furcht, einst arm zu sterben. Nicht wenige gewannen im Lotto und, anstatt hinfort sorgenfrei zu leben, verprassten alles Geld im Handumdrehen, um hinterher mehr Probleme zu haben als vorher. Manch einer, dessen Einkommen sich plötzlich verdoppelte, erhöhte seinen Lebensstandard derart, dass er in die Miesen rutschte.

Wie man es drehte und wendete, die elementare Ursache für

seelische und materielle Armut war mangelndes Selbstwertgefühl, schloss Hendrik seine sturzbachartigen Ausführungen. »Innerlich zu Gold werden«, erklärte er mit einem Pathos, das ihn insgeheim amüsierte, doch es ergab sich eben so, also, warum nicht? »Dann folgt das Gold im Äußeren nach.«

»Bravo«, sagte Karl Windauer und klatschte Beifall.

Sie diskutierten noch lange und lebhaft, aber irgendwann stand der Erste auf – der pensionierte Dozent – und bat, ihn zu entschuldigen, er kenne sich, wenn er nicht genug Schlaf bekomme, sei er anderntags außer Gefecht. Das war ein Signal, auf Uhren zu schauen und »Was, so spät schon?« zu sagen, und dann verlief sich die Runde schnell, nicht ohne Hendrik das Versprechen abgenommen zu haben, am nächsten Tag mehr über diesen Weg zum inneren Reichtum zu erzählen.

Hendrik blieb, bedankte sich beim Oberkellner, unterschrieb die Abrechnung. Der Maître kam heraus, fragte, ob alles zur Zufriedenheit gewesen sei, ein wohlbeleibter Mann, wie er da in der Tür zu seiner Küche stand. In der wurde geräuschvoll sauber gemacht, weitläufige Arbeitsflächen aus grauem Edelstahl, Stapel glänzenden Geschirrs in Regalen darüber, und es dampfte und klapperte.

Dann war es auch für Hendrik Zeit zu gehen. Er war müde, ja, und wusste am nächsten Morgen einen langen, anstrengenden Tag vor sich, ja. Doch es widerstrebte ihm, dass der Abend schon enden sollte, der erste Tag seines wahren Lebens. Warum musste alles Schöne irgendwann enden?

Auf dem Weg zu den Aufzügen passierte er eine Front von Glastüren, geschliffene, in Jugendstil-Mustern geätzte Glasquadrate in Gittern aus dunklem Mahagoni, hinter denen schattenhafte Bewegungen wahrnehmbar waren, Klaviermusik, Stimmen. Die Bar! Es schien noch allerhand los zu sein.

Hendrik zögerte einen Moment. Die Pflicht rief, und sie riet ihm, ins Bett zu gehen. Aber er hatte doch endlich das wahre Leben entdeckt und wollte nichts davon verpassen! Also änderte er seine Richtung, zog die Tür auf und ließ sich von Rauch und Stimmengewirr verschlucken.

Erstaunlich, wie viele Leute noch hier waren, schöne Menschen, die redeten, flirteten, tranken und lachten. Und heute Abend gehörte er, Hendrik Busske, auf magische Weise dazu. Er schwang sich auf einen der dicken Hocker vor der Bartheke und bestellte ein Glas Rotwein. Ja, das war die angemessene Weise, diesen Abend ausklingen zu lassen!

Der Rotwein kam, rubinrot funkelnd in einem mächtig gebauchten Glas. Hendrik sah sich um, sah eine ausgelassene Gruppe von Asiaten, die gehörig angetrunken wirkten, sah Paare, diskutierende Geschäftsleute ohne Krawatten, hörte fremde Sprachen. Italienisch erkannte er, Englisch, und das, war das Russisch?

Er nahm einen Schluck und versprach sich, dass es bei dem einen Glas bleiben würde. Ganz bestimmt.

Als er es absetzte, sah er eine Frau, die aus den dämmrigen, verrauchten Tiefen der Bar direkt auf ihn zukam und unwirklich gut aussah. Sie hatte einen Longdrink in der Hand, eine feuerrote Mähne und die Figur eines Fotomodells.

Und sie wollte tatsächlich zu ihm. Stellte ihr Glas ab, setzte sich neben ihn und fragte: »Do you speak English?«

Hendrik spürte sein Herz Sätze machen. »Yes«, sagte er kühn.

Sie lächelte und reichte ihm die Hand. »Hi. My name is Laura.«

5.

Licht fiel auf ihn, wohin er sich auch drehte, wollte ihn dazu bringen zu blinzeln. Aber seine Lider waren doch so schwer, sein ganzer Körper wie Blei! Er konnte unmöglich …

Dann setzte die Erinnerung wieder ein. Hendrik riss die Augen auf, fuhr hoch wie elektrisiert. Laura! Sie war weg. Verschwunden, ohne dass er es mitgekriegt hatte. Das Kissen neben ihm war zerwühlt, ein langes, rotes Haar klemmte in einer Falte, und ja, er roch noch ihren Duft …

Vielleicht war sie nur im Bad. »Laura?«

Nichts. Stille.

Hendrik ließ sich zurückfallen. Wow. Einfach nur: Wow. Was für eine Nacht!

Und wie das alles passiert war! Magisch geradezu. Sie war regelrecht auf ihn abgefahren, man konnte es nicht anders sagen. Trotz seines eher nur mittelprächtigen Englisch – und da sie auch Deutsch gesprochen hatte, und gar nicht mal schlecht – hatten sie sich glänzend unterhalten. Ein Wort hatte das andere gegeben, sie hatten viel gelacht, und irgendwann hatte ihre Hand auf seiner gelegen. Dann auf seinem Arm. Dann auf seinem Oberschenkel, dicht bei der Reaktion, die ihre Berührung auslöste. Und sie hatte gesagt: »Let's go.«

Es war irgendwie gar keine Frage gewesen, dass sie mit ihm ging. Und dann …

Junge, Junge.

Sie hatte gar nicht genug von ihm gekriegt. Nur gut, dass die Wände des Hotels so dick waren und die Zimmertüren so gut isoliert.

Und nun? Hendrik fühlte sich erschöpft und großartig zugleich, so lebendig wie schon lange nicht mehr. Er durfte nur nicht an Miriam denken. Er hatte sie noch nie betrogen, seit sie verheiratet waren, noch nie.

Gut, er hatte keinen Grund dazu gehabt. Allerdings auch wenig Gelegenheit. Das musste man der Ehrlichkeit halber zugeben.

Hendrik blinzelte in das Sonnenlicht, das in einem breiten Streifen mitten auf sein Bett fiel, und gestand sich ein, dass er das, was passiert war, trotzdem nicht bedauern konnte. Es zu bedauern hätte geheißen, sich zu wünschen, es wäre nicht passiert, und das war unmöglich. Dazu war es zu perfekt gewesen, zu vollkommen, ein wahrhaft krönender Abschluss des Abends.

Hendrik erhob sich, nackt, wie er war, ging zum Fenster. Na so was, da war sie ja! Unverkennbar mit ihrer kupfernen Mähne stand sie neben einem wartenden Taxi, redete mit jemandem vom Personal, lachte hell auf, war sichtlich guter Dinge.

Dann stieg sie ein, und das Taxi fuhr davon. Hendrik sah ihr nach, bis der Wagen außer Sicht kam.

Als er sich umdrehte, fiel sein Blick auf den Schreibtisch.

Auf den leeren Schreibtisch.

Fünf Minuten später stand fest: Das Buch aus dem Antiquariat war verschwunden.

Hendrik konnte nicht anders, er musste lachen. Eine Beischlafdiebin! Davon hatte er gelesen: Frauen, die in Hotelbars Geschäftsreisende verführten, um ihnen hinterher die Laptops zu stehlen und darauf befindliche Firmengeheimnisse, Kalkulationen, Angebote und so weiter an die Konkurrenz zu verkaufen.

Laura dürfte ganz schön enttäuscht gewesen sein, dass er gar keinen Computer dabeigehabt hatte! Wozu auch? Aber dass sie dann mit einem müffelnden alten Buch vorliebnahm …

Die Kopien waren noch alle da, also war es nicht weiter tragisch. Und vielleicht betrachtete sie das Buch ja als Souvenir. Was eine ausgesprochen schmeichelhafte Erklärung gewesen wäre.

Hendrik schaute auf die Uhr. Halb acht. Das Seminar ging um 10 Uhr weiter – das hieß, er hatte Zeit, endlich das zu tun, wofür er die Kopie ursprünglich hatte anfertigen lassen. Und besser jetzt, solange das Faxgerät noch zur Verfügung stand, denn nach dem Frühstück musste er ja auschecken.

Er zog die Kopie der handschriftlichen Notiz heraus. Sie war gut geraten, kontrastreich. In der Schublade fand er eine Mappe mit Briefpapier des Hotels, auf dem er eine kurze Notiz an seinen Bruder Adalbert schrieb: dass er die Anmerkung in einem Buch gefunden habe und dass ihn interessiere, ob es sich dabei um physikalische Formeln handele. Adalbert war acht Jahre älter als er, Doktor der Physik und wahnsinnig intelligent; wenn die Kritzeleien irgendeine wissenschaftliche Bedeutung hatten, würde er wissen, welche.

Er faxte ihm den Brief und die Kopie, dann ging er duschen.

Bis er sich rasierte, hatte das Telefon immer noch nicht geklingelt. Und es war auch kein Antwortfax gekommen, sah er, als er das Bad verließ.

Hmm. Adalbert war gnadenloser Frühaufsteher, unmöglich, dass er noch schlief. Wo steckte der an einem Sonntagmorgen? Arbeitete er womöglich schon?

Wahrscheinlich. Die am CERN waren alle so verrückt.

Nach dem Frühstück war immer noch kein Fax da. Hendrik fragte bei der Rezeption nach, ob jemand für ihn angerufen habe? Nein, war die Antwort.

Na gut. Er faxte Adalbert eine zweite Mitteilung, dass er ab sofort nicht mehr unter der angegebenen Nummer zu erreichen sei, er möge ihn bitte zu Hause anrufen, ab morgen. Dann packte er, stellte seinen Koffer unter und ging ins Seminar.

Natürlich war nicht daran zu denken, nun einfach den Stoff durchzunehmen, wie er in den Unterlagen stand. Die Idee des inneren Reichtums interessierte die Teilnehmer viel mehr; überhaupt alles, was Hendrik außerplanmäßig beisteuerte. Also erklärte er, da es zunächst ohnehin noch um Aktien, fundamentale Bewertung und Charttechniken und dergleichen ging, auch ihnen die Point & Figure-Methode, diesmal ausführlich: wie man Kauf- und Verkaufssignale herauslas, Stop-Loss-Marken setzte, Trendlinien und Zielkurse bestimmte.

»Alle Achtung«, meinte Karl Windauer hinterher. »Ihr Beispiel mit den Alchemisten war schon gut, aber das hier … das ist einfach genial.«

»Das ist nicht von mir«, versuchte Hendrik den Enthusiasmus des fülligen Mannes zu dämpfen. »Die Methode ist über hundert Jahre alt. Sie ist nur in Vergessenheit geraten.«

»Genau wie die Alchemie«, sagte Windauer.

Hendrik musste schmunzeln. »Ja. Genau wie die Alchemie.«

Nach dem Mittagsimbiss hatten sie immer noch nicht genug, also machte er eine Übung mit ihnen, an die er sich aus einem Buch erinnerte. »Schließen Sie die Augen. Stellen Sie sich vor, Sie hätten auf einmal ganz, ganz viel Geld. Einen regelrechten Überfluss an Geld. Ich nenne absichtlich keine konkrete Zahl, weil sich das jeder anders vorstellt, deshalb einfach nur: viel, viel Geld. Atemberaubend viel.«

»Puh«, hörte er jemanden murmeln.

»Und nun schreiben Sie auf die eine Seite eines Blattes die positiven Auswirkungen, die das auf Sie hätte, und auf der anderen Seite die negativen.«

Sie schrieben und schrieben. Auf einmal war die Konzentration fast mit Händen zu greifen.

Der Austausch hinterher war faszinierend. Die positiven Auswirkungen, die die Teilnehmer aufschrieben, ähnelten einander: Gut leben. Sich alles leisten zu können, was einem gefiel. Das Leben zu führen, das man führen wollte. Keine Arbeit mehr tun zu müssen, die einem nichts bedeutete. Einfluss zu haben. Mehr Handlungsmöglichkeiten. Der Familie helfen zu können – dem Neffen die Ausbildung bezahlen zu können, der Mutter den Umbau der Wohnung, dergleichen. Reisen zu können, wohin und so lange man wollte. Organisationen unterstützen zu können, die Gutes taten. Zeit für seine Hobbys zu haben. Interessantere Leute kennenzulernen. Und so weiter. Nur eine einzige Teilnehmerin – Frau Schwesig – nannte ganz konkrete Dinge: Sie würde einen Lamborghini fahren, in einer Villa am Mittelmeer leben und im Privatjet reisen.

Das gab Gelächter, die Stimmung sprudelte über. »Ich

träume viel zu kleinkariert, glaube ich«, meinte einer, der Buchhaltertyp.

Doch dann ging es an die negativen Auswirkungen. Wenn man viel Geld hatte, konnte man ausgeraubt werden. Oder entführt. Man konnte es wieder verlieren und daran umso mehr leiden, weil man sich schon an das süße Leben gewöhnt hatte. Man konnte Freunde verlieren, richtige Freunde zumindest, und würde sich vor falschen hüten müssen. Man wurde vielleicht träge, dekadent, arrogant; das Geld würde die schlechten Eigenschaften in einem zutage fördern, den Charakter verderben. Zumindest würde man sich um das Geld kümmern müssen, Investitionen tätigen und im Auge behalten müssen, was sich einige zu ihrem eigenen Erstaunen als ziemlich lästige Tätigkeit vorstellten.

»Solche inneren Ängste sind Hindernisse, die Ihre bewussten Anstrengungen sabotieren können«, sagte Hendrik, der sich undeutlich erinnerte, dass das Buch, aus dem die Übung stammte, das alles viel eleganter erklärte. »Die Hausaufgabe ist also, sich darüber klar zu werden, woher diese Befürchtungen stammen, und zu durchdenken, wie realistisch sie eigentlich sind.«

»Da muss ich nicht lange suchen«, meinte Frau Schwesig. »Meine Mutter hat immer von einem Mann aus ihrem Geburtsort erzählt, der im Lotto gewonnen hat und daraufhin verrückt geworden ist. Davon hat sie jedes Mal angefangen, wenn es um Geld gegangen ist, *jedes* Mal.«

Der restliche vorgesehene Seminarstoff kam bei alledem natürlich zu kurz. Hendrik handelte ihn eher hopphopp ab, stieß damit auch auf kein sonderliches Interesse mehr. Der Spannungsbogen, der Teilnehmer des Seminars zu der Einsicht führen sollte, mit dem Erwerb von WCM Trust-Fondsanteilen am besten zu fahren, ging völlig verloren.

Doch als das Seminar zu Ende war, waren alle des Lobes voll, sogar Frau Schwesig.

Und Hendrik kam sich vor wie verwandelt. Nie im Leben hätte er vermutet, dass ihm Seminare zu halten Spaß machen könnte! Gut, dass er noch ein paar vor sich hatte, ehe Frau von Steinfeld wieder zurückkam. Er verabschiedete jeden Teilnehmer mit Handschlag, wünschte allen alles Gute, und dann war es vorüber.

Während er seine Folien einsammelte und ein bisschen aufräumte, musste er an das Buch aus dem Antiquariat denken, das er gestohlen hatte und das wiederum ihm gestohlen worden war. Damit hatte alles angefangen – jedenfalls kam es ihm gerade so vor.

Zumindest der Vergleich mit den Alchemisten wäre ihm ohne das nicht eingefallen. Und der schien ja ganz gut angekommen zu sein.

Überhaupt, was für ein merkwürdiger Zufall mit den beiden Diebstählen! Falls solche Dinge Zufall waren. Womöglich hatte es ja eine besondere Bewandtnis mit dem Buch. Am Ende beruhte die Legende, die es erzählte, auf einem wahren Kern?

Schließlich war alles geregelt. Hendrik holte seinen Koffer und wollte gerade ein Taxi zum Flughafen bestellen, als einer der Teilnehmer wieder im Foyer auftauchte, Karl Windauer.

»Ich dachte, es sind schon alle weg«, sagte Hendrik verwundert.

Windauer deutete in Richtung der Hotelbar. »Ich hab noch einen Kaffee getrunken, in aller Ruhe. Damit ich fit bin für die Fahrt.«

Hendrik nickte. »Ach so. Sie sind mit dem Auto da.«

»Ja, ich komme aus Freiburg, das ist nicht weit, zwei Stunden oder so.« Er räusperte sich. »Herr Busske, ich würde Sie gerne zum Flughafen bringen!«

»Oh«, machte Hendrik. »Das ist nett. Aber ich will Ihnen keine Umstände machen. Ich kann mir genauso gut ein Taxi nehmen.«

Windauer reckte resolut das Kinn. »Aber *ich* will mir gern Umstände machen. Mal abgesehen davon, dass der Flughafen sowieso fast auf dem Weg liegt.«

Reich denken hieß auch, Geschenke annehmen zu können,

fiel Hendrik ein. Hatte er ebenfalls irgendwo gelesen. »Also gut«, sagte er. »Gern. Danke.«

»*Ich* habe zu danken, Herr Busske«, widersprach Windauer. »Ich habe zu danken.«

Unterwegs erzählte ihm der kugelrunde Mann mit dem roten Wams und dem Spitzbart seine Geschichte. In der Vorstellungsrunde hatte Windauer schon erwähnt, dass er aus dem Vertrieb einer Firma kam, die Marktführer im Bereich von Rohrleitungen aller Art war. Man hatte ihn zum Ende des letzten Jahres mit einer hohen Abfindung in den vorzeitigen Ruhestand geschickt, und nun suchte er nach neuen Betätigungsfeldern.

»Die Idee hinter dem Angebot«, erklärte Windauer, während sie durch den späten Sonntagabendverkehr zuckelten, »war, die Mannschaft zu *verjüngen.* Angeblich wird eine Belegschaft, wenn man den Altersschnitt senkt, kreativer, dynamischer, wettbewerbsfähiger und so weiter. Was Unternehmensberater halt so erzählen. Blabla, wenn Sie mich fragen. In Wirklichkeit steckt dahinter die Kalkulation, dass man jungen Angestellten weniger Gehalt zahlen muss. Schlicht und ergreifend.« Er lachte so laut auf, dass sein Bauch wackelte. »In meinem Fall ist die Rechnung aber schwer danebengegangen. Sie mussten *drei* neue Leute einstellen, um mein ehemaliges Aufgabengebiet abzudecken!«

Hendrik musste schmunzeln. »Das hört man sicher gern in so einer Situation, stelle ich mir vor.«

»Das können Sie singen.« Er wurde wieder ernst. »Trotzdem – ich bin erst 55, da kann ich doch nicht den Rest meines Lebens daheim herumsitzen. Mal abgesehen davon, dass meine Frau da schwer dagegen wäre. Aber in dem Alter nimmt mich keiner mehr, da braucht man sich nichts vorzumachen. Und ehrlich gesagt will ich's auch nicht mehr. Ich hab keinen Chef mehr und genug Geld, also, warum sollte ich mir das noch mal antun?«

Der Flughafen tauchte auf. Während er den Wagen zum Terminal lenkte, meinte Windauer: »Was ich Ihnen sagen wollte, Herr Busske – Sie sollten sich selbstständig machen. Unbedingt. Ein junger Mann wie Sie … Sie haben noch alle Chancen. Und Sie sind der geborene Dozent. Glauben Sie mir, ich hab viele erlebt; die meisten waren Schlaftabletten. Sie haben noch nicht viel Erfahrung, das merkt man, aber bei Ihnen springt ein Funke über. Sie können den Menschen etwas vermitteln.«

Hendrik sah ihn an, überrascht von dieser Wendung des Gesprächs. »Meinen Sie?«

»Ja, unbedingt.« Er hielt vor dem Haupteingang, mitten im Halteverbot. »Und machen Sie das mit diesem Thema. Reich denken. Das hat mir so viel gebracht, das glauben Sie gar nicht. Lassen Sie die Konjunkturzyklen weg, das interessiert keine Sau. Außerdem ist es eh bloß graue Theorie.«

Hinter ihnen hupte es.

»Ich glaube, es ist besser, ich steige mal aus«, meinte Hendrik nervös.

Windauer legte ihm die Hand auf den Arm, als wolle er ihn festhalten. »Ich würde Sie unterstützen. Ich kenne Gott und die Welt, das hat mein Job mit sich gebracht.«

Hendrik zögerte. »Das ist nett von Ihnen, aber ich weiß ehrlich gesagt nicht, ob ich –«

Jetzt tauchte ein Bus auf der Spur hinter ihnen auf. Hendrik sah im rechten Außenspiegel, wie er aufblendete.

»Ich glaube an Sie, Herr Busske«, erklärte Windauer und ließ ihn wieder los. »Sie können das. Ich weiß es. Denken Sie drüber nach. Und, ach so, halt …« Er zog einen zusammengefalteten Zettel aus der Tasche und drückte ihn Hendrik in die Hand. »Falls Sie mich mal erreichen wollen. Hab noch keine eigenen Visitenkarten machen lassen.«

»Danke«, sagte Hendrik und steckte den Zettel ein. Inzwischen stand der Bus so groß hinter ihnen, als beabsichtige er, Windauers BMW vor sich her zu schieben. »Ich glaube, jetzt muss ich aber wirklich.«

Später, im Flugzeug, in der spärlich besetzten letzten Maschine nach Frankfurt, schaute Hendrik hinab auf das nächtliche Deutschland und dachte an das, was Windauer gesagt hatte. Der Mann war aufrichtig begeistert gewesen. Und er schien seinen Rohrleitungen irgendwie doch nachzutrauern.

Ab da zerliefen seine Gedanken, vermengten sich mit dem Dröhnen der Triebwerke und dem Zischen der Belüftung, ließen Hendrik sanft in den Schlaf gleiten …

… als er plötzlich eine Idee hatte. Nein, mehr als das, eine Vision: *Die Alchemie des Reichtums* würde er das Programm nennen, mit dem er sich selbstständig machte. Das würde einschlagen, ganz sicher. Und selbstständig zu sein, sein eigener Herr – ja, der Gedanke hatte etwas, unbedingt.

Hendrik sah nach vorn, zu dem grauen Vorhang, der die Sitze der Business Class vom Rest abteilte, und musste an das Buch denken, das er nur einen Tag lang in seinem Besitz gehabt und das so viel ausgelöst hatte.

Hatte ihm dieses Buch begegnen müssen, um ihm den Anstoß zu geben, mehr aus seinem Leben zu machen? In diesem Moment, in zehntausend Metern Höhe am nächtlichen Himmel, war Hendrik davon überzeugt.

Am nächsten Tag hatte er zum Ausgleich für das Seminarwochenende frei. So konnten sie in aller Ruhe gemeinsam frühstücken, ehe Miriam zur Uni musste, wo sie – mit nachlassender Begeisterung, wie Hendrik in letzter Zeit den Eindruck hatte – Biologie studierte.

Nun bedrückte ihn die Geschichte mit dieser Amerikanerin doch. Überhaupt war es, als überlagerten sich die beiden Welten gerade: auf der einen Seite der gewohnte Alltag – die Küche, die Miriam rot und gelb gestrichen hatte, mit den IKEA-Möbeln und dem winzigen Balkon voller Küchenkräuter in Blumentöpfen. Auf der anderen Seite die Erinnerung an das Fünfsternehotel in Zürich, an Männer in Viertausend-Mark-Anzügen, an Champagner, Kaviar auf *Amuse gueules*, an Marmor, Mahagoni und schweres Leder.

Hendrik fand es gerade schwierig zu entscheiden, welches davon das *echtere* Leben war.

Außerdem machte er sich immer noch Sorgen, Miriam könnte ihm etwas anmerken. Es sah zwar bis jetzt nicht so aus – sie wirkte arglos, freute sich einfach, dass er mal unter der Woche mit ihr frühstückte –, aber das nahm ihm nicht die leise Beklemmung, die ihn plagte.

Nicht zuletzt, um davon abzulenken, beschrieb er ihr ausgiebig den Verlauf des Seminars und wie viel Spaß es ihm gemacht hatte. Dass er das Gefühl hatte, dass das etwas war, das er wirklich konnte, mit ein wenig mehr Übung zumindest. Er erzählte von seinen Exkursen in das Thema *reich denken* – und schließlich von der Idee, sich mit solchen Seminaren selbstständig zu machen.

Miriam stieß einen hellen Lacher aus. »Dann hätten deine vielen Wie-werde-ich-reich-Bücher ja endlich mal einen Nutzen! Au ja, mach das. Gute Idee.«

Aber es entging ihm nicht, wie sie gleich darauf die Lippen zusammenkniff, wie gewisse Falten über ihren Augenbrauen auftauchten, die Hendrik gut kannte: Auch wenn sie zustimmte, die Vorstellung bereitete ihr Unbehagen.

Zumindest würde sie eine Weile brauchen, um sich an diese Idee zu gewöhnen.

»Natürlich muss ich das alles erst mal durchkalkulieren«, fügte er hinzu und versuchte, nicht ganz so enthusiastisch zu klingen wie vielleicht gerade eben. »Informationen einholen. Rausfinden, wie man so etwas überhaupt aufzieht.«

Sie beäugte ihn über den Rand ihrer Kaffeetasse hinweg. »Lernt man so was nicht als Bankkaufmann?«

»Doch«, erwiderte er. »Wie man einen produzierenden Betrieb gründet, für den man Maschinen anschaffen und Hallen mieten muss und einen Millionenkredit braucht, das weiß ich. Aber das ist ja nicht das, was ich vorhabe.«

»Na, Gott sei Dank.« Jetzt sah das Lachen in ihren grünblauen Augen wieder echt aus.

Sie lachten beide, und dabei betrachtete er sie. Miriam war so ganz anders als diese Laura *from the States*, die einen durchtrainierten Model-Körper und ausladende Brüste gehabt und sich beim Sex gebärdet hatte wie eine Wilde. Miriam dagegen war schlank, feingliedrig, eher der französische Typ – tatsächlich fanden sich bei ihr mütterlicherseits ein paar Ahnen mit hugenottischen Wurzeln. Sie hatte tiefbraune, fast schwarze Haare, die ihr bis zwischen die Schulterblätter reichten, und im Bett war sie sanft und hingebungsvoll.

Schlechtes Gewissen hin oder her: Es war auf eine ganz eigene Weise ungeheuer erregend, in zwei aufeinanderfolgenden Nächten mit zwei verschiedenen Frauen zu schlafen. Da brauchte er sich nichts vorzumachen, das hatte er unendlich geil gefunden.

Okay, es würde nie wieder vorkommen.

Aber, ganz ehrlich: Es belebte.

Er beugte sich unvermittelt zu ihr und küsste sie, küsste sie lange, innig, wäre am liebsten noch einmal mit ihr –

»Nichts da. Ich muss los.« Sie drückte sich von ihm weg, sah ihn forschend an. »Sag mal … Vielleicht solltest du das mit diesen Seminaren tatsächlich machen, wenn dich der Gedanke so antörnt.«

Hendrik frühstückte zu Ende, räumte rasch die Küche auf, setzte sich dann an den Schreibtisch und begann, einen Geschäftsplan zu entwickeln. Die Sonne schien, ließ auf der Fensterbank die exotischen Blumen leuchten, die Miriam züchtete und die ihr üppig gediehen.

Die allgemeinen Punkte waren schnell erledigt. Rechtsform: ein Einzelunternehmen nach dem BGB, das war das Einfachste. Die Tätigkeit eines Referenten war eine freiberufliche – auch einfach. Die Inhalte seiner Seminare würde er selber entwickeln: Er brauchte dazu nur seine umfangreiche Bibliothek entsprechender Ratgeber auszuwerten; in denen steckte mehr Stoff, als sich in einem Wochenende unterbringen ließ.

Ein anderes Thema war, was es kosten würde, das alles aufzubauen. Hendrik telefonierte mit Hotels, Druckereien, Adressverlagen, Anzeigenabteilungen und so weiter und übertrug die Auskünfte, die er erhielt, in eine Excel-Tabelle, so, wie er es auch für einen Klienten gemacht hätte. Er wälzte Kontoauszüge, kalkulierte Kreditkosten und monatliche Raten, und je länger er an all dem arbeitete, desto klarer zeigte sich, dass es nicht funktionieren würde.

Er war nicht reich genug, um Reichtumsseminare geben zu können.

Und die Sonne schien immer noch, wie um ihn zu verhöhnen.

Er brütete über den Kontoauszügen und starrte die Zahlen an, als würden die sich verändern, wenn er das nur ausreichend lange tat. Der Witz war, dass er gar nicht schlecht verdiente in seinem Job. Nicht exorbitant gut, nicht das, was einige wenige in der Finanzbranche verdienten, aber doch ganz ordentlich. Was ihn auffraß, waren die Kosten für das Pflegeheim, in dem seine Mutter untergebracht war. Seine Mutter war nach dem Tod seines Vaters in tiefe Depression verfallen und dann in frühe Demenz. Inzwischen war sie nicht mehr depressiv, dafür erkannte sie ihre Söhne nicht mehr.

Adalbert zahlte auch einen Teil davon, klar. Bloß verdienten die ja nichts am CERN. Der größte Teil der Last hing an ihm, Hendrik. Zudem stiegen die Kosten jedes Jahr, und nicht gerade zaghaft.

»Aber wir haben doch Ersparnisse!«, meinte Miriam, als sie zurück war und er ihr das Fazit seiner Überlegungen dargelegt hatte.

»Schon«, sagte Hendrik, »nur nicht genug. Wir müssen mit einer anfänglichen Durststrecke rechnen, bis ich mich etabliert habe. Und in der Zeit verdiene ich ja nichts.«

Miriam beugte sich vor, die Arme vor dem Bauch verschränkt. »Und wenn wir versuchen, die Kosten zu reduzieren? Du könntest von zu Hause aus starten, dann sparst du Büromiete. Ich könnte die Verwaltung übernehmen, den Telefondienst, die Korrespondenz und so weiter, dann musst du keine Sekretärin bezahlen.«

Hendrik lächelte wehmütig. All das hatte er schon einkalkuliert. »Das Problem ist die Werbung. Ich muss ja Teilnehmer für die Seminare interessieren, und das geht sinnvoll nur per Direktmarketing, also, indem ich Leute direkt anschreibe. Dazu muss ich Adressen mieten, Briefe drucken lassen und so weiter – und das Ganze darf nicht billig wirken. Wenn ich für ein Seminar über Reichtumsbewusstsein werbe, dann muss die Werbung auch reich *aussehen*.« Jetzt erst fiel ihm auf, wie verkrampft Miriam dasaß, wie unglücklich sie wirkte. »Sag mal … was ist mit dir?«

»Nichts.« Sie sah beiseite. »Ich hab meine Tage bekommen.«

»Oh.«

»Tja.« Sie stand auf, fuhr ihm kurz mit der Hand durch die Haare. »Ich leg mich ein bisschen in die Wanne. Heißes Wasser tut mir immer gut.«

Hendrik blieb sitzen, hörte das dumpfe Plätschern aus dem Badezimmer und kam sich schrecklich hilflos vor. Seit zwei Jahren versuchte Miriam, schwanger zu werden, und es klappte einfach nicht.

Er hatte es längst aufgegeben, ihr vorzuschlagen, zusammen mal deswegen zum Arzt zu gehen. Davon wollte sie nichts hören. Auf keinen Fall, so hatte sie ihm klargemacht, würde sie Hormone schlucken oder Sex nach Stundenplan machen, von künstlichen Befruchtungen und dergleichen ganz zu schweigen. Ein Kind, das war für sie ein Geschenk, und Geschenke erzwang man nicht.

Aber inzwischen belastete das Thema ihre Beziehung doch. Manchmal, wenn Miriam abends die Hand nach ihm ausstreckte, meinte Hendrik zu spüren, dass es nicht Lust oder Zuneigung war, was sie antrieb, sondern eine unmerklich wachsende Panik.

Er saß da, in sich zusammengesunken, und starrte die Papiere vor sich an. Er hasste das. Er hasste es, wie im Leben aller Glanz immer wieder verflog, wie alle Begeisterung immer irgendwann jäh enttäuscht wurde. Als sei man ein Esel, dem das Leben eine Möhre vor die Nase hielt, die man begehrte, aber nie erreichen würde, egal, wie man sich abstrampelte.

Abends aß Miriam wenig und ging früh zu Bett, mit einer Wärmflasche auf dem Bauch. Hendrik wollte es sich gerade mit einer Flasche Bier vor dem Fernseher bequem machen, als das Telefon klingelte.

»Was schickst du mir denn für Faxe?«, rief eine schnarrende Stimme. Adalbert.

»Ach, du bist es«, sagte Hendrik.

Adalbert gab sich, wie üblich, nicht mit unnützem Zeug wie Begrüßungen ab. »Also, deine Frage lässt sich leicht beantworten: Ja«, erklärte er stattdessen unumwunden. »Ja, diese Notizen haben was mit Physik zu tun.«

»Und was?«

»Es ist eine ziemlich vollständige kernphysikalische Beschreibung der Umwandlung von Quecksilber in Gold.«

Hendrik verschlug es den Atem. »Tatsächlich?«

»Die Schreibweise ist ein bisschen ungebräuchlich, aber das ist eindeutig gemeint.«

»Warte«, sagte Hendrik, der befürchtete, dass Adalbert, nun, da er die gewünschte Auskunft erteilt hatte, gleich wieder auflegen würde. Was ihm durchaus ähnlich gesehen hätte. »Erklär mir das genauer. Also, für Laien.«

Ein entsagungsvoller Seufzer war die Reaktion angesichts dieser Forderung, seine wertvolle Zeit an einen Nichtphysiker zu verschwenden. »Na gut. Die erste Spalte, das sind die verschiedenen Isotope von Quecksilber. Was ein Isotop ist, weißt du hoffentlich?«

»Vage«, gestand Hendrik. Er war zum Schreibtisch gegangen, zerrte mit der freien Hand die Mappe mit den Kopien des Buches aus der Ablage.

»Isotope sind Atome desselben Elements, aber mit unterschiedlichem Gewicht. Das Gewicht eines Atoms wird im Wesentlichen durch seinen Kern bestimmt, der aus Neutronen und Protonen besteht. Die Anzahl der Protonen ist die Ordnungszahl: Sie entscheidet, um was für ein Element es sich handelt, und damit auch, wie es chemisch reagiert. Die Anzahl der Neutronen ist in gewissen Grenzen variabel, hat keinen Einfluss auf die chemischen Eigenschaften, sehr wohl aber auf das kernphysikalische Verhalten. So weit klar?«

»Völlig«, log Hendrik, legte die Mappe vor sich hin und setzte sich.

»Schön. Gold hat die Ordnungszahl 79, Quecksilber die Ordnungszahl 80, sie sind also im Periodensystem unmittelbar benachbart. Man kann Gold aus Quecksilber erzeugen, indem man starke Gammastrahlung einsetzt. Die erste Zeile beschreibt die Hauptreaktion: Quecksilber-198, dessen Anteil an normalem Quecksilber etwa zehn Prozent ausmacht, wird in Gold-197 umgewandelt, das stabil ist. Diese 0,1 in der zweiten Spalte, das sind die zehn Prozent, okay?«

»Okay«, sagte Hendrik, der inzwischen die Kopie der geheimnisvollen Zeilen herausgefieselt hatte.

»Der Rest sind Nebenreaktionen. In der dritten Zeile haben wir Quecksilber-199, das zu Gold-198 wird, ein radioaktives Goldisotop, das mit einer Halbwertszeit von 2,7 Tagen – die vorletzte Angabe in der Zeile, klar? – durch Betazerfall wieder zu Quecksilber wird, und zwar zum Isotop mit dem Atomgewicht 198. Und so immer weiter.«

Hendrik überschlug die Prozentangaben. »Mit anderen Worten, es entsteht auf diese Weise Gold, aber neunzig Prozent davon sind radioaktiv?«

»Genau.«

»Und die zerfallen nach und nach wieder zu Quecksilber?«

»Yep. Das kann man natürlich wieder bestrahlen, um weiteres stabiles Gold zu erzeugen. In der ersten Nebenreaktion erhält man ja wieder Quecksilber-198.«

Hendrik musste grinsen. »Interessant. Weißt du, woher ich das habe? Diese Notizen?«

»Aus einem antiquarischen Buch, hast du geschrieben.«

»Aus einem Buch, in dem genau dieser Prozess beschrieben wird – bloß im Mittelalter!« Hendrik schilderte ihm in knappen Worten, worum es in der Geschichte gegangen war. Und dass die Rüstung am Schluss Tränen geweint habe, war zweifellos das rückverwandelte Quecksilber gewesen!

»Na ja«, meinte Adalbert unbegeistert. »Ganz nette Science-Fiction-Story.«

Hendrik überlegte, ob er es überhaupt schon einmal geschafft hatte, Adalbert für irgendetwas zu begeistern.

Vielleicht glückte es ihm ja heute.

»Der Punkt, der nicht stimmt«, fuhr Adalbert kühl fort, »ist der, dass es keinen natürlichen Strahler gibt, der die nötige Energie aufbrächte. Die stärksten bekannten Nuklide emittieren Gammastrahlung mit einer Energie von maximal acht Mega-Elektronenvolt. Für die beschriebene Reaktion bräuchte man aber mindestens zwanzig, und die kriegt man nur mit einem Teilchenbeschleuniger. Was nicht so richtig plausibel gewesen wäre in einer Geschichte, die wann spielt? Im dreizehnten Jahrhundert?«

»Ja. 1295.« Hendrik holte Luft. »Und was, wenn so ein Strahler nur noch nicht entdeckt worden ist? Der Hammer an der ganzen Sache ist nämlich, dass das Buch, aus dem ich das habe, im Jahre 1880 gedruckt worden ist. Und so weit ich weiß, waren diese Zusammenhänge damals noch völlig unbekannt!«

Stille in der Leitung. Immerhin, Adalbert dachte nach.

»Woher weißt du, dass das Buch 1880 gedruckt wurde?«

»Steht vorne auf dem Titelblatt.«

»Drucken kann man viel.«

»Das Buch hat auch so alt gewirkt. Ich hab's leider nicht mehr, aber …« Hendrik hielt inne. Ah. Es war also doch ein Problem, nicht mehr im Besitz des Originals zu sein. Er hatte kein Papier, das man chemisch analysieren konnte, keine Beweise, nichts.

»Du wolltest meine Meinung hören«, sagte Adalbert. »Und die lautet: Nette Interpretation des alten Motivs vom Stein der Weisen, geschrieben von jemand, der zumindest Ahnung von Kernphysik hat. Nicht der übliche Blei-zu-Gold-Quatsch. Aber die modernen Alchemisten, das sind nun mal wir. Und wir sind auch die Einzigen, bei denen es funktioniert. Okay? Und sonst? Gibt's was Neues von Mutter?«

»Was? Nein. Nein, alles unverändert.« Mutter war körperlich robust. Sie würde wahrscheinlich hundert werden.

»Na, dann«, sagte Adalbert.

»Ja. Danke, dass du zurückgerufen –« Hendrik hielt inne, als er merkte, dass die Leitung schon tot war.

Er stopfte die Kopie wieder zu den anderen, überlegte, ob er das Zeug gleich wegwerfen sollte. Aber dann fiel ihm ein, wie viel Geld die Kopien gekostet hatten, also zog er nur die unterste Schublade auf, pfefferte die Mappe hinein und kehrte zurück zu seinem Bier und dem Fernsehprogramm.

Zur selben Zeit saß, weit entfernt, ein Mann in einem Raum mit geweißelten, meterdicken Wänden und nur einem schmalen Fenster dicht unter der Decke. Außerhalb des uralten Gebäudes herrschte die unermüdliche Geschäftigkeit einer Großstadt, doch in diesem niedrigen, stillen Keller war nichts davon zu spüren.

Der Mann war fast zwei Meter groß, hatte die Statur eines Holzfällers und Hände wie Schaufeln. Er trug ein schwarzes Hemd, ein gefüttertes Jackett und eine Lesebrille. Er war Anfang sechzig, sein mächtiger Schädel kahl bis auf einen Kranz so dünner Haare, dass man ihre Farbe nicht mehr erkennen konnte. Seine Augenbrauen dagegen waren äußerst eindrucksvoll und von tiefschwarzer Farbe.

Der Mann saß an einem wuchtigen Schreibtisch aus Eichenholz, eine Antiquität, wenn auch keine schöne. Er las im Schein einer Lampe mit Messingschirm Zeitungen, im Moment eine polnische. Neben ihm lagen weitere Zeitungen in weiteren Sprachen, eine italienische, eine argentinische und eine englische.

An den Wänden reihten sich uralte Aktenschränke aus Holz, bei denen jedes Fach mit einem eigenen Schloss versehen war. Durch einen torbogenförmigen Durchgang sah man in einem Nebenraum alte Bücher in einem Schrank hinter Glas stehen.

Was man von dem Platz aus, an dem der Mann saß, nicht

sah, war, dass nebenan auch noch ein Altar stand mit einer von Generationen von Knien abgewetzten Gebetsbank. Und außerdem ein Tresor.

Ein schnarrendes Geräusch unterbrach die Stille, verursacht von einer Sprechanlage aus den 60er-Jahren auf dem Schreibtisch.

Der Mann drückte auf eine der Tasten. »Ja?«

Eine helle, jung klingende Stimme drang aus dem Lautsprecher. »Der Mann, den Sie erwarten, ist jetzt da.«

»Danke. Schicken Sie ihn herunter.«

Er ließ die Taste los, legte seine Zeitung zusammen und schob sie mit den anderen beiseite. Dann faltete er die Hände, um zu warten, den Blick auf ein schweres Eichenkreuz gerichtet, das auf seinem Schreibtisch stand. Ein gusseiserner Gekreuzigter hing daran, ein ebenfalls gusseiserner Sockel mit drei Beinen hielt das Ganze aufrecht.

Man konnte von hier aus keine Schritte in den Gängen draußen hören, dazu war die Tür zu dick. Aber der Mann wusste aus Erfahrung, wie lange man für den Weg von der Pforte bis zu ihm brauchte. Er wandte irgendwann seinen Blick der Tür zu, nur wenige Augenblicke, bevor sie geöffnet wurde.

Ein überaus durchschnittlich aussehender Mann trat ein. Er trug einen grauen Anzug, einen grauen Mantel und unter dem Arm eine Aktentasche. Sein Gesicht war von der Art, die man sofort wieder vergisst, und falls überhaupt etwas Bemerkenswertes an ihm war, dann seine wieselhafte Art, sich zu bewegen: Er betrat den Raum nicht einfach, er wand sich herein, und als er sich auf den Stuhl setzte, den ihm sein Gastgeber mit einer Handbewegung anbot, tat er es mit einem eigenartigen Gleiten, dass es, als er saß, so wirkte, als habe er schon immer da gesessen.

Der große Mann, dem all dies vertraut war, faltete die Hände wieder. »Nun?«

Der Wieselhafte nickte. »Ich habe die Spur des Buches bis zum Antiquariat Schoch in Zürich verfolgt«, berichtete er. »Die verdächtige Person ist am Sonnabend um elf Uhr dreiundzwanzig dort aufgetaucht. Doch bei der Übergabe hat sich herausgestellt, dass das Buch kurz vorher aus dem Antiquariat gestohlen worden ist.«

Die überaus eindrucksvollen Augenbrauen hoben sich. »Gestohlen?«

»Offenbar ist der Händler – ein wenig vertrauenserweckender Mann, wenn Sie mir die Bemerkung gestatten – zu nachlässig damit umgegangen. Er hatte das Buch in einem Umschlag aufbewahrt, doch als er es herausholte, fand er ein völlig anderes Buch darin vor.«

»Und weiter?«

»In dem Antiquariat sind Überwachungskameras installiert. Die beiden haben sich die Aufnahmen angesehen und festgestellt, dass ein Mann, der etwa eine Stunde vorher im Laden war, das bewusste Buch gezielt aus dem Umschlag entnommen und durch ein anderes, äußerlich ähnlich aussehendes ersetzt hat. Dann hat er mit dem bewussten Buch den Laden verlassen.«

»Was für ein Mann?« In der tiefen, kraftvollen Stimme des großen Mannes klang nun deutliche Verwunderung mit.

Der Wieselhafte öffnete seine Aktentasche und holte eine großformatige Fotografie heraus. »Dieser hier. Ich habe mir die Videokassette … ähm, *beschafft* und eine Aufnahme des Moments gemacht, in dem der Unbekannte am besten zu sehen ist.«

Der große Mann nahm den Abzug entgegen. »Hat der Händler Verdacht geschöpft?«

»Das glaube ich nicht. Ich habe die Kassette natürlich unauffällig wieder zurückgetan.«

»Gut.« Er betrachtete das Bild. Es zeigte einen jungen Mann Anfang dreißig, mit schwarzen Locken und einem rundlichen, einnehmenden Gesicht. »Hmm. Der hat das Buch jetzt also?«

»Soll ich herausfinden, wer das ist?«

Der Mann hinter dem Schreibtisch dachte kurz nach, dann

sagte er: »Nein. Darum wird sich jemand anders kümmern.« Er verstaute das Foto in eine Ledermappe, die zu seiner Rechten lag. »Ich danke Ihnen. Die Rechnung schicken Sie mir bitte wie üblich.«

»Verstehe.« Der Wieselhafte stand geschmeidig auf. »Jederzeit gerne wieder zu Diensten.«

6.

Mitte Juli, in der Woche vor dem nächsten Anlegerseminar, starb Hendriks Mutter. Herzversagen, erklärte ihm der Arzt.

»Aber sie war doch erst einundsiebzig«, wand Hendrik verstört ein. »Und sie wirkte immer so robust.«

Der Arzt hob die Schultern. »Letzten Endes weiß man es nie.«

Es hieß also, die Beerdigung zu organisieren: Das übliche Durcheinander, das in Hendrik Erinnerungen an den Tod seines Vaters wachrief und wie es ihm, damals erst dreizehn Jahre alt, vorgekommen war, als bräche die Welt auseinander. Er schlief schlecht in diesen Tagen und erklärte Miriam: »Ich sprech mit Gerhard. Jemand anders muss das Seminar in Potsdam machen.« Er tat es ungern, weil er sich schon darauf gefreut hatte, doch es kam ihm pietätlos vor, jetzt allen Ernstes irgendwelchen Leuten beizubringen, wie sie ihr Geld anlegen sollten.

Adalbert sagte, als Hendrik ihn anrief, um ihm Bescheid zu geben: »Auch das noch.« Aber er versprach zu kommen, was Hendrik durchaus nicht für selbstverständlich gehalten hatte.

»Das wird eine schreckliche Fahrerei«, klagte Adalbert. »Am Sonntag muss ich gleich wieder los, nach Hamburg. Ich hab Montagfrüh einen Termin am DESY.«

»Bleib einfach das Wochenende über bei uns«, schlug Hendrik vor. »Das ist doch Quatsch, zurückzufahren wegen einem Tag.«

Adalbert gab ein paar knurrende Nachdenklaute von sich und sagte schließlich: »Also gut. Ich muss halt gucken, dass ich die Fahrkarte umtausche.«

Hendriks Chef hielt jedoch nichts von der Idee, das Seminar an jemand anderen aus der Firma abzugeben. »Wann ist denn die Beerdigung?«, wollte er wissen, und als Hendrik sagte:

»Freitag«, meinte Gerhard Schwaiger nur barsch: »Da kann ich keine Kollision sehen.«

Wie immer klemmten seine Daumen dabei hinter seinen obligatorischen Hosenträgern mit den Dollarzeichen darauf. Niemand in der Firma, der nicht wusste, dass *Wall Street* sein Lieblingsfilm und Gordon Gecko sein Idol war. Dem er leider nicht einmal entfernt ähnelte.

»Schon«, sagte Hendrik, »aber –«

Gerhard beugte sich vor. »Das *kann* doch keiner von den anderen. Hendrik! Was glaubst du, warum ich dich schicke?«

Derart unerwartetes Lob entwaffnete Hendrik. Zudem war er der gleichen Meinung wie sein Chef, zumindest in diesem Moment. Also packte er seinen Koffer fürs Wochenende.

Adalbert kam am Freitagvormittag und war selbst für seine Verhältnisse schlecht gelaunt, fast so, als fühle er sich durch den Tod seiner Mutter persönlich beleidigt.

»Ich schätze, das ist seine Art zu trauern«, raunte Miriam, als Hendrik sich leise bei ihr entschuldigte, ihn eingeladen zu haben.

»Meinst du?«, fragte er skeptisch zurück, schon drauf und dran, Streit mit seinem großen Bruder anzufangen.

Nachmittags auf dem Friedhof war es kühl. Die Wolken hingen tief, es hatte kurz zuvor genieselt und sah so aus, als würde es bald wieder regnen. Die Beisetzung war eine genauso trübselige Veranstaltung: Die Busskes waren eine aussterbende Linie, Verwandte außer Hendrik und Adalbert lebten keine mehr, und Freunde hatte es nie gegeben. Ihre Mutter war schon in ihren guten Tagen alles andere als umgänglich gewesen. In der Zeit ihrer Depressionen hatte sie auch die letzten Kontakte verloren, praktisch nur noch mit Ärzten und Pflegekräften zu tun gehabt. Immerhin, von ihrem Heim waren ein paar Leute gekommen, Zimmernachbarn und einige Pfleger, die ein Auge auf ihre Patienten hatten.

So gingen kaum eine Handvoll Leute hinter dem Sarg her. Der Pfarrer sprach routiniert, in Allgemeinplätzen, die auf jeden gepasst hätten, und kam ins Stocken, als er zum Namen der teuren Verblichenen kam. »Helene Busske«, musste er auf einem Zettel nachlesen.

Ich stamme von Eltern ab, die beide nie wirklich gelebt haben, dachte Hendrik, während der Sarg in die Erde glitt.

Was fing er mit dieser Erkenntnis an? Am besten, überlegte er, verstand er sie als Appell, es besser zu machen.

Den Gedanken, dass von nun an die Kosten für das Heim wegfielen und sich ihm dadurch finanziell ganz neue Perspektiven eröffneten, schob er einstweilen schamhaft in den Hintergrund seiner Überlegungen.

So war Freitag der einzige Abend, den er und Adalbert gemeinsam hatten, ehe es anderntags früh am Morgen hieß, nach Potsdam aufzubrechen. Hendrik brachte das Gespräch wieder auf das Buch. Er erzählte die Sache so, dass es klang, als habe er es sich nur mal kurz ausgeliehen, und gab seinem Bruder dann die Kopien zu lesen.

»Ganz nett«, war dessen dürrer Kommentar.

»Denkst du, da könnte was dran sein?«, fragte Hendrik. »Dass die Geschichte einen wahren Kern hat? So wie bei Troja? Das hat auch alle Welt für eine Legende gehalten, bis Schliemann –«

»Schon klar«, unterbrach ihn Adalbert unwirsch. »Aber in dem Fall glaub ich das nicht. Ein derart energiereicher Strahler – der würde ja das Standardmodell der Materie völlig auf den Kopf stellen.«

»Und wär das so schlimm?«

Adalbert hob die Arme. »Mann, wir geben gerade drei Milliarden Franken aus, um den *Large Hadron Collider* zu bauen, den größten Teilchenbeschleuniger aller Zeiten. Und nur, um die letzten Lücken in diesem Standardmodell zu schließen!« Er studierte noch einmal die Kopie des Titelblatts, dann reichte er Hendrik den Stapel zurück. »Nein. Das ist irgendein Schwindel. Keine Ahnung, wozu, aber das *kann* einfach nicht sein.«

Das Seminar in Potsdam lief zäh. Das Hotel hatte zwar auch fünf Sterne, konnte sich jedoch mit dem in Zürich nicht messen. Oder lag es an ihm? An den Umständen? Jedenfalls war Hendrik nicht mit dem Herzen bei der Sache. Er blieb nah am Skript und bemühte sich, die vorgesehenen Inhalte nicht allzu uninteressant abzuhandeln, aber er war froh, als es endlich Sonntagabend und alles vorbei war.

Zu seinem Erstaunen waren die Teilnehmer trotzdem des Lobes voll. Es sei ein lehrreiches Seminar gewesen, meinten viele, und alle lobten sie die gute Atmosphäre.

Immerhin. Hendrik lächelte mühsam, bedankte sich und machte sich auf den Weg zum Bahnhof.

Als er nach Hause kam, war Adalbert schon fort und Miriam dabei, das Wohnzimmer umzuräumen. Überall standen Bücher aufgestapelt, und das Erste, was sie zu Hendrik sagte, war, er solle ihr helfen, das Regal an eine andere Wand zu schieben.

Das tat er, dann fragte er, was los sei. So unleidig hatte er sie noch selten erlebt.

»Dein Bruder ist grässlich«, erklärte Miriam. »Bitte lad ihn nie wieder ein.«

Hendrik fühlte sich schuldig. Klar, er wusste, dass sein Bruder ein seltsamer Mensch war und anstrengend sein konnte. Aber was hätte er denn machen sollen? Er war ja davon ausgegangen, das Wochenende über da zu sein!

»Damals im Studentenwohnheim, da habt ihr euch doch aber gut vertragen, oder?«, meinte er zaghaft.

Miriam wandte sich ab, begann, die Bücher wieder einzuräumen. »Ich will nicht mehr darüber reden.«

Er half ihr, reichte ihr die Bücher hoch.

»Noch etwas«, sagte sie grimmig und mit einem Blick zur Seite. »Das Sofa. Lass es uns entsorgen, bitte. So schnell wie möglich.«

Hendrik betrachtete das Möbel verwundert. Sie besaßen es seit ihrem Einzug hier, ein vertrautes, mit blauem Stoff bezogenes Sofa, das sich zu einem Gästebett ausklappen ließ. »Wieso? Was ist damit?«

»Es ist alt, es ist abgewetzt, es quietscht und knarrt …«, begann sie, hielt inne, holte tief Luft. »Höchste Zeit für ein neues.«

»Aber –«

Sie sah ihn mit flackerndem Blick an. »Das hast du den Leuten in Zürich doch erzählt, oder? Reich denken? Und jetzt schau es dir an, dieses armselige Teil –«

»Ja, ja«, gab Hendrik hastig nach. »Schon gut. Du hast recht. Wir kaufen ein neues.«

Meine Güte, es musste ja wirklich grässlich gewesen sein. Hendrik atmete verstohlen auf, als Miriam in der Küche verschwand, und fühlte sich schlecht, als sie ihm den Rest des Abends aus dem Weg ging.

Dabei hatten sie sich dank Adalbert kennengelernt! Sein Bruder war für ein Forschungsprojekt ein paar Monate nach Frankfurt gekommen, und die Uni hatte ihn der Einfachheit halber in einem Studentenwohnheim einquartiert. Hendrik hatte sich irgendwann aufgerafft, ihn zu besuchen. An diesen Tag würde er sich sein Leben lang erinnern: Wie ihn alle Studenten, denen er auf dem Campus über den Weg lief, anstarrten wie ein Alien, das er wohl auch war in seinem Geschäftsanzug. Wie er vor der Tür von Adalberts Zimmer stand und klopfte und niemand öffnete. Wie ihm jemand den Weg zur Etagenküche erklärte und sich Hendrik fast verlief in dem düsteren, muffigen Flurlabyrinth. Wie er schließlich in die Küche gelangte, mit ihren hohen Fenstern nach Süden, durch die Sonnenlicht fiel, unwirklich hell.

Und wie mitten in diesem überirdischen Licht, wie ein Engel, Miriam gestanden hatte, schlank, wunderschön, zugleich zart und kraftvoll. Er hatte sich sofort in sie verliebt.

Da hatte sie gerade mit Adalbert geredet, ja, gescherzt, während der am Tisch gesessen und eine übel aussehende Dosensuppe gelöffelt hatte.

»Tut mir leid«, sagte Hendrik abends im Bett zu Miriam, die sich auf ihre Seite verkrochen hatte und in sich zusammengerollt dalag. »Ich weiß, wie Adalbert manchmal sein kann. Aber er ist jetzt alles an Familie, was ich noch habe –«

Miriam fuhr herum. »Hendrik, du hast keine Ahnung, was Familie ist. Adalbert und du, ihr habt *nichts* gemeinsam. Nichts!«

Zwei Wochen später rief der Nachlassverwalter vom Amtsgericht an. Er erklärte Hendrik, es existiere ein Testament seiner Eltern, und in Anbetracht der Umstände hielte er es für ratsam, dass er und sein Bruder persönlich erschienen.

»Das gesamte Vermögen meiner Mutter ist aufgelöst worden, als sie ins Heim kam«, wunderte sich Hendrik. »Was soll da noch sein?«

»Das möchte ich, wenn Sie gestatten, nicht am Telefon erörtern«, erwiderte der Mann.

Also verabredeten sie sich für Freitag der Woche darauf. Und Adalbert machte es zu Hendriks nicht geringer Verwunderung ebenfalls möglich. Er müsse danach eh weiter, nach Göttingen zu einer Konferenz, sagte er, und Hendrik war erleichtert, ihm nicht erklären zu müssen, dass er im Hause Busske nicht mehr willkommen war.

Während sie im Wartebereich des Amtsgerichts saßen, fiel ihm ein seltsames Band mit einer Plakette an Adalberts Handgelenk auf. Was das sei, fragte er.

»Das? Eine ALCOR-Plakette.« Adalbert hob die Hand, ließ die metallene Scheibe baumeln. »Wollte ich schon lange mal machen. Hab den Vertrag letzte Woche unterschrieben.«

Hendrik hob die Brauen. »Was, bitte, ist eine ALCOR-Plakette?«

»ALCOR ist eine amerikanische Firma, die Leute nach ihrem Tod einfriert und aufbewahren wird, bis die technische Entwicklung so weit ist, dass man sie wieder zum Leben erwecken kann. Auf dem Band steht die Telefonnummer, die man im Notfall benachrichtigen muss.«

»Ah«, machte Hendrik. »Verstehe.« Eine seltsame Reaktion, die der Tod ihrer Mutter in seinem großen Bruder ausgelöst hatte.

Aber irgendwie passte es zu ihm, das musste man zugeben.

Endlich bat sie der Nachlassverwalter herein, ein korpulenter, säuerlich ernster Mann in einem Büro, das ihm zu klein zu sein schien. Er holte zwei Lederbeutel aus einer Schublade, die leise klingelten, als er sie auf den Tisch stellte.

»Es war, wie Sie vielleicht wissen, ein gemeinschaftliches Testament Ihrer Eltern bei Notar Doktor Werneck hinterlegt«, erklärte er.

Adalbert nickte, Hendrik hob erstaunt die Augenbrauen. Das hörte er zum ersten Mal, aber gut, er war beim Tod seines Vaters ja erst dreizehn gewesen.

»Ihr Vater hat die Entschädigung, die ihm die gegnerische Unfallversicherung zahlen musste, in Goldmünzen angelegt«, erläuterte der Mann auf der anderen Seite des schmalen Schreibtischs. »Das war als Vorsorge für das Alter gedacht und als Schutz vor Inflation. Nach seinem Tod hat Ihre Mutter verfügt, die Münzen aufzuteilen und aufzubewahren als Erbe für Sie beide. Doktor Werneck hat entsprechende Vorkehrungen getroffen. Als ich ihn vom Tod Ihrer Frau Mutter unterrichtet habe, hat er mir diese beiden Säckchen zusammen mit den Dokumenten übersandt.«

Hendrik seufzte. Das war typisch Mutter!

»Wie viel ist es?«, wollte Adalbert wissen.

Der Mann hob eines der Säckchen hoch, zeigte, dass die Kordel, die es verschloss, versiegelt war. »Das Nachzählen muss ich Ihnen überlassen. Den Unterlagen zufolge enthält jeder Beutel goldene Krüger-Rand-Münzen im heutigen Wert von ungefähr achtzigtausend Mark.«

Hendrik spürte Ärger in sich aufsteigen wie Wasser, das ins Kochen kommt. Und ihm hatten seine Eltern immer erklärt, es sei kein Geld da, um ihn studieren zu lassen! Er fühlte sich betrogen. »Mein Bruder und ich«, sagte er heftig, »mussten jeden Monat mehrere Tausend Mark für das Pflegeheim unserer Mutter zuschießen. Wieso war nie von diesem Erbe die Rede? Das hätte unsere Belastung all die Jahre erheblich senken können.«

»Offenbar ein Versehen«, räumte der Nachlassverwalter ein. Er hob ein paar Papiere hoch, las etwas nach. »Ich könnte mir vorstellen, dass es damit zu tun hat, dass Doktor Werneck in München lebt. Den Eintritt des Pflegefalls bei Ihrer Mutter hat er nicht mitbekommen.«

Der Ärger verrauchte auf dem Weg nach Hause. Hendrik befühlte den Beutel in seiner Tasche immer wieder, während ihn die Straßenbahn durch die belebten Viertel der Südstadt trug. Im Grunde, dachte er, war es eine Fügung des Schicksals.

»Achtzigtausend Mark!«, sagte er zu Miriam, als er zu Hause war. Er schnitt die Kordel mit der Küchenschere auf und leerte die Goldmünzen auf den Tisch, wo sie sich mit einem wunderbaren Klingeln wunderbar glänzend verteilten. »Das ist unser Startkapital. Jetzt oder nie. Am Montag kündige ich!«

Am Samstagmorgen ging Miriam in die Stadt, und Hendrik machte sich daran, seine Kündigung zu schreiben. Das war nicht so einfach, stellte er nach eingehender Lektüre seines Anstellungsvertrages fest: Darin gab es ein paar sehr unklar formulierte Klauseln über nachvertragliche Wettbewerbsverbote. Die hatte er damals nur überflogen, aber jetzt lasen sie sich wie mögliche Stolpersteine. Womöglich konnte ihm seine Firma verbieten, nach seinem Ausscheiden Seminare zu geben!

Er wälzte, was er an einschlägigen Ratgebern besaß, auf der Suche nach geeigneten Formulierungen. Gerade als er zu dem Schluss gekommen war, dass er besser erst mit einem Anwalt sprach, hörte er, wie sich im Schloss der Schlüssel drehte.

Miriam, die zurückkam. Mit ein paar Einkäufen und umgeben von einem eigenartigen Strahlen.

»Hi«, rief er, noch grübelnd, wen er am besten nach einem guten Anwalt fragte.

Miriam setzte sich ihm gegenüber an den Tisch. »Ich war beim Arzt«, sagte sie. »Wegen meiner Verdauungsbeschwerden in letzter Zeit.«

Hendriks Gedanken stoppten abrupt. Das klang … *bedeutsam*. So, als komme da etwas Ernstes auf sie zu.

Aber warum sah sie aus, als leuchte sie von innen heraus?

»Und?«, fragte er mit trockenem Mund.

»Es hat nichts mit der Verdauung zu tun«, erklärte sie. »Ich bin schwanger!«

»Schwanger?«

»Sag ich doch«, sagte sie und lachte und weinte und lachte beim Weinen, und da riss es Hendrik vom Stuhl, musste er aufspringen und sie auch, fielen sie sich in die Arme, küssten sich, jubelten und lachten beide und weinten und lachten wieder, so wunderbar war das. Endlich, endlich, endlich!

Nachher, als sie aneinandergekuschelt auf dem neuen Sofa lagen und es sich anfühlte, als sei die Zeit stehen geblieben, fiel Hendriks Blick auf den Tisch, auf die Papiere und Bücher dort. »Nicht der richtige Zeitpunkt, um eine sichere Stelle zu kündigen, hmm?«

In seinem Inneren brodelten die Gefühle, herrschte ein einziges Durcheinander. Da war Erleichterung, eine riesengroße Erleichterung, dass Miriam gerade noch rechtzeitig zum Arzt gegangen war, ehe Fakten geschaffen worden waren. Was für eine Fügung! Weil, ganz ehrlich, er hatte durchaus Bammel gehabt vor diesem Schritt, der ihm vorkam wie ein Sprung ins Bodenlose. Mächtigen Bammel.

Zugleich ärgerte er sich, nein, war wütend. Wieso passierte das ausgerechnet jetzt, nach all den ruhigen Jahren, in denen sie darauf gewartet und gehofft hatten, in denen sie alle Zeit der Welt gehabt hätten? Ja, da war eine mächtige Wut in ihm auf das Leben, auf das Schicksal, das ihm mal wieder einen Strich durch die Rechnung machte.

Aber … wenigstens würden sie ein Kind haben. Das war ja auch was. So musste er das sehen.

Doch da nahm Miriam sein Gesicht in die Hände, drehte es zu sich her und sagte: »Hendrik Busske – versprich mir, dass du dich nicht aufhalten lässt zu tun, was du tun musst. Was immer in dir ist und gelebt werden will. Versprich mir das.«

Hendrik lächelte, angerührt von ihrem Ernst. »Schatz, das ist lieb von dir«, erwiderte er, ohne den Versuch zu machen, sich aus ihren Händen zu lösen. »Trotzdem müssen wir realistisch bleiben. Sich selbstständig zu machen ist risikoreich. Achtzigtausend Mark, das klingt nach viel, aber das Geld wird schneller weg sein, als wir uns gerade vorstellen können.« Er sagte es mit dem Gefühl, innerlich zu sterben. »Wenn es nicht klappt, könnten ziemlich harte Zeiten auf uns zukommen.«

»In guten und in schlechten Zeiten, in Gesundheit und Krankheit, bis dass der Tod uns scheidet«, zitierte Miriam.

»Aber mit einem Baby? Einem Kind ...?«

Sie legte ihm den Finger auf den Mund. »Jetzt hör mir mal zu. Du weißt, dass mein Vater fotografiert, nicht wahr?«

Hendrik nickte. Sein Schwiegervater besaß eine Ausrüstung, die nichts zu wünschen übrig ließ, von der er allerdings selten Gebrauch machte. Doch wenn er mal Fotos schoss – von ihrer Hochzeit zum Beispiel –, gerieten die beeindruckend.

»Was du nicht weißt, ist, dass er sich mal als Fotograf selbstständig machen wollte. Da war er zwanzig. Er hat damals für ein paar Zeitschriften Fotos gemacht, nebenher. Die haben seine Bilder mit Handkuss genommen, ihm zugeredet, sein Studium an der FH zu schmeißen und Fotograf zu werden. Das wollte er auch. Er hatte ein Händchen für Porträts und Industriefotografie, und er hat immer davon geträumt, für seine Arbeit durch die Welt zu reisen. Also hat er sich an der Kunstakademie beworben und auf Anhieb eine Zusage bekommen. Was die absolute Ausnahme war.«

»Wow«, machte Hendrik. Das wollte so gar nicht zu dem phlegmatischen, freudlosen Mann passen, den er kannte.

»Dummerweise war er damals schon mit meiner Mutter zusammen, und die hat Panik gekriegt. Schwuppdiwupp war sie schwanger, und dann hat sie ihn so lange bearbeitet, bis er der Akademie abgesagt hat. Er hat seine Ausbildung als Verwaltungswirt abgeschlossen, Julia kam zur Welt, kurz danach Robert, und damit war der Traum ausgeträumt.«

Hendrik war erschüttert. Sein Schwiegervater arbeitete bei der Hessischen Landeswasserversorgung, und wenn man nur ihn kannte, musste man denken, dass das der frustrierendste Job der Welt war.

»Das hast du noch nie erzählt«, sagte Hendrik.

»Natürlich nicht. Das Thema ist zu Hause tabu.« Sie nahm seine Hände in die ihren und sah ihn ernst an, sehr ernst. »Verstehst du? Ich will keinen Mann, der irgendwann so resigniert hat wie mein Vater. Und ich will kein so ein Schisshase sein wie meine Mutter. Klar macht mir das alles Angst. Aber davon will ich mich nicht unterkriegen lassen. Ich sage mir, unsere Großeltern haben ihre Kinder nach dem Krieg großgezogen – so hart kann es für uns gar nicht kommen, egal was passiert. Also mach das, wenn es dein Ding ist. Versuch es zumindest. Ich unterstütz dich dabei.«

Hendrik konnte nichts mehr sagen, hatte einen Kloß im Hals. Er zog Miriam an sich, fühlte sich eins mit ihr, geliebt wie niemand sonst, glücklich wie noch nie. Ja, sagte sein Herz, sagte jede Zelle seines Körper. Ja, er würde das machen. Und dann würde das wahre Leben endlich beginnen!

Die veränderte Situation brachte Hendrik dennoch zur Besinnung: Er beschloss, nicht sofort zu kündigen, sondern erst, wenn alles vorbereitet war.

Und vorzubereiten gab es viel. Als er eine Liste erstellte von allem, was er nicht wusste, staunte er, wie umfangreich sie ausfiel. Er ließ sich drei teure Stunden lang von einem Anwalt beraten, der ihn hinsichtlich der rechtlichen Aspekte seines Projektes aufklärte und ihm half, seine Kündigung wasserdicht zu formulieren. Dieser Anwalt riet ihm auch, die Bezeichnung »Alchemie des Reichtums« als Marke anzumelden, ein Tipp, den Hendrik umgehend befolgte.

An einem ruhigen Nachmittag unterhielt er sich mit der Sekretärin, die bei WCM Trust die Seminare organisierte. Die wunderte sich zwar, weil sie das nebenbei erledigte und ohne dass man viel davon mitbekam, freute sich aber, dass sich mal jemand dafür interessierte, und erklärte ihm bereitwillig alles. Sie zeigte ihm, wie sie den Vorlauf zu einem Seminar zeitlich plante – wann sie Werbung schaltete, wann direkte Anschreiben rausgingen, wie sie den Anmeldeschluss berechnete und wann sie den Teilnehmern die Anmeldebestätigung und Informationen zum Hotel, zur Anreise und zum Zeitplan schickte. Überhaupt machte sie ihm die grundlegende Bedeutung von Fristen klar: die Rücktrittsfrist, die man mit dem Hotel aushandeln musste für den Fall, dass ein Seminar nicht zustande kam, die Anmeldefristen und die Zahlungsfristen für die Teilnehmer sowie die Stornofristen und -bedingungen, falls ein Teilnehmer absagte. Alle Teilnehmer mussten vor Ablauf der Rücktrittsfrist auch wirklich gezahlt haben, und es wurde nichts zurückerstattet, falls jemand danach noch absagte, sonst machte man Verlust!

»Wow«, sagte Hendrik, der kaum nachkam mit dem Mitschreiben. »Das ist ja ein Seminar für sich, was Sie mir da angedeihen lassen.«

Sie strahlte. Sein Lob schien sie zu ermutigen, jedenfalls drehte sie jetzt erst richtig auf. Sie erklärte ihm, was man alles mit den Hotels vereinbaren musste: Größe des Tagungsraums, Dichte und Art der Bestuhlung, Größe der Tische, ob das Hotel eigene Notizblöcke und Kugelschreiber stellte, die Details der Bewirtung, welche Getränke, ob es einen Imbiss gab und wenn ja, wann und was er umfasste, ob es Gebäck zum Kaffee gab, wo die Bewirtung stattfand – im Seminarraum selber, in einem Vorraum oder in einem anderen Raum –, ob der Referent die Kursunterlagen und das Werbematerial der Firma mitbringen musste oder ob man alles vorab an das Hotel senden konnte.

»Verstehe«, sagte Hendrik und war froh, den großen Block genommen zu haben und nicht nur einen Zettel. »Großartig.«

Jetzt war sie nicht mehr zu halten. Man brauche Namensschilder für alle, erklärte sie ihm, wobei es besser sei, wenn die Teilnehmer sie selber beschrifteten, weil man auf diese Weise Ärger mit falsch geschriebenen Namen vermied. Der Referent bekam eine Namensliste, die er jedoch nicht weitergeben durfte, aus Datenschutzgründen. Man könne die Leute aber ermuntern, untereinander Adressen und Telefonnummern auszutauschen. Sie zeigte ihm, wie man Beurteilungsbögen auswertete und wie die Nachkalkulation eines Seminars aussah, verriet ihm Tricks, um an günstige Flüge oder Zugverbindungen zu kommen, und vieles mehr.

Nur zur Werbung konnte sie ihm nicht viel sagen; die Texte

und Vorlagen hatte sie so, wie sie waren, von ihrem Vorgänger übernommen und verwendete sie einfach weiter. Es funktionierte ja.

Das brachte Hendrik auf die Idee, nach Anzeigen anderer Seminarveranstalter zu suchen. Er forderte deren Werbematerial an, als Inspiration und um eine Vorstellung davon zu gewinnen, in welcher Umgebung sich seine eigene Werbung bewegen würde: Denn es hieß ja, sich von den anderen abzuheben!

Außerdem hatte ihn das Erlebnis mit der Sekretärin darauf gebracht, dass in der Firma noch wahre Goldschätze an Knowhow zu bergen waren. Er nutzte einen weiteren ruhigen Tag, um ins Archiv hinabzusteigen, einen staubigen Kellerraum, in dem seit Jahren niemand mehr für so etwas wie Ordnung gesorgt hatte. Trotzdem fand er, was er suchte: die Ordner mit den Unterlagen der allerersten Seminare.

Das Interessanteste waren die Notizen von Frau von Steinfeld zu Details, die sich im Lauf der Zeit als wichtig herausgestellt hatten: wie man die Pausen legte. Welche Schriftgrößen man auf Folien verwendete. Dass eine Technikprobe vor der Veranstaltung ratsam war. Worauf man bei Mikrofonen, Rednerpulten, Raumbeleuchtung und Leinwänden achten musste. Dass man gut daran tat, ein mindestens fünfzehn Meter langes Verlängerungskabel im Gepäck zu haben, eigene Flipchart-Marker und Reservelampen für die gängigsten Overheadprojektoren.

Interessant, dachte Hendrik und schrieb sich alles ab.

All dieses Sammeln und Suchen erfüllte ihn mit wachsender Vorfreude, ja, mit regelrechter Begeisterung. Manchmal malte er sich abends vor dem Einschlafen aus, wie großartig es sein würde, sein eigener Herr zu sein.

In solchen Momenten konnte er es kaum erwarten, dass es endlich so weit war.

Dass das wahre Leben endlich begann.

Süß war, mitzuerleben, wie bei Miriam die Hormone anfingen, verrücktzuspielen.

Sie waren kurz nach dem bewussten Tag essen gegangen, ziemlich vornehm, um die Sache zu feiern, und es war ein sehr schöner Abend geworden. Doch als sie heimgekommen waren, hatte Miriam plötzlich die Unruhe gepackt; sie war durch die Wohnung gelaufen und hatte alle Fenster überprüfen müssen, ob sie auch verschlossen waren.

»Ich weiß nicht«, bekannte sie, als Hendrik fragte, was denn los sei. »Ich hab auf einmal das Gefühl, beobachtet zu werden.«

»Schatz«, sagte er behutsam, »wir wohnen im vierten Stock. Wir gucken den Häusern ringsum auf die Dächer.«

»Trotzdem«, bat sie. »Lass uns die Rollläden runterlassen abends.«

Hendrik fragte sich, ob bei Schwangeren vielleicht so etwas wie ein Nestbauinstinkt wach wurde, und meinte friedfertig: »Na gut. Machen wir.«

Auf alle Fälle putzte sie plötzlich mehr als bisher, putzte die ganze Wohnung durch, als könne man einen Vorrat an Sauberkeit anlegen. Und das, obwohl ihr morgens oft geradezu bilderbuchmäßig schlecht war.

Einmal bekam Hendrik mit, wie sie nachts um halb drei aufstand und nach einer Weile wieder zurück ins Bett kam. »Was ist denn?«, fragte er, beunruhigt, weil sie dabei so seltsam gluckste.

Miriam lachte los. »Ich hatte grade *so* Lust auf die eingelegten sauren Paprika im Kühlschrank, ich hab sie alle verputzt, stell dir vor!«

Hendrik musste auch lachen. »Ich glaube, du bist wirklich schwanger.«

»Ja«, meinte sie und rutschte zu ihm herüber, »allmählich glaub ich's auch.«

Wie sie das Baby denn mit ihrem Studium vereinbaren wollten, fragte Hendrik ein paar Tage später, weil es ihm vorkam, als vermeide es Miriam, dieses Thema von sich aus anzusprechen.

»Ach«, seufzte sie erst einmal nur.

Hendrik hob die Brauen. »Darüber sollten wir uns schon mal Gedanken machen. Ich meine, das mit der Kinderbetreuung kriegen wir irgendwie geregelt. Sobald ich selbstständig bin, bin ich ja eh die meiste Zeit zu Hause und –«

»Sag mal«, unterbrach sie ihn, »fändest du es arg schlimm, wenn ich das Studium einfach aufgebe?«

»Aufgeben?«, wiederholte er verdutzt.

Miriam seufzte wieder. »Ach, ich komme mir so altmodisch vor. Aber am liebsten möchte ich einfach nur daheimbleiben mit dem Baby. Zumindest am Anfang.« Sie rieb sich die Schläfe. »Es ist so, dass ich mich an der Uni nicht mehr am richtigen Platz fühle. Schon eine ganz Weile. Das ist mir alles zu verkopft. Ich wollte damals Biologie studieren, um etwas über das Leben zu lernen – aber inzwischen glaube ich, das, was ich wissen will, das erfahre ich dort gar nicht.«

Hendrik betrachtete das üppig wuchernde Blumenfenster. Das mit den Pflanzen hatte sie jedenfalls raus. »Du kannst ja einfach mal pausieren«, schlug er vor, »und dann sieht man weiter. Auf die Weise verbaust du dir nichts.«

Sie nickte geistesabwesend. »Da ist noch was.«

»Ja?«

»Meinst du, wir könnten irgendwann aus der Stadt rausziehen? Bald? Aufs Land, ins Grüne?«

Hendrik lachte. »Klar. Wenn du nicht mehr an die Uni gehst und ich nicht mehr zu WCM, dann können wir hinziehen, wohin wir wollen. So teuer, wie es in Frankfurt ist, können wir dabei nur sparen.«

»Ach«, meinte Miriam, »ums Sparen geht's mir gar nicht. Ich fühle mich nur einfach nicht mehr wohl hier.« Sie machte eine Geste, die die Wohnung umfassen mochte oder das Stadtviertel oder die ganze Stadt, das war schwer zu sagen. »Ich weiß auch nicht, wieso.«

Der große Mann in dem geweißelten Kellerraum nickte seinem Besucher, einem drahtigen Kerl mit Brille und unangenehm selbstbewusstem Grinsen, auffordernd zu. Hinter dem schmalen Fenster dicht unter der Decke war es längst Nacht.

»Ich höre.«

»War interessant«, begann der Besucher. »Die Frau züchtet fleischfressende Pflanzen, wussten Sie das? Beeindruckende Sammlung. Ich kann das beurteilen, glauben Sie mir. Und er … na, er sammelt Bücher übers Reichwerden, über Erfolg im Leben und so weiter. Hat die Schubladen voll mit Fotokopien über die abgefahrensten Themen. Was immer Sie *daraus* für Schlüsse ziehen wollen.«

»Eher keine«, erwiderte der große Mann.

»Ach ja – und die beiden erwarten ein Baby. Im Kalender der Frau stehen zwei Termine beim Arzt, Vorsorge. Und ein voraussichtlicher Geburtstermin: April 1999.«

»Es ging mir«, erinnerte der große Mann mit mühsam gebändigter Ungeduld, »um ein ganz bestimmtes *Buch*. Und was das anbelangt, kommen Sie offensichtlich mit leeren Händen.«

Der andere hob die Schultern. »Nicht meine Schuld. Wo nichts ist, kann man nichts finden.«

»Vielleicht haben Sie nicht gründlich genug gesucht.«

»Hören Sie – Sie wissen genau, dass mir das nicht passiert. Wenn ich eine Wohnung durch bin und das, was ich suche, nicht gefunden habe, dann war es nicht da.«

»Manche Leute haben ausgeklügelte Verstecke – in Spülkästen, hinter Fußleisten, unter Schubladen geklebt, in Geheimfächern …«

»Kenne ich alle. Und dann noch ein paar.«

»Und einfach im Bücherregal stand es auch nicht? Mit einem anderen Umschlag vielleicht –?«

Der Besucher prustete los. »Halten Sie mich für einen Anfänger?«

»Ich frage nur«, sagte der Mann hinter dem Schreibtisch. »Hatten Sie genug Zeit?«

»Mehr als genug. Die beiden sind an dem Abend essen gegangen, ins *Fleur de Sel* – das ist eins der Top-Restaurants von Frankfurt. Stern im Michelin, ein Dutzend Punkte im *Gault Millau* und so weiter. Da kommt man unter vier Stunden nicht zurück.«

»Woher wussten Sie das?«, wunderte sich der große Mann

mit dem schwarzen Hemd. »Ich meine, dass sie dorthin gegangen sind?«

»Eine Wanze in der Küche.« Er hob die Hand. »Hab sie wieder mitgenommen. Sie kennen mein Motto – keine Spuren hinterlassen. Dauerüberwachung ist nicht mein Ding.«

»Schon gut.« Der Mann hinter dem Schreibtisch legte die schaufelartigen Pranken gegeneinander. »Irgendwelche Hinweise, dass er es verkauft hat?«

Der Drahtige schüttelte den Kopf. »Keine Einzahlung auf die Konten, die darauf hinweist. Kein verdächtiger Eintrag in seinem Terminkalender. Kein Bargeldversteck in der Wohnung, abgesehen von zwei Fünfzigern und ein paar Zehnern in einer Schublade unter dem Telefon im Flur –«

»Keller? Dachboden?«

»Hab ich selbstverständlich auch durchsucht. Nichts.«

»Hmm.«

»Was natürlich sein kann, ist, dass er es ganz ahnungslos billig verhökert hat. Das hätte auch keine Spuren hinterlassen.«

Der große Mann schüttelte den Kopf. »So gezielt, wie er das Buch gestohlen hat, wusste er zweifellos um dessen Bedeutung.«

Der andere hob die Hände. »Wenn Sie mir wenigstens gesagt hätten, worum es in dem Buch geht –«

»Das ist nicht von Belang«, sagte der Mann hinter dem Schreibtisch unduldsam. »Was ist mit der Möglichkeit, dass er es außer Haus aufbewahrt, in einem Bankschließfach zum Beispiel –«

»Ich habe die Unterlagen durchgesehen. Sehr sauber geführt, äußerst übersichtlich. Da war keinerlei Hinweis auf ein Bankschließfach. Wenn er das Buch noch besitzt, dann liegt es bei einem Freund oder so. Die Adressbücher habe ich alle fotografiert, aber …« Er räusperte sich. »Das wären natürlich weitere Aufträge.«

Der große Mann betrachtete ihn mit ausdruckslosem Gesicht.

»Ich werde darüber nachdenken«, sagte er nach einer Weile.

7.

Miriam wurde immer schöner, zumindest kam es Hendrik so vor. Von einem Bäuchlein war noch nichts zu sehen, aber sie schien auf eine geheimnisvolle Weise von innen heraus zu leuchten. Sie schliefen oft miteinander in dieser Zeit, waren fast so gierig aufeinander wie ganz am Anfang.

»Sag mal«, wollte Miriam einmal hinterher wissen, »wie findest du eigentlich meine Brüste?«

»Perfekt«, erwiderte Hendrik wahrheitsgemäß.

Sie umfasste sie mit den Händen und sah kritisch an sich herab. »Nicht zu klein?«

»Nein. Gar nicht. Genau richtig.« Er musterte sie beunruhigt. »Wieso?«

»Ach«, meinte Miriam seufzend, »ich hab heute mit Julia telefoniert. Sie sagt, seit sie sich die Brüste hat vergrößern lassen, geht ihr Erwin aus dem Weg. Angeblich sei sie ihm fremd geworden. Jetzt hat sie Angst, dass er sich scheiden lassen will.« Julia war Miriams älteste Schwester. Sie hatte zwei Söhne und war mit einem pingeligen Gymnasiallehrer verheiratet.

Hendrik runzelte die Stirn. »Haben sie nicht vorher darüber geredet?«

»Weiß ich nicht«, meinte Miriam. Sie sah Hendrik an. »Sind denn nicht alle Männer scharf auf große Brüste?«

Er zuckte mit den Achseln. »Na ja – die meisten schon, schätze ich. Aber anschauen und *wollen* ist nicht dasselbe.«

Miriam legte sich wieder hin. »Ich habe mir immer gedacht, sie hat zu früh geheiratet. Weil sie von zu Hause wegwollte. Und irgendwie ist sie genauso ängstlich wie meine Mutter. Sie hat mir mal gesagt, sie will *vollkommen sein für ihren Mann* – was für ein seltsamer Spruch, findest du nicht?«

»Hat er sie denn benotet?«, flachste Hendrik. Erwin Biegle war zehn Jahre älter als Miriams Schwester, und sein Lieblingsthema war die, wie er es nannte, Inflation guter Noten an deutschen Schulen. *Eine Eins*, pflegte er einem bei jedem Familientreffen irgendwann zu erklären, *sollte es nur für eine wirklich fehlerfreie Arbeit geben.*

Miriam ging nicht darauf ein. »Ich fände es schrecklich, wenn sie sich scheiden lassen würden«, sagte sie. »Schrecklich.«

Hendrik zog sie an sich. »Du hast aber hoffentlich nicht vor, an dir herumschnippeln zu lassen?«

Sie betrachtete ihn aus ihren unergründlich grünblauen Augen. »Nein. Du wirst mich so nehmen müssen, wie ich von Haus aus bin.«

»Gut«, sagte Hendrik.

Inzwischen war Miriam morgens nur noch selten übel, dafür klagte sie oft über Müdigkeit. Sie lasen Bücher über Schwangerschaft und Geburt, diskutierten über Vornamen und Kindererziehung. Unversehens lagen überall Prospekte mit Babyartikeln herum, und sie gingen mit ganz neuem Blick durch die Babyabteilungen der Kaufhäuser. Im Küchenkalender standen die Vorsorgetermine dick unterstrichen. Kurzum, eine Menge aufregender Dinge geschah, was es Hendrik leicht machte, die wichtigste Aufgabe seines Projekts vor sich herzuschieben, nämlich: die Seminarinhalte zu erarbeiten. Was wollte er den Leuten eigentlich beibringen?

Wenn es doch einmal dazu kam, dass er sich daran setzte, abends oder am Wochenende, vertiefte er sich in die Feinheiten seiner Textverarbeitung. Die Unterlagen mussten ja makellos aussehen! Absolut professionell! Er kaufte einen Laserdrucker und eine Ringbindemaschine, für den Anfang. Sobald die Sache richtig in Gang gekommen war, würde er eine Druckerei mit der Herstellung beauftragen.

Aber, wie gesagt, die Inhalte. Er hatte sich damit beruhigt, dass er ja nur die vielen Bücher aufzuschlagen brauche, die sich im Lauf der Jahre angesammelt hatten, um mehr als genug Stoff vorzufinden. Das stimmte auch, war jedoch zugleich das

Problem: Als er sie nämlich endlich tatsächlich aufschlug, war ihm, als ertrinke er in Material. Er kämpfte dagegen an, mit exzessiven Notizen, Karteikarten, einer provisorischen Pinnwand, zu der er das große Fenster im Wohnzimmer umfunktionierte, indem er Zettel mit Klebstreifen daran befestigte, umsetzte, gruppierte. Jedenfalls so lange, bis Miriam vehement protestierte.

Vieles war ihm jetzt, da er es nach Jahren wieder las, auch zu platt. Manche Ratgeber vor allem amerikanischer Autoren beschränkten sich im Grunde darauf, die Ermahnung *Glaube an dich, und alles wird möglich* in immer neuen Varianten zu wiederholen: Das war wenig hilfreich.

Und was das Hilfreiche anbelangte, sah Hendrik den Wald vor lauter Bäumen nicht mehr. Er hatte das Gefühl, sich rettungslos verheddert zu haben. So schrecklich viel Material, aber keine Struktur, kein Plan, kein roter Faden! Bald wurden die Abende, die er über den Büchern verbrachte, seltener, hatte er immer häufiger anderes, Dringenderes zu tun, fand er Ausreden, es weiter vor sich herzuschieben.

Vielleicht, ging ihm ab und zu mutlos durch den Kopf, bekam er es einfach nicht hin. Vielleicht war dieses eine, gelungene Seminar in Zürich nur Anfängerglück gewesen, ein Zufallstreffer, der nichts besagte.

Gut, dass er noch keine unwiderruflichen Entscheidungen getroffen hatte! Er *musste* ja nicht kündigen. Noch war alles offen.

Das mit Miriams Schwester und ihrem Mann schien sich wieder einzurenken. Sie kamen bald darauf zu Besuch. Florian und Niklas, die beiden Jungs, tobten durch die Wohnung wie eh und je, Erwin lobte den Apfelkuchen als »vollkommen gelungen, eine glatte Eins«, und Julia erklärte Miriam, wie sie das spezielle Öl, das sie ihr mitgebracht hatte, einmassieren müsse, damit der Bauch nach der Entbindung streifenfrei blieb.

In Hendriks Büro hing in der Teeküche seit jeher ein Wochenkalender mit dummen Sprüchen. Am Montagmorgen nach dem Besuch lautete die Weisheit der Woche: *Es genügt nicht, keinen Plan zu haben, man muss außerdem unfähig sein, ihn auszuführen.*

Hendrik blieb stehen, als sei er gegen eine unsichtbare Wand gelaufen. Eine endlos scheinende Sekunde lang war er überzeugt, dass jemand dieses Blatt aufgehängt hatte, um sich über ihn und sein Vorhaben lustig zu machen.

Dann wurde ihm klar, dass das nicht sein konnte. Es wusste ja niemand in der Firma von seinen Plänen. Es war wirklich nur der aktuelle Kalenderspruch.

Zufall.

Ein Zufall, der ihn elektrisierte. Er machte an diesem Tag so früh wie möglich Schluss, fuhr nach Hause und packte die Bücher wieder aus, entschlossen, das jetzt durchzuziehen. Und tatsächlich, nun, da er endlich mit Energie an die Sache heranging, fügten sich die Puzzlesteine unversehens zu einem Bild, schälte sich eine Struktur heraus.

Er musste die Teilnehmer bei sich selbst beginnen lassen. Er musste sie anleiten, ihre Gefühle, Vorstellungen und Ängste zu Geld, zu Armut und Reichtum zu erforschen: Empfanden sie Reichtum als Fluch? Als Last? Als Sünde? Hielten sie Armut insgeheim für edler? Viele Leute taten das, das wusste er aus seiner täglichen Arbeit. Ein zentraler Schritt war, die Teilnehmer zu der Erkenntnis zu führen, dass Geld genau dann wichtig wurde – und zwar *zu* wichtig, *ungesund* wichtig –, wenn es *fehlte*. Nie kreisten Gedanken so unerbittlich um Geld wie dann, wenn man keines hatte.

Er musste die Leute dazu bringen, sich die Erlaubnis zu geben, Geld zu haben. Sie mussten es in Ordnung finden, wohlhabend zu sein. Erst ab da hatte es Sinn, mit dem praktischen Teil weiterzumachen.

An dieser Stelle wollte er die Alchemie ins Spiel bringen. Natürlich nur als Metapher. Was jeder über Alchemie wusste, war, dass es dabei ums Goldmachen ging, und obwohl jedem klar war, dass das nicht wirklich funktionierte – jedenfalls nicht mit den Gerätschaften eines mittelalterlichen Alchemisten –, so strahlte das Thema doch immer noch eine Faszination aus, einen Zauber, den sich Hendrik zunutze machen wollte.

Das Problem war, dass er selber nicht viel über Alchemie wusste. Bücher darüber besaß er auch keine. Er stöberte in Buchhandlungen, fand jedoch nichts, genauso wenig in der Stadtbücherei. Als er in einem Antiquariat nachfragte, blies der Besitzer die Backen auf und sagte: »Also, kommt drauf an, was Sie suchen. Esoterischen Quatsch habe ich jede Menge. Aber wenn Sie nach *richtigen* alchemistischen Büchern suchen, viel Glück. Die werden nur unter Insidern gehandelt und zu Preisen, dass Ihnen die Ohren abfallen.«

»In dem Fall«, meinte Hendrik, »fang ich mal mit dem esoterischen Quatsch an.«

Er kam mit einem Stapel Bücher nach Hause, die alle nach staubigen Dachböden müffelten und insgesamt keine zwanzig Mark gekostet hatten, und las erst einmal. Versuchte, die Spreu vom Weizen zu trennen. Alchemie, erfuhr er, gehörte genau wie die Astrologie zu einer alten Denkrichtung, die man *hermetische Tradition* nannte. Diese Weltsicht ging davon aus, dass die Dinge im Großen und die Dinge im Kleinen einander entsprachen. Während sich die Astrologie auf die Auswirkungen konzentrierte, die angeblich die Gestirne auf das menschliche Leben hatten, beschäftigte sich die Alchemie mit der Materie selbst, aus der alles bestand. Sie postulierte vier Grundelemente – Hendrik fand bemerkenswert, dass sich diese Vorstellung unabhängig voneinander in China, Indien und im alten Griechenland entwickelt hatte –, nämlich Feuer, Wasser, Erde und Luft. Außerdem lagen allem antagonistische Kräfte zugrunde: heiß/kalt, nass/trocken, positiv/negativ, männlich/weiblich und dergleichen.

Das war so weit noch nicht sonderlich ergiebig. Dann stieß Hendrik darauf, dass die Alchemie ein unsichtbares fünftes Element annahm, die *Quinta Essentia*, auch genannt *Universalgeist*, *Spiritus Coelestis*, *Clavis Philosophorum* oder *nie versiegende Quelle*.

Hendrik griff zum Stift. Nie versiegende Quelle? Daraus ließ sich etwas machen.

Der zentrale Begriff der Alchemie war die *Transmutation.* Damit war in erster Linie die Umwandlung unedler in edle Metalle gemeint, aber auch des Zustands der Krankheit in den der Gesundheit, des Alters in Jugend oder generell der irdischen in eine überirdische Existenz. Der Alchemist, so zitierte eines der müffelnden Bücher eine mittelalterliche Schrift, ziele darauf ab, die Beschränkungen des Lebens zu überwinden.

Sehr gut, dachte Hendrik und machte sich Notizen. Kein Geld zu haben war ja wohl so eine Beschränkung, und eine empfindliche noch dazu. Doch, daraus ließ sich etwas machen.

Der praktische Teil würde aus drei großen Themenkreisen bestehen: Der erste Weg zu Wohlstand war, mehr von dem Geld, das man verdiente, auch zu *behalten* – landläufig als »sparen« bezeichnet. Der zweite Weg war, sein Einkommen zu erhöhen – was man auch »Erfolg haben« nannte. Und der dritte schließlich, das Geld, das man sparte, so anzulegen, dass es mehr Geld einbrachte – das berühmte »Investieren«.

Nun, da er die grundlegende Struktur hatte, war alles andere leicht. Er konnte einen Zeitplan für die zwei Seminartage erstellen, das Material, das er angesammelt hatte, entsprechend gruppieren, und dann brauchte er alles nur noch niederzuschreiben. Das dauerte insgesamt nicht einmal halb so lange wie die Zeit, die er damit vertrödelt hatte, die Arbeit vor sich herzuschieben.

Allmählich wurde Hendrik ungeduldig. Miriams Bauch begann sich zu wölben, sein Projekt war startklar – das Leben war in Bewegung geraten, und er konnte es kaum erwarten, dass die sich ankündigende Wandlung endlich geschah.

»Ach, Hendrik«, meinte Miriam nur. »Das geht, wie es geht. Gras wächst auch nicht schneller, wenn du dran zupfst. Ich genieße es, wie es ist.«

»Ja«, gab er zu, »du hast ja recht.« Aber davon verschwand seine Ungeduld auch nicht.

Der Termin, zu dem er spätestens kündigen musste, rückte näher. Er hatte sich überlegt, zu Beginn des neuen Jahres zu starten und die erste Werbeaktion so zu legen, dass die potenziellen Kunden die Briefe in ihrer Neujahrspost vorfanden. So kam ihm hoffentlich zugute, dass viele noch gewillt sein würden, ihre guten Vorsätze für 1999 auch in die Tat umzusetzen.

Die Adressen für diese Aktion hatte er schon besorgt und als Datei auf seinem PC. Eine Grafikerin gestaltete ihm den Prospekt und das farbige Briefpapier, auf dem er seine Anschreiben personalisiert ausdrucken würde. Er stöberte eine Druckerei auf, junge Leute, die gerade anfingen, gut arbeiteten und noch günstige Preise verlangten. Und er buchte in drei verschiedenen Hotels Räume, für drei Seminare: das erste im März, das zweite im April, das dritte im Mai. Frühbuchern würde er einen besonders attraktiven Rabatt einräumen.

Als er schließlich kündigte, mit hämmerndem Herzen und schweißfeuchten Händen, fiel sein Chef aus allen Wolken: Wie er dazu käme? Und wohin er überhaupt wolle, in diesen turbulenten Zeiten? Dann bot er ihm eine kräftige Gehaltserhöhung an von sich aus!

Hendrik ärgerte sich: So viel Gehalt hätte er schon die ganze Zeit haben können, wenn er einfach nur mal Druck gemacht hätte?

Womöglich war er doch nicht der Richtige, Seminare über Reichtum und Erfolg zu geben.

Aber nun waren die Würfel gefallen, gab es kein Zurück mehr. Er hatte noch eine Menge Resturlaub, den er dazu nutzte, die erste Versandaktion vorzubereiten. Miriam, inzwischen in Umstandsmode und schöner denn je, half ihm. Der Wohnzimmertisch bog sich unter Anschreiben, Umschlägen und Prospekten; sie falteten, tüteten ein und frankierten, Hunderte an einem Abend, und es schien kein Ende zu nehmen. Als es dann doch ein Ende hatte, mussten die Briefe nach komplizierten Vorschriften sortiert und gebündelt werden, was noch einmal lange dauerte. Aber kurz nach Weihnachten war es so weit, dass Hendrik einen riesigen Sack zur Post bringen konnte.

Ein schlecht gelaunter Postler öffnete ihn, prüfte alles und knurrte schließlich: »Okay.« Dann verschwand der Sack rumpelnd in einer grauen Plastikbox.

So wenig feierlich geht das, dachte Hendrik.

Er atmete tief durch, als er hinterher in die eisige Winterluft hinaustrat. Nun war es passiert. Nun begann ein neuer Abschnitt seines Lebens.

Das *wahre* Leben.

Erst mal passierte allerdings gar nichts. Für das Seminar im März kamen *überhaupt keine* Anfragen, und Hendrik musste es absagen. Na gut, sagte er sich, vermutlich war es einfach zu früh angesetzt gewesen.

Für das zweite Seminar im April interessierten sich ein paar Leute, nur bei Weitem nicht genug. Auch das musste Hendrik schließlich canceln.

Doch für das dritte Seminar im Mai kamen Anmeldungen. Es war ein zaghafter, aber stetiger Strom, bis sich genau einen Tag vor Anmeldeschluss Ende März noch zwei Teilnehmer anmeldeten, mit denen die Mindestzahl nicht nur erreicht, sondern sogar überschritten war!

Hendrik fiel ein Stein vom Herzen. »Endlich«, sagte er zu Miriam. »Es geht los.«

Doch was erst mal losging, war die Geburt. Keine zwei Wochen später, am Abend des zweiten Sonntags im April, setzten die Wehen ein. Hendrik bestellte ein Taxi zum Krankenhaus, und alles nahm seinen Lauf.

Sie verbrachten Stunden damit, stille weiße Flure auf und ab zu gehen, Stunden, die Hendrik vorkamen wie außerhalb der Zeit. Der Kreißsaal – eine andere Welt, lichtdurchflutet, eine Welt jenseits derer, die er kannte. Alles, was er tun konnte, war, Miriams Hand zu halten und ihr den Schweiß von der Stirn zu wischen, während sie stöhnte und keuchte und schrie. Hebammen und Ärzte umschwirrten sie, strahlten professionelle Ruhe aus, Anker in einem tosenden Sturm.

Dann war es endlich da, ein winziges, blutverschmiertes Wesen, ein Mädchen. Und es schrie nicht, sondern gähnte nur herzhaft und musterte Hendrik, da war er sich sicher, höchst aufmerksam und mit feenhaftem Blick. Nachher, als sich der Arzt des Kindes bemächtigte, merkte Hendrik, dass seine Wangen klatschnass waren.

»Sie hat deine Nase«, sagte Miriam später, als sie alle drei zusammen waren.

Sie klang erschöpft und heiser, aber sie wirkte glücklich, und Hendrik liebte sie in diesem Moment mehr denn je. »Ja«, sagte er. »Die Busske-Nase. Das arme Kind.«

Miriam lächelte. »Sie ist schön, nicht wahr?«

»Das schönste Baby der Welt«, versicherte ihr Hendrik und meinte es ernst.

Als er das Krankenhaus verließ, war es früh am Morgen. Hauchfeiner Nebel hing in den Straßen, der Verkehr dröhnte, es stank nach Autoabgasen und Müll – ein ganz normaler Montagmorgen also, ganz so, als sei nichts von Bedeutung geschehen.

Hendrik, der es besser wusste, ging seines Weges. Marschierte und marschierte, weil er sich jetzt bewegen musste, weil er unmöglich einfach in eine Straßenbahn steigen konnte, weil er es jetzt brauchte, Schritt um Schritt auf feuchten Asphalt zu setzen.

Irgendwann war klar, dass er zu Fuß bis nach Hause gehen würde, ein Marsch von etlichen Kilometern, na und? Er hatte die ganze Nacht nicht geschlafen, war durcheinander, war glücklich und aufgedreht und todmüde und beflügelt und fassungslos – und zuversichtlich, weil ab jetzt alles anders sein würde, endlich, endlich.

Als er ankam, durchgefroren und klamm, war der Briefträger schon da gewesen. Vier Briefe lagen im Kasten, lauter Absagen für das Seminar. Mit Bedauern, leider, weil etwas dazwischengekommen war.

Es war wie ein Schlag in die Magengrube, als Hendrik begriff, was das hieß: dass er auch das dritte Seminar absagen musste.

»Und wenn du es trotzdem hältst?«, schlug Miriam am nächsten Tag vor, nachdem er ihr davon erzählt hatte. »Ich meine, so riesig wäre der Verlust nicht. Und es wäre wenigstens mal ein Anfang.«

Das hatte sich Hendrik auch schon überlegt. Er war am Tag zuvor quasi mit den Briefen in der Hand aufs Sofa gefallen und hatte dort geschlafen bis abends um fünf. Danach hatte er gerechnet und gegrübelt, sich aber noch nicht dazu durchringen können, irgendetwas zu tun. »Bloß – wie sieht das aus? Nur acht Teilnehmer?«

»Es ist halt ein sehr persönliches Seminar. Sie sollen dir den kleinen Raum geben, den mit dem runden Tisch. Dann wird es aussehen wie ein exklusiver Zirkel.«

Hendrik wandte den Blick ab. »Vielleicht war es einfach eine Schnapsidee. Wie viele Tausend Briefe haben wir verschickt? Und nicht mal elf Teilnehmer.«

Er musste an ihren Kontostand denken und wie er von Monat zu Monat abnahm. Genau wie die Zahl der Goldmünzen, von denen er immer mal wieder welche verkaufte. Dummerweise bewegte sich der Goldpreis zudem derzeit auf einem bestürzend niedrigen Level.

Wobei es nicht gut war, an diese Dinge zu denken, weil ihn dann die pure Panik befiel. Wäre es nicht das einzig Vernünftige, alles abzublasen? Zu kapitulieren und sich unter den rettenden Schirm einer Anstellung zu flüchten?

Falls er je wieder eine fand.

»Das ist jetzt aber nicht die Art zu denken, die Sie den Leuten beibringen wollen, Herr Busske«, meinte Miriam spöttisch.

Er sah sie an. »Was?«

»Folgen Sie Ihrer Leidenschaft. Halten Sie durch, Rückschläge gehören dazu. Rückschläge prüfen Ihre Entschlossenheit. Sie müssen der Erste sein, der an Sie glaubt«, zitierte sie aus seinen Seminarunterlagen, die sie mehrfach Korrektur gelesen hatte.

Hendrik verdrehte die Augen. »Ja, ja. Das muss ich mir jetzt natürlich anhören.«

»Natürlich«, erwiderte sie und lachte laut.

Das kam ihm gerade alles vor wie der reine Hohn. Zugleich fand ein Teil von ihm genau diese Reaktion höchst interessant: Genauso würde es einem Seminarteilnehmer ergehen, der schon viele entmutigende Rückschläge erlebt hatte, oder?

Vielleicht sollte er das alles ein bisschen anders formulieren.

»Werden Sie innerlich zu Gold«, fuhr Miriam mit boshaftem Vergnügen fort. »Lassen Sie sich vom Glanz Ihres inneren Goldes durchdringen. Vertrauen Sie auf die Transmutation, die sich vollziehen wird, sobald dieser Glanz nach außen –«

Hendrik brachte sie mit einem Kuss zum Schweigen. »Schon gut. Sag mir lieber, wann sie euch endlich nach Hause lassen.«

»Vielleicht übermorgen, sagt der Arzt.« Sie lächelte. »Genieß es. Das wird dein letzter ruhiger Tag für lange Zeit. Unsere Kleine kann nämlich ganz nett laut werden. Wir sollten sie Dezibel taufen.«

»Pia gefällt mir, glaube ich, doch besser«, meinte Hendrik.

»Na gut. Überredet.«

Zu Hause dachte er noch einmal über das nach, was Miriam gesagt hatte. Die Übung mit dem »inneren Gold« hatte er sich zwar ausgedacht, sie aber nie selber ausprobiert.

Das sollte er vielleicht mal tun. Und sei es nur, um zu wissen, wie es sich für die Teilnehmer anfühlen würde, falls doch irgendwann ein Seminar über die *Alchemie des Reichtums* zustande kommen sollte.

Und wann, wenn nicht jetzt? Also schloss Hendrik die Augen und stellte sich vor, wie er innerlich zu Gold wurde, wie sich sein inneres Trachten veredelte, wie es sich von seinen Ängsten schied und von seinen Erinnerungen an Verletzungen, wie ein goldenes Leuchten in seinem Inneren entstand.

Eine alberne Übung, dachte Hendrik hinterher.

Bloß seltsam, dass er sich trotzdem besser fühlte.

Und bestimmt war es nur Zufall, dass ein paar Stunden später das Telefon klingelte und sich eine Stimme meldete, die Hendrik sofort wiedererkannte: Karl Windauer!

»Herr Busske!«, dröhnte es aus dem Hörer. »Was erfahre ich da? Gerade eben habe ich bei einem Geschäftspartner Ihren Prospekt liegen sehen. *Alchemie des Reichtums* – großartig! Dann haben Sie es tatsächlich angepackt … Aber warum haben Sie mir davon denn nichts gesagt?«

Ja, warum nicht? Das hatte Hendrik völlig vergessen. Und der Zettel mit Windauers Adresse, wo war der eigentlich abgeblieben?

»Na«, meinte er verlegen, »Sie waren doch schon einmal in meinem Seminar …«

»Ja, und das war großartig! Dank Ihrer Ratschläge habe ich mein Vermögen in der Zwischenzeit verfünffacht, stellen Sie sich das vor! Verfünffacht! Sensationell.«

Hendrik musste schlucken. Andere schienen mit dem, was er lehrte, mehr anfangen zu können als er selber. »Freut mich zu hören«, sagte er lahm.

»Wobei das in Zürich ja nur ein Vorgeschmack war«, fuhr Windauer begeistert fort. »Klar, dass ich jetzt das komplette Programm kennenlernen will. Sagen Sie, Herr Busske – die Anmeldefrist für das Seminar im Mai ist zwar schon vorbei, aber meinen Sie, ich könnte eventuell trotzdem noch reinspringen?«

»Also … es sind noch Plätze frei«, räumte Hendrik behutsam ein.

»Großartig«, freute sich Windauer. »Und Sie sagen ›Plätze‹ – heißt das, es sind mehrere?«

»Unter Umständen«, meinte Hendrik, der gerade zwar keinen goldenen Glanz in seinem Inneren spürte, aber doch ein schwaches Flämmchen der Hoffnung. »Wie viele genau, das müsste ich mit dem Hotel abklären. Es ist ein relativ kleines Hotel.«

»Ich lass es drauf ankommen. Wissen Sie, in meinem Bekanntenkreis gibt es etliche, die Ihr Seminar dringend brauchen. Denen setze ich heute noch die Pistole auf die Brust, drücke ihnen eine Kopie Ihres Flyers in die Hand, und Sie entscheiden anhand des Anmeldeeingangs. Okay?«

»Okay«, sagte Hendrik, völlig überwältigt.

Noch am selben Abend quollen die ersten Faxe aus dem Gerät. Am nächsten Tag ging es genauso weiter, alles Anmeldungen. Als Hendrik Miriam und das Baby abholte, stand fest, dass das dritte Seminar stattfinden würde, und zwar mit fünfundzwanzig Teilnehmern. Der Seminarraum würde voll sein bis auf den letzten Platz und das Hotel komplett belegt.

Hendrik war beseelt, als er endlich vor die Reihen trat und loslegen durfte. Es fühlte sich zwar ein bisschen seltsam an, den Leuten von Hermes Trismegistos, Albertus Magnus und Nicolas Flamel zu erzählen, von Transmutation, Sublimation und Extraktion und den vier Elementen, doch sie hingen an seinen Lippen, nickten, fanden es einleuchtend, faszinierend, ja, »augenöffnend«, wie eine Frau in der Kaffeepause meinte.

Das einzige Mal, dass Hendrik ins Stolpern geriet, war, als er über die Eigenschaften von Gold sprach: seine Reinheit, seinen durch nichts zu beeinträchtigenden Glanz und dass es außer von Königswasser von keiner Säure angegriffen werde. Genau in dem Moment unterbrach ihn ein Teilnehmer: »Entschuldigen Sie, Herr Busske, aber das stimmt so nicht. Wir untersuchen in unserem Labor archäologische Fundstücke. Da sind oft Goldmünzen und andere Gegenstände aus Gold dabei. Fakt ist, dass Gold auch durch sogenannte Huminsäuren angegriffen werden kann – das sind Säuren, die sich in Humusböden, Torf und so weiter auf natürlichem Wege bilden. Und Goldmünzen, die lange im Boden gelegen haben, glänzen erst mal nicht.«

Hendrik hielt den Atem an, sah sein Seminar schon in Schimpf und Schande scheitern. Aber dann redete er sich irgendwie heraus, worauf der Betreffende entschuldigend meinte, er habe nicht klugscheißern wollen, das sei ihm eben nur dazu eingefallen, und danach ging es weiter, ohne der Stimmung im geringsten Abbruch zu tun.

Beim gemeinsamen Abendessen brachte ein anderer Teilnehmer ein Buch mit an den Tisch. »Das habe ich von meinem Großvater«, erklärte er Hendrik. »Das sind Sagen und Legenden, die man wenig kennt. In einer Geschichte kommt ein Alchemist vor. Falls es Sie interessiert.«

»Ja, gern«, erwiderte Hendrik, der nach diesem gelungenen ersten Seminartag wie berauscht war und voller Wohlwollen.

Der junge Mann – Teichmann, Dirk Teichmann, fiel Hendrik ein – reichte ihm das Buch, das in grünes Leinen gebunden war und reichlich abgegriffen aussah. *Sagen und Legenden aus Böhmen und Mähren* war als Titel auf den Rücken geprägt. »Seite 159.«

Hendrik schlug die Seite auf, las.

Und stutzte. Traute seinen Augen nicht. Fühlte sich, als habe ihm jemand einen Eimer Eiswasser über den Kopf geleert.

»Darf ich«, bat er, »mir das kopieren?«

8.

Das Brot und der Tod

Es war einmal zu der Zeit, als in Böhmen König Johann regierte, den man auch »König Fremdling« nannte, da lebte im Kremsiger Land bei den Silberminen ein junges Mädchen, das wurde von seinem Vater, einem Bauern, der durch Missernten so in Schulden geraten war, dass er seine Kinder nicht mehr ernähren konnte, als Magd zu einem Bäcker gegeben. Dort musste es den ganzen Tag arbeiten und niedere Dienste verrichten, die Stuben auskehren, die Wäsche waschen, die Hunde und Schweine füttern, und das für nur wenig mehr als die karge Kost, die es bekam. Jeden Abend aber musste es den weiten Weg nach Hause gehen, der durch einen großen Wald führte, und das Mädchen hatte dabei jedes Mal entsetzliche Angst, denn es hieß, dass wilde Tiere und böse Menschen darin hausten.

Eines Tages begegnete es auf diesem Weg einem riesenhaften Mann, der einen schweren ledernen Mantel trug und so viele Haare am Leib hatte, dass er eher einem Bären in Kleidern glich als einem Menschen. Das Mädchen erschrak zu Tode und wäre am liebsten davongerannt, allein, es konnte sich vor Schreck nicht rühren.

»Wie heißt du?«, begehrte der Mann zu wissen.

»Lenka«, gab das Mädchen zur Antwort.

»Du hast überall Mehl an dir«, sagte der Mann. »Du bist die Magd des Bäckers, ist es nicht so?«

Lenka gab es zu. Sie hatte aber an dem Tag einen Laib Brot dabei, den ihr der Bäcker, der eine gute Seele war, geschenkt hatte. Den trug sie eingewickelt in ihr Schultertuch, doch der Mann verlangte: »Zeig mir, was du da in deinem Tuch hast.«

Lenka hatte Angst und tat, wie er sie geheißen hatte, sodass der Mann das Brot sah. Sie konnte nicht anders denken, als dass er es ihr mit Gewalt wegnehmen würde, doch er sagte: »Verkauf es mir, ich habe großen Hunger. Ich gebe dir ein Goldstück dafür.« Und er zeigte ihr eine Münze, die wahrhaftig golden glänzte.

»Das Brot ist für meine Eltern und meine Geschwister«, sagte Lenka. »Ich kann es Euch nicht geben.«

Der Mann achtete ihrer Worte nicht, sondern trat an sie heran und drückte ihr die Münze in die Hand. »Geh damit zu den Geldwechslern bei den Silberminen und tausche es in Kupferstücke. Mit denen kannst du mehr Brot kaufen, als deine Familie zu essen vermag. Ich aber will morgen wieder hier auf dich warten, und du sollst mir wieder einen Laib Brot mitbringen. Wenn du das jeden Tag tust, gebe ich dir nach einer Woche ein weiteres Goldstück, und immer so weiter.«

Das verwunderte Lenka, und sie fragte: »Aber wenn Ihr so viel Gold besitzt, warum geht Ihr nicht einfach zu meinem Meister, dem Bäcker, und kauft Euch selber Brot?«

»Weil mich niemand sehen und niemand wissen darf, dass ich hier bin«, sagte der Mann darauf und drohte ihr: »Auch du darfst zu keinem Menschen ein Sterbenswort sagen, sonst ergeht es dir schlecht!« Daraufhin riss er ihr das Brot aus der Hand und schlug sich in die Büsche.

Lenka aber ging weiter und beschloss, niemandem von dem Mann zu erzählen und auch nichts von dem Goldstück, das sie bekommen hatte.

Als sie zu Hause ankam, sah ihre Mutter die Brotkrumen und Mehlspuren in ihrem Schultertuch und fragte: »Hat dir der Bäcker heute ein Brot geschenkt?«

Lenka, die erkannte, dass sie es nicht leugnen konnte, antwortete: »Ja, doch im Wald hat mich ein wilder Hund angefallen und es gefressen.«

Darauf schlug die Mutter sie, dass sie besser aufpassen solle, und der Vater schlug sie auch noch einmal hart, denn er liebte seine Tochter nicht und hätte sie jederzeit gegen eine Ziege eingetauscht. Da sagte sich Lenka, dass es nur gerecht sei, dass sie nichts von dem Goldstück gesagt hatte, und versteckte es in ihrem Leibchen.

Am anderen Tag ging sie, wie der Mann sie geheißen hatte, zu einem der Geldwechsler bei den Minen, um das Goldstück gegen Kupfermünzen zu tauschen. Der Mann aber war misstrauisch, als er das schmutzige Mädchen mit dem Goldstück in der Hand sah, und verlangte zu wissen, woher sie es habe, denn er argwöhnte, sie hätte es gestohlen.

»Es hat meiner Großmutter gehört«, sagte Lenka, »die aus einer reichen Familie stammt, und vor ihrem Tod hat sie mich im Namen der Heiligen Jungfrau gesegnet und mir das Goldstück geschenkt für den Tag, an dem ich es brauche, um meine Familie aus großer Not zu retten.« Diese Antwort hatte sie sich zurechtgelegt, weil sie gewusst hatte, dass man sie fragen würde, wie sie in den Besitz der Münze gelangt war, und die Wahrheit durfte sie ja nicht sagen.

Der Geldwechsler aber, der zuvor bei sich gedacht hatte: »So ein dummes Bauernmädchen weiß ja nicht, was ein Goldstück wert ist; ich werde sie mit einer Handvoll kleiner Münzen billig abspeisen und ein gutes Geschäft machen«, brachte es nun doch nicht fertig, sie zu betrügen, vielmehr gab er ihr auf Heller und Pfennig genau in Kupfer heraus, was die Goldmünze wert war, und es ward ein ganzes Säckel voller Kupfermünzen.

Lenka aber erkannte, dass sie kein weiteres Mal würde zu ihm gehen können, weil er dann sehen würde, dass sie gelogen hatte, und zu den anderen Geldwechslern auch nicht, denn sie erzählten einander von ihren Kunden und Geschäften.

Am selben Tag bat sie den Bäcker nach der Arbeit um eines der übrig gebliebenen Brote und wollte ihm ein Kupferstück dafür geben, er aber wollt's nicht, sondern sagte: »Du kannst fortan jeden Abend eines der Brote, die übrig sind, mit nach Hause nehmen, aber tu es so, dass niemand es sieht, und sag es nicht meiner Frau.« Seine Frau war nämlich ein böses, zänkisches Weib und hinter dem Geld her wie der Teufel hinter den armen Seelen.

So ging sie abermals mit einem Brot im Schultertuch in den Wald und traf dort wieder den großen Mann, dem sie es gab, und so jeden Abend, und nach einer Woche gab er ihr wahrhaftig ein weiteres Goldstück. Ihr Schultertuch aber klopfte sie jedes Mal sorgfältig aus und reinigte es von Mehlspuren, ehe sie nach Hause kam. Das Säckel mit den Kupfermünzen hatte sie an einem geheimen Ort vergraben, und so merkte ihre Mutter nichts von alldem.

Nach einer Weile aber war es der Mann leid, abends am Wegesrand auf Lenka zu warten, und er zeigte ihr den Weg zu seiner Hütte, die tief im Wald lag, gut versteckt, auf dass niemand sie finde. Er hieß sie, ihm das Brot hierher zu bringen und in einen Kasten vor der Tür zu legen, dort würde sie auch das nächste Goldstück finden, wenn es an der Zeit war. Die Hütte selber aber dürfe sie nicht betreten, und sie dürfe auch niemandem davon erzählen.

Lenka versprach es und machte es von da an so, wie er es ihr befohlen hatte. Sie bekam den Mann nicht mehr zu Gesicht, sondern tat nur das Brot in den Kasten, in dem nach einer Woche auch das versprochene Goldstück lag. In der Hütte aber rumorte es so unheimlich, dass sie sich ohnehin für kein Gold der Welt hineingewagt hätte.

Des Abends aber, wenn sie im Bett lag, befühlte Lenka die Goldstücke, die sich in ihrem Leibchen ansammelten, und malte sich aus, wie sie eines Tages, wenn sie alt genug war, fortgehen würde in eine große Stadt, am besten nach Prag, um dort mit ihrem Gold als reiche Frau zu leben. Sie stellte sich vor, wie sie ein eigenes Haus kaufen würde und schöne Kleider und alles zu essen, was sie begehrte, und darüber schlief sie ein.

Der Einzige in der Familie, der Lenka liebte, war ihr Bruder Janek, der wohl bemerkte, dass etwas mit ihr anders geworden war, als er's kannte. Doch als er sie fragte, wie man sie behandle in der Bäckerei, sagte sie nur: »Wie alle Tage«, denn sie wollte ihr Geheimnis nicht verraten. Und als er wissen wollte, ob sie mehr arbeiten müsse als zuvor oder weniger, sagte sie nur: »Genauso viel wie seit je«, nur dass ihr die Arbeit in letzter Zeit immer saurer wurde und dass sie es leid und müde war, das behielt sie für sich.

Da argwöhnte Janek, dass sie vielleicht einen Liebsten hatte, den sie heimlich traf, doch da er unablässig dem Vater auf dem Hof und auf dem Feld zur Hand gehen musste, konnte er ihr nicht auflauern, wie er's gern getan hätte. Den Eltern aber sagte er nichts von seinem Verdacht, weil die seine Schwester sonst geschlagen hätten, und das wollte er nicht.

Nach einigen Wochen, in denen sie den Mann mit Brot versorgte, geschah es, dass er fragte, ob sie das Gold auch zu den Geldwechslern brächte, wie er es ihr gesagt habe? Denn es wunderte ihn, dass sie immer noch ihre alten, abgenutzten Kleider trug.

»Ich bin ein Mädchen, Herr, und kann nicht machen, was ich will«, sagte Lenka daraufhin, die inzwischen nur mehr Scheu vor dem unheimlichen Mann hatte, aber keine Angst mehr. »Wenn mein Vater sähe, dass ich Geld habe, würde er's mir wegnehmen, und keiner würde ihn rügen, denn er ist mein Vater und ich bin sein Besitz.«

»Und was machst du dann mit dem Gold, das ich dir gebe?«, frug der Mann.

»Ich bewahre es auf, für später«, sagte Lenka.

Daraufhin schüttelte er den mächtigen, bärtigen Kopf und sagte: »Das darfst du nicht tun. Das Gold muss durch viele Hände gehen, unablässig und immer weiter, sonst bringt es Unheil.«

Da bekam es Lenka mit der Angst zu tun, doch sie wusste sich keinen Rat, was sie anderes mit dem Gold tun sollte, als es bei sich zu verstecken, und so tat sie es weiterhin.

Die Arbeit beim Bäcker aber wurde ihr von Tag zu Tag schwerer. Ihr war, als dringe das Mehl in ihren Leib ein, denn sie wurde immer blasser und meinte manchmal kaum noch Luft zu bekommen. Eines Morgens erbrach sie Blut, und da hieß die Mutter sie im Bett zu bleiben, bis sie wieder gesund sei.

Ihr Bruder Janek aber stahl sich von der Arbeit fort, so oft er konnte, und pflegte seine Schwester auf ihrem Krankenlager. Er brachte ihr zu essen und zu trinken, wischte ihr den Schweiß ab und versprach, für sie zu beten, sobald er in die Kirche käme. Da erkannte Lenka, wie schlecht es um sie stand und dass sie niemals als reiche Frau nach Prag gehen würde, und sie erzählte ihrem Bruder alles von dem Mann im Wald und dem Brot, das sie ihm täglich gebracht hatte. Sie gab ihm auch alle Goldmünzen aus ihrem Leibchen und nahm ihm das Versprechen ab, sie nicht aufzubewahren. »Er hat gesagt, es brächte Unheil, sie zu behalten«, sagte sie, »und er hat recht gehabt damit.«

Das waren ihre letzten Worte. Kaum hatte sie sie gesprochen, schloss sie die Augen und starb.

Ihr Bruder aber war des Grauens voll von dem, was er gehört hatte, und es graute ihn auch vor dem Gold in seinen Händen. Zugleich erfüllte ihn ein brennendes Verlangen nach den dreißig Goldstücken, denn er wusste sehr wohl, was für ein unermessliches Vermögen sie darstellten und dass er damit der reichste Mann weit und breit sein würde. So tat er die Münzen in einen ledernen Beutel, den er verbarg, ehe er seine Eltern an Lenkas Totenbett rief.

Bald nachdem Lenka begraben war, holte er den Beutel wieder hervor. Es schien ihm inzwischen nämlich, als sei nicht das Gold am Tod seiner Schwester schuld gewesen, wie Lenka gedacht hatte, sondern ihre Arbeit beim Bäcker, denn dass einer vom vielen Mehl krank wurde, das hörte man oft. Freilich mochte ein Mann, der für sieben Laib Brot ein Goldstück zahlte, mit dem Teufel im Bunde stehen, aber Janek hatte auch das bedacht: Er würde das Gold in die Kirche bringen und sehen, ob es vom Weihwasser schwarz wurde, weil sich ganz ohne Zweifel Teufelsgold und geweihtes Wasser nicht miteinander vertragen konnten.

Doch als er die Kirche betrat und die Goldstücke verstohlen herausnahm, um sie zu besprengen, sah er, dass sich am Grund des Beutels eine silberne Träne gebildet hatte, eine wahrhaftige Träne des Teufels! Da bekam Janek es mit der Angst zu tun, und er warf die Münzen von sich, dass sie nur so durch die leere Kirche klimperten und kullerten. Dann rannte er davon, so schnell ihn seine Füße trugen.

Nun aber wollte er wissen, was mit seiner Schwester geschehen war. Er schritt den Weg ab, den sie jeden Tag gegangen war, und hielt die Augen dabei offen. An einem Strauch fand er einen Faden von ihrem Kleid und ein Haar von ihrem Kopf, und so entdeckte er den geheimen Pfad, der ihn zu der Hütte tief im Wald führte.

Die Hütte aber hatte einen gewaltigen Schornstein, aus dem es mächtig rauchte, enorme Stöße von Holz stapelten sich an allen Wänden, und von diesen ging eine Hitze aus, wie sie nicht einmal die Backstube des Bäckers verbreitete. Hinter der Hütte traf Janek auf einen bärenhaften Mann, der mit einer riesigen Axt Holz hackte und kein anderer sein konnte als der, den seine Schwester ihm beschrieben hatte.

Trotzdem rief er ihn an und fragte: »Seid Ihr der Mann, dem meine Schwester Brot gebracht hat?« Dabei ballte er die Faust in seiner Tasche, obwohl er nicht hoffen konnte, mehr als einen Schlag gegen den Hünen anzubringen.

»Ich weiß nicht, ob sie deine Schwester war«, erwiderte der Mann und ließ die Axt auf das nächste Stück Holz niederkrachen.

»Sie ist tot«, rief Janek.

Nun hielt der Mann in seiner Arbeit inne. Er setzte die Axt auf den Hackklotz, betrachtete den Jungen grübelnd und sagte endlich: »So hat sie die Münzen also doch behalten, nicht wahr?«

»Ja«, gab Janek zu. »Dreißig waren es.«

»Ich habe ihr gesagt, das Gold muss wandern«, sagte der Mann. »Von Hand zu Hand muss es gehen, niemals ruhen darf es, dann lässt es die Dinge gedeihen. Doch wer es für sich behält, dem ist das Verderben sicher.«

Da erfasste Janek eine glühende Wut, und er hätte den Mann am liebsten auf der Stelle getötet, allein, er wusste nicht, wie er es anstellen sollte, denn der Mann war viel größer und stärker als er, und das Messer, das Janek verborgen im Gürtel trug, würde ihm wenig helfen. Um aber seine Angst nicht offenbar werden zu lassen, schleuderte er ihm entgegen: »Ihr steht mit dem Teufel im Bunde, ist es nicht so?«

Doch der Mann lachte nur und frug: »Hast du denn Angst vor dem Teufel?«

Da machte Janek einen Satz nach hinten, zückte sein Messer und rief: »Ich habe vor niemandem Angst. Nicht einmal vor Euch!«

Der Mann lachte aufs Neue. »Wie ist dein Name, Junge?«, wollte er dann wissen.

»Janek«, sagte der.

»Janek also«, sagte der Mann, der immer noch seine mächtige Axt in der Hand hielt. »Nun, so will ich dir auch meinen Namen nennen. Ich heiße Mengedder, und ich bin ein Alchemist. Weißt du, was das ist?«

Janek hatte zwar nie Lesen und Schreiben gelernt, doch er hatte stets die Ohren aufgesperrt, wenn er mit seinem Vater auf dem Markt gewesen war, und so manches erfahren, was andere nicht wussten. »Das weiß ich sehr wohl«, erwiderte er also, weil er sich nicht von diesem Mann einen Dummkopf nennen lassen wollte. »Alchemisten sind Leute, die nach dem Stein der Weisen suchen, um Gold zu machen.«

Im selben Augenblick, indem er das sprach, durchfuhr ihn ein gewaltiger Schreck, denn er ahnte, wie alles zusammenhing.

Der Mann nickte mit Wohlgefallen. »So ist es«, sagte er. »Nur suche ich den Stein der Weisen nicht, ich besitze ihn bereits. Und ich *versuche* nicht, Gold zu machen, ich mache es. Ich habe so viel Gold, dass ich kaum mehr weiß, wohin damit.« Sprach's, fasste in seine Tasche und holte eine Handvoll goldener Taler heraus, die er achtlos vor Janek auf den Boden warf.

Bei diesen Worten und dem Anblick des Goldes, das vor ihm im Dreck lag, war es Janek, als drehe sich die Welt dergestalt, dass überall das Oberste zuunterst gekehrt wurde, einzig nicht hier an dem Platz, an dem er stand. Die Farben des Waldes schienen sich zu verschieben, das Grün des Laubs grüner zu werden, das Grau und Braun der Bäume grauer und brauner, und ein entsetzliches Gefühl sickerte in sein Herz, das er nicht zu benennen vermocht hätte. »Wenn Ihr so viel Gold habt, warum bringt Ihr dann Unheil zu uns?«, frug er mit Schrecken in der Stimme. »Warum geht Ihr nicht nach Prag und lebt als reicher Mann?«

»Weil ich dort kein Gold machen kann«, erwiderte Mengedder. »Dazu muss ich hier sein, bei den Silberminen. Hier wird Hartsilber gefunden, aus dem man das Silber erst abscheidet, und das, was abgeschieden wird, ist das flüssige Metall, das man Merkurium nennt oder auch Quecksilber. Für die Bergleute ist es Abfall. Ich aber mache Gold daraus.«

Die Worte des Mannes klangen süß in Janeks Ohren, und eine verführerische Lockung ging von ihnen aus. Er erkannte, dass er all seine Kraft daran würde setzen müssen, dem Alchemisten zu widerstehen, und so sagte er: »Ihr sagt, Ihr habt so viel Gold, dass Ihr nicht wisst, wohin damit. Was sollte es Euch bekümmern, noch mehr davon zu machen?«

»Weil ich nicht Gold suche, sondern etwas, das unendlich viel wertvoller ist«, sagte der Mann.

»Was sollte das sein?«, wunderte sich Janek, der wohl wusste, dass Gold das wertvollste aller Dinge war.

»Sieh mich an«, verlangte Mengedder. »Wie alt schätzt du mich?«

Janek erstaunte diese Frage, aber er sah ihn an und meinte, dass er ungefähr so alt sei wie sein Vater, der vierunddreißig Lenze zählte. Oder etwas jünger.

»Da siehst du, was ich meine«, sagte Mengedder, den diese Antwort belustigte. »In Wahrheit nämlich zähle ich fünfundsechzig Jahre.«

»Fünfundsechzig?«, rief Janek voller Unglauben aus.

»Ich bin in demselben Jahr geboren, in dem König Konrad gestorben ist, der Letzte der Staufer«, sagte Mengedder. »Ich war jung, als König Rudolf von Habsburg König Ottokar von Böhmen auf dem Marchfeld schlug. Und heute, fast ein halbes Jahrhundert später, bin ich immer noch jung. Weil die Arbeit mit dem Stein jung erhält. Der Stein erfüllt einen mit seiner

Kraft, solange man ihm dient, und bewahrt einen vor Krankheit und Tod. Doch ich habe bis jetzt nur eine Art gefunden, ihm zu dienen, und das ist die, Gold zu machen.«

Janek vernahm's, brachte aber kein Wort heraus in dem inneren Zwiespalt, der ihn befallen hatte. Alles in ihm drängte danach, vor diesem Mann zu fliehen, doch zugleich hatte er schreckliche Lust, mehr über all das zu erfahren, eine Lust, von der er spürte, dass sie gefährlich an seine Seele rührte, allein, sie war stärker als er, und so blieb er stehen, wo er war.

Mengedder aber sah wohl, dass er den Jungen verlockte, und sagte: »Ich könnte einen Lehrling gebrauchen, einen Gehilfen, der mir beim Großen Werk zur Hand geht. Dass du mich hier in meinem Versteck aufgespürt hast, beweist, dass du findig bist und nicht auf den Kopf gefallen. Nun magst du also versuchen, mich mit deinem armseligen Messer da anzugreifen – dann breche ich dir den Arm und jage dich fort wie einen räudigen Hund. Oder aber du wirst mein Lehrling und gehst mit mir.« Darnach lächelte er und fügte hinzu: »Die Entscheidung liegt bei dir. Vielleicht willst du ja lieber einst den Hof deines Vaters übernehmen und wie er dein Brot im Schweiße deines Angesichts essen?«

Janek aber erkannte mit jähem Schrecken, dass ihm dieses Leben, das er bis dahin als sein Schicksal gesehen hatte, plötzlich gänzlich unvorstellbar geworden war: So hatte die Begierde nach dem Gold am Sterbebett seiner Schwester seine Seele verdammt.

Doch dann vergaß er sein Entsetzen, als hätte er es nie gefühlt, weil ihn die lockende Aussicht, am selben Mysterium wie dieser Mann teilzuhaben, ganz und gar erfüllte, und das Messer entfiel seiner Hand.

Er erbat sich aber, noch einmal das Grab seiner Schwester zu besuchen, um Abschied zu nehmen, hernach würde er für alle Zeiten in den Dienst Mengedders treten. Der Alchemist gewährte es ihm, schärfte ihm jedoch ein, zu niemandem ein Sterbenswort darüber zu sagen. Janek gelobte es, allein, er traf auf dem Weg zu Lenkas Grab einen Freund, mit dem er so manches erlebt hatte, und dem erzählte er alles unter dem Siegel der Verschwiegenheit.

Doch auch der Freund schwieg nicht, sondern ging zur Beichte, wo er alles offenbarte. Der Priester gab darob dem Bischof einen Hinweis, und bald kamen Berittene ins Kremsiger Land, die unermüdlich nach Mengedder suchten. Sie fanden jedoch nur seine Hütte leer und verlassen vor und mussten sich damit zufriedengeben, dass manche erzählten, sie hätten einen großen Mann mit einem Jungen auf einem Wagen fahren sehen, und dass jene gesagt hätten, sie wollten nach Osten, doch wohin, da war keine Einigkeit unter den Zeugen. Nach Schlesien, sagte der eine, nach Litauen der andere, ins Land der Esten der Dritte. Tatsächlich aber wurden weder der Alchemist noch sein Lehrling jemals wieder gesehen, und es wird wohl so gekommen sein, dass der Teufel ihre Seelen am Ende doch noch geholt hat.

9.

Als Hendrik am Sonntagabend nach Hause fuhr, war er immer noch ganz aufgewühlt von dieser Geschichte … dieser *Sage*, wenn es denn eine war. Die zweite Hälfte des Seminars hatte ihn richtiggehend geschlaucht, weil ihm unablässig dieser Name im Kopf herumgegangen war: *Mengedder … Mengedder … Mengedder …*

Er kam spät an, Miriam und das Baby schliefen schon. Hendrik suchte die Kopien heraus und las sie ein weiteres Mal durch. Mengedder. Dieser Name. Das konnte unmöglich Zufall sein.

Wie man es auch drehte und wendete, er wurde den Verdacht nicht los, dass hinter alldem doch mehr steckte, als Adalbert zuzugeben bereit war. Wobei er durchaus daran zweifelte, dass sein Bruder dafür überhaupt der richtige Ansprechpartner war. Bloß hatte er eben niemand anderen.

Zudem nervten dessen Marotten. Adalbert wohnte quasi seit Studentenzeiten in einem Zimmer bei einem alten Genfer Ehepaar, hatte dort aber kein Telefon angeschlossen, sondern nur ein Faxgerät. Weil, ein klingelndes Telefon würde ja womöglich seine heilige Konzentration auf ein wichtiges physikalisches Problem stören! Man konnte theoretisch seine Vermieter anrufen, doch die sprachen nur Französisch. In seinem Büro im CERN hatte Adalbert das Telefon stumm geschaltet, was nicht auffiel, weil die Kommunikation dort sowieso fast nur über E-Mail lief. Aber ehe Hendrik ihm eine E-Mail schickte, nur um Wochen später zu hören, sie sei in der Masse untergegangen, schrieb er lieber einen Brief und faxte ihn. Mit der Bitte um Rückruf, wie immer.

Der Rückruf kam am Montagabend. »Was gibt's denn?«, fragte Adalbert mit mal wieder grandios gelangweilt klingender Stimme.

Hendrik ging nicht darauf ein, sondern erzählte von seiner neuen Entdeckung. Von dem Buch. Der Legende. Mengedder.

»Tja«, meinte Adalbert daraufhin unbeeindruckt. »Ich schätze, damit musst du rechnen, jetzt, wo du mit diesem Alchemie-Quatsch auftrittst. Dass nach und nach alle Schriften zu dem Thema bei dir aufschlagen. Ich hoffe, du hast nicht vor, mich jedes Mal deswegen anzurufen.«

»Es geht mir im Moment nur um diese eine Legende«, erwiderte Hendrik. »Und darum, dass sie so genau zu der anderen passt, die ich dir mal gezeigt habe.«

»Ja, und? Der unbekannte Autor hat eben mehrere Geschichten verfasst, nicht nur die eine. Eine Fortsetzung. Was ist daran so ungewöhnlich? Das tun Schriftsteller meines Wissens.«

»Und wenn es doch Sagen sind, die auf einen wahren Kern zurückgehen?«, beharrte Hendrik. »So wie bei –«

»Troja, ich weiß schon«, unterbrach Adalbert ihn. »Soll ich dich künftig Heinrich nennen?«

»Ich habe heute nachgeschlagen.« Hendrik sprach schneller, weil er das Gefühl hatte, dass die Geduld seines Bruders demnächst erschöpft sein würde. »Dieses Hartsilber, das in dem Text erwähnt wird, gibt es tatsächlich, es ist eine Verbindung von Silber und Quecksilber. Ag_2Hg_3, glaube ich. Es handelt sich um ein sprödes Mineral, auch Landsbergit genannt. Dass man im Erzgebirge Silber abgebaut hat, stimmt, nämlich seit dem zwölften Jahrhundert. Auch einen König Johann von Böhmen hat es gegeben – er ist 1311 gekrönt worden, aber er kam aus Luxemburg und hatte laut Brockhaus tatsächlich den Spitznamen *König Fremdling* …«

Adalbert gab ein entsagungsvolles Seufzen von sich. »Ja, ja, schon gut. Schick's mir halt mal, dann schau ich's mir bei Gelegenheit an. Übrigens kannst du aufhören, mich mit deinen Prospekten zu versorgen. Die sind an mich verschwendet.«

»Ich wollte nur, dass du weißt, was ich so –«

»Ja, hab ich inzwischen kapiert.«

Am nächsten Tag kopierte Hendrik beide Geschichten, die

aus dem gestohlenen Buch und die neue, verpackte die Kopien der Kopien in einen dicken Umschlag und gab diesen auf. Doch er verließ die Post mit dem nagenden Gefühl, die Sache völlig falsch angegangen zu sein.

Ja, das war es: Er wurde den Verdacht nicht los, dass das Schicksal ihm da etwas wirklich, wirklich *Großes* in die Hand gegeben hatte.

Und dass er nur etwas ganz Kleines daraus machte.

Dann rief Karl Windauer wieder an, völlig begeistert. »Was für ein großartiges Seminar!«, dröhnte es an Hendriks Ohr. Er hatte gerade Pia auf dem Arm, die in seiner Obhut am zuverlässigsten einschlief. »Sie haben meine kühnsten Erwartungen noch übertroffen, Herr Busske. Man kann es nicht anders sagen, Sie sind ein Genie.«

In dem Mann hatte er einen Fan gewonnen, das stand eindeutig fest.

»Hören Sie, Sie müssen viel mehr Remmidemmi machen«, fuhr Windauer fort. »Schreiben Sie ein Buch! Unbedingt. Geben Sie Interviews! Und Sie müssen ins Fernsehen, so schnell wie möglich. Fernsehen, das zieht. Ich kann Ihnen Kontakte vermitteln, wenn Sie wollen.«

Hendrik wollte, durchaus. Die Idee, ein Buch zu schreiben, widerstrebte ihm dagegen. Die Kursunterlagen zu verfassen war bereits eine Heidenarbeit gewesen, und da hatte er es mit gerade mal achtzig großzügig bedruckten Seiten zu tun gehabt.

»Und schicken Sie mir auf jeden Fall einen Stapel von Ihren Prospekten. Die bring ich unter die Leute, verlassen Sie sich darauf!«

Da hatte er recht: Es galt, an diesen gelungenen Start anzuknüpfen. Hendrik verhandelte weitere Termine mit den Hotels, ließ neue Prospekte drucken und schickte Windauer gleich einen ganzen Karton voll. Und tatsächlich stieg die Nachfrage spürbar, kamen Anmeldungen in erfreulicher Zahl für alle geplanten Seminare.

Von Adalbert dagegen hörte Hendrik nichts mehr.

Doch Hendriks junges Unternehmen stand finanziell immer noch auf sehr wackligen Füßen. Deswegen beschloss er, sich ein zweites Standbein zu schaffen, indem er einen eigenen Börsenbrief herausgab.

Bei WCM Trust hatten sie einige Börsenbriefe abonniert. Jedes Mal, wenn Hendrik einer davon in die Hände geraten war, hatte er über die Konditionen gestaunt. Ein Schweizer Unternehmen gab einen wöchentlichen Brief heraus, dessen Abonnement mehrere Tausend Franken pro Jahr kostete. Ein paar amerikanische Börsenbriefe waren noch teurer – doch alle fanden sie ihr Klientel, und dabei schien die Devise zu gelten, je teurer, desto besser.

Die Idee, wie er in die Sache einsteigen würde, kam Hendrik, als er auf ein Angebot stieß, eine halbe Million Mailadressen zu einem Spottpreis zu mieten. Werbung per E-Mail, das war umstritten, und es hieß, es liefen Bestrebungen, gesetzliche Handhaben dagegen zu schaffen: deswegen wohl der niedrige Preis. Zwar reagierten wesentlich weniger Leute auf Werbung per E-Mail als auf Werbebriefe, andererseits kostete das Versenden der Mails so gut wie nichts. Einen Versuch war es auf jeden Fall wert.

Hendrik suchte sich eine unbekannte, stark volatile Aktie aus – das hieß, eine Aktie, deren Kurs heftigen und raschen Schwankungen unterlag – und unterteilte dann die Adressen in zwei Gruppen. Den Adressaten aus der ersten Gruppe schickte er eine Werbemail, in der er nicht nur seinen Börsenbrief bewarb, sondern sozusagen als Kostprobe außerdem die Vorhersage, besagte Aktie werde in den nächsten zwei Wochen steigen. Die Adressaten aus der zweiten Gruppe erhielten dieselbe Werbemail, nur mit der Vorhersage, die Aktie werde fallen.

Zwei Wochen später war die Aktie tatsächlich gestiegen, sogar enorm. Hervorragend. Hendrik teilte die erste Gruppe – die Adressaten also, denen er das Steigen vorhergesagt hatte – noch einmal und schickte der eine Hälfte die Empfehlung, die Aktie zu halten, weil sie noch weiter steigen werde, der anderen

Hälfte den dringenden Rat, rasch auszusteigen, weil die Aktie bald wieder fiele.

Weitere zwei Wochen später war der Kurs der Aktie tatsächlich wieder gesunken, wenn auch nicht dramatisch. Aber nun besaß Hendrik 125 000 Mailadressen, deren Besitzer mit eigenen Augen gesehen hatten, dass er zweimal eine zutreffende Vorhersage gemacht hatte: Diesen schickte er eine Nachfassmail, in der er seine Prognosen mit allerlei gut klingendem Alchemisten-Blabla begründete, seine Seminare erwähnte und, vor allem, seinen Börsenbrief bewarb. Dieser würde, höchst modern, alle zwei Wochen per E-Mail kommen, und das für nur dreihundertfünfzig Mark pro Jahr. Er schloss mit der Versicherung, dass es sich dabei um einen sagenhaften Aktionspreis handele, der auch nur für diejenigen gelte, die innerhalb von vier Wochen abonnierten.

Und das funktionierte tatsächlich. Weit über hundert Abonnenten kamen durch diese Aktion zusammen, was einen ebenso erfreulichen wie beruhigenden Geldstrom zur Folge hatte.

Den Börsenbrief zu erstellen war das geringste Problem. Alle zwei Wochen heftete Hendrik den aktuellen Börsenteil der FAZ an eine Pinnwand und warf mit roten und grünen Dartpfeilen darauf: Grün bedeutete Kursanstieg, rot Kursverfall. Das musste man natürlich mit allerlei Phrasen garnieren und in viel *einerseits* und *andererseits* hüllen, und vor allem durfte man sich nicht zu verständlich ausdrücken. Aber das war reine Übungssache. Hendrik hatte sich kostenlose Probeexemplare anderer Börsenbriefe schicken lassen, die ihm als Anschauungsmaterial für den darin üblichen Jargon dienten. Das Ganze versah er mit einem allgemeinen Vorwort zur Wirtschaftslage sowie mit einem Disclaimer, dass es sich nur um Empfehlungen handele, für die er keinerlei Gewähr übernahm, und fertig.

Beschwerden erwartete er keine. Nicht, seit er einen Bericht gelesen hatte über einen Versuch, bei dem Forscher Aktienentscheidungen von Schimpansen hatten treffen lassen und deren Portfolio diejenigen hochdotierter New Yorker Börsengurus geschlagen hatte. Schlechter, sagte sich Hendrik, waren seine Dartpfeile auch nicht.

Pia war ein sehr ruhiges, verträgliches Baby. Die Zeit, die Hendrik mit ihr verbrachte, empfand er oft wie einen Ausflug in eine andere, bessere Welt, selbst wenn es nur darum ging, ihr die Windeln zu wechseln. Das Kind strahlte eine Zuneigung aus, die etwas in ihm anklingen ließ, das er nicht wirklich verstand – aber musste man alles verstehen? Wenn sie satt und sauber war und trotzdem nicht einschlafen konnte, wieso reichte es, wenn er sie auf den Arm nahm, damit ihr die Augen selig zufielen? Niemand wusste es.

Miriam war manchmal fast eifersüchtig. »Das hat was Magisches, wenn man euch beide zusammen sieht«, erklärte sie einmal.

Nach und nach meldete sich die Presse und wollte Interviews. Doch selbst das lief holprig an. Das Regionalfernsehen machte einen Termin aus, verschob ihn dreimal und sagte schließlich wieder ab. Der erste Journalist, mit dem Hendrik tatsächlich sprach, meinte, er werde das Interview an eine Zeitschrift verkaufen, aber er wisse noch nicht, an welche. Als Hendrik das Belegexemplar erhielt, war es ein esoterisches Magazin, in dem er neben Kristallkugeln und Feng-Shui-Ratschlägen auftauchte.

Viel versprach er sich von einem Termin mit einem der Hochglanz-Männermagazine, die für Oldtimer, Markenmode, sündhaft teure Uhren und dergleichen warben. Hier galt es zu klotzen, nicht zu kleckern, sagte sich Hendrik, mietete eigens eine Suite im Frankfurter Hof und bestellte den Reporter dorthin. Für das Gespräch zog er seinen besten Anzug an und gedachte, durchblicken zu lassen, dass er selbstverständlich die Seminare nur nebenbei gebe und sich ansonsten der Verwaltung seines Vermögens widme.

Doch der Reporter interessierte sich kaum für Hendriks Seminare, sondern vor allem für die Rolle der Alchemie heute: Welche Alchemisten ihn am meisten beeinflusst hätten, wollte er wissen, und Hendrik war so nervös, dass ihm auf diese Frage nur der Name John Scoro einfiel. Und ob er ein eigenes Labor betreibe? Nein, gab Hendrik zu, was seinen Gesprächspartner sichtlich enttäuschte.

Die Redakteurin eines Investorenmagazins fragte ihn im Verlauf ihres Gesprächs nach seiner Meinung zum aktuellen Dotcom-Boom: Wie hätten sich denn die Spielregeln der Wirtschaft durch das Internet verändert?

»Gar nicht«, sagte Hendrik. »Ich halte das für eine Blase, die in naher Zukunft platzen wird.«

Das missfiel seiner Gesprächspartnerin sichtlich. »Neigt man dazu«, fragte sie spitzlippig, »in konservativen Denkmustern zu verharren, wenn man sich mit Alchemie befasst?«

Hendrik mied ihren höhnischen Blick, sah nur auf die sich drehenden Spulen ihres Rekorders. »Ich weiß nicht, wie man auf die Idee kommt, die Digitalisierung könne Naturgesetze außer Kraft setzen. Zum Beispiel dasjenige, dass man nur Gewinn macht, wenn man mehr einnimmt, als man ausgibt. Viele dieser neuen Firmen agieren, als gelte das genaue Gegenteil, und das *kann* einfach nicht funktionieren.«

»Da ist die Wall Street aber anderer Auffassung.«

»Die Wall Street will ja auch vor allem Aktien verkaufen«, erwiderte Hendrik.

Zu seiner Verwunderung erschien das Interview tatsächlich, allerdings nicht wortgetreu, sondern als Gesprächsbericht, der ihn als verknöchert und hoffnungslos altmodisch darstellte. Er war sozusagen die Witzseite in einem groß aufgemachten Dossier über das Wirtschaften im 21. Jahrhundert.

»Machen Sie sich nichts draus«, riet ihm Windauer. »Hauptsache, Ihr Name steht da und ist richtig geschrieben. Außerdem passt eine traditionsbewusste Haltung sowieso besser zu jemandem wie Ihnen, der uns heutigen Menschen die Weisheit der alten Alchemisten wieder zugänglich machen will.«

Hendrik, immer aufs Neue verblüfft über die Unerschütterlichkeit seines Fürsprechers, meinte: »Na, hoffen wir es.«

»Übrigens vielen Dank für die klaren Worte«, fügte Windauer hinzu. »Sie haben mich daran erinnert, wie wichtig es ist, den Moment zum Ausstieg nicht zu versäumen. Ich reite die Welle noch, aber ich werde ab jetzt aufpassen wie ein Luchs, das sag ich Ihnen!«

Die entscheidende Wende begann damit, dass an einem regnerischen Novembertag das Telefon klingelte.

Miriam nahm ab: »*Alchemie des Reichtums*, guten Tag. Mein Name ist Miriam Wegmann, was kann ich für Sie tun?«

Es war Miriams Idee gewesen, sich mit ihrem Mädchennamen zu melden: So klang es nach einem größeren Unternehmen.

Hendrik schrieb gerade am fälligen Börsenbrief, sah nur kurz auf. Pia schlief.

»Ja, er ist da«, sagte Miriam, nachdem sie eine Weile gelauscht hatte. Sie drückte die Stummtaste und sah Hendrik an. »Da will dir jemand ein Schloss anbieten.«

Am nächsten Samstag fuhr Hendrik hin, wie verabredet. Burlingen? Den Namen hatte er noch nie gehört. Dabei war es gar nicht so weit, wie er feststellte, als er es endlich auf einer Karte gefunden hatte; in seinem Autoatlas war der Ort nicht eingezeichnet. Was hieß, dass es ein wirklich winziges Nest sein musste.

Der Weg führte ihn auf schmalen Straßen durch Täler entlang sanfter, bewaldeter Hügel. Kühler grauer Nebel hing über allem und ließ die Landschaft unwirklich erscheinen, fast, als würde er in eine andere Welt fahren.

Dann das Dorf. Ein Ortskern aus betagten Häusern, nichts Besonderes. Und schließlich die Mauer, ewig lang, hoch, vom Zahn der Zeit benagt. Ein Tor, das schmiedeeiserne Gitter offen, dahinter heller Kies und ein Garten, der gepflegt wirkte, sogar jetzt im November: Viele alte, hohe Bäume, die ihre kahlen Äste in den Nebel krallten, letzte Reste ihres Laubes zu Füßen … schön.

Und natürlich das Schloss selbst. Im vierzehnten Jahrhundert erbaut, hatte der Anrufer behauptet. Nach dem äußeren

Anschein glaubte man das, so klotzig und wuchtig, wie das Gebäude dastand, fast eher eine Burg als ein Palast, eine Festung auf jeden Fall. Aber gut instand gehalten: Das Dach glänzte feucht und sah neu aus, die Fenster desgleichen.

Wie ausgemacht fuhr Hendrik direkt in den Hof und hielt vor dem Haupteingang. Beeindruckender Bau, dachte er, als er ausstieg. Vierzehntes Jahrhundert? Das hieß, dass es ungefähr um die Zeit erbaut worden war, in der die Geschichte mit dem Mädchen und ihrem Bruder gespielt hatte, der Mengedders Schüler geworden war. Der Gedanke ließ Hendrik erschaudern.

Das Portal öffnete sich. Der Mann, der heraustrat, hatte breite Schultern, war aber sichtlich nicht mehr der Jüngste. Obwohl er noch volles, dichtes Haar besaß, silbern mit Spuren einstigen Blonds, zu einer altmodischen Wellenfrisur gekämmt, die ihm etwas Altweiberhaftes verlieh. Gekleidet war er eher rustikal: Er trug eine derbe Hose, einen Pullover und darüber ein Tweedjackett mit Lederflecken auf den Ellbogen.

Und er kam Hendrik irgendwie bekannt vor.

»Westenhoff«, sagte der Mann und reichte Hendrik die Hand. Er hatte kräftige, schwielige Hände, Hände, die es gewohnt waren zuzupacken. »Max Otto Westenhoff. Freut mich, Sie wiederzusehen, Herr Busske.«

Jetzt fiel es Hendrik ein. »Sie haben an meinem letzten Seminar teilgenommen«, stellte er verblüfft fest. »Ende Oktober. Sie mussten vorzeitig abreisen.« Damals hatte der Mann einen normalen Anzug getragen und so gut wie nichts gesagt, sich nur fleißig Notizen gemacht. »Bloß hießen Sie nicht Westenhoff.«

Sein Gegenüber lächelte. »Ich bitte um Nachsicht für dieses kleine Täuschungsmanöver. Offen gestanden war der Grund meiner Teilnahme auch nicht der, dass ich lernen wollte, reich zu werden, denn das bin ich schon. Ich war in Ihrem Seminar, weil ich sehen wollte, was Sie für ein Mensch sind.«

»Ah«, machte Hendrik und fühlte sich wieder überrumpelt, genau wie nach dem Telefonat. Westenhoff sprach leise und eindringlich, dabei aber sehr schnell und akzentuiert, in wahren

Wortschwallen. Hendrik sah sich um. »Sie sind demnach also tatsächlich der Besitzer von … von alldem hier?«

»Ja«, sagte Westenhoff. »Schlossbesitzer und Hobby-Alchemist, wenn ich so sagen darf.«

»Verstehe«, meinte Hendrik. Dahin also lief der Hase. »Das gibt es noch? Alchemisten?«

»Oh ja. Es hat immer welche gegeben, und es gibt sie noch. Eine kleine, in aller Welt verstreute Gemeinschaft, die den Kontakt mithilfe moderner Technik aufrechterhält.« Er wies einladend in Richtung des Portals. »Aber gehen wir doch hinein, Herr Busske.«

Eine imposante Eingangshalle, mit Ritterrüstungen in dämmrigen Ecken und wuchtigen, in Gold gerahmten Gemälden an den Wänden. Es schienen Porträts zu sein, allerdings in so dunklen Farben, dass man so gut wie nichts erkannte. Weiter ging es in den Großen Saal, der weniger museal wirkte, sondern fast schon wohnlich, mit prächtigem Marmorboden und einem schier endlosen Tisch, an dem zahllose hochlehnige Stühle standen. Am hinteren Ende, gleich bei dem Kamin, in dem ein Feuer brannte, war ein Teeservice aufgedeckt – modernes Design, schwedisch, schätzte Hendrik – und Gebäck in einer Silberschale.

Westenhoff bot ihm Platz an, läutete mit einer Glocke. Eine betagte, gebeugt gehende Frau in schwarzer Kleidung kam angeschlurft, brachte ein Tablett mit einer altmodischen Silberkanne darauf. Sie schenkte ihnen Tee ein, ohne ein Wort zu sagen oder Hendrik eines Blickes zu würdigen.

»Danke, Berta«, sagte Westenhoff, worauf sie die Kanne hinstellte und ebenso wortlos wieder ging.

»Sie macht mir den Haushalt«, erklärte der Schlossbesitzer, als sie den Saal verlassen hatte. »Meine einzige fest angestellte Kraft.«

»Verstehe«, sagte Hendrik, gespannt darauf, was das alles sollte.

Westenhoff nahm einen Schluck Tee. »Mit wem habe ich am Telefon eigentlich gesprochen? Mit Ihrer Frau? Sie hat sich mit einem anderen Namen gemeldet – ihr Mädchenname, nicht wahr?« Er lächelte, setzte die Tasse wieder ab. »Ich habe ein paar Erkundigungen eingeholt, müssen Sie wissen. Ihr Unternehmen ist noch zu jung und zu klein, als dass sich meiner Einschätzung nach eine Sekretärin schon rechnen würde.«

Hendrik fühlte sich ertappt. »Meine Frau, ja«, sagte er und nahm ebenfalls einen Schluck, aber eher aus Verlegenheit.

»Sie fragen sich wahrscheinlich, was es damit auf sich hat, dass ich Ihnen ein Schloss anbieten will«, fuhr Westenhoff fort. »Nun, eben das. Ich bin vor Kurzem auf Sie aufmerksam geworden, und was ich herausgefunden habe, veranlasst mich, Ihnen den Vorschlag zu unterbreiten, mit Ihrer Familie hierher ins Schloss zu ziehen. Genauer gesagt, in das dahinter befindliche Gärtnerhaus. Das haben Sie noch nicht gesehen, das zeige ich Ihnen nachher, aber ich kann Ihnen jetzt schon versprechen, dass Sie es wesentlich wohnlicher finden werden als das Schloss selbst. Es wurde erst Anfang dieses Jahrhunderts errichtet, im Krieg beschädigt, ist wieder aufgebaut und unlängst frisch renoviert worden. Und keine Angst – der Garten wird von einer externen Firma gepflegt, damit hätten Sie nichts zu tun. Selbstverständlich könnten Sie ihn aber nutzen, sehr gern sogar, es tut sonst niemand, offen gesagt. Sie haben ein Kind, nicht wahr?«

»Ja. Eine Tochter. Sieben Monate alt.«

»Nun, dann wird sie nächsten Sommer laufen. Und hätte ein großes, sicheres Spielgelände.« Westenhoff nahm einen Keks. »Die wesentliche Bedingung dieses Arrangements wäre, dass Sie das Schloss künftig als Ihren Besitz ausgeben.« Er biss ab und fügte kauend hinzu: »Wobei ich mir vorstelle, dass das mit dem, was Sie beruflich tun, bestens harmonieren müsste.«

Hendrik sah ihn bass erstaunt an. »Das Schloss als *meines* ausgeben? Was soll das heißen?«

»Genau das, was es heißt. Dass Sie am Eingang Ihren Namen anbringen. Dass Sie auf Ihrem Briefpapier Schloss Burlingen als Adresse angeben. Dass Sie Strom, Wasser und Telefon auf sich ummelden. Die damit verbundenen Kosten halten sich im Rahmen, ich zeige Ihnen gern die Rechnungen der letzten Jahre. Das wäre sozusagen die Miete.« Er winkte ab. »Wobei das nicht das Problem ist, Geld habe ich genug.«

Hendrik wurde das Gefühl nicht los zu träumen. Oder tatsächlich in eine Märchenwelt geraten zu sein. Erst die Fahrt durch diesen Nebel … und nun *das* …

»Aber warum?«, fragte er. »Ich meine, das klingt gut, aber es ist ein ziemlich ungewöhnliches Angebot.«

»Ja, ja. Natürlich, das ist es, da haben Sie recht.« Westenhoff lehnte sich zurück, stellte die Fingerspitzen in einer Geste des Nachdenkens gegeneinander. »Aus Gründen, die darzulegen ich mir im Moment ersparen möchte – es ist eine sehr lange Geschichte, die ich Ihnen eines Tages bestimmt erzähle –, will ich mich in die Anonymität zurückziehen. Ich würde, so Sie meinem Vorschlag zustimmen, hier im Schloss wohnen bleiben – ich habe ein paar Zimmer im oberen Stock –, Berta desgleichen, aber wir würden nicht in Erscheinung treten. Sie würden uns im Alltag so gut wie nicht bemerken. Wie gesagt, Sie würden das Gärtnerhaus bewohnen, wobei Sie in einem gewissen Rahmen, den wir jeweils absprechen sollten, auch über die repräsentativen Räume des Schlosses verfügen könnten. Dieser Saal hier zum Beispiel eignet sich gut für Festlichkeiten aller Art, wie sie in den vergangenen Jahrzehnten leider nie stattgefunden haben. Lediglich Ihren Seminarbetrieb müssten Sie weiterhin außerhalb organisieren; das Schloss ist nicht geeignet, um nennenswert viele Leute zu beherbergen oder zu verköstigen. Sie können, wenn Sie nach Hause kommen, auch gern jeweils durch das Schloss gehen; bei Regen ist das der angenehmere Weg. Ansonsten gibt es einen Kiesweg außen herum, der im Rahmen der Renovierungsarbeiten frisch angelegt worden ist. Ihre Fahrzeuge können Sie in der Garage vorne abstellen; es handelt sich um umgebaute ehemalige Pferdeställe, die Platz für eine ganze Sammlung von Limousinen böten. Und so weiter und so weiter. Es ist das erklärte Ziel dieses Arrangements, dass Sie sich hier wie zu Hause fühlen, denn nur dann können Sie für den Rest der Welt auch der Besitzer *sein.*«

»Der Rest der Welt«, gab Hendrik zu bedenken, »braucht nur ins Grundbuch zu schauen –«

»Dort steht der Name einer Immobilienfirma, deren Sitz auf Gibraltar liegt«, erwiderte Westenhoff mit amüsiertem Lächeln. »Es ist praktisch unmöglich herauszufinden, wem sie gehört.«

»Ah«, meinte Hendrik. »Gut überlegt.«

»Der zweite Grund für mein Angebot«, fuhr Westenhoff fort, »ist der, dass ich in Ihnen ein adäquates Gegenüber vermute für gelegentliche Gespräche über Alchemie. Ich habe gehört, wie Sie über Alchemie sprechen, Herr Busske, und gemerkt, dass in Ihnen das Feuer eines wahren Alchemisten brennt.«

Hendrik hatte Mühe zu verhindern, dass ihm der Unterkiefer herabsackte. »Meinen Sie?« Unglaublich – erweckte er wirklich diesen Eindruck, nur weil er sein Seminar mit ein bisschen esoterischem Blabla verzierte?

»Ohne Zweifel. Es fehlt Ihnen an wahrem Wissen, es fehlt Ihnen an echter Erfahrung, aber das Feuer, die Leidenschaft ist da. Und das ist das Wichtigste.« Westenhoff machte eine ausholende Handbewegung. »Ich habe eine reichhaltige Bibliothek zu diesem Thema, vielleicht die größte derartige Sammlung Europas. Und«, fügte er zögernd hinzu, fast etwas verschämt, »ich besitze auch ein bescheidenes Labor mit den klassischen Instrumenten. Das heißt, selbst gemeinsame Experimente wären im Rahmen des Möglichen.«

Irgendwie begriff Hendrik erst jetzt, dass der Mann in dem abgeschabten Tweedjackett das alles völlig ernst meinte, und es überwältigte ihn geradezu. Er sah neue Prospekte, Kursunterlagen, Werbeanzeigen vor sich, mit einem Foto von ihm vor dem Schloss darauf, sah die Adresse, unter der er residieren würde: *Hendrik Busske, Schloss Burlingen …*

»Wollen Sie«, schlug Westenhoff vor, »sich die Bibliothek vielleicht mal ansehen? Und das Labor?«

Gelegentliche Gespräche über Alchemie? Ein geringer Preis, dachte Hendrik und sagte: »Ja. Ja, gern.«

Miriam war zuerst äußerst skeptisch. Westenhoff sei ihr unheimlich gewesen am Telefon, und sein Angebot sei ja wohl mehr als merkwürdig. »Der Mann verfolgt doch Hintergedanken damit«, meinte sie. »Da kann mir keiner das Gegenteil erzählen.«

»Klar hat er Hintergedanken«, sagte Hendrik. »Er will jemanden haben, mit dem zusammen er davon träumen kann, ein großer Alchemist zu sein.«

»Und den willst du spielen?«

»Warum nicht? Denk nur daran, was das für die Seminarwerbung bedeuten würde!« Er breitete die Hände aus. »Außerdem wolltest du ins Grüne ziehen. Bitte sehr – grüner geht's kaum.«

»Aber doch nicht ans Ende der Welt«, murrte Miriam. »Gibt es da überhaupt Einkaufsmöglichkeiten? Einen Kindergarten? Eine Schule?«

»Wir schauen es uns einfach mal an, würde ich sagen.«

Also fuhren sie gemeinsam hin, und als Miriam das Haus sah und vor allem den Garten, riesengroß und vollständig umschlossen, ließ sie sich umstimmen. Ja, sie wirkte fast, als wolle sie sich ihre Begeisterung nur nicht anmerken lassen. So klein war Burlingen übrigens gar nicht. In den letzten Jahrzehnten hatte man etliche Neubaugebiete errichtet, es gab einen Supermarkt, eine Apotheke, sogar eine Tankstelle. Ein Schulbus brachte die Kinder des Ortes zur Schule in den Nachbarort, und ein Kindergarten … nun, meinte Miriam, den würde sie eben selber organisieren, mit so viel Platz zur Verfügung.

»Aber der Mann ist mir immer noch nicht geheuer«, vertraute sie Hendrik an, nachdem sie Westenhoff getroffen hatte. »Hoffentlich lässt er uns wirklich so in Ruhe, wie er sagt.«

»Das kriegen wir schon hin«, meinte Hendrik, und so unterschrieben sie den Vertrag mit Westenhoff.

Anfang Januar des Jahres 2000 zogen sie um, mitten in dem allgemeinen Aufatmen darüber, dass die für den Jahreswechsel befürchteten technischen Probleme alle ausgeblieben waren. In ein Schloss zu ziehen, meinte Hendrik nur halb im Scherz, sei eine hervorragende Art, ins neue Jahrtausend zu starten. Auch wenn das, streng genommen, erst mit dem Jahr 2001 begann.

Streit mit Miriam bekam Hendrik, als er kurzerhand einen Jaguar leaste – anthrazitgrau, mit hellen Ledersitzen, äußerst nobel – und mal eben zwanzigtausend Mark für Garderobe ausgab, den größten Teil davon für maßgeschneiderte Anzüge. Er brachte zu seiner Verteidigung vor, dass er jetzt, schon aus beruflichen Gründen, auch wie ein Schlossbesitzer *aussehen* müsse, das hieß: reich. Und sie würden künftig ohnehin zwei Autos brauchen, also war der VW von nun an Miriams Wagen.

»Na gut«, gab sie schließlich nach. »Aber dann hältst du ab sofort dein Gewicht! Nimm ein Kilo zu, und du bekommst eine Woche lang nur Rohkost.«

Ein ausgesprochen lustiger Tag war hingegen der, an dem Miriams Vater mit seiner kompletten Fotoausrüstung anrückte, um Aufnahmen von Hendrik und dem Schloss zu machen, für die neuen Prospekte. Die waren jetzt ja vordringlich, mitsamt der imposanten neuen Adresse. Und so posierte Hendrik in seinen diversen Anzügen vor dem Jaguar und der Schlossfassade, breitbeinig im Tor mit dem Schloss als Hintergrund, in der Halle neben einer Ritterrüstung, mit hochnäsigem Blick im Großen Saal und so weiter. Miriam lachte sich einen Ast, was es schwierig machte, eine angemessen ernsthafte Miene zu bewahren, aber die Bilder wurden trotzdem großartig. Es fiel Hendrik richtig schwer, eines davon für die Titelseite auszusuchen.

Nur ihre alten Möbel, die wollten irgendwie alle nicht mehr in das neue Haus passen, wirkten zu klein, zu abgewohnt, zu billig. Sie würden sie ersetzen müssen, nach und nach zumindest.

Überhaupt war alles noch sehr vorläufig. Das Gärtnerhaus besaß einen Anbau, in dem einmal Gartengeräte gestanden hatten: Der würde sich, meinte Hendrik, entsprechend umgebaut ideal als Firmenbüro eignen. Mit separatem Eingang, um auch mal eine Sekretärin einstellen zu können. Da sich diese Arbeiten aber noch bis in den Sommer hinziehen würden, richtete

Hendrik sich einstweilen eines der Dachzimmer als Büro ein. Mangels Platz landeten etliche seiner Kartons im Keller, darunter der, in dem sich die Kopien der beiden Mengedder-Geschichten befanden.

Anfang Februar meldete sich ein Fotojournalist, der eine *Home Story* über Hendrik machen wollte, das hieß, ihn in seinem neuen persönlichen Umfeld sowohl abzulichten als auch zu interviewen. »Ein Mann, der es innerhalb kurzer Zeit zum Besitzer eines Schlosses gebracht hat, das interessiert die Leute«, erklärte er am Telefon.

Der Name dieses Journalisten sagte Hendrik sogar etwas: Ingo Holst hatte schon für viele bedeutende Zeitschriften gearbeitet, den »Spiegel«, den »Stern«, die »Bunte« und dergleichen.

»Das ist eine Riesenchance«, meinte auch Miriam. »So ein Artikel mit großen Fotos, das kann dein Image auf Jahre hinaus prägen.« Das wusste sie von ihrem Vater: Ein solcher Beitrag landete in Pressearchiven und tauchte später immer wieder auf, sobald ein Journalist zu dem entsprechenden Thema recherchierte.

Also organisierten sie in Absprache mit Westenhoff etwas, das Hendrik »Operation Potemkin« nannte: Die gesamte Woche vor dem Termin verbrachten sie damit, das Schloss so herzurichten, dass man meinen musste, es sei tatsächlich ihr Wohnsitz. Den meisten Schweiß kostete es, einen uralten, imposanten Tisch in das Zimmer direkt über dem Haupteingang zu schleppen, aber das eignete sich nun mal am besten als repräsentatives Büro. Hendrik kaufte eigens eine teure lederne Schreibmappe und einen noch teureren Füllhalter, stellte ein goldgerahmtes Foto von Miriam und Pia auf und ein modern aussehendes Telefon. Dessen Kabel ließ er in einem Astloch verschwinden, damit man nicht sah, dass es nirgends angeschlossen war.

Miriam dekorierte derweil im Erdgeschoss den Großen Saal und einige Nebenräume hingebungsvoll so, dass sie bewohnt wirkten: drapierte Strickjacken über Stuhllehnen, eine Decke auf ein Sofa, Strickzeug und angelesene Zeitschriften auf Beistelltische und wie übersehen wirkendes Kinderspielzeug neben Tischbeine. Vor allem lüftete sie und heizte hinterher kräftig, um den muffigen Geruch aus den Räumen zu vertreiben. Wobei man den auf Fotos ja nicht bemerken würde.

Am Morgen des *Tages null* ließen sie im Gärtnerhaus sämtliche Rollläden herab, dann fuhr Miriam mit Pia ihre Eltern besuchen. Hendrik parkte den Jaguar effektvoll vor dem Schloss und wartete. Das Wetter spielte erfreulicherweise mit; es war ein zwar kühler, aber strahlend sonniger Tag, ungewöhnlich für einen Februar.

Als der Journalist ankam, zeigte er sich beeindruckt. Westenhoff blieb unsichtbar, Berta servierte Tee, stumm wie immer. Danach posierte Hendrik geduldig für Holst und seine Kamera. Im anschließenden Gespräch am Kamin wich er direkten Fragen nach der Höhe seines Vermögens geschickt aus, wie er fand (»Sie werden verstehen, dass ich diesbezüglich nicht in Einzelheiten gehen will …«), bekräftigte, dass er alles, was er erreicht hatte, denselben Prinzipien verdankte, die er auch in seinen Seminaren lehrte (die Übung des inneren Goldes, die er inzwischen Transmutation nannte, hatte er schließlich selber einmal gemacht, folglich war das nicht gelogen), und ja, seiner Meinung nach könne das jeder lernen.

»Ich habe gelesen, dass Sie dem Neuen Markt, dem sogenannten Dotcom-Boom, skeptisch gegenüberstehen?«, fragte Holst irgendwann. Also hatte er vorher recherchiert und das Interview in dem Investorenmagazin gefunden.

Eingedenk der Worte Windauers, dass jemandem wie ihm eine konservative Haltung ohnehin besser stünde, nickte Hendrik und sagte: »Richtig. Das ist kein Boom, das ist eine Blase. Nur eine Frage der Zeit, bis sie platzt.«

Der Artikel erschien, groß aufgemacht, am vierten März, eine Woche, bevor der NEMAX seinen Höchststand erreichte. Danach brach der Kurs ein, wurden erste Skandale publik, kam es zu spektakulären Pleiten. Auf einmal galt Hendrik als Prophet, als derjenige, der es von Anfang an gewusst hatte. Die wichtigen Fernsehsender überschlugen sich förmlich, um ihn für Kommentare zur Entwicklung der Dinge in ihre Studios zu bekommen.

Hendrik kam natürlich. Was das Kernthema seiner Marke, die Alchemie, anbelangte, entwickelte er im Lauf der Zeit eine Sprachregelung, die ihn, so hoffte er, aus dem Dunstkreis des Obskurantismus befreien würde: In der Alchemie, argumentierte er, transportiere sich neben allerlei Aberglauben, den die moderne Wissenschaft inzwischen überwunden habe, auch uraltes Wissen, und dieses freizulegen und nutzbar zu machen sei seine Mission. Im Übrigen hielte er es für unergiebig, darüber zu diskutieren, das seien Dinge, die man ausprobieren müsse. Wurde er gefragt, ob alles nur Glaubenssache sei, erzählte er jene berühmte Anekdote über den Nobelpreisträger Niels Bohr: Der hatte über dem Eingang seines Hauses ein Hufeisen montiert und pflegte auf die Frage, ob er an so etwas glaube, zu erwidern, ihm sei versichert worden, es brächte auch dann Glück, wenn man nicht daran glaube.

Nach jeder einzelnen Sendung rief zuverlässig Karl Windauer an und überschlug sich mit Lob. Er war gerade noch rechtzeitig aus dem Neuen Markt ausgestiegen und hatte sich mit dem Gewinn in eine solide mittelständische Firma eingekauft, die Verpackungsmaschinen in alle Welt lieferte. »Da sitze ich jetzt im Vorstand, stellen Sie sich vor«, erzählte er. »Der kleine Karl aus dem Vertrieb! Das verdanke ich alles Ihnen und Ihren Seminaren.«

Die Seminare: Die angesetzten Termine waren praktisch schlagartig ausgebucht. Sie mussten Wartelisten einrichten, neue Termine ausmachen, Hotels mit größeren Veranstaltungsräumen suchen. Miriams Vater verkaufte seine Fotos von Hendrik an diverse Zeitschriften und Fotoagenturen und bekam in der Folge sogar Anfragen, ob er diese oder jene Berühmtheit ablichten könne, sein Stil gefiele: Es war ihm eine, wenn auch späte, Genugtuung, das merkte man. Er blühte regelrecht auf.

Der Höhepunkt war ein Fernsehinterview im Großen Saal, das in einem Promi-Magazin der ARD ausgestrahlt wurde.

Nicht ganz ohne kritische Untertöne, aber paradoxerweise wirkte es dadurch umso glaubwürdiger, jedenfalls schnellten die Nachfragen hinterher derart in die Höhe, dass Miriam kaum nachkam. Sie würden wohl tatsächlich bald jemanden einstellen müssen, der ihr im Büro half.

Die Seminare wurden immer größer. Hendrik sprach vor dreißig, vor fünfzig, vor hundert Leuten und mehr, und nicht länger nur an Wochenenden. Und er schien den Erfolg, den er nun hatte, auch auszustrahlen – oder lag es an den psychologischen Übungen, die den größten Teil des ersten Tages ausmachten? Die wühlten manche Teilnehmer ganz schön auf. Es gab nicht selten Tränen, oft Lachanfälle, und die Stimmung bei den gemeinsamen Essen am Abend war stets ausgelassen.

Fast immer ergab es sich, dass Hendrik mit einer einzelnen Teilnehmerin noch lange am Tisch saß, zuerst, weil sie noch Fragen hatte, dann, weil es zwischen ihnen knisterte. Und obwohl er sich fest vorgenommen hatte, Miriam nicht mehr untreu zu werden, erlag er der Versuchung jedes Mal. Es war, als sei er in diesen Seminaren ein anderer als zu Hause, als komme eine völlig andere Person dabei zum Vorschein, ihm ganz fremd.

Anfangs hatte er Gewissensbisse deswegen. Dann versuchte er, sich damit zu beruhigen, dass er Miriam ja nichts wegnehme. Sowieso war sie, seit das Baby auf der Welt war, nicht mehr so empfänglich für seine Annäherungen, bei der vielen Arbeit durchaus verständlich.

Schließlich akzeptierte er es einfach. Es war eben so. Ein Attribut seines Erfolgs, vielleicht. Oder eine Sucht? Sogar das hielt er, wenn auch ungern, für möglich. Jedenfalls schien mit seinem ersten Fehltritt in Zürich ein Damm gebrochen zu sein, der nicht wieder repariert werden konnte.

Und, mal anders gefragt: Wieso war die Welt überhaupt so eingerichtet, dass man seiner Lust nicht unbefangen folgen durfte? Was hatte sich Gott dabei eigentlich gedacht?

Das betraf ja nicht nur den Sex, das ganze Leben war so. Sobald man etwas errungen hatte, begann es sofort, langweilig zu werden. Ziele, die man anstrebte, strahlten, solange man sie noch nicht erreicht hatte, einen verlockenden Glanz aus – doch war man einmal da, verflog aller Glanz im Nu.

Auch seine Seminare wurden allmählich zur Routine, jetzt schon! Mittlerweile verfügte er über ein Repertoire von Sprüchen und Witzen, die sich bewährt hatten; ein Seminar war kein Abenteuer mehr, sondern glich einem Theaterstück, das er zum wiederholten Mal aufführte. Wie aufregend es das erste Mal gewesen war, die Teilnehmer durch die Übungen zu führen, die er sich ausgedacht hatte! Er begann stets mit der *Kalzination*, ein alchemistischer Begriff, von dem er immer noch nicht genau wusste, was er bedeutete, aber er klang gut. Die Übung selbst war eine Abwandlung aus einem alten Buch für die psychotherapeutische Praxis. *Konzentrieren Sie sich auf Ihre größte Angst in Bezug auf Geld und Reichtum. Wo im Körper spüren Sie sie? Wie sieht sie aus? Wie groß ist sie, welche Gestalt hat sie? Lokalisieren Sie sie und stellen Sie sich vor, wie sie versteinert, wie Ihre Angst zu einem starren, toten Ding wird.* In der darauffolgenden Übung, genannt *Separation*, stellte man sich intensiv vor, wie man dieses versteinerte Ding ausschied und es daraufhin zu Staub und Asche zerfiel.

Beim ersten Mal hatte er selber bestimmt die größte Angst von allen gehabt, dick und breit in seinem Bauch revoltierend und viel zu stark, um sich kalzinieren zu lassen. Angst, ausgelacht zu werden, Angst vor empörten *Ich-will-mein-Geld-zurück*-Rufen, Angst, das Seminar unrettbar an die Wand zu fahren. Und was für eine Erleichterung, als die Teilnehmer mitgegangen waren, als es wahrhaftig funktioniert hatte!

Inzwischen wusste er fast immer, wer wie reagieren würde, und es gab kaum noch Zwischenfälle, die ihn überraschten.

Vielleicht war auch das ein Grund, warum er sich auf diese Affären einließ: Das waren wenigstens Grenzüberschreitungen! Schritte in verbotenes Terrain! Etwas, das mit Aufregung verbunden war! Jagdfieber – ein Surrogat jenes Glanzes, den er suchte.

»Warum?«, fragte Hendrik eines Tages eine schlanke strohblonde Frau, die rittlings auf ihm saß und Juliette oder Juliane hieß, er wusste es nicht genau. Es war in Hamburg. Sie war nicht eigentlich schön, hatte ein breites Becken, aber einen knabenhaften Oberkörper ohne Busen, und nachdem sie im Seminar eher still gewirkt hatte, überraschte ihn, wie ausgehungert sie war.

»Erst aus Rache an meinem Mann, weil der seine Sekretärinnen vögelt«, keuchte sie. »Aber ich komme auf den Geschmack.«

»Nein, ich meine: Warum ich?«

Sie sank nach vorn, stützte sich auf seine Brust und sagte: »Ich weiß nicht. Sie haben etwas an sich.«

Sie beharrte darauf, ihn weiterhin zu siezen. »Wir kennen uns schließlich gar nicht«, erklärte sie.

Die alchemistischen Gespräche mit Westenhoff, Hendriks neue Pflichten, pendelten sich auf einen Rhythmus von zwei bis drei Wochen ein, meistens mittwochabends oder donnerstags. Sie begannen stets damit, dass Westenhoff auf dem Lesetisch seiner Bibliothek eine gute Flasche Wein öffnete. Ein elektrisch betriebener Pseudokamin spendete Wärme, auch im Sommer, denn im Schloss war es eigentlich immer kalt und klamm.

Die Bibliothek war eine imposante Umgebung für ihre Treffen. Sie saßen umringt von uralten, aufwendig gearbeiteten Regalen, die bis zur hohen Decke emporreichten und neben kostbaren, in brüchiges Leder gebundenen Folianten auch viele billige Schinken oder allmählich zerfallende Taschenbücher beherbergten, wobei man Letztere auf den ersten Blick als Mumpitz identifizierte. Nur eine einzige Wand war frei: Diese zierte ein alter Teppich, der aussah, als hinge er mit der Knüpfseite nach vorn und mit dem Bild zur Mauer – vermutlich, sagte sich Hendrik, war er aber einfach völlig zerschlissen.

Das erste Glas leerten sie bei einem allgemeinen Austausch über den Lauf der Welt. Nach dem erneuten Auffüllen der Gläser nahmen sie sich dann jeweils ein bestimmtes Werk vor, lasen Abschnitte daraus gemeinsam und diskutierten anschließend, was das Gelesene bedeuten mochte. Die Bücher, die sie auf diese Weise studierten, trugen Titel wie *»Von der Generation und*

Geburt der Metallen, wie solche durch des Himmels Influenz im Erdreich gewürcket wird, und was ihr erster Anfang (Prima Materia) sey« oder *»Von der Hermetischen Philosophia / Oder Vom gebenedeiten Stein der Weisen«* oder *»Wie der alten Weisen ihr höchstes Geheimniß oder Stein zu verfertigen / Allen auffrichtigen Liebhabern dieses hohen Philosophischen Geheimnüsses wohlmeinende an Tag geleget«* – staubig riechende Wälzer, deren vergilbte Seiten beim Umblättern bedenklich knisterten und die laut ihren Titelblättern in Jahren wie 1711, 1678 oder gar schon 1577 gedruckt worden waren.

Bei einem ihrer ersten Treffen hatte Westenhoff ihm auch sein Labor gezeigt. Es war eine ausgetretene Steintreppe in den Keller hinabgegangen, der als solcher beeindruckend war, fast ein Verlies. Das Laboratorium dagegen bot einen eher rührenden Anblick: altmodische Instrumente aller Art, dickwandige Kolben, marmorne Tiegel und Mörser, ein mächtiger Kamin mit einer Feuerstelle, feuchtes Holz daneben aufgestapelt – man hätte ein hübsches kleines Museum daraus machen können, doch als Arbeitsplatz sah es denkbar unbrauchbar aus.

Aber was sollte er dazu sagen, ohne unhöflich zu werden?

Offenbar war ihm seine Ratlosigkeit anzumerken gewesen, denn Westenhoff hatte rasch gesagt: »Nun, vielleicht später einmal.« Dann waren sie zurück in die Bibliothek gegangen, und seither hatte der alte Schlossbesitzer keinen neuen Anlauf in diese Richtung mehr unternommen.

Einmal erzählte Westenhoff aus seinem Leben. Er war eine Kriegswaise, erinnerte sich kaum an seine Eltern, nur an das Heim, in dem er aufgewachsen war. Eines Tages hatten ihn der vorige Inhaber des Schlosses und dessen Frau adoptiert, und so war er in diese Stellung und die damit verbundenen Aufgaben hineingewachsen.

»Aber Sie sind ebenfalls kinderlos, oder?«, hakte Hendrik nach.

»Ja«, räumte Westenhoff ein und räusperte sich heftig. »Das ist in der Tat ein Problem. Da muss man sehen, wie man das löst …«

Es klang, als beschäftige er sich nicht gern mit diesem Aspekt seines Daseins, also drang Hendrik nicht weiter in ihn. Stattdessen fragte er nach einem Schluck von dem, wie üblich, hervorragenden Bordeaux und angemessen langem Schweigen: »Wie sind Sie eigentlich ausgerechnet auf mich gekommen?«

»Ah«, machte Westenhoff und wurde wieder lebhaft. »Ja. Ich dachte mir schon, dass Sie mich das eines Tages fragen würden. Die Antwort ist, dass ich seit Jahrzehnten einen Ausschnittsdienst beschäftige, der mir Kopien von allem liefert, was zum Thema Alchemie und einigen anderen Themen in den Medien erscheint. Auf diesem Weg geriet mir eines Tages ein Interview mit Ihnen in die Hand, in dem Sie den Namen John Scoro erwähnten. Das fand ich bemerkenswert, denn es gibt nur wenige, denen dieser Name noch etwas sagt. Darf ich erfahren, woher Sie ihn kennen?«

Hendrik fiel fast die Kinnlade herunter. Er erinnerte sich noch genau an die Situation. Ihm war plötzlich auf die simple Frage, welche Alchemisten er für bedeutsam halte, nichts eingefallen. Kein Paracelsus, kein Nicolas Flamel, Fulcanelli, Basilius Valentinus, Johann Friedrich Böttger oder Albertus Magnus … also hatte er gesagt: John Scoro. Von dem er nicht einmal gewusst hatte, ob es sich dabei womöglich nur um eine fiktionale Gestalt handelte. Oh, und was hatte er sich geärgert, so viel Geld ausgegeben zu haben für die Suite in Frankfurts vornehmstem Hotel, nur um Eindruck zu schinden! Und nun sah es aus, als sei es doch für etwas gut gewesen!

»Woher kenne ich diesen Namen?«, wiederholte Hendrik langsam und mit dem Gefühl, vermintes Gebiet zu betreten. »Hmm. Jetzt, wo Sie das fragen …« Nein, beschloss er, er würde nichts von dem Buch erzählen, das er gestohlen hatte und das wiederum ihm gestohlen worden war. Außerdem hatte es sich dabei sowieso nur um eine Kurzgeschichte gehandelt, nicht um ein ernsthaftes alchemistisches Werk. »Der Name ist mir irgendwann bei meinen Studien der Alchemie begegnet, aber ich kann Ihnen beim besten Willen nicht mehr sagen, wann und wo.«

»Schade«, meinte Westenhoff. »Das wäre interessant gewesen.« Er deutete auf seine Bücherwände, auf die Reihen lederner, goldgeprägter Einbände. »Hier werden Sie diesen Namen nämlich nirgends finden. Meine Sammlung ist groß, wenn auch bei Weitem nicht vollständig.«

»Das stimmt, die Fülle des Materials ist überwältigend«, pflichtete ihm Hendrik bei. Dann betrachtete er den eigenartigen Mann über den Rand seines Glases hinweg. »Und woher kennen *Sie* den Namen?«

Westenhoffs Blick ging ins Leere, Inwendige. »Zum ersten Mal habe ich den Namen John Scoro von meinem Adoptivvater gehört. Der ebenfalls Alchemist war, müssen Sie wissen.«

»Sozusagen Familientradition«, meinte Hendrik und fragte sich, ob Westenhoff wohl vorhatte, auch ihn eines Tages zu adoptieren.

»Ja, Familientradition. Das kann man so sagen.« Der Wein, den der Schlossbesitzer nachgoss, sah im fahlen Licht des falschen Kaminfeuers fast schwarz aus. »John Scoro hat den Stein der Weisen tatsächlich besessen. Sagt man. Hat mir mein Vater erzählt ... Ja. Doch jemand hat ihm den Stein gestohlen und ist damit verschwunden. Daraufhin ist Scoro, der bis dahin auf eigene Faust geforscht hatte, zu den Alchemisten der ältesten Schule überhaupt gereist, nach Ägypten, um sich auf die tiefsten Mysterien einzulassen. Dort hat er erfahren, dass es mit dem Stein der Weisen eine ganz andere Bewandtnis hat, eine Bewandtnis, die die abendländische Alchemie nur umrisshaft erahnt. Die Kraft des Steins, unedle Metalle in Gold zu verwandeln, ist nur ein irrelevanter Nebeneffekt. Die wahre Bedeutung des Steins ist eine ganz andere.«

»Dass er die Kraft hat, das Leben zu verlängern«, mutmaßte Hendrik, dem das böhmische Märchen wieder eingefallen war. »Oder? Das sagt man doch?«

»Ja, aber selbst das ist noch nicht, was ich meine.«

Hendrik hob erstaunt die Augenbrauen, spürte allmählich die Schwere des Weins. »Nicht? Sondern?«

Westenhoff beugte sich verschwörerisch vor und fragte mit

glänzenden Augen: »Haben Sie sich schon einmal gefragt, ob diese Welt überhaupt die *wirkliche* Welt ist?«

»Wie bitte?«

»Was, wenn das alles, was wir für Realität halten, nur der *Schatten* der wirklichen Welt wäre? Würde das nicht heißen, dass wir dann auch nur eine schattenhafte, unwirkliche Existenz führen, anstatt wahrhaft zu leben? Was, wenn das die Erklärung für Krankheit, Alter, Zerfall und Tod ist und dafür, warum uns nur wenige Funken des Glücks vergönnt sind?« Westenhoff wies auf den Wandteppich. »Dieser Teppich hängt absichtlich verkehrt herum, eine stete Erinnerung an diese Frage: Was, wenn wir uns auf der falschen Seite der Welt befinden und es darum geht, auf die richtige zu gelangen?« Er plumpste schwer zurück in seinen Ohrensessel. »Das ist es, wovon die Alchemie zutiefst spricht.«

Oh je, war Hendriks erster Gedanke. *Ein Spinner.*

Doch dann musste er daran denken, wie immer aller Glanz im Leben verblasste, wie Routine unerbittlich alles grau und fade werden ließ, und fragte sich, ob an dieser Theorie nicht am Ende etwas dran war. Denn wenn man es so betrachtete, wirkte das, was man ganz automatisch für die Wirklichkeit nahm, tatsächlich eher wie das ferne Echo einer wahrhaften Existenz.

»Interessanter Gedanke«, sagte er, auf einmal innerlich aufgewühlt. Wenn es nicht an dem schweren Wein lag. Oder daran, dass die Heizung zu stark eingestellt war. Und es schon fast Mitternacht war.

»Es ist spät geworden«, stellte auch Westenhoff fest und seufzte. »Das Alter, wie gesagt. Es fordert seinen Tribut.« Er leerte sein Glas mit einem letzten Schluck. »Lassen Sie uns das ein andermal vertiefen.«

Das Haus lag still und dunkel. Hendrik gab sich Mühe, leise zu sein beim Aufschließen. Nur das schwache Flurlicht brannte, wie immer, und die Tür zu Pias Zimmer stand einen Spalt weit offen.

Hendrik schlich sich in sein Arbeitszimmer, suchte nach den Kopien des bewussten Buches, fand sie aber nicht. Schade. Er hätte gerade gern die Geschichte von John Scoro und Mengedder noch einmal nachgelesen, denn seine Erinnerung daran verblasste allmählich.

Wie alles irgendwann verblasste.

10.

Hendriks Ruf verbreitete sich weiter, das Seminargeschäft lief. Als ein Investorenmagazin verschiedene Börsenbriefe testete, darunter auch seinen, schnitt dieser zu Hendriks ehrlicher Verblüffung sogar gut ab und landete in der Gesamtwertung auf Platz drei.

Das verschaffte ihm neue Abonnenten, mehrte sein Einkommen und amüsierte ihn derart, dass er eine Art Lotterierad bastelte, dessen einzelne Stellungen er mit allgemeinen Prognosen beklebte. Pia durfte es immer drehen, wenn er einen Börsenbrief verfassen musste: So ähnlich, sagte er sich, entstanden bestimmt auch die Horoskope in den Zeitschriften.

Er gewöhnte es sich an, stets einen Tag eher im jeweiligen Seminarhotel anzukommen, offiziell, um genug Zeit für alle notwendigen Vorbereitungen zu haben, in Wahrheit, weil er das Leben in Luxushotels *genoss*: Am Freitagnachmittag vorzufahren, sein Gepäck in seine Suite bringen zu lassen, zwei Stunden in der Sauna zu verbringen, im Hotelpool oder im Wellnessbereich, und dann ein opulentes Abendessen im Hotelrestaurant einzunehmen – das, sagte er sich, brauchte er, um sich in jenen *anderen* Hendrik zu verwandeln, in den Reichtumsguru, als der er in den Medien präsent war, den die Teilnehmer erwarteten und der die Kraft aufbringen musste, hundert, zweihundert oder mehr Menschen durch den Prozess ihrer alchemistischen Wandlung, ihrer inneren Transmutation zu führen. Ja, er brauchte diese Vorbereitung, diese Sammlung, diese Wandlung seiner selbst.

Hendrik sagte auch nicht Nein, als Miriam ihm vorschlug, er solle doch die Nacht nach einem Seminar ebenfalls noch im Hotel bleiben. Es sei ihr lieber zu wissen, dass er ausgeruht und am Tage zurückfuhr anstatt müde und spätabends, so weit, wie die Wege inzwischen waren.

Das Schöne war, dass sich an all diesen Kosten der Finanzminister beteiligte, ebenso wie an den Leasingkosten seines Jaguars. Er hatte einen Steuerberater aufgetan, der es verstand, dem Finanzamt klarzumachen, dass ein Reichtumsguru auch reich aussehen musste.

Wobei das, wie er sich ungern eingestand, inzwischen sein Problem war: dass er zwar so aussah, aber genau wusste, dass er es nicht war. Wohlhabend, ja. Doch mehr auch nicht. Nicht *reich*.

Die *wirklich* Reichen, die sah er nur manchmal von fern, wenn er im Hotel ankam. Ölscheichs. Bankiers. Berühmte Schauspieler. Wenige berühmte Unternehmer. Es versetzte ihm jedes Mal einen Stich, ein solches Gesicht zu erkennen. Diese Menschen, sie schienen im Licht zu leben, er dagegen nur im Schatten, in dem er auch immer bleiben würde. Lebten *sie* vielleicht in der *wirklichen* Welt? Hendrik beobachtete sie, wenn sich die Möglichkeit dazu bot, und versuchte, sich darüber klar zu werden, ob es so war.

Doch was hatte er sich vorzuwerfen? Er hatte sich angestrengt, war Risiken eingegangen, hatte alles gegeben. Es wurde nur allmählich Zeit einzusehen, dass er niemals mehr erreichen würde als das, was er hatte. Dorthin, wo das wirkliche Leben stattfand, würde er nie gelangen. Er führte nur eine Randexistenz auf dieser Welt. Die Hauptdarsteller, das waren andere.

Dabei konnte er sich eigentlich nicht beklagen. Miriam war nicht nur eine gute Ehefrau und Mutter, sie hatte sich auch zu einer hervorragenden Organisatorin entwickelt. Sie managte das Büro bestens, und noch dazu mit scheinbar leichter Hand. Allein, wie sie immer diese grandiosen Konditionen mit den Hotels aushandelte!

»Ich staune ehrlich jedes Mal, wie du das hinkriegst«, meinte er eines Tages zu ihr.

Miriam lächelte. »Ich glaube, das liegt daran, dass es mir im Grunde nichts bedeutet. Die Seminare, die Firma – das ist alles *deins*. Mir geht es nur darum, dich zu unterstützen, ansonsten bin ich völlig leidenschaftslos. Die Hotelmanager spüren, dass ich leichten Herzens woandershin wechseln würde. Also geben sie lieber nach.«

Das war nicht das, was Hendrik hatte hören wollen. Was Miriam für ihr Erfolgsrezept hielt, stand in komplettem Widerspruch zu dem, was er lehrte. So war er ausgesprochen missgelaunt, als er nach Wien aufbrach, zu seinem ersten eigenen Seminar im Ausland überhaupt.

Hendrik war zum ersten Mal in Wien, zum ersten Mal in Österreich, und es überraschte ihn, in welch anderer Atmosphäre sein Seminar hier verlief. Fast schon befremdlich.

Am Hotel lag es nicht, das war in Ordnung. Groß, altehrwürdig, beeindruckend, hohe Decken und überall Stuck mit Goldverzierung … Hätte ihm jemand erzählt, der Konferenzsaal sei früher das Arbeitszimmer des österreichischen Kaisers gewesen, es hätte ihn nicht im Mindesten überrascht.

Nein, es lag irgendwie an den Teilnehmern. Es waren, auch das ungewohnt, vorwiegend Männer, nur eine Handvoll Frauen, alle jenseits der fünfzig – keine Versuchungen also diesmal. Und wäre nicht dieser reizvolle Dialekt gewesen, der ihn schon auf dem Weg vom Flughafen in die Stadt amüsiert hatte, er hätte die Leute wohl mäkelig gefunden, eigensinnig und widerspenstig. Sie lachten nicht über seine scherzhaften Bemerkungen, über die bisher *alle* gelacht hatten; dafür lachten sie an anderen Stellen, ohne dass er verstand, worüber eigentlich. Vor allem aber reagierten sie ganz ungewohnt auf seine Übungen. Die Übung der *Destillation* zum Beispiel, die dazu dienen sollte, sich über seine wahren Ziele klar zu werden: die enthielt einen Part, in dem Hendrik die Teilnehmer in die Vorstellung führte, auf dem Sterbebett zu liegen, den Tod vor Augen, von da auf ihr Leben zurückzublicken und sich Rechenschaft abzulegen darüber, was gut gewesen war, was schlecht, und vor allem, was sie bedauerten, *nicht* getan, *nicht* gewagt zu haben; was sie nicht zumindest *versucht* hatten zu erreichen. Das, so der Gedanke dahinter, waren die tiefsten, die wahren Lebensziele eines Menschen.

Bislang hatte diese Übung jedes Mal Teilnehmer zu Tränen gerührt und stets für so viel Erschütterung gesorgt, dass danach eine Pause nötig wurde. Doch diese Leute schien sie kaum zu berühren, gerade so, als sei ihnen allen die Vorstellung, dem Tode nahe zu sein, völlig vertraut.

Ungewohnt, wie gesagt. Befremdlich. Und zugleich belebend, denn zum ersten Mal seit langer Zeit hatte Hendrik wieder das Gefühl, um den Erfolg seines Seminars *kämpfen* zu müssen!

Auch organisatorisch lief es in der alten Kaiserstadt überraschend anders: Das gesamte Seminar über saß hinten im Saal neben dem Tisch mit den Kaffeebehältern eine Frau vom Hotelpersonal, eine dralle Person mit einer Rauschgoldengelfrisur, und wann immer jemand erkennen ließ, dass seine Tasse leer war, brachte sie ihm frischen Kaffee. In den Pausen füllte sie die Teller mit den Keksen auf allen Tischen nach, holte frisches Geschirr, tauschte Milchkännchen aus und so weiter.

Hendrik fand diese Praxis seltsam, und sie irritierte ihn auch. Aber er hatte gehört, dass die Österreicher ein anderes Verhältnis zu Kaffee pflegten als die Deutschen, deswegen mischte er sich lieber nicht ein. Immerhin, der Kaffee schmeckte tatsächlich besser.

Beim gemeinsamen Abendessen am Samstagabend drehten sich die Gespräche, ebenfalls unerwartet, nicht um Geld, Reichtum und Börse wie sonst, sondern um historische Themen und lebensphilosophische Fragen. Einer, ein Hobbyastronom, wusste spannend von den Problemen zu erzählen, die die Kosmologie mit der hypothetischen »dunklen Materie« hatte, ein anderer, ein Arzt, erläuterte sehr anschaulich, wie man in der Zeit vor dem Aufkommen von Gentests Vaterschaftsfragen durch den Vergleich von Blutgruppen geklärt hatte, und ein Dritter, Inhaber eines Elektroinstallateurgeschäfts, wartete mit Anekdoten auf, wie Leute bei originellem Umgang mit elektrischem Strom zu Tode gekommen waren.

Das Zusammensein endete auch früher als üblich, viele der Teilnehmer kamen aus Wien und fuhren über Nacht nach

Hause. Und so lag Hendrik an diesem Abend allein in seinem Bett im Hotel und hatte das Gefühl, allmählich alt zu werden.

Der zweite Tag lief trotzdem ganz gut. Vielleicht, weil es da nüchterner zuging, mehr an der Praxis orientiert; das schien gut anzukommen. Zumindest äußerten sich am Schluss alle zufrieden; einige erklärten, das Seminar weiterempfehlen zu wollen.

Während die Teilnehmer einpackten und allmählich den Saal verließen, ging Hendrik nach hinten zu der Frau beim Kaffee, um sich für den aufmerksamen Service zu bedanken.

»Hat es auch nicht zu sehr gestört?«, fragte die Frau, die aus der Nähe ziemlich jung wirkte, Anfang zwanzig höchstens.

»Ehrlich gesagt, zu Beginn hat es mich tatsächlich ein wenig irritiert«, gestand Hendrik. »Ich wusste nicht, dass das hier so üblich ist.«

Sie schlug die Augen zu Boden, sah dann mit einem halb verschämten, halb verschmitzten Lächeln auf. »Ist es auch nicht. Das hab ich gemacht, weil ich wissen wollte, was Sie den Leuten so erzählen. Weil, so ein Seminar könnte ich mir nie im Leben leisten. Dabei könnte ich's dringender brauchen als die meisten, die da waren, glaub ich.«

Hendrik musste lachen. »Tatsächlich?«

Sie hob die Schultern. »Große Träume, kleine Jobs, hohe Schulden – was denken Sie denn?«

»Und? Hat es Ihnen was gebracht?«

Wieder dieses Schulterzucken, das sich wellenförmig über ihre ganze beträchtliche Oberweite ausbreitete. »Hmm, na ja. Ich weiß jetzt, wie ich investieren müsste, wenn ich Geld *hätte*. Leider hab ich bloß Miese auf der Bank.«

Hendrik, immer noch im Seminar-Modus, witterte auf einmal eine bislang gänzlich unerschlossene Zielgruppe. Womöglich ein Thema für das Buch, das zu schreiben ihn Windauer in jedem, aber auch wirklich *jedem* Telefonat drängte. So hartnäckig, dass er inzwischen tatsächlich darüber nachdachte.

Wenn er ein Buch schrieb, das die Leute, die sich seine Seminare nicht leisten konnten, dahin brachte, *dass* sie es konnten …

Ihre Frechheit hatte Charme, das kam hinzu.

»Sagen Sie«, schlug er vor, »hätten Sie Lust, heute Abend … also: nachher … mit mir essen zu gehen und mir mehr über Ihre Situation zu erzählen? Vielleicht hab ich ja doch ein paar Tipps für Sie. Ich lad Sie natürlich ein.«

Sie machte große Augen. »Ja, müssen Sie denn nicht gleich zum Flugzeug?«

»Ich fliege erst morgen. Ich lasse es immer ganz gern langsam ausklingen.«

»Ja, dann …« Sie strahlte. »Super!«

Sie kannte sich aus, wusste ein angenehmes Lokal, zu Fuß zu erreichen, knallvoll, aber gemütlich und nicht zu laut; man konnte sich gut unterhalten. So kam Hendrik doch noch zu einem original Wiener Schnitzel, während sie – sie hieß Angela Hierlitsch – verblüffend offenherzig ihr Leben vor ihm ausbreitete.

Aufgewachsen war sie in einem Dorf in den Alpen und hatte ab ihrem vierzehnten Lebensjahr ein Verhältnis mit einem Priester gehabt, höchst emotional und höchst dramatisch. »Ich weiß ehrlich nicht, wer wen missbraucht hat«, meinte sie. Sie hatte sich Tafelspitz mit Apfelkren bestellt, eine gewaltige Portion.

Kurz vor ihrem achtzehnten Geburtstag war alles aufgeflogen, der Priester hatte einen Selbstmordversuch unternommen, Skandal, Drama, Polizei. Hinterher war sie nach Wien geflüchtet, in die Anonymität der Großstadt. Sie hatte keinen Kontakt mehr mit ihren Eltern, schlug sich mit mies bezahlten Jobs durch und versuchte, irgendwie auf die Füße zu kommen. Sie träumte davon, Jazzsängerin zu werden, hatte aber keinerlei Vorstellung, wie sich das erreichen ließ. Sie nahm ab und zu Gesangsstunden, immer dann, wenn sie es sich leisten konnte, was leider nicht sehr oft der Fall war.

»Immerhin, vor ein paar Wochen hab ich meine Kreditkarte zerschnitten und weggeworfen«, erzählte sie. »So Impulskäufe, aus dem Frust heraus, das kann echt zur Sucht werden. Dabei ist man nachher *noch* mehr gefrustet, nämlich, weil man sich was gekauft hat, was man gar nicht braucht. Sparen – so, wie Sie es ja gesagt haben. Das mit dem Budget, das ist auch eine gute Idee. Das probier ich mal.«

Anfangs überlegte Hendrik, was er raten konnte. Sein Seminar war tatsächlich nicht sonderlich hilfreich für jemanden wie sie, da hatte sie recht. Von den Schulden musste sie natürlich runter, die hohen Zinsen für Dispokredite waren ja sozusagen ein ständiger Blutverlust. Und sie brauchte einen besser bezahlten Job – aber dafür hätte sie sich qualifizieren müssen, und wie sollte sie das machen aus einer so angespannten Situation heraus? Da gab es echt kein Patentrezept.

Als sie beim Nachtisch angelangt waren – Wiener Apfelstrudel mit Vanilleeis –, hatte Hendrik längst aufgehört, in solchen Bahnen zu denken, sondern hörte ihr nur noch zu. Betrachtete ihre lebhaften türkisgrünen Augen, ihre vollen Lippen. Sie war eigentlich gar nicht sein Typ, er stand eher auf schlanke Frauen, und ziemlich jung war sie außerdem – trotzdem war da wieder dieses Knistern, das ihn alles vergessen ließ.

»Mein Job ist einigermaßen okay«, sagte sie. »Und ich hab endlich eine andere Wohnung, die vorige war *viel* zu teuer. Die jetzt ist klein, aber sie kostet wenig. Billiger geht's in Wien nicht, glaube ich.« Sie biss sich kurz auf die Lippen. »Es ist übrigens nicht arg weit von hier.«

Irgendwie war es ganz selbstverständlich, sie dorthin zu begleiten. Das Haus, in dem sie unterm Dach wohnte, lag in einer stillen Seitengasse mit Kopfsteinpflaster. Irgendwoher klimperte jemand auf einem Klavier, getragene, melancholische Weisen. Es war eine warme Nacht.

Vor der Tür blieb sie stehen und sagte: »Ich will dich mit hochnehmen, aber ich muss dich warnen. Ich bin dick und hässlich, ich hab ein völlig verkorkstes Verhältnis zu Sex, und es wird wahrscheinlich schrecklich.«

»Wow«, meinte Hendrik. »Klingt unwiderstehlich.«

Sie war füllig, aber nicht hässlich – Hendrik musste an die Putten denken, wie sie Kirchen aus dem Barock zierten. Ihr Bett quietschte entsetzlich. Doch sie war weich und hingebungsvoll und kam gewaltig, und nicht nur das, hinterher drückte sie sich schluchzend und zitternd an ihn und gestand ihm flüsternd, das sei das erste Mal gewesen, dass sie beim Sex mit einem Mann zu einem Höhepunkt gekommen sei, das allererste Mal, sie könne es noch gar nicht fassen. »Ich hab immer gedacht, die lügen alle«, wisperte sie ihm tränennass ins Ohr. »Die Frauen, die das erzählen. Ich dachte ehrlich, das geht gar nicht.«

Hendrik drückte sie betroffen an sich. Für ihn war es … nun ja, ganz okay gewesen. Aber das jetzt, ja, das rührte ihn nun doch.

Gegen fünf Uhr früh verließ er sie. Er bekam sie kaum wach genug, um sich zu verabschieden, und wanderte hinterher durch ein allmählich erwachendes, dämmriges Wien zurück zu seinem Hotel, um zu packen und abzurechnen. Den Flug nach Frankfurt verschlief er komplett.

Zu Hause war er, etwas beklommen, gerade dabei, Miriam zu erzählen, wie das Seminar gelaufen war, als das Telefon klingelte. Sie ging ran, hielt ihm dann den Hörer hin. »Eine Frau Hierlitsch.«

Hendrik spürte einen Knoten im Bauch. Oh nein. Eine Stalkerin! Das hatte ja irgendwann so kommen müssen.

»Busske?«, meldete er sich, gefasst auf das Schlimmste. Tränen. Beschimpfungen. Streit. Tragödie.

»Ich bin's.« Ihre Stimme klang sehr leise. »Keine Angst, ich ruf nur an, weil ich heute Morgen völlig … na ja. Du musst nichts sagen; ich schätze, das war eben deine Frau, oder?«

»Ja«, sagte Hendrik knapp. Woher hatte sie eigentlich seine private Telefonnummer? Ach so, er hatte ihr vor dem Abendessen seine Karte gegeben. Aus seinem Geldbeutel, das hieß, eine von denen, auf deren Rückseite auch die Privatnummer stand.

»Ich wollte dir bloß sagen, dass ich nichts von dir erwarte oder verlange oder wie immer man das nennen will, dass du aber jederzeit willkommen bist, egal wann und wie. Ich würde einfach gern mehr lernen. In *jeder* Hinsicht. Wenn du verstehst.«

»Ja«, sagte Hendrik. »Ich verstehe.«

»Das war's. Tut mir leid, dass ich heute Morgen nicht wach genug geworden bin, sonst hätte ich's dir da schon gesagt. Also – jederzeit. Anruf genügt. Ich steh im Telefonbuch.«

»Alles klar.« Hendrik räusperte sich. »Machen wir es so. Danke für die Rückmeldung.«

Er legte auf, sah Miriam an, glaubte ein misstrauisches Funkeln in ihren Augen zu sehen und sagte: »Eine Frau vom Catering mit einer Frage zur Abrechnung. Die haben da etwas seltsame Methoden in Österreich, was den Kaffee anbelangt.«

Das misstrauische Glitzern verschwand.

»Wien hat mir übrigens nicht besonders gefallen«, fuhr Hendrik entschlossen fort. »Von mir aus müsste es dort keine Seminare mehr geben.«

»Oh«, sagte Miriam und schüttelte den Kopf, »das wird nicht gehen. Die Warteliste ist schon so lang wie mein Arm.«

Die Jahre vergingen. Der Boom der ersten Zeit flaute ab, doch das Seminargeschäft pendelte sich auf einem soliden Level ein. Hendrik schrieb, angeregt durch das Gespräch mit Angela, tatsächlich ein Buch. Es hieß *Raus aus den Schulden – rein in den Reichtum* und wurde in den Medien verrissen, verkaufte sich aber wie geschnitten Brot und verschaffte Hendrik eine eigene Kolumne in einem Wirtschaftsmagazin.

Immer noch genoss er die Aufenthalte in Luxushotels und das Fahren seines Jaguars, der ihm inzwischen sogar gehörte. Er hatte mit dem Erwerb eines Rolls-Royce geliebäugelt, des ultimativen rollenden Statussymbols, jedoch feststellen müssen, dass er ihn sich nicht leisten konnte. Seine eigenen Investitionen an der Börse gingen nach wie vor alle schief, manche Aktien bescherten ihm richtig empfindliche Verluste. Das war der einzige Nachteil von Luxushotels: dass er dort ab und zu *wirklich* reiche Leute sah. Solche Begegnungen lösten in ihm jedes Mal das dumpfe Gefühl aus, dass er es nie »wirklich« schaffen würde, ganz egal, wie sehr er sich anstrengte und welche Risiken er einging.

In solchen Momenten fielen ihm dann immer Westenhoffs Ausführungen über die Welt ein, die vielleicht gar nicht die wirkliche war, sondern nur deren Schatten. Daran musste er oft denken, und das, obwohl Westenhoff nach jenem Abend nie wieder darauf zu sprechen gekommen war.

Im alltäglichen Leben begegnete er dem Schlossbesitzer tatsächlich so gut wie nie. Das Einzige, was man bemerkte, war, dass er ab und zu Besuch bekam, von überaus seltsam anmutenden Menschen überdies. Als Hendrik ihn danach fragte, meinte Westenhoff nur, ach, das seien alte Bekannte, die meisten Alchemisten wie er, kein Grund zur Sorge. Worauf Hendrik rasch das Thema wechselte aus Sorge, es könne Westenhoff einfallen, ihn zu diesen Treffen auch noch einzuladen.

Immerhin, die Gemeinschaft der Alchemisten schien so klein doch nicht zu sein, als dass es dem alten Schlossbesitzer an Gesprächspartnern gemangelt hätte. Was seinen Deal mit Hendrik erneut rätselhaft machte.

Im Ort freundete sich Miriam mit ein paar Müttern an, die ebenfalls Kinder in Pias Alter hatten. Es bürgerte sich ein, dass eine muntere Frauenrunde bei Kaffee und Kuchen beisammensaß, wenn Hendrik von einem Seminar nach Hause kam. In solchen Momenten plagte ihn immer die Angst, jemand könnte sich verplappern und es würde herauskommen, dass ihnen das Schloss in Wirklichkeit gar nicht gehörte. Eine unbegründete Angst, denn Miriam verstand es geschickt, den Schein zu wahren: Es seien das Haus und der riesige Garten gewesen, die sie verlockt hätten, erzählte sie allen, die danach fragten. Und das Schloss … nun, das habe man wohl oder übel mit dazunehmen müssen. Es sei vor allem ein Geldgrab, und man mache sich keine Vorstellung, was die vom Amt für Denkmalschutz alles verlangten!

Mehr wollte dann immer niemand wissen.

Pia wuchs heran und gedieh, wurde ein lebhaftes und zugleich verträumtes Kind. Sie wünschte sich einen Hund, bekam ihn nach angemessener Wartezeit und tollte von da an fast täglich mit ihm durch den weitläufigen Garten. Wenn sie von diesen Ausflügen zurückkam, erzählte sie die wunderlichsten Geschichten: dass Mäuse kleine Leute in Pelzmänteln seien, die immer schrecklich viel zu tun hätten. Dass in einem Zimmer im Schloss ein riesiges schwarzes Insekt in einem Bett läge und von Herrn Westenhoff mit Brei gefüttert werde. Dass die Tulpen in den Beeten rings um den Schlosshof ihr etwas zuflüsterten, was sie nicht verstünde, weil sie in einer fremden Sprache sprächen. Und so weiter – man hätte ein Buch daraus machen können. Manchmal erwog Hendrik, die Geschichten tatsächlich aufzuschreiben, tat es dann aber doch nicht.

Irgendwann bat Miriam Hendrik, ihr zu helfen, ein eigenes Blog einzurichten. Auf dem veröffentlichte sie Artikel über die Aufzucht von fleischfressenden Pflanzen, ihr Hobby, und kam darüber mit Gleichgesinnten in aller Welt in Kontakt. Sie war, wie Hendrik feststellte, auf diesem Gebiet tatsächlich so etwas wie eine Expertin. Immer wieder verschickte sie Samen irgendwohin oder erhielt welche, und einmal kam sogar ein Professor zu Besuch, um mit ihr zu diskutieren.

Ihr Hobby kostete Miriam allerdings auch eine Freundschaft, die vielversprechend begonnen hatte: eine Frau, die sich Hendrik als Viviane vorstellte (was, wie ihm Miriam später erzählte, nicht ihr richtiger Name war) und in der Umgebung Gott und die Welt zu kennen schien. Sie trug wallende Gewänder in Pastellfarben, beschäftigte sich mit der Heilwirkung von Kristallen, bot Feng-Shui-Beratungen an und schwärmte von den Vorzügen veganer Ernährung, ein Thema, dem Miriam beunruhigend aufgeschlossen gegenüberstand, wie Hendrik fand. Doch als sie einmal entsetzt mit ansah, wie Miriam ihre fleischfressenden Pflanzen fütterte – mit *lebenden* Fliegen! –, kam es zu einem heftigen Streit, und von da an ward Viviane nicht mehr gesehen.

Dafür zog Miriams Bruder Robert, ein bärtiger, gemütlicher, zur Fülle neigender Mann, für einige Monate zu ihnen, nachdem ihn seine Freundin trotz des gemeinsamen Kindes vor die Tür gesetzt hatte. Er heulte sich bei seiner Schwester aus, blockierte das Telefon mit stundenlangen Telefonaten, verlor seinen Job – er war Buchhalter, hatte ein Faible für Zahlen aller Art. Dann fand er einen anderen, bei einer Firma für Polier- und Schleifmaschinen namens Perfekta GmbH, wo er jemanden kennenlernte, eine Witwe mit einem kleinen Sohn, die er wenig später heiratete.

Nachdem Pia schwimmen gelernt hatte, ließ Hendrik (den es wurmte, dass er dafür Westenhoff um Erlaubnis fragen musste) einen Swimmingpool anlegen. Daraufhin begann Pia, Mitschüler nach Hause zu bringen, und im Sommer war der Pool die Attraktion schlechthin.

Trotzdem war sie immer noch sein kleines Mädchen, das für sein Leben gern Riesenrad fuhr, aber nur, wenn er sie dabei festhielt. Bis sie ihm eines Tages erklärte, das sei nicht mehr nötig, sie sei jetzt nämlich groß.

So vergeht alles, sagte sich Hendrik und dachte an die erste Zeit mit dem Kind zurück und an den Glanz, der damals auf allem gelegen hatte.

Oder war es nur die Erinnerung, die alles verklärte?

Manchmal, wenn er still und müde zwischen Miriam und ihren schwatzhaften Freundinnen saß, mit Blick auf den prächtig blühenden Garten, die fröhlichen oder auch nicht so fröhlichen, auf jeden Fall aber lebhaften Kinder, sagte er sich, dass er doch alles hatte, was man brauchte, um glücklich zu sein, oder? Es hätte ihm nur gelingen müssen, den Moment zu genießen, diesen gegenwärtigen Augenblick, in dem er hier saß, in einem bequemen Sessel, auf einem weichen Polster, ein appetitliches Stück Kuchen auf dem Teller vor sich und duftenden Kaffee in der Tasse … seine schöne Frau an seiner Seite … alle waren sie gesund, was allein schon etwas war, worum man froh sein musste … nicht einmal Geldsorgen hätten sie gehabt, wenn er nicht immer wieder versuchen würde, sein Glück an der Börse zu erzwingen … gut, aber es lief ja, er hatte viel erreicht, er konnte wirklich zufrieden sein …

Er versuchte es redlich. Gab sich Mühe. Das Hier und Jetzt, dieser Moment, der kommt und wieder vergeht, klar – doch das war es ja gerade! *Alles* würde irgendwann vergehen, und welchen Sinn hatte es dann gehabt?

Mit Miriam konnte er über solche Gefühle nicht sprechen. Sie schien nie zu verstehen, worum es ihm ging, sagte nur: »Wozu willst du denn Erfolg haben, wenn du ihn gar nicht genießen kannst?«

Womit sie ja recht hatte, theoretisch zumindest, bloß ... Nun, er versuchte es, wie gesagt, aber er *konnte* es einfach nicht. Er konnte sich nicht nur mit dem gegenwärtigen Moment zufriedengeben.

Miriam überredete ihn, sich im Dorf als generöser Spender zu engagieren. Er finanzierte dem Burlinger Kirchenchor eine Reise zu einem Chortreffen, stiftete der Grundschule einen neuen Computer und dem im Nachbarort gelegenen Altenheim eine Renovierung des Speisesaals. Ja, es war ein gutes Gefühl, das stimmte. Und es verschaffte ihm gute Publicity, das kam noch hinzu. Viele dankbare Worte für wenig Geld.

Aber auch das ließ mit der Zeit nach. Was man tat, gab, spendete, geriet immer rasch in Vergessenheit. Auf die Dauer wurde er einfach zu einer der Adressen, an die sich Hilfe suchende Vereine gewohnheitsmäßig wandten.

Eines Winters platzte ein Wasserrohr im Keller. Als sie es bemerkten, hatte das Wasser schon alle Kartons durchnässt, die dort seit dem Einzug standen. Hendrik sichtete den Schaden, hob behutsam eine Lage klatschnassen Papiers nach der anderen heraus und stieß unversehens auf die Fotokopien des gestohlenen Buches, die er mal gesucht hatte. Sie waren weitgehend unleserlich geworden. Hendrik zögerte – in gewisser Weise hatte ihn diese Geschichte auf seinen Weg gebracht, war der Auslöser für sein ganzes heutiges Leben. Aber es wäre sinnlos gewesen zu versuchen, die Kopien zu trocknen, sie zerfielen ihm fast in den Fingern. Also warf er sie weg. Ihren Zweck hatten sie ja erfüllt.

Im Lauf der Zeit erledigte sich auch sein Problem mit der Untreue von selber. Irgendwann war mehr als ein Jahr vergangen, ohne dass er mit einer Teilnehmerin im Bett gelandet war, und er vermisste es nicht einmal. Stattdessen war er oft unter den Ersten, die vom Tisch aufstanden, um schlafen zu gehen.

Einzig die Affäre mit Angela Hierlitsch hielt immer noch an. Ausgerechnet. Zwei, drei Mal pro Jahr fand ein Seminar in Wien statt, und die Nacht danach verbrachte er stets bei ihr. Und mehr als das wollte sie tatsächlich nicht von ihm.

Lange Zeit war es so, dass Hendrik mit Angela sexuelle Spielarten ausleben konnte, die ihm Miriam verweigerte. Aber sogar diese Art der Ekstase verlor allmählich ihren Reiz, musste er sich eingestehen, und so fragte er sich eines Tages, während er keuchend und verschwitzt neben ihr lag, ob er die Affäre nicht beenden sollte.

Es war ein verregnetes Wochenende im September, der Regen prickelte die ganze Nacht gegen die Scheiben. Angela lebte immer noch in derselben winzigen Wohnung, hatte nur ein paar neue Möbel gekauft und irgendwann die Türrahmen farbig angemalt, jeden Rahmen in einer anderen Farbe, was sehr lebhaft aussah. Überhaupt war der Weg, den sie nahm, interessant zu beobachten und so ganz anders, als es Hendrik erwartet hatte. An Geld lag ihr nichts, sobald es reichte. Gesangsstunden konnte sie sich jetzt regelmäßig leisten, seit Kurzem sang sie auch in einer Band. Jazz. Heute Abend hatte sie ihn zu einem Konzert mitgenommen. Die Kneipe war winzig gewesen, die Bühne kaum größer als ein Esstisch, und die Leute hatten dicht an dicht gestanden, begeisterte Fans die meisten. Und obwohl Jazz normalerweise nicht Hendriks Fall war, in dieser Atmosphäre hatte die Musik etwas gehabt, doch.

Das Singen hatte Angela aufgeheizt; hinterher war sie richtig rallig geworden, hatte ihn förmlich nach Hause gezerrt. Nun kuschelte sie sich wohlig schnurrend an ihn, mit ihrer ganzen üppigen Weiblichkeit, legte ihren weichen Arm über seine Brust und fragte: »Hendrik, sag mal … was treibt *dich* eigentlich an? Außer Sex, meine ich.«

Er sah sie an. Im müden Licht der Nachttischlampe schimmerten ihre Locken wie pures Gold. »Wie meinst du das?«

»Na, wenn du diese Übung machst … Wie nennst du die? Destillation? Da, wo es darum geht, seine tiefsten, wahrsten

Wünsche rauszukriegen. Das, was man auf dem Totenbett bedauern würde, wenn man's nicht zumindest versucht hätte …«

»Destillation, ja.« Selber hatte er diese Übung nie gemacht. Es war irgendwie nicht dasselbe, wenn man derjenige war, der sie erfunden hatte.

Sie stützte ihr Kinn auf. »Bei mir ist es die Musik, ganz klar. Hast du ja gesehen. Auf einer Bühne stehen und singen, das war das allererste Bild, das mir gekommen ist. Aber bei dir? Ich seh, dass dich irgendwas treibt, aber ich weiß nicht, was.«

»Hmm.« Hendrik versuchte, die richtige Antwort zu finden, doch er war müde, fühlte sich jetzt, so kurz nach dem Sex, aufgelöst, wohlig und ansatzweise schuldig. Seine Gedanken trieben ziellos, widersetzten sich allen Versuchen, sie zu ordnen, kombinierten sich lieber von sich aus neu zusammen, untereinander oder mit dem, was da aus dem Morast seiner aufgewühlten Seele emporblubberte.

»Ich denke manchmal«, sagte er schließlich, »es hat mit meinem Vater und seinem Unfall zu tun.« Manchmal? Er hatte schon ewig lange nicht mehr daran gedacht. Es überraschte ihn selber, dass ihm das ausgerechnet jetzt einfiel.

»Was war das eigentlich für ein Unfall?«

»Ganz großes Pech, im Grunde. Ich war damals zehn, also muss mein Vater, hmm, einundvierzig gewesen sein. Oder zweiundvierzig.«

»Da hat er aber spät geheiratet.«

»Nein, ich war ein ungeplanter Nachzügler. Mein Bruder ist acht Jahre älter als ich.«

Sie nickte. »Ach so. Entschuldige, du wolltest von dem Unfall erzählen.«

»Ja. Der Unfall. Mein Vater hat bei einer Versicherung gearbeitet. Er war an dem Tag auf dem Weg zur Straßenbahnhaltestelle, nach der Arbeit. Und er war im Weg, als ein 84-jähriger Mann die Kontrolle über sein Auto verloren hat und damit auf den Bürgersteig gerast ist. Er hat meinen Vater voll erwischt.«

Angela verzog das Gesicht. »Aua.«

»Das kam damals groß in der Zeitung, mit Foto und allem,

und eine Weile gab es Diskussionen, ob man ab einem bestimmten Alter nochmal eine Prüfung ablegen sollte, wenn man seinen Führerschein behalten will … Jedenfalls, mein Vater hat zwar überlebt, aber er hat sich nie wieder davon erholt. Er hatte unzählige Operationen, musste an Krücken gehen, hundert Pillen pro Tag nehmen, hatte Verdauungsprobleme, Kopfschmerzen, Herzrasen und was weiß ich alles, und drei Jahre später ist er schließlich doch gestorben.« Er sah ihn vor sich, gekrümmt und schwer atmend am Küchentisch sitzend, eine Hand auf dem Krückstock, die andere auf der Tischplatte, als müsse er sich daran festhalten. Man hatte jedes Mal ein schlechtes Gewissen gehabt, dass es einem selber gut ging und ihm nicht. »Das Schlimmste war, wie ihn das gegrämt hat. Es hat ihn seelisch vernichtet. *Ich wollte so viel machen, wenn ich mal Zeit habe*, hat er oft zu mir gesagt.«

Ihm war, als könnte er ihn noch immer hören, diese dünn gewordene, gepresst klingende Stimme. *Wenn ich in Rente bin, hab ich gedacht. Wenn ich nur meine Pflicht tue. Alles Quatsch, Hendrik. Schau mich an. Merk dir, wie jemand aussieht, der sein Leben verpasst hat. Ich hab nie wirklich gelebt. Mach nicht den gleichen Fehler, Hendrik. Macht bloß nicht den gleichen Fehler.*

»Aber – wie macht man das eigentlich, *wirklich leben?*«, schloss Hendrik. »Ich glaube, das ist die Frage, die mich im Grunde antreibt.«

Seltsam, dass er in diesem Zusammenhang wieder an jenes Buch denken musste, das er für einen Tag gestohlen hatte. Vielleicht, weil er ohne dieses Buch, ohne den Impuls, den es ausgelöst hatte, denselben Weg gegangen wäre wie sein Vater, nur eben nicht in einer Versicherung, sondern in einer Investmentfirma. Von Alchemie jedenfalls verstand er immer weniger, je mehr der alten Schriften er gemeinsam mit Westenhoff studierte. Wobei selbst das allmählich nachließ; inzwischen vergingen oft fünf, sechs Wochen, ehe der Schlossbesitzer wieder anrief, um ein neues Treffen vorzuschlagen. Er wurde halt auch älter.

Angela streichelte seine Brust, sagte aber nichts. Nach einer

Weile des Schweigens wurde es Hendrik zu eng, zu nah, und er setzte sich ruckartig auf. »Ich glaube, es wird Zeit, dass ich ins Hotel zurückgehe.«

Es war ja auch spät geworden, wegen des Konzerts und allem. Morgen im Flugzeug würde er wieder bestens schlafen.

Als er seine Sachen zusammensuchte, um sich anzuziehen, fiel ein Zettel aus einer seiner Taschen. Angela war schneller als er, hob ihn auf und las ihn.

»Denk an den Bär. Pia.«

Hendrik musste lachen, nahm ihr den Zettel aus der Hand. »Meine Tochter! Es ist wirklich eigenartig. Seit sie in der Schule ist, hat sie die Fähigkeit, *magische Zettel* zu schreiben. So nenn ich das. Ich krieg nie mit, wie sie sie mir in die Tasche schmuggelt, aber irgendwie tauchen sie immer im passendsten Moment auf, wie von selber.« Er steckte das Papier wieder ein. »Ich hab versprochen, ihr einen Teddybär mitzubringen. Den muss ich morgen früh noch besorgen.«

Vielleicht war es diesmal auch eher ein unpassender Moment gewesen. Angela nahm es nicht so leicht, das sah er an ihrem Blick; der kleine Vorfall hatte sie irgendwie getroffen.

»Ich hab mir das nie wirklich klargemacht, dass du eine Tochter hast«, sagte sie leise. »Ein *Kind*.«

So lief alles weiter, und die Jahre vergingen – Hendrik erschrak manchmal, wie schnell. Vielleicht, weil sich nicht viel veränderte, außer dass Pia heranwuchs. Inzwischen ging sie aufs Gymnasium, es zeichnete sich immer deutlicher ab, dass demnächst die Pubertät ausbrechen würde, und Hendrik hatte sie im Verdacht, dass sie absichtlich nicht so gute Noten schrieb, wie sie hätte schreiben können, weil sie nicht auffallen wollte. Die großen Umwälzungen schienen alle anderswo stattzufinden. Die Lehman-Brothers-Bank ging pleite, was eine weltweite Finanzkrise auslöste, was wiederum die Nachfrage nach seinen Seminaren ansteigen ließ. Die USA wählten ihren ersten schwarzen Präsidenten. Haiti wurde von einem katastrophalen Erdbeben verwüstet. Die Bohrinsel *Deepwater Horizon* verunglückte und löste eine Ölpest im Golf von Mexiko aus. Ein isländischer Vulkan mit einem unaussprechlichen Namen legte den gesamten europäischen Flugverkehr lahm. Der Arabische Frühling weckte Hoffnungen, die sich nicht erfüllten. In Fukushima kam es zum GAU, der die Welt mehr erregte als die Japaner selber, die eher um die vielen Toten des Tsunamis trauerten.

Im Fränkischen scheiterten Naturschützer mit dem Versuch, ein seit Jahrhunderten unberührtes Stück Wald zu erhalten. Die Gerichtsverfahren hatten sich über Jahre hingezogen, bis sie in letzter Instanz schließlich unterlagen und die Baumsägen und Bagger anrücken durften, um mit den Bauarbeiten für einen von anderen lang ersehnten Autobahnzubringer zu beginnen.

Ab da liefen die Arbeiten ziemlich nach Plan, bis eines Tages – es war ein Mittwoch im Juni – einer der Bagger sich in etwas festfraß. Der Vorarbeiter kam hinzu, und als er sah, was die Baggerschaufel freigelegt hatte, begann er zu fluchen. »Na, *toll.* Die Woche ist gelaufen.«

Er zückte sein Handy, suchte eine Nummer, die er eingespeichert, aber bis jetzt nie gebraucht hatte.

»Weg da!«, rief er Arbeitern zu, die neugierig herankamen. »Nichts anfassen! Das muss alles so bleiben, wie es ist.«

Endlich, nach all den Jahren, ergab es sich, dass er wieder einmal ein Seminar in Zürich abhielt, wieder im *Grandevue*, demselben Hotel wie damals. Unglaublich – es sah alles noch so aus, wie er es in Erinnerung hatte. Dabei war das wie lange her? Zwölf Jahre? Dreizehn? Irgendwas um den Dreh. Es war, als schließe sich ein Kreis.

Der Mann, der ihn an der Rezeption empfing, kannte ihn noch, und nach kurzem Stutzen erkannte Hendrik ihn ebenfalls wieder, an der vernähten Hasenscharte: der Mann, der ihm damals den Seminarraum gezeigt hatte. Michel Zurbrügg. Auch er war älter geworden, doch ihm stand es, er sah gut aus. Was mit daran liegen mochte, dass er schon lange nicht mehr Page des Hotels war, sondern dessen Besitzer.

»Sie haben mir seinerzeit diese Methode erklärt, mit den Kreuzen und Kreisen«, erzählte Zurbrügg begeistert. »Das hat mir wirklich geholfen, muss ich sagen. Ich hab damit auf dem Neuen Markt ein Vermögen gemacht. Natürlich war auch Glück dabei. Zum Beispiel, dass ich das Interview mit Ihnen gelesen habe, in dem Sie vor einem Platzen der Blase gewarnt haben. Das war wie ein Eimer kaltes Wasser über den Kopf. Ich bin gerade noch rechtzeitig ausgestiegen – ja, und dann hat sich die Möglichkeit ergeben, das Hotel zu kaufen, und ich hab gedacht, jetzt oder nie. Und hier bin ich. Und Sie endlich auch mal wieder!«

Hendrik musste sich regelrecht zu einem Lächeln zwingen. »Das freut mich für Sie«, sagte er. Es war doch verhext! Alle schienen mit dem, was er lehrte, mehr Glück an der Börse zu haben als er! Seine jüngste Investition war gerade völlig in die Hose gegangen; er hatte mit einem Riesenverlust verkaufen müssen ... Er wusste noch gar nicht, wie er es Miriam beibringen sollte. Die sagte seit Jahren, er solle es einfach lassen; Aktien seien ganz offenbar nicht sein Ding.

Und sie hatte ja recht. Aber Karl Windauer mit der Verwaltung seines Vermögens zu beauftragen, wie sie vorschlug, das ging natürlich gar nicht. Alles, was recht war.

»Ich habe mir erlaubt, Sie upzugraden«, sagte Zurbrügg und überreichte ihm die Zimmerkarte. »Die Suite. Ganz oben.«

»Oh«, meinte Hendrik überrascht. »Sehr freundlich.«

»Ich bitte Sie, das ist das Mindeste, was ich tun kann. Ich verdanke Ihnen ja praktisch alles, was ich habe.«

Es war tatsächlich die große Suite, die normalerweise einen vierstelligen Betrag pro Nacht kostete, egal, ob man in Schweizer Franken oder in Euro rechnete. Sie war riesig, bot einen grandiosen Blick über den Zürichsee, und der Gedanke, dass hier vor ihm jede Menge berühmter und reicher Leute genächtigt hatten, faszinierte Hendrik. Fast schade, dass diesmal wohl keine Hoteldiebin auftauchen würde ...

Das Seminar lief reibungslos, die Stimmung war gut, das gemeinsame Abendessen ein kulinarischer Genuss. Und Hendrik war ganz zufrieden, hinterher alleine im Bett zu liegen.

Am Sonntagmorgen ließ er sich das Frühstück aufs Zimmer bringen, um auf dem Balkon zu frühstücken, mit Blick auf den See. Das musste einfach sein. Außerdem war ihm nicht danach, jetzt schon Teilnehmer des Seminars zu treffen.

Auf dem Beistellwagen, mit dem das Frühstück kam, lag – unaufgefordert – auch eine Zeitung.

Hendrik, der morgens normalerweise nie Zeitung las, überflog das Blatt nur. Doch dann blieb sein Blick auf einer Meldung hängen, die ihn traf wie ein Sandsack: Bei Bauarbeiten zu einem Autobahnzubringer im ehemaligen Zonenrandgebiet hatte man das Grab eines Deutschordensritters gefunden und darin – *eine Rüstung aus purem Gold.*

11.

Hendrik ließ die Zeitung sinken, hob den Blick. Betrachtete die Dachterrasse, auf der er saß, die Stühle aus schwarzem Flechtwerk, den Metalltisch mit den verspielten Lochmustern in der Platte. Der Himmel war strahlend blau. Ein sanfter Wind raschelte mit den Wipfeln der umliegenden Bäume. Vor ihm lag der See. Segelboote glitten dahin, weiße und rote Dreiecke vor dem Hintergrund des glitzernden Wassers.

Von unten hörte man undeutlich Gespräche, jemand lachte. Geschirr klapperte, Stuhlbeine scharrten über Steinplatten. Hendrik betrachtete den gedeckten Tisch, den Brotkorb, den Obstteller, den er noch gar nicht angerührt hatte. Die Schälchen mit verschiedenen Marmeladen. Die Platte mit der Wurst und dem Schinken. Die Überreste des Eis, die moderne Thermoskanne mit dem Kaffee, die Krümel auf dem schneeweißen Teller mit dem Goldrand.

Es war alles wirklich. Er träumte nicht.

Hendrik hob die Zeitung wieder, las den Bericht noch einmal. Zwei Spalten, jeweils etwa zwanzig Zeilen, ein Bild, das eine Baustelle im Wald zeigte. Und der Text hatte sich nicht verändert. *»Eine Rüstung aus Gold«* stand da.

Wo genau der Fundort lag und wohin man die Rüstung gebracht hatte: Das stand *nicht* da.

Hendrik fühlte sich auf höchst eigenartige Weise innerlich gespalten: Konnte es wirklich wahr sein, dass diese goldene Rüstung ebenjene war, von der die Geschichte in dem gestohlenen Buch erzählt hatte? Die Rüstung, die sich der Ritter … wie hatte er geheißen? Bruno von Hirschberg? Jedenfalls, die er hatte schmieden lassen, um Mitstreiter für einen weiteren Kreuzzug zu gewinnen? Aus Gold, das Alchemisten aus Quecksilber gewonnen hatten?

Ein Teil von ihm war völlig davon überzeugt und darüber in

heller Aufregung. Sonnenklar, dass es sich nur um genau diese Rüstung handeln konnte! Die zugleich bewies, dass das Buch eine wahre Geschichte erzählt hatte, eine Begebenheit, die sich tatsächlich so zugetragen hatte und lediglich in Vergessenheit geraten war. Was mit anderen Worten bedeutete, dass es den Stein der Weisen wirklich gab!

Der andere Teil von ihm war skeptisch und wurde immer skeptischer, je mehr die Begeisterung seiner anderen Hälfte stieg. Über die Jahre hatte er sich so daran gewöhnt, die Geschichte für Fiktion zu halten, dass ihm dieser jäh aufgetauchte Beweis unwirklich vorkam, wie etwas, das nur ein raffiniertes Betrugsmanöver sein konnte, dem man sich, wenn, dann besser nur mit höchstem Misstrauen näherte.

Außerdem wusste er nicht, ob er sich überhaupt noch richtig an die Geschichte erinnerte. Zu dumm, dass er die Fotokopien von damals – die hier in diesem Haus angefertigt worden waren und so viel Geld gekostet hatten – nicht mehr besaß. Er hätte sie jetzt zu gern nachgelesen und seine Erinnerung aufgefrischt.

Adalbert! Dem hatte er doch mal Kopien beider Texte geschickt! Das war zwar Jahre her, aber sein Bruder war nicht der Typ, der irgendetwas wegwarf, schon gar nicht, wenn es sich um bedrucktes Papier handelte.

Fragen konnte er ihn zumindest.

Ha! Was für eine Vorstellung, falls sich herausstellen sollte, dass an der Legende doch etwas dran war! Dass er, Hendrik, recht gehabt hatte und Adalbert unrecht! Da würde ihm sein oberschlauer Bruder, der Herr Doktor Busske, aber Abbitte leisten müssen. Den Tag würde er sich rot im Kalender anstreichen, das stand fest.

Und mehr als das: Es schien sich ja um eine eher unbekannte Sage zu handeln. Gut möglich, dass die Leute, die sich jetzt gerade mit der Rüstung befassten – Archäologen, stellte er sich vor –, noch nie etwas davon gehört hatten.

Das hieß, womöglich war er, Hendrik Busske, einer wirklich bedeutenden Sache auf der Spur? Einer Sache, die ihn *richtig* berühmt machen würde?

Vorausgesetzt, Adalberts Sammeltrieb beschränkte sich nicht nur auf dessen Forschungsgebiete. Dieser Gedanke versetzte Hendrik einen Stich. Falls Adalbert die Kopien, die er ihm geschickt hatte, nicht mehr besaß, dann hatte er gar nichts mehr in der Hand. Was, wie er sich sagte, irgendwie typisch gewesen wäre für ihn. Das hätte sein Wappenspruch sein können: *Knapp vorbei ist auch daneben.* Nur eben auf Lateinisch.

Hendrik stand auf, ging zum nächsten Telefon. Die Suite verfügte über fünf Stück davon, zumindest, soweit er bisher gezählt hatte. Dafür gab es kein Faxgerät mehr. Das hatte der neue Besitzer des Hotels wohl irgendwann abgeschafft, weil es im Zeitalter von Internet und E-Mail eher ein Anachronismus war.

Er wählte Adalberts Nummer in Genf, ließ es klingeln. Lange.

Endlich hob jemand ab. »*Oui?*« Die kratzige Stimme einer alten Frau. Die Vermieterin, bei der sein Bruder offenbar bis in alle Ewigkeit zu wohnen gedachte.

»*Monsieur Busske, s'il vous plaît*«, sagte Hendrik. »*Je suis le frère.*« Oder hieß es *son frère?* Er wusste es nicht. Er hatte sich den Text irgendwann von Google Translate zusammenbasteln und mehrmals vorlesen lassen, für Situationen wie diese.

Sie antwortete, doch für Hendriks Ohren war das, was sie von sich gab, nur ein Schwall nasaler Laute. Er verstand nicht das Geringste, kam sich nur mal wieder schrecklich dämlich vor.

Wahrscheinlich hieß das aber, dass Adalbert schon am Institut war.

»Danke«, sagte er, dann fiel ihm ein: »*Merci.*«

Er wartete, den Hörer in der Hand. Vielleicht hatte sie ja auch gesagt, dass Adalbert noch unter der Dusche stand und er sich gedulden solle?

Nein, sie legte auf. Also doch das Institut.

Hendrik wählte Adalberts Nummer am CERN, aber dort hob natürlich niemand ab. Wahrscheinlich war der Lautstärkeregler am Telefon seines Bruders längst in der Null-Position festgerostet.

Er legte auf, faltete die Zeitung sorgfältig zusammen. Na gut. Er würde nach dem Seminar einfach nach Genf weiterfahren. Und dann würde man ja sehen. Auf jeden Fall war das keine Sache, die man auf sich beruhen lassen durfte.

Hendrik konnte es kaum erwarten, das Seminar zu beenden. Wirkten einige der Teilnehmer irritiert? Schwer zu sagen, und wenn, dann war es eben so.

Danach checkte er sofort aus, sehr zur Bestürzung Zurbrüggs, der gleich ankam und wissen wollte, ob etwas mit der Suite nicht in Ordnung gewesen sei?

Doch, doch, beruhigte ihn Hendrik, die Suite sei traumhaft. »Es ist bloß so, dass ich, ähm … eine Information erhalten habe, die es notwendig macht, meine Pläne zu ändern.«

»Ach so«, sagte der Hotelbesitzer, wirkte nicht überzeugt. Und wenn schon, dachte Hendrik.

Miriam war auch beunruhigt, als er anrief, um ihr Bescheid zu sagen. Offenbar gingen mal wieder Westenhoffs Alchemistenfreunde im Schloss ein und aus.

»Na, das kennen wir doch inzwischen, oder?«, meinte Hendrik, der darauf brannte, endlich loszufahren.

»Schon«, gab Miriam zu. »Aber sonntags …? Und es sind nicht bloß ein oder zwei wie sonst.« Sie konnte Westenhoff immer noch nicht leiden, und an seine Existenz erinnert zu werden versetzte sie oft in Unruhe, vor allem, wenn Hendrik nicht da war.

Dabei sahen sie den Schlossbesitzer tatsächlich so gut wie nie. Es hatte Monate gegeben, in denen sie sich gefragt hatten, ob er überhaupt noch lebte. Hendrik erzählte ihr ein bisschen, wie das Seminar gelaufen war, um sie abzulenken, und das schien sie zu beruhigen.

»Wann kommst du dann?«, wollte sie wissen.

»Ich denke, ich bin trotzdem morgen zum Mittagessen da, wie ausgemacht. Ich schau einfach, dass ich früh losfahre.«

»Gut. Fahr vorsichtig.« Das sagte sie immer.

War er ungeduldiger als sonst, oder war heute schrecklich

viel Verkehr in Zürich? Als er auf der A1 war, ging es endlich voran. Drei Stunden später war er in Lausanne, aber den Genfer See erahnte man mehr, als dass man ihn gesehen hätte.

Er hatte Adalbert erst ein einziges Mal in Genf besucht, mit achtzehn; er hatte gerade seinen Führerschein gemacht. Doch das war so lange her, dass er den Weg nicht wieder gefunden hätte. Zum Glück war sein Navi schlauer.

Es war noch hell, als er ankam. Das Haus, so kam es ihm vor, hatte sich nicht verändert; allenfalls waren die Bäume, die es verbargen, höher geworden: Irgendwelche Nadelbäume, Zedern vielleicht, und Hendrik erinnerte sich nicht, ob sie den Dachfirst schon damals überragt hatten. Das Haus selber war ein Riesenkasten, viel zu groß eigentlich für eine einzelne Familie. Seinerzeit hatte die jüngste Tochter mit ihrem Mann im Obergeschoss gewohnt, relativ frisch verheiratet. Der Sohn war seit Langem fort, sein ehemaliges Zimmer war das Studentenzimmer gewesen, das Adalbert gemietet hatte. Irgendwann hatte die Tochter ein Kind gekriegt, und sie waren ausgezogen, wohl auch, weil der Mann eine Stelle im Ausland angetreten hatte. Daraufhin hatte Adalbert die frei gewordenen Räume mit dazugenommen und sie, so stellte es sich Hendrik zumindest vor, ebenfalls nach und nach mit Büchern und Ordnern gefüllt.

Vor ein paar Jahren war der Ehemann der Vermieterin gestorben: Was das wohl hinsichtlich Adalberts weiterer Ausbreitung bedeutete? Hendrik war gespannt.

Das Gartentor war abgeschlossen. Auf der Einfahrt dahinter stand der Wagen seines Bruders – immer noch der uralte VW! Hendrik klingelte. Lichter im Haus gingen an, man sah Bewegung hinter Fenstern, die an Schießscharten erinnerten. Dann öffnete sich die Haustür, und Adalbert kam heraus, in Pantoffeln und Strickjacke.

»Was machst du denn hier?«, fragte er, während er das Tor aufschloss. Es klang alles andere als begeistert.

»Ich muss dir was zeigen«, sagte Hendrik.

»Und was?«

»Vielleicht können wir erst mal reingehen?«

Adalbert öffnete das Tor, ließ ihn ein, schloss wieder ab. »Leichtsinnig von dir, einfach so aufzukreuzen. Letzte Woche um die Zeit war ich in Stanford. Besser, du würdest dich ankündigen.«

»Ah ja? Dann verrat mir mal, wie, du Telefonmuffel.«

Darauf gab Adalbert nur ein Schnauben von sich und sagte nichts mehr.

Als sie das Haus betraten, umfing sie ein Geruch nach Staub, Putzmitteln und Küchendünsten, der sich auch nicht verändert hatte und in Hendrik sofort Erinnerungen an seine damalige Fahrt wachrief. Wie aufregend es gewesen war, zwischen den gewaltigen Bergen mit ihren schneebedeckten Gipfeln dahinzufahren. Wie es sich angefühlt hatte, so jung zu sein, so voller Kraft und Elan. Zu der Zeit war er mit Jessica zusammen gewesen, seiner ersten richtigen Freundin. Sie hatten sich ständig gestritten, um sich im Bett wieder zu versöhnen; ein permanentes Auf und Ab der Gefühle. Bis zum letzten Streit, nach dem sie sich nicht mehr versöhnt hatten. Er hatte keine Ahnung, was sie heute machte.

Die Eingangshalle war noch genauso groß und düster, wie er sie in Erinnerung hatte. Die Schiebetür zum Wohnzimmer stand offen. Eine weißhaarige, verhutzelte Frau nickte ihm zu, die Hendrik schon damals irgendwie an eine Heuschrecke erinnert hatte, ein Eindruck, der sich im Lauf der Jahre eher verstärkt hatte. Im Hintergrund lief ein riesiger Fernsehapparat, eine dröhnend laute Stimme sprach wohlartikuliertes Französisch. Adalbert und die Frau wechselten ein paar Worte, dann kehrte sie ins Wohnzimmer zurück und schloss die Tür hinter sich, während Adalbert Hendrik die Treppe hinauf voranging.

»Seh ich das richtig?«, vergewisserte sich Hendrik. »Du schaust zusammen mit deiner Vermieterin fern?«

»Die Nachrichten, ja«, sagte Adalbert. »Und?«

Hendrik hob die Schultern, hatte plötzlich Gänsehaut. »Nichts. Ist deine Sache.«

Das Obergeschoss hatte sich verändert, sah nun aus wie eine Außenstelle seines Instituts. Schon im Flur standen an allen freien Wänden Regale voller Bücher, Ordner, VHS-Kassetten und anderer Datenträger. Ein paar ausgemusterte Computer staubten in den Ecken vor sich hin, keine normalen PCs, sondern irgendwas Größeres.

Zweifellos hatte Adalbert nicht vor, hier je wieder auszuziehen. Vermutlich würde er so lange brav mit der alten Frau zusammen vor dem Fernseher sitzen, bis sie ihm das Haus vererbte.

Immerhin, in dem Zimmer, in das sein Bruder ihn führte, gab es außer weiteren Regalen und ein paar Aktenschränken auch eine Couch und einen Tisch. Hendrik zog die Zeitung heraus, legte ihm den Artikel hin und sagte: »Da. Lies.«

Adalbert las. Zuckte unbeeindruckt mit den Schultern.

»Okay«, meinte er. »Und?«

»Was heißt ›und‹? Das ist der Beweis, dass die Geschichte von damals –«

»Ja, ist mir schon klar, dass du das denkst«, unterbrach ihn Adalbert. »Aber ich würde erst mal davon ausgehen, dass einfach irgendwann jemand so verrückt war, eine goldene Rüstung anfertigen zu lassen. Und um die haben sich dann eben allerlei Legenden gesponnen.«

Hendrik sank enttäuscht in sich zusammen. So herum hatte er die Sache noch gar nicht betrachtet.

Und wahrscheinlich hatte Adalbert recht, wie immer.

Er fühlte sich auf einmal müde. »Ich wollte dich eigentlich fragen, ob du die Kopien noch hast, die ich dir mal geschickt habe«, sagte er. »Meine sind bei einem Wasserrohrbruch kaputtgegangen.«

Adalbert blies die Backen auf. »Puh. Ob ich die noch habe? Keine Ahnung. Wie lang ist das her? Zehn Jahre?«

»Eher zwölf.«

»Oh je.«

Aber immerhin, er machte sich auf die Suche. Wenn Hendrik auch nicht den Schimmer einer Ahnung hatte, wie sein Bruder sich in dem Durcheinander zurechtfinden wollte.

Hendrik setzte sich auf die Couch und wartete.

Die Regale ringsherum bogen sich unter Büchern, Papierstapeln, Computerausdrucken. Auf allem lag dick der Staub. Auf einer Holzbank in der Dachgaube stapelten sich Bücher, in denen Hunderte farbiger Zettel als Lesezeichen steckten, seit Jahren bestimmt, so ausgebleicht, wie sie aussahen. In den freien Ecken standen Kartons voller loser Papiere, aufgerissener Briefumschläge und ... das da, waren das alte Computerbänder? Wie man sie früher verwendet hatte, in den Siebzigern? Hendrik konnte sich nicht vorstellen, dass man am CERN noch mit so etwas arbeitete; wahrscheinlich war es heutzutage ein Problem, noch Lesegeräte für diese Bänder aufzutreiben.

Und eigenartig, was war das? Hendrik beugte sich vor, zog ein Buch heraus, das zwischen all den wissenschaftlichen Wälzern auffiel, weil es aussah wie ein altes Schulbuch. Tatsächlich – ein Lesebuch aus der Oberstufe! Ein vergilbtes Lesezeichen steckte bei einer Kurzgeschichte von Franz Kafka mit dem Titel »Ein Hungerkünstler«, und Adalbert hatte drei große Ausrufezeichen danebengesetzt.

Hmm. Hendrik klappte das Buch wieder zu, schob es zurück.

Wieder einmal merkte er, dass es vieles gab, was er über seinen Bruder nicht wusste.

Er hörte Adalbert in den angrenzenden Räumen herumlaufen, hörte es rascheln und rumpeln. Der Holzboden machte knirschende Geräusche, was Hendrik darüber nachdenken ließ, wie sich Adalberts Sammelwut wohl mit der Statik des Hauses vertrug: so viel Papier! Das wog doch Tonnen.

Er hatte die Kopien bestimmt noch. Hoffentlich.

Endlich öffnete sich die Tür zum angrenzenden Raum, und Adalbert kam zurück, ein Bündel Papier in der Hand. Hendrik sah ein weiteres Zimmer voller Regale, Kommoden und Schränke, auf denen sich Unterlagen türmten, ehe sein Bruder das Licht ausmachte und die Tür wieder schloss.

»Sind sie das?«, fragte Hendrik.

»Ja«, erwiderte Adalbert geistesabwesend, den Blick unverwandt auf den Text gerichtet.

»Hab ich mir doch fast gedacht.«

Adalbert hievte nebenbei mit der freien Hand ein paar Bücher von einem Stuhl auf die Holzbank, um sich Hendrik gegenüberzusetzen. »Also, wenn ich das so lese«, meinte er, »dann stimmt da einiges nicht.« Er sah auf. »Du denkst, es könnte eine wahre Geschichte sein, hab ich das richtig verstanden? Dass man es so lesen muss?«

Hendrik hob die Hände. »Ich habe jedenfalls noch nie von einer goldenen Rüstung gehört. Macht meiner Ansicht nach auch gar keinen Sinn, so etwas herzustellen.«

»Okay.« Adalbert überflog die restlichen Seiten, nickte hier und da, bewegte ab und zu den Unterkiefer hin und her, als kaue er, und schob den Stapel schließlich wieder zusammen. »Also, wenn wir rein hypothetisch davon ausgehen, dass dieser Text eine wirkliche Begebenheit schildert, dann wäre die erste Frage, die ich mir stelle, die, wieso das Gold so gefährlich war. Das *Teufelsgold*. Romantische Bezeichnung. Der Strahler selber, das ist klar. Das wird ja auch geschildert. Der Junge, der den Bleikasten öffnet, verliert seine Augen und stirbt. Aber was macht das *Gold* so gefährlich?«

»Na, dass es radioaktiv ist«, meinte Hendrik. »Hast du doch selbst gesagt. Diese Notizen auf der letzten Seite. Der Zerfall zu Quecksilber.«

Sein Bruder schüttelte heftig den Kopf. »Nein, nein. Die Zerfallsreaktionen setzen alle nur Betastrahlung frei. Das sind Elektronen. Die müssten größtenteils von der Unterwäsche abgefangen werden. Und selbst wenn nicht, würden sie erst mal nur leichte örtliche Verbrennungen verursachen. Bei der Frau etwa, die dieses Kruzifix tragen muss. Es ist nicht einsehbar, wieso sie daran so schnell gestorben sein soll. Und der Ritter selber … Ich meine, man trägt so eine Rüstung ja nicht auf der bloßen Haut. Man hat etwas darunter an, Leder womöglich. Mit einem Lederwams hätte ihm erst mal gar nichts passieren dürfen.«

Hendrik musterte seinen Bruder beunruhigt. War der Fund der goldenen Rüstung am Ende doch nicht so beweiskräftig, wie er sich das vorgestellt hatte? »Du meinst, das Gold war zwar radioaktiv, aber nicht radioaktiv *genug?*«

»Ja, so könnte man es vereinfacht ausdrücken.« Adalbert merkte es nie, wenn er herablassend daherredete. Er blätterte in den Kopien, tippte auf ein paar Stellen im Text. »Hier. Die Beschreibung, wie sie mit dem Stein umgehen. Der wird einfach in das erhitzte Quecksilber gekippt … dann rühren sie … Die Kräuter und was sie sonst noch veranstalten, das ist natürlich Humbug. Das Entscheidende ist die enorm starke Gammastrahlung, die von dem Stein ausgeht. Ich überlege, woher das Licht kommt; das ist auch interessant. Vielleicht ein Ionisierungseffekt? Müsste ich mal nachrechnen. Auf jeden Fall, da wird ziemlich viel mechanisch gemacht. Vermutlich, um möglichst viel Quecksilber dicht an den Strahler heranzubringen, selbst wenn ihnen das nicht klar gewesen sein dürfte. Und bei diesem ganzen Gewühle und Gerühre lösen sich möglicherweise mikroskopisch kleine Partikel von dem Stein und lagern sich in das Gold ein.« Er kaute auf diesen Argumenten wieder ein bisschen herum, nickte schließlich. »Ja, so muss es sein. Da würden schon Spuren reichen, ein simpler Abrieb. Wenn der Stein wirklich ein so starker Gammastrahler ist, dann wäre Gold, das Spuren davon enthält, tatsächlich höchst gefährlich, auch heute noch. Das könnte man messen. Das wäre der eindeutige Beweis.« Er sah Hendrik an. »Wo befindet sich die Rüstung jetzt?«

Hendrik hob die Schultern. »Keine Ahnung.«

Er spürte, wie er immer ärgerlicher auf seinen Bruder wurde. Kein Wort darüber, dass er, Hendrik, schon vor über zehn Jahren die Idee gehabt hatte, dass es sich bei der Geschichte um die Erzählung einer wahren Begebenheit handeln mochte, und dass Adalbert das damals einfach abgetan hatte. Und anstatt zuzugeben, dass er recht gehabt hatte, spielte sich Adalbert jetzt als tiefschürfender Forscher auf! Typisch. So war es zwischen ihnen immer gelaufen, seit Hendrik denken konnte: Fand das blinde Huhn doch mal ein Korn, schnappte es ihm der große Bruder sofort weg.

»Es sollte möglich sein«, überlegte Adalbert derweil weiter,

»das Material des Strahlers aus dem Gold zu extrahieren. Was wissenschaftlich *höchst* interessant wäre.« Er schob die Blätter zusammen und legte den Stapel auf den Couchtisch. »Allerdings müsste man die Rüstung dazu erst mal haben. Und die Erlaubnis, sie einzuschmelzen. Das werden die Archäologen nicht gerne sehen.«

Einen Moment lang war Hendrik dicht daran, sich die Kopien einfach zu schnappen und wieder zu gehen. Das war *sein* Thema, verdammt noch mal!

Andererseits wusste er, wenn er ehrlich war, nicht, wie er allein weitermachen sollte. Wenn er, ein eher umstrittener Reichtumsguru, mit einem Stapel Papier ankam, bei dem es sich deutlich erkennbar um Kopien von Kopien handelte, würde das vermutlich höchstens zu allgemeiner Erheiterung führen. Abgesehen davon, dass er keine Idee hatte, *wohin* er damit gehen konnte.

»Ich stell mir vor«, sagte Hendrik so ruhig wie möglich, »dass man die Rüstung in irgendein Museum gebracht hat. Man wird so einen Fund ja nicht auf der Baustelle liegen lassen.« Er räusperte sich. »Genaueres rauszufinden dürfte allerdings schwer sein an einem Sonntag.«

Adalbert bedachte ihn mit einem spöttischen Blick.

»Denkst du«, sagte er. Dann stand er auf, ging aus dem Zimmer und kam gleich darauf mit einem dünnen silberfarbenen Notebook-Computer zurück, der sofort anging, als er ihn aufklappte.

Hendrik stellte sich hinter Adalbert, um ihm beim Surfen über die Schulter zu schauen. Er staunte, wie flott alles ging. Die meisten Seiten bauten sich schlagartig auf, nicht stückweise und zögerlich, wie er das von zu Hause kannte.

»Ich habe eine Standleitung ins CERN«, erklärte Adalbert, während seine Finger über die Tasten huschten. »Das CERN wiederum hat die schnellste Anbindung ans Internet, die es auf diesem Planeten gibt. Wenn wir Versuche mit den großen Beschleunigern fahren, müssen Daten in derart exorbitanten

Mengen verarbeitet und übermittelt werden, dass uns bald die Worte dafür ausgehen. Gigabytes sind da gar nichts und Terabytes nicht viel.«

Eine Viertelstunde später wussten sie mehr.

»Also«, fasste Adalbert zusammen, »für archäologische Funde aller Art ist das jeweilige Landesamt für Denkmalspflege zuständig. Da die Fundstelle in Bayern liegt, gibt es drei denkbare Orte, an denen sich die Rüstung befinden kann: in München, in Bamberg oder im Unteren Denkmalsamt vor Ort – da müsste man herausfinden, zu welchem Bezirk die Baustelle gehört. Aber ich schätze, bei einem so ungewöhnlichen Fund wird die oberste Behörde gleich die Hand darauf legen. Also München. Und schau, in München gibt es auch ein Zentrallabor. Ich kann mir nicht vorstellen, dass sie die Rüstung woandershin gebracht haben.« Er tippte auf den Schirm, wo die Adresse und die Telefonnummer dieses Labors standen. »Da könnte man morgen mal anrufen.«

»Oder hinfahren«, meinte Hendrik.

»Hmm«, machte Adalbert. Auch das hatte sich nicht geändert: Er hasste es, aus seiner gewohnten Routine gerissen zu werden. Für ihn war ein guter Tag einer, der so verlief wie der Tag davor.

»Wenn wir anrufen, was werden sie uns sagen?«, gab Hendrik zu bedenken. »Nichts. Wahrscheinlich rufen da schon seit Tagen alle möglichen Leute an – vom Fernsehen, von Zeitungen und so weiter. Die werden nur sagen, warten Sie die Presseerklärung ab.«

»Hmm«, machte Adalbert noch einmal.

»Nein, da müssen wir selber hin. Damit du mit deinem Ausweis wedeln kannst – CERN, richtige Wissenschaft, alles zurücktreten. Am besten nimmst du gleich ein paar Messgeräte mit.«

»Wie stellst du dir das konkret vor? Dass wir uns jetzt in dein Auto setzen und über Nacht nach München fahren?« Dem Klang seiner Stimme war anzuhören, wie wenig ihm diese Idee gefiel.

Hendrik gefiel sie auch nicht. »Nein, nicht über Nacht. Morgen. Ich hab ein Seminar hinter mir, bin müde und hab seit ein paar Sandwiches heute Mittag nichts mehr gegessen, da werde ich nicht die Nacht durchfahren. Ich bin nicht mehr achtzehn.«

»Dann willst du hierbleiben? Über Nacht?« Es klang regelrecht entsetzt.

»Wenn es nicht zu viel verlangt ist.«

»Hmm.«

»Komm. Damals hast du mich auch untergebracht. Und inzwischen gehört dir der ganze obere Stock, da wird sich ja wohl ein Plätzchen finden.« Hendrik drückte prüfend die Kissen der Couch nieder. »Hier zum Beispiel. Das fühlt sich okay an.«

»Damals hast du einen Schlafsack dabeigehabt.«

»Bestimmt gibt es irgendwo im Haus Bettzeug und eine Decke, oder?«

Adalbert klappte missmutig den Rechner zu. »Na, von mir aus. Ich frag mal Madame Mourrain.«

»Frag sie auch gleich nach etwas zu essen.«

»Ja, okay.«

Hendrik schlief einigermaßen gut auf der Couch, doch der Aufbruch am nächsten Morgen zog sich ewig hin. Adalbert war ein erstaunlich chaotischer Packer. Endlos stand er meditierend vor seinem Kleiderschrank, packte Sachen ein und wieder aus, konsultierte Checklisten, musste Dinge suchen …

»Ich dachte, du reist so viel?«, meinte Hendrik ehrlich verwundert. »Stanford und so. Wie schaffst du es denn da rechtzeitig zum Flieger?«

»Es ist jedes Mal ein Drama«, bekannte Adalbert, während er in einer Schublade mit losen Socken kramte. »Seit Jahren versuche ich, ein Set von Kleidungsstücken zu finden, das allen sozialen Situationen gerecht wird, um davon einfach genügend Exemplare anzuschaffen. Zehn gleiche Hosen, zehn gleiche Hemden und so weiter. Einstein soll das so gemacht haben, damit er morgens nicht nachdenken musste, was er anzieht. Bloß klappt das irgendwie nicht.«

»Wieso nicht?«

»Weil du keinen Ersatz kriegst. Du kriegst nicht mal zehn gleiche Hemden im Laden, nicht in derselben Größe. Verschiedene schon, aber das will ich ja nicht. Oder ich hab noch nicht herausgefunden, wo man einkaufen muss.« Er hob Socken heraus, hielt sie nebeneinander. »Es funktioniert nicht einmal bei Socken. Die hier zum Beispiel. Die kauf ich immer in einem Supermarkt in Frankreich, vier Euro irgendwas das Paar, hundert Prozent Baumwolle. Immer dieselbe Marke, immer schwarz, aber die Socken sehen jedes Mal anders aus. Da, diese Beschriftung: Wozu brauchen Socken eine Beschriftung? ›Soft‹. So ein Quatsch. Und dann ändern sie die dauernd. Hier ist sie waagrecht, da senkrecht, bei denen farbig …«

»Die meisten Menschen *wollen* unterschiedliche Kleidung«, meinte Hendrik amüsiert. »Das nennt man Mode.«

»Ich nenne es Zeitverschwendung.« Endlich hatte er ein Paar gefunden, das zusammenpasste, legte es in seinen Koffer und machte sich an die Suche nach dem nächsten.

Immerhin mussten sie nicht zusammen mit Adalberts Vermieterin frühstücken: Das war nach dem Aufwachen Hendriks Sorge gewesen. Doch Adalbert besaß tatsächlich eine eigene Kaffeemaschine, sogar ein teures Teil, das auf Knopfdruck guten Kaffee machte. Okay, sie stand in seinem Arbeitszimmer, sie mussten mit seinem Nebenschreibtisch vorliebnehmen und es gab nur seltsame französische Vollkornkekse dazu und keine Milch, aber immerhin Kaffee.

Schließlich hatte Adalbert seine Reisetasche beisammen. Doch dann konnten sie immer noch nicht losfahren, weil er vorher ins CERN wollte, Termine umdisponieren, »schnell« ein paar wichtige Kleinigkeiten erledigen und natürlich ein Strahlenmessgerät besorgen. Hendrik seufzte und fuhr ihn hin.

Es war nicht weit. Bei gutem Wetter nehme er das Fahrrad, erzählte Adalbert und auch, dass er hoffe, sein Auto aufgeben zu können, wenn die neuen Buslinien eingerichtet würden.

Hendrik hatte gehofft, wenigstens ein bisschen was von dem berühmten Forschungsinstitut zu sehen, an dem sein Bruder arbeitete, aber zu seiner Enttäuschung setzte ihn dieser im Besucherzentrum ab. »Es wäre zu kompliziert und aufwendig, jetzt für dich einen Besucherausweis zu organisieren und all das«, meinte er ungeduldig. »Wir wollen ja schließlich los, oder?«

»Allerdings«, erwiderte Hendrik. »An mir liegt's nicht.«

Na gut, vertrieb er sich die Zeit eben hier.

Das Besucherzentrum war ernüchternd zweckmäßig gestaltet, sah eher aus wie eine Flughafenboutique. Eine Glaswand zeigte das Wort *Willkommen* in zwei Dutzend Sprachen. Hinter einer Empfangstheke saßen drei Frauen. Eine davon unterhielt sich mit einem freakig aussehenden Mann, der ein T-Shirt trug mit der Aufschrift *Wenn ich groß bin, will ich ein Gott sein*. Es gab Sofas für Leute, die auf ihren Termin warteten, und einen Souvenirshop mit CERN-Schlüsselanhängern, CERN-Kugelschreibern, CERN-Baseballmützen und dergleichen. Das Extravaganteste war ein vage kreisförmiges Kunstwerk aus Metall, das man in den Boden der Halle eingelassen hatte.

Seltsam, dachte Hendrik, wenn man hier stand, konnte man sich nur schwer vorstellen, dass all diese gigantischen Anlagen in der Tiefe, diese kilometerlangen Teilchenbeschleuniger und hochhausgroßen Detektoranlagen, *wirklich* existierten. Klar, er hatte die Fotos gesehen, und Adalbert hatte ihm das eine oder andere darüber erzählt, als der LHC noch in Bau gewesen war – trotzdem. Das war irgendwie alles zu fantastisch.

Offenbar ging das nicht nur ihm so, jedenfalls stieß er auf eine Schautafel mit dem Titel *CERN in popular novels*. Darauf war aufgelistet, was irgendwelche Romanautoren dem CERN schon alles angedichtet hatten und was davon stimmte: Nicht sehr viel, hatte man den Eindruck.

Als es spät genug war, rief er Miriam an. Er erzählte ihr in groben Zügen, was sich ergeben hatte und was sie vorhatten, damit sie Bescheid wusste, dass er nun doch noch nicht heute heimkommen würde.

»Hmm«, machte sie unamüsiert. »Und dein Interview heute Nachmittag?«

»Was für ein …? Oh, Mist. Das hab ich völlig vergessen!«

Er hatte den Termin vor ein paar Wochen vereinbart, zu allem Überfluss mit Ingo Holst, dem Journalisten, der ihn damals groß rausgebracht hatte. Der schien seither zu glauben, Ansprüche auf ihn zu haben, und Hendrik wollte es sich auch nicht mit ihm verderben, dazu war Holst zu einflussreich. »Würdest du ihn bitte anrufen und ihm sagen, dass mir was dazwischengekommen ist?«

»Das kannst du doch selber machen?«

»Nein, besser, du machst das. Mich würde er aushorchen, was los ist.«

»Na gut. Und was soll ich ihm sagen, wenn er einen neuen Termin will? Dass du ihn deswegen anrufst?«

»Ja. Oder, nein, schlag ihm Mittwoch vor.« Er überlegte laut. »Heute ist Montag. Bis wir in München sind, ist es spät am Nachmittag, aber in dem Labor arbeitet bestimmt noch jemand. Wenn ich morgen früh Adalbert wieder nach Hause bringe und anschließend heimfahre … ja, sag Mittwoch. Bis morgen Abend bin ich auf jeden Fall zurück. Er kann von mir aus schon um neun kommen.«

»Warum so knapp? Ich kann ihm ja auch sagen, Donnerstag. Dann bist du auf der sicheren Seite.«

»Weil er es vielleicht in irgendeiner Zeitung unterbringen will, und da wäre Donnerstag zu spät für die Samstagsausgabe«, erwiderte Hendrik. Stimmte das überhaupt? Ihm war, als habe ihm das jemand mal so erklärt. Eigentlich wollte er vor allem das Gespräch mit Holst, der sich zu einem ziemlichen Kotzbrocken entwickelt hatte, so schnell wie möglich hinter sich bringen. Wie einen Zahnarztbesuch.

Danach war immer noch nichts von Adalbert zu sehen, also telefonierte Hendrik weiter. Er versuchte es nun doch mal unter den Nummern, die er von der Website des bayerischen Landesamtes für Denkmalspflege abgeschrieben hatte.

Mit wenig Erfolg. Die Denkmalsämter blockten, gaben keinerlei Auskünfte, die Frauen von der Pressestelle auch nicht, sie formulierten es nur freundlicher. Offenbar riefen zurzeit wirklich jede Menge Leute an, Journalisten vor allem, und eine der

Pressefrauen räumte ein, dass, ja, der Fund der goldenen Rüstung Aufsehen erregt habe.

»Deinen CERN-Ausweis hast du dabei?«, vergewisserte sich Hendrik, als Adalbert endlich auftauchte. Er trug einen voluminösen Stahlkoffer bei sich, wohl das Messgerät.

»Sonst wär ich ja nirgends reingekommen«, erwiderte sein Bruder.

»Dann lass uns fahren.«

Das Navi veranschlagte für die Strecke von Genf nach München knapp über sechs Stunden Fahrzeit. Es änderte seine Meinung auf rund sieben Stunden, als sie vor Lausanne eine Weile im Stau standen, und ging davon nur zögernd ab, als sie wieder freie Fahrt hatten. Aber Hendrik war plötzlich guter Dinge, und irgendwie hatte es damit zu tun, dass er und Adalbert etwas gemeinsam unternahmen. Hatten sie das überhaupt je zuvor gemacht? Er erinnerte sich nicht, nur daran, dass er es sich als Kind immer gewünscht hatte. Oh, wie er seinen großen Bruder bewundert hatte! Adalbert hatte alles gewusst, alles gekonnt … und er hatte so wenig von ihm gehabt. Meistens war er sich in Adalberts Nähe nur wie eine lästige Störung vorgekommen. Der kleine, dumme Bruder halt.

Und nun fuhren sie gemeinsam dahin, auf den Spuren einer womöglich epochalen Entdeckung …

Er warf Adalbert einen Seitenblick zu. Und sah, wie sein Bruder sich eine ganze Ladung Pillen aus einer Plastiktüte auf die Hand schüttete und mit einer raschen Bewegung hinabschluckte, ohne Wasser.

»Was ist das?«, fragte er geschockt. »Bist du krank?« So viele verschiedene Tabletten hatte nicht einmal ihr Vater genommen, als es mit ihm zu Ende gegangen war.

Adalbert schüttelte den Kopf, schluckte noch ein paarmal trocken und sagte, als der Adamsapfel sich wieder beruhigt hatte: »Sind nur Vitamine und Mineralstoffe. Um die Maschine am Laufen zu halten.«

»So viele?«

»Nur das Nötigste.« Adalbert steckte die leere Tüte weg,

holte eine andere aus der Jackentasche und tippte die Pillen darin der Reihe nach an. »Das sind 1,4 Milligramm Thiamin, also Vitamin B1, 4,5 Milligramm B2 oder Riboflavin, 45 Milligramm Nikotinamid alias B3 und 10 Milligramm Pantothensäure, Vitamin B5. Das hier sind 2 Milligramm Vitamin B6, Pyridoxin, 0,01 Milligramm B12 und 0,1 Milligramm Biotin. Hier – 15 Milligramm Beta-Carotin. Die zwei Pillen sind insgesamt 500 Milligramm Vitamin C, Ascorbinsäure. Das da sind 0,005 Milligramm Vitamin D. Hier, 60 Milligramm Vitamin E plus Coenzym Q10. Das da sind 250 Milligramm schweres Magnesiumoxid, außerdem Selen und Zink – die Mengen weiß ich nicht mehr. Das sind … warte … 420 Milligramm Phosphatidylcholin. Und das schließlich 0,3 Milligramm Folsäure.«

»Wow«, sagte Hendrik. »Und das brauchst du wirklich alles?«

»Hab ich mir von Ray Kurzweil abgeschaut. Der nimmt noch mehr Pillen, aber ich hab noch nicht verlässlich herausgefunden, welche.«

»Und wozu? Wer ist das überhaupt?«

»Ein amerikanischer Erfinder. Hat den ersten Flachbettscanner gebaut. Hat Wesentliches in den Bereichen Texterkennung, Sprachsynthese und Sprachanalyse geleistet, achtzehn Ehrendoktortitel bekommen und zehn Unternehmen gegründet, unter anderem eine Firma, die Synthesizer baut.«

Hendrik runzelte die Stirn. »Synthesizer? Und was versteht so jemand von Medizin?«

Adalbert schüttelte nachsichtig den Kopf. »Kurzweil ist jemand, der sich mit der Zukunft beschäftigt. Er hat in den letzten Jahrzehnten Dutzende von Vorhersagen gemacht, mehr als achtzig Prozent davon korrekt. Er hat schon das Wachstum des Internets vorhergesagt, als die meisten Menschen noch nicht einmal das Wort gehört hatten. Seine Idee ist folgende: Alle technischen und wissenschaftlichen Trends folgen exponentiellen Entwicklungskurven. Die Rechenleistung von Prozessoren verdoppelt sich zum Beispiel alle ein bis zwei Jahre, und das seit 1965. Auch die Geschwindigkeit, mit der sich Neuerungen verbreiten, nimmt zu. Beispiel Handy, Beispiel Solarenergie, *you name it* – alles entwickelt sich umso schneller, je jünger die Erfindung ist. Wir leben in genau der Zeit, in der alle diese Entwicklungen kulminieren – auch die Fortschritte in Biologie und Medizin, das ist der Witz dabei. Die Lebenserwartung steigt, und sie wird immer weiter steigen. Das heißt, wenn du heute lebst und es schaffst, lange genug am Leben zu bleiben, dann überholt dich diese Dynamik irgendwann und du musst überhaupt nicht mehr sterben.«

»Ähm ...«, machte Hendrik verdutzt. »Im Ernst?«

»Das sind völlig zwangsläufige Entwicklungen. So unvermeidbar wie, dass eine abgehende Lawine im Tal ankommt. Die meisten Menschen sind es nur nicht gewöhnt, in exponentiellen Kurven zu denken, deswegen sehen sie es nicht. Aber das kommt, garantiert. Überleg doch: Die halbe Welt forscht am Genom, versucht herauszukriegen, wie Zellen funktionieren – wozu, glaubst du? Um Erbkrankheiten auszumerzen? Um Wunschkinder mit blauen Augen, blonden Haaren und hoher Intelligenz zu erzeugen?«

»Dachte ich. Ja.«

»Alles nur Nebenkriegsschauplätze. Das eigentliche Ziel ist die Unsterblichkeit, nichts anderes.« Adalbert packte seine Pillen wieder weg. »Man darf bloß nicht vorher sterben. Darum geht's.«

Hendrik starrte geradeaus, wo der Verkehr unter einem strahlend blauen Himmel dicht, aber gleichmäßig dahinfloss. Er wusste nicht, was er sagen sollte. Er kam sich einmal mehr schrecklich dumm vor. Der kleine Bruder halt, der nie was kapierte.

12.

Sie trafen nicht nur später als erhofft in München ein, sie mussten sich auch noch durch dicken Berufsverkehr kämpfen. Das Navigationsgerät lotste sie zwar zuverlässig bis zur Adresse des Zentrallabors, aber dort gab es nirgends Parkmöglichkeiten, erst recht nicht für einen Jaguar, dessen enorme Länge sowieso ständig ein Problem war. Also hieß es, weiter zum nächsten Parkhaus, das das Navi kannte.

Hendrik fluchte in sich hinein, während er durch die engen Parkhausebenen kurvte. Schon nach fünf! Hoffentlich war überhaupt noch jemand da!

Adalbert schien sich keine derartigen Sorgen zu machen. Kein Wunder, er war ja auch die Arbeitsgewohnheiten des CERN gewöhnt, wo man Begriffe wie »Feierabend« nur aus dem Wörterbuch kannte.

Beim Aussteigen bewegte sich Adalbert so gemächlich, als hätten sie alle Zeit der Welt. Hendrik hätte am liebsten etwas gesagt, aber er verkniff es sich; immerhin waren sie ja auf seine Initiative hier. Heute Morgen, *da* hätte er was sagen sollen!

»Kannst du mal den Kofferraum aufmachen?«, bat Adalbert, während er in aller Seelenruhe in sein blassbraunes Cordjackett schlüpfte.

»Wozu?«, fragte Hendrik verwundert.

»Das Messgerät. Das nehm ich gleich mit.«

Hendrik sah auf die Uhr. Es würde kurz vor sechs sein, bis sie beim Labor ankamen. »Sollen wir nicht lieber erst schauen, ob überhaupt noch jemand da ist?«

Sein Bruder bedachte ihn mit einem verweisenden Blick. »Hast du eine Ahnung, was so ein Teil kostet? Das lass ich doch nicht in einem unbewachten Auto.«

Es klang, als fahre Hendrik seiner Meinung nach eine löchrige Rostlaube.

Hendrik zückte den Schlüssel. »Na gut, wie du meinst.«

Natürlich war der Koffer schwer, und Adalbert musste ihn alle hundert Meter absetzen. Immerhin sah er es ein, meinte: »Vielleicht mache ich mir manchmal auch zu viele Sorgen.«

Der Eingang des Zentrallabors lag in der Nähe der Staatsoper, in einer beengten Einbahnstraße gegenüber einem gelben Gebäude mit vergitterten Fenstern. Die dunkelbraune Kassettentür war zweigeteilt, sichtlich betagt und auf eine Weise abgeschabt, die erkennen ließ, dass sie schon oft unsanft aufgestoßen worden war, von Leuten, die schwere Kisten oder dergleichen vor sich hergetragen hatten.

Rechter Hand war eine Klingel in den steinernen Türstock eingelassen. Hendrik betätigte sie. Es war tatsächlich noch jemand da – ein Wachmann nämlich, eine bullige Erscheinung in dunkelblauer Uniform, einen abweisenden Ausdruck auf dem Gesicht und die Hand griffbereit am Gürtel, direkt neben dem Schlagstock, der daran hing.

»Zutritt nur für Mitarbeiter«, erklärte er, ehe sie überhaupt etwas gesagt hatten.

»Moment«, rief Hendrik rasch. »Mein Name ist Hendrik Busske. Das hier ist mein Bruder, Doktor Adalbert Busske vom CERN. In Genf, Sie wissen schon – die mit dem Teilchenbeschleuniger.«

Adalbert zückte seinen Ausweis, reichte ihn dem Wachmann.

Hendrik fuhr fort: »Wir haben vom Fund der goldenen Rüstung gehört und –«

»Ist klar«, unterbrach ihn der Wachmann, während er den Ausweis eingehend studierte. »Aber da sind Sie nicht die Einzigen. Noch nicht mal die Ersten.«

»Es ist wichtig, dass wir uns diese Rüstung anschauen«, erklärte Hendrik und bemühte sich, so zu klingen, als sei er absolut zuversichtlich, dass dies letztlich auch geschehen würde.

Der Wachmann schüttelte langsam den Kopf und reichte Adalbert den Ausweis zurück. »Die Rüstung wird derzeit von Experten untersucht. Es gibt eine Pressekonferenz, sobald Ergebnisse vorliegen«, sagte er. Es klang wie auswendig gelernt und schon oft gebraucht.

»So lange kann diese Sache nicht warten«, mischte sich Adalbert ein, zu Hendriks Verblüffung. Und in was für einem fordernden Ton! Wie FBI-Agenten in Hollywoodfilmen, wenn sie wussten, dass das Recht und die Macht auf ihrer Seite waren. »Es besteht eine hohe Wahrscheinlichkeit, dass von der Rüstung radioaktive Strahlung ausgeht, die das Leben der Labormitarbeiter gefährdet.« Er hob seinen Koffer. »Ich habe eigens ein Messgerät mitgebracht, um das zu verifizieren.«

Der Wachmann spreizte unbeeindruckt die Schultern. »Machen Sie sich mal keine Sorgen. Die haben das im Griff.«

»Das würden wir gerne von einem Verantwortlichen hören«, sagte Hendrik, der allmählich ein ganz ungutes Gefühl bekam.

»Tut mir leid. Von denen ist um die Zeit keiner mehr da. Morgen früh wieder.« Der Wachmann machte Anstalten, die Tür zu schließen. »Aber die werden Ihnen auch nichts anderes sagen. Es gibt ja einen Grund, warum ich hier stehe.«

»Bitte«, beharrte Hendrik. »Es ist wirklich sehr, *sehr* wichtig.«

»Die Pressekonferenz, wie gesagt. Wenden Sie sich am besten an die Pressestelle.« Damit fiel die Tür ins Schloss, und sie standen da mit ihrem Koffer.

Adalbert kochte vor Wut, als sie gingen. Das war richtig eindrucksvoll: als sende er auf einmal selber gefährliche Strahlung aus. So kannte Hendrik seinen Bruder gar nicht; sonst war Adalbert immer derjenige, der weit über den lästigen Querelen des gewöhnlichen Lebens stand.

Hendrik ärgerte sich auch. Vor allem sorgte er sich, die ganze lange Fahrt umsonst unternommen zu haben. Doch was hätte er anderes machen können? Er hatte unterwegs mehrmals versucht, in dem Labor anzurufen und einen Termin auszumachen, aber unter sämtlichen Nummern, die sie besaßen, hatte sich immer nur ein Anrufbeantworter gemeldet, immer derselbe, wie es schien, und nur mit einem Verweis auf die Pressestelle und ohne die Möglichkeit, eine Nachricht zu hinterlassen.

Die goldene Rüstung hatte offenbar *ziemlich* viel Medieninteresse geweckt.

»Und jetzt?«, fragte Adalbert, als er das nächste Mal seinen Koffer absetzen musste. »War's das?«

Im selben Augenblick fiel Hendrik etwas ein, das die Situation retten konnte.

»Vielleicht noch nicht«, sagte er und zückte sein Handy. »Lass mich mal was probieren.«

Er rief Miriam an, erklärte ihr, dass sie jetzt in München waren, und bat sie, an den Computer zu gehen und für ihn einen Namen in der Teilnehmerdatei nachzuschauen.

»Ja, okay«, sagte sie. »Moment, ich muss ihn erst wieder hochfahren.«

Während sie warteten, erzählte Miriam: »Holst war übrigens ziemlich sauer. Aber der Termin Mittwoch passt ihm. Du sollst ihn in der ›Sonne‹ anrufen, falls es auch früher als neun geht; er steht um sechs Uhr auf.« Die *Sonne* war der einzige Gasthof Burlingens, keine hundert Schritte vom Schloss entfernt.

»Ja, okay«, meinte Hendrik. Das interessierte ihn gerade nicht die Bohne. Sowieso würde er zusehen, den Kerl in Zukunft abzuwimmeln.

Endlich klapperte die Tastatur. »Also – was willst du wissen?«

Hendrik räusperte sich. »Gut, pass auf: Ich hatte mal einen Teilnehmer, der in einem Labor gearbeitet hat, das mit archäologischen Funden zu tun hatte, und ich meine, er war aus München. Und es ist lange her. Wenn ich mich recht entsinne, im allerersten Seminar.«

Hendrik hatte von Anfang an die Teilnehmer ausführliche Fragebögen ausfüllen lassen, für eine eventuelle – kostenpflichtige – telefonische Beratung. Von diesem Angebot hatten nur wenige tatsächlich Gebrauch gemacht. Trotzdem hatte er alle Angaben säuberlich in einer Datenbank erfasst, genau wie damals bei WCM Trust für seine Klienten.

»Dann such ich mal nach München und Labor«, sagte Miriam. Tastengeklapper. »Hier. Ein Johann Merschberger. Das war im Seminar 1, richtig. Landesdenkmalamt München.«

Merschberger. An den Namen erinnerte sich Hendrik nicht mehr, aber an den Moment, in dem der Mann ihn unterbrochen hatte. Er hörte noch, wie er *Das stimmt so nicht* sagte, spürte noch den Schreck, der ihm in die Glieder gefahren war.

Danach hatte er nie wieder behauptet, Gold könne außer von Königswasser von keiner Säure angegriffen werden.

»Haben wir seine Telefonnummer?«

»Ja.«

»Gib mir die mal. Moment …« Hendrik kramte nach etwas zu schreiben, hatte natürlich nichts bei sich. Adalbert reichte ihm den Kugelschreiber aus seiner Hemdtasche. Als Notizzettel musste es die Rückseite des Parktickets tun. »Okay.«

Miriam diktierte ihm die Nummer. Ob die wohl noch stimmte, nach über zehn Jahren? »Danke.«

»Pass auf dich auf.«

»Mach ich.« Er unterbrach die Verbindung, tippte die Nummer ein.

Glück gehabt, sie stimmte noch. Merschberger war erst total verblüfft, dann völlig außer sich vor Freude, dass ihn Hendrik anrief. Ja, er sprudelte geradezu über, wollte ihm gleich berichten, wie er die Erkenntnisse aus dem Seminar in die Praxis umgesetzt hatte.

Hendrik konnte ihn nur mit Mühe bremsen. »Herr Merschberger, weswegen ich anrufe: Sie haben doch mal für das Landesdenkmalamt gearbeitet, im Labor – erinnere ich mich da richtig?«

»Ja«, rief der Mann. »Stimmt. Völlig richtig. Deswegen bin ich Ihnen ja damals ins Wort gefallen. Tut mir heute noch leid, ich war halt jung und –«

»Schon vergessen«, behauptete Hendrik. »Meine Frage: Sind Sie da noch?«

»Nein. Nein, schon lange nicht mehr. Das haben Sie mir ja beigebracht. Die zweite Säule des Reichtums: Suche nach Wegen, dein Einkommen zu erhöhen. Ich bin im Jahr drauf in die Industrie gegangen und verdiene inzwischen das Doppelte von damals. Mindestens.«

Er klang, als erwarte er Hendriks Lob dafür, doch Hendrik dachte nur: *Mist!*

»Hmm«, meinte er, während seine Gedanken rasten. »Das ist schön für Sie, in diesem Fall aber schlecht für mich. Ich bin nämlich dringend auf der Suche nach jemandem, der im Zentrallabor des Denkmalamtes arbeitet und mir ein paar Fragen zu einem aktuellen Fund beantworten kann.«

»Ach so. Hmm. Da kann ich Sie vielleicht mit einem Bekannten kurzschließen, der noch dort ist. Den kenn ich von früher. Der hat auch Ihr Buch gelesen, übrigens.«

»Schön«, sagte Hendrik hoffnungsvoll.

»Ich sollte ihn aber wohl zuerst fragen. Sagen Sie, kann ich Sie unter der Nummer hier zurückrufen?«

»Ja, klar«, versicherte ihm Hendrik.

Als er das Handy senkte, sah er, dass ihn Adalbert skeptisch musterte.

»Glaubst du, das funktioniert?«, fragte er.

Hendrik hob die Schultern. »Einen Versuch ist's wert.«

Das Warten zog sich. Bestimmt boten sie einen seltsamen Anblick, wie sie da standen, zwei Gestalten und ein silberglänzender Koffer. Aber es beachtete sie niemand. Der Verkehr rauschte vorbei, und kehrte man ihm den Rücken zu, spiegelte er sich in den Schaufenstern der Läden unter den Arkaden, vor denen sie warteten. Ab und zu kam ein Fahrradfahrer, umrundete sie schwungvoll.

Dann klingelte endlich sein Handy. Eine unbekannte Nummer im Display. »Busske?«

»Georg Friedl, 'n Abend, Herr Busske«, meldete sich eine tiefe, gemütliche Stimme. »Der Franz Merschberger hat mir Ihre Nummer gegeben und mir g'sagt, ich soll Sie anrufen. Das heißt, ich hab ihm g'sagt, dass wir's lieber so herum machen, das kürzt die Sache ab, nicht wahr?«

»Vielen Dank«, sagte Hendrik und fragte sich, wem Merschberger die Nummer wohl sonst noch alles geben würde. »Ähm, ich –«

»Ihr Buch übrigens«, dröhnte die Stimme weiter. »Da muss ich Ihnen vielen Dank sagen, dass Sie das g'schrieben haben. Ich befolg zwar bestimmt höchstens zehn Prozent davon, aber aus den Schulden, aus denen bin ich raus. Und Sie glauben gar nicht, was das für eine Erleichterung ist. Ein ganz anderes Lebensgefühl. Ganz anders.«

»Freut mich.« Das klang gut. Das klang, als könnte der Mann bereit sein, ihnen einen Gefallen zu tun. Auch einen, bei dem die eine oder andere Vorschrift etwas großzügiger ausgelegt werden musste.

Er erklärte ihm, worum es ging, und fand einen aufmerksamen Zuhörer. Die Rüstung sei im Labor, bestätigte er. »Ein sehr int'ressanter Fund. Reines Gold, aber an manchen Stellen von einer fast schwammartigen Struktur, die wir uns noch gar nicht erklären können.«

»Herr Friedl«, bat Hendrik geradeheraus, »meinen Sie, Sie könnten mir die Rüstung zeigen? Ganz inoffiziell? Womöglich … heute Abend noch?«

Sekundenlang Stille am anderen Ende der Leitung, ein tiefes Luftholen.

»Es würde mich *wahnsinnig* interessieren«, fügte Hendrik so charmant wie möglich hinzu.

»Herr Busske«, sagte Friedl bedächtig, »es ist so – das darf ich eigentlich nicht …«

»Und uneigentlich?« Hendrik bemühte sich um einen verschwörerischen Tonfall, nicht zu sehr ins Kumpelhafte gehend. »Ich fass nichts an, großes Indianerehrenwort. Und Fotos mach ich auch keine. Nur … anschauen. Sie würden mir eine *wahnsinnige* Freude damit machen.«

Ausgiebiges Räuspern. »Das Problem ist, wir haben einen Wachdienst engagieren müssen, wegen der vielen Journalisten. Die sind so was von aufdringlich heutzutage, das glaub'n Sie nicht. Und der ist halt da bis heut Abend um elf, bis die Büros geputzt sind.«

»Und danach?«, fragte Hendrik keck und fühlte sich an Gelegenheiten erinnert, in denen er mit ganz ähnlicher Keckheit Frauen in sein Hotelbett gequatscht hatte.

»Jo ... danach ... das ginge theoretisch schon. In der Nacht ist abg'sperrt, da kommt bloß der normale Sicherheitsdienst. Und der schaut halt, dass keine Tür aufgebrochen ist und so, der geht nicht ins Haus.«

»Dann könnten wir uns doch, sagen wir, um halb zwölf treffen«, schlug Hendrik vor und wiederholte sicherheitshalber: »Sie würden mir eine *wahnsinnige* Freude damit machen.«

Ein enormer Seufzer. Ganz wohl war dem Mann nicht, das hörte man. Hin und her gerissen zwischen Pflicht und moralischer Verpflichtung, vermutlich.

»Also gut. Um halb zwölf. Aber nicht vor dem Haupteingang, da ist eine Kamera installiert. Ich würd Sie durch den Nebeneingang reinlassen, um die Ecke, in der Pfisterstraße.«

»Finde ich. Abgemacht, Herr Friedl.« Wichtig, den Namen noch einmal zu wiederholen, um das Gefühl der Verpflichtung zu verstärken. »Dann sehen wir uns um dreiundzwanzig Uhr dreißig in der Pfisterstraße.«

»Dreiundzwanzig Uhr dreißig. Ja. Gut. Und wirklich nur ganz kurz.«

»Nur ganz kurz. Geht klar. Bis später, Herr Friedl. Ich freu mich schon unheimlich.«

»Davon, dass ich mitkomme, hast du ihm jetzt aber nichts gesagt«, meinte Adalbert, als das Gespräch beendet war.

»Ich wollte ihn nicht überfordern«, erklärte Hendrik.

»Hmm.« Es klang missbilligend. Und höchst skeptisch.

»Das wird schon klappen. Wenn er eigens für mich kurz vor Mitternacht herfährt, dann dreht er nicht um, nur weil ich meinen Bruder mitbringe«, meinte Hendrik und wünschte, er hätte sich so zuversichtlich gefühlt, wie er sich anhörte.

»Und was machen wir bis dahin?«, wollte Adalbert wissen.

»Uns ein Hotel suchen und zu Abend essen.«

Adalbert wäre schmerzfrei ins nächstbeste Hotel gegangen,

aber Hendrik zog, als sie wieder im Auto saßen, sein Navigationsgerät zurate und fand ein Viersternehotel in der Nähe, mit Tiefgarage. Er buchte zwei Einzelzimmer, und sie verabredeten sich eine halbe Stunde später im Hotelrestaurant.

Hendrik hatte Hunger und war pünktlich, Adalbert kam mit zehn Minuten Verspätung. Immerhin ohne seinen silbernen Koffer.

»Wonach steht dir der Sinn?«, fragte Hendrik und reichte ihm die Karte. Er hatte seine Wahl schon getroffen.

Adalbert zuckte mit den Schultern. »Keine Ahnung. Ist mir egal. Nahrung ist Nahrung.« Er blätterte interesselos durch die Seiten. »Was nimmst du denn?«

»Das Ochsenfilet vom Rost.«

»Hmm.« Adalbert studierte die Angaben zu den Inhaltsstoffen. »Glutenhaltig. Mit Laktose. Mit Sellerie. Mit Alkohol.« Er zuckte noch einmal mit den Schultern. »Na gut. Nehm ich auch.«

Sie bestellten. Hendrik nahm ein Bier, Adalbert ein Wasser. Als es kam, zückte er wieder eine Plastiktüte voller Pillen, die er damit herunterspülte.

»Du glaubst wirklich an dieses Zeug, was?«, fragte Hendrik.

Adalbert sah ihn verweisend an. »Das hat nichts mit Glauben zu tun. Das sind wissenschaftliche Fakten. Der menschliche Körper ist eine hochkomplexe Maschine, die eine Reihe bestimmter Stoffe benötigt, um einwandfrei zu funktionieren. Und die führe ich ihm zu.« Er deutete auf Hendriks Bierglas. »Machst du genauso. Nur nicht so zielgerichtet.«

Hendrik sah, dass sein Bruder nach wie vor das Armband von dieser Firma trug, die Tote einfror. »Na ja. Aber dass du älter wirst, kannst du damit auch nicht aufhalten.«

»Noch nicht. Aber das ist natürlich das Ziel.«

»Ziemlich utopisch, findest du nicht?«

»So redet der Zeitgeist. Nur keinen Ehrgeiz aufkommen lassen, alles schön kleinkariert halten. Alles als utopisch abtun, was die eigene Fantasie übersteigt.«

Es war wie früher. Da hatte Adalbert auch immer ohne

Rücksicht auf Empfindlichkeiten geredet. Hendrik gewöhnte sich allmählich wieder daran.

Er nahm einen herzhaften Schluck aus dem Glas und meinte dann: »Ich hab in meinen Seminaren oft mit Leuten zu tun, die sich absolut utopische Ziele setzen. Da ist einer, der kommt schon seit Jahren, war im Frühjahr zum, ich glaube, vierten Mal da. Hat keine besonderen Talente, einen ganz gewöhnlichen Job, keine Ersparnisse, eine Menge Schulden – aber er setzt sich hartnäckig als Ziel, in fünf Jahren Millionär zu sein. Was bringt ihm das? Nichts. Es hält ihn bloß davon ab, Dinge zu erreichen, die erreichbar *wären*. Zum Beispiel, von seinen Schulden runterzukommen. Wenigstens mal eine Entwicklung anzustoßen, dass die weniger werden. Aber ich könnte genauso gut gegen eine Wand reden, er will das nicht hören. Er glaubt an die Magie hochgesteckter Ziele.« Er nahm noch einen Schluck, stellte das Glas ab und fügte hinzu: »So wie du.«

»Was einen Einzelnen angeht, mag das so sein. Aber ich rede hier von der Entwicklung, die die Menschheit als Ganzes nimmt. Und da wäre es Unsinn, sich etwas vorzumachen – das, was wir mit all unserer Technik, mit Wissenschaft und Forschung anstreben, sind Maximalziele: Unsterblichkeit, Allwissenheit und Vollkommenheit. Was denn sonst? Wir wollen wissen, wie alles funktioniert, vom kleinsten Atombaustein bis hin zum Universum als Ganzem. Wir verbessern Eisen, wie es in der Natur vorkommt, zu rostfreiem Stahl. Wir ersetzen Holz durch Plastik, das Leben unter freiem Himmel durch ein Leben in geheizten Wohnungen, die Jagd nach Beute durch den Einkauf im Supermarkt, der uns bequem nach Hause geliefert wird, wenn wir wollen. Und bei all dem steigt die Lebenserwartung, überall auf der Welt.«

»Die Frage ist doch aber, wie lange noch. Die Ressourcen sind endlich, das Klima wandelt sich –«

»Ach was. Technischer Fortschritt ersetzt Ressourcen schneller, als sie sich verbrauchen. Das war schon immer so. Die Steinzeit ist nicht zu Ende gegangen, weil die Steine ausgingen, sondern weil die Bronze erfunden wurde.«

»Aber angenommen, die Unsterblichkeit wird Realität und es stirbt niemand mehr – dann explodiert die Bevölkerung doch ins Unermessliche!«

»Ach was. Unsterbliche werden bald zur Vernunft kommen und aufhören, ständig Kinder zu produzieren. Abgesehen davon ist die Erde ja nicht der einzige Planet, den es gibt. Inzwischen hat man Hunderte von Planeten entdeckt, die um andere Sonnen kreisen, und die werden wir natürlich eines Tages auch besiedeln.« Er machte eine ausholende Geste. »Du musst groß denken. Es geht darum, die Grenzen zu überschreiten, die Tradition, Biologie, Genetik und Ideologie unserem Fortschritt setzen.«

»Ich kann mir trotzdem nicht vorstellen, wie das gehen soll mit der Unsterblichkeit.«

»Kann ich dir sagen: Heute sind es diese Pillen. Bis in zehn, fünfzehn Jahren wird die Biotechnologie so weit sein, Gene zu reparieren und zu optimieren. Weitere zehn Jahre später wird es Nanobots geben, Roboter so groß wie Moleküle, die in unseren Körpern unterwegs sein werden, um defekte Zellen oder Zellbestandteile auszutauschen, Ablagerungen zu entfernen, Schäden aller Art zu flicken, die durch Alterung entstehen. Und wenn wir nicht mehr altern und Krankheiten besiegt sind, gibt es keinen Grund mehr zu sterben.«

»Unfälle.«

»Ja, okay. Aber auch die Sicherheitstechnik verbessert sich. Autos zum Beispiel werden in Zukunft nicht mehr von Menschen gelenkt, sondern von Computern, die das besser können. Notfallmedizin wird mithilfe von Drohnen überall jederzeit verfügbar sein. Und so weiter.«

»Biotechnologie«, wiederholte Hendrik. »Heißt das, du bist auch für Gentechnik?«

»Selbstverständlich.« Adalbert schüttelte den Kopf. »Es graust mich, wenn ich dich reden höre. Du hast genau dieselbe unreflektierte, fortschrittsfeindliche Haltung wie die Kirchen, die Linken, die Grünen, wie alle, die glauben, die Natur sei eine nette, liebe Mama, die gut zu uns ist, wenn wir sie bloß nicht ärgern. Die die Welt so, wie sie heute zufällig ist, für alle Zeiten bewahren wollen. Aber die Natur ist keine liebevolle Göttin, sondern eben die Natur, und die Evolution geht unaufhörlich weiter. Der Punkt ist, sie zu *steuern.*«

»Muss das nicht schiefgehen, wenn wir Menschen das versuchen? Das kommt mir vor wie Hybris.«

»Klar gehen Dinge schief, wenn man etwas Neues versucht. Aber wir sind imstande, aus Fehlern zu lernen und es so oft auf anderen Wegen zu probieren, bis es klappt. Und glaub doch nicht, die Natur macht keine Fehler. Die kratzt das nur nicht. Da bricht mal eben ein Vulkan aus, löscht ein paar Hundert Arten aus – das ist der Natur völlig egal. Entstehen halt neue.«

Ihre Ochsenfilets kamen, auf einem Bett aus Schalotten in Rotweinsoße, mit einer fruchtigen Kruste überbacken, daneben Brokkoliröschen und Kartoffelreibekuchen. Hendrik lief das Wasser im Mund zusammen. Auch Adalbert schien nicht ganz unangetan zu sein, jedenfalls brach ihre Diskussion schlagartig ab, und eine Weile herrschte nur gefräßiges Schweigen.

Gute Gelegenheit, das Thema zu wechseln. Als der erste Heißhunger gestillt war, sagte Hendrik: »Dieser Friedl hat gesagt, das Gold der Rüstung habe an manchen Stellen eine *schwammartige* Struktur, und er hätte so etwas noch nie gesehen. Meinst du, das hat was zu besagen?«

Adalbert sah kauend auf, hob die Brauen. »Ah.« Er dachte eine Weile nach. »Könnte durch den Zerfall von Gold zu Quecksilber entstanden sein. Angenommen, die verschiedenen Goldisotope haben sich nicht gleichzeitig gebildet, aber miteinander verklumpt, zu isotopisch homogenen Partikeln, die auch während des Schmiedevorgangs nicht zerstört worden sind: Dann würden sich durch den Zerfall im Lauf der Zeit winzige, sichtbare Kavernen in dem Material bilden, weil das Quecksilber, zu dem die radioaktiven Goldatome zerfallen sind, weggeflossen und nur das stabile Gold übrig geblieben ist.«

»Was ein weiterer Hinweis darauf wäre, dass es sich tatsächlich um die Rüstung aus dem Buch handelt, oder?«

Sein Bruder nickte. »Ja. Kann man so sagen.«

Hendrik spülte nach. Das Bier schmeckte hervorragend. »Hast du eigentlich mal darüber nachgedacht, woraus dieser … nun ja, dieser ›Stein der Weisen‹ bestehen könnte? Angenommen, es finden sich Spuren davon in dem Gold.«

»Ja«, sagte Adalbert. »Das ist genau das, was mich interessiert. Es gibt eine wenig bekannte und natürlich höchst umstrittene Hypothese, wonach theoretisch stabile Elemente mit einer Atommasse größer als 500 existieren könnten. Man hat sie noch nicht entdeckt, denn um sie herzustellen, bräuchte man stärkere Beschleuniger, als wir haben.« Er richtete die Enden seiner Gabel auf Hendrik. »Damit deine Story stimmen kann, muss dieser angebliche ›Stein‹ Eigenschaften haben, die kein bisher bekanntes Element aufweist. Was im Umkehrschluss bedeutet, dass es sich um ein bislang *unbekanntes* Element handelt – und zwar nicht einfach nur ein weiteres Transuran, das nach einer Milliardstelsekunde wieder zerstrahlt ist. Wenn ich dieses Element darstellen kann, ist der Nobelpreis nur noch eine Formsache.«

Oha, dachte Hendrik und witterte Gefahr. Bis jetzt war er davon ausgegangen, eine wichtige archäologische Entdeckung machen und, richtige Pressearbeit vorausgesetzt, mit seinem Namen verbinden zu können. Adalbert war in diesem Plan nur eine Helferrolle zugedacht.

Aber falls sein Bruder recht behielt und sie in diesem Rahmen eine wesentlich bedeutendere *physikalische* Entdeckung machten – dann würde man *Adalbert* feiern, nicht ihn!

Zur verabredeten Zeit begaben sie sich wieder zum Gebäude des Zentrallabors. In die Seitenstraße ging es durch einen breiten Torbogen, vorbei an einem düsteren Reiterstandbild.

Es war trotz der späten Stunde noch eine Menge los. Sie sahen eine Gruppe japanischer Touristen, hörbar angeheitert und sichtlich ausgelassen, ein paar Händchen haltende Pärchen, die den lauen Sommerabend genossen … Nun, nicht ungewöhnlich vermutlich; auf dem Stadtplan hatte Hendrik gesehen, dass das legendäre Hofbräuhaus ganz in der Nähe sein musste. Wenn sie sich nicht direkt in der Touristenmeile Münchens befanden, so doch zumindest nicht weit davon entfernt. Gelächter hallte durch die Gasse, lautstarke Unterhaltungen und Fetzen von Musik, irgendetwas irisch Klingendes mit Fiedeln. Ein eigenartig blumiger Duft wehte sie an, konnte das Parfüm sein? Oder irgendwelche Bäume, die noch blühten?

Aus dem Schatten eines hölzernen Portals trat ein Mann. Er war stämmig, vielleicht Anfang fünfzig, hatte einen gepflegten Vollbart und eine Glatze und trug eine modische Brille. »Herr Busske?«

Hendrik ergriff die dargebotene Hand. »Herr Friedl, nehme ich an?«

»Ja. Ich hab Sie nach dem Foto in Ihrem Buch erkannt.« Friedl blickte nervös nach links und rechts, ehe er einen Schlüsselbund aus der Jacke zog. »Dann wollen wir mal …«

»Warten Sie, Herr Friedl«, sagte Hendrik, »ich möchte Sie noch gern mit meinem Bruder bekannt machen.« Er winkte Adalbert herbei, der sich, wie besprochen, mit seinem Koffer etwas abseitsgehalten hatte. »Doktor Adalbert Busske, Kernphysiker. Arbeitet am CERN in Genf.«

Die beiden schüttelten sich die Hände, Friedl einerseits sichtlich beeindruckt, andererseits aber auch unsicher, was das werden sollte. »Angenehm, Friedl«, sagte er, sah von einem zum anderen. »Möcht man nicht meinen, dass Sie Brüder sind, Sie sehen sich überhaupt nicht … Ah, doch. Die Nase. Daran erkennt man's.«

»Familienerbe.« Hendrik lächelte. Lächeln war immer gut, um heikle Situationen zu entspannen. Er hatte sich auf dem Herweg eine Erklärung zurechtgelegt, von der er hoffte, dass sie den Mann dazu bewegen würde, ihnen auch zu zweit den Zutritt zum Labor zu gestatten. »Herr Friedl, ich habe meinen Bruder aus einem ganz bestimmten Grund mitgebracht. Er hat ein hochempfindliches Messgerät bei sich, das es ermöglicht festzustellen, ob von der Rüstung radioaktive Strahlung ausgeht. Sollte das der Fall sein, könnte das bedeuten, dass es sich um eine Rüstung handelt, die in einem weitgehend unbekannten alten Text erwähnt ist – was zweifellos von geschichtswissenschaftlicher Bedeutung wäre.«

Friedls Unterkiefer bewegte sich unschlüssig hin und her. »Radioaktive Strahlung?«

»Ist die Rüstung denn schon auf Radioaktivität hin untersucht worden?«, fragte Hendrik.

Friedl klapperte nervös mit dem Schlüsselbund. »Das ist für Freitag vorgesehen. Das müssen wir drüben machen, an der Technischen Universität. Im Labor beschäftigten wir uns vor allem mit anorganisch-chemischer Analytik und Materialprüfung. Normalerweise geht's um Klassifizierung von Materialien, um Einfluss von Bewitterung, Luftverschmutzung und solche Sachen. Wir arbeiten mit Ultraschall, mit 3-D-Laservermessung, mit Video-Endoskopie, mit –«

»Gehen wir einfach hoch«, schlug Hendrik betont locker vor. »Dann wissen wir's in zehn Minuten.«

Friedl zögerte. »Ich versteh bloß nicht, was Ihr Interesse an der Sache ist«, sagte er schließlich.

Hendrik nickte. Auf diese Frage hatte er gehofft. »Sehen Sie, ich habe den vorhin erwähnten Text bislang für eine Fiktion gehalten. Sollte sich herausstellen, dass die darin beschriebene goldene Rüstung tatsächlich existiert, hieße das, dass der Text eine echte historische Begebenheit beschreibt. Was für mich höchst interessant wäre, denn in der Geschichte kommt ein Alchemist vor.«

Das wirkte, er sah es. Friedls Augen weiteten sich, er nickte ahnungsvoll. »Ah, jetzt. Alchemie des Reichtums. Verstehe.«

Hendrik lächelte, dass ihm die Mundwinkel schmerzten. »Ganz genau.«

Friedl hatte sich zu einem Entschluss durchgerungen, doch noch immer plagte ihn Unbehagen daran. »Na gut«, meinte er, ging seine Schlüssel durch auf der Suche nach dem richtigen. »Aber wie g'sagt, eigentlich darf ich's nicht.«

»Wir verraten es keinem«, versprach Hendrik.

»Und Sie dürfen auch nichts anrühren.«

Adalbert schob den Kopf vor. »Die Messung geht berührungsfrei vor sich.«

»Und ganz schnell«, fügte Hendrik hinzu, überrascht von der Intervention seines Bruders.

»Also«, sagte Friedl. »Kommen's.«

Er schloss das Portal auf und ließ sie eintreten.

Sie betraten einen verwinkelten, engen Hof, erhellt nur von einer müden Leuchtstoffröhre, umschwärmt von Mücken. Das Kopfsteinpflaster sah grob und alt aus, die Stellplätze wie ehemalige Pferdeställe.

Friedl verriegelte die Tür hinter ihnen, ging dann voraus, mit raschen, leisen Schritten. Sie folgten ihm zu einer Metalltür mit Milchglaseinsatz, wie sie in den Sechzigern modern gewesen war. Erneut klapperte ein Schlüssel. Dahinter führte eine Treppe steil nach oben. Friedl erklomm sie als Erster, sagte: »Wenn Sie's einfach zuziehen würden, bitte.«

Hendrik ließ Adalbert vorausgehen, zog die schwergängige Tür ins Schloss. In dem müden Schimmer, der von draußen noch durch die Scheibe drang, sah man kaum die Stufen. Es roch seltsam, nach Steinstaub und faulen Eiern.

Friedl öffnete die Tür oben an der Treppe. »Warten's, ich mach ein Licht«, hörte Hendrik ihn sagen, dann tauchte die Tür als milde schimmerndes Rechteck über ihm auf und darin die Umrisse seines Bruders, mit dem Koffer in der Hand.

»Wissen's, die Deckenlampen kann ich nicht einschalten«, erklärte Friedl halblaut, als Hendrik oben anlangte, »das würd man von draußen sehen. Aber's geht so, oder?«

»Ja, ja«, meinte Hendrik, sah sich um. Was Friedl eingeschaltet hatte, war eine kleine Lampe über einem Waschbecken, weiß, kugelförmig und wohl ungefähr aus derselben Epoche wie die Metalltür unten.

Das also war das Zentrallabor. Unspektakulär. Lange Tische, auf denen Plastikwannen voller Steinbrocken lagen. Klobige Mikroskope und andere Instrumente, die Hendrik nicht identifizieren konnte. Drehhocker vor den Arbeitsplätzen, darüber Wandregale mit Glasflaschen und anderen Dingen.

»Da entlang«, sagte Friedl, immer noch im Flüsterton. »Die Rüstung besteht aus mehreren Teilen – Helm, Halsberge, Kinnreff, Kehlstück, Beinröhren, Diechling, Schurz, Gantelet, Armkachel … Ich zeig Ihnen den Brustharnisch, wenn's recht ist. Das größte Stück.«

»Das ist gut«, meinte Adalbert.

Sie folgten ihm den Gang entlang. Glastüren rechts und links, moderner diesmal, gewährten Blicke in weitere Laborräume, in denen größere Geräte standen. Genaueres sah man nicht, dazu war es zu dunkel. Ein paar der Räume waren Büros, mit Computern und Regalen voller Ordner.

Friedl brummelte unleidig vor sich hin; irgendetwas schien in Unordnung zu sein oder jedenfalls nicht so, wie es sich gehörte. Einmal zog er mit einer heftigen, ärgerlichen Bewegung eine offen stehende Metalltür zu.

»Morgen Nachmittag kommt übrigens der Professor Geißner, um die Rüstung zu begutachten«, erklärte er. »Sagt Ihnen der Name was?«

»Nein«, gab Hendrik zu.

»Ein Mittelalterexperte von der Uni Jena.«

»Ah«, machte Hendrik. Mit dem sollten sie dann wohl sprechen, falls sich das mit der Strahlung bewahrheitete. Geißner. Den würde er noch googeln, ehe er zu Bett ging.

Friedl öffnete eine Tür, tastete sich durch die Dunkelheit und schaltete eine Tischlampe ein, die eine scharf umrissene Lichtinsel schuf, während der Rest des Raums in schummrigem Halbdunkel blieb.

»So«, sagte er. »Das ist jetzt der Arbeitsplatz vom Kollegen Müller. Im ersten Schritt geht's drum, die Fundstücke zu dokumentieren. Das heißt, sie werden genau vermessen, hochauflösend fotografiert, man erfasst den Oberflächenzustand und so weiter.«

Hendrik hörte ihm kaum zu, hatte nur Augen für den narbigen, gewölbten Gegenstand, der mitten in dem Lichtkegel auf dem Tisch lag, zwischen Kameras, die an klobige Ständer montiert waren.

Der Brustharnisch. Tatsächlich. Wenn er auch nicht schimmerte, sah man doch, dass er aus Gold bestand.

Ein unwirklicher Moment, dachte Hendrik. Ein Schauer überlief ihn bei der Vorstellung, wirklich und wahrhaftig einen Teil jener Rüstung vor sich liegen zu sehen, die dieser Bruno von Hirschberg getragen hatte. Und in der er gestorben war.

Die Rüstung aus Teufelsgold.

Was hieß, fiel ihm ein, dass sie nun womöglich derselben Strahlung ausgesetzt waren wie der Ritter damals. Unwillkürlich trat er einen Schritt zurück.

»Tja.« Adalbert gab sich unbeeindruckt. »Dann mach ich mich mal an die Arbeit.«

Er legte den Koffer auf den Boden, ließ die Verschlüsse aufschnappen und hob den Deckel. Die Instrumente kamen zum Vorschein, in dicken grauen, nach ihren Konturen geformten Schaumstoff gelagert. »Eine Steckdose bräuchte ich.«

»Hier«, sagte Friedl und zeigte ihm eine Steckdosenleiste. Dann meinte er: »Ich sollt Sie das vielleicht doch anfassen lassen. Man glaubt es nicht, weil er ja aus Gold ist, aber der Harnisch ist ganz leicht. Wie ich's Ihnen schon gesagt hab, als wär's ein Schwamm …«

In diesem Moment waren von draußen Geräusche zu hören, die klangen, als würde jemand rennen, und irgendetwas krachte donnernd zu Boden. Friedl fuhr herum, schoss zur Tür, schrie: »Ja, zefix noch amal!« Hendrik wollte ihm nachsetzen, sehen, was los war, als ihn etwas packte, jemand, ein Arm, der aus der Dunkelheit kam. Er sah einen Handschuh vor sich auftauchen, mit einem Tuch darin, das überwältigend stank, chemisch, und ihm aufs Gesicht gepresst wurde. Dann versank er in Schwärze.

13.

Er tauchte auf, aus einer anderen, dunklen Welt, und sah erst einmal nur verschwommene Umrisse. Bewegungen. Hörte Geräusche, Stimmen, Schritte.

Dann schälte sich ein Gesicht aus der Unschärfe, eines, das er noch nie zuvor gesehen hatte: milchblass, sommersprossig, pausbäckig, mit goldenen Locken. Ein Engel in einer signalroten Jacke. Er machte irgendwas mit ihm, hantierte an seinem Kopf herum, was sollte das? Außerdem blitzte es ständig. Ah, das war jemand mit einem Fotoapparat. Jemand, der einen weißen Overall trug.

Der milchblasse Mann hielt ihm Finger vor die Augen, fragte, wie viele das seien. Seltsam, wozu wollte er das wissen?

»Wie viele Finger sehen Sie?«, fragte er noch einmal.

Hmm. Gar nicht so einfach. »Drei«, riet Hendrik. Anscheinend lag er damit nicht allzu falsch, denn der Mann lächelte zufrieden, sah auf und rief: »Philip? Jetzt den hier.«

Philip trug dieselbe signalrote Jacke, hatte aber tiefschwarze Haut, krauses Haar und dunkle Augen. Er leuchtete Hendrik ins Gesicht, nickte und sagte in breitem Bayerisch: »Bring mer'n ah nunter.«

Sie halfen ihm hoch. Ringsherum das reinste Tohuwabohu – umgeworfenes Mobiliar, zersplittertes Glas …

»Was ist eigentlich los?«, fragte Hendrik. Sie mussten ihm doch wenigstens sagen, was los war!

»Wir bringen Sie jetzt zum Krankenwagen«, erklärte der Milchblasse.

»Wieso? Bin ich denn krank?«

»Man hat Sie betäubt.«

Betäubt? Hendrik schaute sich um, sah einen silbernen Koffer auf dem Boden liegen, und da fiel ihm alles wieder ein. Adalbert. Die Rüstung. Das Rätsel.

Die Hand mit dem Tuch.

»Mein Bruder! Wo ist der? Adalbert?«

»Der is' scho' unten.«

Die beiden wuchteten ihn vollends in die Senkrechte. Beine wie Blei. Schritt um Schritt den Flur entlang. Gut, dass sie ihn stützten. Das Treppenhaus runter, düster, hatte Steinstufen, die sich bewegten, tückisch hin und her schwankten, äußerst merkwürdig. Draußen in der Nacht Scheinwerfer, zuckendes Blaulicht, Polizisten, die herumstanden. Verkehr, Gehupe, knarzende Stimmen aus Sprechfunkgeräten, nicht zu verstehen.

Sie verfrachteten ihn in einen Krankenwagen. Adalbert war schon da, hockte auf einem Klappsitz und schaute finster drein. Neben ihm saß eine Frau in einer signalroten Jacke, die aussah wie eine Schwester von Angela Merkel. Auf ihren Wink beförderten die beiden Sanitäter ihn auf die Liege vor ihr. Fernsehkrimis fielen ihm ein. Das war keine Liege! Das musste eine Tragbahre sein, die irgendwie im Wagen befestigt war!

Die Frau, offenbar Ärztin, drückte ihm eine Atemmaske aufs Gesicht, ein Babyschnuller aus durchsichtigem Plastik, und sagte: »Hier. Atmen Sie ein paarmal tief durch.«

Hendrik gehorchte, weil man der Schwester der Bundeskanzlerin besser nicht widersprach. Und erstaunlich – was immer es war, das aus dieser Maske kam, es zog die Schleier von seinem Geist, vertrieb die Benommenheit wie von Zauberhand. Reiner Sauerstoff, vermutete Hendrik und atmete noch tiefer.

»Die haben Sie betäubt«, erklärte die Ärztin. »Ihren Freund da auch. Sie haben Glück gehabt. Andere kriegen kräftig eins auf den Schädel und kotzen hinterher drei Tage lang. Oder Schlimmeres.« Sie nahm ihm die Maske wieder weg. »So, nicht zu viel.«

»›Die‹?«, wiederholte Hendrik. »Wer sind ›die‹?«

»Das ist gerade die große Frage, stellen Sie sich vor.« Sie griff ihm mit beiden behandschuhten Händen an den Kopf, tastete seine Schädelknochen ab, ließ ihn wieder los. »Alles noch dran, wie es aussieht.«

Eben als sich Hendrik aufsetzte, wurde die hintere Wagentür aufgerissen. Ein Mann in einer Lederjacke, unübersehbar schlecht gelaunt, schaute herein und knurrte, an die Ärztin gewandt: »Und?«

Sie breitete die Hände aus. »Beide unverletzt. Sie können sie haben.«

»Gut. Gleich. Die Einvernahme von dem anderen läuft noch.« Er wandte sich an Adalbert und Hendrik. »Ihre Ausweise hätte ich gerne.« Er griff in die Jacke, ließ für einen Sekundenbruchteil seinerseits etwas amtlich Aussehendes aufblitzen. »Stamm, Josef Stamm. Kripo München.«

Er sah nicht im Mindesten aus wie ein Kriminalbeamter. Mit seinem dunklen Teint und den silbern durchsetzten Locken wirkte er ausgesprochen südländisch, eher so, wie man sich einen Auftragskiller der Mafia vorstellte. Aber sie kramten trotzdem ihre Personalausweise hervor, reichten sie ihm.

Der Kommissar hielt sie in das bleiche Scheinwerferlicht des Wagens hinter ihm. »Busske. Und Busske. Sind Sie miteinander verwandt?«

»Brüder«, sagte Hendrik.

»Brüder. Und was hatten Sie um diese Zeit in dem Labor zu suchen?«

»Wir wollten die Rüstung sehen«, brummte Adalbert.

»Herr Friedl ist der Bekannte eines Bekannten«, fügte Hendrik rasch hinzu. »Er hat sich freundlicherweise bereit erklärt, sie uns zu zeigen. Außerplanmäßig sozusagen.«

»Außerplanmäßig. Aha. Und woher haben Sie gewusst, dass sich die Rüstung hier befand?«

Adalbert gab ein abfälliges Schnauben von sich. »Na, *das* war einfach.«

»Zehn Minuten Internetrecherche«, sagte Hendrik. »Dann war klar, dass die Rüstung nur hier sein konnte.«

»Und dann wurde sie ausgerechnet in den fünf Minuten gestohlen, als Sie da drin waren.« Der Kommissar steckte ihre Ausweise ein. »Finden Sie das nicht selber ziemlich merkwürdig?«

Damit knallte er die Türe wieder zu und ging.

Hendrik und Adalbert wechselten einen Blick. Es war naiv von ihnen gewesen, nicht daran zu denken, dass eine Meldung über den Fund einer Rüstung aus purem Gold noch ganz andere Begehrlichkeiten wecken würde. Offenbar hatten auch irgendwelche Ganoven herausgefunden, wohin man den Fund aller Wahrscheinlichkeit nach gebracht hatte. Vielleicht nicht so rasch wie Adalbert, aber schnell genug, um ihnen zuvorzukommen.

Ihnen jedenfalls, beruhigte sich Hendrik, konnte man nichts anhaben. Sie waren beides unbescholtene Bürger, wie man wohl sagte, und sie *hatten* die Rüstung ja nicht! Sie hatten sich nicht einmal widerrechtlich Zutritt verschafft, also drohte ihnen auch keine Anklage wegen Hausfriedensbruches oder dergleichen. Georg Friedl bekam möglicherweise Ärger und würde nie wieder jemandem einen Gefallen tun, aber Adalbert und er sollten aus der Sache ungeschoren herauskommen. Der Kommissar musste sie laufen lassen, im Grunde sofort.

Besagter Kommissar kam gleich darauf zurück, diesmal in Begleitung von zwei Polizisten. »Kommen Sie bitte mit«, sagte er zu Hendrik.

»Wohin?«, fragte Hendrik.

»Ein paar Fragen fürs Protokoll.«

Na gut. Klar. Eine Formalität, die sein musste. Hendrik stieg aus, ließ sich von den drei Männern zu einem VW-Bus geleiten, der mit einander gegenüberliegenden Sitzen und einem Tisch ausgestattet war. Ein junger Beamter saß hinter einem Laptop, sagte kein Wort und verzog keine Miene, während Hendrik einstieg, der Kommissar sich ihm gegenübersetzte und die Seitentür wieder zugeschoben wurde.

Der Kommissar nahm ein digitales Aufnahmegerät zur Hand, hob es an die Lippen, nannte das Datum und die Uhrzeit – es war schon nach ein Uhr früh! – und fuhr fort: »Kriminalhauptkommissar Josef Stamm, Einvernahme des Zeugen Hendrik Busske in der Sache Einbruchsdiebstahl im Zentrallabor des Bayerischen Landesamtes für Denkmalpflege.«

Er legte den Rekorder zwischen ihnen auf den Tisch und begann damit, Hendriks Personalien aufzunehmen: Adresse, Geburtsdatum, Familienstand – größtenteils Dinge, die eigentlich auch in seinem Ausweis standen. Doch Hendrik wollte sich kooperativ zeigen und beantwortete brav alle Fragen. Der junge Beamte mit dem reglosen Gesicht tippte mit, in beeindruckendem Tempo.

»Herr Friedl hat ausgesagt, er hätte es Ihnen überlassen, die untere Tür des Aufgangs vom Hof her zu schließen«, sagte Stamm plötzlich. »Stimmt das?«

»Ja.« Hendrik nickte, was keine so gute Idee war. Er wartete einen Moment, bis das Pochen hinter seiner Stirn nachließ, dann fügte er hinzu: »Er hat gesagt, wir sollen sie einfach zuziehen.«

»Und? Haben Sie das gemacht?«

»Klar.«

»Sind Sie sicher?«

Hendrik hielt inne. Was sollte das jetzt? »Wieso fragen Sie mich das?«

Stamm starrte ihn an. »Vielleicht haben Sie die Tür ja angelehnt gelassen, damit Ihre Helfer nachkommen konnten?«

»Was? Was für Helfer?« Hendrik traute seinen Ohren nicht. »Was soll das heißen?«

»Dass vielleicht alles ein abgekartetes Spiel war. Sie lassen Ihre Leute unbemerkt ein, lassen sich überfallen und ein bisschen betäuben, damit niemand Verdacht schöpft …«

»Das ist Quatsch. Dann wären wir doch einfach zusammen mit ihnen abgehauen!«

»Aber Herr Friedl hätte gewusst, wer Sie sind.«

Hendrik zwang sich, ruhig zu bleiben und nachzudenken. »Das wäre ein ausgesprochen unlogischer Plan«, erklärte er. »Wir konnten nicht wissen, welchen Weg Herr Friedl mit uns gehen würde. Außerdem hätte es nichts gebracht, die untere Tür offen zu lassen; Herr Friedl hatte ja das Portal zugesperrt. Das zum Innenhof.«

Stamm machte sich eine Notiz. »Das werden wir überprüfen.« Er zückte sein Handy, rief jemanden an, der Jan hieß, und gab die entsprechende Anweisung.

»Gut«, sagte er dann und lehnte sich zurück. »Fangen wir von vorne an. Erzählen Sie einfach, was sich zugetragen hat.«

Das tat Hendrik, so knapp wie möglich und darauf bedacht, es harmlos klingen zu lassen. Zwei Männer, die eine private »Connection« nutzten, um einen Blick hinter die Kulissen zu werfen: Das war ja wohl nichts Verwerfliches. Gerade in Bayern, in dem die »Spezl-Wirtschaft« das gängige Organisationsprinzip war, sollte man Verständnis für derlei Dinge erwarten.

Die Fragen des Kommissars, ob er jemanden gesehen hatte oder identifizieren könnte, verneinte Hendrik wahrheitsgemäß. Alles, woran er sich erinnerte, war der Arm aus dem Nichts und die Hand mit dem Tuch.

Stamm blätterte eine Weile in seinem Notizblock, dann fragte er: »Wieso interessiert Sie diese Rüstung eigentlich so?«

Mit dieser Frage hatte Hendrik gerechnet, und er hatte sich längst eine Antwort darauf zurechtgelegt.

»Ich leite ein Seminarunternehmen namens ›Alchemie des Reichtums‹«, sagte er. »Entsprechend lese ich allerhand Bücher zum Thema Alchemie. Und es gibt eine alte Legende, die erzählt, wie sich ein Ritter eine Rüstung aus purem Gold machen lässt, aus Gold, das herzustellen er einen Alchemisten gezwungen hat. Als ich von dem Fund der goldenen Rüstung gelesen habe, fand ich den Gedanken faszinierend, dass es vielleicht diese Rüstung gewesen sein könnte.«

Stamm runzelte die Brauen. Es waren sehr beeindruckende Brauen, und wenn er sie so zusammenzog, sah das regelrecht bedrohlich aus. »Was ist das für eine Legende?«

»Die hab ich mal in einem Buch gelesen, vor über zehn Jahren. Ich hab es nicht mehr, und ich weiß auch nicht, wer die Geschichte verfasst hat. Bei so alten Texten sind ja oft keine Verfasser genannt.«

»Und angenommen, es wäre so? Es wäre die Rüstung aus der Legende? Was hätte Ihnen das genutzt?«

Hendrik machte große Augen, was ihn, wie er genau wusste, völlig arglos aussehen ließ. »Genutzt? Nichts. Es hat mich halt interessiert, weiter nichts.«

»Sie sind eigens nach München gefahren, nur um einen Blick auf ein paar archäologische Fundstücke zu werfen?«

»Ja.« Er dachte nicht daran, sein Innenleben vor diesem Polizisten auszubreiten. »Was ist denn nun mit dieser Rüstung? Ist sie tatsächlich gestohlen worden?«

Stamm rieb sich das Kinn, zögerte. »Ja. Es handelt sich um mehr als ein Dutzend Einzelteile, verstreut über das gesamte Labor. Manche waren in Schränke eingeschlossen. Die Diebe haben alles aufgebrochen, jedes einzelne Teil mitgenommen.«

Mist. Hendrik hatte das Gefühl, innerlich zusammenzusacken. Es war vorbei. Falls das die Chance gewesen war, etwas *wirklich* Großes zu vollbringen, hatte er sie verpasst.

Wie immer halt. Wenn etwas im Leben vielversprechend aussah, konnte man davon ausgehen, dass man wenig später enttäuscht wurde.

»Das wäre im Moment alles.« Stamm nickte dem jungen Beamten zu, der mitgeschrieben hatte. Ein Laserdrucker summte, spuckte das Protokoll aus, das Hendrik durchlesen und unterschreiben musste. Dann verfrachtete man ihn auf den Rücksitz eines normalen Polizeiautos, während Adalbert vernommen wurde.

Sich vorzustellen, wie Adalbert dem Kommissar gegenübersaß und was er ihm sagen mochte in seiner unverblümten und oft weltfremden Art, war für Hendrik nervenaufreibender als seine eigene Vernehmung. Wenn sie sich nur hätten absprechen können! Adalbert, da war sich Hendrik sicher, würde sie um Kopf und Kragen reden.

Doch dann war es schneller als gedacht vorüber und der Kommissar noch schlechter gelaunt als vorher. Er gab ihnen die Ausweise zurück und sagte: »Ich hätte gerne Ihre Mobilnummern. Falls ich noch Fragen haben sollte.«

Hendrik gab ihm seine Karte. Adalbert erklärte pampig: »Ich besitze kein Handy. Ich hasse es zu telefonieren.«

Stamm wollte darauf gerade etwas sagen, als sein eigenes Telefon klingelte. Er meldete sich, hörte zu, sagte: »Danke.« Dann meinte er, an Adalbert gewandt: »Also, Ihren Koffer hat man sichergestellt, und wie es aussieht, sind alle Teile noch vollzählig vorhanden. Auch die Inventuraufkleber des CERN sind drauf. Trotzdem kann ich Ihnen den Koffer erst nach einer Begutachtung durch unseren technischen Dienst aushändigen.«

»Ich fahre aber morgen nach Genf zurück«, erwiderte Adalbert finster.

»Dann wird man Ihnen den Koffer per Paketdienst zustellen.«

Adalbert schnaubte. »Versichern Sie ihn gut. Der Inhalt ist eine halbe Million Euro wert.«

Die Miene des Kommissars verfinsterte sich noch mehr, während er sich eine entsprechende Notiz machte. »Das wäre alles. Sie können gehen.«

Es klang wie: *Hauen Sie bloß endlich ab.*

Sie machten sich schweigend auf den Weg zurück zum Hotel. Als sie außer Sichtweite der Polizei waren, fragte Hendrik: »Was hast du ihm denn erzählt?«

»Nichts«, sagte Adalbert unleidig. »Ich hab gesagt, es sei alles deine Idee gewesen und ich hätte keine Ahnung, was dich an der Rüstung interessiert. Und dann hab ich ihm gesagt, dass ich meinen Koffer mit dem Strahlenmessgerät wiederhaben will.«

»Und wer uns überfallen hat, hast du auch nicht gesehen?«

Adalbert schüttelte den Kopf. »Nichts. Ich hab gerade das Zählrohr angestöpselt, da sprüht mir jemand dieses K. o.-Zeug ins Gesicht, und weg war ich.« Er schnaubte unwillig. »Die müssen sich im Nebenraum versteckt haben. Hinter dir war eine Tür, die offen gestanden hat. Ich hab mir nichts dabei gedacht, aber eigentlich können sie nur von dort so plötzlich aufgetaucht sein.«

Hendrik konnte sich an keine Tür zu einem Nebenraum erinnern. Er hatte nur Augen für den Brustharnisch gehabt. Und der Rest des Laborraums hatte im Dunkeln gelegen.

»Die machen das Gerät bestimmt kaputt«, maulte Adalbert vor sich hin. »Die von der Polizei.« Er sah Hendrik finster an. »Dann schuldest du mir aber was, das sag ich dir!«

Hendrik seufzte ergeben. »Ja, ja. Lass uns das ein andermal regeln.«

Das Hotel lag still und friedlich da, als sie es erreichten, das Foyer war nur gedämpft beleuchtet. Der Nachtportier erfragte Namen und Zimmernummern, ehe er die Schlüssel herausrückte, und strahlte dabei eine Wachsamkeit aus, die nach den jüngsten Ereignissen äußerst beruhigend wirkte.

Ehe jeder in seinem Zimmer verschwand, verabredeten sie sich zum Frühstück. Neun Uhr. Eine Stunde, das musste reichen.

Hendrik ging unter die Dusche, duschte lange, wobei er die meiste Zeit nur dastand, sich das Wasser über das Gesicht prasseln ließ und darauf wartete, dass dieses Schluchzen, das irgendwo da unter der Oberfläche lag, endlich herauskam. Aber es kam nicht, wie er auch wartete. Dabei wäre es eine solche Erleichterung gewesen!

Schließlich drehte er das Wasser ab, hüllte sich in das riesige schneeweiße Handtuch und putzte sich die Zähne vor dem beschlagenen Spiegel. Er wollte nicht mehr über verpasste Chancen nachdenken. Er stellte sich den Wecker, ging ins Bett und war sofort weg.

Als er am Morgen mit fünf Minuten Verspätung im Speisesaal ankam, saß Adalbert bereits da, seinen Laptop vor und eine Tasse Kaffee neben sich. Er nickte nur, als Hendrik ihn begrüßte.

»Isst du nichts?«, fragte Hendrik.

»Hab schon.«

Man sah nichts, keinen Krümel, keinen benutzten Teller. War wohl schon abgeräumt. Die schienen hier ziemlich auf Zack zu sein.

Hendrik wanderte das Büfett ab, holte sich Toast, zwei weiche Eier und ein Müsli mit Früchten und Joghurt. Er hatte sich noch nicht gesetzt, als eine junge Angestellte mit apartem Pferdeschwanz angeschossen kam und nach seinen Wünschen fragte; er bestellte einen großen Milchkaffee.

Während er sein erstes Ei löffelte und spürte, wie seine Lebensgeister allmählich erwachten, warf ihm Adalbert immer wieder angewiderte Blicke zu.

»Was?«, fragte er schließlich.

»Ich werde nie verstehen, wie man so etwas essen kann«, erklärte Adalbert.

Hendrik musterte sein Ei verwundert. »Echt?« Es war ein perfektes Vierminutenei mit samtbrauner Schale, nicht zu groß und nicht zu klein.

»Ja«, brummte sein Bruder. »So etwas *Schlonziges*, *Schleimiges* …«

Hendrik musste grinsen. Wie in alten Zeiten. Schon als sie noch Kinder gewesen waren, hatte sich Adalbert vor allem möglichen geekelt, vor Haaren in der Dusche, vor Schweiß, vor Blut … Waren in der Toilettenschüssel braune Spuren zu sehen gewesen, hatte jemand anders sie beseitigen müssen, ehe er wieder aufs Klo gegangen war. Und er hatte die Spülmaschine immer nur *aus*geräumt – das frische, saubere, trockene Geschirr ordentlich in die Schränke gestapelt –, aber nie *ein*-, weil er es nicht über sich gebracht hatte, Teller oder Besteck mit sichtbaren Essensresten anzufassen.

Schon merkwürdig, wie sich so etwas ein Leben lang hielt!

Da half nur Ablenkung. Hendrik nickte in Richtung von Adalberts Laptop und fragte: »Und? Was gibt's Neues in der Welt?«

»Keine Ahnung«, brummte sein Bruder.

»Ich dachte, du liest Zeitung.«

Kopfschütteln. »Ich recherchiere.«

War man heute wortkarg, ja? Wobei – Hendrik fühlte sich selber gerade auch nicht unbedingt wie ein Partylöwe. »Und *was* recherchierst du?«

Adalbert antwortete, ohne den Blick vom Bildschirm zu nehmen. »Mich hat interessiert, wie oft es eigentlich vorkommt, dass archäologische Funde gestohlen werden. In Ägypten zum Beispiel ist es eine Plage. Da stehlen sie historische Gegenstände nicht nur von Ausgrabungsstätten, sondern auch direkt aus Museen. Weil es ein gutes Geschäft ist, das Zeug an Touristen zu verkaufen. Steht natürlich unter Strafe, bloß hilft das wohl nicht viel.«

»Aha?«, meinte Hendrik verwundert. Er sah noch nicht ganz den Zusammenhang zwischen ihrer Situation und Ägypten, aber das mochte daran liegen, dass er noch zu wenig Kaffee intus hatte.

»In Mitteleuropa hingegen«, fuhr Adalbert fort, »kommt diese Art Vergehen so gut wie überhaupt nicht vor. Nicht einmal römische Goldmünzen werden sonderlich häufig gestohlen. Weil es den Aufwand nicht lohnt und solche Dinge schwer zu verkaufen sind.«

Er lehnte sich zurück, kippte seinen Kaffee hinab.

»Was mich zu der Vermutung veranlasst, dass diejenigen, die uns überfallen haben, nicht *irgendwelche* Diebe waren, sondern Leute, die gezielt hinter dieser Rüstung her waren. Leute, die dieselbe Geschichte gelesen haben wie du.«

»Oh«, entfuhr es Hendrik.

Jetzt kapierte er den Zusammenhang. Lag also doch nicht an mangelndem Kaffee. Eher an mangelndem Grips.

»Meinst du wirklich? Ein Buch von 1880?«

Adalbert hob die Schultern. »Es wird ja selten nur ein einziges Exemplar eines Buches gedruckt.« Er stellte die leere Tasse sorgfältig ab, schob sie an den äußersten Rand des Tisches. »Es wäre vielleicht aufschlussreich herauszufinden, woher dieses Buch eigentlich stammt. Wer es geschrieben hat, wo es gedruckt worden ist und so weiter.«

»Hmm. Guter Gedanke.« Hendrik spürte so etwas wie Hoffnung aufglimmen. So, als räume man in einer Feuerstelle die Asche beiseite und finde noch einen Funken Glut.

Adalbert sah ihn an. »Woher hattest *du* das Buch eigentlich? Du hast es mir mal gesagt, aber ich hab's vergessen.«

Das war jetzt wohl die Stunde der Wahrheit. Also erzählte ihm Hendrik die ganze Geschichte und auch, so peinlich es war, dass er das Buch gestohlen hatte. Nur die Sache mit Laura ließ er weg, beließ es bei der Andeutung, das Buch sei ihm verloren gegangen.

Sein Geständnis entlockte Adalbert nicht mehr als ein Achselzucken. »Das dürfte inzwischen ja wohl verjährt sein«, meinte er und klappte seinen Laptop zu. »Lass uns auf dem Rückweg über Zürich fahren und in dieses Antiquariat gehen. Vielleicht wissen die, woher das Buch stammt.«

Das Antiquariat Schoch existierte tatsächlich noch, sah auch noch genauso aus, wie Hendrik es in Erinnerung hatte. Er schickte Adalbert vor und verkroch sich derweil in ein Café, wo er diesen Entschluss gleich darauf bereute: Adalbert würde die Sache garantiert verderben, so wenig, wie der mit Leuten umgehen konnte!

Dann klingelte sein Handy: Adalbert. »Kannst kommen. Alles kein Problem.«

»Echt nicht?«, wunderte sich Hendrik.

»Sag ich doch.«

»Du klingst so komisch.«

»Das ist das Telefon hier. Das reinste Museumsstück. Ich wusste nicht, dass Wählscheiben-Telefone aus Bakelit überhaupt noch in Betrieb sind.«

Der Antiquar hieß Hansruedi Schoch, ein hagerer Mann mit Hakennase, mindestens sechzig, mit langen grauen, zum Pferdeschwanz zusammengebundenen Haaren. Er trug ein Lederwams über einem abgeschabten, einstmals rot-blau karierten Flanellhemd und verströmte einen intensiven Geruch nach Pfefferminz-Kaugummi.

»Der, mit dem Sie's damals zu tun hatten, das war mein ehemaliger Assistent Reto«, erklärte er Hendrik mit gemütlichem Schweizer Dialekt. »Wie ich Ihrem Bruder schon gesagt habe, den vollen Namen werd ich Ihnen nicht verraten. Es war so, dass Reto nebenher mit gestohlenen Büchern gehandelt hat. Das ist ein enormer Markt, das muss man klar sagen – illegal natürlich, aber lukrativ, wenn man nicht erwischt wird. Und es ist so, dass ich das tatsächlich lange nicht bemerkt habe. Das ging unter der Hand. Per Internet – das war der Dreh. Damals … wann war das, haben Sie gesagt? 1998?«

»Im März«, gab Hendrik zu.

Schoch winkte ab. »Zu der Zeit wusste ich noch gar nicht, was das Internet überhaupt ist. Und heut ist es mein wichtigster Absatzweg.« Er deutete auf seinen Laden, der auch noch aussah, als wäre es gestern gewesen, dass Hendrik ihn betreten hatte. »Das Haus gehört mir zum Glück, sonst würde sich das Ladengeschäft nicht mehr rechnen. Und wenn ich mal aufhöre … Mein Sohn wird das alles auflösen, das weiß ich schon jetzt.«

»Dieser Reto«, fragte Hendrik, »wo ist der heute?«

»Ja, den musste ich natürlich entlassen, nicht wahr? Und was er heut macht, das weiß ich nicht. Ich will's auch nicht wissen. Ich hab ihm damals gesagt, komm mir bloß nie wieder unter die Augen. Und das war's dann.«

Die Kopien, die Adalbert mitgebracht hatte, lagen noch verstreut vor ihm auf dem Tisch. Hendrik deutete auf die Kopie der Titelseite. »Und das? Sagt Ihnen das auch nichts?«

Der Antiquar nahm das Blatt in die Hand, betrachtete es eine Weile sinnend. »Ich kann Ihnen nur sagen, was ich schon Ihrem Bruder gesagt hab, nämlich, dass das eine ungewöhnliche Gestaltung einer Titelseite ist für die Zeit. Ende des 19. Jahrhunderts hat man für gewöhnlich außer dem Erscheinungsjahr auch Ort und Verlag angegeben, oft auch noch, um welche Auflage es sich handelt – also, vieles von dem, was heutzutage auf der Verso im Impressum steht. So, wie das aussieht, würde ich es eher für einen Privatdruck halten, der nie in den Handel gelangt ist.«

»Und das? Was könnte das hier bedeuten?« Hendrik deutete auf eine Kritzelei in der unteren rechten Ecke, die aussah wie die Ziffern *21/20*.

Schoch schüttelte den Kopf. »Das sagt mir nichts.«

Hendrik spürte förmlich, wie der schwache Funke Hoffnung, den er gehegt hatte, erlosch. Noch ein Fehlschlag. Noch eine Spur, die längst erkaltet war.

Was hatte es für einen Sinn, jetzt zu sagen, hätten wir nur … hätte *ich* nur …! Wer hätte das denn ahnen können?

»Tja«, sagte er und seufzte. »Dann wollen wir Ihre Zeit nicht länger in Anspruch nehmen. Vielen Dank, dass Sie uns empfangen haben.«

»War mir ein Vergnügen.«

»Ach so.« Hendrik holte eine Visitenkarte aus seiner Geldbörse, reichte sie dem Antiquar. »Falls Ihnen doch noch etwas einfallen sollte.«

»Gerne«, sagte der. »Und falls Sie irgendwann einmal antiquarisch nach einem Buch suchen …« Er griff in eine der Taschen seines Wamses, revanchierte sich mit der Karte seines Ladens. »Im Internet Tag und Nacht geöffnet.«

»Danke, guter Tipp«, sagte Hendrik. Er betrachtete die Karte eine angemessene Zeit lang und schob sie dann in die rechte Jackentasche, in die alle Visitenkarten kamen, die er bei nächster Gelegenheit zu entsorgen gedachte.

»Führen Sie eigentlich auch Handschriften?«, fragte Adalbert unvermittelt. »Postkarten, von Hand geschriebene Briefe und so etwas?«

Schoch schüttelte den Kopf. »Nein, weil, da gibt es hier in Zürich einen Spezialisten. Der macht nichts anderes, ist weltweit tätig – wäre sinnlos, gegen den anstinken zu wollen.« Er griff nach einem Notizzettel und einem Stift. »Ich kann Ihnen die Adresse aufschreiben, wenn Sie mögen. Es ist nicht weit von hier. Autografen-Handel Berner heißt der.«

»Umso besser«, sagte Adalbert.

Schoch schrieb ihm die Adresse auf, zeichnete eine Skizze dazu, wie sie am schnellsten hinkamen. Sie bedankten sich noch einmal, verabschiedeten sich und gingen endlich.

Hendrik ärgerte sich. Jahrelang hatte sich Adalbert über das ganze Thema nur lustig gemacht! Und ausgerechnet hier und heute meinte er, die Initiative ergreifen und den großen Ermittler spielen zu müssen.

»Was sollte *das* jetzt?«, fauchte er, kaum dass sie zehn Schritte von der Ladentür weg waren.

Adalbert, der zielstrebig ausschritt, bedachte ihn nur mit einem kurzen Seitenblick. »Hast du dich schon mal gefragt, von wem die Notizen auf der letzten Seite stammen?«

»Klar. Schon öfter als du.«

»Und?«

Hendrik blieb stehen. »Spiel jetzt bitte nicht Sherlock Holmes mit mir, okay? Sag einfach, was du herausgefunden hast.«

Adalbert blieb auch stehen, kam die paar Schritte zurück. »Herausgefunden hab ich noch gar nichts. Aber schau mal …« Er nahm die Mappe mit den Kopien, zog die der letzten Seite heraus, hielt sie Hendrik hin. »Wie sieht das aus?«

»Wie eine Kinderschrift. Vermutlich ein Gymnasiast.«

Adalbert hob die Brauen. »Welcher Gymnasiast kennt sich mit kernphysikalischen Umwandlungsprozessen aus?«

»Ein hochbegabter«, erklärte Hendrik und fragte sich zum ersten Mal, ob das womöglich tatsächlich eine Spur war. »Meinst du, wir sollten uns mal die Teilnehmer von ›Jugend forscht‹ vornehmen?«

Adalbert schüttelte den Kopf. »Erst zu diesem Handschriften-Laden. Ich glaub nämlich nicht, dass das von einem Gymnasiasten stammt. Ich meine sogar, ich hab diese Schrift schon mal gesehen.«

Unter der Adresse, die ihnen Schoch gegeben hatte, fanden sie ein Gebäude, das auf den ersten Blick aussah wie ein großes Juweliergeschäft: weitläufig, edel, ganz in Weiß und Gold gehalten, kunstvoll ausgeleuchtet und menschenleer. Aber es stand tatsächlich *Autografen-Handel Julius W. Berner* über dem Eingang, und das in goldenen Lettern.

Glastüren glitten lautlos vor ihnen auf, leise Klaviermusik empfing sie. In den ansonsten weißen Marmorboden war eine Signatur aus schwarzem Stein eingelassen, offenbar die des Firmengründers. An den Wänden hingen gerahmte Schwarz-Weiß-Fotos Prominenter, alle handsigniert. In langen, umlaufenden Vitrinen konnte man handschriftlich verfasste Briefe, Ansichtskarten und dergleichen von Stars und Sternchen, von Politikern, Künstlern, Sportlern oder Unternehmern bewundern, alle auf Plexiglasträgern befestigt und von verdeckten Lampen angestrahlt.

Hendrik war verblüfft, sowohl über das Ambiente wie über die Preise, die für diese alten Dokumente verlangt wurden. Wobei die Preise immerhin erklärten, wie sich das Ambiente finanzierte.

War das, fragte er sich, wirklicher Ruhm, wirkliche *Bedeutung?* Wenn nach dem Tod jeder Fresszettel, den man irgendwann bekritzelt hatte, für ein Vermögen gehandelt wurde?

Ein Verkäufer gab sich die Ehre. Er hielt seinen Kopf, als habe er strikte Anweisung, Kunden den tiefstmöglichen Einblick in seine Nasenlöcher zu gewähren, und fragte: »Womit kann ich den Herren behilflich sein?«

Zu Hendriks Ärger war es wieder Adalbert, der die Initiative übernahm. Ob er Handschriften deutscher Kernphysiker führe? Otto Hahn, Werner Heisenberg, Carl Friedrich von Weizsäcker und so weiter?

Die Miene des Verkäufers blieb undurchdringlich bis ablehnend, seine Nase hob sich noch ein Stück mehr.

»Wir kommen vom CERN«, ergänzte Hendrik in verbindlichem Tonfall. »Wir überlegen, zum Jahrestag der ersten Kernspaltung eine entsprechende Ausstellung bei uns zu organisieren.«

Er hatte keine Ahnung, wann dieser Jahrestag sein mochte, aber immerhin, Adalbert warf ihm einen anerkennenden Blick zu. Sein großer Bruder! Diesen Tag musste er sich rot im Kalender anstreichen.

Die Miene des Verkäufers erhellte sich um eine Nuance. Er zog einen Tablet-Computer aus einer Schublade und reichte ihn Adalbert. »Darauf finden Sie das gesamte aktuelle Angebot«, erklärte er. »Bei näherem Interesse kann ich Ihnen die entsprechenden Stücke aus dem Safe holen lassen.«

Adalbert nickte nur, Hendrik sagte: »Danke. Wir schauen uns das an.« Dann setzten sie sich auf eines der schneeweißen Ledersofas, die zwischen den Vitrinen standen.

Adalbert fand im Handumdrehen heraus, wie man das Teil bediente und die Auswahl auf Wissenschaftler eingrenzte. Ungeduldig wischte er sich durch die einzelnen Scans.

»Wonach genau suchst du?«, flüsterte Hendrik.

»Es hat am CERN schon einmal so eine Ausstellung gegeben«, meinte Adalbert leise. »Zum vierzigsten Jahrestag der Gründung, glaube ich. Könnte sein, dass ich die Handschrift von daher kenne.«

Plötzlich wedelte er aufgeregt mit der freien Hand. »Die Kopie. Schnell.«

Auf dem Tablet war eine Postkarte zu sehen. Hendrik zog die Kopie der Notizen aus der Mappe, hielt sie daneben: Kein Zweifel, es war dieselbe Schrift.

»Es ist die Schrift von Lise Meitner«, stellte Adalbert fest. »Okay. Mehr brauchen wir nicht zu wissen.«

Hendrik sah ihn verständnislos an. »Wer ist Lise Meitner?«

Sein Bruder war regelrecht entsetzt. »Das ist jetzt nicht wahr, oder? Du weißt nicht, wer *Lise Meitner* ist?«

»Sollte ich?«

»Ja«, erklärte Adalbert entschieden. »Als mein Bruder solltest du.« Er stand abrupt auf. »Komm, damit ich deine entsetzliche Bildungslücke schließe.«

Sie gingen ins nächstgelegene Café, das WLAN anbot – eine amerikanische Kette –, besorgten sich Kaffees mit fantasievollen Namen zu fantasievollen Preisen, fanden einen bequemen Platz und begannen mit dem Nachhilfeunterricht.

»Also – Lise Meitner war eine österreichische Kernphysikerin. Vor allem war sie die engste Mitarbeiterin von Otto Hahn, dem, wie du aber hoffentlich weißt –«

»– die erste Kernspaltung geglückt ist«, vollendete Hendrik den Satz. »Das weiß sogar ich, stell dir vor.«

»Wenigstens was«, meinte sein Bruder gönnerhaft. »Der Punkt ist: Otto Hahn hat die Kernspaltung zwar durchgeführt, doch er hat sie nicht als solche erkannt. Er war außerstande, die Messergebnisse seines Versuchs zu deuten. Das hat erst Meitner geschafft.«

»Ah«, machte Hendrik. »Eine schlaue Frau also.«

»Eine Frau, die im Kaiserreich erfolgreich Physik studiert

hat? In einer Zeit, als Frauen zu manchen Instituten noch der Zutritt verboten war? Du kannst davon ausgehen, dass das eine *verdammt* schlaue Frau gewesen sein muss.« Adalbert legte die Hände um seinen Kaffeebecher. »Das ist einer der großen Momente der Wissenschaftsgeschichte, im Grunde genommen wie gemacht, um von Hollywood verfilmt zu werden: Lise Meitner ist im schwedischen Exil. Otto Hahn hat ihr wieder mal einen Brief geschickt, um sie über seine Experimente auf dem Laufenden zu halten. Er hat ihr geschrieben, dass er keine Ahnung hat, was bei diesem einen Versuch eigentlich passiert ist. Es ist kurz vor Weihnachten, und Meitner macht einen langen Waldspaziergang zusammen mit ihrem Neffen Otto Frisch, der auch Kernphysik studiert. Die beiden diskutieren mögliche Deutungen von Hahns Messungen und finden als einzig plausible Erklärung, dass die Spaltung eines Atomkerns stattgefunden haben muss.«

»Im Exil?«, wiederholte Hendrik. »Wieso im Exil?«

Adalbert hob die Brauen. »Weil sie jüdischer Abstammung war. Die Nazis haben damals ja die ganze Intelligenz verjagt. Merkt man bis heute.« Er nahm einen Schluck. »Es heißt, Otto Hahn habe sie höchstpersönlich nach Holland gebracht. Von dort ist sie mithilfe weiterer Freunde nach Schweden gelangt. Sie ist ihr Leben lang mit Otto Hahn und anderen Kollegen befreundet geblieben, aber sie ist nicht mehr nach Deutschland zurückgekehrt.«

Hendrik sah auf die Mappe mit den Kopien hinab. »Und was heißt das jetzt? Dass das Buch einmal Lise Meitner gehört hat?«

»Höchstwahrscheinlich.«

»Dann wäre die Frage, wie es in ihren Besitz gelangt ist. Und wie von dort in ein Züricher Antiquariat.«

Adalbert klappte seinen Laptop auf, rief ab, was die Wikipedia über Lise Meitner wusste. »Die zweite Frage klingt aussichtsreicher. Lass mal sehen. Gestorben ist sie 1968 in Cambridge, hmm …« Er überflog den langen Artikel in Windeseile. »Hier. 1960 ist sie dorthin gezogen, zusammen mit ihrem Neffen, eben diesem Otto Robert Frisch. Das heißt bestimmt, dass der sich nach ihrem Tod um ihren Nachlass gekümmert hat. Was weiß man denn über den?« Er klickte, las. »Hmm. 1979 gestorben, elf Jahre nach ihr.«

»Otto Frisch. Otto …« Aus dunklen Tiefen stieg eine Erinnerung in Hendrik auf. »Auf dem Einband des Buches, auf der Rückseite – da waren Reste eines Aufklebers. Ein Papierquadrat, halb abgerissen, vielleicht zwei, drei Zentimeter Kantenlänge. Zwei Worte konnte man noch lesen – *Collec* und *Ott.*«

»*Collection Otto Frisch*«, mutmaßte Adalbert sofort. »Das Buch hat ursprünglich seiner Tante gehört, aber es stammte aus seiner Sammlung.«

»Klingt plausibel. Das heißt, wir müssen rausfinden, wer sich um den Nachlass von diesem Otto Frisch gekümmert hat.« Hendrik sah seinen Bruder an. »Lass uns nach England fahren, so bald wie möglich.«

Adalbert warf ihm einen verweisenden Blick zu. »Jetzt mach mal halblang. Da gibt es heutzutage andere Mittel und Wege.«

»Nämlich?«

»Schon mal was von der Google Buchsuche gehört?«

»Die wird ja wohl kaum …« Hendrik hielt inne. »Ach so. Vielleicht doch.«

»Die scannen seit mehr als sechs Jahren Bibliotheken überall in der Welt«, meinte Adalbert tippend. »Und das viel umfassender, als allgemein bekannt ist. Ich kenne einen, der dort in der Projektorganisation arbeitet. Sie haben eine Klage an der Backe, weil sie auch Bücher einscannen, an denen es noch Urheberrechte gibt. Deswegen halten sie viele Bestände, die sie schon gescannt haben, zurück. Aber unser Buch ist von 1880, das dürfte rechtlich kein Problem sein … Hmm.« Er hielt inne, stutzte.

Hendrik reckte den Hals. »Was gefunden?«

»Zwanzig Dokumente etwa. Aber die sehen alle seltsam aus.« Adalbert nagte an seiner Unterlippe. »Ich habe nach *Mengedder* gesucht, weil ich dachte, das ist ein ziemlich rares Wort. Aber die Fundstellen sehen alle aus wie Scan-Fehler. Wenn man sie aufruft, steht da in Wirklichkeit ›die Menge der‹.«

»Tja«, meinte Hendrik nicht ohne eine gewisse Genugtuung, »so viel zu den Mitteln und Wegen, die es heutzutage gibt.«

»Moment«, sagte Adalbert. »Wie gesagt: Ich kenne jemanden, der dort arbeitet.« Er streckte die Hand aus. »Gib mir doch mal dein Telefon.«

Der Mann in dem Raum mit den meterdicken Wänden und dem Fenster unter der Decke war immer noch eine stattliche Erscheinung, aber niemand hätte ihn mehr für einen Holzfäller gehalten. Inzwischen hatte er die Siebzig überschritten und alle Haare verloren. Seine ausgeprägten Augenbrauen wurden allmählich weiß.

Das Telefon, das er in der Hand hielt, war ebenfalls noch das alte. Warum auch nicht? Es tat seinen Dienst, nach wie vor, genau wie er. Und der Orden musste sparen.

»Was heißt das, ein Anruf für mich?«, fragte er.

»Er wollte seinen Namen nicht sagen«, beteuerte der Telefonist am anderen Ende. »Aber er hat ein Passwort genannt. Ein altes.«

»Stellen Sie durch.«

Es knackte in der Leitung.

»Ich höre«, sagte der Mann.

Ausgiebiges Räuspern. »Ja, grüezi. Schoch, Hansruedi Schoch. Zürich. Vor Jahren hat man mir gesagt, ich soll anrufen, wenn … also, es geht um dieses Buch und, na ja …«

»Ich weiß Bescheid«, sagte der Mann. »Was ist passiert?«

»Der Mann von dem Foto … der war gerade hier.«

Der Alte schob die Zeitung beiseite, die er gelesen hatte, auch die Schere, mit der er Artikel ausschnitt, und griff nach einem Notizblock. »Erzählen Sie.«

»Sie waren zu zweit. Hatten Fotokopien dabei, angeblich von dem Buch. Wollten wissen, woher es stammt.«

»Was haben Sie ihnen gesagt?«

»Die Wahrheit«, sagte die Stimme mit dem Schweizer Akzent. »Dass ich es nicht weiß.«

»Gut. War unter den Fotokopien eine Kopie der Titelseite?«

»Ja.«

»In der rechten unteren Ecke – war da eine Nummer eingetragen?«

»Ja. Zwei sogar. Einundzwanzig, dann ein Schrägstrich, dann die Zwanzig.«

Der Mann nickte. Das hatte er befürchtet. »Danke.«

»Sie haben mir eine Visitenkarte dagelassen«, fuhr der Anrufer fort. »Soll ich Ihnen die irgendwohin schicken?«

»Lesen Sie sie mir vor«, sagte der Mann und setzte die Spitze seines Kugelschreibers aufs Papier.

»Also – der Name ist Hendrik Busske. Die Firma heißt ›Alchemie des Reichtums‹. Die Adresse lautet …«

Er las alles vor, langsam genug, um mitzuschreiben, doch das tat der Mann nicht. Er hörte nur zu und nickte.

Es war beeindruckend mitzuerleben, wie Adalbert in fließendem Englisch mit jemandem redete. Dann dauerte es keine fünf Minuten, bis eine E-Mail mit einem Passwort und einem Link zu einer internen Suchseite der Google-Buchsuche ankam.

»Wonach soll ich suchen?«, fragte Adalbert, die Finger auf den Tasten.

Hendrik überlegte. »Das mit *Mengedder* war schon keine dumme Idee.«

»Okay.« Adalbert tippte das Wort ein, wartete. Die Suche brauchte länger, als man es von Google gewohnt war, aber dann kam: *1 Dokument gefunden.*

»Es ist nicht das Buch, das wir kennen«, stellte Adalbert gleich darauf fest.

Hendrik rückte neben ihn. »Zeig.«

14.

Die Burg des Todes

Über den Tod des Fürsten Heinrich von der Komwart ist heute allgemein nur bekannt, dass dieser ihn im Jahre 1295 ereilte, und zwar, als der Fürst als Gesandter des Grafenkönigs Adolf von Nassau im Fränkischen unterwegs war. Hier soll erzählt werden, was es mit dieser Reise auf sich hatte.

Richten wir den Blick zurück in jene Zeit, so mag unser Blick als Erstes auf den Ochsenkarren fallen, auf den sie den Fürsten gebettet hatten, der zu diesem Zeitpunkt schon auf den Tod krank war. Gezogen von zwei dumpf wiederkäuenden Tieren, die nicht wussten, wen sie da trugen, kam das Gespann nur langsam voran. Ihr träger Schritt stockte an Wiesenfurchen und Böschungen, wurde noch träger, wenn es bergauf ging, und jedes Mal, wenn eines der großen, mahlenden Wagenräder über einen Stein rumpelte, schraken die Männer, die ihn begleiteten, zusammen, als spürten sie die Schläge am eigenen Leib.

Die Felle und Decken, auf denen der fiebernde Leib Heinrichs lag, waren vom letzten Regenschauer feucht geworden. Zwei Krüge mit Wasser standen am vorderen Ende des Karrens, mit Stricken festgebunden. Der Fürst warf den Kopf hin und her in einem unruhigen Traume, dann wieder riss er die Augen auf und keuchte: »Wird es dunkel? Ja, es wird schon dunkel! Lasst uns rasten, das Lager aufschlagen für die Nacht!«

»Geduld, Herr«, mahnte einer der Begleiter, der neben dem Karren herging. »Wollt Ihr einen Schluck Wasser? Das wird Euch guttun.«

»Es wird Nacht, nicht wahr?«, beharrte der Kranke, dessen Gesicht glänzte vom Schweiß. Seine Augen waren blutunterlaufen, dass es einen schauderte, wenn man ihn ansah. »Es wird immer dunkler …«

Der Mann schluckte unbehaglich. »Herr, es ist heller Tag. Und der Weg ist nicht mehr weit.«

Das schien den Fiebernden zu beruhigen. Er sank zurück. »Ja, es ist nicht mehr weit. Das ist gut.«

»Und wir haben Boten vorausgeschickt, die uns ankündigen.«

»Gut«, meinte der Kranke seufzend und schloss die Augen wieder. »Gut.«

Die Reiter seines Gefolges warfen einander besorgte Blicke zu. Der Mann, der neben dem Ochsenkarren ging, sah, dass erneut ein dünner hellroter Blutfaden aus der Nase des Fürsten rann und in seinem Bart versickerte, den er kurz gestutzt trug wie sein Gebieter, der König, um an einem der Mundwinkel wieder zum Vorschein zu kommen. Er nahm ein Tuch, tauchte es ins Wasser und wischte das Blut weg, aber er wusste, dass es eine nutzlose Geste war.

So wälzte sich der traurige Zug durch die Wälder und über die Wiesen, bis in der Ferne plötzlich Reiter auftauchten, zwanzig oder dreißig an der Zahl. Die Männer des Zuges richteten sich in ihren Sätteln auf, und manch eine Hand legte sich argwöhnisch auf den Schwertknauf. Die Vorhut löste sich von der Gruppe, doch gleich darauf kamen die Reiter zurück und winkten Entwarnung.

»Friedrich!«, riefen sie.

»Es ist Friedrich«, wiederholten die Reiter hinter dem Karren und atmeten erleichtert auf.

»Herr«, sprach der Mann neben dem Karren den Fürsten an, »Euer Sohn Friedrich kommt, Euch zu sehen!«

Die Hand des Todkranken griff nach der seinen, aber es war eine kalte, sterbende Hand. »Friedrich!«, hauchte Fürst Heinrich. »Wo ist er?«

»Er kommt. Er kommt schon, nur noch einen Moment Geduld.«

»Friedrich …«

Da preschte das Pferd des jungen Fürstensohnes heran wie

ein Wirbelwind, auf den Karren zu, als wolle es ihn über den Haufen rennen, bis sein Reiter unmittelbar davor die Zügel zurückriss und es zum Stehen brachte. Er schnellte noch mit der ursprünglichen Bewegung aus dem Sattel, eilte herbei und sank keuchend an der Seite des Fiebernden auf die Knie. »Vater!«

»Mein Sohn«, murmelte der Fürst und schaute sich mit blinden Augen um, die so rot waren, als seien sie mit Blut gefüllt. »Komm näher, mein Sohn, ich sehe so schlecht …«

Friedrich richtete sich auf und erschrak, als er das Gesicht des Mannes sah. Er musste sich überwinden, näher heranzukommen. »Vater«, würgte er hervor, »wer hat Euch das angetan?«

»Ah, Friedrich, jetzt sehe ich dich«, lächelte der Kranke. »Es ist gut, dich noch einmal zu sehen.«

»Wer hat Euch das angetan, Vater? Sagt es mir, und ich werde …«

»Nein«, durchschnitt die Stimme des Fürsten die feuchte Waldluft, mit einem Mal wieder stark und befehlsgewohnt und keinen Widerspruch duldend. »Nein, das wirst du nicht, mein Sohn. Meide die Burg, von der wir kommen – meide sie …«

Er schloss die Augen wieder, sank zurück und schien dabei zu schrumpfen. Friedrich sah ihn an, während eine wilde Wut und eine entsetzte Trauer in seinem Gesicht miteinander rangen und er kein Wort herausbrachte.

»Er trug eine Rüstung aus purem Gold, als er uns empfing«, flüsterte Heinrich erschöpft. Er schien wieder in Fieberträumen zu versinken. »Es war unglaublich. Er sah wahrhaftig aus wie der Erzengel Michael – dabei war er mit dem Teufel im Bunde. Mit dem Leibhaftigen … und der holte seine Seele, als er in meinen Armen lag. Ich bete zu Gott dem Allmächtigen, dass meine Seele noch einmal davongekommen ist.«

»Vater, ich werde Euch rächen, das verspreche ich Euch.«

Noch einmal griff die Hand des Fürsten zu, die zeitlebens fest und ohne zu zögern regiert hatte, und bekam die Hand Friedrichs zu fassen. »Du musst König Adolf Bericht erstatten.

Man muss mit aller Macht kommen und die Burg Hirschberg und alles, was darin ist, vom Erdboden vertilgen. Säume nicht!«

Friedrich nickte. »Ja, Vater.« Er senkte den Blick und versuchte, die tosende Wut in seinem Herzen zu bezwingen, die ihn das Schwert ergreifen hieß, die es nach Kampf und Blut dürstete, die ihre Rache haben wollte. Er sah erst wieder auf, als er spürte, wie sich der Griff um seine Hand mit unendlicher Bedachtsamkeit löste. Erst als er den Frieden im Gesicht seines Vaters sah, begriff er, dass jener aufgehört hatte zu atmen.

Er stand auf. Seine Männer auf ihren Pferden standen in einem weiten, achtungsvollen Kreis um ihn herum. Noch nie, schien ihm, waren so viele Augenpaare auf ihn gerichtet gewesen. Die Wut toste nicht länger in seinem Herzen, sie war etwas Größerem, Kaltem, Unbezwingbarem gewichen.

Er ging zu seinem Pferd und schwang sich zurück in den Sattel. »Wir reiten zur Burg Hirschberg«, verkündete er.

Einer der Reiter, die dem Ochsenkarren gefolgt waren und noch weiter folgen würden, ein graubärtiger Hüne, der seinem toten Herrn stets treu gedient und dessen Sohn Friedrich als kleinen Jungen im Bogenschießen unterwiesen hatte, räusperte sich. »Sagte Euer Vater nicht …«

»Ich«, unterbrach ihn Friedrich scharf, »bin jetzt Fürst von der Komwart, und ich sage, der König kann warten. Die Rache für meinen Vater kann es nicht.«

Der Hüne senkte demütig den Kopf, um seinem neuen Herrn seine Ergebenheit zu bezeigen, doch dabei entdeckte er etwas an ihm, das ihn entsetzte. Denn als Friedrich seine Männer der Reihe nach anblickte, war plötzlich ein hässliches, gieriges Funkeln in seinen Augen. Und das, was diesen bösen Glanz in seine Augen legte, war es auch, das ihn ausrufen ließ: »Holen wir uns das Gold des Teufels!«

Sie erreichten die Burg nach wenigen Tagesritten, bei denen sie sich nicht schonten. Bereits von Weitem sahen sie, dass irgendetwas Grauenhaftes mit ihr geschehen sein musste. Der Turm des Bergfrieds war schwarz und der Länge nach geborsten, als habe ein gewaltiger Blitz ihn zerschmettert, und in weitem Umkreis lagen Bäume umgeknickt, wie von der Hand eines Riesen gefällt. Manche der Stämme lagen in tausend Fetzen zerrissen; keiner der Ritter hatte jemals so etwas gesehen.

Die Burg war zerstört. Keine Mauer sahen sie im Näherreiten, die nicht geplatzt, kein Dach, das nicht eingesunken war und verheert von einem unerhörten Feuer. Das Torhaus lag eingestürzt und bot die Vorburg wehrlos jedem dar, der hineinwollte. Die Wehrgänge waren abgedeckt und ausgebrannt, doch nirgends sah man Spuren eines Kampfes. Es war kein Kampf gewesen, der all dies hervorgerufen hatte, sondern etwas Größeres, unaussprechlich Gewaltiges.

Es roch nach Asche und nach Tod, und es war völlig still. Nicht einmal die Laute von Vögeln oder Kleingetier hörte man. Es war eine Art Stille, die einen glauben ließ, dass bis zu dem Moment, in dem man selber aufgetaucht war, Wehklagen geherrscht haben musste. Das Echo von Schmerz und Entsetzen schien noch in der Luft zu hängen und sich gegen das Verklingen zu wehren.

Einer der Reiter führte sein Pferd, dessen Nüstern nervös bebten, neben das des jungen Fürsten. »Gebieter«, sagte er leise, »verzeiht, aber dies scheint mir tatsächlich ein verdammter Ort zu sein.«

Friedrich bedeutete ihm zu schweigen. Er lauschte angestrengt. »Ich höre Stimmen«, erklärte er und trat seinem Pferd in die Seiten, ritt am Zugang zur Zugbrücke vorbei und einen halsbrecherischen Pfad entlang der Schildmauer hinab. Seine Männer folgten ihm zögernd. Keinem von ihnen war wohl in seiner Haut.

An dem steilen Abhang unterhalb der Mauer fanden sie einen Priester an einem offenen Grab stehen und mit schwankender, halb wahnsinniger Stimme die Messe für den Toten lesen. Nur ein paar zerlumpte, krank und erschöpft aussehende Menschen standen um die Grube herum. Einer von ihnen, ein buckliger Mann, stützte sich auf eine Schaufel. Die Wiese war übersät mit frischen Gräbern, auf denen notdürftig zusammengebundene Holzkreuze steckten, die meisten so ungeschickt gemacht, dass sie das erste Unwetter nicht überstehen würden.

»Ein Ort, an dem ein Priester die heilige Messe lesen kann«, raunte Friedrich seinem Begleiter zu, »kann wohl schwerlich ein Ort sein, über den der Teufel Macht hat, nicht wahr?«

Das leuchtete dem Reiter ein, und er fühlte seine Angst vor dem Unheimlichen verschwinden, seinen Mut und seine Kraft zurückkehren. Sie ritten langsam näher, und der Ausspruch des jungen Fürsten wurde von einem zum anderen weitergesagt wie eine Losung. In angemessenem Abstand saßen sie ab und traten zu dem Begräbnis hinzu.

Der Priester sprach schlampig und schnell, seine weihenden Handbewegungen waren fahrig, in sein verlebtes, verhärmtes Gesicht standen die Erinnerungen an entsetzliche Erlebnisse eingegraben. Er schloss das Ritual hastig ab und gab dem Buckligen ein Zeichen, das Grab zuzuschaufeln. Die Übrigen, eine junge und eine alte Frau und ein völlig verschreckter, halbwüchsiger Knabe, gingen in Richtung auf die Burg davon.

»Seid gegrüßt, Vater«, sprach Friedrich und trat auf ihn zu. »Könnt Ihr uns sagen, was hier geschehen ist?«

»Augustinus«, keuchte der beleibte Priester, dessen Kutte schmutzig war. »Pater Augustinus.«

»Pater Augustinus, ja. Was ist hier geschehen?«

Der Gottesmann rollte mit den Augen. »Nachts. Es geschah nachts. Ja. Vorige Nacht, oder – nein, die Nacht davor. Ja.«

»*Was* geschah nachts?«

»Oh, Gott, du Allmächtiger!« Er hob die rechte Hand vor die Stirn, die verschmiert war von Staub und Schweiß, und sah sich verzweifelt auf dem Feld voller Gräber um. »Sie sterben und sterben. Sie sterben alle …«

Friedrich begann, ungeduldig zu werden. »Aber warum denn? Was ist geschehen? Wieso ist die Burg zerstört?«

»Zerstört – ja!«, kicherte der Priester. »Es war Teufelsgold, nun wissen wir es. Und das war der Preis dafür.«

»Das Gold – wo ist es? In den Gewölben?«

Der Priester schien die Anwesenheit Friedrichs vergessen zu

haben. Er stierte auf die Stelle, an der der alte Mann mit der Schaufel ächzend das nächste Grab aushob. Die beiden Frauen und der Junge kamen wieder den schmalen Weg herab; sie trugen einen in graue Lumpen gewickelten Leichnam.

Einer seiner Männer raunte dem jungen Fürsten zu: »Herr, er ist offensichtlich wahnsinnig geworden. Von ihm werden wir nichts erfahren.«

In diesem Moment heulte der Priester auf, als fiele eine quälende Erinnerung wieder über ihn her. »In den Gewölben? Wer weiß? Keiner wagt es mehr, dort hinzugehen. Da, wo man die Sterbesakramente geben wollte und keiner sie nahm. Wer weiß schon, was dort ist?«

Friedrich ließ ihn stehen und nickte seinen Männern zu. »Kommt. Wir sehen uns auf eigene Faust um.«

Die Burg lag still, unheimlich still. Die Männer trugen ihre Schwerter kampfbereit, obwohl keiner von ihnen glaubte, dass sie hier auf einen verborgenen Feind treffen würden. Jedenfalls nicht auf einen, den man mit dem blanken Schwert besiegen konnte.

Der Einstieg in die Verliese stand offen. Das Tor, das ihn einst verschlossen gehalten hatte, war nach außen geborsten und hing zertrümmert in den Angeln. Etwas Ungeheures, Unaufhaltsames musste sich den Weg nach draußen gebahnt haben. Die Männer Friedrichs wechselten unbehagliche Blicke. Keinen von ihnen hätte man als Feigling bezeichnen können, doch die waidwunde Burg machte ihnen Angst, eine Angst, die über die gewöhnliche Angst vor Schmerzen, Verletzungen oder Tod hinausging, die jeder von ihnen kannte und jeder von ihnen schon oft durchgestanden hatte. Doch irgendetwas hier – vielleicht der Geruch der stillstehenden Luft, der Geruch nach verkohltem Holz, nach Schwefel und Verwesung – ließ das Blut in ihren Adern langsamer fließen.

Friedrich betrat den Gang, der in die Kellergewölbe hinabführte, als Erster. Nach wenigen Schritten blieb er stehen, kratzte mit seinem Schwert an zwei Schleifspuren, die sich tief in den festgetretenen Lehm des Bodens gegraben hatten. Etwas unerhört Schweres war hier entlanggezerrt worden, und es konnte noch nicht lange her sein. Der junge Fürst nahm eine der Fackeln, die in einem eisernen Gestell an der Wand hingen, und reichte sie einem seiner Begleiter.

»Wir brauchen Licht«, sagte er halblaut, als habe er Bedenken, jemand oder etwas in der Tiefe könnte ihn hören. »Sieh nach, wo die Küche ist.«

Der Mann ging davon und kam kurz darauf mit einer brennenden Fackel zurück. Auf Geheiß Friedrichs teilten sie sich in zwei Gruppen; die einen würden den Ausgang bewachen, die anderen zündeten weitere Fackeln an und folgten ihm. Keiner sprach ein unnötiges Wort.

Das Geräusch ihrer Schritte hallte aus dem Dunkel wider.

»Als ginge es in die Hölle hinab«, flüsterte einer, als sie die erste Treppe erreichten.

»Was erwartest du, wenn du das Gold des Teufels stehlen willst?«, erwiderte ein anderer.

Die Räume rechts und links der Gänge waren allesamt leer. Sie stiegen enge Wendeltreppen hinab in eine Tiefe, aus der das Echo einer namenlosen Katastrophe emporschrie, und je weiter sie kamen, desto greifbarer schien das Unheimliche zu werden, das in den Mauersteinen der Wände hockte, lauernd und lebendig und böse. Nein, es war nicht, wie man sich die Hölle vorstellte – es war, als stiege man in den Schlund eines Drachen hinab.

Bis sie schließlich, im tiefsten Verlies, ein weites, düsteres Gewölbe erreichten, in dem es nach Rauch und Fäulnis und Fäkalien stank, dass es einem die Tränen in die Augen trieb. Fingerdick klebte Ruß an der Decke, in allen Ecken türmten sich zerbrochene Krüge und die Reste verbrannter Weidenkörbe, und in der Mitte des Raumes herrschte ein gewaltiger Kessel, ein Schmelzofen mit einer erkalteten Feuerstelle darunter, dessen Wände gebrochen waren. Ein eigenartig silbriger Glanz rann durch die Spalte wie silberne Tränen, und an einer Stelle fehlte ein Stück aus der Mauer, als seien einige der Ziegelsteine wertvoll gewesen und ihr deshalb entrissen worden. Der schmale Kamin war kaum auszumachen: ein einfaches Rauchloch, das am Scheitelpunkt der Gewölbedecke begann und auf geradezu lächerliche Weise zu klein gewesen sein musste für die gewaltige Feuerstelle, die man unter dem Kessel hatte entfachen können. Aber was hatte man in diesem Kessel gekocht – und warum?

Während seine Männer zögerten, trat Friedrich auf den Kessel zu, stieg auf die gemauerte Umfriedung über den Feuerlöchern und spähte hinein. Das Innere, groß genug, als dass man einen Ochsen darin hätte sieden können, glänzte ebenfalls silbern, aber irgendetwas hatte lange Schabspuren in dem Silberglanz hinterlassen. Aus der Nähe roch man eine verwirrende Vielfalt rätselhafter Düfte, harzige, erdige, die einen an Waldlichtungen erinnerten, ebenso wie Aromen, die an Sandelholz und Weihrauch denken ließen. Friedrich fuhr zögernd mit zwei Fingern über den Kesselrand, der von einer dunklen, klebrigen Masse verschmiert war, die sich anfühlte wie Wachs, gemischt mit … irgendetwas Unaussprechlichem.

Dann sah er den Körper.

Zuerst waren da nur Beine, unnatürlich verkrümmt, beinahe verknotet. Friedrich hob seine Fackel zur Seite, sodass ihr Licht auch auf den zugehörigen Körper fiel, und sah einen Toten, dessen Gesicht verzerrt war von Qualen, die er im Augenblick des Todes erlitten haben musste. Blut war in breiten Strömen aus seiner Nase geflossen, aus seinen Ohren, sogar aus seinen Augen, und was von seinem Gesicht unter den dunkelbraunen Verkrustungen zu sehen war, war von Brandblasen entstellt. Doch den schlimmsten Anblick boten seine Hände – oder was davon übrig war. Klagend in die Höhe gereckt, waren seine Hände nur noch Stümpfe. Das Fleisch seiner Finger, seiner Handteller und seiner Gelenke sah aus, als sei es geschmolzen, wie das Wachs einer Kerze unter der Flamme wegschmilzt und herabtropft, genau so. Dünn und verkohlt, wie Kerzendochte, traten an den Spitzen von Zeige- und Mittelfinger sogar die Knochen zutage.

Dies, so begriff Friedrich in einem einzigen abgründigen Augenblick, waren die Hände eines Mannes, der nach etwas gegriffen hatte, nach dem er niemals hätte greifen dürfen. Und er, Friedrich Fürst von der Komwart, war unterwegs gewesen, um Gleiches zu tun.

Dann erbrach er sich in das Innere des silberglänzenden Kessels, wieder und wieder, als müsse er ihn füllen.

Sie stützten ihn, als sie endlich wieder ans Tageslicht traten, die Gesichter schweißnass und mit Ruß verschmiert. Einige von ihnen hatten den ganzen Weg herauf leise Gebete gesprochen, sie immer wieder und wieder wiederholt, um ihren Rückzug gegen die Mächte des Bösen zu schützen und sich vor ihnen zu bewahren. Jetzt, an der frischen Luft, fielen sie zu einem Dankgebet auf die Knie. Die anderen blieben einfach stehen und starrten fassungslos auf das Bild, das sich ihnen bot.

Der ganze Burghof war plötzlich voller Reiter, die prächtig gewandet Spalier standen, ihre glitzernden Lanzen hoch aufgerichtet. Eine mächtige weiße Fahne wehte über ihnen, die ein breites schwarzes Kreuz trug mit dem Abbild eines Adlers in der Mitte. Aus ihrer Mitte näherte sich ein einzelnes Pferd in vollem Rossharnisch, auf dessen Schabracke sich das Motiv des schwarzen Kreuzes wiederholte. In seinem Sattel saß ein hochgewachsener Mann, der über seiner Rüstung einen prachtvollen Umhang trug mit einer Kapuze, deren Schatten sein Gesicht verbarg.

»Sie wollen das Gold«, stammelte Friedrich. Er verstand nicht, woher diese Streitmacht plötzlich gekommen war, aber er raffte sich auf, streifte die stützenden Hände seiner Begleiter ab und trat dem unbekannten Reiter entgegen.

»Ich bin Friedrich Fürst von der Komwart, Sohn von Heinrich, dem Gesandten König Adolfs«, rief er aus. »Wer seid Ihr, und was wollt Ihr hier?«

Mit einer kaum merklichen Bewegung brachte der unbekannte Ritter sein Pferd vor dem Fürsten zum Stehen. Es war ein stattliches Pferd, schneeweiß und mit schlanken Fesseln, soweit man das unter dem Fürbug erkennen konnte, ein Pferd, wie es Königen und Kaisern gebührte. Der Mann, der es ritt, ließ die Zügel sinken und schlug gelassen die Kapuze seines Umhangs zurück. Ein hageres, aristokratisches Gesicht kam zum Vorschein, das Gesicht eines mächtigen und machtbewussten Mannes.

»Ich bin Konrad von Feuchtwangen«, erklärte er, »*Magister Supremus* des Deutschen Ritterordens.«

Friedrich starrte ihn an. Er machte noch eine Bewegung mit den Händen, als wollte er etwas sagen über seine Männer oder über das, was sie in den Verliesen der Burg gesehen hatten, aber er sagte nichts mehr, sondern brach ohne einen Laut im Angesicht des Hochmeisters in sich zusammen.

Auf eine bleierne Dämmerung folgte endlich die Nacht.

Die Deutschordensritter hatten, da die Burg augenscheinlich ein auf geheimnisvolle Weise unsicherer Ort war, in einiger Entfernung davon ein Zeltlager errichtet. Von dort aus versuchte der Hochmeister, sich ein Bild von den Ereignissen auf Burg Hirschberg zu machen. In seinem Zelt, das zwar im Mittelpunkt des Lagers stand und etwas größer und besser ausgestattet war als die übrigen, aber nicht in einem solchen Maße, dass man sofort vermutet hätte, sein Bewohner sei Repräsentant der größten militärischen Macht des Kontinents und gewohnt, jederzeit persönlich mit dem Papst zu sprechen, empfing er zu diesem Zwecke den Priester, der zwar wirr daherredete, aber, wie es schien, der letzte lebende Zeuge des Geschehens war.

Wie sich herausstellte, ließ sich die Verwirrung des verwahrlost wirkenden Gottesmannes durch reichliche Alkoholzufuhr auf ein Maß dämpfen, das ein vernünftiges Gespräch möglich machte. So lauschte Konrad von Feuchtwangen Stunde um Stunde mit wachsender, grausiger Faszination den Erzählungen von Pater Augustinus. Schon nach den ersten Sätzen hatte er einen Schreiber hinzugerufen und verfügt, dass über die Unterredung ein Bericht für das geheime Archiv des Ordens verfasst werden sollte.

Bei diesem Schreiber handelte es sich um einen jungen Priesterbruder namens Ekkehard, der überaus flink mit der Feder war. Er hatte sich dem Ritterzug, der ursprünglich nach Venedig, dem Ordenssitz, unterwegs gewesen war, angeschlossen, um ein Studium an einer italienischen Universität aufzunehmen, und war nicht wenig befangen ob des Umstandes, unversehens eine wichtige Rolle in einer Angelegenheit zu spielen, die von so offenbar großer Bedeutung war.

»Aber«, fragte der Hochmeister, als Pater Augustinus, am ganzen Leib bebend, mit seinem Bericht ans Ende gelangt war, »was war es denn nun, das die Burg zerstört hat?« Dabei goss er ihm kräftig Wein nach, um den Wahnsinn zu löschen, der bereits wieder in den Augen des Priesters aufglomm.

Augustinus leerte den Becher auf einen Zug. »Der Stein«, brachte er schließlich hervor. »Es geschah des Nachts. Niemand hat gesehen, was geschah. Oder die, die es sahen, starben alle auf der Stelle, weil jeder sterben muss, der den Stein ansieht – ich weiß es nicht. Doch es kann nur der Stein gewesen sein. Er ist nicht mehr da. Ich war nicht unten, aber welche waren unten und berichteten, dass er aus dem Kessel verschwunden sei.« Als fände er die Worte nicht, die dafür stark genug waren, versuchte er mit zuckenden Bewegungen der Hände anzudeuten, was er sich vorstellte, das passiert war. »Feuer!«, rief er, und: »Gewalt!« Und dazu machte er Gesten, die einen an Rauch denken ließen, an Verheerungen, wie sie ein Großbrand anrichtete, und schließlich an einen mächtigen Blitz, der zum Himmel hinauffuhr wie die Faust des Teufels selbst.

Dann sank er erschöpft in sich zusammen und schien auf einmal ganz stumpfsinnig. »Ich weiß es nicht«, murmelte er schwach. »Nur, dass es schrecklich war. Und dass alle starben. Ich habe sie alle begraben.«

Konrad von Feuchtwangen füllte ihm den Becher wieder. »Was wurde aus dem Alchemisten – wie war sein Name doch gleich, John Scoro?« Da der Geistliche nicht reagierte, vergewisserte er sich mit einem Blick bei dem Schreiber, der bestätigend nickte. »John Scoro lag im Sterben, sagtet Ihr?«

»Alle tot«, murmelte der Priester mit schwerer Zunge.

»Und der Medicus, der am Schluss das Gold alleine machte? Mengedder? Ist er auch tot?« Da man allem Anschein nach umso schneller starb, je näher man diesem geheimnisvollen Stein kam, erwartete der Hochmeister eigentlich nichts anderes.

»Sie sind alle tot, alle. Ich habe sie alle begraben. Sie sind tot. Es war Teufelsgold, und es hat sie alle getötet.«

Vielleicht war es an der Zeit, mit dem Wein aufzuhören. Der Hochmeister stellte den Krug beiseite.

»Das Grab des Ritters Bruno«, fragte er dabei, »warum habt Ihr es so weit entfernt von seiner Burg errichtet? An einem so ungewöhnlichen Ort?«

Feuchter Tränenglanz schimmerte nun in den Augen des frommen Mannes. »In ungeweihter Erde, ja. Sie liegen alle in ungeweihter Erde, obwohl ich versucht habe … Wir dachten, wir könnten auf diese Weise den Fluch von der Burg fernhalten. Wenn wir ihn weit entfernt begraben und seine verfluchte goldene Rüstung mit ihm.«

»Ich will, dass Ihr mich hinführt. Ich will diese Rüstung sehen.«

Der Priester sah den Ordensherrn entsetzt an. »Ich sagte Euch doch, Herr, sie ist gefährlich! Ich bitte Euch, lasst von diesem Vorhaben ab!«

»Keine Sorge, ich werde Eure Warnungen beherzigen«, versuchte ihn Konrad von Feuchtwangen zu beruhigen. »Nur ein Blick. Aus sicherer Entfernung, meinethalben. Aber mir scheint, diese Rüstung ist der einzig greifbare Gegenstand, der von diesem ganzen Unterfangen übrig geblieben ist, und deshalb *muss* ich sie mit meinen eigenen Augen sehen.«

Der Blick Pater Augustinus' glitt wieder in weite Ferne. »Er wollte einen neuen Kreuzzug ausrüsten. Das Heilige Land der Christenheit zurückerobern. Es hat ihm keine Ruhe gelassen, es verloren zu wissen …«

Der Hochmeister nickte wissend. »Ich erinnere mich gut an ihn«, sagte er dann. »Er war ein tapferer Kämpfer. Ihr müsst wissen, auch ich war unter den Verteidigern von Akkon.« Es war sogar noch in Akkon gewesen, dass er zum Hochmeister berufen worden war, nachdem sein Vorgänger, der elende Burghard von Schwanden, ausgerechnet den Moment der höchsten Bedrängnis gewählt hatte, um von seinem Amt zurückzutreten. Er hatte getan, was in seiner Macht gestanden hatte, die verfahrene Situation zu retten, aber die Mamelucken Sultan Khalils waren übermächtig gewesen an Zahl wie an Entschlossenheit. Anders als die Großmeister der anderen Ritterorden hatte er den Rückzug seiner Ritter befohlen, weil er es für sinnlos und vermessen gehalten hatte, die Veste bis zum letzten Tropfen Blut zu verteidigen, und sie hatten sich den Rückzug erkämpfen können. Ohne diesen Entschluss hätten sie unweigerlich den Tod gefunden, als Akkon fiel und, wie man später erfuhr, die Muselmanen jedermann umbrachten, alte Männer, Frauen, Kinder ohne Unterschied.

All das erzählte Konrad von Feuchtwangen dem Priester nicht, aber er dachte bei sich, ob Bruno von Hirschberg sich schuldig gefühlt haben mochte, dass er am Leben geblieben war, während andere am Verfluchten Turm gefallen waren. Ihm selber war es so ergangen, umso mehr, da er zum Hochmeister berufen worden war – er, der von Rechts wegen enthauptet im Sande Palästinas hätte liegen sollen! So hatte er lange gedacht, und es war ein hartes Stück gewesen, diese Schuld tragen zu lernen. Er fragte sich, was er an der Stelle des Ritters getan hätte, konfrontiert mit einer solchen Möglichkeit, einer solchen Gelegenheit – einer solchen Versuchung …

»Könnt Ihr es mir zeigen? Gleich morgen?«, fragte er noch einmal.

Der Pater schien nachzudenken, und nach einer Weile sagte er: »Von denen, die ihn begleiteten, bin ich der Einzige, der noch lebt. Wenn ich es Euch nicht zeige, wird es niemals jemand wiederfinden.«

»Ein Grund mehr, keine Zeit zu verlieren«, meinte der Hochmeister. »Bruder Ekkehard wird Euch zu Eurem Lager begleiten, und morgen früh brechen wir auf.«

Doch sie hatten schon zu viel Zeit verloren. In dieser Nacht verschied Pater Augustinus.

Auch die letzten Kundschafter, die der Hochmeister ausgesandt hatte in dem Versuch, das Grab des Bruno von Hirschberg zu finden, kehrten müde und langsam zurück, und man sah schon von Weitem, dass auch sie erfolglos geblieben waren. Auch sie hatten nichts entdeckt, und auch sie hatten unter den Bewohnern der umliegenden Siedlungen niemanden gefunden, der ihnen etwas über einen Begräbniszug hätte sagen können.

Konrad von Feuchtwangen wartete trotzdem, bis sie heran waren und ihren Bericht abgegeben hatten, dankte ihnen, wie es die Pflicht eines Kommandierenden war. Er wollte schon in sein Zelt zurückkehren, als einer der Reiter nachschob, ein Zeugnis habe man, allein, es sei höchst unglaubwürdig.

»Sprich«, befahl der Hochmeister. »Nach allem, was wir hier gesehen haben, will ich es nicht wagen, vorschnell zu urteilen.«

Also berichtete der Kundschafter, was sie erfahren hatten, nämlich, dass drei Männer, die mit einem Ochsengespann in den Wäldern östlich von Hirschberg unterwegs gewesen waren, einen Baderwagen gesehen haben wollten, der aus Richtung der Burg gekommen war, und zwar in so rasendem Galopp, wie sie noch nie ein Gespann hatten fahren sehen. Sie hätten versucht, dem Wagen auszuweichen, allein, ihre Ochsen seien träge gewesen und der Waldweg schmal – doch dann …

»Was?«, bedrängte der Hochmeister den Kundschafter, als dieser innehielt.

»Verzeiht«, sagte dieser. »Ich gebe nur wieder, was die drei Bauern mir erzählt haben.«

»Ja«, sagte der Hochmeister voller Ungeduld. »So sprich!«

»Sie sagten, der Baderwagen sei auf sie zugekommen, ohne jegliche Anstalten, in seinem Lauf innehalten zu wollen. Sie sagten, sie hätten nicht einmal die Zeit gehabt, sich zur Seite zu werfen, und seien auf einen schrecklichen Aufprall gefasst gewesen. Doch dann …«

»Was dann?«, rief der Hochmeister und wurde allmählich zornig. »Sprich weiter!«

»Dann aber«, fuhr der Kundschafter voller Unbehagen fort, »sei der Baderwagen mitsamt dem Pferd und dem Mann auf dem Bock durch sie hindurchgefahren wie ein Geist. Sie hätten noch gesehen, wie er im Wald verschwand, und gehört, wie das Getrappel des Pferdes verklang, alsdann hätten sie sich bekreuzigt und gemacht, dass sie nach Hause kamen.«

Der Hochmeister betrachtete den Reiter und wurde gewahr, dass er in der Tat kaum glauben mochte, was dieser berichtet hatte. Allein, er befahl: »Bringt mir diese drei Männer! Ich will sie sprechen, jeden für sich.«

Und so geschah es. Die drei Männer waren ein Bauer, dessen Bruder und ein Knecht, und über das, was geschehen war, erzählte jeder von ihnen dem Hochmeister dasselbe. Uneinig waren sie sich nur, wie der Mann auf dem Kutschbock ausgesehen hatte. Der eine sagte, er sei groß gewesen wie ein Bär, der andere meinte, klein und hässlich, doch der dritte schließlich schwor bei allen Heiligen, in dem Mann den Medicus des Fürsten von Hirschberg erkannt zu haben. Gefahren sei er, als sei der Teufel selbst hinter ihm her gewesen, und auf die Frage des Hochmeisters, in welche Richtung er gefahren sei, sagte jeder der drei: »Gen Osten.«

Der Hochmeister entließ sie mit Lob und Dank und ließ wieder nach Bruder Ekkehard schicken.

»Es ist, wie ich dachte«, erklärte ihm Konrad von Feuchtwangen. »Der Stein ist nicht einfach verschwunden, weder zum Himmel noch in die Hölle, vielmehr hat ihn jemand gestohlen. Und dadurch …« Er hielt inne, die Ungeheuerlichkeit ermessend, die er auszusprechen im Begriff war. »Ja, dadurch muss er die Burg zerstört haben. Gott im Himmel – eine Burg, wie ich wehrhafter selten eine gesehen habe. Ein einzelner Mann.«

Der junge Klosterbruder machte große Augen. Er hatte in seinem bisherigen Leben nur Psalmen gesungen und Verse rezitiert, aber noch niemals Eisen auf Eisen, Mann gegen Mann gekämpft, war noch niemals gegen eine Festung angerannt, die brennendes Pech spie und mit Pfeilen hagelte und uneinnehmbar stand, während sich ihre Mauern vom Blut ihrer Angreifer rot färbten. Er konnte nicht einmal ahnen, wie wenig er wirklich verstand, wovon der Hochmeister sprach. Er konnte nichts wissen von dem Grauen, das der oberste Ritter unter seine Haut kriechen spürte.

Und dann, wie ein Blitz aus blauem Himmel, wusste Konrad von Feuchtwangen, aus welchem Grund das Schicksal ihn an diesem Tag an diesen Ort geführt hatte. Die Dunkelheit füllte sich mit Licht. Plötzlich konnte er die Zukunft sehen.

»Ich will«, sagte er zu Bruder Ekkehard, »dass Ihr mich zu einem Gespräch mit dem Heiligen Vater begleitet.«

Das entsetzte den Jungen nun wirklich. Der Hochmeister lächelte gelassen und fuhr fort, seine Überlegungen vor ihm zu entwickeln, der ihm kaum zuhörte, so sehr schrumpfte er angesichts dieser Aussicht mit jedem Augenblick mehr in sich zusammen. Es war auch nicht wichtig, dass er ihn verstand. Konrad von Feuchtwangen dachte laut nach, um für sich selber in Worte zu fassen, was er soeben in einer wortlosen Vision gesehen hatte. »Es wird keine Kreuzzüge mehr geben. Keine mehr, die zu vergleichen wären mit denen, die waren. Das Heilige Land ist in den Händen der Muslime, und so wird es bleiben für lange Zeit. Das heißt, dass alle Ritterorden, die ja einst für die Verteidigung des Heiligen Landes gegründet wurden, künftig ohne Aufgabe sind. Und wenn sie keine neue Aufgabe finden, dann werden sie untergehen. Nun«, schloss er, »das Schicksal hat uns soeben gezeigt, was die neue Aufgabe des Deutschen Ritterordens sein wird.«

Ekkehard war immer noch bleich, aber er folgte den Worten seines Herrn, so gut er es vermochte. »Der Stein?«, krächzte er mühsam.

»Der Stein. Du wirst mich als Zeuge begleiten, wenn ich mit Papst Bonifatius spreche. Ich weiß, es ist meine gottgewollte Pflicht, ihn davon zu überzeugen, dass er dem Deutschen Ritter-Orden dies als neue Aufgabe verleiht: den Stein des Bösen zu verfolgen, zu finden und zu zerstören. Oder, falls er sich nicht zerstören lässt, ihn an einem verborgenen Ort zu verwahren und zu hüten bis ans Ende aller Zeiten.«

Am anderen Tag erhielten sie die Nachricht, dass auch Friedrich Fürst von der Komwart gestorben war, wie all die anderen ohne ersichtliche Ursache.

»Dies ist wahrhaftig ein Ort des Teufels«, entfuhr es dem Hochmeister, und er befahl, die Burg bis auf die Grundmauern niederzureißen. »Ich will«, sagte er, »dass kein Stein auf dem anderen bleibt, kein Nagel in seinem Balken und keine Schindel an dem Ort, an dem sie niederfiel. Füllt auf, was unter dem Boden ist, tragt ab, was darüber ist; tilgt sie so gründlich vom Antlitz der Erde, dass künftige Generationen keine Spur mehr von ihr finden.«

15.

Hendrik löste sich mühsam aus dem Bann des Textes. Er hatte bewaldete Landschaften vor sich gesehen, eine ausgebrannte Burg, Sterbende und Tote, doch nun wich das alles dem beruhigenden Anblick gescannter Buchseiten auf einem Computerschirm.

Er richtete sich auf, drehte den Kopf hin und her, um seinen verspannten Nacken zu lockern. Was sollte er von alldem nun halten? Er wusste es nicht.

Adalbert tat es ihm gleich, ließ sich mit einer beunruhigend enttäuscht wirkenden Bewegung zurück gegen seine Lehne sinken. »Tja«, sagte er spitzlippig. »Jetzt wissen wir es.«

»Was?«, fragte Hendrik irritiert. »Was wissen wir jetzt?«

»Dass das Ganze doch nur eine Fantasy-Geschichte ist. Wie ich von Anfang an vermutet habe.« Adalbert bewegte den Unterkiefer hin und her, schien noch unschlüssig, ob das wirklich ein uneingeschränkter Grund zur Freude war. »Wobei man das, wenn es aus dem neunzehnten Jahrhundert stammt, vermutlich anders nennt. Schauergeschichte, vielleicht. Keine Ahnung, von Literaturwissenschaft verstehe ich nichts.«

»Wieso? Wieso denkst du, dass das eine Fantasy-Geschichte ist?«

Adalbert nickte in Richtung seines Laptops. »Diese Episode da am Schluss. Da, wo der Wagen wie ein Geist durch die Männer hindurchfährt. Da hat der Autor die naturwissenschaftlich nachvollziehbaren Pfade endgültig verlassen. Das ist ein Motiv aus Gespenstergeschichten.«

»Die Naturwissenschaft weiß auch nicht alles. Sagst du selber immer.«

»Ja, schon.« Adalbert sah auf die Uhr. »Aber ein paar Sachen stehen halt doch ziemlich definitiv fest.«

Ein heftiges Gefühl befiel Hendrik, von dem er erst nicht

begriff, dass es Panik war. Adalbert verlor das Interesse, das war mit Händen zu greifen. Würde ihm wahrscheinlich bald Vorwürfe machen, ihm kostbare Zeit gestohlen zu haben, Zeit, die dem wissenschaftlichen Fortschritt hätte dienen können.

Und er selber? War enttäuscht, und auch das trug zu seiner Panik bei. Hieß das tatsächlich, dass sie schon am Ende des Weges angelangt waren? Am Ende eines Weges, der so verheißungsvoll begonnen hatte, ihnen beiden das erste wirkliche gemeinsame Abenteuer beschert hatte? Und der nun, wie immer, in Enttäuschung endete. Wie immer.

Er sah sich um, wollte begreifen, was geschehen war. Hier also. Hier, in diesem Café. In Sichtweite eines jungen Mannes mit wild wucherndem Vollbart, der versunken vor seinem Laptop saß, ab und zu an einem Kaffee nippend, der wohl lange reichen sollte. In Hörweite einer Gruppe völlig aufgedrehter Mädchen, die in unverständlichem Schwiizerdeütsch miteinander gackerten. In Riechweite der zischenden Kaffeemaschinen und der klappernden Geschirrspülmaschine.

Aus einem Impuls heraus zog Hendrik den Computer an sich. »Den Deutschen Orden«, sagte er. »Den hat's aber wirklich gegeben, oder?«

Adalbert zuckte desinteressiert mit den Schultern. »Soweit ich weiß. Von mittelalterlicher Geschichte verstehe ich auch nichts.«

»Dafür gibt's ja Nachschlagewerke«, meinte Hendrik und rief die Wikipedia auf.

Hmm. Er hatte sich richtig erinnert. Was halt zufällig so hängen blieb von einem Schulunterricht. Die Details dagegen waren ihm völlig neu: Gegründet hatten den Orden Kaufleute aus Lübeck und Bremen, im Jahre 1189, unter dem Namen »Haus der Ritter des Hospitals Sankt Marien der Deutschen zu Jerusalem«. »Eine Bruderschaft, um Kranke zu pflegen«, fasste er halblaut zusammen. »Vor über achthundert Jahren. In Akkon. Die Stadt gibt es noch, sie heißt heute Acre, nördlich von Haifa. Israel also.«

Adalbert hob die Brauen. »Was hatten die dort verloren?«

»Der dritte Kreuzzug.«

»Ach so. Na klar. Ritter.«

»Sie haben ein Hospital übernommen, nach dem Vorbild der Ritter von Malta. Und sich kurz darauf militarisiert, nach dem Vorbild des Templerordens.«

»Würde man heute *Me-too-Strategie* nennen.«

Hendrik las weiter. »Im Jahre 1205 erlaubte ihnen Papst Innozenz, ein weißes Gewand mit einem schwarzen Kreuz zu tragen.« Er sah verdutzt auf. »Im Kindergarten hatten wir solche Ritterfiguren. Weißer Rock, schwarzes Kreuz – genau.«

Sein Bruder musterte ihn grüblerisch. »Deutscher Orden … War das schwarze Kreuz auf weißem Grund nicht Grundlage für diverse Flaggen der deutschen Geschichte? Kommt mir so vor.«

Nun war es an Hendrik, mit den Schultern zu zucken. Er las weiter. Der Deutsche Orden hatte Palästina im Jahre 1291 verlassen, als das »Heilige Land« endgültig unter arabische Herrschaft gefallen war. Die Ritter waren zunächst nach Ungarn gegangen, nach Siebenbürgen, Transsylvanien …

Ausgerechnet. Hendrik schauderte.

Dort hatte man sie gleich wieder rausgeworfen. Das nächste Projekt war die Eroberung Preußens gewesen, diesmal in allerhöchstem Auftrag, abgesichert durch ein päpstliches Dekret, die sogenannte *Bulle von Rimini*.

»Was jedenfalls auch stimmt«, meinte Hendrik, »ist, dass der Deutsche Orden ab 1283 ohne Aufgabe war. Und dass im Jahr 1295 tatsächlich ein gewisser Konrad von Feuchtwangen Hochmeister war.«

»Haben diese Orden sich nicht alle irgendwann aufgelöst?«, fragte Adalbert. »Mir ist so, als sei irgendein Orden mal von einem französischen König verboten worden. Oder, halt … hat der die nicht alle in einer Nacht- und Nebelaktion umbringen lassen? Ja, so war es. Genau. Die Templer, wenn mich nicht alles täuscht. Die hat's damals erwischt.«

Hendrik las weiter. »Den Deutschorden nicht«, stellte er verwundert fest. »Den gibt's noch immer.«

»Was?«

»Hier«, sagte Hendrik. »Der heutige Sitz ist in Wien. Singerstraße 7.« Er drehte den Laptop zu seinem Bruder hin. »Die haben sogar eine Website.«

Adalbert richtete sich ruckartig auf. »Das will ich sehen«, meinte er und bemächtigte sich wieder seines Computers. Legte die Hände auf die Tastatur, begann zu tippen und zu lesen, beides in jenem rasend schnellen Tempo, das Hendrik beim Zusehen jedes Mal Respekt abnötigte.

»Tatsächlich«, sagte er nach einer Weile. »Bizarr. Die haben tatsächlich angefangen als … hmm, heute würde man sagen, als Sicherheitsdienst für ein Krankenhaus. Und hundert Jahre später waren sie die mächtigste militärische Macht Europas. Wenn das mal keine Karriere ist …« Er schüttelte den Kopf. »Ich glaube, ich werde die Wachleute bei uns am CERN von jetzt an mit anderen Augen betrachten.«

»Könnte es nicht sein, dass diese Entwicklung etwas mit dem Stein zu tun hat?«, fragte Hendrik in der Hoffnung, Adalberts Interesse damit neu entfachen zu können. Er wusste nicht einmal, ob er das selber ernsthaft glaubte, aber er wollte einfach nicht, dass es schon endete.

Zu seiner Überraschung schien sein Bruder das durchaus in Erwägung zu ziehen. »Könnte passen«, meinte er grübelnd. »Der Schilderung nach ist Mengedder nach Osten gezogen. Genau wie der Deutsche Orden wenig später. Von 1309 an war das Hauptquartier der Deutschritter in Marienburg. Das heißt heute Malbork und liegt in Polen, aber das Schloss der Ritter steht immer noch. Ist sogar eine touristische Sehenswürdigkeit.«

»Wenn es den Orden immer noch gibt«, sagte Hendrik, während er zunehmend das Gefühl hatte, das alles nur zu träumen, »dann gibt es doch bestimmt ein Archiv. Und wenn man weiß, wonach man suchen muss, könnte man dort vielleicht weitere Hinweise finden, was aus dem Stein der Weisen geworden ist.«

»Falls sie einen reinlassen«, brummte Adalbert missmutig.

»Und Latein müsste man vermutlich auch können. Was meines Wissens auf keinen von uns beiden zutrifft.«

»Jemand, der Latein lesen kann, sollte sich auftreiben lassen«, erwiderte Hendrik. Bestimmt fand sich so jemand in seiner Teilnehmer-Datenbank.

Sein Bruder warf ihm einen skeptischen Blick zu. »Falls du gerade darüber nachdenken solltest, spontan nach Wien weiterzufahren, sag ich dir gleich: ohne mich.«

Hendrik hatte daran gedacht, ja. Aber vermutlich wäre das alles andere als eine gute Idee gewesen. »Ich würde erst mal anrufen«, schlug er vor.

»Tu das«, sagte Adalbert.

Hendrik betrachtete seinen Bruder, wie er über seinen Laptop gebeugt dasaß und immer noch las. Er sah aus, als wolle er alles, was es über den Deutschen Orden zu wissen gab, noch heute Nachmittag in sich aufsaugen.

Eins war klar: Wenn sie jetzt aufhörten, würde er Adalbert nie wieder dazu kriegen, mit der Suche nach dem Stein der Weisen weiterzumachen.

»Am besten gleich«, sagte Hendrik, obwohl alles in ihm schrie: *Nicht jetzt! Nicht so aus dem hohlen Bauch heraus! Nicht so unvorbereitet!*

»Wenn du meinst«, sagte Adalbert gleichgültig.

Tu es nicht!

»Lass noch mal die Nummer sehen.«

Er zückte sein Handy, schaltete es ein, tippte die Nummer ab.

»Die Vorwahl von Österreich –«, begann Adalbert.

»Ist 043«, sagte Hendrik. Das war ihm von seinen Telefonaten mit Angela geläufig.

Womöglich, durchfuhr es ihn, war er mit ihr zusammen schon einmal an dem heutigen Sitz des Deutschordens vorbeispaziert!

Es klingelte dreimal, dann nahm jemand ab. »Verwaltung des Deutschen Ordens, Sie wünschen?«, fragte eine helle, jung klingende Männerstimme ohne den geringsten Akzent.

Jetzt hieß es improvisieren. »Guten Tag, mein Name ist Hendrik Busske. Ich recherchiere derzeit diverse geschichtliche Fakten für eine Abhandlung, unter anderem über den Deutschen Orden, und wollte fragen, ob Sie mir da weiterhelfen können.«

Die Antwort klang ebenso freundlich wie einstudiert. »Wenn Sie sich für die Geschichte des Deutschen Ordens interessieren, darf ich Sie an das Deutschordensmuseum in Bad Mergentheim verweisen. Hier in Wien befindet sich nur die Verwaltung. Soll ich Ihnen die Anschrift des Museums durchgeben?«

»Äh, danke, aber die habe ich schon«, sagte Hendrik, was nicht gelogen war: Das Museum hatte ebenfalls eine Website. »Mir geht es weniger um die allgemeine Geschichte als vielmehr um ein paar sehr spezielle Fakten. Ich gehe davon aus, dass es dazu nötig sein wird, dass ich Zugang zu Ihrem Archiv bekomme. Wie muss man vorgehen, um eine solche Erlaubnis zu bekommen?«

Nun zögerte der junge Mann am anderen Ende der Leitung. »Worum geht es denn genau, wenn ich fragen darf?«

Hendrik schluckte. Irgendetwas musste er sagen, und das Einzige, was ihm auf die Schnelle einfiel, war: »Es geht um die geheime neue Aufgabe, die Hochmeister Konrad von Feuchtwangen dem Orden um das Jahr 1295 herum gegeben hat.«

Er hörte seinen Gesprächspartner tief Luft holen. Es war ein *Oh-nein-nicht-schon-wieder-ein-Spinner*-Luftholen. »Ich fürchte, da suchen Sie etwas, das es nicht gibt. Die Aufgabe unseres Ordens ist seit seinen Anfängen dieselbe geblieben: den Kranken und Schwachen beizustehen.«

»Sicher, ja. Das will ich nicht bestreiten. Aber sehen Sie, ich besitze ein Dokument, aus dem hervorgeht, dass sich im Jahre 1295 auf einer Burg Hirschberg, in Franken gelegen, Ereignisse zugetragen haben, die den damaligen Hochmeister Konrad von Feuchtwangen dazu bewogen haben, Papst Bonifatius aufzusuchen und zu bitten, den Orden mit einer weiteren, geheimen Aufgabe zu betrauen.«

»Davon weiß ich nichts.«

Hendrik räusperte sich, versuchte ein Lachen, das ihm aber, so hatte er das Gefühl, misslang. »Es handelte sich ja wie gesagt auch um eine *geheime* Aufgabe. Ich nehme an, dass nicht jeder entsprechend eingeweiht ist.«

»Ich glaube, Sie machen sich da völlig falsche Vorstellungen, wie es bei uns zugeht.«

»Könnte ich mit jemandem sprechen, der möglicherweise mehr darüber weiß? Ihrem Archivar zum Beispiel? Es gibt doch bestimmt einen Archivar?«

Die Stimme hatte etwas Unnachgiebiges, als der Mann antwortete: »Es tut mir leid, aber ich fürchte, das geht nicht.«

»Würde es helfen, wenn ich mich mit meinem Anliegen schriftlich an Sie wende?«

Zögern. »Nun, es würde uns zumindest erlauben, Ihre Bitte zu prüfen.«

»Gut, dann werde ich das so machen. Vielen Dank.« Hendrik unterbrach die Verbindung und sah Adalberts erstaunten Blick. »Was?«

»Lässt du dich immer so schnell abwimmeln?«

»Es war nicht deswegen.« Jemand hatte während seines Telefonats angeklopft. Und sein Telefon war so eingestellt, dass nur eine Person zum Anklopfen zugelassen war: Miriam. Er schaltete um, hob den Apparat ans Ohr. »Ja?«

»Hendrik! Gott sei Dank. Dein Telefon war ausgeschaltet!«

»Ja«, gab Hendrik zu. Er hatte es nach den Vorfällen in München ausgeschaltet und nicht mehr daran gedacht. »Wieso? Was ist los?« So aufgelöst hatte er sie noch nie erlebt, es war richtiggehend beunruhigend, sie zu hören.

»Oh, Hendrik, hier ist die Hölle los. Die Polizei ist da. Sie durchsuchen unser Haus, das Schloss auch, Herr Westenhoff ist spurlos verschwunden und … und ich weiß nicht mehr, was ich machen soll!«

»Er hat angerufen«, sagte der Alte mit den weißen Augenbrauen zu dem jüngeren Mann, der ihm gegenübersaß. »Und er hat geklungen, als wisse er tatsächlich etwas.«

Der andere, dazu ausersehen, ihm eines Tages im Amt des Schlüsselbewahrers zu folgen, kniff die Augen zusammen. »Angerufen? Wer?«

»Ich habe Ihnen schon einmal von ihm erzählt. Sein Name ist Hendrik Busske.«

»Ach ja, richtig. Dieser Reichtumsguru, nicht wahr?«

»Genau der.«

»Und der weiß etwas?« Es klang skeptisch. Aus der ganzen Körperhaltung seines Gegenübers sprach Skepsis. Dass der Jüngere hier unten in dem alten Verlies mit den geweißelten Wänden saß, war Ausdruck seiner Disziplin, nicht seiner Überzeugung. Der Hochmeister hatte ihn dazu bestimmt, sein Nachfolger zu werden, also würde er gehorchen. Ob er an die Mission dieses uralten Amtes glaubte, stand nicht zur Debatte.

Er tat es nicht, dessen war sich der Schlüsselbewahrer gewiss.

»Busske scheint ein weiteres der Bücher in seinen Besitz gebracht zu haben«, erklärte er, was er der Aufzeichnung des Telefonats entnommen hatte, die ihm der Telefonist vorgespielt hatte. »Er wusste von dem geheimen Auftrag, den Konrad von Feuchtwangen unserem Orden gegeben hat. Es gibt keine andere Quelle, aus der er diese Information haben kann.«

Der Jüngere verzog das Gesicht. »Ich verstehe nicht, wieso Sie ihn all die Jahre unbehelligt gelassen haben.«

»Was hätte ich denn Ihrer Meinung nach tun sollen?«, fragte der alte Mann.

Sein Gegenüber hob gleichgültig die Schultern. »Ja. Stimmt auch wieder.« Er griff nach dem Dossier, blätterte darin. »Hmm. Er wohnt bei einem Alchemisten? Bizarr. Dass es immer noch solche Spinner gibt, meine ich.«

»Sie täuschen sich, was die Bedeutung der Alchemisten anbelangt«, sagte der große Mann mit den weißen Augenbrauen. »Es gibt sie nicht nur immer noch, sie sind es auch nach wie vor, die die Welt gestalten. Es merkt nur niemand.«

»Ah ja?« Sein Gegenüber sah auf, legte das Dossier wieder

beiseite, so behutsam, als könnte es explodieren. »Nun, ich will Ihnen da natürlich nicht widersprechen.«

Was sollte er nur machen mit diesem Menschen? Er hatte ein Amt weiterzugeben, das er für das wichtigste der Welt hielt, sein Nachfolger dagegen für mythologische Folklore. Ein Amt, das mit keinerlei Prestige verbunden war, weil außerhalb des Ordens niemand etwas davon wusste und innerhalb des Ordens nur wenige. Ein Amt zudem, dessen Befugnisse in den letzten Jahren mehr und mehr beschnitten worden waren, aus reinem Geldmangel, wie ihm der Hochmeister jedes Mal versichert hatte. Das Geld, um wie damals einen Privatdetektiv zu beauftragen oder gar einen Profi-Einbrecher, hätte ihm inzwischen gar nicht mehr zur Verfügung gestanden.

Er hatte die wichtigste Aufgabe der Welt, aber er hatte keinerlei Vollmachten mehr. Das war die traurige Wahrheit.

Und ausgerechnet heute, da sich die Dinge zuspitzten. Die goldene Rüstung, über siebenhundert Jahre lang verschollen, war wieder aufgetaucht – und gestohlen worden, wie man hatte lesen können.

Er ahnte, wer sie nun besaß. Und das machte ihm Sorgen. Sorgen, die er mit niemandem teilen konnte, schon gar nicht mit seinem skeptischen, desinteressierten Zögling.

»Ich will Ihnen etwas zeigen«, sagte er.

»Ja?«, bat der andere mit bemühtem Interesse.

Der Schlüsselbewahrer griff sich in den Nacken, zog einen dicken, schweren Anhänger heraus, den er an einer Kette um den Hals trug. »Dies wird einst das Zeichen Ihrer Würde sein«, erklärte er und hielt es so, dass der Jüngere es genau betrachten konnte. »Es besteht aus Blei, umhüllt von einer dünnen Schicht Eisen, um Sie gegen das Blei zu schützen.« Er löste den Verschlussmechanismus, klappte den Deckel auf und zeigte ihm, was darin war, abgeschirmt durch ein dickes Stück Bleiglas. Die eiserne Umhüllung ebenso wie das Bleiglas waren jüngeren Datums; sein Vorgänger hatte den Anhänger entsprechend umarbeiten lassen.

»Ein kleines goldenes Kreuz«, stellte sein Nachfolger fest.

»Es ist das Kruzifix aus Teufelsgold, das vor siebenhundert Jahren Elna von Hirschberg getötet hat«, sagte der Schlüsselbewahrer und schloss den Deckel wieder, weil er in das Blei mehr Vertrauen hatte als in das Glas. »Es würde heute immer noch töten.«

16.

Hendrik fuhr wie ein Henker. Linke Spur, Fernlicht, Gaspedal auf dem Bodenbrett. Zum ersten Mal war es von praktischem Nutzen, einen Jaguar zu fahren. Der Wagen machte mühelos 300 km/h und sah in den Rückspiegeln der anderen so bedrohlich aus, dass sie sich beeilten, die Fahrbahn zu räumen.

Miriam hatte ihm den ermittelnden Kommissar gegeben, und das war, o Wunder, Josef Stamm aus München gewesen. Was das alles sollte, hatte er ihm am Telefon nicht sagen wollen, hatte nur gemeint, Hendrik solle so schnell wie möglich kommen.

»Aber ich bin gerade in *Zürich!*«, hatte Hendrik entsetzt erwidert.

»Macht nichts. Wir sind noch eine Weile beschäftigt. So ein Schloss durchsucht man nicht in ein paar Stunden.«

Zum Glück hatte Adalbert geradezu erstaunlich gelassen reagiert. Hatte nur gemeint, Hendrik solle ihn am Bahnhof absetzen, er werde den nächsten Zug zurück nach Genf nehmen, kein Problem.

Das hatte er gemacht, und seither bretterte er über die Autobahnen wie jemand, der seinen Führerschein mit aller Gewalt loswerden will.

Verdammt! Was war bloß los? Miriam hatte es auch nicht gewusst, war nur völlig durcheinander gewesen, wie es gar nicht ihre Art war. Klar, weil es für sie wie ein Überfall gewesen sein musste, der Überfall einer Horde fremder Männer auf ihr Heim, das sie mit so viel Sorgfalt in Schuss hielt. Und er war nicht da, um sie zu verteidigen.

Was konnten die wollen? Die goldene Rüstung, klar. Sie glaubten ihm nicht. Aber warum so eine Aktion? Er hatte doch nichts verbrochen, nichts getan, was dieses Vorgehen auch nur entfernt gerechtfertigt hätte. Noch nicht einmal Steuern hinterzogen hatte er jemals! Obwohl es ihn oft gereizt hatte, zugegeben.

Es war längst dunkel. Und wieder mal zähflüssiger Verkehr. Fünf Stunden würde er brauchen, da biss die Maus keinen Faden ab. Allmählich wurde er müde, musste immer öfter blinzeln, wenn er in Scheinwerfer blickte … Nur jetzt keinen Unfall bauen! Sowieso, die würden nicht mehr da sein, wenn er ankam. Würden überall Siegel anbringen und die Sorte Absperrband spannen, die man in Fernsehkrimis sah, und morgen früh wieder aufkreuzen. Er konnte sich genauso gut Zeit lassen …

Aber das tat er nicht, sondern raste weiter, was Motor und Fahrbahn hergaben.

Irgendwann war er endlich da. Die letzten Kilometer Zickzack auf engen Landstraßen, dann rollte er in den Schlosshof. Spät, zweiundzwanzig Uhr vorbei, als er das letzte Mal geschaut hatte.

Und sie waren noch da. Tatsächlich. Ein halbes Dutzend Polizeiautos, blaues Blinklicht, Scheinwerfer. Uniformierte, die herumstanden. Männer und Frauen in weißen Overalls.

Verrückt. Alle verrückt. Was sollte das? Die taten ja gerade so, als sei ein Mord passiert. Dabei war bloß eine blöde Rüstung aus blödem Gold verschwunden, die davor sowieso siebenhundert Jahre lang verschwunden gewesen war!

Hendrik lenkte den Wagen über den knirschenden Kies zu seinem gewohnten Stellplatz. Er versuchte die Benommenheit der langen, irgendwie hypnotischen Fahrt abzuschütteln, indem er den Kopf schüttelte und scharf durchatmete, ehe er die Tür aufstieß und ausstieg. Er reckte den Kopf. Jetzt hieß es Bestimmtheit an den Tag legen, Autorität. Die Autorität des Hausherrn. Des *Schlossherrn.*

Erhobenen Kopfes und festen Schrittes ging er auf die Polizisten zu. »Guten Abend«, sagte er. »Ich bin Hendrik Busske. Wo finde ich Kommissar Stamm?«

Eine Polizistin, jung, blond und sichtlich übermüdet, wies in Richtung des Schlosses. »Irgendwo dort.«

Er fand den Kommissar im Großen Saal, wo er so etwas wie

seine Kommandozentrale aufgebaut zu haben schien. Stamm saß am Kopfende des Tisches, drei Walkie-Talkies, einen Laptop und einen Haufen Papier vor sich, und sah mehr denn je aus wie ein Mafiosi.

»Ah, der Herr Busske gibt sich die Ehre. Ich wollte es für heute fast schon dreingeben. Moment bitte …« Er griff nach einem der Walkie-Talkies, das unverständlich quäkte. »Stamm?«

Krschl-krschl-kraak-kraak.

»Okay, dann fordern Sie die Leute mit dem Ultraschall an.«

Krsch-krack-krsch.

»Ja, jetzt gleich. Im schlimmsten Fall sprechen Sie ihnen auf die Voicebox. Aber sie sollen spätestens morgen anrücken, so früh wie möglich.«

Krschkrschrkrsch.

»Gut. Ach ja, und Müller – haben Sie jetzt diesen Journalisten endlich rausgeschmissen, der hier die ganze Zeit rumgeschlichen ist?«

Kschkraschkrischkrack.

»Dann machen Sie mal hin. Ende.« Er legte das Ding beiseite, wandte sich wieder Hendrik zu, wies auf die Stühle. »Bitte sehr.«

Hendrik blieb stehen. So weit kam es noch, dass er sich in seinem eigenen Haus Platz anbieten ließ! »Ich würde jetzt gerne endlich wissen, was los ist. Sie überfallen meine Familie aus heiterem Himmel, treiben hier einen irren Aufwand, und alles bloß wegen einer dämlichen alten Rüstung …?«

»Nein, so ist es nicht«, sagte Stamm. »Wir Bullen sind zwar bekanntlich blöd, aber so blöd dann auch wieder nicht.«

»Nicht?« Hendrik trat näher, packte einen der alten Stühle am oberen Ende. Er kapierte immer weniger, was das alles sollte. »Sondern?«

Stamm lehnte sich zurück. »Es ist so, Herr Busske: Wir haben bei unserer Fahndung nach den Dieben der Rüstung einen Toten gefunden. Den Fingerabdrücken nach war er im Zentrallabor. Dieser Tote hatte ein Handy dabei. Als wir dessen Verbindungsdaten abgefragt haben, um daraus seine Aufenthaltsorte der letzten Zeit zu ermitteln, stellte sich heraus, dass er kurz zuvor mehrmals hier gewesen ist.«

»Hier?«, echote Hendrik fassungslos.

»Hier«, bekräftigte Stamm mit einer weit ausholenden Handbewegung. »In Ihrem Schloss. *Deswegen* sind wir hier.«

Jetzt musste sich Hendrik doch setzen. »In *meinem* Schloss?«

»Ganz recht.« Stamm wühlte in seinen Papieren, zog ein großformatiges Foto heraus, legte es vor Hendrik hin. »Sagen Sie mir bitte, wer dieser Mann ist.«

Es war das Schwarz-Weiß-Foto eines Mannes, der die Augen geschlossen hatte und dessen Gesichtszüge verkrampft wirkten. Was wohl hieß, dämmerte es Hendrik, dass es das Abbild eines Toten war, eines Toten zudem, der unter Schmerzen gestorben war.

Und außerdem dämmerte ihm, dass ihm das Gesicht bekannt vorkam: Es war einer der eigentümlichen Besucher Westenhoffs.

Hendrik räusperte sich. »Ich habe diesen Mann ein, zwei Mal hier gesehen«, sagte er. »Aber ich weiß nicht, wer das ist.«

Stamm hob die Augenbrauen. »Dieser Mann war hier, aber Sie wissen nicht, wer das ist? Wie muss ich das verstehen, Herr Busske?«

»Ich hatte nichts mit ihm zu tun. Er hat jemand anderen besucht, der hier wohnt.«

»Und wen, bitte?«

Hendrik schob das Foto von sich, faltete die Hände und beugte sich vor. »Herr Kommissar, die Sache ist die, dass mir das Schloss in Wirklichkeit nicht gehört. Es gehört nach wie vor Herrn Westenhoff. Ihn müssen Sie fragen, wer der Mann ist. Oder war. Ich habe nur gesehen, wie er ihn besucht hat.«

»Das Schloss gehört Ihnen gar nicht?« Stamm wirkte verblüfft. »Aber wieso liest man das dann in allen Illustrierten? Hendrik Busske, der Schlossbesitzer, der anderen in seinen Seminaren beibringt, wie auch sie zu einem eigenen Schloss kommen?«

»Ein Abkommen zwischen Herrn Westenhoff und mir«, gestand Hendrik unglücklich. »Zu Marketingzwecken.«

Stamm spitzte die Lippen. »Hmm. Finden Sie das … ethisch in Ordnung?«

»So läuft das nun mal. Man muss Aufmerksamkeit erregen.«

Draußen in der Halle waren rasche Schritte zu hören. Stamm hob den Kopf, rief: »Schmidt, sind Sie das?«

Keine Antwort. Stattdessen schlug das Portal zu.

»Na gut«, meinte Stamm seufzend, »eine Illusion weniger. Dieser Westenhoff also. Wo wohnt der?«

Hendrik wies zur Decke. »Oben irgendwo.«

»Da oben? Da oben haben wir ein paar Zimmer gefunden, aber die wirken, als seien sie seit Jahren verlassen. Uralte Möbel, alles verstaubt.«

»Kann sein. Ich war da noch nie.«

»Sie waren da noch nie. Hmm. Kann es sein, dass Ihr Herr Westenhoff da auch noch nie war?« Stamm zog seinen Laptop zurate, rief irgendein Dokument auf. »Ich habe ein paar Leute losgeschickt, um sich im Ort umzuhören. Auf einen Nenner gebracht weiß man dort, dass Herr Westenhoff das Schloss an Sie verkauft hat. Und seither will man ihn so gut wie nicht mehr gesehen haben.«

»Das kann nicht sein. Es ist erst ein paar Wochen her, dass ich das letzte Mal mit ihm gesprochen habe.«

»Ein paar Wochen?«

»Ja.« Oder waren es schon ein paar Monate? Er hätte nachschauen müssen.

»Gibt es dafür irgendeinen Beweis?«

»Einen Beweis.« Den gab es nicht. Wie auch? Westenhoff hatte angerufen, wie immer. Und dann hatten sie sich getroffen, wie immer. Wie sollte man das beweisen?

Hendrik spürte plötzlich, wie erschöpft er war. Er hatte wenig geschlafen, und schlecht, war wie ein Verrückter kreuz und quer durch die Gegend gerast in der Annahme, auf der Spur eines historischen Geheimnisses zu sein, aber alles, was er jetzt davon hatte, waren quälende Kopfschmerzen.

Und einen Knoten im Bauch, entsprechend der Schlinge, von der er das Gefühl hatte, dass sie sich unaufhaltsam um ihn herum zuzog. Obwohl er unschuldig war. Umso schlimmer.

Aber *war* er denn unschuldig? Er wusste es nicht mehr. Er wusste nur, dass es hinter seinen Schläfen unerträglich pochte.

»Was wollen Sie mir unterstellen?«, brach es aus ihm heraus. »Dass ich ihn umgebracht habe? Westenhoff? Wozu? Das ist doch völliger Unsinn.«

Stamm legte die Fingerspitzen gegeneinander. »Ich unterstelle Ihnen gar nichts. Ich stelle nur Fragen. Das muss ich tun, weil es mein Job ist herauszufinden, was hier los ist.«

»Was hier los ist?« Hendrik seufzte. »Das wüsste ich selber gern.«

»Herr Busske«, sagte Stamm scharf, »ein deutschlandweit bekannter Schlossbesitzer, der bestreitet, einer zu sein, hält sich *ganz zufällig* in einem archäologischen Institut auf, als dort Unbekannte eine Rüstung aus purem Gold und von unschätzbarem historischem Wert stehlen. Am nächsten Tag finden wir einen Toten, der einer der Diebe gewesen sein muss und sich laut seinem Handy in letzter Zeit mehrmals in jenem Schloss aufgehalten hat, dessen Besitz der eben erwähnte deutschlandweit bekannte Schlossbesitzer bestreitet.« Er legte den Kopf schief. »Sagen Sie, klingt das nicht auch in Ihren Ohren äußerst seltsam?«

»Wenn man es so formuliert, schon«, räumte Hendrik widerwillig ein.

»Dann formulieren Sie es anders. Ich bin ganz Ohr.«

Es half nichts. Mit jeder neuen Ausflucht, die er suchte, um das Geheimnis der Rüstung zu wahren, würde er sich nur noch tiefer hineinreiten. Er würde mit der Wahrheit herausrücken müssen, zumindest einem Teil davon.

»Der Mann«, sagte Hendrik und deutete auf das Foto, »woran ist er gestorben?«

»Das wird noch untersucht.«

Also wussten sie es noch nicht. Hendrik holte tief Luft. »Es gibt eine Theorie«, begann er, »wonach das Gold, falls es tatsächlich durch einen alchemistischen Prozess gewonnen worden sein sollte, radioaktiv sein könnte. Deswegen war mein Bruder dabei – um das zu untersuchen. Deswegen das Strahlenmessgerät.«

Die Augen des Kommissars verengten sich misstrauisch. »Radioaktiv.«

»Ja. In der Legende, von der ich Ihnen erzählt habe, stirbt der Ritter, als er die Rüstung trägt, und wir vermuten, an starker radioaktiver Strahlung. Was man damals natürlich nicht wissen konnte. Man hat es dem Wirken des Teufels zugeschrieben.«

»Davon hat Ihr Bruder kein Wort gesagt.«

»Das wundert mich nicht. Wenn sich das bewahrheiten sollte, würde es nämlich mehrere altehrwürdige wissenschaftliche Theorien infrage stellen. Was eine Entdeckung wäre, die mein Bruder nicht ohne Not vorzeitig publik machen möchte. Nicht, bevor er Gewissheit hat. Und möglichst schon eine alternative Theorie.«

Stamm musterte ihn höchst misstrauisch. »Und was für altehrwürdige wissenschaftliche Theorien wären das?«

Hendrik zuckte mit den Schultern. »Keine Ahnung. Das müssen Sie einen Physiker fragen.« Als der Kommissar daraufhin unwillig die Lippen spitzte, fügte er hinzu: »Wie ich ihn verstanden habe, würde das auf einen bislang noch nie beobachteten kernphysikalischen Prozess hindeuten. Unter anderem müssten wir alles, was wir über Alchemie wissen, in einem völlig neuen Licht betrachten. Was der Aspekt ist, der mich persönlich daran interessiert.«

Klang das plausibel? Durchaus, fand Hendrik.

Der Kommissar schien das auch zu finden, zumindest glätteten sich die skeptischen Furchen auf seiner Stirn. »Und was hieße das für mich?«

»Dass Sie die Leute im Labor in München fragen sollten, ob sie Radioaktivität gemessen haben«, sagte Hendrik rasch. »Wenn nicht, müssen solche Messungen dringend gemacht werden, weil in dem Fall das Gold der Rüstung die Arbeitsplätze radioaktiv kontaminiert hat. Das heißt natürlich auch, dass die Mitarbeiter des Labors zum Arzt müssten, so schnell wie möglich.«

»Hmm«, meinte Stamm und machte sich Notizen.

»Und«, fuhr Hendrik fort, »Sie sollten in Krankenhäusern nach Patienten mit Strahlenkrankheiten suchen.«

»Weil das die übrigen Diebe wären?«

»Genau.«

»Hmm.« Stamm überlegte, ein Prozess, der wieder durch ein quäkendes Walkie-Talkie unterbrochen wurde. »Ja?«, meldete er sich, hörte dem Krächzen und Krachen eine Weile zu und sagte schließlich: »Gut, dann machen Sie für heute Schluss. Haben die Kollegen aus Frankfurt schon …? Okay. Gut. Alles klar. Ja, danke.«

Er legte das Gerät beiseite, spreizte die Schultern und meinte: »Also gut. Da wir für heute hier fertig sind, werde ich mal entsprechende Nachforschungen in die Wege leiten. Aber ich warne Sie«, fügte er finster hinzu, »falls ich keinen Verstrahlten finde, stehe ich schneller wieder auf der Matte, als Ihnen lieb sein wird.«

Hatte er alles verdorben, alles ausgeplaudert? War es eine Rieseneselei gewesen, dem Kommissar von der Strahlung zu erzählen, oder ein Geniestreich? Hendrik wusste es nicht, und im Augenblick war es ihm auch völlig egal. Er war ausgelaugt, verschwitzt und durstig, und alles, was er noch wollte, war eine Dusche und anschließend ein Bett und seine Ruhe.

Aber daran war natürlich einstweilen nicht zu denken, wurde ihm klar, während er auf den Stufen des Schlossportals stand und zusah, wie die Polizei abrückte. Drüben im Gärtnerhaus warteten Miriam und Pia auf ihn und Erklärungen, was eigentlich los war. Es würde noch ein sehr langer Abend werden.

Der Wagen Stamms war der letzte, der vom Hof fuhr, ein BMW mit Münchner Kennzeichen. Hendrik ließ das Tor zufahren, dann holte er seine Reisetasche aus dem Jaguar und ging müde über den Kiesweg um das Schloss herum nach hinten, nach Hause.

Sie waren beide noch auf, empfingen ihn mit großen Augen im Flur, als er die Tür öffnete. Sogar der Hund wirkte, als sei er ganz durcheinander.

»Es tut mir leid«, sagte Hendrik. »Wenn ich geahnt hätte, was dieser Kommissar für einen Zirkus veranstaltet, hätte ich euch vorgewarnt.«

»Du hast *gewusst*, dass die kommen würden?«, fragte Miriam fassungslos.

»Nein, eben *nicht*«, erwiderte Hendrik heftiger, als er es beabsichtigt hatte. Er stellte die Tasche ab, fuhr sich übers Gesicht. »Ich erzähl euch alles. Setzen wir uns in die Küche. Ich könnte ein Bier vertragen.«

So saßen sie dann im warmen Schein der Küchenlampe am Tisch, Hendrik trank sein Bier und erzählte. Von dem Buch und von dem Zeitungsartikel, den er am Sonntagmorgen – lag das wirklich erst so kurz zurück? – gelesen hatte. Wie und warum er zu Adalbert gefahren war. Von ihrem Besuch im Labor und dem Überfall. Und von dem Toten, dessen Foto ihm Stamm gezeigt hatte.

»Wir hatten nichts Böses vor, versteht ihr?«, schloss er. »Wir haben einfach gedacht, vielleicht sind wir einer tollen Sache auf der Spur. Wie Schliemann damals, als er Troja gefunden hat.«

»Wer ist Troja?«, wollte Pia wissen. Sie wollte immer alles wissen.

»Troja«, erklärte Hendrik geduldig, »war eine Stadt aus einem Märchen. Und Heinrich Schliemann war ein Forscher, der nach ihr gesucht hat. Alle haben über ihn gelacht, aber am Ende hat er sie tatsächlich gefunden. Weil eine Stadt, die in einem Märchen vorkommt, trotzdem wirklich existieren kann.«

»Und ihr habt gedacht, ihr findet den Stein der Weisen«, fasste Miriam das Wesentliche zusammen.

Hendrik zuckte mit den Schultern. »Es kam uns zumindest so vor, als könnte es möglich sein.«

»Du hättest ein Wort sagen können.«

»Tut mir leid. Ich hab alles vergessen vor lauter Jagdfieber.«

Er kippte den letzten Schluck hinunter. »Und wir haben ja nichts angestellt. Nichts auch nur entfernt Illegales.«

Miriam atmete zittrig aus. »Ich hab mir das die ganze Zeit gesagt. Dass das nicht sein kann. Aber die haben uns richtiggehend überfallen. Wir mussten das Haus verlassen, während sie alle Zimmer durchsucht haben, stell dir vor! Und dann wollten sie die Schlüssel fürs Schloss, immer wieder, obwohl ich ihnen gesagt habe, die haben wir nicht.«

»Sie haben gedacht, das Schloss gehört uns«, sagte Hendrik und hatte dabei einen sauren Geschmack im Mund. Dass er das hatte verraten müssen, tat ihm am meisten leid.

»Überall sind sie gewesen. Im Wohnzimmer, in den Büros, sogar im Schlafzimmer.« Sie schüttelte sich. »Mich ekelt bei dem Gedanken. Ich glaube, ich werde erst mal alles durchputzen müssen, ehe ich mich wieder zu Hause fühlen kann.«

»Das war völlig unangemessen«, erklärte Hendrik erbittert. »Ich werde gleich morgen früh Doktor Schneider anrufen, was man dagegen unternehmen kann.« Die Anwaltskanzlei Ernst Schneider und Partner hatte sich die letzten Jahre um alle rechtlichen Aspekte seiner Firma gekümmert; die würden wissen, was man da tun konnte.

»Und dann ist auch noch dieser Journalist aufgetaucht«, fuhr Miriam fort. »Ingo Holst. Hat sich mit den Polizisten gestritten, ist überall rumgestiefelt, obwohl sie ihn immer wieder weggeschickt haben. Vorhin ist er noch einmal aufgekreuzt, hat gemeint, ich soll dir sagen, das Interview morgen sei gestorben. Klang, als sei ihm was dazwischengekommen.«

»An den hab ich gar nicht mehr gedacht«, gestand Hendrik. »Ist mir recht. Weiß eh nicht, was der mich fragen wollte.« Er rieb sich die brennenden Augen. »Lasst uns morgen weiterreden. Ich muss unter die Dusche und dann in die Waagrechte.«

»Papa?«, fragte Pia, die quietschwach wirkte.

»Ja?«

»Haben die Polizisten eigentlich das große schwarze Insekt in seinem Bett gefunden? Das Herr Westenhoff immer gefüttert hat?«

Hendrik musste lachen, und Miriam auch. Sosehr man inzwischen schon den Teenager in ihr erahnte, manchmal war sie doch noch das kleine, verträumte Mädchen, das in seiner ganz eigenen Welt lebte.

»Ich glaube nicht«, meinte er. »Das hätten sie mir bestimmt erzählt.«

Pia seufzte. »Schade. Ich hätte gern gewusst, was das für ein Insekt ist.«

In diesem Augenblick klingelte es an der Tür.

Sie sahen einander an, dann auf die Uhr. Halb eins!

Der Hund bellte, als empöre ihn die Störung über alle Maßen.

»Ich gehe«, sagte Hendrik leise zu Miriam. »Bleib du beim Telefon, für den Fall der Fälle.«

Sie nickte. Hendrik erhob sich, reckte die Schultern, ging öffnen.

Vor der Tür stand Max Westenhoff.

»Entschuldigen Sie die späte Störung, Herr Busske«, sagte er ernst. »Aber ich muss Sie dringend sprechen. Sofort, wenn es irgend möglich ist.«

17.

Hätte er in dieser Situation sagen können, *nein, nicht mehr heute Abend?* Unmöglich. Er hätte keinen Schlaf gefunden, hätte sich nur die ganze Nacht gefragt, was der Schlossbesitzer von ihm wollte. Also ging er mit. Sagte Miriam Bescheid, sagte dazu, dass er *keine* Ahnung habe, um was es ginge, dass er es aber herausfinden wolle, und das wollte sie auch.

Er hätte erleichtert sein sollen, dass Westenhoff wieder da war und seine Aussagen würde bestätigen können, aber aus irgendeinem Grund war er es nicht.

»Wo haben Sie gesteckt?«, fragte er, während sie durch die Nacht zum Schloss marschierten.

»In Sicherheit«, erwiderte der Schlossbesitzer knapp.

»Die Polizei war da.«

»Ja, ich weiß.«

»Sie haben das ganze Schloss durchsucht.«

Westenhoff lachte spöttisch auf. »Das denken die vielleicht.«

»Was soll das heißen?«

Er blieb stehen, sah Hendrik an. »Herr Busske, dies ist ein sehr altes Schloss. Ein Schloss mit vielen Geheimnissen, das im Lauf der Jahrhunderte weit schlimmere Heimsuchungen überstanden hat.«

»Heißt das, Sie haben sich die ganze Zeit im Schloss versteckt gehalten?«, fragte Hendrik.

»Genau. Kommen Sie.« Er setzte sich wieder in Bewegung, so energisch, wie ihn Hendrik noch nie erlebt hatte. Es war, als gelte es, noch heute Nacht etwas von epochaler Bedeutung in die Wege zu leiten.

Sie betraten das Schloss von hinten, gingen nach vorn in den Großen Saal. Alle Spuren von Stamms Anwesenheit waren beseitigt worden. Im Kamin brannte ein Feuer, auf dem Tisch ein Dutzend Kerzen in einem Leuchter. Eine dicke Ledermappe lag vor dem Stuhl am Kopfende, auf dem Westenhoff Platz nahm.

Auf einmal wirkte er nicht mehr so gemütlich und versponnen, wie ihn Hendrik kannte.

»Sie fragen sich, worum es geht. Ich will es Ihnen sagen: um die goldene Rüstung. Wie um alles in der Welt kommt es, dass Sie, Herr Busske, in München waren, als sie aus dem Labor gestohlen wurde? Ausgerechnet Sie?«

Das klang sehr nach einem kurz bevorstehenden Rausschmiss.

Na, und wenn schon. Das war Hendrik nach diesem Tag vollends egal.

»Ich war«, erklärte er mit aller Geduld, die er aufbringen konnte, »in München, weil ich von dem Fund der Rüstung gelesen hatte und sie sehen wollte. Ganz einfach.«

»Was hat Sie daran interessiert?«

Wie oft würde er diese Frage noch beantworten müssen? »Ich habe vor Jahren eine Geschichte gelesen, in der eine goldene Rüstung vorkam. Ich wollte herausfinden, ob es womöglich dieselbe ist. Sie wissen schon – Schliemann und Troja …«

Diese Antwort schien Westenhoff maßlos zu verblüffen. »Sie haben davon *gelesen?* Wo?«

»In einem Buch aus einem Antiquariat.« Er winkte ab. »Es ist ewig her, und ich habe es schon lange nicht mehr. Es war ziemlich dünn. Und alt. Im Jahr 1880 gedruckt oder so.«

»Ein Buch?« Westenhoff konnte es immer noch nicht fassen. »Was war das für eine Geschichte?«

Hendrik erzählte sie ihm. Inzwischen hatte er richtig Übung: der Alchemist, der Stein in dem Kasten aus Holz und Blei, das Teufelsgold, die goldene Rüstung, die ihren Träger tötete.

»Unglaublich«, murmelte Westenhoff, als Hendrik fertig war, und versank eine Weile in tiefes Nachdenken. Hendrik ließ ihn, saß einfach nur da, starrte ins Feuer und war froh, dass einmal niemand redete.

Allerdings spürte er die Müdigkeit wie Blei in seinen Gliedern. Noch ein bisschen, und er würde hier auf dem Stuhl einschlafen.

Doch da war Westenhoff schon fertig mit Nachdenken. Er sah Hendrik an und sagte: »Herr Busske, ich muss Ihnen jetzt eine ernsthafte Frage stellen.«

»Nur zu«, sagte Hendrik schicksalsergeben.

»Haben Sie die Rüstung?«

»Ob ich die Rüstung …?« Hendrik schüttelte verständnislos den Kopf. »Nein! Sie wurde gestohlen, das wissen Sie doch. Genau in dem Moment, in dem ich sie mir näher anschauen wollte.«

»Ich weiß, dass sie *aus dem Labor* gestohlen wurde«, sagte Westenhoff. »Aber den Dieben wurde sie ihrerseits gestohlen. Und ich habe mich gefragt, wer dahinterstecken könnte. Es muss logischerweise jemand sein, der um die Bedeutung der goldenen Rüstung weiß. Und wenn es ein Buch darüber gibt, wie Sie sagen, dann womöglich jemand, der es auch gelesen hat, genau wie Sie.«

Laura!, durchzuckte es Hendrik. Sie hatte ihm das Buch gestohlen, sie hatte es bestimmt auch gelesen.

Andererseits … was hätte sie mit einer Rüstung anfangen wollen? Als Amerikanerin zumal, weitab von dem, was hier passierte? Quatsch.

»Ich sehe Ihnen an, dass Sie gerade eine Idee hatten«, erklärte der Schlossherr geradeheraus. »Eine Idee, in wessen Händen die Rüstung jetzt sein könnte.«

Hendrik verzog das Gesicht. Er war müde, zu müde, hatte sich nicht mehr im Griff. Gefährlich. »Nur so ein Gedanke«, erwiderte er und winkte ab. »Irrelevant.«

»Das glaube ich nicht«, beharrte Westenhoff. »Aber ich kann verstehen, dass Sie pokern wollen in dieser Situation. Nun, einverstanden. Ich gehe mit.«

»Wie bitte?«, fragte Hendrik. Allmählich verstand er gar nichts mehr.

Wobei … Man musste mal genauer darüber nachdenken. In Ruhe. Nach einer Nacht guten Schlafes. Vielleicht hatte Laura das Buch jemand anderem gegeben. Es ihm womöglich verkauft. Und dieser Jemand musste nicht unbedingt ebenfalls Amerikaner sein. Im Gegenteil, das war eher unwahrscheinlich. Laura hatte leidlich gut Deutsch gesprochen und gelesen, aber von wie vielen Amerikanern konnte man dasselbe sagen?

Westenhoff faltete die Hände. »Ich will mit offenen Karten spielen. Ich habe mein Leben lang darauf gewartet, dass diese Rüstung auftaucht. Ich habe den Tag herbeigesehnt, an dem man auf sie stößt, habe davon geträumt, so sehr gehofft, dass es noch zu meinen Lebzeiten geschehen würde. Und natürlich habe ich es nicht beim Hoffen belassen. Ich habe Vertrauensleute in den zuständigen Ämtern gewonnen, habe sie, ja, ich gestehe es, bezahlt, um als Erster informiert zu werden, sollte der Tag kommen. Viel Geld habe ich dafür ausgegeben, sehr viel Geld.« Er entflocht die Hände, breitete die Arme aus. »Und letzten Mittwoch war es so weit. Der Tag der Tage. Ich habe nicht gezögert. Alles lief, wie ich es schon seit Langem geplant hatte – zunächst jedenfalls. Bis jemand auftauchte, der offenbar genauso um die Bedeutung der Rüstung wusste wie ich.«

Hendrik starrte den Schlossherren an. Jetzt erst begriff er, wovon der alte Mann sprach. »*Sie* haben die Rüstung gestohlen!«

Westenhoff neigte den Kopf. »Sagen wir, ich habe Männer meines Vertrauens damit beauftragt. Männer mit besonderen Talenten, die angemessen entlohnt wurden.«

»Und von denen jetzt einer tot ist.«

»Zwei, um genau zu sein. Sehr tragisch. Damit hat niemand rechnen können.«

Mit dem Gefühl, innerlich ein Stückchen zu sterben, wurde Hendrik klar, dass er wieder einmal geglaubt hatte, einer großen Sache auf der Spur zu sein, während in Wirklichkeit viel größere, viel ernsthaftere Dinge in Gang gewesen waren, denen er nur als bedeutungsloser Störfaktor in die Quere geraten war. Adalbert und er hatten geträumt, einer wissenschaftlichen Sensation auf der Spur zu sein, während andere glasklar gewusst hatten, was sie wollten. Adalbert und er hatten gestümpert, während andere professionell gehandelt hatten.

»Aber warum, um alles in der Welt?«, fragte Hendrik matt. »Was zum Teufel ist so wichtig an dieser Rüstung?«

Der Schlossherr reckte den Kopf. »Sie wurde aus alchemistisch gewonnenem Gold gefertigt. Sie haben die Geschichte doch gerade selber erzählt. Allerdings wusste derjenige, der dieses Werk vollbrachte, nicht richtig mit dem Stein der Weisen umzugehen. Zum Glück, muss man sagen, denn so kam es, dass sich Bruchstücke des Steins gelöst und in das Gold eingelagert haben. Wer sich in den Besitz der Rüstung bringt, kann mit den heutigen technischen Mitteln einen winzigen Teil des Steins daraus wiedergewinnen. So klein diese Menge auch sein mag, sie würde ausreichen, das Große Werk zu vollbringen. Und mehr wünsche ich mir nicht von meinem Leben.«

Hendrik merkte, wie ihm der Unterkiefer herabsank. Genau das, was Adalbert vermutet hatte!

»Ich will Ihnen reinen Wein einschenken, Herr Busske«, fuhr Westenhoff fort. »Als ich Sie damals angerufen habe, als ich Ihnen anbot, hier einzuziehen, das Schloss als das Ihre auszugeben und so weiter ... da tat ich das, um Sie als meinen Nachfolger aufzubauen. Ich habe keine Kinder, keine Erben, und Sie schienen mir geeignet. Ihr Interesse an Alchemie, die öffentliche Person, die Sie waren und die eine hervorragende Tarnung für mich zu sein versprach, der Ehrgeiz, den ich bei Ihnen spürte und von dem ich mir sicher war, dass er Sie über alle Hindernisse hinwegtragen würde. Es mag sein, dass wir unser gemeinsames Studium der Alchemie nie so intensiv haben betreiben können, wie ich es mir gewünscht hätte, aber ich habe unser Arrangement trotzdem niemals bedauert. Ich bedauere es auch jetzt nicht. Im Gegenteil, vielleicht ist es so, wie es gekommen ist, letztlich am besten. Und vielleicht sollten wir die Ereignisse dieser Woche zum Anlass nehmen, die Dinge ein wenig zu beschleunigen.«

Er öffnete die Ledermappe, die er vor sich liegen hatte, und entnahm ihr ein Dokument mit einem von Hand geschriebenen, längeren Text darauf.

»Hier ist mein Angebot«, erklärte er. »Und um zu zeigen,

dass es mir ernst ist, gebe ich Ihnen das Ganze schriftlich.« Er reichte ihm das Blatt über den Tisch. »In einem Satz gesagt: Beschaffen Sie mir die goldene Rüstung, dann übertrage ich Ihnen den Besitz des Schlosses und des gesamten Anwesens und setze Sie offiziell als Erbe des damit verbundenen Vermögens ein.«

Hendrik saß da wie erstarrt. Seitlich neben Westenhoffs Kopf entdeckte er sein eigenes Abbild in einem der Fenster des Saals, gespiegelt in dessen antikem, welligem Glas. Draußen war es stockdunkel, und im milden Licht des Kaminfeuers und der Kerzen wirkte sein Spiegelbild so verschwommen und undeutlich und auf seltsame Weise ungreifbar, als gäbe es ihn in Wahrheit gar nicht.

Und … er sah so *klein* aus!

Dies war der Moment, in dem etwas in ihm aufplatzte wie eine reife Frucht, eine Erkenntnis, die nur auf eine Gelegenheit gewartet hatte, in sein Bewusstsein zu treten, nämlich: dass sein ganzes Leben nur ein Leben der Täuschung, der Tricks und ärmlichen Betrügereien war. Mit jähem Schmerz begriff er, dass es einen selber klein machte, wenn man zu solchen Mitteln griff, und dass es nichts half, sich dabei einzureden, man sei ein schlauer Kerl. Ein Narr war man, nichts weiter. Ein Verlierer, egal, wie viel man vordergründig gewann.

Er löste den Blick mühsam von seinem unscharfen, wabernden Spiegelbild, senkte ihn auf das Blatt, das vor ihm lag. Edles Papier, der Text handgeschrieben, wie ein Testament.

War das der Weg? Würde alles besser werden, wenn es *wahrer* wurde, *wahrhaftiger?* Wenn es ihm gelang, sein Leben auf eine reale Grundlage zu stellen, anstatt immerfort nur mit Illusionen zu hantieren? Wenn er sich auf Wahrheit stützte anstatt auf Marketing?

Würde dann vielleicht auch endlich der *Glanz* nicht wieder verschwinden?

Er las, was Westenhoff geschrieben hatte, ohne es wirklich zu verstehen. *Hiermit erkläre ich, Max Anton Westenhoff, geboren am 29. März 1940 in Liegnitz, im Vollbesitz meiner geistigen und körperlichen Kräfte meine Absicht, mein Eigentum an dem Schloss Burlingen samt seiner Ländereien unverzüglich auf Hendrik Busske, geboren am 4. Februar 1966 in Frankfurt (Main), zu übertragen und selbigen zu meinem Alleinerben einzusetzen, unter der Bedingung, dass er die durch einen Raubüberfall verloren gegangene sogenannte »goldene Rüstung« wiederbeschafft und mir übergibt. Ich bin mir dessen bewusst, dass die Erfüllung dieser Bedingung eine Übertretung geltender Gesetze darstellen kann, und bestimme deswegen ausdrücklich, dass dies, auch wenn es von offizieller Seite festgestellt werden sollte, nicht erlauben soll, die vorliegende Erklärung meines Willens anzufechten.*

Darunter die Unterschrift Max Westenhoffs und das heutige Datum.

Hendrik sah wieder auf, begegnete dem teils erwartungs-, teils entsagungsvollen Blick des Schlossbesitzers. »Das ist Ihr Ernst.«

»Mein voller Ernst.«

Wie sollte er Laura wiederfinden, nach all den Jahren? Er wusste doch *nichts* über sie. Nicht einmal mehr genau, wie sie aussah.

Darüber würde er nachdenken müssen. Morgen.

»Einverstanden«, sagte er. »Ich kann Ihnen nichts versprechen, aber ich werde tun, was ich kann, um Ihnen die Rüstung zu beschaffen.«

Noch während er sprach, beschlich Hendrik das Gefühl, schon wieder zu lügen.

Als er zum Gärtnerhaus zurückging, brannte Licht im Küchenfenster. Miriam hatte Pia ins Bett gebracht, kam ihm im Flur entgegen, zog ihn in die Küche und die Tür zu, ehe sie fragte: »Und? Was hat er gewollt? Und wo *war* er die ganze Zeit?«

Hendrik ließ sich auf einen Stuhl sinken, unsicher, ob er es schaffen würde, sich je wieder davon zu erheben. »Er hat sich im Schloss versteckt. Sagt er. Gibt da wohl irgendwelche Winkel, die die Polizei nicht gefunden hat.«

»Aber er wird doch bestätigen, was du der Polizei gegenüber

gesagt hast? Dass du nichts mit den Leuten zu tun hast, die sie suchen?«

Hendrik blinzelte, verwundert, wie wenig ihn diese Frage gerade interessierte. »Darüber haben wir gar nicht gesprochen.«

»Nicht? Aber was wollte er dann von dir?«

»Die goldene Rüstung. Er glaubt, dass ich weiß, wo sie ist. Beziehungsweise, wer sie hat.«

Sie setzte sich, die Stirn in überaus skeptische Falten gelegt. »Hendrik – das ist doch verrückt! Wie kommt er auf die Idee, dass du …?« Sie hielt inne. »Oder?«

Hendrik fuhr sich mit der Hand durch die Haare, fühlte sich so schrecklich schwer. Er konnte ihr unmöglich die Wahrheit über Laura sagen. Nicht heute jedenfalls. Nicht jetzt. »Es *kann* sein, dass ich eine Spur zu der Rüstung habe«, gab er zögernd zu. »Eine sehr, sehr entfernte Möglichkeit. Das ist mir erst während des Gesprächs mit ihm klar geworden.«

»Eine Spur? Was für eine Spur?«

»Das ist eine lange Geschichte. Und wahrscheinlich verläuft alles eh im Sand, wie immer.« Er holte das Papier aus der Tasche, das ihm Westenhoff gegeben hatte, faltete es auseinander und legte es ihr hin. »Das ist jedenfalls sein Angebot.«

Miriam las es. Hendrik beobachtete sie dabei, wurde sich einmal mehr dessen bewusst, wie sehr sie ihm gefiel, wenn sie sich konzentrierte.

Dann sah sie auf, tiefe Beunruhigung im Blick. »Hendrik«, sagte sie, »das gefällt mir gar nicht. Das hat so etwas … Wahnsinniges.«

»Ja«, sagte Hendrik.

Sie schob das Dokument von sich weg. »Ich hab's dir gleich gesagt, damals schon. Mit dem Mann stimmt was nicht. Ich bitte dich – ein *Schloss* gegen eine *Rüstung?* Selbst wenn sie tatsächlich aus purem Gold ist, wäre sie das nicht wert.«

»Er glaubt, es lässt sich irgendetwas Alchemistisches damit anfangen. Das Große Werk und so.«

»Trotzdem. Es wäre nicht recht, so eine fixe Idee auszunutzen.«

Hendrik rieb sich die Augen. »Ja, kann sein. Ich weiß es nicht. Ich muss darüber nachdenken. Aber nicht mehr heute Abend.« Er drehte sich nach der Küchenuhr um. Fast zwei Uhr. »Kein Wunder, dass ich so k. o. bin.«

Miriam wollte etwas erwidern, ließ es jedoch und meinte nur: »Ja. Das muss bis morgen Zeit haben.«

Als er nach einer schlaftrunkenen Dusche und flüchtigem Zähneputzen ins Bett kam, kuschelte sie sich an ihn und wisperte: »Hendrik, sag mir nur noch eins – *willst* du dieses Schloss?«

Er spürte seinen Kopf schwer im Kissen liegen. »Es wäre etwas Reales. Wenn es uns nicht mehr gefällt, könnten wir es verkaufen. Ein paar Millionen brächte es ein.« So müde. »Jedenfalls würde dieses ewige Versteckspiel aufhören …«

»Ich will nur, dass du weißt, dass du mir kein Schloss kaufen musst, damit ich dich liebe.« Sagte sie das, oder träumte er das schon?

»Weiß ich doch«, murmelte er. Oder träumte, dass er es murmelte. Danach wusste er nichts mehr.

Als er am nächsten Morgen aufwachte, war es heller Tag. Er hörte Miriam im Wohnzimmer telefonieren, dem Tonfall nach mit einer ihrer Schwestern. Ein Blick auf den Wecker – schon nach zehn Uhr. Demnach war Pia längst in der Schule. Nur gut, dass dieses blöde Interview gecancelt war.

Hendrik wälzte sich aus dem Bett. Immer noch hallte Miriams Frage in ihm wider: *Willst* du dieses Schloss?

Die Antwort, das wusste er jetzt, lautete: ja. Es war eine Chance, und er würde sie nach besten Kräften nutzen. Eine Chance, von einem Leben des So-tun-als-ob umzusteigen in ein wahres, wirkliches Leben.

Als er aus dem Bad kam, lief ihm Miriam über den Weg, die ihr Gespräch gerade beendet hatte. »Paula«, sagte sie nur und steckte das Telefon zurück in die Ladestation. »Hat sich mal wieder getrennt. Und plant die nächste Reise, wahrscheinlich nach Kolumbien.« Paula war Miriams sechs Jahre jüngere

Schwester, ein Ausbund an Unstetigkeit. Vier abgebrochene Studien, ein Dutzend Jobs und mehr Männer, als man zählen konnte.

»Getrennt?«, wunderte sich Hendrik. »Von diesem … wie hieß er? Maik? Wieso das? Der war doch nett.«

»Wahrscheinlich *zu* nett. Du kennst ja ihr Motto: Nichts Schlimmeres, als das Paradies zu finden – man könnte danach nirgendwo anders mehr hin.«

»Na, das Paradies findet sie in Kolumbien bestimmt nicht. Gute Wahl.«

»Hab ich ihr auch gesagt.«

Später, als es sich Hendrik mit einem Kaffee am Tisch bequem gemacht hatte, fragte Miriam: »Und? Was wirst du jetzt machen? Mit Westenhoff, meine ich.«

»Ich probiere es«, sagte er und fischte ein Plunderteilchen aus dem Korb. »Entweder es klappt, oder es klappt nicht.«

»Und wenn es nicht klappt? Was wird er dann machen?«

»Keine Ahnung.« Er hatte wirklich keine Ahnung. Dabei war das der wahrscheinlichste Fall. »So schlimm wird es schon nicht werden. Und wenn alle Stricke reißen, ziehen wir eben woandershin.«

Das schien die Antwort gewesen zu sein, auf die sie gehofft hatte. »Gut«, sagte sie, und es klang ziemlich inbrünstig.

Über Nacht war auch ein Plan in ihm herangereift. Es war ein recht einfacher Plan, denn übermäßig viele Optionen hatte er sowieso nicht. Genau genommen nur eine, und die rief er nach dem Frühstück von seinem Arbeitszimmer aus an: Michel Zurbrügg, den Besitzer des Hotels *Grandevue au Lac* am Zürichsee. Zurbrügg, der ihm angeblich alles verdankte, was er hatte.

Da würde er ihm doch bestimmt einen kleinen Gefallen tun.

Offen war freilich, ob ihn das weiterbrachte.

Zurbrügg war da, freute sich, von ihm zu hören, und meinte auf Hendriks Frage, ob er ihm einen *großen* Gefallen tun würde: »Aber Herr Busske! Selbstverständlich. Alles, was in meiner Macht steht.«

Hendrik schloss die Augen, wie er es immer tat, wenn ein Telefongespräch an einen heiklen Punkt kam. »Vielen Dank, Herr Zurbrügg, auf diese Antwort hatte ich ehrlich gesagt gehofft. Es geht um Folgendes: Als ich das erste Mal bei Ihnen im Hotel war, im März 1998, da war gleichzeitig eine Amerikanerin zu Gast. Von der weiß ich nur, dass sie mit Vornamen Laura hieß, dass sie leuchtend rotes Haar hatte und dass sie Sonntagfrüh abgereist ist. Es haben sich nun Umstände ergeben, die es dringend notwendig machen, dass ich diese Frau kontaktiere. Sehr, sehr dringend. Und da setze ich nun alle Hoffnungen auf Sie. Darauf, dass Sie erstens die Unterlagen von damals noch besitzen und mir zweitens verraten, wer das war.«

Schweigen. Dann Schluckgeräusche. Dann Zurbrügg, der peinlich berührt sagte: »Also, Herr Busske, jetzt muss ich doch zugeben, dass Sie mich mit dieser Bitte in Verlegenheit bringen.«

»Ich hatte Ihnen ja gesagt, dass es um einen *großen* Gefallen geht.«

»Ja, richtig. Aber sehen Sie, das wäre eine Indiskretion. Und ein Hotel wie das unsere lebt zu einem wesentlichen Teil von dem Ruf, diskret zu sein.«

»Ich werde natürlich niemandem verraten, dass ich die Adresse von Ihnen habe. Großes Indianerehrenwort.«

»Hmm.« Man konnte förmlich hören, wie der Mann von einer Gewissensnot in die andere stürzte.

»Herr Zurbrügg, ich kann Ihnen nichts mehr anbieten außer meiner Dankbarkeit«, sagte Hendrik sanft. »Die Point & Figures-Methode kennen Sie ja schon.«

»Ja.« Räuspern. »Nun gut. Ich werde ausnahmsweise über meinen Schatten springen und nachschauen.«

Die beiläufige Erinnerung an das, was Zurbrügg ihm selber gesagt hatte, nämlich, dass er ihm alles verdanke, hatte also funktioniert.

»Kann ich Sie zurückrufen? Die Buchungen damals sind noch nicht per Computer erfasst worden. Ich muss dazu die alten Register aus dem Keller holen.«

Hendrik gab ihm seine Büronummer durch und fügte hinzu: »Ich werde am Apparat bleiben und warten.«

Das tat er auch, obwohl es fast eine Stunde dauerte, bis der Rückruf kam.

»Also, ich glaube, ich bin fündig geworden«, erklärte ihm Zurbrügg mit belegt klingender Stimme. Ganz wohl war ihm offenbar immer noch nicht bei der Sache. »Allerdings hieß die Frau wohl nicht Laura, sondern Laureen. Laureen Turner. Und ich habe nur die Anschrift einer Firma, CTH.«

CTH? Das sagte Hendrik nicht das Geringste. Sein Mut sank. Womöglich gab es diese Firma gar nicht mehr. Und selbst wenn doch, konnte Laura alias Laureen längst zu einer anderen Firma gewechselt sein.

»Lesen Sie vor«, bat er trotzdem, den Stift auf dem Notizblock. »Ich muss nehmen, was ich kriegen kann.«

Zurbrügg diktierte ihm die Adresse samt Telefonnummer. Firmensitz war in New York, auch das noch. »Das ist die einzige Person, die dem Namen nach infrage kommt.«

Laureen Turner. Ein Allerweltsname. Damals beschäftigt gewesen bei einer Firma, von der Hendrik trotz seiner Tätigkeit im Investmentbereich nie etwas gehört hatte. Einer Firma, die in New York saß, wo Firmen schneller gegründet und wieder liquidiert wurden, als man Türschilder auswechseln konnte.

Und das Ganze war wie lange her? Zwölf Jahre? Dreizehn? Womöglich hatte sie inzwischen geheiratet und *hieß* nicht einmal mehr Turner.

Das war alles ziemlich aussichtslos.

Trotzdem sagte er so munter, wie er konnte: »Herr Zurbrügg, Sie haben mir sehr geholfen. Und ich verspreche Ihnen nochmals, dass das unter uns bleibt. Was mich anbelangt, hat dieses Telefonat niemals stattgefunden, okay?«

»Halten wir es so«, erwiderte der Hotelier mit matter Stimme.

Sie verabschiedeten sich, dann tippte Hendrik ohne viel Hoffnung den Namen Laureen Turner bei Google ein.

Eine Sekunde später traf ihn schier der Schlag.

Vier der ersten sechs Bilder zeigten ohne jeden Zweifel die Frau, die er unter dem Namen Laura in der Bar des *Grandevue* kennengelernt hatte. Einer der Links führte auf eine Seite mit ihrer Biografie: Laureen Turner war die milliardenschwere Erbin von Craig Turner, der sein Vermögen im Energiesektor gemacht hatte, unter anderem mit dem Bau und Betrieb von Kernkraftwerken. CTH war die Abkürzung für *Craig Turner Holding*, die Dachgesellschaft des Konzerns, von dem Hendrik in seiner Zeit bei WCM Trust natürlich gehört hatte.

Hendriks Mut sank. Das war alles noch aussichtsloser, als er befürchtet hatte, nur auf eine andere Weise als gedacht.

Laureen Turner, die Frau, die Hendrik damals quasi bewusstlos gevögelt und ihm hinterher das Buch mit der Geschichte der goldenen Rüstung geklaut hatte, war seit 2001, seit dem Tod ihres Vaters, die Vorstandsvorsitzende eines multinationalen Konzerns.

Wie um alles in der Welt sollte er an diese Frau herankommen?

Eine Weile saß er nur da und starrte ratlos vor sich hin. Er hörte, wie nebenan im großen Büro ein Sessel quietschte. Ein PC startete mit den üblichen Soundeffekten. Schubladen wurden geöffnet und wieder zugeschoben. Normalerweise kümmerte sich eine Halbtagskraft um das Tagesgeschäft – Prospekte verschicken, Anmeldungen bearbeiten, Zahlungen überprüfen, Seminare organisieren und so fort –, aber die hatte zurzeit Urlaub. Also war es Miriam, die dafür sorgte, dass alles lief, so, wie sie es am Anfang immer getan hatte.

Am Anfang.

Hendrik hob den Kopf. Windauer!

Er wirbelte mit seinem Drehsessel herum, suchte die Nummer heraus, wählte. Vielleicht war er doch noch nicht am Ende des Weges angelangt. Karl Windauer mit seinen zahllosen Kontakten hatte ihm schon so oft weitergeholfen; gut möglich, dass er es auch diesmal tun würde.

Er landete bei einer Sekretärin, die ihn, als er seinen Namen nannte, sofort durchstellte. Windauer war da, hatte Zeit, freute sich, von ihm zu hören.

»Sie haben jetzt eine Sekretärin?«, wunderte sich Hendrik.

»Ja, nicht schlecht, was? Musste sein. Ich hab nämlich ganz schön viel zu tun für jemanden, der eigentlich in Rente sein könnte.« Er lachte lauthals. Es schien ihm blendend zu gehen.

Sie unterhielten sich eine Weile, dann rückte Hendrik mit seinem Anliegen heraus.

»Hmm«, machte Windauer nachdenklich. »Das ist nicht einfach. CTH, sagen Sie? Hmm. Da muss ich mich erst mal umhören. Wird ein bisschen dauern.«

»Ich wäre Ihnen sehr verbunden«, sagte Hendrik. »Wie immer.«

Danach wartete er wieder. Schaute aus dem Fenster seines Büros, von dem aus man den Park überblickte, das Schloss mitten darin. Es war zweifellos der schönste Blick aus irgendeinem Fenster dieses Hauses.

Er hatte auch Wert darauf gelegt, eine eigene Tür in den Garten hinaus zu haben, und jetzt gerade fiel ihm auf, dass sie klapperte. Er stand auf, ging die zwei Stufen hinab: Tatsächlich, sie war nicht verschlossen gewesen. Ärgerlich. Er zog sie zu, drehte den Schlüssel herum, setzte sich wieder an seinen Schreibtisch.

Es hatte keinen Zweck, einfach nur zu warten. Sein Blick glitt über das alte Lotterierad, das er Pia früher immer hatte drehen lassen, und die Pinnwand mit dem letzten Aktienteil der FAZ darauf: Der nächste Börsenbrief war bald fällig. Vielleicht würde es eine gute Ablenkung sein, ihn rasch zusammenzustellen.

Gerade als er die Dartpfeile aus der Schublade holen wollte, klingelte das Telefon wieder. Er hob hastig ab, aber es war nicht Windauer.

Sondern Stamm, der Kommissar aus München.

Das klang nach Ärger.

»Ja?«, fragte Hendrik. »Was gibt's Neues?«

»Ich rufe noch einmal an wegen dem, was Sie gesagt haben.

Über die Verstrahlten. Inzwischen steht fest, dass der Tote, um den es geht, an einem Stich mit einem Stilett mitten ins Herz gestorben ist.«

Das klang wirklich nach Ärger.

»Verstehe«, sagte Hendrik.

»Eine winzige Wunde, der Pathologe hat danach suchen müssen. Aber«, fuhr Stamm fort, »ich habe den Leichnam trotzdem auf Radioaktivität untersuchen lassen. Und wie sich herausgestellt hat, ist der Mann vor seinem Tod tatsächlich mit Strahlung in Berührung gekommen. Mit relativ starker Strahlung sogar.«

Hendrik lief es kalt den Rücken hinab. Und sie hatten sich der Rüstung bis auf wenige Schritte genähert! »Aha. Und was heißt das nun?«

»Das ist eben die Frage. Was der Mann bei Ihnen im Schloss zu suchen gehabt hat, wissen wir immer noch nicht.«

»Ich hab Ihnen doch gesagt –«

»Ich weiß, was Sie gesagt haben«, unterbrach ihn Stamm. »Rufen Sie mich einfach an, sobald dieser angebliche Schlossbesitzer wieder aufgetaucht ist. Dann sehen wir weiter.«

»Okay«, sagte Hendrik. »Ich werd dran denken.« Das war immerhin nicht gelogen. Aber eine Vernehmung mit ihm und Westenhoff war das Letzte, was er jetzt gerade brauchen konnte.

Nach dem Telefonat war er konfuser denn je. Trotzdem machte er sich daran, den Börsenbrief zu erstellen. Das Lotterierad verwendete er nicht mehr, seit Pia lesen konnte; er wollte nicht, dass sie in der Schule davon erzählte. Stattdessen benutzte er ein Programm, das Zufallszahlen lieferte, und eine Liste mit Textbausteinen, die er am Schluss nur noch zu glätten brauchte.

Er war gerade fertig, als Windauer zurückrief.

»Gute Neuigkeiten«, sagte er. Er klang abgehetzt. »Ein Freund von mir hat jemanden angespitzt, der tatsächlich für eine der wichtigen Firmen des Turner-Konzerns arbeitet. Spielt mit dem Direktor Golf, also beste Connections.«

»Klingt prima«, meinte Hendrik.

»Ja. Allerdings war dieser Mensch ein bisschen übereifrig. Er hat für Sie gleich einen Termin bei Laureen Turner ausgemacht – übermorgen!«

»Oh.«

»Habe ich auch gesagt.«

Wobei das, sagte sich Hendrik, im Grunde ideal war. Je schneller er Laureen traf, desto besser. »Das kriege ich schon irgendwie hin«, versicherte er und griff nach dem Kugelschreiber. »Sagen Sie mir alles durch, was ich wissen muss.«

Das tat Windauer: Datum, Uhrzeit, Adresse, Telefonnummern von Ansprechpartnern. »Viel Glück«, meinte er.

»Danke, werde ich nötig haben«, sagte Hendrik. Dann legte er auf, riss die Tür zum großen Büro auf und rief: »Miriam! Schnell – ich brauche einen Flug nach New York. Noch heute.«

Und er würde sich überlegen müssen, wie er am besten vorging. Denn eins war klar: Bei dieser Sache hatte er nur einen Versuch!

Das Taxi, das ihn zu der Adresse auf Long Island hinausbrachte, kam eine halbe Stunde vor dem vereinbarten Termin an.

Das Anwesen war riesig und geradezu unwirklich sorgsam gepflegt. Überall wunderschöne, alte Laubbäume, ausladend wie im Bilderbuch, aber kein einziges Blatt auf dem makellosen Rasen. Die Gebäude erahnte man hinter Büschen und hohen Gräsern mehr, als dass man sie sah. Auf einem Landeplatz mitten in einem großen, flachen Feld stand ein Hubschrauber, so strahlend sauber, als sei er zuletzt vor fünf Minuten abgewischt worden. Und über allem wölbte sich ein vollendet blauer Himmel.

Der Fahrer fuhr immer langsamer, fast so, als scheue er sich, mit seinem rostfleckigen Taxi in diese Vollkommenheit einzudringen. Als er endlich hielt, tat er dies vor dem Portal einer schneeweißen Villa mit zahllosen Kaminen, Erkern, Fenstern und Anbauten – und ergriff, kaum dass Hendrik draußen war, wieder die Flucht.

Eine Frau kam heraus, eine Augenweide in einem adretten zartgelben Kostüm, und fragte ihn, ob er *Mister Basske* sei. Als Hendrik das bestätigte, führte sie ihn in ein irritierend weitläufiges Wohnzimmer und bat ihn, sich zu gedulden, Miss Turner werde ihn so bald wie möglich empfangen.

Also hieß es warten. Er hätte einen Schluck zu trinken brauchen können, sein Mund war auf einmal schrecklich trocken. Und in seinem Bauch rumorte es; Schmetterlinge waren das keine mehr.

Er setzte sich auf die Couch, legte seine Mappe mit den Unterlagen neben sich. Hielt es nicht aus, stand wieder auf. Setzte sich erneut, versuchte, sich zu entspannen. Entspannen? Ha! Daran war natürlich nicht zu denken. Also erhob er sich erneut, trat an eines der Fenster, schaute über den Park davor. Der Anblick ließ ihn an zu Hause denken, nur, dass er hier sozusagen vom Schloss aus auf die Grünanlagen sah, nicht aus dem Anbau eines Gärtnerhauses.

Hendrik hörte nicht, wie die Tür ging, sah nicht, woher sie gekommen war. Er hatte nur plötzlich das Gefühl, dass jemand ihn betrachtete, und als er sich umdrehte, stand sie da und betrachtete ihn tatsächlich: Laureen.

Sie sah keinen Tag älter aus, als er sie in Erinnerung hatte. Unglaublich. Sie trug ein wallendes, hauchdünn wirkendes, schneeweißes Kleid, eine Art Toga, und ihre roten Haare wirkten wie loderndes Feuer.

»Hallo, Hendrik«, sagte sie lächelnd, in ihrem charmanten, dialektgefärbten Deutsch.

»Hallo, Laura«, sagte er und korrigierte sich: »Laureen.«

Sie machte schleichende Schritte auf ihn zu. »Lange her.« Sie wechselte ins Englische. »Ich weiß nicht, wie ich es finden soll, dass du mich aufgestöbert hast. Wieso erst jetzt? Nach über zwölf Jahren?« Sie hatte ihn erreicht, streckte die Hand aus, fuhr mit zwei Fingern die Kinnpartie seines Gesichts nach. »Ich sollte eigentlich beleidigt sein, dass du erst jetzt kommst. Oder war dir die eine Nacht schon genug?«

Hendrik blieb stocksteif stehen, versuchte, die Erinnerungen an damals zu verdrängen, tat, als spüre er nicht, wie es wieder zwischen ihnen knisterte. »Deswegen bin ich nicht hier«, sagte er mühsam.

»Nicht?« Laureen machte einen Schmollmund. »Wie empörend. Ich glaube, ich werde dir ernstlich böse.«

Hatte sie im Ernst erwartet, er sei gekommen in der Hoffnung, mit ihr ins Bett zu gehen? Trug sie deswegen dieses an ein Nachthemd erinnernde Kleid? Er war darauf gefasst gewesen, eine knallharte Geschäftsfrau anzutreffen, der die Erinnerung an das einstige kleine Abenteuer eher peinlich war … nicht darauf, erneut verführt zu werden.

»Ich muss dich etwas fragen«, sagte Hendrik, wandte sich ab, nicht zuletzt, um seine Erregung zu verbergen. Er ging zur Couch, holte die Kopien der Kopien aus seiner Mappe. »Dieses Buch. Als wir … nun ja, als wir damals in meinem Hotelzimmer waren, lag es auf meinem Schreibtisch. Und als du am Morgen verschwunden warst, war auch das Buch verschwunden.« Er schluckte mühsam, ehe er hinzufügen konnte: »Du hast es mir gestohlen.«

Sie hatte ihm mit einem amüsierten Lächeln um die Mundwinkel zugehört, nun lachte sie lauthals auf. »Gestohlen? Ich?«

»Ja«, bekräftigte Hendrik entschlossen. »Zum Glück hatte ich vorher diese Kopien machen lassen.«

Laureen kam näher, bis sie wieder dicht, viel zu dicht vor ihm stand. Dann sagte sie: »Ich fürchte, das siehst du völlig falsch. Derjenige, der dieses Buch gestohlen hat – das bist du!«

»Ich bin damals nach Zürich geflogen, weil ich eine Verabredung mit einem Antiquar hatte, der mit illegal beschafften Büchern handelte«, erzählte Laureen, als sie beide auf der Couch saßen. »Der Termin war fünf Minuten vor zwölf – das weiß ich noch, weil er es mir am Telefon mindestens fünfmal eingeschärft hat. Ich sollte in den Laden kommen, kurz bevor er schloss. Und an einem Samstag, weil da sein Chef nicht da war. Auf diese Weise wollte er das Geschäft ungestört abwickeln. Er hatte das Buch in einem gepolsterten Umschlag, aber als er es herauszog, um es mir zu zeigen, war es nicht das, das er mir versprochen hatte.«

»Ah«, machte Hendrik verlegen.

»Ich sehe, du beginnst zu verstehen«, meinte sie lächelnd. »Oh, das war vielleicht ein Augenblick, als ich da gestanden habe, diesen dünnen braunen Band in Händen und grenzenlos enttäuscht, dass die Sache schiefgegangen war. Eine gotische Grammatik? Was wollte ich damit? Ich war eigens für dieses Geschäft aus den Staaten herübergeflogen, und nun? Was hätte ich tun sollen? Ich konnte ja nicht zur Polizei gehen. Das Buch, hinter dem ich her war, war gestohlen, das wusste ich schließlich genau.«

Hendrik saß wie erstarrt. Das waren Zusammenhänge, die er im Traum nicht erwartet hätte.

»Also habe ich den Mann angefaucht, was das solle, das sei nicht das bestellte Buch. Er konnte es gar nicht verstehen – ich glaube, er war ein ziemlich chaotischer Mensch –, aber dann fiel ihm ein, dass jemand sich für das Buch interessiert hatte. Und dass er es versehentlich auf einem Stapel hatte liegen lassen, als ihm ein Anruf dazwischenkam. Ich habe meinen Ohren nicht getraut. So ein Idiot! Wahrscheinlich hätte ich ihm die Augen ausgekratzt, wenn er nicht gleich darauf gesagt hätte, dass der Laden per Video überwacht wurde.«

Hendrik merkte, wie sein Mund sich fast wie von selber öffnete, um etwas von sich zu geben, und stoppte die Bewegung. Das klang alles nicht gut. Gar nicht gut.

War das möglich? Dass ihn die Strafe für sein damaliges Vergehen jetzt doch noch ereilte, nach all den Jahren?

Laureen genoss es sichtlich, die Geschichte zu erzählen. »Wir sind also nach hinten gegangen, wo der Monitor war, und er hat das Band zurücklaufen lassen. Während die Aufnahme im Zeitraffer durchlief, hat er sich ungefähr fünfzigmal entschuldigt – ich habe gar nicht alles verstanden, was er an Ausreden vorgebracht hat. Sein Englisch war ziemlich schlecht, und das Schweizer Deutsch verstehe ich nicht.« Sie lehnte sich zurück. »Ja, und dann haben wir gesehen, wie es passiert ist.

Wie jemand das eine Buch aus dem Umschlag zieht, ein anderes dafür hineinschiebt, und wie er dann das Buch, das ich haben wollte, in seine Jacke steckt und damit abhaut.«

»Tja«, murmelte Hendrik betreten. »Was soll ich dazu sagen?«

Laureen lachte hell auf, beugte sich vor, fasste ihn am Arm. »Oh, du Armer. Du wirst ja richtig rot! Wie süß. Nein, du brauchst dir keine Sorgen zu machen, das ist längst alles vergeben. Immerhin hast du mir auf diese Weise siebzigtausend Dollar gespart.«

»Siebzigtausend –?«

»Was preisgünstig gewesen wäre für ein Buch wie dieses. Und das Schicksal war auf meiner Seite, denn ich habe es am Ende ja doch bekommen. Als ich dich am Abend an der Hotelbar sah, habe ich dich sofort wiedererkannt. Jetzt oder nie, habe ich gedacht.« Sie schmunzelte. »Nun, und es wurde dann ja ganz amüsant. Und einfach. Irgendwann warst du weg, hast geschlafen wie ein Stein. So musste ich dich nicht fesseln, nicht niederschlagen, und meine Pistole durfte auch in der Handtasche bleiben.«

»Deine –?« Hendrik schluckte unbehaglich. »Da habe ich ja richtig Glück gehabt.«

»Das will ich meinen, du Bücherdieb. Als Strafe war das, was ich mit dir gemacht habe, *viel* zu milde.« Sie lachte hell auf.

Hendrik versuchte, sich an den Ablauf des Abends zu erinnern. Sie hatte ihn umgarnt, ganz gezielt, das hatte er durchaus gemerkt. Aber er hatte es sich gefallen lassen und sich weiter nichts dabei gedacht. Nie im Leben wäre ihm der Gedanke gekommen, sie könnte …

»Wie hast du eine Pistole durch die Kontrollen am Flughafen gebracht?«, wunderte er sich.

Sie schüttelte den Kopf. »Ich bin mit dem Privatjet meines Vaters geflogen. Da gibt es keine Kontrollen, jedenfalls keine, die man ernst nehmen müsste.«

Er musterte sie. So aus der Nähe sah man die Jahre, die seit damals vergangen waren, ein bisschen wenigstens. Winzige

Fältchen um die Augen, am Halsansatz … Trotzdem. Sie war immer noch betörend schön. Er wäre ein Heiliger gewesen, wenn er ihr damals widerstanden hätte.

»Aber warum?«, fragte er. »Was hat dich an dem Buch derart interessiert? Ich meine, es ist doch nur eine *Geschichte*. Eine historische Anekdote. Weiter nichts.«

Laureen lächelte nachsichtig. »Oh, du Ahnungsloser. Du bist da in etwas hineingestolpert und weißt nicht einmal, worum es geht. Ich war hinter diesen Büchern schon *ewig* her, genau wie vor mir meine Mutter. Es ist sozusagen eine Familienmission. Komm!« Sie stand auf. »Ich will dir etwas zeigen.«

Hendrik erhob sich, folgte ihr durch Flure voller Antiquitäten in eine kleine, nüchtern wirkende Bibliothek. Der Raum war klimatisiert, die Wände aus weißem Marmor. Es waren unfassbar viele, uralte, kostbar aussehende Bücher, die da in stählernen Regalen hinter Glas verwahrt wurden.

Laureen trat an einen besonders gesicherten Bücherschrank, tippte einen Code ein. Die Glasscheibe fuhr surrend beiseite. Sie holte ein dünnes, in brüchiges Leder gebundenes Büchlein heraus, das wirklich sehr, sehr alt wirkte. Ein Lesezeichen steckte darin, bei dem sie es aufschlug. Dann reichte sie es Hendrik und wies auf einen kleinen Tisch am Fenster.

»Lies.«

18.

Die zwei Alchemisten

Eine Begebenheit meiner Lehrzeit ist mir besonders im Gedächtnis geblieben, und von dieser will ich nun erzählen.

Es war im vierten oder fünften Jahr, dass ich Meister Mengedder diente, als eines Tages jemand an die Tür unseres Laboratoriums pochte. Mein Meister und ich verwunderten uns darob sehr, da niemand um unseren Aufenthaltsort wusste noch darum, was sich hinter unseren Mauern abspielte. Wir weilten aber in Danzig, just zu jener Zeit, als die Swenzonen sich gegen ihren Herzog Ladislaus erhoben und sich mit dem Markgrafen von Brandenburg verbündet hatten und allüberall große Unruhe herrschte, sodass man seines Lebens nicht mehr sicher war. Um nun die nötige Umsicht zu wahren, hatten wir schon bei unserem Einzug ein Loch durch eine Wand an der Seite gebohrt, so versteckt, dass man's von außen nicht sah, wir aber sehen konnten, wer Einlass begehrte.

An diese Stelle schickte mich Meister Mengedder und hieß mich, keinen Laut von mir zu geben. Ich sah einen hochgewachsenen, hageren Mann in einem grauen Gewand, der just in jenem Moment aufs Neue gegen unsere Tür hämmerte, als wolle er sie einschlagen, würde ihm kein Zutritt gewährt. Darüber hinaus rief er überaus vernehmlich den Namen meines Meisters: »Mengedder! Ich weiß, dass Ihr hier seid. Öffnet!«

Mein Meister winkte mich darob beunruhigt zu sich und hieß mich, mir ein altes Lumpengewand überzuwerfen und mir Asche ins Gesicht zu reiben und so an die Tür zu gehen, um das Begehr des Fremden zu erfragen.

»Wisst Ihr denn, wer das ist?«, frug ich ihn, während ich seinem Geheiß hurtig Folge leistete.

Darob verfinsterte sich das Gesicht meines Meisters, und er sprach: »Jemand, der es unmöglich sein kann.«

»Wie das?«, frug ich, worauf ich zur Antwort erhielt: »Weil er tot sein müsste. Nun geh endlich und tu, wie ich dir aufgetragen habe!«

Das tat ich. Ich erschrak ob des wilden Blickes, mit dem mich der Mann ansah, als ich den Riegel beiseitegeschoben und die Tür einen Spalt weit geöffnet hatte. Hinter mir aber wusste ich die zweite Tür durch meinen Meister verriegelt, sodass der Fremde keinen Zutritt bekommen würde, sollte er mich überwältigen.

»Ihr wünscht?«, frug ich.

»Wer bist du?«, herrschte mich der Mann an.

»Mein Name ist Janek«, gab ich ihm Auskunft, da ich mir gewiss war, dass ihm mein Name nichts sagen würde, und frug sogleich: »Und wer seid Ihr?«

»Mein Name«, versetzte der Fremde unwirsch, »ist John Scoro. Und nun geh und sag deinem Meister, dass ich hier bin und ihn zu sprechen wünsche.«

Ich musste aber nichts dergleichen tun, denn im selben Moment hörte ich, wie die Tür hinter mir geöffnet wurde und mein Meister rief: »Es ist gut, Janek. Lass ihn ein.«

Nun aber befiel mich arge Neugier, denn ich spürte sehr wohl, dass hier zwei gar gewaltige Geister aufeinandertrafen, und ich wollt's mir nicht entgehen lassen, was sie einander zu sagen hatten. So huschte ich hinter dem Mann, der sich John Scoro genannt hatte, in das Laboratorium und begab mich daselbst in den Hintergrund, als hätte ich was zu schaffen; ich tat aber nur so und schaute darauf, ihnen so nahe zu bleiben, dass ich hörte, was sie sprachen.

Mein Meister bemerkte sehr wohl, was ich tat, denn er kannte mich und war auch ein umsichtiger, argwöhnischer Mann und gewohnt, auf alles achtzugeben, allein, ich glaube, ihm war's ganz recht, mich in der Nähe zu wissen. Schon so manches Mal hatte ich ihm beispringen müssen in Auseinandersetzungen, wie wir so durch die böhmischen und pommerellischen Lande gereist waren.

Und ich meine, der Fremde merkte es gleichwohl, aber es war ihm gleich.

»Scoro«, war das Erste, was mein Meister zu dem Ankömmling sagte, und so, wie er den Namen sprach, wusste ich, dass er ihn nicht zum ersten Mal gehört hatte.

»Ihr seid es wahrhaftig«, sprach mein Meister weiter. »Ich wähnte Euch tot. Ihr lagt auf dem Sterbebett, als ich Euch zum letzten Mal gesehen habe.«

»Wenn Ihr noch nicht begriffen habt, dass es derlei für unsereinen nicht mehr gibt, dann seid Ihr nicht weit gekommen mit Euren Forschungen«, versetzte der Fremde voller Ärger. »Was treibt Ihr hier? Haltet Ihr Euch immer noch damit auf, Teufelsgold zu machen?«

Mein Meister bot dem Gast Stuhl und Trunk an und sagte: »Ich halte mich vor allem damit auf, Euer Buch zu entschlüsseln. Hättet Ihr nicht in so vielen Rätseln geschrieben, wäre ich ohne Zweifel schon viel weiter.«

»Ah, mein Buch«, sagte Scoro und setzte sich. »Das habt Ihr also auch gestohlen, nicht nur meinen Stein.«

»Hätte ich beides in den Händen törichter Ritter zurücklassen sollen?«, frug mein Meister mit jener galanten Gefälligkeit, die ich ihn im Verkehr mit Hochgeborenen oft an den Tag habe legen sehen. »Rittern, die einzig danach trachteten, arme Muselmanen vom Leben zum Tod zu befördern zum Lobe Gottes? Und wie ich schon sagte, ich hielt Euch für im Sterben liegend.«

Ich stand im Schatten eines Tragbalkens und behielt den Fremden sorgsam im Blick. Mit meiner Rechten hatte ich den Stößel unseres größten Mörsers ergriffen, bereit, ihn als Waffe einzusetzen, sollte es zu einem Kampf kommen.

Doch der Mann bedachte nur geduldig, was mein Meister zu ihm gesprochen hatte, und nickte endlich, wie von plötzlicher Mattigkeit erfüllt. »Es ist wahr«, sprach er, »ich hatte damals mit meinem Leben abgeschlossen und erwartete nichts mehr als den Tod. Ich zweifelte auch nicht daran, dass ich unverzüglich hinabfahren würde in die Hölle, und ich wusste nicht, ob die Qualen, die mich erwarteten, schlimmer sein konnten als die, die ich erlitt. Allein, das Wunder geschah – mein Fieber sank, die Schmerzen schwanden, und endlich erhob ich mich von meinem Lager, äußerlich schwach, doch zugleich innerlich stärker, gestählter, wie umgewandelt. Was wirklich mit mir geschehen war, wusste ich da noch nicht. Ich hatte auch nicht die Muße, mir darüber Gedanken zu machen, denn wie ich mein Lager verließ und durch die Tür meines Gemachs trat, sah ich, dass sich die ganze Burg in ein Leichenhaus verwandelt hatte.«

»Ja«, sagte mein Meister und neigte den gewaltigen Schädel. »Es war grauenhaft.«

Darauf richtete der Fremde sich auf und herrschte meinen Meister an: »Erdreistet Ihr Euch, den Trauernden zu spielen? Ihr ward es doch, der das alles angerichtet hat – Ihr und der Stein!«

»Es mag so ausgesehen haben«, räumte mein Meister ein, »doch so war es nicht.«

»Wie dann?«

Ich folgte dem Gespräch, ohne recht zu wissen, wovon es handelte. Wohl hatte mein Meister bisweilen Andeutungen gemacht hinsichtlich der Umstände, unter denen er in den Besitz des Steines gelangt war, doch waren diese stets dunkel und mehrdeutig gewesen. So lauschte ich umso emsiger, begierig, mehr über die geheimnisvollen Ursprünge seiner Mission zu erfahren.

»Es begann, nachdem das Werk vollbracht, die Rüstung geschmiedet war«, berichtete mein Meister. »Der Kessel siedete, da der Stein immer noch darin lag, doch es kam kein Nachschub mehr, nicht an Merkurium noch an anderweitigen Ingredienzien. Das Brausen des Kessels wurde fortwährend lauter und furchtbarer mit jeder Stunde, die verstrich, und es gab niemanden, den ich um Rat fragen konnte. Ihr lagt darnieder, der Priester sagte, Ihr würdet den kommenden Tag nicht mehr erleben, und dann starb der Ritter in eben jener Stunde, die sein Triumph hätte sein sollen. Es war an mir zu entscheiden, und so tat ich, was auch Ihr einst getan habt: Ich bestimmte jemanden dazu, den Stein aus dem Kessel zu bergen. Ich frug die Gefangenen in den Verliesen des Ritters, ob einer von ihnen bereit sei, dies zu vollbringen im Tausch gegen seine Freiheit. Ich verschwieg nicht, dass es sich um eine gefährliche Tat handelte, gleichwohl, ich fand mehr Freiwillige, als ich brauchen konnte. Ich wählte die zwei Stärksten von ihnen aus, brachte sie zum Kessel und instruierte sie, wie sie den Stein aus dem Sud holen sollten, mit einer großen hölzernen Schöpfkelle nämlich, und dass sie ihn in den Kasten legen sollten, den Ihr inwendig mit Blei ausgekleidet hattet. An dem Kasten aber hatte ich eine lange Kette befestigt, an deren anderen Ende ein Pferdegespann bereitstand.«

Ich beobachtete den Fremden, in dessen Gesicht ich zum ersten Mal, seit er das Haus betreten hatte, einen Ausdruck von Beifälligkeit las. »Nicht übel gedacht«, gab er zu.

»Die beiden Männer mühten sich, meine Warnungen und Weisungen in den Wind schlagend, schafften den Stein aus dem Kessel und in den Kasten, aber den Deckel zu schließen, das vollbrachten sie nicht mehr.«

»Freilich nicht«, meinte der Fremde. »Der Stein hatte über viele Wochen hinweg gearbeitet und war voll agitiert.«

Mein Meister neigte den Kopf. »Das mag der Grund gewesen sein. Jedenfalls, sie fielen nieder und regten sich nicht mehr, und keiner von uns wagte sich näher heran. Mich befiel große Furcht, und ich gab den Pferden die Peitsche zu schmecken, damit sie den Kasten aus dem Keller ziehen sollten. Das taten sie –«

»Mit offenem Deckel?«, rief der andere. »Damit habt Ihr die Burg dem Untergang geweiht.«

»Nun, wie der Kasten über den Boden schleifte und hart über eine Schwelle kam, geschah's, dass sich der Deckel von selber schloss«, berichtete mein Meister. »Und was die Burg anbelangt, so war sie dem Untergange längst geweiht, nämlich seit der Stunde, da der Ritter jenen verhängnisvollen Plan gefasst hatte.«

»Ich habe keinen Anlass, ihn zu betrauern«, sagte der Fremde. »Und weiter?«

Mein Meister schenkte von dem Wasser nach, das er im Kruge hatte, wiewohl sein Gast, wie ich bemerkte, nicht davon getrunken hatte. Ob's daran lag, dass er keinen Durst hatte oder an schierem Misstrauen, kann ich nicht sagen, allein mir deucht, dass Letzteres der Grund gewesen sein muss.

»Ich brachte den Kasten glücklich ans Tageslicht«, berichtete mein Meister weiter, »und fand auch ein paar Knappen, die mir halfen, ihn auf Euren Wagen zu laden. Allenthalben herrschten Aufregung und großes Geschrei. Ich erkannte, dass ich keine Zeit zu verlieren hatte, wollte ich mich und den Stein in Sicherheit bringen – und das wollte ich –, also hielt ich mich damit nicht auf, für eine Reise zu packen, sondern spannte ein Pferd vor den Karren, stieg auf den Kutschbock und fuhr los, mit nichts als dem, was ich am Leib trug, Eurem Buch neben mir und dem Kasten mit dem Stein hinter mir.«

»Und man ließ Euch ziehen?«, wunderte sich der andere.

»Sie wussten nicht, was ich vorhatte, und als sie es verstanden, vermochten sie nicht gleich zu handeln, weil das Durcheinander so groß war, denn ein Feuer war ausgebrochen, und die Mauern der Burg begannen einzustürzen. Dann aber, kurz bevor ich den Wald erreichte, sah ich, dass mir ein halbes Dutzend Bewaffnete nachsetzten.« Mein Meister schüttelte, von Erinnerungen ergriffen, das Haupt. »Es war eigentümlich. Obgleich ich mir wenig Glück ausrechnete, ihnen zu entgehen, denn ich war mit dem Pferd und dem Karren ja auf den Weg angewiesen und nicht imstande, mich in die Büsche zu schlagen, erfüllte mich eine wilde Entschlossenheit, es dennoch zu wagen, ja, es war geradezu eine wahnsinnige Zuversicht, die mich erfüllte. Dass sie mich rasch überholten und mir den Weg versperrten, ließ mich gänzlich unberührt, im Gegenteil, ich gab dem Pferde unverdrossen weiter die Peitsche. Wie ich aber auf sie zuhielt, war es, als lege sich ein Schleier über sie, und als ich sie erreichte, schienen sie nur noch Trugbilder zu sein, denn ich konnte durch sie hindurchfahren ohne Widerstand. Und so entging ich ihnen.«

»Da seht Ihr, was der Stein vermag«, sagte Scoro. »Er hat

Euch auf eine andere Ebene der Existenz gehoben. Ihr ward bereits mit ihm verbunden.«

»Da mir selbiges ein weiteres Mal widerfuhr, mit ein paar Bauern, die mir mit einem von zwei Ochsen gezogenen Wagen entgegenkamen, habt Ihr wohl recht.« Mein Meister hob den Krug, ließ ihn blechern auf den Tisch krachen und rief: »Janek! Bring von dem roten Wein!«

Ich beeilte mich, seinem Befehl Folge zu leisten, aber um den Krug aus dem Weinfass zu füllen, bedurfte es eines Gangs über den Hof, der hinter dem Haus lag, und eines Abstiegs in den Keller des angrenzenden Gebäudes. Es verging also geraume Zeit, ehe ich in das Laboratorium zurückkehrte, und ich weiß nicht, was mein Meister und sein Gast aus der Vergangenheit besprochen hatten, allein, es war nunmehr an diesem zu berichten, wie es ihm ergangen war.

»Ich stahl mich davon«, sprach er, just als ich den frisch gefüllten Krug an ihren Tisch brachte. »Es war finstere Nacht, und alle, die noch nicht tot waren, waren damit beschäftigt, jene zu begraben, die es schon waren. Ich schlug mich durch die Wälder, lebte von Beeren und Früchten, die ich fand, und wusste nicht, was ich tun sollte. Jenen, denen ich begegnete, muss ich wie ein Wahnsinniger erschienen sein. Ihr, Mengedder, seid der Einzige, der annähernd verstehen kann, wie mir zumute war: Ich hatte den Stein der Weisen besessen, und nun besaß ich ihn nicht mehr. Das war, als hätte mir jemand das Herz aus dem Leibe gerissen und es durch einen Klumpen Blei ersetzt. Ich wusste nicht, wie ich weiterleben sollte. Gewöhnlich sind die Menschen vollauf damit beschäftigt, das nackte Leben von Tag zu Tag zu retten, und zufrieden, wenn sie zu essen und ein Dach über dem Kopf haben. Doch ich? Ich hatte an der Schwelle zum Absoluten gestanden, hatte es verpasst, darüber hinwegzutreten – wie kann man weiterleben, nachdem einem das widerfahren ist?«

Mein Meister nickte nur grimmig, sagte aber nichts, sondern schenkte ihnen Wein ein.

»So kehrte ich dahin zurück, woher ich gekommen war, und ging nach Ägypten«, fuhr Scoro fort. »Diesmal gelang, was mir zuvor versagt geblieben war – ich erlangte Zutritt zu den Kreisen der Eingeweihten, der wahren Wissenden, traf die fortgeschrittensten Alchemisten der Welt. Ich denke, es gelang, weil ich nicht mehr der war, als der ich das erste Mal gekommen war. Diejenigen, die Bescheid wissen, haben mir angesehen, was mir widerfahren war. Dass ich verwandelt war, wenngleich nicht zur Gänze. Doch es genügte.«

»Das überrascht mich«, sagte mein Meister. »Dass Ihr dorthin zurückgingt, von wo Ihr zuvor geflohen seid.«

»Tun wir das nicht oft, dass wir in höchstem Schrecken vor dem fliehen, zu dem es uns mit höchster Kraft hinzieht?«

»Wenn Ihr Frauen damit meint, gebe ich Euch recht«, entgegnete mein Meister und lachte. »In Ägypten also. Aber wieso seid Ihr dort nicht geblieben, wenn da so viel Wissen und Weisheit war? Hier findet Ihr bestimmt nichts dergleichen, nur närrische Fürsten, die um jeden Fußbreit schlammigen Bodens in den Krieg ziehen.«

Ich hatte mich wieder in den beschatteten Hintergrund zurückgezogen, doch ich gab mir nicht länger Mühe vorzugeben, ich arbeitete, sondern saß nur vor unserem Athanor und verfolgte das Gespräch über den gewölbten Deckel desselben hinweg. So entging mir nicht, wie Scoro die Hände ballte und wie eine Ader an seiner Stirn anschwoll, ehe er antwortete.

»Wie hätte ich dort bleiben können?«, frug er mit einer Stimme, ob deren erbittertem Klang es mich schauderte. »Ich war an der Geheimen Schule des Ostanes. Ich habe das unverfälschte Manuskript des *Buches der zwölf Kapitel über den ehrenhaften Stein* gelesen und das Buch *Cheirokmeta*, das Zosimos von Panoplis geschrieben hat und von dem es heißt, es sei verschollen. Ich habe in Tempeln gestanden, von denen kein Außenstehender weiß, und Dinge erfahren, von denen Ihr Euch keine Vorstellung macht. Ich bin in die Geheimnisse des *Sahu* eingeweiht und weiß alles über die neun beseelenden Kräfte. Ich habe gelernt, worauf es bei der *Calcinatio* wahrhaft ankommt, welche Fehler die meisten bei der *Sublimatio* machen, die Gründe, aus denen die *Solutio* misslingt und die tausend Fehler, die man bei der *Putrefactio* machen kann. Ich kenne den einen Handgriff, mit dem jede *Destillatio* glückt, und beherrsche die hohe Kunst der *Coagulatio*. Doch all das nützt mir nichts«, sprach er, indem er die Hand ausstreckte, zu einer gierigen Kralle gekrümmt, »solange ich den Stein nicht besitze.«

»Ah!«, ließ sich mein Meister darob vernehmen. »Es genügt also nicht zu wissen?«

»Nein«, sagte Scoro finsteren Blickes. »Es genügt nicht. Doch es genügt auch nicht zu besitzen. Ihr habt den Stein, Mengedder, aber Ihr wisst nichts damit anzufangen. Ich dagegen weiß, was es mit ihm auf sich hat, allein, ich habe ihn nicht. Täten wir uns zusammen, könnten wir erreichen, wonach sich Generationen verzehrt haben – wir könnten es endlich, endlich vollbringen, das große Werk!«

Wie ich das vernahm, erfüllte mich mit einem Mal ein Gefühl, von dem ich nicht sagen kann, ob es schieres Entsetzen war oder heißes Begehren, denn seit ich in den Diensten meines Meisters stand, verlangte es mich nicht weniger stark als ihn danach, das Geheimnis des Steins der Weisen zu enträtseln, allein, ich hatte einsehen müssen, dass dies kein Werk war, das sich so leicht vollbringen ließ, wie es mir anfangs erschienen war. Doch nun, da die Worte John Scoros die Hoffnung in mir nährten, das Mysterium noch zu meinen Lebzeiten enthüllt zu sehen, wühlten mich heftige Gefühle auf, in denen sich der Wunsch, davor zu fliehen, ununterscheidbar mit dem Wunsch verwob, mich ihm gänzlich zu ergeben, sodass ich nun erst zur Gänze verstand, was er zuvor gemeint.

Mein Meister jedoch schien nichts dergleichen zu empfinden. »Es mag alles so sein, wie Ihr sagt«, sprach er gemessen, »doch was ist es wert, das Ihr Wissen nennt? Was taugen Bücher, die geschrieben wurden, indem jemand aus anderen Büchern Sätze zusammengetragen hat, deren Sinn ihm verborgen geblieben ist? Ich bediene mich der Bücher, die ich finde, das will ich nicht leugnen, allein, ich begegne ihnen mit Misstrauen, umso mehr, je älter ich werde. Gewiss ist es reizvoll nachzuvollziehen, was man in alten Schriften gelesen hat – doch ungleich reizvoller ist es, etwas zu entdecken, worüber noch nie jemand auch nur ein Wort geschrieben hat. Deswegen erlege ich mir keinerlei Zügel mehr an, sondern erforsche, wonach mir der Sinn steht, und hege den Ehrgeiz, auf eigene Faust zu erkunden, was es mit dem mirakulösen Stein auf sich hat.«

Scoro warf ihm darob einen scharfen Blick zu und sagte: »Stolze Worte, Mengedder. Heraus mit der Sprache – was habt Ihr denn entdeckt auf eigene Faust?«

»Nun, zum Beispiel«, berichtete mein Meister, »dass Wasser, in dem der Stein eine gewisse Zeit gelegen hat und das man in dienlicher Weise appliziert, die Manneskraft in erstaunlichem Maße zu stärken vermag.«

Ich sah ihn dabei voller Wollust lächeln und wusste sehr wohl, warum; war es doch schon oft meine Aufgabe gewesen, ihm geeignete Frauenzimmer zuzuführen, wenn es ihn umtrieb, seine diesbezüglichen Forschungen zu vertiefen. Und wirklich kann ich bestätigen, dass jenes behandelte Wasser, von dem er sprach, sowohl die Anziehungskraft eines Mannes auf die Weiber enorm zu erhöhen vermag, wie es auch die Ausdauer beim Akt ins schier Unendliche auszudehnen imstande ist. Dies weiß ich zu meinem Bedauern aber nur aus heimlichen Beobachtungen, nicht aus eigener Erfahrung, denn mein Meister hütet das Geheimnis seines Liebeswassers nicht weniger eifersüchtig als den Schlüssel zu jener unerhört schweren Truhe, in der er den Stein der Weisen verwahrt.

Doch seinen Gast beeindruckte das nicht im Mindesten.

»Das ist Narretei, Mengedder!«, rief er voller Empörung aus. »Es ist genau so, wie ich dachte – Ihr seid ein oberflächlicher Narr, einer von denen, die unweigerlich in die Irre gehen. Ihr erfasst nicht einmal im Ansatz, worum es geht. Ihr habt keine Ahnung, womit Ihr umgeht, wenn Ihr auf tölpelhafte Weise mit dem Stein hantiert!«

Ich war darauf gefasst, meinen Meister darob voller Wut aufspringen zu sehen, genau so, wie er es tat, wenn ich etwas

Törichtes tat oder sagte; allein, er blieb so ruhig sitzen, als sei nichts geschehen, und entgegnete: »Man hat mich schon so oft einen Narren oder Schlimmeres geheißen, dass derlei Worte nicht mehr imstande sind, mein Blut in Wallung zu bringen. Ich höre Euch zu, Scoro. Erklärt mir, was ich nicht einmal im Ansatz erfasse. Erklärt mir, worum es geht.«

Wie er dies sprach, wurde auch ich ganz reglos und aufmerksam, denn das zu erfahren begehrte ich gleichermaßen.

»Was Ihr nicht versteht«, sprach der Fremde, »ist dies: Wenn wir mit dem Stein arbeiten, arbeitet der Stein auch mit uns. Es gibt keine Hoffnung, dem zu entkommen – wir, die wir uns auf den Stein eingelassen haben, sind gezeichnet für alle Zeiten. Uns hat ein Hunger erfasst, der sich in dieser Welt niemals stillen lassen wird. Erst gelüstet uns nach der Macht, Gold zu schaffen, dann gieren wir nach Unsterblichkeit. Doch irgendwann«, fügte er mit einer Stimme voll dunkler Drohung hinzu, »genügt uns selbst das nicht mehr.«

Ich duckte mich tiefer hinter den Athanor, wobei mir ward, als dringe dessen Hitze jählings in mein Blut, um es zum Sieden zu bringen. Nicht zum ersten Mal, seit ich in den Diensten meines Meisters stand, verstand ich, dass es die Weisheit, nach der es ihn wie mich verlangte, nicht umsonst gab, sondern dass ein Preis dafür zu entrichten war. Doch noch nie zuvor hatte mich die Furcht befallen, dieser Preis könne zu hoch sein.

»Was sucht die Alchemie?«, fuhr Scoro fort, wobei seine Stimme nachgerade donnerte. »Das Wort kommt aus dem Arabischen, wisst Ihr das überhaupt? *Al-kymia* hieß es ursprünglich, so, wie die Ägypter selbst ihr Land bezeichnen, das sie *Khemennu* nennen, das *Land des Mondes*. Ist Euch bewusst, dass die Ägypter die Erben der ältesten Kultur sind, die wir kennen? Dass ihre Vorfahren bereits in der Morgenröte des Menschengeschlechts Städte erbaut haben und ihren gottgleichen Herrschern Denkmäler errichteten, die uns heute noch in Erstaunen versetzen? Man muss diese Bauwerke gesehen haben, um es glauben zu können, Mengedder. Sie haben ihren alten Königen Pyramiden gebaut, die so hoch sind wie anderswo nicht einmal die Berge, und niemand weiß mehr, wie sie das vollbracht haben.«

»Ich habe davon gehört«, gab mein Meister zu, und daran, wie er es sagte, merkte ich sehr wohl, dass er beeindruckt war. Ich war es zum Allermindesten.

»Während unsere Vorfahren noch im Dreck hausten und sich vor Blitz und Donner fürchteten, waren die alten Ägypter schon auf der Suche nach Weisheit und Wissen, auf der Suche nach Mitteln und Wegen, das Elend dieser Welt zu überwinden«, sprach Scoro weiter. »Denn das ist es, worum es in der Alchemie geht, das ist ihr wahrer Sinn. Es geht nicht darum, aus unedlen Metallen Gold zu machen – das ist banal. Es geht nicht einmal darum, körperliche Unsterblichkeit zu erlangen – die kommt von selber, wenn man nur lange genug auf dem Wege bleibt. Nein, das Ziel der Alchemie ist ungleich höher als all dies, nämlich das, einzutreten in die *wahre Welt*, in der es keine Not und kein Leid mehr gibt, nur noch Vollkommenheit. Und der Weg dorthin ist das, was man *Transmutation* nennt!«

Mein Meister musterte ihn befremdet. »Ihr sprecht in Rätseln, Scoro. Was meint Ihr mit *wahrer Welt?* Ich kenne nur eine Welt – diese hier.«

»Gewiss kennt Ihr nur diese Welt«, entgegnete ihm Scoro. »Doch ist Euch noch nie der Gedanke gekommen, dass sie vielleicht nur ein schwacher Abglanz der eigentlichen Welt ist? Diese Welt, in der wir uns bewegen – ist es nicht eine Welt des Schmutzes und des Elends, der Krankheit und des Siechtums, unendlich weit entfernt von jeglicher Vollkommenheit? Wie kann diese Welt das Werk eines vollkommenen Gottes sein – eine Welt, in der die Menschen, die doch angeblich seine geliebten Geschöpfe sind, als Krüppel geboren werden, ihre Rücken unter dem Joch schwerer Arbeit beugen müssen, viel zu schnell altern und verfallen und eines elenden Todes sterben? Die Antwort ist, dass dies unmöglich die wahre Welt sein kann, dass sie nur ein schlechter Traum ist, ein dumpfer Schatten der eigentlichen Schöpfung. Und die Alchemie sucht den Weg hinaus. Es geht darum, das Leben selbst auf eine höhere Ebene der Existenz zu heben. Wenn wir davon sprechen, Metalle zu veredeln, dann meinen wir in Wahrheit die Veredelung unseres Körpers, und indem wir uns um die Reinheit der Metalle in unseren Tiegeln bemühen, bemühen wir uns um die Reinheit unserer Existenz selbst. Das Große Werk zu vollbringen heißt, allen Schmerz und alles Leid hinter sich zu lassen und einzutreten in die reine, pure Ekstase der wahren Existenz, nichts weniger.«

»Ekstase?«, versetzte mein Meister amüsiert. »Ich kenne nur eine Ekstase – jene, die man zwischen den Schenkeln eines Weibes erfährt.«

»Ihr habt also noch nicht einmal begriffen, dass jene Ekstase nichts mit dem Weib zu tun hat, sondern einzig in Euch selber ihren Ursprung hat?« Scoro winkte ab, als gäbe er jede Hoffnung auf, in meinem Meister einen angemessenen Gesprächspartner gefunden zu haben. »Ihr begreift es nicht. Ich rede nicht von den Wonnen kurzer Augenblicke. Solche vergänglichen Sinnenfreuden können nicht mehr verlocken, wenn man erst einmal von der Sehnsucht nach wahrer Ekstase ergriffen wurde.«

»Ich begreife durchaus«, sprach mein Meister. »Ihr redet im Grunde vom Paradies – Ihr benutzt nur andere Worte als die Pfaffen auf ihren Kanzeln.«

Scoro hob die Schultern. »Nennt es, wie Ihr mögt. Dann betrachtet den Stein als einen Funken vom Flammenschwert jenes Engels, der das Paradies bewacht. Vielleicht begreift Ihr es, wenn ich sage, dass der Stein der Schlüssel ist zur Rückkehr dorthin.«

Als er diese Worte sprach, wurde ich gewahr, dass sie bei meinem Meister verfingen, wobei er sich's nicht anmerken lassen wollte. »Das ist in der Tat schwer zu begreifen«, sagte er und tat dabei übellaunig, »dass ein so eigenartiger Stein derlei bewirken sollte. Ein Stein, dessen bloßer Anblick gewöhnliche Menschen tötet?«

»Er ist nicht gedacht für gewöhnliche Menschen«, entgegnete Scoro. »Der Stein birgt ungeheure Kraft – eine Kraft, die alles übersteigt, was wir in dieser Welt kennen, und die es zu bändigen gilt, will man sich seiner bedienen.« Er beugte sich nach vorn und sah meinem Meister inständig ins Antlitz. »Und glaubt nicht, dass es Zufall war, dass der Stein damals zu mir gekommen ist. In diesen Dingen gibt es keinen Zufall.«

Ich bemerkte sehr wohl, dass ihm im selben Moment, in dem er das sprach, aufging, dass er sich mit diesem Argument keinen Dienst erwiesen hatte. Mein Meister aber erkannte es ebenfalls, denn er lächelte und sagte: »Oh, das glaube ich Euch durchaus. Doch nun ist der Stein bei mir, und wenn es stimmt, was Ihr sagt, dann ist das genauso wenig ein Zufall.«

Scoros Gesicht verdüsterte sich, da er sah, dass er diesen Streit wohl verloren geben musste. »Ich biete Euch mein Wissen, Mengedder«, sagte er, »und alles, was ich dafür will, ist Zusammenarbeit.«

Ich hielt den Atem an. Insgeheim, ich gestehe es, hoffte ich darauf, dass mein Meister auf dieses Angebot eingehen würde, denn mich hatte Scoro überzeugt, und ich war begierig zu sehen, welche Wunder er dem Stein entlocken würde, und noch begieriger, jene Ekstase der wahren Welt zu erlangen, von der er erzählt hatte.

Doch mein Meister schüttelte den Kopf. »Ich glaube nicht, dass ich Euer Wissen brauche. Wie Ihr selbst sagt – seit der Morgenröte der Menschheit suchen die Weisen, auf die Ihr Euch beruft, nach dem Schlüssel zur wahren Ekstase, ohne ihn bislang gefunden zu haben. Was also ist ihr Wissen wert? Nichts. Und da es, wie Ihr ebenfalls sagt, kein Zufall ist, dass der Stein bei mir gelandet ist, denke ich, dass mein Weg, ihn ganz frei von allen Traditionen zu erforschen, der bessere Weg ist und der, der nun gegangen werden muss.« Er deutete eine leichte, beinahe spöttische Verbeugung an und setzte hinzu: »Ich danke Euch für Eure Anregungen, aber meine Antwort lautet nein.«

Scoro sah ihn daraufhin eine Weile forschend an, dann, als er wohl sah, dass er nichts mehr erreichen würde, erhob er sich. »Wisst Ihr, dass man Euch sucht?«, frug er im Stehen. »Euch wie auch den Stein?«

»Gewiss«, erwiderte mein Meister mit größter Ruhe. »Ich bin derlei längst gewöhnt.«

»Ich habe Euch gefunden. Was mir geglückt ist, mag irgendwann auch anderen glücken.«

»Macht Euch keine Sorgen um mich, Engländer. Bislang bin ich noch allen Verfolgern entkommen.«

Scoro lächelte finster. »Ich mache mir keine Sorgen um Euch, Mengedder. Ich mache mir Sorgen um den Stein.«

»So hättet Ihr damals besser auf ihn aufpassen sollen«, entgegnete mein Meister und erhob sich gleichfalls, um ihn zur Tür zu geleiten. Dort verabschiedete er ihn und sah ihm nach, wie er von dannen ging. Doch kaum hatte er die Tür geschlossen, befahl er mir, unverzüglich all unsere Habseligkeiten einzupacken, denn wir müssten Danzig noch in derselben Nacht verlassen.

19.

An dieser Stelle endete das Kapitel. Als Hendrik umblättern wollte, nahm Laureen ihm das Buch weg und meinte: »Der Rest ist nicht so wichtig.«

»Aber …« Hendrik ließ ungern los. Er hatte noch nie ein so wertvoll wirkendes Buch vor sich gehabt. »Das war von Hand geschrieben, oder?«

»Ja«, sagte Laureen. »Das einzig existierende Exemplar.«

»Von wann ist das?«

»Es ist nicht so alt, wie es aussieht. Einer meiner Vorfahren hat es Mitte des neunzehnten Jahrhunderts verfasst, eine Übertragung des Originaltextes aus dem Mittelhochdeutschen, das keiner von uns beiden lesen könnte.« Sie deutete auf ihren gläsernen Schrank und meinte leichthin: »Das Original besitze ich natürlich auch.«

Hendrik nickte schwach, sah umher, suchte nach einem Anblick, an dem er sich festhalten, orientieren konnte, irgendetwas, um über das Gefühl hinwegzukommen, jeden Halt verloren zu haben. Zeit, Raum, alles war durcheinander. Kam das vom Jetlag? Von Laureens Gegenwart, von ihrer betörenden Anziehungskraft? Oder lag es an dieser uralten Geschichte, die Bilder in ihm wachgerufen hatte, die nicht weichen wollten? Er erinnerte sich nur noch mit Mühe, weswegen er überhaupt hier war, in dieser so unwirklich scheinenden Umgebung voller Glanz und Reichtum.

»Und«, fragte er beklommen, »was heißt das nun?«

»Du wolltest wissen, was für ein Interesse ich an dem anderen Buch hatte«, sagte Laureen. »Oder … an der goldenen Rüstung.«

Hendrik atmete unwillkürlich heftig ein. »Du hast sie also tatsächlich?«

»Ich dachte mir schon, dass du deswegen kommst.« Sie legte

das in brüchiges Leder gebundene Werk zurück in den gläsernen Tresor, ließ die Tür wieder zufahren. »Weißt du, ich treffe mich niemals *einfach so* mit jemandem. Das ist in meiner Position viel zu riskant. Ich beschäftige einen ganzen Stab von Leuten, die für mich Informationen beschaffen, meinen eigenen kleinen Geheimdienst sozusagen. Die sind ziemlich gut. Und schnell. Als ich erfahren habe, dass du in dem Schloss von diesem Westenhoff lebst, wusste ich, dass dein Besuch kein Zufall war.«

»Kennst du ihn etwa?«

»Das nicht. Aber ich kenne den Namen. Der Kreis der Leute, die viel Geld für alte Manuskripte der Alchemie ausgeben, ist überschaubar.«

Hendrik schüttelte fassungslos den Kopf. »Unglaublich. Ich meine … okay, Westenhoff ist ein seltsamer alter Mann, nicht unsympathisch, aber doch etwas …« Ihm fiel kein englisches Wort dafür ein, also sagte er es auf Deutsch: »Verschroben?«

»Eccentric. Quirky«, half ihm Laureen aus. *»An odd fish.«*

»Genau. Jedenfalls, er hat keine Familie, hat sonst nichts zu tun, und die Alchemie, die ist eben sein Hobby … oder seine Leidenschaft, was weiß ich. Mit irgendetwas muss man sich ja wohl beschäftigen, und bei ihm ist es halt das.« Hendrik hob die Hände in einer Geste der Ratlosigkeit, ließ sie wieder fallen. »Aber du? Was interessiert jemanden wie *dich* an Alchemie?«

Laureens Augenbrauen hoben sich. »Ist das nicht offensichtlich?«

»Nein.«

Sie kam zu ihm an den Lesetisch, setzte sich ihm gegenüber. »Okay. Dann will ich dir ein bisschen was aus meinem Leben erzählen. Als meine Mutter mit mir schwanger war, hat mein Vater ein Team von Ärzten und Pflegern beauftragt, für eine optimale Schwangerschaft und vor allem die bestmögliche Geburt zu sorgen. Sie haben eine Behandlungsmethode angewandt, die in Südafrika entwickelt worden war und bei der es darum geht, die Versorgung des Embryos mit Sauerstoff in allen Phasen der Entstehung sicherzustellen. Die Theorie dahinter ist, dass es in den letzten Monaten der Schwangerschaft und während der Geburt fast immer zu kurzen Perioden der Unterversorgung des Embryos mit Sauerstoff kommt, die jeweils einen gewissen Verlust an Intelligenz zur Folge haben. Die Behandlung muss so ausgesehen haben, dass meine Mutter stundenlang vom Unterleib an abwärts in einer abgedichteten Kammer lag, in der Sauerstoff unter Überdruck stand – frag mich nicht, die Details kenne ich nicht. Auf jeden Fall verlief alles glatt, und mein Vater war der Überzeugung, ich sei dank dessen so intelligent, wie es meine Gene erlauben.«

»Davon habe ich noch nie gehört«, gab Hendrik zu. »Von dieser Methode, meine ich.«

Laureen zuckte mit den Schultern. »Sie ist in Vergessenheit geraten. Und vielleicht hat sie ja auch keine Rolle gespielt. Mein Vater hat es aus eigener Kraft zum Milliardär gebracht, meine Mutter war klug genug, ihn ein Leben lang um den Finger zu wickeln – alles für sich schon nicht die schlechtesten Voraussetzungen. Und mein Vater hat es dabei nicht belassen. Meine Ausbildung von Kindesbeinen an war für ihn oberste Priorität. Ich hatte die besten Privatlehrer, habe die besten Universitäten besucht – und verlassen, weil sie keine Herausforderung für mich darstellten – und zweifellos die intensivste, umfassendste Bildung genossen, die man haben kann. Ich habe keine akademischen Titel, wozu auch, aber ich habe schon als Kind mit Nobelpreisträgern diskutiert, die mein Vater zuhauf eingeladen hat. Überdies habe ich die Schönheit meiner Mutter geerbt, die ich mithilfe von Yoga, Körpertraining, gesunder Ernährung und sonstiger Körperpflege so gut erhalte, wie es geht.« Sie richtete sich auf. »In kurzen Worten gesagt, bin ich schön, reich und klug, und im Grunde ist mein einziges Problem, einen Mann zu finden, der mir gewachsen ist.«

Dabei sah sie ihn an, ein Blick, der Hendrik durch und durch ging. Dachte sie etwa an … *ihn?* Der Gedanke war wie ein elektrischer Schlag, und im selben Moment begriff er, dass es genau das sein musste, was sie meinte: dieses Zurückzucken vor einer Frau, die schön, reich und klug war.

Er beschloss, der Mann zu sein, der *nicht* zurückzuckte, und sei es nur, um ihr diesen Triumph nicht zu gönnen. Er erwiderte ihren Blick, lächelte und suchte Zuflucht zu einer Übung, die er in seinen eigenen Kursen lehrte: Sanft in den Bauch zu atmen, tief und langsam, und sich vom Druck dieses Atems aufrichten zu lassen. Den Körper halten, während der Atem wieder ausströmte, dann von vorne. Keine bewusste Bewegung der Muskeln, eher ein behutsames Geschehenlassen: Das brachte zur Ruhe und stärkte das Selbstbewusstsein. Beides brauchte man, ehe man Entscheidungen hinsichtlich einer Investition traf – und auch sonst.

»Beneidenswert«, sagte er schließlich. Was der Wahrheit entsprach: Er *war* beeindruckt. Nicht zuletzt davon, wie sie es schaffte, das alles zu erzählen, ohne dass es wie Eigenlob klang.

Ihre grünen Augen funkelten wie Smaragde. »So viel Mühe, nicht wahr?« Ihre Stimme bekam einen bitteren Unterton. »Und wofür? Egal, was man macht, am Ende steht trotzdem der Tod. Der Tod, der alle Anstrengungen, alle Mühe vergebens macht, alle Enttäuschungen endgültig, alle Schmerzen wertlos. Alle Überwindungen, die es dich gekostet hat, etwas zu schaffen, jeder Verzicht, den du leisten musstest, um eine Sache besser zu machen, das alles wird hinfällig. Egal, was dir gelungen ist oder nicht, ob du ein Genie bist oder ein Faulpelz, ein Heiliger oder ein Nichtsnutz, irgendwann kommt der Tod, und alles ist verloren. All das Wissen, das du erworben hast, all deine Erfahrungen, deine Fähigkeiten, deine seelische Entwicklung, deine Einsichten – alles wird vernichtet, zerfällt, verweht. Alles, was du bekommst, ist ein Grab, und auch das nur für wenige Jahrzehnte. Allenfalls in der Erinnerung von ein paar Menschen, die dich kannten oder zu kennen glaubten, lebst du weiter, als das falsche Bild, das sie von dir hatten. Aber irgendwann holt der Tod auch sie, und dann? Dann bleibt nur dein Name in irgendwelchen Dokumenten – geboren am, gestorben am, und das war's. Ein belangloses Überbleibsel, das alles negiert, was *du* warst. Was du *tatsächlich* warst.«

Hendrik hatte ihr stumm zugehört, erschrocken über die Intensität ihrer Gefühle, ihrer Wut vor allem. Ihr Haar leuchtete wie Feuer. Und was war das für ein Duft, den er plötzlich wahrnahm? War das ihr Parfüm, unendlich dezent, oder war das Laureen selbst?

Trotzdem ruhig weiteratmen, befahl er sich. Das Thema war ihm unbehaglich. Er dachte ungern über diese Dinge nach, und schon gar nicht in dieser Ausführlichkeit. Wie alle Menschen beruhigte er sich mit dem Gedanken, dass das ja alles noch weit weg war. Und sowieso: Was half es, sich darüber zu grämen?

Aber Laureens unvermitteltes Schweigen, verstärkt durch die geradezu überirdische Stille, die diesen Raum erfüllte, verlangte, dass er etwas sagte, und so sagte er: »Tja. Das ist nun mal der Lauf der Dinge.«

»Ja.« Sie nickte. Sie war ihm nahe genug, dass er die feinen Fältchen um ihre Augen herum wahrnehmen konnte. »Weißt du, ich habe nicht darum gebeten, mit Mitte dreißig einen multinationalen Konzern zu leiten. Es hat sich so ergeben. Erst ist meine Mutter gestorben, als ich achtzehn war – ein Autounfall, verursacht von einem Lastwagenfahrer, der unter Drogen stand. Fuhr einen Riesentruck und hat damit den Wagen meiner Mutter förmlich zerfetzt. Meine Mutter ... eine Minute vorher war sie noch eine wunderschöne, lebendige Frau, und hinterher musste man sie in Teilen zusammensuchen.«

»Das tut mir leid«, murmelte Hendrik und fühlte die Kühle des Glastisches unter seinen Händen.

»Und dann mein Vater. Krebs. Ganz langsam. All sein Geld hat ihm nichts genützt, obwohl er sich die besten Ärzte, die modernsten Behandlungsmethoden beschafft hat. All seine Klugheit, seine Erfahrung, sein Verhandlungsgeschick, in über hundert Firmenübernahmen gestählt, all das hat ihm nichts genützt, denn mit dem Tod kann man nicht verhandeln. Das ist der Lauf der Dinge – in dieser Welt zumindest«, fügte sie hinzu. »Aber was, wenn es noch eine *andere* Welt gäbe? Eine, in der die Dinge besser laufen?«

Hendrik blinzelte, verstand nicht, wollte nicht verstehen. »Ich glaube kaum, dass das Leben auf einem anderen Planeten –«

»Ich rede nicht von einem anderen *Planeten*«, versetzte Laureen ärgerlich. »Ich rede von einer anderen Ebene der Existenz selber. Ich rede von der Welt, von der John Scoro in dem Bericht erzählt.« Sie beugte sich wieder vor. Das Leder unter ihr knirschte leicht, überlaut in diesem stillen, reinen Raum. »Schau – man kann doch beim besten Willen nicht sagen, dass diese Welt vollkommen ist. Das fängt schon bei dem an, woraus sie besteht: Materie, das wissen wir, besteht hauptsächlich aus leerem Raum. Tatsächlich besteht das ganze *Universum* hauptsächlich aus leerem Raum. Hier eine Sonne, da ein Planet, und dazwischen ist nichts, unglaublich viel Nichts. Vergiss mal alles, was man dir von Kindesbeinen an eingetrichtert hat von wegen, wie herrlich Gottes Schöpfung ist – warum muss man das immer und immer wiederholen, wenn es so wäre, hmm? –, und schau dir die Welt an, wie sie ist: Sieht es im Grunde nicht so aus, als bestünde sie aus Brotkrumen? Aus den Resten, den Spänen, die beim Bau des eigentlichen, des *wahren* Kosmos abgefallen sind?«

»Hmm …«, machte Hendrik, mehr und mehr hilflos gegen den Ansturm ihrer Empörung.

»Alchemie, das war das Faible meiner Mutter. Als Kind hat mich das nicht die Bohne interessiert. Ich meine, ich war ein reiches Mädchen, was hätte mich interessieren sollen an der Kunst, Gold zu machen? Hätte ich Gold haben wollen, mein Vater hätte es mir einfach gekauft. Außerdem wusste ich, dass es nichts Besonderes ist, Gold zu machen, das können Physiker längst auch. Wir hatten einmal einen Atomphysiker zu Gast, der an der Entwicklung der Atombombe beteiligt war. Der hat erzählt, dass bei den Prozessen, spaltbares Material dafür zu erbrüten, Gold sozusagen als Abfall entstanden ist. Sie haben einen dicken Klotz daraus gegossen und im Labor als Türstopper verwendet.«

Hendrik entfuhr ein Ächzen. »*Really?*«

Sie schien ihn gar nicht zu hören. »Aber das mit dem Gold war nur die Story, die die Alchemisten den Königen und Fürsten erzählt haben. In Wirklichkeit ging es ihnen schon immer darum, dass der *Lapis philosophorum*, der Stein der Weisen, ewiges Leben verleihen soll.« Sie deutete in Richtung ihres gläsernen Manuskriptschranks. »In der Sammlung meiner Mutter habe ich Dokumente gefunden, die schier unfassbare Dinge behaupten. Hinweise, dass einige der alten Alchemisten womöglich Hunderte von Jahren alt geworden sind. Manche von ihnen leben vielleicht heute noch! Ich habe Historiker damit beauftragt, schlüssig zu beweisen, dass diese Dokumente gefälscht sind, aber das konnten sie nicht. Sag mir, welche Art Forschung lohnender sein könnte als diese? Keine. Dieser Frage nachzugehen ist die einzige Sache, die wirklichen Wert hat. Also habe ich angefangen, die Sammlung zu erweitern – und du wärst mir dabei fast dazwischengekommen!«

Hendrik hielt ihrer Intensität nicht länger stand, ließ sich nach hinten gegen die Stuhllehne sinken. Die Wucht ihrer Worte, die Vehemenz ihres Monologs – all das war beinahe, als hätten sie gerade Sex gehabt.

Auch Laureen sank nach hinten und atmete schwer, so, als ging es ihr ganz ähnlich.

»Ich nehme an«, sagte Hendrik zaghaft, »ich habe wenig Chancen, dir die goldene Rüstung abzuschwatzen?«

Das ließ sie auflachen. »Keine«, erwiderte sie und schüttelte den Kopf. »Tatsächlich gibt es die schon längst nicht mehr. Nur noch geschmolzenes Gold in einem meiner Labors.«

»Wozu das?« Er ahnte die Antwort, aber er musste trotzdem fragen.

»Die Rüstung hat immer noch gestrahlt, stärker als radioaktives Gold je strahlen könnte«, erklärte Laureen in sachlichem Ton. »Das legt den Verdacht nahe, dass das ›Teufelsgold‹ deswegen so gefährlich war, weil Partikel des Steins der Weisen darin eingelagert sind. Diese Partikel will ich finden.«

»Und dann?«

»Dann sehen wir weiter.«

»Ist das nicht alles nur … magisches Denken? Animismus? Voraufklärerisches Gedankengut?«

Sie schüttelte den Kopf, sanft, lächelnd. »Klischeehafte Gedanken. Es ist viel simpler: Genau wie Technik auch, will Magie auf die Welt einwirken, sie besser machen, lebbarer für die Menschen. Und was ist der Unterschied? Minimal. Magie ist einfach Technologie, die man nicht durchschaut. Ich will durchschauen, was es mit dem Stein der Weisen auf sich hat – und es dann zu Technologie machen. Verfügbar. Benutzbar.«

Das war der Moment, in dem Hendrik sich damit abfand, dass er die goldene Rüstung nicht bekommen würde und folglich das Schloss auch nicht.

Aber irgendwie fand er das nicht einmal mehr tragisch.

Sie küsste ihn zum Abschied. Es war ein heißer, erregender Kuss, eine Umarmung, die Hendrik derart elektrisierte, dass er in diesem Moment bereit gewesen wäre, alles zurückzulassen, seine Familie, sein ganzes Leben, für diese Frau.

Dann war es vorbei. Sie ließ ihn los, trat einen Schritt zurück und lächelte, faszinierend selbstgewiss und stark. »Es war schön, dich wiederzusehen«, sagte sie und reichte ihm eine Karte, auf der, von Hand geschrieben, eine Telefonnummer stand. »Falls du mal wieder in die Staaten kommst. Darüber erreichst du mich direkt.«

Hendrik nahm sie, nickte, wusste nicht mehr, was er denken sollte. »Okay.«

»Nur für dich. Wenn du sie weitergibst oder anderweitig missbrauchst, kostet es mich nur ein Wort, und die Leitung ist tot.«

»Klar«, stammelte Hendrik. »Ist mir klar.« Das Taxi fuhr vor, langsam, sich geradezu ehrfürchtig nähernd. Es war ein großer, fabrikneu glänzender Wagen, kein abgetakeltes New Yorker *Yellow Cab*. »Woher hast du eigentlich von dem Buch gewusst?«, fragte Hendrik trotzdem, einfach, weil er noch nicht wollte, dass es zu Ende war.

Laureen zuckte mit den Schultern. »Er hat mich angerufen. Reto. Ich hatte davor schon ein paar Bücher von ihm gekauft, wertloses Zeug, aber von daher wusste er, was mich interessiert hat. Es ist eine kleine, sehr verschwiegene Szene, die Leute, die gestohlene alte Manuskripte und Bücher kaufen. Ich bin über die Kontakte meiner Mutter reingekommen. Na ja – und eines Tages rief er an und erzählte mir von einem Buch, in dem ein John Scoro vorkommt. Dieser Name hat genügt. Ich habe sofort zugesagt und einen Termin ausgemacht. Persönliche Übergabe war Bedingung, darauf hat er bestanden.« Sie schüttelte den Kopf. »Und dabei war er so ein Chaot.«

Das Taxi hielt, in respektvollem Abstand. Der Fahrer stieg aus, öffnete die hintere Tür.

»Was ist aus ihm geworden?«, fragte Hendrik.

»Keine Ahnung. Ich habe nie wieder von ihm gehört.« Laureen deutete in Richtung des wartenden Wagens. »Es wird Zeit.«

»Ja«, sagte Hendrik, hätte sich noch einen Kuss gewünscht, einen kurzen, flüchtigen wenigstens. Aber Laureen blieb stehen, wo sie stand, und wirkte plötzlich so unnahbar, dass er keine Annäherung mehr wagte. Also nickte er nur, murmelte ein *Goodbye* und stieg in das Taxi. Als es anfuhr, drehte er sich um, doch da ging sie schon zum Haus zurück, ohne ihm nachzusehen. Ihre Assistentin wartete an der Tür mit einem Klemmbrett in der Hand.

Auf der Rückfahrt fragte sich Hendrik ernsthaft, ob ihn Laureen womöglich verhext, bezirzt, verzaubert hatte. Ob sie irgendeine Art von Magie angewandt hatte, die sie durchschaute, er aber nicht, weswegen es für sie Technologie war und für ihn Zauberei. Er fühlte sich innerlich aufgewühlt wie nie zuvor. Und mit jedem Kilometer, den er sich von ihrem Anwesen entfernte, nahm ein feiner, leiser, nagender Schmerz zu, vergleichbar einem entzündeten Zahn, der noch nicht wirklich wehtat, es aber unausweichlich bald tun würde. Nur, dass dieser Schmerz in seinem ganzen Körper saß oder womöglich – Hendrik zuckte bei dem Gedanken zusammen – in seiner *Seele!*

Sie erreichten New York, und je näher sie dem Zentrum kamen, desto hässlicher und schmutziger und verkommener wirkte alles, was er sah, geradezu empörend unwirtlich und missraten. Oder kam es ihm nur so vor? Musste es ihm so vorkommen, nachdem er sich in der nahezu vollkommenen Welt der Laureen Turner aufgehalten hatte, und seien es nur ein paar Stunden lang? Denn das war ihr Landsitz gewesen: so vollkommen, wie eine Umgebung nur sein konnte.

Hendrik blickte aus dem Fenster, sah verrostete Brückengeländer, abbröckelnden Beton, verformten Asphalt, verfallende Ladengebäude und fragte sich: Wenn selbst jemand wie Laureen Turner nicht einverstanden war mit dieser Welt, wie konnte dann jemals irgendjemand damit einverstanden sein? Was stimmte nicht mit dem Leben, dem Universum, dem ganzen Dasein?

Als er in die Tasche fasste, geriet ihm Laureens Karte in die Finger. Er zückte sein Handy, um die Nummer gleich einzuspeichern, sicherheitshalber – doch das Gerät blieb stumm, als er es einschalten wollte.

Batterie leer. Mal wieder.

Unvollkommen, wie alles.

Endlich erreichten sie das Hotel. Angenehme Überraschung: Der Fahrer wollte kein Geld. Das sei schon von Madam Turner geregelt. Der feine, leise, nagende Schmerz wurde stärker. »Danke«, sagte Hendrik und versuchte, sich über die Geste zu freuen.

Das Hotel war nicht wirklich gut, nur wirklich teuer. Sein Blick fing sich in einem Sprung in einer der Frontscheiben, auf Kratzern der Rezeptionstheke, in einer Lücke im Gebiss des Angestellten, der ihm den Schlüssel aushändigte. Ein unangenehm modriger Geruch lag in der Luft, kaum zu bemerken, doch er war da.

Das Zimmer war sauber, gewiss. Bloß hatte die Badewanne abgeplatzte Stellen, war ringsum gelblich verfärbt und matt vom Scheuern. Der Duschvorhang wirkte noch genauso unappetitlich wie gestern, aber gestern war es ihm nicht so aufgefallen. Er duschte trotzdem, weil er das unendliche Bedürfnis nach Reinheit verspürte, und bemühte sich, dabei den Vorhang nicht zu berühren.

Hinterher fiel ihm sein Handy wieder ein. Er steckte das

Ladegerät an, stellte es auf 110V um und stöpselte es in die Steckdose. Dann nahm er den klobigen Hörer des Zimmertelefons ab, rechnete. Nein, in Deutschland war es inzwischen nach Mitternacht, Miriam schlief schon. Er würde morgen anrufen, vom Flughafen aus. Es gab ohnehin nichts Dringendes.

Er überlegte, wo er essen gehen konnte, aber ihm fiel wieder ein, wie heruntergekommen die Restaurants in der Umgebung alle gewirkt hatten, und der Appetit verging ihm. Unmöglich, jetzt etwas zu sich zu nehmen, das unter fragwürdigen Bedingungen zubereitet worden war. Ihm war, als würde er nie wieder etwas essen können.

Am nächsten Morgen, auf dem Weg zum Flughafen, war ihm immer noch, als habe er in ein alles überstrahlendes Licht geschaut und sei davon geblendet. Die ganze Welt kam ihm grau vor, unfertig, missraten, ein irreparabler Fall. Und die Menschen, die diese Welt bevölkerten, erschienen ihm geradezu monströs – dieser ungeheuer korpulente, kurzatmige Mann da, die grotesk geschminkte Frau dort, der derbe Junge mit den verschobenen Gesichtszügen am Fenster, das Mädchen mit der Beinprothese, das trotzig Shorts dazu trug und ein T-Shirt mit der Aufschrift *»beautiful«*.

Und er mitten unter ihnen, auf seine Weise ein genauso hoffnungsloser Fall. Was würde nun aus ihm werden? Seine Chance, seine eine, einmalige Chance, sein Leben von Falschheit zu befreien, war dahin. Und nun? Hieß das, dass er für immer in diesem Morast stecken würde, wie alle? Dass er nie zu denen gehören würde, die das wahre Leben lebten?

Wieso andere, wieso nicht *er?* Sein Leben lang hatte er kein anderes Ziel verfolgt – wieso scheiterte er unentwegt?

Er wurde das Gefühl nicht los, in einer Falle zu stecken, einer Falle, die er nicht verstand, so wenig, wie eine Ratte verstand, wie sie in einen Käfig geraten war und wieso es keinen Weg hinaus gab.

Sein Handy war immer noch tot, alles Aufladen hatte nichts genützt. Nicht einmal das funktionierte! Nicht, dass es ihn überraschte; das hatte sich, wenn er zurückdachte, schon seit

Längerem angekündigt. Aber dass es ausgerechnet jetzt, hier, in dieser Situation seinen Geist aufgab, hatte etwas unangenehm Symbolisches.

Der Flug ging über Paris, eine ungünstige Verbindung, die es erforderte, dass er etliche Stunden auf dem Flughafen Charles de Gaulle herumbrachte, ehe sein Weiterflug nach Frankfurt startete. Ungünstig – aber so kurzfristig, wie er den Flug gebucht hatte, hatte er nicht wählerisch sein dürfen.

Inzwischen war sein Hunger auch größer als sein Ekelgefühl, und so machte er sich in dem verwirrend angelegten Flughafen auf die Suche nach einem Restaurant. Er entschied sich für eines, bei dem man zusehen konnte, wie die Gerichte zubereitet wurden, und nahm etwas aus Gemüse und Kartoffeln, mit Käse überbacken, und ein Glas Wein dazu.

Es tat gut zu essen. Es holte ihn herunter, normalisierte alles ein wenig. Überdies war es angenehm zu spüren, wie der Alkohol das fiebrige Rasen seiner Gedanken dämpfte, die so verzweifelt auf der Suche nach einem Ausweg waren, den es nicht gab, nicht für ihn zumindest.

Er hatte das Glas gerade geleert und überlegte, ob er sich ein zweites gönnen sollte oder ob er dann bei der Ankunft in Frankfurt fahruntüchtig sein würde, als sich unvermittelt jemand neben ihn setzte, ein alter Mann, groß wie ein Holzfäller, mit gewaltigen Pranken und buschigen schneeweißen Augenbrauen unter einer verwitterten Glatze. Dieser Mann also saß plötzlich neben ihm, obwohl es eine Menge völlig freier Tische ringsum gegeben hätte, sah ihn an und sagte mit tiefer Stimme: »Guten Tag, Herr Busske.«

Hendrik stutzte. Musste er diesen Mann kennen? Er erinnerte sich nicht. Besser doch kein zweites Glas Wein, dachte er und erwiderte vorsichtig: »Guten Tag …?«

Der Hüne schüttelte den Kopf. »Sie kennen mich nicht«, sagte er. »Allerdings haben Sie vor einiger Zeit versucht, mich anzurufen. Mein Name ist Korbinian Luiz. Ich bin der amtierende Schlüsselbewahrer des Deutschen Ordens.«

Hendrik blinzelte. »Der … *was* bitte?«

»Der Schlüsselbewahrer«, wiederholte der breitschultrige Mann mit den weißen Augenbrauen geduldig. »Das ist der geheimste Posten in unserer Organisation. Kaum jemand im Orden weiß, dass es dieses Amt überhaupt gibt, und noch weniger Leute wissen, was es bedeutet. Und diejenigen, die es wissen, werden meine Existenz und meine Aufgabe bis zu ihrem letzten Atemzug bestreiten. Weil jeder, der darum weiß, auch versteht, dass das nur auf diese Weise gehandhabt werden kann.«

Hendrik schob das leere Weinglas weit von sich. War er auf einen Drogentrip geraten, oder was? »Ich verstehe kein Wort.«

»Oh, ich glaube schon«, sagte der Fremde, der einen altmodischen, nahezu schwarzen Anzug trug und einen blauen Seidenschal, unter dem man einen Priesterkragen erahnte. »Es geht um die goldene Rüstung. Die sich gegenwärtig im Besitz einer gewissen Laureen Turner befindet, die Sie gestern besucht haben.«

Ein Drogentrip. Oder die Welt geriet endgültig aus den Fugen. Hendrik schüttelte den Kopf, sah sich um, verstand nicht, wie alles so normal wirken konnte. Dunkle Tische. Menschen, die etwas aßen oder tranken und nebenher auf ihre Smartphones schauten. Angestellte hinter der Theke, die Espresso zubereiteten und sich dabei gut gelaunt unterhielten. Menütafeln. Warmhaltelampen. Serviettenspender. Lautsprecherdurchsagen, weit entfernt, verzerrt, unverständlich.

»Woher wissen Sie das?«, fragte Hendrik.

»Oh, es gehört zu meinen Aufgaben, allerlei Dinge zu wissen«, meinte der Mann gelassen. »Und ich habe glücklicherweise immer noch Zugriff auf Quellen, die es mir erlauben, so etwas wie die Daten Ihres Fluges zu eruieren.«

»Quellen? Was für Quellen?«

Der Mann beugte sich vor und sagte leise: »Wissen Sie, welches der beste Geheimdienst der Welt ist?«

»Nein.«

»Der des Vatikans.«

»Oh.« Hendrik durchlief es kalt. Musste er sich das eigentlich anhören? Warum stand er nicht einfach auf und ging? Rief einen der Sicherheitsleute, die überall herumliefen, zu Hilfe, falls ihm dieser Wahnsinnige hier folgte?

Ja, warum tat er das nicht?

Er konnte es nicht, stellte er fest. Das Verlangen zu erfahren, was es mit alldem auf sich hatte, war übermächtig.

»Okay«, stieß er hervor. »Bitte noch mal langsam und zum Mitschreiben. Ich habe Sie angerufen, das stimmt. Besser gesagt, ich habe die Telefonnummer angerufen, die auf der Website Ihres Ordens steht, und nach ein paar Dingen gefragt, die nicht allgemein bekannt sind. Und daraufhin haben Sie mich aufgespürt, um … ja, *warum?*«

Der angebliche Schlüsselbewahrer schüttelte bedächtig den mächtigen Schädel. »Oh, so ist das nicht gewesen. Ich habe Sie schon lange auf dem Radar – sagt man heutzutage so? Im Grunde, seit Sie vor rund dreizehn Jahren besagter Laureen Turner in Zürich ein gewisses Buch vor der Nase weggeschnappt haben. Ein Buch, in dem die Geschichte der goldenen Rüstung erzählt wird.«

Hendrik schluckte trocken. »Das wissen Sie *auch?*«

»So bin ich auf Sie aufmerksam geworden. Und ich bin hier, weil es eine unauffällige Möglichkeit war, mit Ihnen in Kontakt zu treten – und um Sie zu warnen.«

»Wovor?«

»Das«, sagte der Schlüsselbewahrer, »bedarf längerer Erklärungen, die wiederum ein wenig Geduld von Ihrer Seite erfordern. Deswegen wäre es meines Erachtens vorteilhaft, wenn Sie sich zuvor dieses kleine Büchlein zu Gemüte führten. Keine Sorge, wir haben genug Zeit bis zu Ihrem Anschlussflug.« Damit zog er ein schmales, in dunklen Karton gebundenes Buch aus der Tasche, auf dessen Vorderseite ein Emblem mit einem schlichten Kreuz prangte.

»Das ist ja –« Hendrik hielt inne.

»Nein«, sagte der Schlüsselbewahrer. »Das ist nicht das Buch, das Sie kennen. Es stammt aber aus derselben Reihe.« Er legte die andere Hand darauf, die so groß war, dass der Einband darunter fast verschwand, und fuhr fort: »Ich will Ihnen erklären, was es damit für eine Bewandtnis hat. Einer meiner Vorgänger im Amt hat gegen Ende des neunzehnten Jahrhunderts die geheime Geschichte unseres Ordens in eine neue Form gebracht – und dabei wohl auch einer gewissen schriftstellerischen Neigung gefrönt, wenngleich nur für einen sehr engen Kreis von Lesern, denn jedes der Bücher wurde nur in einer Auflage von zwanzig Stück gedruckt und gebunden, für jede Ballei ein Exemplar –«

»Was ist eine Ballei?«

»So nannte man die damaligen Niederlassungen des Deutschen Ordens.«

»Verstehe.«

»Der Grund, warum er mehrere schmale Bände statt eines dickeren hat anfertigen lassen, war der, dass man auf diese Weise jedem nur den Teil der Geschichte zu lesen geben konnte, den er erfahren sollte. Eine Idee, von der ich nicht weiß, inwieweit sie sich bewährt hat, denn bei meiner Amtseinführung war keines der Bücher mehr verfügbar. Am 6. September 1938 hat die nationalsozialistische deutsche Reichsregierung per Dekret die Auflösung des Deutschen Ordens verfügt, und in der Folge kam es zu Beschlagnahmungen in all unseren Einrichtungen. Dadurch gerieten diese Bücher in unbefugte Hände, gingen verloren oder lagen unbeachtet auf Speichern und Dachböden, bis nach dem Krieg. Irgendwann gelangten die noch existierenden Exemplare in den Handel, wurden von Sammlern gesucht – ein Markt, auf dem auch ich mich betätige.«

Hendrik überdachte das Vernommene und kam zu dem Schluss, dass der Schlüsselbewahrer offenbar doch nicht alles wusste. »Ist Ihnen bekannt«, fragte er, »dass der Band, der in meinen Besitz gelangt ist, irgendwann der Physikerin Lise Meitner gehört haben muss?«

Die buschigen Augenbrauen hoben sich. »Aha? Wie kommen Sie darauf?«

Hendrik erzählte ihm in knappen Worten, was sie über die handschriftliche Notiz im hinteren Einband herausgefunden hatten. Dass sein Bruder daran beteiligt war, ließ er vorsichtshalber lieber unerwähnt.

»Das könnte sein«, räumte der hünenhafte Mann in dem schwarzen Anzug ein. »Der Name Meitner ruft entfernte Erinnerungen in mir wach. Die Bücher wurden 1880 in Wien gedruckt, und ist Lise Meitner nicht auch dort geboren?«

»Ja«, sagte Hendrik.

Er nickte gewichtig. »Man müsste nachprüfen, ob einer ihrer Verwandten womöglich eben jener Drucker war, den mein Amtsvorgänger damals beauftragt hat. Ihr Exemplar war nämlich ein überzähliges – das verrät der Eintrag 21/20 auf dem Titelblatt. Es ist so, dass Drucker bisweilen mehr drucken als verlangt, für den Fall, dass es zu Ausschuss kommt. Und offenbar ist dieses Buch ebenfalls gebunden worden und seine eigenen Wege gegangen.« Das Gesicht des Schlüsselbewahrers verdüsterte sich. »Und es würde auf fatale Weise passen, dass die Geschichte des Teufelsgoldes eine Gedankenkette ausgelöst hat, die zur verheerendsten Erfindung der Menschheitsgeschichte geführt hat.« Er reichte Hendrik das Büchlein, das er bis jetzt in Händen gehalten hatte. »Wie auch immer, verlieren wir keine weitere Zeit. Lesen Sie.«

Hendrik nahm das Buch und hatte das Gefühl, ein Déjà-vu zu erleben. Es war genau wie damals, in dem Antiquariat in Zürich, während draußen der Regenguss niederprasselte. Derselbe leinengebundene, steife Karton, dasselbe Wappen auf dem Umschlag …

Erst als er es aufschlug, sah er etwas Unvertrautes: den Titel der Geschichte.

20.

Die verlorene Seele

Blicken wir heute auf den Anbruch des Jahres 1300 zurück, so können wir kaum ermessen, welch große Unruhe die Menschen damals erfüllte ob der Umwälzungen allenthalben. Man sprach von Modernität: Die Musik ward *Ars Nova* geheißen, ein Meister Eckhart predigte die *devotio moderna*, und den Verdammungen von 1277 zum Trotze mehrte sich die Zahl der Philosophen, die »neue«, aber gotteslästerliche Gedanken hegten und verkündeten. Doch in Wirklichkeit war eine schlechte Zeit angebrochen. War das vergangene Jahrhundert eine Zeit allgemeinen Wohlergehens für das christliche Abendland gewesen, so änderte sich nun alles. Das Geld war nichts mehr wert, sowieso mangelte es überall daran. Die Fürsten raubten die Kaufleute aus, trieben so manche von ihnen in den Bankrott, was viele Menschen um ihre Arbeit und in große Not brachte. Wer etwas besaß, teilte nicht, sondern zäunte sich ab gegen die Armen, die Allmenden schrumpften allerorten, und in Mitteldeutschland gab man gar ganze Dörfer und Ländereien auf, weil die Böden zu schlecht wurden und sich vom Anbau erschöpft hatten. Mancherorts galt es zu entscheiden, das Vieh zu schlachten, weil kaum genug wuchs, die Menschen zu ernähren.

Viele der Kathedralen, deren Bau man begonnen hatte, wurden nicht mehr fertiggestellt, weil den Bauhütten die Mittel ausgingen: Dies galt indes als ein Zeichen, dass es schlecht bestellt war um die Christenheit. Niemand wusste freilich, wie dies gekommen war. Einzig der Papst ahnte den Grund, doch er sprach nur mit wenigen Vertrauten darüber. »Es hat damit seinen Anfang genommen, dass dieser vorgebliche Stein der Weisen in die Welt getreten ist«, erklärte Bonifatius VIII. seinem Adlatus, einem Bischof Johann aus Bayern, in dessen Hände er die Suche danach gelegt hatte. »Wir haben es mit einem Ränkespiel des Verderbers zu tun, und ehe der Stein nicht gefunden ist, können wir auf Besserung nicht hoffen.«

Überdies sah sich die heilige christliche Kirche heftigen Angriffen der weltlichen Mächte ausgesetzt, namentlich vonseiten des französischen Königs, Philipp IV., der auch der Schöne genannt ward. Dieser hatte sich unterfangen, die Kirchen in seinem Reiche zu besteuern, um Geld für seine Kriegszüge zu beschaffen, und war zu dem Standpunkt gelangt, es stehe dem Papst nicht zu, über weltliche Belange zu urteilen – ein unverzeihlicher Bruch, gebot doch die Heilige Schrift, dass dem Papst der Anspruch auf unbegrenzte Gewalt über alle Kronen und Völker in der Welt zusteht.

Drei Jahre darauf geschah es gar, dass der französische König, als der Papst in seinem Sommerpalast in Anagni, südlich von Rom gelegen, weilte, diesen von Söldnern überfallen und gefangen nehmen ließ, auf dass er seinen Rücktritt erkläre. Als sich Bonifatius diesem Ansinnen verweigerte, ließen sie ihn hungern und dürsten, drei Tage lang, bis die Bürger der Stadt ihn befreiten und die Angreifer verjagten. Doch ging es nicht gut aus, denn der Papst kehrte in seiner Gesundheit sehr beeinträchtigt nach Rom zurück und verstarb wenige Wochen darauf.

Benedikt XI., der ihm nachfolgte, starb wenige Monate nach seiner Wahl ebenfalls, und der ihm nach zweijähriger Sedisvakanz folgte, war ein Franzose, Jakob von Cahors, der gänzlich unter dem Einfluss der französischen Krone stand und als Clemens V. dauerhaft Residenz in Avignon nahm. Dies beunruhigte viele Menschen, vor allem, da nun die Ewige Stadt und die Gebeine der Märtyrer und des Apostels verwaisten. Der avignonesische Papst aber machte Verwandte zu Bischöfen und verlieh geistliche Würden gegen Geld und galt als grausames Spottbild eines Seelenhirten.

Gleichwohl wurde es nach seinem Tod nicht besser, kam es doch drei Jahre hintereinander zu endlosen Regenfluten und schlechten Ernten, sodass in den Jahren von 1315 bis 1318 Hungersnöte ausbrachen und Teuerungen und viele starben.

Und der Stein der Weisen ward immer noch nicht gefunden, obgleich die Ritter des Deutschen Ordens allen Gerüchten und Spuren folgten, wie es ihnen Papst Bonifatius aufgetragen hatte als geheime Aufgabe. Es war aber immer noch Bischof Johannes, der diese Nachforschungen in Aufsicht hatte. Er war in Rom geblieben, der Order Bonifatius folgend, niemals dürfe ein französischer König oder überhaupt ein König von der Existenz des Steins der Weisen erfahren, würde dieser doch unweigerlich der Begier erliegen, ihn zu besitzen und für eigene Ziele zu gebrauchen. So wusste Papst Clemens nichts über diese Angelegenheit, denn so, wie dieser niemals nach Rom kam, ging Bischof Johann niemals nach Avignon.

Es begab sich aber im Jahre 1327 in der kajuwischen Stadt Kowal, in der der künftige König Polens, Kasimir der Große, geboren ist, dass sich um die Schneeschmelze herum ein Mann im Beichtstuhl einfand, der beichtete, er habe vor einigen Jahren geholfen, den Tod eines Mädchens zu verbergen, und sie ohne christliche Sakramente einfach verscharrt.

»Wo und wann geschah das, mein Sohn?«, frug Pater Seweryn, den dieses Geständnis über die Maßen erschütterte, obgleich er ein alter Mann war und ihm manch Schlimmes zu Gehör gekommen war in all den Jahren, die er der Kirche nun schon diente.

»Ich weiß nur noch, dass es irgendwo in Pommerellen gewesen ist«, flüsterte der Mann. »Wir waren auf der Flucht, sind ständig von einem Ort zum nächsten gezogen, auf dass uns niemand erkenne … Es muss jetzt an die vier Jahre zurückliegen. Sie hieß Vanda und zählte fünfzehn, vielleicht sechzehn Jahre, ich weiß es nicht.«

Pater Seweryn schloss die Augen, holte tief Luft und rief die heilige Muttergottes um Beistand an. Dann verlangte er: »Sag, was genau geschah. Und was dich bewogen hat, so zu handeln, wie du gehandelt hast.«

Er vernahm heftige Atemzüge auf der anderen Seite des Gitters, dann sprach der Pönitent: »Sie war … eine Dienerin meines Meisters. Jedenfalls hat er sie als Dienerin eingestellt. Wenn man es genau betrachtet, hat er sie ihren Eltern abgekauft, als sie noch ein Kind war. Sie ist mit uns gereist, hat Küchenarbeiten und dergleichen verrichtet, bis mein Meister sie schließlich als … *Gespielin* zu sich nahm.«

»Du meinst, als Geliebte?«

»Nein. Nein, geliebt hat er sie nicht. Er hat sie benutzt.« Der Mann schluckte. »Er hat es mir selber gesagt. Dass er sie nur benutzen will.«

In das Schweigen hinein, das sich wie ein Abgrund auftat, frug Pater Seweryn: »Und weiter?«

»Sie wurde schwanger.«

Der Priester nickte bedrückt. Das war zu erwarten gewesen. »Und weiter?«

»Es … es war schrecklich. Es ist etwas in ihr gewachsen, aber es war kein Kind. Es war irgendetwas Grauenhaftes, das sie gänzlich unförmig anschwellen ließ und sie regelrecht von innen her auffraß. Dreizehn Monate lang ging es. Sie kam und kam nicht nieder, wurde nur immer dicker und … und ungestalter … und irgendwann war sie tot. Ein toter, stinkender Haufen. Mein Meister befahl mir, sie wegzuschaffen, und das tat ich, obgleich mich ekelte wie nie zuvor im Leben.«

Den Priester schauderte, denn dergleichen hatte er noch nie zuvor gehört. Es war der Moment, in dem er zu mutmaßen begann, es mit Machenschaften des Teufels selbst zu tun zu haben.

»Was«, frug er behutsam, »hat dich bewogen, nach all dieser Zeit endlich zu beichten?«

Es war keine statthafte Frage, doch Pater Seweryn hatte nicht anders können, als sie zu stellen. Wieder herrschte langes Schweigen, ehe der Mann leise antwortete. »Es ist so«, sprach er, »dass mein Meister sich aufs Neue eine Gespielin genommen hat. Nur diesmal … diesmal bin ich in das Mädchen verliebt.«

Als der Mann den Beichtstuhl verließ, beeilte sich Pater Seweryn, es ihm gleichzutun, doch er war betagt und sah nur noch, wie das Portal der Kirche ins Schloss fiel, der Mann aber war gegangen. Beunruhigt ob des Vernommenen wandte sich der Priester an eine der Kirchenhelferinnen, die gerade damit befasst war, den Altar der Muttergottes im Seitenschiff von vertrockneten Blüten und Kerzenwachs zu reinigen, und frug: »Der Mann, der gerade gegangen ist … weißt du, wer das war?«

Der Name der Frau aber war Grazyna. Sie war eine, die darauf sah, über jeden und alles in der Stadt Bescheid zu wissen, wollte es sich indes nicht anmerken lassen, und so entgegnete sie: »Viel weiß ich nicht über ihn, nur, dass er Janek heißt und des Sonntags bisweilen mit seiner Frau in die Kirche kommt.«

»Mit seiner Frau?«, wiederholte der Priester, der wusste, dass es sich anders verhielt, jedoch durch das Beichtgeheimnis zum Schweigen darob verpflichtet war.

»Oh ja«, berichtete die Grazyna weiter, »und eine echte Schönheit ist sie. Feuerrotes Haar hat sie, und wie lang! Sie trägt es unter einer Haube verborgen, aber man sieht es trotzdem, und ich habe welche sagen hören, sie sei gewiss eine Hexe.«

»Eine Hexe?«, erwiderte darauf der Priester, der die Wahrheit kannte und den die Frau dauerte. »Was für einen Unfug manche Leute reden!«

»Das habe ich gleich gesagt, denn eine Hexe würde es ja wohl kaum wagen, eine Kirche zu betreten, nicht wahr?«, beeilte sich die Grazyna zu versichern, obgleich es nicht stimmte, zählte sie doch ebenfalls zu jenen, denen die rothaarige Frau nicht geheuer war. »Sie sind voriges Jahr gekommen und wohnen in der alten Schmiede, die einst Pietrek gehörte. Sie sollen sie ihm für reichlich Gold abgekauft haben, sagt man. Und ein alter Mann lebt mit ihnen, aber ob es sein Vater ist oder der ihre, das weiß man nicht, und man sieht ihn auch fast nie.«

»Danke, Grazyna«, sagte der Priester, der an die Worte des Mannes denken musste, der von seinem *Meister* gesprochen hatte, und er frug sich, was er damit gemeint haben mochte. Ein alter Mann war wohl schwerlich ein Schmiedemeister, zumal man nichts davon bemerkt hatte, dass in der Schmiede wieder gearbeitet würde.

Wenn es stimmte, was die Grazyna erzählt hatte – und der Priester zweifelte nicht daran –, dann hatte Pietrek der Verkauf seiner Schmiede jedenfalls kein Glück gebracht, denn er war, nachdem er den ganzen letzten Sommer über Kopfschmerzen geklagt hatte, kurz vor dem Erntedankfest gestorben.

Einige Wochen darauf kam der Mann wieder in die Beichte. Er habe Unzucht getrieben, beichtete er, mehrmals, und werde seither unablässig von unkeuschen Gedanken geplagt und von heftiger Eifersucht bis hin zu Mordgelüsten, wenn er miterleben müsse, wie seine Geliebte seinem Meister zu Willen sei.

»Sprichst du von eben jener Frau, mit der du des Sonntags zur Kirche gehst und die du als dein Eheweib ausgibst?«, frug Pater Seweryn.

Die Antwort kam zögerlich. »Das hat uns mein Meister befohlen. Wir müssen uns verbergen, und je besser wir uns den Gepflogenheiten anpassen, desto weniger Beachtung erregen wir.«

Pater Seweryn, der das Paar in der Zwischenzeit des Öfteren gesehen hatte, seufzte. Wenn der Mann die Wahrheit sprach, dann war dies ein schlecht erdachter Plan, denn eine Frau wie jene musste unweigerlich Beachtung finden, sobald sie nur das Haus verließ.

Aber er verstand nur zu gut, wie alles gekommen war. Denn auch der Priester, obzwar der lebenslangen Keuschheit verpflichtet, war einmal verliebt gewesen. Als junger Mann hatte ihn seine Auserkorene zurückgewiesen und einen anderen geheiratet, was ihn dazu bewogen hatte, sein Leben Gott zu weihen. So gab ihm die Erfahrung seines Lebens Anlass zu vermuten, dass es womöglich gerade jenes Geheiß gewesen war, vor den anderen den Ehemann einer so begehrenswerten Frau darzustellen, was in dem Manne eben jene Gefühle wachgerufen hatte, die ihn nun bedrückten.

»Mein Sohn«, sagte der Priester voll der ernstesten Sorge, »ich spüre, dass dir weit mehr auf der Seele liegt, als du bislang gebeichtet hast. Willst du deinem Herzen nicht Luft machen und alles erzählen?«

Ein langes Zögern war die Antwort. »Das ist schwierig«, erklärte der Mann endlich leise. »Ich weiß nicht, wo ich beginnen müsste.«

»Nun, vielleicht indem du mir sagst, was für eine Art Meister das ist, von dem du berichtest.«

Der Mann zögerte erneut, dann frug er: »Ihr seid an das Beichtgeheimnis gebunden, nicht wahr?«

»So ist es«, versicherte Pater Seweryn ihm. »Was ein Priester in der Beichte erfährt, darf er niemandem weitersagen, bei der Strafe der Exkommunikation und der ewigen Verdammnis. Alles, was du beichtest, bleibt zwischen dir, mir und Gott allein.«

»Gut«, sagte der Mann voll der Erleichterung. Er tat einige schwere Atemzüge, dann begann er also: »Mein Meister, dem ich Treue und Gehorsam geschworen habe … er ist ein Meister der Alchemie, und er besitzt den Stein der Weisen.«

Und so erlangte Pater Seweryn Kenntnis von folgender Geschichte:

Der Beichtende, dessen Name in der Tat Janek war, hatte sich an einen Mann gebunden, der nach eigenen Worten mehr als siebzig Jahre zählte, obgleich man es ihm nicht ansah. Tatsächlich war der Mann, der Mengedder hieß, noch so stark und wirkte so unberührt von jeglichem Alter, dass Janek bisweilen daran zweifelte, dass sein Meister ihm die Wahrheit gesagt hatte.

Dieser Meister nun zog mit ihm seit Jahren umher und suchte sich zu verbergen vor jenen, die um den Stein wussten und ihn zu besitzen begehrten, und er suchte darüber hinaus, das wahre Geheimnis des Steins zu enträtseln. Denn dass sich mit seiner Hilfe aus unedlen Metallen Gold machen ließ, war nicht die Quintessenz der alchemistischen Kunst, vielmehr nur ihr Anfang, eine Art Täuschung, gedacht, um all jene, die von bloßer Besitzgier getrieben wurden, abzulenken von den wahren Geheimnissen, auf dass diese für die wahrhaft Würdigen bewahrt blieben.

Die Reisen, die sie unternahmen, waren aber beschwerlich. Sie kamen nur schlecht voran, da sie mit zwei Wagen fahren mussten, von denen einer einzig die Kiste mit dem Stein enthielt, der von ungeheurem Gewicht war. Auch der Aufbau der für die alchemistische Arbeit notwendigen Apparaturen an ihren jeweiligen Zufluchtsorten, insbesondere der eines beheizbaren Kessels von enormen Abmessungen, bedurfte jedes Mal großer Anstrengungen. Zwar besaßen sie ausreichend viel Gold, was wunders, da sie es ja selbst herstellen konnten, doch die Beschaffung der erforderlichen Ingredienzien, welches zuvörderst Janeks Aufgabe war, stellte diesen immer wieder vor schier unlösbare Probleme.

Verfolgt würden sie aber, erklärte Janek, von den Rittern des Deutschen Ordens, und zwar aus dem Grunde, dass einer der ihren durch den Stein zu Tode gekommen sei, wenngleich aus eigener Schuld. Dennoch triebe den Orden seither eine unstillbare Rachsucht, der Spur Mengedders mit allem Eifer zu folgen. Ganz gleich, an welchen abgelegenen Orten sie sich in den verflossenen Jahren verborgen hatten, es habe nie lange gedauert, bis die Heerscharen des Ordens anrückten, um auch diese Landstriche zu erobern, dem Ordensstaat hinzuzufügen und hernach keinen Stein auf dem anderen zu lassen auf der Suche nach ihnen.

»Aber mein Meister«, berichtete Janek, »vermochte immer, sobald unsere Lage gänzlich aussichtslos erschien, mithilfe einer Magie, die auf eine geheime Weise mit dem Stein verbunden ist, zu entkommen. Es ist, als würden wir dabei unsichtbar für unsere Verfolger, mehr noch, als seien es nur Trugbilder, durch die wir einfach hindurchzufahren vermögen.«

Den Priester schauderte bei diesen Worten, war dies doch ohne Zweifel ein Hinweis darauf, dass man es hier mit teuflischen Kräften zu tun hatte.

Er befrug den Janek aber, welche Sünden er begangen hatte, auf dass er sie beichtete, worauf dieser wiederum zögerte und meinte, das sei schwierig zu erklären. Schließlich offenbarte er, enttäuscht zu sein von seinem Meister, denn obgleich sie einen

Bund geschlossen hätten, hätte dieser ihn noch nichts gelehrt, was von irgendeinem Wert sei, sondern ließe ihn immer nur niedere Dienste verrichten. »Noch nicht einmal, wie man Gold macht, hat er mir beigebracht«, sprach er in bitterstem Tone, »und ich darf nicht an seine alchemistischen Bücher, wiewohl ich des Lesens kundig bin.«

»Weshalb bleibst du dann bei ihm?«, frug der Priester.

»Weil ich nicht weiß, wohin ich sonst gehen könnte«, offenbarte der junge Mann, und ein gewaltiger Seufzer entrang sich seiner Brust. »Als wir uns gen Osten wandten, meinte ich, mein Meister würde dem polnischen König seine Dienste anbieten, auf dass wir Gold für ihn machten und unter seinem Schutz stünden. Aber mein Meister hat jegliches Interesse am Goldmachen verloren. Alles, was ihn noch umtreibt, ist die Suche nach Vollkommenheit.«

»Was soll das bedeuten, Vollkommenheit?«, begehrte der Priester zu wissen.

»Er hat erfahren, dass der Stein der Weisen selber vollkommen ist und deshalb den Weg in die Vollkommenheit öffnen kann.« Abermals stieß er einen tiefen Seufzer aus. »Seither ist er auf der Suche nach dem niemals endenden, vollkommenen Augenblick. Er bedient sich dafür aber des Mädchens, das uns begleitet. Ihr Name ist Ludka, und sie muss ihm inmitten seines Laboratoriums zu Willen sein. Ich darf nicht dabei sein, doch manchmal schleiche ich mich dennoch hinein und beobachte sie mit brennendem Herzen. Mein Meister verabreicht ihr verschiedene Elixiere, ehe er sie besteigt, und er selber gebraucht ebenfalls ein magisches Mittel, das er mithilfe des Steins gewinnt und das seine Manneskraft ungeheuerlich verstärkt. Mitunter wohnt er ihr den halben Tag bei und die ganze Nacht desgleichen, ohne jegliche Unterbrechung, und ich höre beide unablässig wollüstig stöhnen, obgleich Ludka dazwischen immer weint und um Gnade bittet. Erst heute Morgen musste ich sie einmal mehr zurück auf ihr Lager tragen, weil sie vollkommen entkräftet war, und sie klagte mehrmals, er reite sie zuschanden und ich solle sie retten. Aber ich weiß nicht, wie!«

»Und du liebst dieses Mädchen, sagst du?«, frug der Priester.

»Ja«, sagte Janek. »Ja, das tue ich.«

»Dann nimm sie mit dir und fliehe. Ich werde euch trauen, wenn es euer Wunsch sein sollte, und euch eine Empfehlung für meinen Bruder mitgeben, der in Estland lebt und in Reval ein Handelshaus betreibt, auf dass er euch in Lohn und Brot setze. Ihr dürft nicht einen Tag länger bei diesem Manne bleiben, wenn euch euer Seelenheil lieb ist, denn wenn auch nur annähernd stimmt, was du berichtest, steht dieser mit satanischen Mächten im Bunde.«

Ein tiefes Schweigen war die Antwort. Dann frug der junge Mann scheu: »Das würdet Ihr tun?«

»Gewisslich.«

»Aber … ich bin doch ein Sünder, ein schlechter Mensch. Und auch Ludka ist ohne Zweifel eine Sünderin.«

»Wäre es ihm nicht um die Sünder gegangen, hätte der Sohn Gottes nicht auf Erden wandeln müssen«, sagte darob der Priester. »Dennoch ist er gekommen, hat unter den Ärmsten der Armen gelebt und mit Zöllnern und Sündern an einem Tisch gesessen, und er hat sich selber geopfert, auf dass er uns alle von unseren Sünden erlöse. Ich bemühe mich nur, ihm darin zu folgen, so gut ich es mit meinen schwachen Kräften vermag.«

Darauf überlegte Janek und sagte schließlich: »Dann will ich es so machen, wie Ihr gesagt habt.«

»Komm heute Abend nach Einbruch der Nacht«, sagte der Priester, »und klopf an die Tür der Sakristei. Ich werde auf dich warten.«

Doch der Abend brach an und die Nacht, ohne dass jemand kam. Pater Seweryn wartete noch drei weitere Abende, jedoch vergebens.

Am darauffolgenden Sonntag sah er den jungen Mann und die rothaarige Frau wieder, und nun, da er um die Hintergründe wusste, bemerkte er sehr wohl, wie verzehrt die Frau wirkte und wie verzagt der Mann an ihrer Seite, der ihr des Öfteren beistehen musste, andernfalls sie gewisslich hingestürzt wäre. Indes, die beiden beeilten sich nach dem Gottesdienst, die Kirche zu verlassen, sodass sich ihm keine Gelegenheit bot, das Wort an sie zu richten.

Zwei Wochen vergingen, dann fand sich jener Janek wieder im Beichtstuhl ein und erklärte Pater Seweryn, es sei ihm nicht gelungen, Ludka dazu zu bewegen, dem Meister zu entfliehen. Es sei aber nicht der Meister, dem sie verfallen war, sondern der Stein: »Ich habe mehrfach auf sie eingesprochen«, berichtete Janek, »doch sie will auf keinen Fall fliehen, ohne den Stein zu besitzen und das Geheimnis, wie man damit Gold machen kann.«

»Dann fliehe allein«, beschwor der Priester den jungen Mann.

»Das kann ich nicht«, sprach dieser. »Niemals vermöchte ich ohne sie zu gehen.«

»So seid ihr beide verloren«, entfuhr es Pater Seweryn.

»Das sind wir ohnehin«, sagte Janek mit entsetzlichem Ernst.

Dies war die letzte Begegnung zwischen Pater Seweryn und dem Schüler des Alchemisten. Der Priester sah weder ihn noch die Frau wieder, nicht des Sonntags in der Kirche und auch nicht in den Straßen Kowals.

Es trieben ihn aber heftige Gewissensqualen um, denn es verhielt sich so, dass Pater Seweryn der Name Mengedder nicht unbekannt war. Tatsächlich hatte er schon geraume Zeit zuvor ein Schreiben aus Rom bekommen, welches alle Geistlichen anwies, unverzüglich zu melden, sobald sie vom Aufenthaltsort eines Mannes dieses Namens Kenntnis erlangten, dieweil ihm schwere weltliche und noch schwerere geistliche Verbrechen zur Last gelegt wurden und er ob teuflischer Machenschaften als Gefahr für das Seelenheil aller Menschen galt.

Es wäre also seine Pflicht gewesen, ohne Säumen Mitteilung zu geben – hätte dem nicht der Umstand entgegengestanden, dass er vom Aufenthaltsort Mengedders in der Beichte Kenntnis erlangt hatte. Und es verhielt sich nun einmal so, dass dieses Sakrament absolut heilig war und ihm bei einem Verstoß gegen seine Pflicht, über alles Schweigen zu bewahren, was ihm in der Beichte anvertraut war, die Exkommunikation drohte und damit die ewige Verdammnis.

So kam es, dass der Priester, seinem vorgerückten Alter zum Trotz, des Öfteren durch die Straßen Kowals wandelte. Er wählte einen Weg, der ihn unter anderem auch an der alten Schmiede vorbeiführte, und er sann darüber nach, auf welchem Wege er beiden Verpflichtungen nachzukommen vermöchte; allein, ihm fiel kein solcher Weg ein. Dafür entging ihm nicht, dass die Fenster der Schmiede sämtlich verschlossen und verriegelt waren, während aus ihrem gewaltigen Schornstein unablässig dichter Rauch gen Himmel stieg, diesen indes nicht erreichte, dieweil er so schwarz und schwer war, dass er kaum über die Firste gelangte. Hernach sank er rasch wieder gen Boden, sodass man glauben mochte, er würde von diesem gierig aufgesogen.

Wie Pater Seweryn einmal des späten Abends die Gasse entlangging, in der die alte Schmiede lag, da fiel ihm durch einen Spalt in einem der Läden für einen Moment ein Strahl Lichts direkt ins Auge. Es war aber ein so schreckliches, böses, gar kaltes Licht, dass der Priester meinte, es schnitte ihm geradewegs durchs Herz, und mit einem Mal begriff er die Tiefe des Abgrundes, der sich hier, vor seinen Augen, im Herzen der ihm anvertrauten Gemeinde auftat, und dass hier wahrhaft Dinge vor sich gingen, die unendlich böse waren in einem Maße, welches über das Verständnis eines Menschen hinausging.

Dies aber ließ ihn anderen Sinnes werden, was das Beichtgeheimnis anbelangte. Seine eigene Seele schien ihm in Angesicht der gewaltigen Gefahr ein geringer Preis für selbst die kleinste Chance, sie zu bannen.

So nahm er einen Bogen Pergament zur Hand und verfasste ein Schreiben an eben jenen Bischof Johannes, dem Papst Bonifatius die Fahndung nach dem Alchemisten Mengedder anvertraut hatte. Er hieß einen Metzgersjungen, den Brief zum nächsten Kloster zu bringen, von wo aus er nach Rom weitergeleitet wurde.

Dann hörte er erst einmal nichts mehr von dieser Angelegenheit, so wenig, wie er Janek oder die Frau wiedersah.

Er hatte aber bei sich gedacht, auf sein Schreiben hin würden einige Ritter des Ordens kommen, um Mengedders habhaft zu werden, und wartete, auf dass er rechtzeitig eingriffe, dass sie nicht auch den jungen Mann oder die Frau erschlugen. Allein, er wartete vergebens. Denn es verhielt sich so, dass aufgrund vorangegangener Einfälle des Deutschen Ordens, die der Suche nach dem Alchemisten gegolten hatten, Feindschaft entbrannt war zwischen dem Königreich Polen und dem Ordensstaat, sodass man einer Gruppe von Rittern mit aller Macht entgegengetreten wäre. So beschloss der Hochmeister, dass es nicht anders gehen würde, als ganz Kujawien im Handstreich einzunehmen, was mit anderen Worten hieß, Krieg gegen Polen zu führen. Und so geschah es.

Wie Pater Seweryn erfuhr, dass die Deutschritter angriffen und brandschatzend durch die Lande zogen, geradewegs auf Kowal zu, da reute ihn sein Brief. Er fragte sich bang, ob er wahrhaftig recht gehandelt hatte, starben doch nun viele Unschuldige in den Kämpfen gegen die Ritter, die nur den teuflischen Stein und seinen Besitzer suchten. Das freilich wusste niemand, und man hätte es auch niemandem sagen können, da Pater Seweryn nur zu gut wusste, wie schwer zu begreifen dieser Sachverhalt war.

Er sah mehr noch als zuvor darauf, die alte Schmiede unter Beobachtung zu halten, und so kam es, dass er zur Stelle war, als deren Tore aufflogen und zwei Wagen mit je zwei eingespannten Pferden flohen. Der erste Wagen fuhr gen Osten, der zweite aber, auf dessen Bock ein gewaltiger Mann saß, gen Westen und geradewegs auf Pater Seweryn zu.

Der Priester nun, dem sein eigenes Schicksal vollends gleichgültig geworden war, stellte sich diesem Gespann in den Weg, überzeugt, es mit niemand anderem zu tun zu haben als eben jenem Meister Mengedder, nach dem die heilige katholische Kirche mit aller Macht forschte. Er trug jedoch eine Flasche geweihten Wassers bei sich, und als die Pferde auf ihn zupreschten, getrieben von den Schreien und der Peitsche des Mannes auf dem Bocke, da sprach Pater Seweryn Bannsprüche aus dem Exorzismus und schüttete den Inhalt der Flasche wie einen Regen in die Luft, und der Wagen fuhr mitsamt seinem Kutscher mitten hindurch, als die Pferde den Priester niederwarfen und ihm zwei der Wagenräder über den Leib rollten.

Da ward großes Geschrei und Entsetzen in der Stadt, und man brachte den Priester zurück in sein Haus, wo er siech lag und des Todes war, aber er lebte noch lange genug, um zu erleben, wie die Ritter des Deutschordens Kowal einnahmen einzig zu dem Zweck, Pater Seweryn aufzusuchen. Sie erwiesen ihm große Ehre, knieten an seinem Sterbelager nieder und dankten ihm ein ums andere Mal. Sie ließen sich zudem alles, was geschehen war, aufs Genaueste von ihm erzählen, und einer von ihnen schrieb alles getreulich auf, wie Pater Seweryn es berichtete.

Schließlich trat ein Ritter in die Kammer des Priesters, der die anderen überragte und dem sie allesamt Respekt erwiesen, und das war niemand anders als Werner von Orseln, der Hochmeister des Deutschen Ordens. Er war eigens gekommen, um Pater Seweryn zu berichten, dass es dank seines Hinweises gelungen war, des Alchemisten Mengedder und seines Steins habhaft zu werden. Als er aber erfuhr, wie es sich genau zugetragen hatte, da war er genau wie alle anderen überzeugt, dass es das Weihwasser gewesen war, das verhindert hatte, dass ihnen Mengedder abermals auf magische Weise entkam, und er beugte das Knie und das Haupt vor dem Priester, dem sie dies zu verdanken hatten. »Ihr habt vollbracht, was unseren Schwertern nicht gelungen ist«, sagte er.

»Das mag sein«, sprach Pater Seweryn voller Seelenpein, »doch der Preis war hoch.«

Damit schloss er die Augen und tat seinen letzten Atemzug.

Die Ritter aber brachten Mengedder und den Stein der Weisen in die Marienburg, um sie daselbst unter Verschluss zu nehmen, froh, dass dieser Teil der Aufgabe endlich vollbracht war. Allein, die beiden Assistenten Mengedders, Janek und Ludka, waren weiterhin flüchtig, und was noch schlimmer war, sie trugen bis auf eine sämtliche alchemistischen Schriften aus dem Besitz Mengedders bei sich. So setzte der Orden seine Suche fort, folgte ihren Spuren viele Jahre und Jahrzehnte lang bis hinauf nach Livland und Estland, doch trotz aller Anstrengungen wurde man ihrer niemals habhaft. Überdies erlahmte, nun, da die Hauptaufgabe erfüllt war, die Kraft des Ordens. Die letzte Spur, der man entlang des Ostmeeres folgte, war ein Hinweis, die Nachkommen von Janek und Ludka, von denen es hieß, sie seien ihrerseits große Alchemisten geworden, hielten sich auf Vogtland auf. Der Orden griff die schwedische Insel an und eroberte sie, doch die Alchemisten waren bereits verschwunden. Wenige Jahre danach unterlag der Orden den vereinten Heeren der umliegenden Staaten in der Schlacht von Tannenberg, und in der Folge zerfiel der Ordensstaat. Man musste die Marienburg aufgeben, der Hochmeister verlegte seinen Sitz ins Fränkische, nach Mergentheim. Ebendort endete die Suche nach den Schriften Mengedders.

21.

Hendrik schloss das Buch, befühlte es. Es wirkte besser erhalten als dasjenige, das er damals in Zürich in Händen gehalten hatte. Der leinenbezogene Einband war rauer, weniger abgegriffen, der Beschnitt nicht so vergilbt.

»Okay.« Er gab es dem Mann mit den mächtigen weißen Augenbrauen zurück. »Interessant. Und was fange ich nun damit an?«

»Die Frau namens Ludka war schwanger, als die beiden geflohen sind«, sagte der Schlüsselbewahrer und ließ das Buch wieder in seinem voluminösen schwarzen Mantel verschwinden. »Nach allem, was wir wissen, *nicht* von Janek. Sie gebar vier Monate darauf eine Tochter, die heranwuchs und später ihrerseits eine Tochter hatte, die wiederum eine Tochter hatte ... und immer so weiter, eine Linie von Frauen, die bis in die heutige Zeit reicht.«

Hendrik stutzte. »Wollen Sie damit etwa andeuten, Laureen Turner sei eine Nachfahrin Mengedders?«

»Ich deute es nicht nur an, ich weiß es. Mein Orden hat Janek und Ludka niemals zu fassen bekommen, aber auch nie aufgehört, ihren Weg zu verfolgen. Ihren Weg und den Weg, den die Schriften aus Mengedders Besitz genommen haben.«

Hendrik dachte an Laureen Turners flammend rote Mähne, an die überwältigende Erotik, die von ihr ausstrahlte, und an die Geschichte, die er gerade gelesen hatte. Eine Gänsehaut lief ihm über den Rücken.

Er räusperte sich. »Mag sein. Aber inwiefern ist das ein Problem?«

Der Schlüsselbewahrer faltete die gewaltigen Hände. »Meine Aufgabe«, sagte er, »ist, dafür zu sorgen, dass der Stein der Weisen unter Verschluss bleibt bis zum Ende aller Zeiten. Bis vor Kurzem dachte ich, dass es dazu genügt zu verhindern, dass das

Wissen um die Existenz des Steins bekannt wird oder das um seinen Aufenthaltsort. Niemand – ich nicht und auch keiner meiner Vorgänger in diesem Amt – ist je auf den Gedanken gekommen, die goldene Rüstung dieses unglückseligen Ritters könnte noch Spuren des Steins enthalten.«

»Ah.« Hendrik furchte die Stirn. »Verstehe.«

»Bedenken Sie den Zeitpunkt, zu dem dies alles geschieht. Siebenhundert Jahre lang war diese Rüstung verschollen – siebenhundert Jahre, in denen sie jederzeit hätte gefunden werden können, denn das Grab befand sich, wie zu lesen war, dicht unter der Erdoberfläche. Doch wäre sie schon früher wieder aufgetaucht, wäre es, anders als heute, technisch unmöglich gewesen, die Spuren des Steins der Weisen zu extrahieren. Ist Ihnen klar, was das heißt?«

»Sollte es mir klar sein?«

»Wenn Sie imstande sind, mit einem Blick auf die Welt zu schauen, der mehr zulässt als das Offenkundige, schon. Dann müssen Sie sich nämlich fragen, ob es Zufall sein kann, dass die goldene Rüstung ausgerechnet heute wieder aufgetaucht ist.«

»Klingt wie eine Verschwörungstheorie.«

»Nein. Wenn man akzeptiert hat, dass es das Böse wirklich gibt – in demselben Sinne, wie es Atomkerne oder radioaktive Strahlung wirklich gibt, auch wenn man sie nicht direkt wahrnehmen kann –, dann ist es ein naheliegender Gedanke.«

Hendrik hüstelte. »Sprechen wir gerade vom … Teufel?«

»Der auch Luzifer genannt wird. Der Lichtbringer. Der gefallene Engel. Das Licht, das Dunkelheit geworden ist. Wir sprechen vom Bösen.« Der Schlüsselbewahrer faltete die Hände. »Sie fragen sich, warum ich gekommen bin. Nun, ich will Sie davor warnen, weiter nach dem Stein der Weisen zu suchen. Dieser Stein hat Böses in die Welt gebracht, und er hat niemandem gutgetan, der sich je darauf eingelassen hat.«

Das wurde allmählich entschieden zu verrückt. Hendrik löste seinen Blick von dem seines Gesprächspartners, suchte den Anblick anderer Reisender, die aßen, sich unterhielten, an der Kasse standen und zahlten …

»Hören Sie, Herr Luiz«, sagte er leise. »Ich hab's nicht mit der Religion. Das letzte Mal war ich in der Kirche, als meine Mutter gestorben ist. Das ist über zwölf Jahre her und war, offen gestanden, nur eine Formsache für mich.«

»Das heißt, Sie glauben nicht an das Böse?«

»Menschen tun böse Dinge. Manche Menschen. Manchmal. Aber sie haben immer ihre Gründe zu handeln, wie sie handeln. Gründe, die wir vielleicht nicht verstehen oder die vielleicht falsch sind, undurchdacht oder –«

»Ja, ja, ich weiß, was Sie sagen wollen«, unterbrach ihn der Schlüsselbewahrer. »Sie glauben, dass man die menschliche Natur vervollkommnen kann, wenn man es nur richtig anstellt, nicht wahr?«

Hendrik hob die Schultern. »Innerhalb gewisser Grenzen – ja, warum nicht?«

Der große Mann drehte den Stuhl, auf dem er saß, so herum, dass er Hendrik frontal gegenübersaß. »Wissen Sie, was Kommunismus, Faschismus und die New-Age-Bewegung gemeinsam haben?«

»Ähm«, machte Hendrik verdutzt. »Haben die was gemeinsam?«

»Es sind die populärsten unter all den Ideologien, die parallel zu unserer industrialisierten, durchorganisierten, rationalisierten Welt mit ihrer Massenkultur entstanden sind«, erklärte der Schlüsselbewahrer. »Alle bauen sie auf derselben Vorstellung, derselben Idee, derselben Utopie auf: Sie predigen, dass die menschliche Natur vervollkommnet und auf diesem Wege das Böse überwunden werden kann. Indem wir alle freundlich zueinander sind. Indem wir uns alle wohlfühlen und die Segnungen sozialer Sicherheitssysteme genießen. Indem wir jedem das Recht auf ein hohes Selbstwertgefühl zugestehen. Sie wollen uns glauben machen, dass die Dunkelheit, die wir in der Welt sehen und in unserem Herzen fühlen, nur eine Illusion ist, ein Trugbild, das zum Verschwinden gebracht werden kann, wenn wir nur richtig damit umgehen, wenn wir nur alle richtig erziehen und richtig lieben und genügend finanzielle Mittel bereitstellen. Sie wollen uns glauben machen, dass das Böse nicht existiert. Aber das«, fügte er hinzu, »ist eine Täuschung. Eine *gefährliche* Täuschung. Eine Täuschung, die ihrerseits dem Bösen entspringt.«

Hendrik fragte sich, warum er nicht einfach aufstand und ging. Klar, der Typ gehörte einem Orden an, den Kreuzritter vor einer halben Ewigkeit gegründet hatten – irgendwo logisch, dass er so ein Zeug daherredete und vermutlich auch glaubte. Aber musste er sich das deswegen anhören? Nein. Er konnte sich höflich verabschieden und sich auf die Suche nach dem Terminal machen, von dem aus sein Flug nach Frankfurt gehen würde.

Doch er tat es nicht. Stattdessen blieb er sitzen und meinte: »Ich kann immer noch nicht behaupten, dass ich verstehe, warum Sie mir das alles erzählen.«

»Sie werden es verstehen«, versprach der Schlüsselbewahrer. »Lassen Sie mich Ihnen eine Frage stellen: Wer, denken Sie, sind die Alchemisten von heute?«

Hendrik hob die Schultern. »Keine Ahnung.«

»Sind das solche komischen Käuze wie Ihr Schlossherr, der alte Manuskripte sammelt und Rezepte aus dem Mittelalter zu entschlüsseln versucht? Nein. Das sind Träumer, Romantiker – aber keine Alchemisten. Alchemisten sind keine Träumer, waren es niemals. Alchemisten waren immer Leute, die nach Vollkommenheit gestrebt haben.«

»Und?«, fragte Hendrik verständnislos und musste an Laureen denken.

»Nun, warum strebt jemand nach Vollkommenheit? Doch nur, weil er die Welt, wie sie ist, ablehnt.«

Hendrik runzelte die Stirn. »Meinen Sie?«

Der Schlüsselbewahrer beugte sich zu ihm. »Das ist ein wichtiger Punkt, und ich will Ihnen auch sagen, wieso. Denken Sie an Ihre Frau. Als Sie ihr begegnet sind, als Sie sich in sie verliebt haben, da haben Sie sie so genommen, wie sie war. Gerade das – dass sie so war, wie sie war – war der Grund, dass Sie sich in sie verliebt haben.« Er machte eine Handbewegung, als wische er etwas beiseite. »Sicherlich, nach einiger Zeit wird sich herausgestellt haben, dass das Bild, das Sie von ihr hatten, idealisiert war. Das ist das Wesen der Verliebtheit. Man sagt ja, die Liebe beginnt erst, wenn die Verliebtheit überstanden ist. Inzwischen kennen Sie sie besser, aber wenn Sie sie lieben, dann immer noch, weil sie so ist, wie sie ist. Würden Sie mir so weit zustimmen?«

Hendrik neigte den Kopf. Ganz bestimmt hatte er nicht vor, mit diesem Mann die Details seiner Ehe zu diskutieren. »Ich kann Ihnen zumindest folgen.«

»Das genügt schon. Nun stellen Sie sich einen Mann vor, der einer Frau sagt: Ich will dich heiraten, aber vorher schicke ich dich zum Schönheitschirurgen. Er soll dich erst perfekt machen, vorher will ich dich nicht. Sagen Sie mir: Wird diese Frau sich geliebt fühlen?«

»Wohl kaum.«

»Würden Sie sagen, dass dieser Mann diese Frau wirklich liebt?«

»Nein.«

»Sehen Sie – aber genau das ist die Haltung der Alchemisten der Welt gegenüber. Alchemisten wollen die Welt erst zum Schönheitschirurgen schicken, ehe sie bereit sind, sie zu akzeptieren. Alchemisten lieben die Welt, das Dasein, das Leben nicht – sie lehnen all das ab. Sie bestehen darauf, alles erst ihren eigenen Vorstellungen anzupassen. Dann, so denken sie, werden sie die Welt und das Leben lieben können.« Er hob die Brauen. »Was ein Irrtum ist. Denn ob man lieben kann, ist eine Frage der Persönlichkeit, der Reife, nicht eine Frage der Beschaffenheit dessen, was man liebt.«

Hendrik hob die Hände wie jemand, der sich ergibt. »Das mag alles so sein, das habe ich mir ehrlich gesagt noch nie so genau überlegt. Ich meine – das ist ja heutzutage wohl nicht mehr groß von Belang. Die paar Alchemisten, die noch in ihren Laboratorien herumköcheln …«

»Sie täuschen sich, Herr Busske. Sie täuschen sich, was die Zahl der heutigen Alchemisten angeht, und Sie täuschen sich, was ihre Bedeutung angeht.«

»Dann lesen Sie andere Zeitungen als ich.«

»Nein, vermutlich lese ich dieselben. Ich lese sie nur anders.« Der Schlüsselbewahrer sah ihn durchdringend an. »Es existiert eine Bewegung, vor allem in den USA, die sich *Transhumanismus* nennt. Es ist nicht die größte Bewegung der Welt – weit entfernt davon –, aber es ist die bei Weitem einflussreichste Bewegung, die es gibt. Sagt Ihnen der Begriff etwas?«

Hendrik kniff die Augen zusammen. »Gehört hab ich das schon mal. Sind das nicht die Leute, die ihr Gedächtnis auf Computer übertragen wollen und so Kram?«

»Das sind nur die unfreiwillig amüsanten Extrempositionen. Transhumanisten sind Leute, die davon träumen, den Menschen durch Eingriffe in seinen Gencode zu vervollkommnen, eine neue, gesunde, superintelligente, perfekt funktionierende Menschenrasse auf gentechnischem Wege zu erzeugen. Transhumanisten sind Leute, die davon träumen, Computer zu bauen, die intelligenter sind als wir, damit sich diese künstlichen Intelligenzen selber weiterentwickeln und schließlich so übermenschlich klug werden, dass sie all die Probleme lösen werden, die zu lösen wir Menschen nicht selber imstande sind. Transhumanisten sind Leute, die davon träumen, den Menschen durch technische Implantate aufzurüsten und damit Cyborgs zu erschaffen, die imstande sein sollen, im luftleeren Weltraum und auf für Menschen unbewohnbaren Planeten zu existieren. Transhumanisten sind Leute, die davon träumen, dass Menschen eines Tages das Universum nach ihren eigenen Wünschen umgestalten, Sonnen entzünden oder auslöschen, Planeten versetzen oder zu anderen Himmelskörpern umbauen werden. Transhumanisten träumen davon – und das sagt ja schon der Name, den sie ihrer eigenen Bewegung gegeben haben –, den Übermenschen zu erschaffen. Was sie wollen, ist nichts anderes als Vollkommenheit, und sie sind überzeugt, dass diese auf technischem Wege erreichbar ist.« Der Schlüsselbewahrer breitete die Hände aus. »Die Transhumanisten sind die Alchemisten von heute. Es gibt eine durchlaufende Entwicklungslinie zwischen den Alchemisten des Mittelalters und den Transhumanisten von heute, sowohl was die Geisteshaltung als auch den Einfluss auf die Entwicklung der Welt anbelangt.«

»Das ist«, meinte Hendrik bedächtig, »eine steile These. Aber eben nur eine These.«

»Betrachten Sie die Welt und wie sie sich in den letzten zwanzig Jahren verändert hat. Das Internet, das Mobiltelefon, die allgemeine Vernetzung – ein technologischer Quantensprung, den viele in seiner Bedeutung schon mit der Erfindung der Schrift vergleichen. Doch dahinter stehen Leute, die zum größten Teil mit dem Transhumanismus zumindest sympathisieren, wenn sie der Bewegung nicht sogar erklärtermaßen angehören. Die Erforschung des Genoms, die Weiterentwicklung der Gentechnik – auch dahinter stehen sehr, sehr viele Transhumanisten. Lösen Sie sich aus der Aktualität, versuchen Sie das große Bild zu sehen. Die heutige technische Entwicklung ist nicht mehr wie noch vor vierzig Jahren von Forscherdrang motiviert, von dem Wunsch, mehr über die Welt wissen zu wollen, sondern von dem Wunsch, die Welt zu ändern, umzubauen, zu vervollkommnen. Damals war es Forscherdrang – zumindest zu dem Teil, der nicht politischen Zielen geschuldet war –, der uns dazu trieb, zum Mond zu fliegen, den Menschen so, wie er ist, auf unseren Trabanten zu befördern und heil wieder zurück. Doch welche Rolle spielt die Raumfahrt heute noch? Sie ist nur noch eine traurige Karikatur dessen, was sie einmal war und uns bedeutet hat. Stattdessen bestimmt uns heute das Ziel, den Menschen, die Welt umzubauen. Schönheitschirurgie ist verbreitet wie nie. Mädchen können ihre Eltern verklagen, wenn die ihnen keine Busenoperation bezahlen wollen. Kinder, die in irgendeiner Weise auffallen, werden mit einem ganzen Arsenal an Drogen zurechtkorrigiert. Sich selbst zu optimieren, seine täglichen Schritte, seine tägliche Wasseraufnahme, Kalorienzufuhr, Vitaminversorgung und so weiter zu protokollieren und anhand von Zielwerten zu steuern, ist allgemeine Manie geworden. In dem Maße, wie sich das Klima wandelt, mehren sich die Stimmen, die fordern, auch hier technisch einzugreifen: Geoengineering heißt der Begriff dazu. Alles soll gesteuert, geplant, dem menschlichen Willen unterworfen, kurz: vervollkommnet werden.«

»Es fällt mir schwer, in dem Umstand, dass ich heute ein Bahnticket samt Reservierung von meinem Handy aus bestellen kann, eine teuflische Machenschaft zu sehen.«

»Oh, ich sage nicht, dass alles, was diese Bewegung hervorbringt, schlecht ist. Keineswegs. Aber auch die Alchemisten haben einiges hervorgebracht, was von Nutzen war.«

»Friedrich Böttiger. Wollte Gold machen und erfand das Porzellan.«

»Zum Beispiel. Der Punkt ist, dass das nichts an der zugrunde liegenden Geisteshaltung ändert. Der Mann, der seine Braut vor der Hochzeit zum Schönheitschirurgen schickt, macht sie ja womöglich tatsächlich schöner. Aber er *liebt* sie eben nicht.«

»Hat Ihnen schon mal jemand Technikfeindlichkeit vorgeworfen?«

»Ich spreche selten mit Menschen, die auf diesen Gedanken kommen könnten. Aber da Sie es ansprechen: Ist es Technikfeindlichkeit, wenn man auf Punkte hinweist, in denen Technik dem Menschen tatsächlich feindlich ist? Wo Technik dazu dient, ihn zu steuern, zu versklaven, seines Willens zu berauben, seinen Lebensraum einzuschränken, seine natürlichen Impulse durch Surrogate abzulenken? In Japan wächst eine Generation junger Männer heran, von denen ein immer größer werdender Teil den Genuss von Pornografie dem Sex mit einem richtigen Menschen vorzieht, wussten Sie das? Eine ganze Industrie versorgt diese Männer mit Medien, technischen Hilfsmitteln und demnächst vermutlich mit Sex-Robotern.«

»Und Laureen Turner –«

»Gehört der transhumanistischen Bewegung an, ja. Sie hält sich im Hintergrund, aber sie ist mit deren führenden Vertretern eng vertraut.« Der Schlüsselbewahrer sah Hendrik forschend an. »Laureen Turner hat vor zwei Jahren eine kalifornische Firma namens *Bio-Eternal* gekauft. Dieses Unternehmen tut nichts anderes, als zu erforschen, ob sich der Alterungsprozess über gentechnische Eingriffe anhalten oder rückgängig machen lässt. Nun – warum diese Investition? Bestimmt nicht aus reinem wissenschaftlichem Interesse, sondern weil sie hofft, diese Erkenntnisse für sich selber nutzen zu können.«

Das hatte Hendrik nicht gewusst, aber es erschien ihm glaubhaft. Glaubhaft auch, dass sie nun den Stein der Weisen haben wollte, um zu sehen, ob es damit besser klappte.

Und wenn? Warum denn nicht? Was war einzuwenden gegen Unsterblichkeit und eine Welt, die dem menschlichen Willen mehr gehorchte als blinden Impulsen?

Hendrik räusperte sich. »Eine Frage«, sagte er. »Wenn ich das richtig verstehe, dann *haben* Sie den Stein der Weisen? Also, nicht Sie – der Orden, dem Sie angehören?«

Der Mann neigte den kahlen, schrundigen Schädel. »Der Stein ist unter Verschluss, wenn Sie das meinen. Immer noch. Auch jetzt, in diesem Moment, da wir hier miteinander reden.«

»Und Sie besitzen den Schlüssel zu diesem Versteck?«

Der Schlüsselbewahrer lächelte flüchtig. »Was das anbelangt, führt die Bezeichnung meines Amtes in die Irre. Der Stein ist unter Verschluss und dort, wo er ist, absolut sicher. Aber niemand hat den Schlüssel.«

»Wie das?«

»Er steckt von innen.«

»Er steckt …? Oh.« Vor Hendriks innerem Auge entstand eine Szene, wie sich einer der Vorgänger des Mannes, der ihm gegenübersaß, in einem Akt der Aufopferung mit dem Stein in einem geheimen Gewölbe einschloss, in dem Wissen, dass er ihn mit seinem Leichnam bewachen würde. »Sie nehmen das ziemlich ernst, was?«

»Der sogenannte Stein der Weisen ist die ernsteste Sache der Welt, Herr Busske.«

»Und was wollen Sie konkret von mir?«

»Dass Sie mir helfen, die goldene Rüstung wiederzubeschaffen.«

Hendrik musste lachen, er konnte nicht anders. »Die goldene Rüstung?«

»Ja.«

»Das können Sie vergessen. Nach dem, was Laureen mir gesagt hat, existiert diese Rüstung nicht mehr. Sie hat sie eingeschmolzen, und ein ganzes Labor von Wissenschaftlern ist dabei, die Substanz des Steins vom Gold zu trennen.«

Die Miene des Schlüsselbewahrers verfinsterte sich. »Das habe ich befürchtet.« Er ließ die Schultern sinken. »Sie sehen mich ratlos. Meine Aufgabe verlangt, den Stein aus der Welt zu schaffen – jeden einzelnen Krümel davon –, aber ich weiß nicht, wie ich das bewerkstelligen soll.«

Hendrik sah auf seine Uhr. Zeit, sich auf den Weg zu machen. »Tja«, meinte er. »Ich weiß es auch nicht.«

»Sie haben keine Vorstellung davon, was für ein Unheil der Welt droht, wenn selbst kleinste Partikel dieses Steins in die falschen Hände gelangen.«

»Stimmt«, sagte Hendrik und stand auf. »Davon habe ich wirklich keine Vorstellung.«

»Versprechen Sie mir wenigstens, mich anzurufen, falls Sie irgendetwas erfahren«, bat der alte Mann und hielt Hendrik eine Visitenkarte hin. »Bitte.«

Hendrik nahm die Karte, steckte sie unbesehen ein. »Ich werde darüber nachdenken.«

Der Rest des Heimflugs verlief ruhig und ungestört. Die Maschine war halb leer. Es gab Erdnüsse, die nach nichts schmeckten.

In Hendrik mischte sich die Enttäuschung darüber, die Reise vergebens unternommen, ja, versagt zu haben, zu spät gekommen zu sein, wie immer, mit Ärger. Ärger über diesen alten Mann, der ihm sein altes theologisches Geschwätz aufgedrückt hatte in einem Moment, in dem er tief in Gedanken und wehrlos gewesen war. Im Grunde, sagte er sich, maßte sich dieser Kerl … wie hatte er geheißen? Luiz, Korbinian Luiz – was war das überhaupt für ein *Name?* … er maßte sich an, irgendwelche Rechte über ihn, Hendrik, zu haben. Ihn zu überwachen, jahrelang, wie es aussah, nur weil er mal ein blödes altes Buch hatte mitgehen lassen! Ein Vergehen, das diesen angeblichen Schlüsselbewahrer ohne Schlüssel zudem gar nichts anging, sondern allenfalls den Züricher Antiquar.

Dann, endlich, die Landung. Frankfurt. Das Getriebe und Geschiebe in den Gängen und Hallen kam Hendrik vor wie eine gigantische Theateraufführung. Im Parkhaus wie immer die spannende Frage, ob der Jaguar unversehrt geblieben war. War er. Der Weg nach Hause, Gewohnheit schon, nur dass diesmal die Bäume, Wiesen und Dörfer, die er passierte, aussahen wie aus Plastik gestanzt. Er war mehr als einmal versucht, anzuhalten und etwas davon anzufassen, darauf gefasst zu erfahren, dass er sich all die Jahre hatte täuschen lassen.

Als er ankam, stand Miriam an der Tür, umarmte ihn zur Begrüßung und sagte nur leise: »Hendrik.«

Das hatte sie noch nie gemacht. Er sah sie an. »Was ist los?«

»Ich zeig's dir.«

Er folgte ihr in die Küche, wo sie eine Zeitschrift aus der Ablage nahm, den SPIEGEL, und ihm hinlegte. »Das ist heute erschienen«, sagte sie. »Ich glaube, das gibt Probleme.«

Hendrik betrachtete den Artikel, bei dem das Heft aufgeschlagen war. Er trug den Titel *»Der Blender«*, der Autor war Ingo Holst. Und das Aufmacherfoto zeigte ihn, Hendrik Busske. *Er* war der Blender.

Der Artikel zerlegte ihn gnadenlos, zerrte alle seine kleinen, schmutzigen Geheimnisse ans Licht. Der Reporter beschrieb, wie er an jenem Morgen, als er für ein Interview mit Hendrik verabredet gewesen war, auf einmal Polizei auf dem Schlossgelände gesehen hatte. Wie er versucht hatte zu erfahren, was los sei, und dabei mitgehört hatte, wie Hendrik dem Kommissar erklärte, es sei in Wahrheit nicht *sein* Schloss. Daraufhin hatte Holst recherchiert und herausgefunden, dass Hendrik das Schloss tatsächlich nicht gehörte, sondern dass er und seine Familie nur im Gärtnerhaus zur Miete wohnten.

Im Gärtnerhaus. Wenn man das so formuliert las, klang es wirklich armselig.

Der Reporter hatte sogar einen Broker aufgespürt, der ihm

erzählt hatte, wie Hendriks eigene Spekulationen alle in die Hose gegangen waren. Niemand, mit dem Hendrik direkt zu tun gehabt hatte, aber wie es aussah, hatten die Geschichten von seinen Flops – den Flops des Reichtumsgurus – in der Szene ziemlich die Runde gemacht.

Und dann waren da noch Fotos seines Arbeitszimmers. Woher hatte Holst die? Er musste ins Haus gelangt sein, während die Polizei alles durchsucht hatte. Frech. Und ja, richtig, jetzt fiel es Hendrik wieder ein: Am Tag danach war die Tür zum Garten unverschlossen gewesen!

Das schlimmste Bild war das, auf dem man das Lotterierad mit den Baukastentexten sah, mit denen er früher seinen Börsenbrief zusammengestellt hatte. Hendrik ließ sich auf einen Stuhl sinken, legte die Zeitschrift beiseite.

»Stimmt«, sagte er müde. »Gut möglich, dass das Probleme gibt.«

Es »Probleme« zu nennen war die Untertreibung des Jahrhunderts: In den Tagen, die folgten, zerlegte sich nach und nach Hendriks gesamtes Leben.

Die angemeldeten Teilnehmer seiner Seminare meldeten sich scharenweise wieder ab – manche kommentarlos, die meisten aber mit erbitterten Begleitschreiben voller Beschimpfungen. Die Bezieher seines Börsenbriefs kündigten ihre Abonnements; manche kündigten auch an, ihn auf Schadenersatz zu verklagen. Nach einer Woche waren keine zehn Prozent seiner Abonnenten mehr übrig, und das waren vermutlich nur Leute, die noch nichts von dem Artikel gehört hatten. Hotels traten von den für die Seminare getroffenen Verträgen zurück, manche ausdrücklich mit der Begründung, auf den Ruf ihres Hauses achten zu wollen.

Zeitungen brachten Karikaturen von ihm. In einer Late-Night-Show machte der Moderator Witze über ihn. Hendrik bekam einen eigenen Hashtag auf Twitter, *#Gurugate*.

Seine Bank stellte einen laufenden Geschäftskredit fällig. Er musste Miriam beichten, dass auch sein jüngstes Aktieninvestment, das er für so todsicher gehalten hatte, ein Fehlschlag gewesen war und dass sie kaum noch flüssige Mittel besaßen. Ihm drohte die Zahlungsunfähigkeit, oder einfach ausgedrückt: Nicht mehr lange, und er würde pleite sein.

Nicht einmal der Kommissar meldete sich wieder. Vielleicht waren ihm die Recherchen des Journalisten Beweis genug, dass Hendrik mit den toten Einbrechern nichts zu tun hatte.

Der Einzige, der ihm Mut zusprach, war Karl Windauer. Der rief ihn an, um ihn daran zu erinnern, dass eine Krise auch immer eine Chance sei – »Ihre Worte, Herr Busske, ich habe sie nicht vergessen!« – und dass er, sollten alle Stricke reißen, jederzeit bei ihm in der Firma einen Job bekommen werde.

Hendrik war immer noch fassungslos, dass ihm so etwas passierte, und dann auch noch so *schnell*, dass das kaum bis zu ihm durchdrang. »Ich kann nichts anderes«, hörte er sich sagen und gleich darauf Windauer, der ihm aufzählte: »Sie können reden. Sie können Leute motivieren. Sie können Inhalte rüberbringen. Das braucht man auf vielen Gebieten, und die, die es können, sind dünn gesät.«

»Danke«, sagte Hendrik, weil er höflich sein wollte, wenigstens das.

Da auch das bevorstehende Seminar in Wien nicht mehr stattfinden würde, musste er Angela anrufen, um ihr Bescheid zu sagen, dass er nicht kam. Er passte einen Moment ab, in dem er allein im Haus war, um mit ihr zu telefonieren. Pia war in der Schule, wo man sie wegen ihres Vaters verspottete, und Miriam war in den Nachbarort gefahren, um einzukaufen – nicht mehr in Feinkostgeschäften, sondern bei ALDI. Ihr schien das nichts auszumachen, aber ihm machte es etwas aus, kam ihm vor wie ein weiteres Symbol seines Abstiegs.

Angela war da. Nachdem ihr Hendrik alles erklärt hatte, sagte sie: »Ich wollte dich sowieso schon anrufen, um dir zu sagen, dass du nicht mehr kommen sollst.«

»Was?«, entfuhr es Hendrik.

Sie lachte lauthals auf, auf diese dröhnende, geradezu ordinäre Weise, die ihn an ihr immer gleichzeitig fasziniert und abgestoßen hatte. »Nein, nicht *deswegen*. Das tut mir schrecklich leid für dich, das hast du alles nicht verdient. Aber es ist so, dass ich schwanger bin.«

»Schwanger?«

»Und ich werde demnächst heiraten.«

Mit anderen Worten, ihre Affäre war damit ebenfalls beendet. Nach über zehn Jahren der … nun ja, *Treue* war sicher das falsche Wort. Aber jedenfalls waren es zehn Jahre gewesen.

Das Schicksal hatte manchmal schon ein fieses Timing.

»Na so was«, brachte Hendrik mühsam heraus. »Und wer ist der Glückliche?«

»Er ist ein bisschen älter als du und … ach, du kennst ihn!«, sprudelte sie hervor. »Ludwig! Der immer auf den Konzerten war und mir diesen Produzenten vermittelt hat. War ganz seltsam, weil, den kenn ich ja nun eigentlich auch schon lange. Aber es hat eben erst jetzt gefunkt.«

Hendrik erinnerte sich dunkel an einen mageren, verschüchtert wirkenden Mann mit dünnem Haar und Koteletten. Antiquitätenhändler, erklärter Schallplattensammler und eindeutig der bessere Partner für Angela, wenn es darum ging, von Jazz zu schwärmen. »Im ersten Moment dachte ich, du sagst mir, das Kind ist von mir«, gestand er mit einer Erleichterung, die ihm irgendwie unpassend vorkam.

»Ja, also …« Sie zögerte seltsam lange. »Da muss ich dir, glaube ich, was beichten.«

»Beichten?«

»Ich hab tatsächlich versucht, von dir schwanger zu werden. Jahrelang.«

»Was?«

»Seit du diesen Zettel von deiner Tochter aus der Tasche gezogen hast. Ich weiß nicht, ob du dich erinnerst?«

»Nein.« Dann fiel es ihm wieder ein. »Doch, ja.«

»Ich hab dir nichts davon gesagt, weil ich im Falle eines Falles gar nicht wollte, dass du Unterhalt zahlst oder so. Ich wollte nur … ein Kind. Wahrscheinlich, weil ich damals grade dreißig geworden war. Die biologische Uhr, du weißt schon.«

Hendrik wurde heiß. »Das ist nicht gerade anständig.«

»Ja, klar. Aber ich hab mir gedacht, ich bin eh ein schlechter Mensch, da kommt's darauf auch nicht mehr an.« Sie hatte plötzlich wieder diese Schlafzimmerstimme, die Hendrik unwillkürlich erregend fand, sogar jetzt. »Ich hab mir richtig Mühe gegeben, weißt du? Ein paar Mal haben wir es an meinen fruchtbaren Tagen gemacht, mittendrin, der Schleim hat dicke Fäden gezogen, wie auf den Fotos in den Büchern … aber nichts. Mit Ludwig dagegen bin ich nur einmal in die Kiste und zack, schon war es passiert.«

»Und jetzt heiratet er dich.« Hendrik spürte nachträglich Ärger in sich aufwallen.

»Nicht deswegen. Er *liebt* mich. Er sagt, er hat mich schon immer geliebt, schon seit er mich das erste Mal gesehen hat. Er liebt mich als Sängerin, und er liebt mich als Frau.«

Hendrik seufzte ergeben. »Na, dann sollte es wohl so sein. Dann … dann wünsch ich dir alles Gute und … na ja … danke für die Zeit. Für alles.«

»Ach, Hendrik«, meinte sie, hörbar gerührt. »Weißt du, das wird schon wieder bei dir. Du hast ja noch deine Familie, das ist das Wichtigste. Deine Frau, deine Tochter – wo auch immer du die herhast …«

»Was soll das jetzt heißen?«

»Entschuldige. Das ist mir so rausgerutscht. Weil ich mich das halt gefragt habe.«

»Dich gefragt? Was hast du dich gefragt?«

»Ob du unfruchtbar bist, meine Güte. Du hast so viele Affären gehabt – ist da nie irgendwas passiert?«

»Nein. Aber ich habe auch immer ein Kondom verwendet.« Vielleicht hätte er ihr besser nichts von seinen anderen Geschichten erzählt. Es hatte sich nur irgendwie ergeben. Sie war eine so gute Zuhörerin, nach dem Sex vor allem. »Oder meistens. Oft, jedenfalls.«

Nicht einmal das stimmte, wenn er ehrlich war. Für gewöhnlich hatte er sich darauf verlassen, dass moderne Frauen ihre Fruchtbarkeit selber unter Kontrolle hielten.

»Ach, ist ja auch egal«, meinte Angela. »Zehn Prozent aller Kinder sind nun mal Kuckuckskinder, sagt man. Außerdem spielt das heutzutage doch gar keine Rolle mehr.« Etwas klingelte bei ihr im Hintergrund, ein Wecker. »Du, ich muss Schluss machen und mich um meinen Kuchen kümmern, okay? Ich drück dir die Daumen und … und ich verspreche, ich schick dir keine Hochzeitskarte. Obwohl ich's gern würde.«

»Danke«, sagte Hendrik und lauschte noch eine Weile der Stille in der Leitung, nachdem sie aufgelegt hatte.

Das war jetzt irgendwie ein Schlag gewesen, mit dem er nicht gerechnet hatte. Er war am Ende. So sah's aus. Er wusste nicht mehr weiter.

Er hob den Kopf, als er ein Geräusch hörte, das Knirschen von Reifen auf dem Kies der Einfahrt. Aber nicht das leichte Zischeln von Miriams Golf, sondern ein Krachen, wie es ein größeres, schwereres Fahrzeug verursachte.

Westenhoffs alter Mercedes, wenn er Glück hatte. Hendrik sprang auf, warf sein Jackett über und trat aus der Tür seines Arbeitszimmers hinaus auf den Rasen, überquerte ihn eiligen Fußes. Er hatte den Schlossbesitzer seit seiner Rückkehr aus New York weder gehört noch gesehen; die Köchin hatte, wie immer, steif und fest behauptet, nicht zu wissen, wo er sei.

Anfangs war es ihm ganz recht gewesen, Westenhoff nicht unter die Augen treten und seinen Fehlschlag eingestehen zu müssen. Inzwischen konnte er es kaum erwarten. Wenn er schon dabei war, alles in Scherben gehen zu sehen, dann durfte dieser Punkt nicht fehlen.

Er erwischte den Schlossbesitzer, als dieser gerade im Portal verschwinden wollte.

»Herr Westenhoff«, rief er außer Atem. »Ich muss Sie sprechen.«

»Ja?«, wunderte sich Westenhoff geistesabwesend. Dann fiel es ihm wieder ein. »Ach ja, richtig. Sie waren in den USA, nicht wahr?«

»Genau deswegen.«

Der Schlossbesitzer musterte ihn prüfend, schien schon zu ahnen, was Hendrik ihm zu sagen haben würde. »Gut«, sagte er. »Kommen Sie.«

Sie gingen in den Großen Saal, setzten sich über Eck an den Tisch, auf die gleichen Stühle wie bei ihrer allerersten Begegnung, und Hendrik erzählte ihm alles. Dass er das Buch, in dem von der goldenen Rüstung die Rede gewesen war, vor langer Zeit an eine gewisse Laureen Turner verloren hatte (die Einzelheiten ließ er aus). Dass er sie in den USA aufgesucht, aber nichts erreicht hatte. Dass die Rüstung vermutlich schon eingeschmolzen war. Dass Laureen die Reste des Steins auf eigene Faust erforschen wollte.

Und ob er, Westenhoff, das mit dem SPIEGEL-Artikel mitbekommen habe? Als dieser verneinte, erzählte ihm Hendrik auch davon. Wie es dazu gekommen war und wie nun seine gesamte Existenz unaufhaltsam den Bach hinunterging.

»Ich habe hier gesessen«, erinnerte er sich und klopfte auf die Tischplatte. »Und der Kommissar da, wo Sie jetzt sitzen. Das war der Moment, in dem ich ihm von unserer Vereinbarung erzählt habe, erzählen *musste* … und ich weiß noch, dass ich gleich darauf gehört habe, wie jemand in der Halle wegrennt. Das muss der Journalist gewesen sein. Er hat uns belauscht.« Hendrik lehnte sich nach hinten. »Wir werden uns eine andere Wohnung suchen. Nicht nur der Kosten wegen, sondern auch, weil ich nach dieser Enthüllung nicht weitermachen kann. Verstehen Sie? Ich bin erledigt, schlicht und einfach. Das ist das Ende.«

Der Schlossherr reagierte völlig anders, als Hendrik es erwartet oder befürchtet hatte. Er hatte ihm aufmerksam zugehört, die ganze Zeit, doch anstatt nun enttäuscht zu sein oder erschüttert oder vielleicht sogar wütend … *lächelte er.* Kaum merklich, aber es war ein Lächeln, das sich da auf seinem Gesicht ausbreitete, eindeutig. Ein feines, nachdenkliches, geradezu versonnenes Lächeln. »Wissen Sie was, Herr Busske?«, sagte er schließlich. »Ich glaube, das ist ein Zeichen.«

Hendrik hatte das Gefühl, nicht richtig zu hören. »Ein Zeichen? Was für ein Zeichen?«

»Erinnern Sie sich an das Diktum Flamels, dass es, um das Große Werk zu vollbringen, notwendig ist, alle Brücken hinter sich abzubrechen?«, fragte Westenhoff. »Und dass alle scheitern, die das nicht über sich bringen?«

»Ja«, erwiderte Hendrik, obwohl es nicht stimmte; er hatte keine Ahnung, wovon der Schlossbesitzer sprach.

»Wie es scheint, hat das Schicksal das in Ihrem Fall schon für Sie erledigt. Das ist bedeutsam.«

Hendrik verzog das Gesicht. »Na, toll.«

»Und wenn das Große Werk erst vollbracht ist«, fuhr Westenhoff fort, »werden all diese Unannehmlichkeiten ohnehin keine Rolle mehr spielen. Dies ist nicht das Ende, Herr Busske – es ist der Anfang.«

Hendrik hatte keine Ahnung, worauf der Schlossbesitzer hinauswollte, aber das, was er sagte, klang in diesem Moment so tröstlich, so zuversichtlich, dass er unwillkürlich fragte: »Meinen Sie?«

Westenhoff stand auf. »Warten Sie hier«, bat er. Dann verließ er den Saal.

Hendrik wartete. Was Westenhoff wohl vorhatte? Er hatte nicht den Schimmer einer Ahnung. Und wenn er ganz ehrlich war: Es war ihm auch egal. Der Schlossbesitzer konnte schließlich nicht zaubern. Und es hätte schon eines Zauberers bedurft, um an seiner Situation noch irgendetwas zu retten.

Nichts zu hören. Hendrik stand auf, ging ein paar Schritte auf die Tür des Saals zu, blieb stehen. Irgendwas musste Westenhoff doch aber vorhaben, oder? Bloß – was? Seltsam.

Na gut, würde er eben warten. Warum auch nicht. Er hatte ja nichts anderes zu tun. Und drüben im Büro harrten sowieso nur unangenehme Anrufe und bitterböse Mails seiner.

Er ging zurück zu seinem Stuhl, setzte sich, schaute sich ziellos um. Die Rüstung in der Ecke neben dem Kamin wirkte stumpf, fleckig, wie angelaufen. Auf Fotos sahen diese Dinger immer aus wie auf Hochglanz poliert, aber das musste natürlich jemand tun. Westenhoff sicher nicht. Seine Köchin auch nicht.

Hendrik befühlte die Tischplatte, hatte das Gefühl, sie jetzt gerade zum ersten Mal wirklich zu sehen. Alt war sie, alt und voller Kratzer und Schrunden. Überhaupt war alles alt hier, alt und Respekt einflößend. Der Tisch, die Stühle, die riesigen, düsteren Ölbilder … Hmm. Hatte er das alles wirklich einmal *haben* wollen? War es ihm wirklich einmal begehrenswert erschienen, Besitzer eines jahrhundertealten Schlosses zu sein? Verrückt.

Respekt. Darum war es gegangen. Andere zu beeindrucken. Dafür taugte so ein altes Gemäuer. *Hätte* getaugt, wenn er sich nicht auf dieses Schwindelmanöver eingelassen hätte.

Er barg das Gesicht in den Händen, massierte sich die Stirn. Müde. Er war so müde. Er hätte sich hier auf den steinernen Fußboden legen und schlafen können. Er war bereit aufzugeben. Das Leben war eine unlösbare Aufgabe.

Schritte, draußen im Flur. Westenhoff, der zurückkam und seltsam aufgekratzt wirkte, wie jemand, für den ein lebenslanger Traum in Erfüllung ging. »Kommen Sie, Herr Busske«, sagte er. »Kommen Sie. Es ist an der Zeit, Sie einzuweihen in das größte Geheimnis von Schloss Burlingen.«

Es klang fast komisch, wie er das sagte, aber Hendrik war zu müde, um zu lachen oder auch nur nachzufragen. Er meinte nur: »Na dann«, stand auf und folgte dem Schlossbesitzer.

Es ging die Wendeltreppe hinab in den Keller, denselben Weg wie in Westenhoffs alchemistisches Labor. Nur dass sie am Fuß der Treppe nicht weitergingen, sondern Westenhoff einen klobigen, altertümlichen Schlüssel aus der Tasche zog und damit eine Bohlentür an der Seite öffnete. Die war Hendrik damals gar nicht aufgefallen.

Dahinter lagen düstere Gewölbekeller, in denen es nach Staub roch. In dem wenigen Licht, das durch schmale Lichtschächte herabrieselte, erkannte man Holzregale voller Einmachgläser, schier unendliche Reihen davon. Ein enger Durchlass führte in den nächsten Keller, der genauso aussah, nur dass hier Holzkisten in den Regalen standen. Der nächste Raum war ein Weinkeller, Hunderte von Flaschen, bedeckt von Staub.

Dahinter lag ein leerer Keller, eine Spülküche oder so etwas. Hendrik sah steinerne Becken, grobschlächtige Armaturen und Rohrleitungen, die sicher nicht so alt waren wie das Schloss, aber genauso sicher älter als Hendrik. Alles war so schwarz und dreckig, als sei mindestens fünfzig Jahre kein Wasser mehr darin geflossen. Zerbrochene hölzerne Räder stapelten sich, ein paar Schaufeln standen daneben und Jutesäcke, gefüllt mit Undefinierbarem. In einer Holzkiste lagen leere Bierflaschen, die alten mit den Schnappverschlüssen, völlig verstaubt.

Westenhoff trat in eine der freien Ecken, hantierte an etwas herum, das Hendrik nicht genau erkennen konnte. Er achtete auch nicht weiter darauf, bis plötzlich ein hohles Schaben und Scharren zu hören war und sich mit einem schweren, kratzenden Geräusch vor dem Schlossbesitzer ein Stück der Wand öffnete.

»Wow«, meinte Hendrik. »Wie im Film.«

»Das hier«, sagte Westenhoff, »haben Sie noch nie in irgendeinem Film gesehen. Kommen Sie.«

Sie traten hindurch. Dahinter lag ein enger Raum, noch dunkler und leer bis auf einen Hebel, den Westenhoff betätigte, als Hendrik neben ihm stand. Die Öffnung in der Wand hinter ihnen schloss sich rumpelnd wieder.

Einen Moment lang war es stockfinster, dann öffnete sich auf der gegenüberliegenden Seite ein anderer Durchgang, durch den Licht hereinfiel, elektrisches Licht. Westenhoff deutete auf eine Fußmatte. »Bitte die Schuhe abtreten. Man bringt viel Schmutz mit auf dem Weg hierher.«

Hendrik gehorchte, belustigt ob der Banalität dieses Details. Er folgte dem Schlossbesitzer – und blieb verdutzt stehen. »Eine geheime Wohnung«, stellte er fest. »Hier also haben Sie sich versteckt gehalten, als die Polizei da war!«

»Selbstverständlich.«

Sie standen in der Küche. Auf jeder Seite ging eine Tür ab. Schlafzimmer, Wohnzimmer, Bad, mutmaßte Hendrik. Die Einrichtung rief längst vergessen geglaubte Erinnerungen wach, an die Wohnung seiner Großeltern, als die noch gelebt hatten.

Diese Möbel – bestimmt aus der Zeit vor dem Weltkrieg. Die Haushaltsgeräte waren etwas moderner, doch die meisten schienen aus den Fünfzigern zu stammen. Wie machte es Westenhoff mit dem Strom, den er hier brauchte, für das Licht, den Kühlschrank, die Heizung? Der Herd funktionierte offenbar mit Gas, das konnte man aus Flaschen beziehen, aber alles andere? Wenn man im Schloss sämtliche elektrischen Geräte ausschaltete und der Zähler immer noch lief, dann verriet ihn das doch …?

»Kommen Sie«, sagte Westenhoff wieder, dimmte das Licht in der Küche und öffnete die dunkelbraune Kassettentür zur Linken. »Ich will Sie mit jemandem bekannt machen.«

Der Raum dahinter lag in Finsternis, doch es war diesmal kein harmloses Dunkel, sondern eines, das von Unheil beseelt schien. Hendrik spürte, wie sich die Härchen an seinen Armen aufstellten. Woran lag das? Woher dieser Eindruck? War es der undefinierbare, süßliche Geruch, der den Raum erfüllte? Die Kälte, die hier herrschte? Die schwer bestimmbaren Geräusche, die ihn empfingen? Er vernahm feines Rascheln, kaum vernehmbares Kratzen, kehlige Atemzüge. Jemand … *etwas* lebte hier drinnen.

Die einzige Lichtquelle war ein entsetzlich schmales Fenster direkt unter der Decke, ein waagrechter Spalt, durch den man Grashalme im Wind zittern sah und Blätter eines Busches, die die Öffnung zur Hälfte abdeckten und sich bewegten, sodass man meinte, es schaue jemand herein. Als sich Hendriks Augen allmählich an die Dunkelheit gewöhnten, machte er die Umrisse eines klobigen Bettes aus, und darin lag jemand.

Westenhoff schob ein Nachtlicht in eine Steckdose, dessen gelbliches Licht in der Düsternis ringsumher zu versickern schien. Doch es reichte, um zu erkennen, dass in diesem Bett, unter gewaltigen Daunendecken, ein … *Skelett* von einem Menschen lag, nein, kein Skelett, sondern ein entsetzlich abgemagerter, knochiger, verhutzelter alter Mann. Seine Haut wirkte schwarz, aber an seiner Stirn sah man, dass sie in Wirklichkeit leichenhaft blass war. Der Eindruck von Schwärze rührte daher, dass sie überall sonst in engen Falten lag, die Schatten warfen. Hendrik kroch es kalt die Wirbelsäule hoch. Er hatte Fotos von halb verhungerten Lagerhäftlingen gesehen, doch jeder von denen hätte verglichen mit diesem Mann hier wie das blühende Leben gewirkt.

»Darf ich vorstellen?«, sagte Westenhoff leise. »John Scoro.«

22.

Er träumte. Das *musste* ganz einfach ein Traum sein. Hendrik blinzelte, war sich nicht mehr sicher.

John Scoro? *Der* John Scoro? Aus dem Buch? Seine Gedanken kamen zum Stillstand, weigerten sich, darüber nachzudenken, was das heißen und bedeuten würde.

Doch er wachte nicht auf. Ein luzider Traum also. Die kantigen Umrisse des Bettes blieben, der süßliche, eklige Geruch ebenfalls. Ein Arm, kaum dicker als ein Besenstiel, fiel kraftlos aus dem Deckbett, eine Hand wie ein dürrer Dornenstrauch winkte ihn näher heran.

»Wundern Sie sich nicht«, flüsterten die pergamentenen Lippen des Greises. »Wer mit dem wahren Stein gearbeitet hat, ist gezeichnet. Ich sterbe nicht, aber ohne den Stein, ohne die Arbeit damit, werde ich immer älter.«

Sein Atem, ein kaum zu vernehmender Hauch, stank nach fauliger Milch.

Hendrik schluckte trocken. »Wenn Sie wirklich John Scoro sind, dann müssten Sie –«

»Als ich fünfhundert Jahre alt wurde, habe ich aufgehört zu zählen«, wisperte Scoro. »Und das war noch vor der Französischen Revolution.«

»Aber wie … wie konnten Sie all die Jahre …?«

Die dürre Hand bewegte sich wieder, entsetzlich kraftlos. »Max wird es Ihnen erklären.«

Westenhoff räusperte sich. »Er hat das Schloss vor vielen Hundert Jahren erworben, aber da er den Stein der Weisen nicht mehr besaß, alterte er. Als er zu schwach wurde, nahm er Helfer in seine Dienste – Helfer wie mich.« Als Hendrik sich umdrehte und ihn ansah mit dem Gefühl, den Mann in dem ewigen Tweedjackett zum ersten Mal zu sehen, machte Westenhoff eine abwehrende Geste. »Er schläft die meiste Zeit, und er lebt von ein paar Teelöffeln gesüßter Milch pro Tag. Es ist nicht viel Arbeit. Ich füttere ihn und halte ihn auf dem Laufenden, was in der Welt passiert. Wechsle ab und zu das Bettzeug, wasche ihn … das ist im Grunde alles.«

Oh mein Gott, durchfuhr es Hendrik. *Pia!* Mit einem Mal fiel ihm wieder ein, was seine Tochter erzählt hatte, als sie noch ganz klein gewesen war: dass in einem Zimmer im Schloss ein riesiges schwarzes Insekt in einem Bett läge und von Herrn Westenhoff gefüttert werde. *Sie hat ihn gesehen!* Sie hatten es damals für eine von Pias fantasievollen Geschichten gehalten, natürlich, was denn sonst? Aber sie musste oben durch diesen Schlitz gespäht und die beiden beobachtet haben.

Ihm wurde heiß und kalt. Seltsam, mit der Erinnerung an diese Episode war das hier auf einmal realer, war *wirklich*. Es war *wirklich* John Scoro, der hier lag, der in diesem Schloss, in diesem Keller, womöglich in eben diesem Bett Jahrhunderte überdauert hatte!

Hendrik fuhr sich übers Gesicht. Seine Hand zitterte. »Unglaublich«, stieß er hervor. »Wie … wie *kommt* man zu so etwas?«

»So wie Sie«, sagte Westenhoff. »Mein Vorgänger … mein Adoptivvater … hat mich ausgewählt, herangezogen und eines Tages eingeweiht. Ich habe es genauso gemacht. Sie hätten *mein* Nachfolger werden sollen. Wenn nicht die Rüstung wieder aufgetaucht wäre. Das hat alles geändert. Darauf haben wir, hat er die ganze lange Zeit gewartet: dass das Grab des Ritters gefunden wird und darin das Teufelsgold.«

Hendrik sah auf den mumienhaften Greis hinab, schauderte bei dem Gedanken, ihn füttern oder gar waschen zu müssen. »Und wenn ich mich geweigert hätte?«

Westenhoff schüttelte den Kopf, selig lächelnd. »Das hätten Sie nicht. Niemand hat das je getan. Ich habe ja gewusst, wie sehr Sie sich für Alchemie interessieren. Dass der alchemistische Geist in Ihnen brennt. Und man lernt so viel von ihm, so unendlich viel.«

Du weißt gar nichts, dachte Hendrik. *Du zeigst mir nur, was für ein Blender ich bin.*

Scoro winkte ihn wieder heran. »Max hat mir von dieser Amerikanerin erzählt. Wenn sie den Stein tatsächlich hat, und seien es nur winzige Reste, dann kann ich ihr verraten, wie sie unsterblich wird. Sagen Sie ihr das. Sie soll kommen. Mit dem Stein. Und mit ihren alten Büchern.«

»Ihren Büchern?«, echote Hendrik. »Sie hat viele alte Bücher.«

»Sie wird wissen, was ich meine.«

Widerstand regte sich in Hendrik. »Warum sollte ich das tun? Was habe ich davon?«

»Was wollen Sie denn davon haben?«

»Vielleicht wäre ich ja auch gern unsterblich.«

Der Blick der uralten Augen durchbohrte ihn wie ein Speer aus gefrorenem Eis. »Wollen Sie es *vielleicht?* Oder *wollen* Sie es?«

Dies, erkannte Hendrik, war ein Test. Eine Prüfung. Nur der, der wirklich entschlossen war, konnte sie bestehen.

»Das kommt darauf an«, sagte er. »So zu werden wie Sie, das ist nicht erstrebenswert.«

»Wenn Sie den Stein haben, geschieht das nicht. Wer den Stein besitzt und das Geheimnis kennt, bleibt ewig jung.«

Ewig jung. Unfassbar. Andererseits … Blitzartig sah Hendrik ein ganzes Kaleidoskop von Möglichkeiten vor sich. Jemand, der ewig jung blieb, ewig lebte, konnte Geld anlegen und es nach hundert, zweihundert, dreihundert Jahren mit Zins und Zinseszins selber einkassieren. Geld war dann kein Problem mehr, nie wieder.

Und in hundert Jahren würde sich niemand mehr an Hendrik Busske, den Blender, erinnern.

»Diese Art Unsterblichkeit«, erklärte Hendrik entschlossen, »will ich.«

»Ah«, hauchte Scoro. »Gut.«

Er winkte ihn näher heran, bedeutete ihm, sich zu ihm zu setzen, auf den Boden, und als Hendrik das tat, packte ihn die Krallenhand mit überraschender Kraft. Es war eine Berührung, die Hendrik anwiderte und zugleich mit unnatürlichem Entzücken erfüllte, und ihm war, als sickere dabei etwas Unaussprechliches in seine Seele ein, etwas Lockendes, Fremdes, Betäubendes.

»Sie können mitkommen in die Vollkommenheit, wenn Sie das wünschen«, raunte der uralte Alchemist. »Aber zuvor müssen Sie auch noch die letzten Bindungen an diese Welt kappen. Sind Sie dazu imstande?«

Hendrik war, als lege sich mit diesen Worten ein ungeheures eisernes Gewicht auf ihn. »Was für Bindungen?«, fragte er mit Mühe.

»Trennen Sie sich von Ihrer Familie. Schicken Sie sie fort.« Scoro verzog die messerdünnen Lippen. »Anders geht es nicht.«

Danach führte Westenhoff ihn wieder hinauf. Als sie die Gewölbekeller hinter sich hatten und die steinerne Wendeltreppe hochstiegen, atmete Hendrik tief durch, mit dem Gefühl, vergiftete Luft auszuatmen.

Er war immer noch geschockt, vor allem darüber, dass er Ja gesagt hatte, dass er das tatsächlich versprochen hatte, und so schnell, fast ohne Zögern. Aber irgendwie war es nicht anders gegangen in dieser Situation. Er hatte Angst gehabt vor dem uralten Mann, ja, Angst! In dem Moment war er sich sicher gewesen, dass beim leisesten Wort des Widerstandes ein Giftstachel aus der Kralle gekommen wäre, wie bei einem Skorpion!

Verrückt, der bloße Gedanke. Aber das war alles verrückt. Hoffentlich war Miriam inzwischen zurück. Und Pia. War die Schule heute nicht eine Stunde eher aus? Wenn sie nur ein paar Sachen packten, das Nötigste für die nächsten Tage, nur so viel, wie sich unauffällig ins Auto schaffen ließ, und dann losfuhren, einfach los und weg …? Nicht zurückschauen, nicht mehr zurückkommen. Sie konnten später jemanden schicken, um ihren restlichen Besitz abholen zu lassen. Möbelpacker. Starke Männer auf jeden Fall. Vielleicht sogar einen Schutzdienst beauftragen, einen Anwalt, was immer nötig war. Aber nicht mehr zurückkommen, nie wieder.

Sie hatten auf dem gesamten Weg nach oben geschwiegen,

doch als sie durch die Halle zur hinteren Pforte gingen, sagte Westenhoff unvermittelt: »Als ich jung war, ganz am Anfang – ich war noch nicht eingeweiht –, da hatte ich eine Freundin, etliche Jahre lang. Damals sagte man noch Verlobte, wenn es was Festes war. Es war hart, sie wegzuschicken. Wirklich hart. Aber ich habe mir gesagt, dass alles Glück ohnehin flüchtig ist in dieser Welt. Am Ende steht immer der Tod, der alles auslöscht, alles sinnlos macht. Und wenn es sowieso endet, dann spielt es auch keine Rolle, ob es früher oder später endet, nicht wahr?« Westenhoff blieb stehen, legte Hendrik die Hand auf die Schulter. »Vielleicht hilft Ihnen das.«

Hendrik stand starr unter der Berührung. »Ja«, sagte er. »Machen Sie sich keine Sorgen.«

Dann trat er hinaus und ging.

In seinem Mund spürte er noch, wie Schmutz, die Worte, die er gesprochen hatte, die holzige Kralle Scoros in seiner Hand: *Das werde ich tun.* Es kam ihm unverzeihlich vor, das gesagt zu haben, mit seinen Lippen, seinem Atem. Wie Sünde kam es ihm vor, wie ein Missbrauch der Magie des gesprochenen Wortes, wie Unflat. Er hatte das Bedürfnis auszuspucken, und er tat es, gleich hier auf den Rasen.

Es war heller Tag. Die Sonne schien, der Himmel war blass, keine Wolke war zu sehen, ein kaltes Licht. Kalt auch die Luft, die über jedes einzelne Haar strich, das an seinem Körper frei lag. Wie weit das Gärtnerhaus entfernt lag! Gerade kam ihm der Weg dorthin vor wie ein Tagesmarsch.

Und mit jedem Schritt, den er tat, wandelten sich seine Gefühle. Die Panik verdunstete im Sonnenlicht, der Schrecken der Dunkelheit schwand. Ein Mann, der seit über siebenhundert Jahren lebte! Eigentlich eine Sensation, eine unglaubliche Sache. Der Beweis, dass Unsterblichkeit wirklich möglich war. Wenn man ihn überreden konnte, sich in einem modernen medizinischen Labor untersuchen zu lassen, sich in einen Kernspintomografen zu legen, sich Blut abnehmen zu lassen …

Falls er überhaupt noch Blut in seinem Körper hatte. Falls sein Stoffwechsel nicht schon längst ganz anderen Gesetzen gehorchte. Die neuzeitliche Wissenschaft wusste auch nicht alles. Es war nicht einmal gesagt, dass sie etwas finden würden. Der Mann war Alchemist, vielleicht der größte Alchemist aller Zeiten. Bestimmt sogar. Allein die Tatsache, dass er noch lebte, war ein Beweis, dass die Alchemie sich den letzten Dingen, den letzten Fragen auf eine Weise stellte, die über das Verständnis des modernen Menschen hinausging.

Und die Leistung, das alles so lange geheim zu halten! Und eigentlich … so abstoßend war der alte Mann gar nicht. Das war nur der erste Schreck gewesen, das Grauen vor dem Unfassbaren, das wohl jeden bei so einer unerwarteten Begegnung befallen hätte. Im Grunde fehlte nur eine gescheite Klimaanlage, die für genügend Frischluft sorgte. Die hätte Westenhoff schon längst installieren können; es war ja schließlich Scoros Vermögen, das er verwaltete.

John Scoro. So wissend, so ungewöhnlich – und doch so hilflos. Ein Mann, der seit dem Mittelalter auf seine Erlösung wartete, man stelle sich vor! Hendrik musste gegen den Impuls ankämpfen, zurückzugehen und noch einmal seine ledrige Haut zu berühren, und sei es nur, um sich zu vergewissern, dass all das wirklich war. Oh, er hatte so schreckliche Lust, den Begrenzungen des Menschseins ein Schnippchen zu schlagen! Mit einem höhnischen Lachen all das abzuwerfen, das zu akzeptieren man ihm von Kindesbeinen an eingebläut hatte! *Wir werden alle nicht jünger. Das letzte Hemd hat keine Taschen. Gegen den Tod ist kein Kraut gewachsen. Gottes Wege sind unergründlich. Unser Leben währet siebzig Jahre, und wenn's hoch kommt, so sind's achtzig Jahre.*

Unsterblichkeit! Ewige Jugend! Was für eine Verlockung. Die bloße Vorstellung erfüllte ihn mit brennendem Verlangen. Und wieso auch nicht? Unmöglich, dass ihn reiner Zufall hierher geführt hatte. Klar, auf den ersten Blick sah es so aus: Er war zufällig an ein Buch geraten, das nicht für ihn bestimmt gewesen war. Rein mathematisch war die Wahrscheinlichkeit, in diesem winzigen Zeitfenster an eben jenem Tag unter den Tausenden von Büchern in jenem Antiquariat ausgerechnet nach diesem einen zu greifen, vernachlässigbar gering … und trotzdem war es passiert! Und nicht irgendjemandem, sondern *ihm.*

Solche Zufälle gab es doch gar nicht. Das war Bestimmung.

Da. Miriams Auto. Sie war zurück. Hmm. Was hatte er sich vorhin überlegt für diesen Fall? Es fiel ihm nicht mehr ein.

Nicht so wichtig. Es war sowieso etwas anderes, das getan werden musste. Das er versprochen hatte zu tun. Etwas … etwas *Entsetzliches.*

Er ging weiter auf das Haus zu, bewegte den Unterkiefer, die Lippen, die Zunge. Sein Mund fühlte sich staubig an. Seltsam. Ein Geschmack, als habe er aus Versehen auf einen Käfer gebissen.

Die Haustür stand offen. Dahinter: das Schuhregal, wie immer ein völliges Durcheinander. Jacken, Kittel, Regenmäntel an der Wand. Pias Ranzen auf dem Boden, schlampig hingeworfen.

Eine Kiste Sprudel. Eine Einkaufstasche. Und eine ALDI-Tüte.

Der Hund kam ihm entgegen, sah ihn, machte auf der Stelle kehrt. Winselnd, den Schwanz eingezogen.

Aus der Küche drangen Geräusche. Töpfe klapperten, Wasser floss. Der Geruch von Tomatensoße.

Und die ALDI-Tüte. Verdammt, wieso hatte sie eine Tüte gekauft? Hatten sie nicht genügend Taschen, Beutel, Klappkisten? Und ausgerechnet eine Tüte von diesem … diesem Laden für arme Leute!

Es war Wut, die in ihm hochstieg, kalte schwarze Wut. Es war, als sei ein böser Same in ihn gefallen, der nun keimte und wuchs, unaufhaltsam.

»Pia!«, hörte er Miriam aus der Küche rufen. »Wann willst du die restlichen Sachen endlich reinholen?«

»Ja, *gleich!*«, kam es aus dem Wohnzimmer.

»Und wann ist das, *gleich?*«

»Oh, *Mann!*«

Wut. Blinde, entsetzliche, alles durchdringende, unaussprechliche Wut. Hendrik stieg über umgekippte Gummistiefel, trat auf herumliegende Sandalen, erklomm die Treppe. Sein Herz schlug wie unter einer monströsen Last. Kälte schien durch seine Adern zu fließen, eine eisige Öde Besitz zu ergreifen von seinem Inneren, seinem Herzen, seiner Seele.

Er ging ins Bad, spülte seinen Mund aus, ohne den abscheulichen Geschmack loszuwerden. Er betrachtete sich im Spiegel, verlor irgendwie den Faden seiner Gedanken. Er konnte haben, was er wollte, so war das – aber es kostete einen Preis. Das durfte er nicht vergessen.

»Hendrik?« Wieder sie. »Bist du da?«

Er antwortete nicht. Er verließ das Bad, ging nach nebenan, in das kleine Zimmer, in dem zu Anfang sein provisorisches Büro gewesen war und in dem sie heute die privaten Unterlagen aufbewahrten.

»Pia! Himmel noch mal! Muss ich alles selber machen?«

Hendrik zog den Ordner mit dem dicken roten Kreuz auf dem Rückenschild heraus. Pia hatte es gemalt, mit fünf. Lange her. Er legte ihn auf den winzigen Schreibtisch, blätterte, studierte die Dokumente darin. Verglich sie. Überlegte. Sah mit frostigem Ekel, wie seine Ahnung zu Gewissheit wurde.

Er entnahm schließlich drei Blätter. Ließ den Ordner liegen. Ging die Treppe wieder hinab.

Miriam räumte gerade die restlichen Einkäufe selber in die Küche. »Ah, da bist du ja«, meinte sie, die ALDI-Tüte und einen Korb in der Hand. »Warst du bei Westenhoff?«

»Ja«, sagte Hendrik und folgte ihr in die Küche. Es roch nach Nudelwasser, Tomatensoße, Basilikum.

»Ich mach Spaghetti mit Tomatensoße«, erklärte Miriam. Auf der Arbeitsplatte neben dem Herd lag der Karton einer Fertigpackung. »Und Salat dazu, okay? Ist ein billiges Essen, und Pia liebt es.«

»Miriam«, sagte Hendrik. »Ich muss dich was fragen.«

»Was denn?«, meinte sie, Dosen in den Schrank räumend.

»Du hast die Blutgruppe A«, sagte er und legte das erste Blatt auf die Anrichte.

»Was?«

»Ich habe *auch* Blutgruppe A«, fuhr er fort und legte das zweite Blatt hin. »Aber Pia hat Blutgruppe AB.« Er sah sie mit kaltem Herzen an. »Sie müsste ebenfalls A haben, wenn sie wirklich das Kind von uns beiden wäre.«

Miriam erstarrte in der Bewegung, ungläubig, entsetzt, die Augen so weit aufgerissen wie noch nie. Ihre Hand, die noch eine Gulaschsuppendose hielt, sank herab.

»Was?«, hauchte sie.

»Die Blutgruppe ist eine vererbliche Eigenschaft«, sagte Hendrik. »Der Vater von Pia muss Blutgruppe B oder ebenfalls AB haben.«

Miriam blinzelte, holte unendlich tief Luft und zischte dann: »Du wagst es? *Du* wagst es, mir irgendwelche Vorwürfe zu machen? *Du*, der du die ganze Zeit nebenher Affären gehabt hast? Ich glaub's ja nicht. Was zum Teufel ist mit dir los?«

Das brachte ihn aus dem Konzept. »Das ist nicht dasselbe«, erwiderte er schwach, unvorbereitet.

Wie hatte sie das gemerkt? War er nicht Hendrik Busske, der Blender?

»Dann erklär mir bitte den Unterschied«, verlangte sie wutschnaubend.

»Ich hab nicht *die ganze Zeit* Affären gehabt …«

»Aber oft genug. Streit es nicht ab, ich weiß es.«

So, wie sie dastand, kam sie ihm auf einmal vor wie eine Fremde. Wut stieg in ihm hoch, unbändige Wut. »Und wieso hast du nie etwas gesagt?«, fauchte er. »Wenn es dich gestört hat, wieso hast du nichts gesagt?«

»Vielleicht, weil ich gedacht habe, na ja, du brauchst es halt irgendwie«, stieß sie hervor, mit Tränen kämpfend. »Vielleicht war ich dir ja nicht gut genug, nicht sexy genug, was weiß ich. Deswegen habe ich nichts gesagt.«

Die Wut. Die Wut. Blutig rot, kochend, wie Lava in seinen Adern. »Für wen hältst du dich? Für meine Mutter? Die Mutter, die die Pornohefte ihres Sohnes findet und liegen lässt, weil sie sich sagt, na ja, die Pubertät, er braucht das halt?«

»Aber du *hattest* Affären!«

»Ja!«

»Also. Und ich hatte eben auch mal eine. Gleiches Recht für alle!« Sie schluckte, sah auf den Zettel mit den Laborwerten hinab. »Ich wusste nicht, dass Pia … Das wusste ich wirklich nicht.«

Hendrik hatte das Gefühl, sich in Marmor zu verwandeln.

»Wer ist es?«, fragte er.

Miriam sah auf, schien auf einmal aus den Augen zu dampfen. »Vergiss es. Das sage ich dir nicht.«

»Ich habe ja wohl ein Recht zu erfahren, wessen Kind ich da –«

»Du? Du hast niemanden großgezogen. Das war ich. *Ich* hab sie großgezogen.« Jetzt konnte sie die Tränen nicht länger zurückhalten. »Und wenn du es genau wissen willst, es war sowieso eher eine Vergewaltigung als ein Seitensprung. Absolut nichts, was mir Lust auf mehr gemacht hätte.«

»Ich will wissen, wer es war«, beharrte Hendrik eisern.

»Vergiss es«, sagte sie. »Ich hab mich auch bemüht, ihn zu vergessen.«

»Jemandem ein Kind unterzuschieben ist –«

Sie sprang ihn fast an. »Hör auf. Hör bloß auf. *Du* hast absolut kein Recht, mir irgendwelche Vorhaltungen zu machen. Nicht du. Zugegeben, ich hab auch Fehler gemacht. Aber ich glaube, der Hauptfehler war, dass ich dir zu viel habe durchgehen lassen.«

Hendrik sah sie nur an, ließ ihre Worte an sich abprallen. Aus den Augenwinkeln sah er, wie sich die Küchentür öffnete, ein erschrockenes Gesicht hereinschaute und sofort wieder verschwand.

»Ich hab immer gedacht, ich muss dich unterstützen, auch wenn's mal wehtut – und auch, wenn es um so etwas geht«, fuhr sie fort, fiebrig, als habe sich das alles über Jahre hinweg in ihr aufgestaut und müsse nun raus. »Das hab ich wirklich geglaubt. Gleichzeitig hab ich nie verstanden, was du denn gesucht hast bei den anderen. Was hat dir denn gefehlt bei uns? Wir haben doch alles gemacht, was du wolltest, ich hab bei allem mitgemacht … Vielleicht war das der Fehler. *Ganz bestimmt* war das der Fehler. Aber ich wusste es damals einfach nicht besser –«

»Hör auf«, sagte Hendrik.

»Nein, ich hör nicht auf. Ich fang gerade erst an. Du und deine ewige Suche. Deine Suche nach dem großen Erfolg. Dem wahren Leben. Wahrscheinlich hat das dazugehört, ja, war es so? Wonach hast du gesucht bei den anderen Frauen? Nach dem wahren Kick? Dem ultimativen Orgasmus? Ich sag dir was – manchmal habe ich gedacht, ich sollte dir einfach den Sex verweigern. Dich knallhart vor die Alternative stellen, entweder die anderen oder ich.«

»Und warum hast du's nicht gemacht?«

Sie blinzelte. Ihre Augen schimmerten verdächtig. »Weil du nur beim Sex wirklich bei mir warst. Sonst warst du in Gedanken ja immer woanders. Aber beim Sex, da hörst du irgendwann auf zu denken, und in diesen Momenten warst du wirklich, wirklich da. Also hab ich mir gesagt, wenn ich die blonden oder roten oder braunen Haare an deiner Kleidung nicht beachte, wenn ich nicht hinhöre bei deinen verstohlenen Telefonaten, dann geht es mir ja gut, dann fehlt mir nichts –«

»Hör auf«, sagte Hendrik hart. »Schluss. Es ist aus. Nimm dein Kind und verschwinde.«

Sie hielt inne, sank in sich zusammen, sah ihn mit waidwundem Blick an. »Hendrik …? Was ist mit dir? Du bist so anders als sonst, so *fremd* …«

»Ich sag's nicht noch einmal«, erklärte er kalt. »Nimm dein Kind und verschwinde.«

»Du bist ja wahnsinnig«, hauchte sie. »Du bist übergeschnappt. Ja – endgültig übergeschnappt. Du … du *undankbarer* –«

»Du hast eine Stunde.« Hendrik trat an den Herd, drehte alle Flammen ab. »Und jetzt geh.«

Miriam kniff die Augen zusammen, riss sie wieder auf, schüttelte sich. »Na gut«, sagte sie ernüchtert und schob die ALDI-Tüte von sich. »Na gut, wenn du das so haben willst … Bitte.«

Sie ging zur Tür ins Wohnzimmer, warf sie mit einem Knall, der die Scheibe darin wackeln ließ, hinter sich zu. »Pia, auf, packen«, hörte Hendrik sie rufen. »Wir fahren fort.«

»Was? Wohin denn?«

»Zu Oma und Opa.«

»Über Nacht? Aber ich hab doch morgen Schule …«

»Darum kümmern wir uns später. Los jetzt.«

Hendrik nahm die Küchenschere vom Haken. Er leerte die ALDI-Tüte aus, zerschnitt das verdammte Ding in schmale Streifen, nicht breiter als einen Zentimeter. Er arbeitete gründlich und bedächtig und lauschte dabei den Geräuschen im Haus: dem Knallen von Türen, dem Quietschen von Schubladen, den wütenden Schritten, dem Geheul des Kindes, dem Gebell des Hundes, den energischen Kommandos Miriams.

Sie brauchten keine Stunde. Nicht einmal eine halbe. Als er hörte, dass sie Sachen in den Golf luden, fegte er die Plastikstreifen zusammen und stopfte sie alle in den Mülleimer. Der Geruch daraus ekelte ihn an, wie ihn die ganze Unvollkommenheit der Welt anekelte. Die Kratzer in der Tischplatte. Die Unebenheiten im Glas der Fensterscheiben. Die Schmerzen, der Ärger, die Missverständnisse, die Einschränkungen, die andere Menschen einem aufzwangen.

Er ging hinaus. Das Kind, das nicht seines war, saß schon im Auto, hinten drin, mit verheultem Gesicht, der Hund daneben. Miriam hatte gerade noch etwas auf dem Beifahrersitz verstaut, umrundete den Wagen und blieb stehen, als sie ihn in der Tür sah.

»Ehrlich«, stieß sie hervor, »ich hätte nie gedacht, dass du so ein Arschloch bist.«

Hendrik sagte nichts. In ihm war es still und kalt, vor allem aber still. Herrlich still.

»Also.« Sie ging weiter, öffnete die Fahrertür. »Du hörst von meinem Anwalt, *Herr Busske*.«

»Du hast gar keinen Anwalt«, sagte er.

»Das wird sich ändern.« Sie stieg ein und ließ den Wagen an. Dann setzte sie rabiat zurück, wendete mit durchdrehenden Reifen und fuhr davon, ohne sich noch einmal umzudrehen. Nur das Kind schaute sich nach ihm um, bis sie verschwunden waren.

Es war vollbracht.

Hendrik atmete tief durch, fühlte unfassbare Erleichterung. Die letzten Bindungen an die Welt, sie waren gelöst. So musste sich ein Zeppelin fühlen, wenn er die Taue abgeworfen hatte, die ihn an den Boden fesselten, und frei war, aufzusteigen in lichte Höhen.

Er schloss die Tür und ging in sein Arbeitszimmer, um Laureen anzurufen. Sie mochte Milliardärin sein, gewiss, das war sie – er aber konnte ihr die Unsterblichkeit bieten, und damit waren sie auf derselben Augenhöhe. Er war nicht mehr der Bittsteller, nicht mehr der Lustknabe, sondern ein *Partner!*

Endlich, endlich war das wahre Leben in Reichweite. Er hatte das Richtige getan, sich von allem Ballast zu befreien.

23.

Es dauerte keine vierundzwanzig Stunden, bis Laureen kam. Am frühen Morgen klingelte das Telefon, sie war dran und berichtete, sie sei gerade gelandet; ihre Maschine warte darauf, abgefertigt zu werden und einen Stellplatz zugewiesen zu bekommen.

»Gut«, sagte Hendrik. Im Haus herrschte vollkommene Stille. Er hatte tief und traumlos geschlafen und war erfüllt von kristallener Klarheit.

Nach dem Telefonat gab er Westenhoff Bescheid, und dann dauerte es noch einmal zwei Stunden, bis ein schwerer dunkelroter BMW auf den Schlosshof rollte. Drei Männer stiegen aus, unverkennbar Bodyguards, drahtig, muskulös und grimmig, die sich argwöhnisch umschauten. Erst als einer von ihnen nickte, entstieg auch Laureen dem Wagen.

Hendrik trat ihr entgegen, legte den Arm um sie und küsste sie, und sie ließ es, völlig überrumpelt, geschehen. Er hatte sich das nicht vorgenommen, es geschah einfach, und es fühlte sich gut an.

Dieselbe Augenhöhe. Das war der Punkt.

Laureens Brust hob und senkte sich, verriet inneren Aufruhr. Sie zupfte an ihrem Haar, das im Sonnenlicht loderte wie Feuer, und meinte: »Du hast mich sehr neugierig gemacht am Telefon. Ich hoffe, das, was du mir zeigen willst, hält auch, was du versprochen hast.«

»Mühelos«, erwiderte Hendrik. »Hast du den Stein?«

»Ja.« Sie wies in Richtung des Kofferraums. »In einem Sicherheitsbehälter. Er ist nur so groß« – sie legte ihren Daumen gegen den Nagel des kleinen Fingers, winzigste Abmessungen andeutend –, »aber er strahlt wie die Hölle.«

Westenhoff trat aus dem Schlossportal. Ein Windstoß zerzauste seine Frisur; er versuchte seine Haare hastig wieder in Form zu bringen, während er auf sie zukam.

Ein komischer alter Mann, dachte Hendrik und verkniff sich ein Lächeln.

»Miss Turner.« Westenhoff begrüßte Laureen mit einem Handkuss, dessen Förmlichkeit man anmerkte, wie sehr ihn ihre Gegenwart verunsicherte. »Willkommen auf Schloss Burlingen.«

Laureen bedachte ihn mit einem herablassend wohlwollenden Nicken und wechselte ins Deutsche. »Ich freue mich. Sie müssen Herr Westenhoff sein?«

»So ist es.« Er deutete auf ihre Bodyguards, die immer noch abwartend um den BMW herumstanden. »Ich fürchte, Ihre Begleiter können nicht mitkommen. Was wir Ihnen zu zeigen haben, ist nur für Ihre Augen bestimmt.«

»Oh, really?« Sie klimperte kokett mit den Wimpern. »Aber jemand muss den Behälter mit dem Stein tragen. Er ist innen mit Blei ausgekleidet und sehr schwer.«

»Das können Herr Busske und ich übernehmen.«

»*Okay.* Aber werden Sie ihn auch wieder heraustragen, falls mich Ihr Angebot nicht überzeugt?«

Westenhoff lachte unwillkürlich auf. »Ich kann mir nicht vorstellen, dass das passieren wird.«

Als Laureen seinen Blick suchte, meinte Hendrik: »Ich auch nicht.«

»Okay.« Sie zuckte mit den Schultern. *»Then let's go.«*

Als der Kofferraumdeckel aufschwang, stand ein schneeweißer Kasten darin, der aussah wie eine zu klein geratene Kühlbox für Picknicks. Nur, dass der Deckel mit einem Zahlenschloss gesichert war. Hendrik fragte sich, wie Laureen das Ding durch den Zoll gebracht hatte, sagte sich dann aber, dass es, wenn man mit dem eigenen Jet reiste, zweifellos viele Möglichkeiten gab.

Hinter dem Sicherheitsbehälter standen mehrere blaue Plastikkisten mit einfachen Schnappverschlüssen. »Das sind die Unterlagen«, erklärte Laureen. »Die Bücher und Manuskripte.«

»Zuerst der Stein«, bestimmte Westenhoff. »Der ist das Wichtigste.«

Hendrik übernahm es, den Behälter herauszuhieven. Die

Plastikumhüllung fühlte sich billig an, was es irgendwie umso überraschender machte, wie viel Kraft man brauchte, um ihn hochzuheben. Hendrik musste ihn, schwer atmend, erst einmal auf dem Kies abstellen.

Laureen gab derweil ihren Bodyguards Anweisungen. Sie sprach leise und schnell, man hörte nicht, was sie sagte, sah nur, wie sie Uhren verglichen und der breitschultrige Anführer mehrmals grimmig nickte. Zweifellos würden sie im Ernstfall kommen und Laureen herausholen, wenn nötig mit Gewalt.

»*Okay*«, erklärte sie, als sie sich wieder ihnen zuwandte. »Ich bin bereit.«

Den Kasten zu zweit tragend, einer links, einer rechts, ging es einigermaßen. Laureen hielt sich an Westenhoffs Seite, schaute sich neugierig um, als sie das Schloss betraten. »Meine Großmutter hat in England auf einem Schloss gelebt«, erzählte sie, die Wandtäfelung und die düsteren Ölschinken betrachtend. »Ich habe Fotos von ihr als junge Frau, da sieht es im Hintergrund ganz ähnlich aus.«

»Ja«, keuchte Westenhoff. »Das alte Europa.«

»Das alte Europa«, wiederholte Laureen versonnen. »*Exactly.*«

Sie wurde stiller, als es hinab in den Keller ging, doch Hendrik war, als nähme die Intensität ihrer Gegenwart mit jeder Stufe in die Tiefe zu. Als ahne sie, was sie erwartete, oder zumindest dessen Dimension.

Wieder der antike Schlüssel. Die Gewölbekeller. Die Geheimtür. Die Schleuse dahinter, beinahe zu eng für sie drei. Laureens körperliche Nähe, die dadurch erzwungen wurde, war erregend.

Und dann traten sie ans Bett von John Scoro.

»*Oh my …!*« Laureen schlug die Hände vor den Mund, als sie begriff. »*I can't believe it. No. No, no. This is awful. This is not …*« Sie fuhr zornig herum, herrschte Westenhoff und Hendrik an: »Das ist nicht die Art von Unsterblichkeit, die ich suche. *Surely not! Forget it! I won't –*«

In diesem Moment schnellte die dürre Krallenhand Scoros

aus dem Federbett und bekam ihren Unterarm zu fassen. Hendrik zuckte zusammen, darauf gefasst, dass Laureen sich angeekelt losreißen würde, doch das tat sie nicht, im Gegenteil: Wie gebannt hielt sie inne, folgte dem Zug seiner Hand, ging vor dem Bett in die Hocke.

»Eure Urahnin habe ich nicht gekannt«, flüsterte Scoro, »aber Euren Urahn. Janek. Er war Mengedders Gehilfe. Ich erkenne ihn in Euch wieder.«

Laureen starrte den uralten Mann an, sichtlich erschüttert. »Janek?«

»Entschuldigt, dass ich nicht in Eurer Muttersprache mit Euch sprechen kann«, wisperte Scoro. »Ich bin Angelsachse, aber ich glaube, mit dem alten Angelsächsischen würdet Ihr nichts anfangen. In den letzten Jahrhunderten habe ich nur Deutsch gesprochen.«

Sie schien ihn gar nicht zu hören. »*Janek* ist mein Urahn?«, wiederholte sie. »Ich dachte … Mengedder …?«

»Nein«, beharrte Scoro mit einer Stimme, die klang, als seien seine Stimmbänder dünne Drähte. »Janek. Die Nase … die Augenbrauen … die Ohren … Eindeutig. Seid froh. Von Mengedder hättet ihr keine Schönheit geerbt.«

Sie betastete ihr Gesicht mit der freien Hand, als müsse sie sich vergewissern. »Das wusste ich nicht.«

»Ihr wisst vieles nicht. Hätte ich den Stein gehabt, ich wäre immer noch jung. Ihr habt ihn nun, ein bisschen davon, aber das allein wird Euch nicht helfen. Euch fehlt das alte Wissen.«

Laureens Augen waren unnatürlich groß geworden. »Ihr seid es … Ihr seid es *wirklich* …«

»Ja«, sagte Scoro. »Und ich habe *sehr* lange auf diesen Augenblick gewartet.«

Es war ein eigenartiger Anblick: Hier der uralte, zum Skelett abgemagerte Mann, da die vor Energie sprühende, attraktive Frau, beide in ein geradezu intimes Gespräch vertieft, als hätten sie die Anwesenheit Hendriks und Westenhoffs vergessen.

»Was wollt Ihr dafür?«, fragte Laureen. »Dafür, das alte Wissen mit mir zu teilen?«

Scoro ließ sie los, machte eine schwache, wegwerfende Geste. »Ach was. Nichts. Was ist schon Unsterblichkeit, was ewige Jugend? Beim Großen Werk geht es um viel mehr, um unsagbar viel mehr als das. Es geht darum, den Weg in die Vollkommenheit zu finden. Was könnte ich noch von Euch benötigen, wenn ich in der Vollkommenheit bin?«

»In der Vollkommenheit ...?« Ihre Augen leuchteten. »*Yes.* Ich würde gern mit Euch dorthin gehen.«

»Habt Ihr den Steinrest aus der Rüstung?«

»*Yes.*« Sie deutete auf den Sicherheitsbehälter. »Da drinnen.«

»Wie viel Material ist es?«

»Eine fünfzigstel Unze ... Wie viel ist das in Gramm? Ein halbes ungefähr.«

»Zeigt es mir.«

Sie fuhr zurück. »Es ist extrem radioaktiv! Es würde uns alle töten.«

»Mich nicht«, erklärte Scoro bestimmt. Er wedelte mit seiner Krallenhand. »Öffnet den Deckel Eures Kastens einen Spalt weit zur Wand hin. Ich muss das Licht sehen, das er ausstrahlt.«

Lauren zögerte, dann nickte sie und griff nach dem Sicherheitsbehälter. Hendrik half ihr, ihn vor die Wand zu schieben, die Scoros Bett gegenüberlag. Sie beugte sich darüber, drehte an den vier Zahlenrädern im Verschluss.

»*Okay*«, sagte sie schließlich mit gepresster Stimme. »*Hold your breath.*«

Unendlich vorsichtig hob sie den Deckel so an, dass er sich auf der von ihr abgewandten Seite einen Spaltbreit öffnete. Ein greller, messerscharfer, unfassbar weißer Lichtstrahl drang heraus, so hell, als befände sich im Inneren der Box die superstarke Lampe eines Filmprojektors für Autokinos. Er tauchte die Wand in ein so intensives Licht, dass Hendrik die Augen zusammenkneifen musste. Und das Ganze geschah nicht geräuschlos, wie man es erwartet hätte, vielmehr war es mit einem hohlen, unheilvollen Brausen und Zischen verbunden, und als Laureen den Deckel zurück in seine Verriegelung drückte, schien es sie richtiggehend Kraft zu kosten.

»Ja«, hauchte Scoro. »Das ist er. Der Stein der Weisen. Doch Ihr habt nur ein halbes Gramm davon …«

»Ist das zu wenig?«

Scoro bewegte den kahlen, verhutzelten Schädel, außerstande, ihn vom Kissen zu heben. »Wie habt Ihr die Bruchstücke aus dem Gold getrennt? Vielleicht wäre noch mehr darin zu finden.«

»Das glaube ich nicht«, erwiderte Laureen. »Ich wusste, dass das Material des Steins sehr schwer sein musste, also haben wir das Gold unter Oxidation in einer wässrigen Cyanidlösung gelöst und den Schlamm, der dadurch entstanden ist, durch Ultrazentrifugen gejagt. Den Bodensatz haben wir über ein Nanogitter laufen lassen, das auf die Molekülgröße von Kaliumdicyanidoaurat abgestimmt war; in der abgeschiedenen Flüssigkeit war keine Strahlung mehr messbar. Was nur heißen kann, dass wir alle Bestandteile des Steins erwischt haben.«

Hendrik staunte über den Wortschatz, den Laureen beherrschte, wenn sie es darauf anlegte, und fragte sich, ob Scoro wirklich verstand, was sie erklärt hatte; er selbst verstand es nämlich nicht.

Doch der uralte Mann hörte ihr aufmerksam zu, sah aus, als ließe er sich das Gesagte durch den kahlen Kopf gehen, nickte schließlich bedächtig und sagte: »Nun, Ihr mögt recht haben. Wir werden eben sparsam umgehen müssen mit dem, was wir haben.«

Hendrik fühlte, wie eine fiebrige Spannung sich seines Körpers bemächtigte. Es verblüffte ihn, wie gut Laureen und der uralte Alchemist miteinander auskamen, ja, es beunruhigte ihn sogar: Nun, da er die beiden zusammengebracht hatte – wozu brauchte Scoro ihn jetzt noch? Oder Laureen?

Die Antwort war: gar nicht.

Scoro hatte, was er wollte. Laureen ebenfalls. Die zwei brauchten jetzt nur noch einander.

Scoro war höchstens noch auf die Dienste seines getreuen Helfers Westenhoff angewiesen.

Er, Hendrik Busske, war dagegen überflüssig geworden.

»Beginnen wir«, sagte Scoro. Er reckte den Arm in Westenhoffs Richtung, bewegte die Finger in einer schwachen Geste. »Wir werden noch zwei weitere Dinge benötigen. Erstens eine bestimmte Apparatur, mit deren Bau ich Max schon beauftragt habe. Sie müsste so gut wie fertig sein, aber Ihr könnt ihm vielleicht etwas zur Hand gehen.«

Westenhoff zog ein Blatt Papier hervor, auf dem krakelige Striche zu sehen waren. Man sah förmlich vor sich, wie der alte Mann sie unter Aufbietung aller Kräfte gezeichnet hatte. Es war die Skizze einer Art Maschine, die allerlei Röhren und Kolben aufwies und Hendrik an eine Kreuzung aus einer Wasserpfeife und einem Staubsauger denken ließ.

»Das ist der Apparat«, erklärte Westenhoff hastig. »Die Teile aus Glas sind einbaubereit, nur diese Spiralen aus Silber müssten noch hergestellt werden, außerdem diese Halterung hier, diese Anschlüsse und –«

»Das kriegen wir hin«, winkte Laureen ab. »Und sonst?«

»Mein Notizbuch«, sagte Scoro. »Ich hatte gebeten, dass Ihr es mitbringt.«

Laureen stutzte. »Was meint Ihr damit?«

»Die alchemistischen Aufzeichnungen meiner ersten Reise in den Orient. Die Ritter des Deutschordens haben es *Codex Scoro* genannt. Mengedder hat es mir gestohlen, weil er gehofft hat, es würde ihm helfen, die Rätsel des Steins ohne mich zu lösen – eine vergebliche Hoffnung. Er hat gelernt, wie man Gold macht, weiter nichts.«

»Weiter nichts …?«, echote Laureen verblüfft.

»Eure Ahnen hatten, als sie vor Mengedder flohen, auch dessen Bücher bei sich«, fuhr Scoro fort. »Der Deutschorden hat noch mehr als ein Jahrhundert danach gefahndet, aber vergeblich. Als uns dieser junge Mann hier« – er deutete auf Hendrik – »von Eurer Bibliothek erzählt hat, habe ich sofort vermutet, dass Ihr eine Nachfahrin von Janek und der letzten Gespielin Mengedders seid. Ich hoffe, die Sammlung ist noch vollständig.«

»Wie sieht dieser *Codex Scoro* aus?«, fragte Laureen.

»Ein dicker Foliant aus Pergament, eingebunden in dunkles Kalbsleder. Etwa zwei Drittel der Seiten sind beschrieben.«

Laureen furchte die Brauen. »*Well* … Ich bin mir nicht sicher …«

»Mein letzter Eintrag darin betraf das Gold für die Rüstung, die Bruno von Hirschfeld uns zu fertigen befahl.« Scoro machte eine ungeduldige Handbewegung. »Seht nach. Ihr besitzt den Codex ganz gewiss. Woher hättet Ihr sonst von der Rüstung wissen sollen?«

Sie schüttelte den Kopf. »Ich habe seltene Manuskripte gesammelt und Bücher über Alchemie. Von der goldenen Rüstung wusste ich aus diesen Büchern.«

Scoro sah sie an. In seinem Blick loderte Entsetzen. »Aber Ihr nennt die Schriften aus dem Besitz Mengedders Euer Eigen?«

»Das schon. Ich habe sie von meiner Mutter geerbt. Doch ich kann mich an kein Buch erinnern, auf das Eure Beschreibung passt.«

Scoros Arm fiel schlaff herab. Etwas Verzweifeltes trat in seinen Blick. »Das ist schlecht«, sagte er.

Laureen stand auf, strich das Kleid glatt. »*Don't worry.* Ich habe alle Bücher dabei. So, wie Hendrik es mir ausgerichtet hat. Ich kann sie holen lassen.«

»Vielleicht hat Mengedder nach mir in dem Codex weitergeschrieben«, meinte Scoro. »Sucht nach einem Folianten, auf dessen erster Seite eine grobe Karte Englands eingezeichnet ist. Meine Reiseroute, wie ich sie damals geplant hatte.«

Dafür immerhin war er noch gut, dachte Hendrik. Dreimal gingen Westenhoff und er hinauf, um jeweils eine Kiste aus dem Auto zu holen. Laureen hatte die Bodyguards telefonisch instruiert, die Bücherkisten herauszugeben, was diese nicht davon abhielt, jeden ihrer Handgriffe mit äußerstem Misstrauen zu beobachten.

Westenhoff brachte eine zusätzliche Lampe in Scoros Gelass, eine Klemmlampe mit einer altersschwachen 25-Watt-

Birne: Mehr Licht vertrug der alte Mann nicht. Doch es genügte, um etwas zu sehen, als Laureen die kostbaren Folianten, Manuskripte, Oktav- und Quartbände heraushob, behutsam aus ihren Schutzfolien schälte und Scoro präsentierte.

Der immer nur verneinte. »Es war ein Buch im Folio-Format«, beharrte er.

»Davon besitze ich nicht sehr viele«, sagte Laureen. »Und in Leder ist keines gebunden. Nur in Holz, das mit Stoff bespannt ist.«

Scoro schloss die Augen. *»Seuene deuelis!«*, stieß er hervor. »Und ich hatte so sehr gehofft …«

Einen Moment lang sprach niemand ein Wort, verharrten alle, als wollten sie für den Rest der Zeit als Stillleben fortexistieren. Vollkommene, dunkle Stille breitete sich in dem unterirdischen Raum aus.

»Es ist also verloren gegangen«, hauchte Scoro schließlich, aber in der Lautlosigkeit, die herrschte, klang es wie ein Schrei. »Es gibt keine andere Möglichkeit. Hätten die Ritter des Deutschordens den Codex erbeutet … hätten sie den Stein *und* den Codex gehabt … und Mengedder … sie hätten ihr Reich niemals eingebüßt. Sie wären heute noch eine Weltmacht.«

»Wozu benötigt Ihr das Buch denn?«, fragte Hendrik, weil es ihm die offensichtlichste Frage schien und niemand anders sie stellte.

Scoro wandte ihm mühsam den Blick zu. »Auf meiner ersten Reise«, erklärte er mit großer Anstrengung und, wie es Hendrik vorkam, unwillig, »habe ich aus allerlei Texten, zu denen mir Zugang gewährt wurde, jene Stellen abgeschrieben, die mir für die Suche nach dem Geheimnis der Transformation hilfreich erschienen. Unter diesen ist das Rezept für ein Elixier, das wir benötigen. Leider war ich damals noch zu jung und unerfahren, um zu erkennen, dass der Text ein Rezept beschreibt, und ich habe auch nicht verstanden, wozu das Elixier dient. Erst auf meiner zweiten Reise, die mich zu den wahren Adepten nach Ägypten führte und mich verstehen ließ, dass der Stein der Weisen unendlich viel mehr ist als ein Mittel zur Gewinnung von Gold, lernte ich den Schlüssel kennen, mit dem sich besagter Text nutzbar machen lässt.«

»Und Ihr erinnert Euch nicht mehr an den Text selber?«

»Nur, dass es ein sehr langer und komplizierter Text war, mit vielen Maßangaben, die genauestens einzuhalten über Gelingen oder Misslingen entscheidet«, erklärte Scoro, allmählich heiser werdend. »Und mit so wenig von dem Stein haben wir nur einen einzigen Versuch.«

Laureen reckte zornig den Kopf. »*Shoot!* Es kann doch nicht so schwer sein, sich an ein verdammtes Rezept zu erinnern!«

Westenhoff räusperte sich. »*Madam* ... es ist über siebenhundert Jahre her!«

»Trotzdem«, beharrte Laureen. »Ich –«

Scoro hob die Hand, eine winzige Geste nur, aber sie brachte die beiden sofort zum Schweigen. »Wie gesagt, es war nicht einfach ein Rezept«, erklärte er mühsam. »Es war ein Text von der Hand keines Geringeren als Hermes Trismegistos, des größten aller Alchemisten. Ein Text voller Andeutungen, in dem es auf jedes einzelne Wort ankommt.« Er seufzte mit rasselndem Atem. »Ich habe jahrhundertelang nach weiteren Pergamenten aus der Hand des Hermes Trismegistos suchen lassen, in der Hoffnung, diesen einen Text wiederzufinden. Ich habe unermesslich viel Geld dafür ausgegeben – leider vergebens.«

»Und dieses Elixier?«, wollte Laureen wissen. »Ist das wirklich so wichtig?«

»Es ist das Entscheidende«, sagte Scoro. Er ballte die krallenartige Hand zu einer Faust, ließ sie schwach auf das Bett sinken. »Nun, es ist, wie es ist. Wenn wir den Codex nicht haben, müssen wir eben anders vorgehen. Wir werden das tun, was ich von Anfang an vorhatte für den Fall, dass die Rüstung gefunden und in meinen Besitz gelangen würde. Ehe Ihr ins Spiel gekommen seid und Hoffnungen geweckt habt, die nun wieder zerstoben sind.«

Laureen musterte den knochigen Mann in seinem Bett skeptisch. »*What does that mean?*«

»Wir erarbeiten uns das fehlende Wissen selber. Wie es Alchemisten seit Jahrhunderten getan haben. Nur, dass wir die Mittel der heutigen Technik nutzen können – und dass wir bereits eine Probe des Steins besitzen.«

»Und wie lange wird das dauern?«

»Das vermag niemand vorherzusagen. Jahre, vielleicht Jahrzehnte.«

Laureen berührte ihr Gesicht. »Das heißt, es kann sein, ich werde eine alte Frau sein, ehe wir Erfolg haben. Oder sterben …«

Scoro schwieg, atmete schwer. »Wie gesagt«, hauchte er, »niemand kann das vorhersagen.«

Sie schüttelte entschlossen den Kopf. »*No.* Das muss anders gehen. Sie haben den Text abgeschrieben, von Hand. Das heißt, es muss noch eine Erinnerung da sein. Holen wir einen Hypnotiseur, der sie wieder hervorlockt! Holen wir den besten der Welt!«

Scoro gab einen Laut von sich, der wie eine Mischung aus Lachen und Husten klang. »Glaubt Ihr, jemand mit meiner geistigen Schulung könne von irgendeinem Hypnotiseur beeinflusst werden? Ausgeschlossen.«

»*Let's try it.* Es spielt keine Rolle, was wir glauben. Versuchen wir es, dann wissen wir es.«

Scoros Atem ging rasselnd. »Ihr macht Euch nicht klar, wovon wir reden. Hermes Trismegistos war der größte Philosoph Ägyptens, der größte Priester, der größte König des Landes am Nil, eine so überragende Gestalt, dass ihn spätere Generationen für einen Gott gehalten haben. Die heutige Geschichtswissenschaft glaubt nicht einmal mehr, dass er überhaupt gelebt hat, sondern hält ihn für eine Legende, für eine Verschmelzung des griechischen Gottes Hermes und des ägyptischen Gottes Thot. Dabei war es genau andersherum – diese Götterbilder sind aus der Erinnerung an ihn entstanden, den ersten Alchemisten. Deshalb ist Thot der Gott des Wandels, und deshalb wird Hermes mit Flügeln dargestellt: weil Trismegistos den Weg in die Vollkommenheit gefunden hat. Und weil er niemals gestorben ist.«

»Ich will auch nicht sterben«, schrie Laureen ihn an. »Ich will nicht altern, ich will nicht hässlich und krank werden, und ich *will nicht sterben!*«

In diesem Moment, so hell und klar wie ein einschlagender Blitz, wusste Hendrik, was er tun würde.

»Ich glaube, ich kann den Codex beschaffen«, erklärte er mit einer Bestimmtheit, die ihn selbst überraschte.

Scoro sah ihn an. »Was?«, krächzte er.

»Das Buch ist nicht verloren gegangen«, sagte Hendrik. »Ich weiß, wo es sich befindet. Und ich glaube, ich kann es beschaffen.«

Er war sich dessen nicht annähernd so sicher, wie er tat, aber das würde er sich jetzt um keinen Preis der Welt anmerken lassen.

»Wo soll das sein?«, fragte Scoro.

Hendrik schüttelte den Kopf. »Unwichtig. Ich werde allerdings ein paar Tage brauchen. Drei oder vier.«

Laureen sah ihn an, mit einem Blick, in dem er endlich so etwas wie Bewunderung las. »Du weißt wirklich, wo der Codex ist?«

»Ja«, behauptete Hendrik.

»Dann hol ihn!« Sie schrie es fast.

Hendrik lächelte. Brauchten sie ihn also doch. Gut. »Ich muss vorher eine Bitte äußern. Oder eine Bedingung stellen, nennt es, wie ihr wollt. Ich will, dass mein Bruder dabei sein kann.« Seit er gehört hatte, wie Laureen und Scoro über die Extraktion der Steinreste aus dem Gold gefachsimpelt hatten, verspürte er das enorme Bedürfnis nach physikalischem Beistand. »Er ist Kernphysiker am CERN. Er kann uns helfen.«

Scoro gab ein unwilliges Hüsteln von sich. »Ein Bruder? *Hängen* Sie an ihm?«

»Nein«, sagte Hendrik ohne Zögern. »Er und ich gehen schon immer völlig verschiedene Wege. Nur, wie gesagt, er ist Kernphysiker. Also, im Grunde ein moderner Alchemist.«

»Von mir aus«, meinte Laureen. »Hauptsache, du bringst uns den Codex.«

Scoro winkte Hendrik zu sich her, bedeutete ihm, sich zu

ihm herabzubeugen. Als er dicht neben Laureen hockte, packte ihn der uralte Alchemist wieder am Arm und musterte ihn mit durchdringendem Blick.

»Sie wollen mitkommen in die Vollkommenheit, ist das noch so?«, fragte er nach einer Weile.

Hendrik nickte. »Ja.«

»Und Ihr Bruder?«

»Ihn interessiert nur die Wissenschaft.«

Die Gefahr war, dass Adalbert versuchen würde, den Stein an sich zu bringen, um ihn im CERN zu untersuchen. Doch das behielt Hendrik wohlweislich für sich. Das war ein Problem, das er später lösen konnte. Im Moment ging es nur darum, nicht allein gegen die drei anderen zu stehen, Scoro, Westenhoff und Laureen, die ihm inzwischen wie enge Verbündete vorkamen. Es ging darum zu verhindern, dass sie irgendwann auf dem Weg in die Vollkommenheit auf die Idee kamen, sich seiner zu entledigen.

Zum Beispiel, weil der Stein nicht für alle reichte.

»Gut«, sagte Scoro. »Gehen Sie und beschaffen Sie den Codex. Und Ihr Bruder mag dazukommen.«

Nun war es also doch notwendig, Adalbert telefonisch zu erreichen. Zu Hause war er nicht. An seinem Apparat im Institut hob niemand ab. Hendrik legte auf, wählte dieselbe Nummer noch einmal, zählte nur die letzte Ziffer um eins hoch. Auch niemand. Die nächste Nummer. Kein Anschluss. Verdammt, dachte Hendrik und war zugleich von einer Ruhe erfüllt, wie er sie noch nie zuvor verspürt hatte, einer allumfassenden, geradezu unmenschlichen Ruhe.

Beim neunten Versuch bekam er jemanden an die Strippe, eine Frau mit Raucherstimme, die gut Englisch sprach und der der Name Adalbert Busske etwas sagte. »Den habe ich gerade im Büro eines Kollegen sitzen sehen«, meinte sie. »Allerdings hat es so ausgesehen, als steckten sie knietief in einer wissenschaftlichen Diskussion. Das würde ich nur unterbrechen wollen, wenn es wirklich wichtig ist. Ist es das?«

»Es geht«, sagte Hendrik, »um Leben und Tod.«

»Na dann«, seufzte sie. »Warten Sie.«

Und so bekam er zum ersten Mal im Leben seinen Bruder im CERN an die Strippe.

Der alles andere als begeistert war. »Wir waren gerade einer möglichen Beziehung zwischen supersymmetrischen Teilchen und Dunkler Materie auf der Spur«, maulte er. »Was kann wichtig genug sein, um diese Unterbrechung zu rechtfertigen?«

»Der Stein der Weisen«, sagte Hendrik. »Ein halbes Gramm. Hier im Schloss.«

»Was?« Hendrik hatte das Gefühl zu hören, wie Adalberts Augenlider aufgeregt flatterten. »Ist das dein Ernst? *Der* Stein?«

»Er liegt in einem bleiernen Sicherheitsbehälter und strahlt wie die Hölle. Falls du ihn sehen willst, lass alles liegen und stehen und komm. Sofort. Am besten heute noch.«

»Aber ich …« Sein Bruder holte Luft. »Okay. Wehe, das stimmt nicht. Das würde ich dir nie verzeihen.«

»Du hättest es mir nie verziehen, wenn ich dich nicht angerufen hätte.« Hendrik beugte sich zu seinem Computer hinüber, schaltete ihn ein. Er würde ihn gleich brauchen. »Pass auf, noch etwas. Ich muss ein paar Tage weg und werd nicht da sein, wenn du ankommst. Geh einfach ins Schloss. Westenhoff weiß Bescheid, er kümmert sich um dich.«

»Du musst weg? Wieso das denn?«

»Erzähl ich dir später, ist eine lange Geschichte. Findest du her?«

»Ich habe deine Adresse. Ich nehme an, ein Taxifahrer wird etwas damit anfangen können.«

»Gut. Sobald du ankommst, geh ins Gärtnerhaus. Das liegt hinter dem Schloss, du kannst es nicht verfehlen. Ich lass die Terrassentür offen und ein Handy auf dem Tisch liegen. Nimm das bitte an dich, bevor du ins Schloss gehst, damit ich dich von unterwegs erreiche.«

»Wenn's denn sein muss …«

»Noch was«, sagte Hendrik. »Du wirst es hier mit ein paar ziemlich schrägen Typen zu tun bekommen. Lass dich nicht irritieren. Und unternimm um Himmels willen nichts, ehe ich zurück bin, okay?«

Adalbert schnaubte unwillig. »Was für Typen?«

»Lass dich überraschen. Komm einfach, schau's dir an, tu so, als würdest du mitspielen, und wart auf mich.«

»Mitspielen? Wobei?«

»Na, wobei schon? Die spielen Alchemie. Tu so, als würdest du ihnen alles glauben.« Hendrik hüstelte. »Ich muss aufhören. Also – du kommst?«

Adalbert seufzte. »Ich werd's wahrscheinlich bereuen, aber … ja. Ja, ich komme.«

Nach diesem Telefonat hielt Hendrik einen Moment inne, ehe er die nächste Nummer wählte, die es anzurufen galt. Mit diesem Anruf, so wurde ihm jäh bewusst, warf er seine gesamte Existenz in die Waagschale, setzte alles auf eine Karte.

24.

Zwei Tage später waren alle Vorbereitungen für das, was er vorhatte, abgeschlossen. Hendrik stand mit dem Rücken zu einem Schuhgeschäft, den mäßig fließenden Verkehr sowie das Haus auf der Seite gegenüber im Blick und das Telefon am Ohr.

Im Moment waren nur allerlei Geräusche zu hören und ab und zu ein unwilliges Schnauben. »Okay«, ließ sich Adalbert nach einer Weile wieder vernehmen. »Jetzt können wir reden.«

»Wo bist du?«

»In der Speisekammer. Genug Vorräte für eine jahrelange Belagerung, interessant. Hier ist der Handyempfang am besten, habe ich festgestellt.«

»Und die anderen?«

»Sind in der Werkstatt und immer noch dabei, diese merkwürdige Maschine zu bauen. Apropos Maschine – deine Kaffeemaschine gehört übrigens dringend entkalkt.«

»Ja, möglich.« Nichts hätte Hendrik gerade gleichgültiger sein können. »Und Scoro?«

»Die Mumie? Schläft«, meinte Adalbert mit unüberhörbarer Skepsis. Überhaupt war ihm das Ganze höchst suspekt. Er war am Vortag im Schloss eingetroffen und schien sich einigermaßen mit den anderen arrangiert zu haben. In ihrem gestrigen Telefonat hatte er Hendrik aber klipp und klar erklärt, dass das ein Fake sein musste. Ein über siebenhundert Jahre alter Mann – also bitte! Allerdings hatte er für Scoros körperliche Beschaffenheit auch keine einleuchtendere Erklärung.

»Und sonst?«, fragte Hendrik. »Hast du inzwischen messen können, ob der Stein wirklich radioaktiv ist?«

Adalbert gab einen Knurrlaut von sich. »Heute früh. Aber ich weiß nicht – entweder hat mein Gerät eine Macke, oder das Zählrohr ist dabei kaputtgegangen, jedenfalls hat es nur einmal gezuckt, dann war alles tot.«

»Ich hab doch gesagt, das Ding strahlt wie die Hölle.« Hendrik betrachtete das Haus auf der gegenüberliegenden Straßenseite, ein dreistöckiges, altertümliches Bauwerk mit blau gerahmten Gitterfenstern, zwischen denen angedeutete Säulen in die graue Fassade eingearbeitet waren. Etwa in der Mitte sah man drei hohe, nebeneinanderliegende gotische Spitzfenster, Teil der Kirche, die man in das Gebäude hineingebaut hatte. »Pass auf, weswegen ich anrufe«, fuhr er fort. »Ich will dir was sagen, das du bitte erst mal für dich behältst. Nur für den Fall, dass ich nicht bis spätestens übermorgen zurück bin, sagst du es den anderen. Okay?«

»Ist das so eine Art James-Bond-Spielchen?« Adalbert seufzte, dann fügte er unamüsiert hinzu: »Ja, okay. Ich höre.«

Hendrik behielt das Portal aus rotbraunem, glänzendem Holz im Auge. Es herrschte ein bemerkenswertes Kommen und Gehen, wie er in der halben Stunde, die er hier schon stand, bemerkt hatte. Vorwiegend Männer, die das Gebäude betraten oder verließen, nicht wenige mit Priesterkragen.

»Folgendes«, sagte er leise. »Ich bin in Wien, genauer gesagt, stehe ich gerade in der Singerstraße gegenüber dem Haus Nummer 7. Das ist der heutige Sitz des Deutschordens.«

»Ah«, machte Adalbert.

»In fünf Minuten habe ich einen Termin bei einem Mann namens Korbinian Luiz. Merk dir den Namen.«

»Korbinian Luiz. Alles klar. Und was hast du vor?«

»Das«, sagte Hendrik, »willst du nicht wissen.«

Hendrik steckte das Telefon ein, nahm den Aktenkoffer auf, der bis jetzt zu seinen Füßen gestanden hatte, und überquerte die Straße. In einer Ecke des Gebäudes – eigentlich war es ein ganzer Häuserblock – befand sich eine Buchhandlung. Lieferwagen fuhren vorbei, von Passanten wehten Fetzen einer Unterhaltung im Wiener Dialekt herüber, als er die schwere hölzerne Tür aufdrückte. Am Empfang tat ein junger, ernster, geradezu asketisch wirkender Mann Dienst, der nicht das Geringste von einem Ritter an sich hatte.

»Busske«, sagte Hendrik. »Ich habe einen Termin bei Herrn Luiz.«

»Ah ja.« Der junge Asket nickte. »Einen Augenblick bitte.«

Er telefonierte. Gleich darauf tauchte ein zweiter Mann auf, ebenfalls in Schwarz und Weiß gekleidet, aber alles andere als asketisch wirkend, eher adipös. »Herr Busske? Wenn Sie mir folgen wollen?«

Es ging durch kahle Gänge, in denen ihre Schritte hallten. Im Vorbeigehen erhaschte Hendrik einen Blick auf den Innenhof, auf mächtige Fassaden mit zahllosen gleichartigen Fenstern, die ihn an einen Film über asiatische Klosterburgen denken ließen, den er einmal gesehen hatte.

Eine Steintreppe mit ausgetretenen Stufen führte hinab ins Untergeschoss, wo die Gänge genauso weiß und kahl waren wie oben, nur nicht so hoch. Hendrik sah sich aufmerksam um, bemüht, sich den Weg einzuprägen, den sie nahmen.

Endlich erreichten sie eine Tür, neben der eine kleine Marmortafel in den Putz eingelassen war, auf der nur stand: *Schl.B.*

Der rundliche junge Mann klopfte an, wartete, bis von drinnen ein »Ja?« kam, öffnete dann, streckte jedoch nur den Kopf hinein und sagte: »Er ist jetzt da.«

»Gut. Danke. Schicken Sie ihn rein.«

Der junge Mann zog den Kopf zurück, nickte Hendrik zu. »Er lässt bitten.«

In seinem Büro, seiner Amtsstube oder wie immer man das niedrige Gelass nennen wollte, in dem er residierte, wirkte der Schlüsselbewahrer weitaus hünenhafter, als Hendrik ihn in Erinnerung hatte. Und nun stand er auf, auch das noch! Man fürchtete beinahe um das Gebäude darüber, so nahe, wie er der Decke kam.

Er schüttelte Hendrik die Hand. »Es hat mich sehr gefreut, tatsächlich von Ihnen zu hören«, erklärte er mit bewegter Stimme. »Schön, dass Sie es einrichten konnten. Bitte.« Er wies auf den Stuhl, der einsam vor dem klobigen, vorsintflutlichen Schreibtisch stand. »Sie sagten am Telefon, dass Sie die Rüstung eventuell beschaffen können, habe ich das richtig verstanden?«

»Das, was von ihr übrig ist.« Hendrik nahm Platz und stellte den Aktenkoffer neben sich ab. »Das, was die Reste des Steins enthält.«

»Großartig.« Der Schlüsselbewahrer setzte sich ebenfalls. »Erzählen Sie mehr.« Sein mächtiger kahler Schädel hob sich ruckartig. »Entschuldigen Sie, ich bin ein schrecklicher Gastgeber. Mangel an Übung; ich habe so selten Besuch. Wollen Sie etwas trinken? Ich kann Kaffee kommen lassen.«

Hendrik schüttelte den Kopf. »Nein danke. Das ist wirklich nicht nötig. Ich …« Er faltete die Hände, vergrub sie zwischen seinen Oberschenkeln. »Ich habe ein Anliegen, ehe ich bezüglich der Rüstung in Einzelheiten gehen möchte.«

»Ich höre.«

»Es ist so, dass ich gerne erst noch ein paar Zweifel ausräumen würde.«

Die schneeweißen Augenbrauen des Schlüsselbewahrers hoben sich. »Zweifel? Woran?«

»An der Geschichte, die Sie mir erzählt haben.«

»Wie muss ich das verstehen?«

»Sehen Sie«, erklärte Hendrik und zog dabei die Schultern ein wenig nach vorn, »es ist so, dass mir etwas klar geworden ist. Nämlich, dass alles, was ich über diese ganze Geschichte weiß, nur aus ein paar Büchern stammt. Bücher, die aus dem neunzehnten Jahrhundert stammen und die, wie man mir erklärt hat, keine Originaldokumente sind, sondern Nacherzählungen. Angeblich beruhen sie auf echten Unterlagen – mag sein. Aber wie sicher kann ich mir da sein? Genauso gut könnten das alles nur Legenden sein, entstanden um eine Rüstung aus Gold, die irgendjemand aus ganz anderen Gründen hat anfertigen lassen.« Hendrik holte geräuschvoll Luft. »Das wäre meine Frage an Sie. Ob es nicht etwas, sagen wir, *Beweiskräftigeres* gibt.«

Der Schlüsselbewahrer nickte ernst. »Hängt es davon ab, ob Sie die Rüstung beschaffen werden?«

»Ja«, sagte Hendrik knapp.

»Ich verstehe.« Der gewaltige Mann seufzte. »Ich weiß nicht, ob das reichen wird, Ihre Zweifel auszuräumen, aber ich kann Ihnen zeigen, was ich an Originaldokumenten besitze.«

»Es wäre mir ein Anliegen.«

»Dann kommen Sie.«

Der große Mann erhob sich und führte Hendrik durch einen tunnelartigen Bogen, dessen Länge ahnen ließ, wie mächtig die Fundamente des Deutschordenshauses sein mussten, in den Raum nebenan. Regale voller alter Bücher reichten bis zur Decke. Hendrik sah sich um, entdeckte einen düsteren Altar mit einer Statue der Muttergottes und einer Gebetsbank davor.

Und daneben einen Safe. Ein *Monstrum* von einem Safe.

»Das hier kennen Sie«, begann der Schlüsselbewahrer und legte die Hand auf eine Reihe dünner, schwarz eingebundener Bücher auf einem Regalbrett in Augenhöhe. »Das ist die Schriftenreihe, die einer meiner Vorgänger vor etwa hundertdreißig Jahren verfasst hat und drucken ließ. Oder besser gesagt, was wir davon wieder auftreiben konnten nach dem Weltkrieg. Der siebte Band, der letzte, fehlt zum Beispiel völlig. Es sieht so aus, als habe davon kein einziges Exemplar überdauert.«

Hendrik nickte. »Und das Buch, das Sie mir zu lesen gegeben haben –?«

»War der sechste Band.« Er wies auf den Tresor. »Da drinnen lagern die Originaldokumente, die mit meinem Amt zu tun haben. Der Safe ist klimatisiert, außerdem verfügt die Anlage über eine Batterie, die die Luftfeuchtigkeit bei einem Stromausfall mindestens zweiundsiebzig Stunden aufrechterhalten kann. Sündhaft teuer, solche Panzerschränke. Außer mir kennt nur noch der Hochmeister die Kombination.«

Er stellte sich so davor, dass sein breiter Rücken jeden Versuch vereitelte, ihm bei deren Eingabe auf die Finger zu schauen. Als er beiseitetrat und die schwere Tür aufschwang, schlug Hendrik ein Schwall trockener, nach Vanille, Staub und Leder riechender Luft entgegen.

Das Innere des Tresors war in ein Dutzend enger Regalfächer unterteilt. In jedem lag eine Art weißes Paket. Der Schlüsselbewahrer zog dünne Stoffhandschuhe an und nahm eines davon heraus.

»Das sind die Unterlagen, auf die sich mein Vorgänger bei der Abfassung der Texte für diese Bücher gestützt hat. Es sind Berichte und andere Dokumente aus dem dreizehnten und vierzehnten Jahrhundert, aber die Sortierung und Einordnung in diese Akten hat er ungefähr 1870 vorgenommen; sie ist unverändert geblieben.«

Er trug das Paket behutsam wie ein Baby hinüber zu seinem Schreibtisch, schlug dann das weiße Tuch, in das alles gewickelt war, beiseite. Es war tatsächlich eine Art dicke Akte, nur bestanden die Aktendeckel aus dünnem Holz.

»Die Originale haben überlebt, die Bücher aber nicht?«, fragte Hendrik.

»Die Originale lagerten hier, am Sitz des Hochmeisters«, erklärte der Schlüsselbewahrer, während er das oberste Stück Holz behutsam abhob. »Man konnte sie rechtzeitig vor dem Anschluss Österreichs in Sicherheit bringen. Die Bücher dagegen befanden sich in den Balleien. Es war unmöglich, sie dort zu schützen. Nicht vor den Schergen Hitlers.«

Er betrachtete das obenauf liegende Dokument.

»Wir haben den richtigen Stapel erwischt. Das hier hat alles mit dem sechsten Band zu tun, den Sie in Paris auf dem Flughafen gelesen haben.« Er musterte Hendrik eindringlich. »Tja, jetzt stellt sich natürlich eine Frage …«

»Welche Frage?«

Der Schlüsselbewahrer wies auf ein vielfach gefaltetes Pergament, das so brüchig aussah wie getrocknetes Eiklar. Es war mit einer bis an die Grenze der Unlesbarkeit ausgeblichenen, engen Handschrift bedeckt. »Das ist der Brief, den Pater Seweryn aus Kowal im Jahr 1327 nach Rom geschickt hat. Können Sie Latein lesen?«

»Nein«, gestand Hendrik. »Ich habe nur Realschulabschluss.«

»Hmm.« Der Schlüsselbewahrer hob den Brief beiseite, betrachtete das darunter liegende Dokument. »Was machen wir dann?«

Hendrik zeigte auf den Tresor. »Ich habe gesehen, in einem der Fächer liegt eine Art ... Wie nennt man das? Foliant? Jedenfalls, ein großes, in Leder gebundenes Buch.«

»Mmh«, machte der Schlüsselbewahrer. »Stimmt, man nennt das einen Folianten. Aber mit dem fangen Sie, fürchte ich, noch weniger an.«

»Kann es sein«, fragte Hendrik weiter, »dass es sich dabei um die Aufzeichnungen von John Scoro handelt? Das Buch, das in dem ersten Band erwähnt wurde?«

»Ja«, gab der hünenhafte Mann widerwillig zu. »Der *Codex Scoro*. Die Schrift darin ist sogar erstaunlich gut erhalten. Doch das Buch selber ist schwer zu lesen. Das typische alchemistische Geraune, aus dem man nicht schlau wird.«

»Ich würde das Buch trotzdem zu gerne einmal sehen«, beharrte Hendrik. »Wenn ich schon da bin. Es zumindest berühren.«

»Ich fürchte, diesen Wunsch muss ich Ihnen versagen. Aber schauen Sie sich das hier an, das ist vielleicht –«

Weiter kam er nicht. Mit einer einzigen, ansatzlosen Bewegung, so schnell und fließend, als habe er sie jahrelang geübt, griff sich Hendrik das eichene Kruzifix vom Tisch und schlug es dem Schlüsselbewahrer mit aller Kraft auf den Schädel.

Der greise Mann mit der Statur eines Holzfällers ging ohne einen Laut zu Boden. Eben noch über die uralten Dokumente gebeugt, knickte er in den Knien ein, fiel gegen den Schreibtisch, der keinen Millimeter nachgab, und rutschte seitlich daran weg. Eines der Pergamente folgte ihm, segelte auf ihn herab wie ein viel zu kleines Leichentuch und blieb auf der blutigen Wunde an seinem Hinterkopf kleben.

Hendrik stellte das Kruzifix wieder hin, erfüllt von einer eigenartigen Erregung, die nun einer tiefen Befriedigung wich, wie man sie spürt, wenn einem ein großes Unterfangen geglückt ist. Sein Herz schlug wild und aufgeregt. Alles in ihm schien zu schreien: *Ja! Ja! Ja!*

Er erwog, seine Fingerabdrücke zu beseitigen. Dann sagte er sich, dass das keinen Zweck hatte; sein Name stand ja im Terminbuch des Ordens. Und sein Gesicht war bekannt. Sie würden wissen, wer hier gewesen war.

Also ließ er es, ging zum Tresor und zog das Paket heraus, auf das er es abgesehen hatte. Der eine Satz aus dem Bericht über das Schicksal des polnischen Priesters war ihm aus irgendeinem Grund im Gedächtnis geblieben: *Sie trugen bis auf eine alle alchemistischen Schriften aus dem Besitz Mengedders bei sich.*

Bis auf eine. Das waren die entscheidenden Worte gewesen. Wenn Laureen alle Schriften besaß, nur den Codex Scoro nicht, dann hieß das, dass der Deutschorden damals zusammen mit Mengedder und dem Stein auch dieses Buch aufgegriffen hatte. Vermutlich hatte der ehemalige Medicus es als seine wertvollste Habe betrachtet und es nicht aus der Hand gegeben, als er geflüchtet war.

Scoro hatte sich geirrt. Der Deutschorden hatte den Stein *und* den Codex besessen. Er hatte nur von beidem keinen Gebrauch gemacht, weil dies genau das Gegenteil dessen gewesen wäre, was er als seine heiligste Aufgabe verstanden hatte.

Hendrik schlug das Tuch beiseite. Ein Einband aus dickem, brüchigem Leder. Ein imposantes Buch, ungefähr doppelt so groß wie ein normaler Briefbogen. Richtig schwer.

Deswegen hatte er ja einen Aktenkoffer dabei, von passenden Abmessungen und völlig leer. Er öffnete ihn, wickelte den Folianten wieder ein, legte ihn hinein und drückte die Verschlüsse zu. Passte genau. Jetzt musste er nur noch unauffällig aus dem Deutschordenshaus entkommen.

Die junge Frau am Steuer des bonbonrosafarbenen Ford Ka hatte eine blonde Pagenkopffrisur und eine aparte Stupsnase. Diese Stupsnase sah besonders apart aus, wenn sie, wie jetzt, verwundert den Kopf hob.

»Ach, deswegen staut sich hier alles!«, meinte sie. »Die haben wieder Grenzkontrollen eingeführt.«

Ihr Beifahrer beugte sich vor. »Das glaub ich kaum.« Sie waren auf der Autobahn E56 unterwegs und hatten noch wenigstens zehn Kilometer bis zur Grenze.

Aber tatsächlich, die Polizei hatte beide Fahrbahnen abgesperrt, winkte einzelne Fahrzeuge zur Kontrolle an den Straßenrand, winkte andere vorbei. Mehrere Autos standen schon da, mit offenen Türen und Heckklappen und ratlosen Fahrern, die zusahen, wie ihre Papiere und der Inhalt ihrer Kofferräume untersucht wurden.

»Sie kontrollieren nur große Wagen«, stellte der Mann fest. »Das ist ein Mercedes, das da ein Jaguar …«

»Da muss irgendwas passiert sein«, meinte die Frau mit der aparten Stupsnase.

»So wird es wohl sein«, stimmte ihr Begleiter ihr zu. Gemeinsam warteten sie, bis sie in der Schlange an den Kontrollpunkt vorgerückt waren. Der Polizist warf nur einen flüchtigen Blick auf den Wagen, dann winkte er sie durch.

Geschafft, dachte Hendrik, denn um niemand anderen handelte es sich bei dem Mann auf dem Beifahrersitz des bonbonfarbenen Ford Ka.

Er hatte Angela noch einmal angerufen, ihr hoch und heilig versprochen, dass es das letzte Mal sein würde, und sie beschwatzt, einen Mietwagen für ihn zu leihen, auf ihren Namen, one-way. Das Geld dafür hatte er ihr in bar gebracht, als er den Schlüssel und die Papiere bei ihr abgeholt hatte, ein kurzes, etwas peinliches Wiedersehen zwischen Tür und Angel. Er hatte sie in dem Glauben gelassen, dass er den Wagen für Geschäfte brauchte, bei denen er inkognito bleiben wollte, und in gewisser Weise stimmte das ja auch. Nur, dass es eben nicht um Steuerhinterziehung ging, wie sie wahrscheinlich vermutet hatte.

Inkognito: Seine, wenngleich relative, Bekanntheit war das größte Problem bei dem ganzen Vorhaben. Kein Problem war es dagegen gewesen, das Ordenshaus unbehelligt zu verlassen. Er hatte einfach die Tür hinter sich zugezogen und war gegangen. Hatte sich am Empfang freundlich verabschiedet, und niemand hatte ihn aufgehalten.

Es würde einige Zeit gedauert haben, bis man entdeckt hatte, was geschehen war. Man würde den Notarzt gerufen haben und die Polizei, und natürlich wusste auch die österreichische Polizei, wer Hendrik Busske war und dass er einen Jaguar fuhr. Es hatte ja oft genug in den Zeitungen gestanden, zuletzt in dem fatalen Enthüllungsartikel jenes infamen Ingo Holst. In der Onlineausgabe war sogar ein Foto seines Wagens enthalten, auf der man das Nummernschild lesen konnte.

Nun, sein Jaguar stand im dunkelsten Winkel des Langzeitparkhauses am Flughafen Wien. Wahrscheinlich würden Monate vergehen, ehe er dort irgendjemandem auffiel.

Eine weitere Bindung an diese Welt, die er damit hinter sich ließ.

Blieb sein Erscheinungsbild. Von seiner Ankunft in Wien bis zum Betreten des Ordenshauses hatten ihn nicht weniger als fünf Personen erkannt und angesprochen, vier davon interessanterweise mit der Frage, ob er nicht einen Aktientipp für sie habe. Keine gute Voraussetzung für eine Flucht.

Deswegen trug er seit seinem Aufbruch aus Wien eine blonde Perücke, die eigentlich Miriam gehörte, sowie eine dickrandige Brille mit Fensterglas, die er auf der Herfahrt in einem Optikerladen gekauft hatte. Die Verwandlung war erstaunlich; er erkannte sich selbst kaum wieder, zumindest nicht in den winzigen Spiegeln, die ihm in dem Kleinwagen zur Verfügung standen.

Einem Impuls folgend, hatte er eine Anhalterin mitgenommen, die nach München wollte: Ein Auto mit einem Pärchen, sagte er sich, würde noch weniger ins Fahndungsraster der Polizei passen. Das Mädchen war naiv und offenherzig, und der Wagen begeisterte sie: ihr Traumauto, so süß und schnuckelig! So einen wolle sie sich kaufen, sobald sie Geld habe. Worauf Hendrik sie fragte, ob sie denn schon den Führerschein habe, und als sie bejahte, ob sie ans Steuer wolle.

Seither fuhr sie. Es hätte eine geruhsame Fahrt sein können, hätte sie nicht unablässig von sich und ihrem Leben erzählt: Kunststudentin in Wien, die alten Meister, die neuen Trends, die räuberischen Galeristen, die unzugänglichen Professoren, die neidischen Kommilitonen, die tägliche Not, mit dem bisschen Geld zurechtzukommen, das man hatte. In München wartete ihr Freund auf sie. Na gut, nicht ihr Freund, eigentlich eine eher junge Bekanntschaft; es würde sich erst zeigen müssen, ob etwas daraus wurde. Wohnen würde sie jedenfalls bei ihrer Cousine.

Es klang sehr, als wolle sie ihn ermuntern, sie anzubaggern, ja, als sei sie enttäuscht, dass er es noch nicht versucht hatte. Hendrik verspürte ein schwaches Echo alter Gewohnheiten, konnte sich aber nicht aufraffen, die entsprechenden Dinge zu sagen und zu tun. Sie war hübsch und lebhaft, klar, doch wenn er an Laureen dachte, dann loderte ein ganz anderes Begehren in ihm, ein verzehrendes Feuer, das alle anderen Reize überstrahlte.

Laureen, mit der er gemeinsam in die Vollkommenheit gehen würde. An dieser Stelle kamen seine Gedanken zum Stillstand, versagte sein Vorstellungsvermögen. Er hatte keine Ahnung, was aus all dem hier werden mochte. Vielleicht war er ja auch einfach nur verrückt geworden? Möglich. Alles, was er wusste, war, dass ein Abenteuer begonnen hatte, das ohne Beispiel war.

Vorausgesetzt, der Schlüsselbewahrer hatte die Wahrheit gesagt und das Ding in seinem Koffer war wirklich der Codex Scoro. Hendrik hatte es, abgesehen von dem flüchtigen Blick im Keller des Ordenshauses, nicht gewagt, sich den Folianten näher anzuschauen, so brüchig und alt, wie dieser wirkte. Zumal er dessen Echtheit sowieso nicht hätte beurteilen können.

Kurz vor München übernahm Hendrik das Steuer. Er ließ das Mädchen an einer U-Bahn-Station raus, konnte einem Küsschen zum Abschied nicht entgehen und fuhr weiter zum Hauptbahnhof. Es genügte, den Wagen abzustellen und die Schlüssel und die Mappe mit den Papieren in einen gesicherten Briefkasten zu werfen. Danach kaufte er ein Ticket für den nächsten Zug nach Frankfurt, bezahlte bar. Es war viel los, der Zug knallvoll. Niemand sprach ihn an, niemand erkannte ihn, niemand beachtete ihn. Er hatte wenig Gepäck, nur den Aktenkoffer, den er nicht aus den Augen ließ, und einen Rucksack. In

Wien hatte er außerdem einen Koffer dabeigehabt, aber den hatte er absichtlich im Hotel gelassen, in dem sein Zimmer auch noch für diese Nacht gebucht war. Je mehr Verwirrung er zurückließ, desto besser.

Von Frankfurt aus fuhr er mit S-Bahn und Bus weiter. Es war schon spät, der Bus der letzte an diesem Tag. Als er in Burlingen ausstieg, schlug die Kirchturmglocke halb zwölf.

Er rief Adalbert an, fragte, ob die Polizei da gewesen sei.

»Vor einer Stunde«, knurrte sein Bruder, den es fuchste, nicht zu durchschauen, was genau los war. »Wollten wissen, wo du bist.«

»Und? Was habt ihr gesagt?«

»Dass wir keine Ahnung haben, wo du bist.«

»Hast du den Eindruck, dass sie das Schloss beobachten?«

»Weiß ich nicht.«

»Okay. Ich komm sicherheitshalber über die Rückseite.«

Die Mauer, die das Anwesen umgab, war nicht so geschlossen, wie es den Anschein hatte. An einer Stelle am hintersten Ende des Grundstücks existierte, von beiden Seiten durch Bäume und Gebüsch verborgen, ein Durchgang. Das Gittertor, das Hendrik mit viel Mühe überkletterte, wirkte alt und vergessen, aber er wusste, dass es mit Sensoren versehen war, die im Schloss Alarm auslösten.

So erstaunte es ihn nicht, dass ihn Westenhoff am Hintereingang erwartete. Er war grau im Gesicht und sah durchnächtigt aus, seine Haare klebten ihm wirr und verschwitzt am Kopf. Ein Brandfleck verunstaltete sein Jackett.

»Und?«, fragte er gleich, ohne Gruß, ohne alles. »Haben Sie den Codex?«

Hendrik hob den Aktenkoffer an. »Hier. Falls er es ist.«

Sie gingen hinunter. Der Keller war erfüllt von ungewohnten Gerüchen. Es stank nach scharfen Chemikalien, nach Schwefel und Ammoniak, aber auch nach irgendetwas Süßlichem, nach heißen Holzspänen, wie sie beim Bohren anfallen, nach Schweißarbeiten.

»Wir sind gerade mit dem Apparat fertig geworden«, erzählte Westenhoff auf der Treppe.

Hendrik nickte. »Wozu dient der überhaupt?«

Westenhoff zuckte nur mit den Schultern.

Hinter der Schleuse erwarteten sie die anderen. Adalbert in einem fleckig gewordenen Hemd, die Ärmel hochgekrempelt, schwarze Streifen im Gesicht, und Laureen, so makellos und perfekt wie immer. Sie schauten Hendrik erwartungsvoll an, der den Koffer anhob, eine Geste des Triumphes, die Laureens Augen aufleuchten ließ.

Westenhoff räumte den Küchentisch ab, auf dem noch die Spuren eines hastigen Abendessens standen. Hendrik legte den Koffer darauf, drehte die Scheiben des Codeschlosses in die richtige Position und öffnete den Deckel – eine enttäuschend unspektakuläre Handlung: keine Engelschöre ertönten und kein Teufelsgeheul, nicht einmal Gänsehaut lief einem über den Rücken. Zum Vorschein kam einfach nur ein in weißes Leinen eingepacktes, rechteckiges Ding in einem Aktenkoffer.

Das gewöhnliche Leben eben, das nie die Erwartungen erfüllte, die es weckte. Nicht annähernd.

»Der Deutsche Orden«, sagte Westenhoff. »Also doch.«

Adalbert sah Hendrik an. »Ich habe es ihnen gerade erzählt.«

»Ja«, sagte Hendrik. »Wundert mich, dass Sie nicht selber darauf gekommen sind.«

Westenhoff wiegte den Kopf. »Sie haben ja mitgekriegt, was Scoro gesagt hat. Er meinte, wenn der Deutsche Orden den Stein *und* den Codex gehabt hätte, hätten sie ihr Reich im Osten nie verloren. Mit beidem wären sie stets mächtiger als alle anderen gewesen.«

Hendrik dachte an die Bücher des Ordens, die er gelesen hatte, von denen Westenhoff aber nichts wusste. »Das war nicht der Punkt ihrer Suche, schätze ich. Sie haben beides einfach nur weggesperrt.«

»So einfach war das nicht«, widersprach Westenhoff, in Gedanken versunken.

»Wie meinen Sie das?«

Der Mann, den Hendrik einst als Besitzer dieses Schlosses kennengelernt hatte, schüttelte den Kopf. »Später.« Er deutete auf den Folianten. »Zeigen wir ihm das Buch.«

Hendrik hob es hoch. Westenhoff ging voraus, öffnete ihm die Tür zu Scoros Gemach. Die anderen beiden folgten.

Das Schlafzimmer des uralten Alchemisten war wieder abgedunkelt, man sah so gut wie nichts, aber Scoro war wach. »Sie sind zurück?«, fragte er mit einer Stimme wie Glas, einer Stimme, die erschreckend zerbrechlich klang, zerbrechlich und erschöpft, so, als habe ihn die Aufregung der vergangenen Tage vollends ausgezehrt.

Er wird doch nicht sterben?, durchzuckte es Hendrik. *Doch nicht so kurz vor dem Ziel?*

»Ja«, sagte er. »Ich bin zurück.«

Womöglich scheitert alles doch noch. Wäre jedenfalls typisch für mein Leben, dachte er.

»Mit meinem Buch?«

Hendrik hob den Folianten hoch. »Ich hoffe, dass es das ist.«

Schwaches Rascheln war die Antwort, Bewegung im Dunkeln, Schattenrisse dürrer Arme. »Zeigen Sie es mir. Max, mach doch bitte wieder etwas Licht.«

Westenhoff beugte sich vor, knipste die Klemmlampe an. Jetzt erst sah Hendrik, dass der Apparat, den die anderen in seiner Abwesenheit gebaut – oder zumindest fertiggestellt – hatten, schon hier vor Scoros Bett stand: ein Labyrinth aus unterschiedlich geformten Glaskolben, die in einem hölzernen Haltegestell von ungefähr zylindrischer Form hingen, gefüllt mit einer glasklaren Flüssigkeit, die irgendwie nicht wie Wasser wirkte. In einigen der gläsernen Behälter trieben dunkle Metallspiralen, in anderen graue, kubische Elemente, körnig wie Vulkanstein. Das Ganze war etwa einen Meter hoch und sah aus wie ein Kunstwerk. Es erinnerte Hendrik an die Wasseruhr in einem der vielen Hotels, in denen er Seminare gegeben hatte: An der Anzahl der gefüllten Glaskugeln hatte man ablesen können, wie spät es war.

Es sah aus, als entwickelten Scoros Hände ein Eigenleben, so gierig, wie sie sich dem Buch entgegenstreckten. Westenhoff half ihm, bettete ihm den Kopf höher und rückte ihn so im Bett zurecht, dass genügend Platz auf der Matratze für den Folianten blieb. Der uralte Körper schien so gut wie nichts zu wiegen.

Hendrik legte das Buch vor Scoro hin, trat dann wieder zurück. Er sah zu, wie dieser danach griff, mit Armen, die aussahen wie eng mit Schnur umwickelte Knochen, mit Händen, die Vogelkrallen glichen und an denen kaum noch etwas Menschliches war.

»Endlich«, flüsterte der uralte Mann, am ganzen Leib bebend. »Nach so langer Zeit …«

Er schlug den Deckel um, was ihn gewaltige Anstrengung zu kosten schien. Das Leder knarrte und knirschte, aber es brach nicht. Dann blätterte er die erste Seite um, las die alten, erstaunlich gut erhaltenen Worte, atmete hörbar laut dabei. Blätterte weiter und weiter und weiter.

»Ah«, murmelte er. »Der Orden hatte es, ja?«

Hendrik, ganz versunken in die Betrachtung des eher an eine vertrocknete Eidechse als an einen Menschen erinnernden Mannes, schreckte hoch. »Äh … ja. Ja. Der Deutschorden hatte es im Tresor liegen.«

Scoro gab ein Ächzen von sich, das ein Lachen sein mochte oder ein Ausdruck von Geringschätzung. »Dummköpfe. Das waren sie schon immer. Große Dummköpfe mit Schwertern.«

Er blätterte weiter, keuchend und schnaubend, ab und zu eine Pause einlegend, aber offenbar auf der Suche nach etwas Bestimmtem. »Der weise Adler, ah ja, ah ja«, murmelte er. Wendete die Seite mit einer angestrengten Bewegung, die es wirken ließ, als wöge das Pergament einen Zentner. »*Lefias* … *Astral* … *Leo Rubens* … durch den Merkur ausgezogen … *Aurum Physikum* … in die erste Materie … geistliches Merkurial-Wasser … *Max!*«

Das letzte Wort hatte er hervorgestoßen wie einen Schrei.

»Ja? Was denn?« Westenhoff drängte sich nach vorn, auf eine Weise servil und unterwürfig, die Hendrik geradezu irreal vorkam. In Gegenwart John Scoros war von dem in sich ruhenden, aristokratisch wirkenden Schlossherrn nichts mehr übrig.

»Ich habe mich falsch erinnert«, erklärte Scoro. »Es ist Zinnober, das coaguliert werden muss, nicht Sulfur. Und *ascendendo* flüchtig, nicht fixiert. Du musst die Lösung noch einmal neu ansetzen.«

»Ja, klar, mach ich.« Westenhoff holte rasch einen Eimer und ließ die Flüssigkeit aus einem Teil der Apparatur ab. Während sie gurgelnd und irgendwie zäh aus dem Hahn lief, fragte er: »Sulfur – und welcher Anteil? Auch drei Hundertstel?«

Scoro schien jeden Augenblick über dem Buch zusammenzubrechen. »Ja. Drei Hundertstel. Nimm eine neu gereinigte *Caraha*. Siebenfacher Auszug. Was das anbelangt, hat meine Erinnerung gestimmt.« Er gab ein Ächzen von sich, das klang, als entwiche aus einem kaputten Akkordeon die Luft. »Das hätte schiefgehen können.«

Er drehte mühsam den Kopf, suchte Hendriks Blick. »Es war doch gut, dass Sie das Buch beschaffen konnten.«

Hendrik nickte, überwältigt von einer plötzlichen, ungeheuren Erleichterung. Das war eine Anerkennung gewesen, oder? Scoro hatte so etwas wie Dankbarkeit geäußert.

Dann würde man ihn ja hoffentlich nicht mehr als unnütz verstoßen. Dann gelang es ja vielleicht doch noch, das Große Werk – auch das seines, Hendriks, Lebens! Denn das war das Atemberaubende: Wenn das Große Werk gelang, dann würden damit alle Fehler seines bisherigen Lebens ausgelöscht werden, würde es vollkommen unwichtig sein, wie oft und wobei er versagt hatte.

Wenn es gelang. Noch konnte er nur hoffen. Hoffen und bangen.

Die Flüssigkeit war ausgelaufen, der Eimer fast voll. »Ich gehe ins Laboratorium«, sagte Westenhoff und hob ihn behutsam hoch.

»Ich komme mit«, erklärte Laureen entschieden.

Die beiden zogen ab. Scoro sank nach hinten, schloss die

Augen. Sein Mund öffnete sich, ein zahnloser Spalt, mit dem er aussah wie ein Ausstellungsstück in einem Völkerkundemuseum, Stichwort »Schrumpfköpfe und Ähnliches«.

Adalbert zerrte Hendrik am Ärmel aus dem Zimmer, bis in die entlegenste Ecke der Küche, wo er ihm zuraunte: »Jetzt wäre *die* Gelegenheit, oder?«

»Gelegenheit?«, fragte Hendrik verdattert. »Wofür?«

»Na, den Stein zu schnappen!«

Hendrik starrte seinen Bruder an, bemüht, sich sein Erschrecken nicht anmerken zu lassen. Es war also doch ein Fehler gewesen, Adalbert dazuzuholen. Seine verdammten Ängste! Was nun? Auf keinen Fall durfte das, was gerade begann, unterbrochen werden!

Er musste das abbiegen.

»Wie«, fragte er langsam, während seine Gedanken rasten, »stellst du dir das konkret vor?«

Adalbert schüttelte den Kopf, wie er es gern tat, wenn er sich mit ermüdender Begriffsstutzigkeit konfrontiert sah. »Ganz einfach – wir schnappen uns den Kasten und hauen damit ab.«

»Und weiter?«

»Rein ins Auto und ab nach Genf. Ich hab eins von den kleinen Strahlungslabors auf Abruf belegt, da können wir ankommen, wann wir wollen.«

»Ins Auto? Hast du denn eines?«

»Nee, aber du!«

Hendrik schüttelte den Kopf. »Meinen Jaguar hab ich in Wien gelassen. Und mit dem Golf ist Miriam weg.« Er stutzte. »Wie bist du überhaupt hergekommen?« Dann fiel es ihm wieder ein. »Ach so – mit dem Taxi.«

»Hat mehr gekostet als der Flug«, grollte Adalbert und sah sich ungeduldig um. »Wenn wir noch lange rumdiskutieren, ist es eh zu spät.«

»Vergiss es«, sagte Hendrik. »Irgendwo da draußen hocken drei Bodyguards herum und warten nur darauf, dass irgendwas passiert. Wenn wir Laureen den Stein klauen, genügt ein Anruf von ihr, damit die in ihren 7er-BMW springen und uns verfolgen. Das sind Profis, die sind für so was trainiert … Gegen die haben wir keine Chance.«

Adalbert atmete scharf ein. »Verstehe. Kitzlige Sache.« Er dachte nach. »Es bleibt uns nichts anderes übrig, als das Spiel weiter mitzuspielen. Auf eine günstigere Gelegenheit zu warten. Irgendwann müssen die ja merken, dass das, was sie hier treiben, Humbug ist. Vielleicht lässt diese Frau dann mit sich reden. Sie könnte als Unterstützerin der Wissenschaft bekannt werden; Milliardäre stehen doch auf so was.«

»Ja«, sagte Hendrik, froh, die Krise einstweilen überstanden zu sehen. »Lass es uns so machen.«

Und insgeheim fragte er sich, wie er seinen Bruder wieder loswerden konnte, ehe der alles verdarb. Alles. Wirklich *alles.*

Es war, erkannte Hendrik mit jähem Schrecken, eine Frage von Leben und Tod.

Kurz darauf kamen Westenhoff und Laureen aus dem alchemistischen Labor zurück. Jeder von ihnen trug eine Glasflasche mit einer wasserklaren, unmerklich golden schimmernden Flüssigkeit darin. Mithilfe eines Trichters füllten sie den Apparat wieder auf, reinigten den Stutzen, schlossen die Ventile, polierten die gläsernen Elemente auf Hochglanz.

Und dann sagte Laureen: »Wir haben ein Problem.«

»Was für ein Problem?«, fragte Westenhoff.

Sie deutete auf das unterste Bauelement in dem turmförmigen Aufbau, einen mattgrauen, ovalen Kessel, in den etliche metallene und transparente Röhren mündeten. Dazwischen saß ein Deckel mit einem Schnappverschluss. »Er hat gesagt, der Stein muss hier hinein, wenn alles bereit ist. Aber wie sollen wir das machen? Wir haben keinerlei … Wie sagt man? *Radiation protection?*«

»Strahlenschutzvorrichtungen«, half Adalbert aus.

»*Yes, thanks.* Wir bräuchten eine Bleiabschirmung, Roboterarme, die man fernsteuern kann –«

»Bei uns am CERN«, warf Adalbert ein, »gäbe es solche Einrichtungen.«

In diesem Moment war vom Bett her ein krächzendes Husten zu vernehmen, das fast wie ein Lachen klang. Scoro war aufgewacht, hatte vielleicht auch gar nicht richtig geschlafen, und meinte: »Das ist kein Problem. Das mache ich schon.«

Laureen sah ihn entsetzt an. »Sie? Wie denn?«

»Stellt mir alles hier ans Bett«, erklärte Scoro mit fahrigen Gesten. »Den Apparat, den Kasten … Legt den Deckel nur auf. Und dann geht ein paar Minuten hinaus.«

»Wie wollen Sie das denn machen? Mit bloßen Händen?«

»Selbstverständlich.«

»*That's crazy!*«, protestierte Laureen. »Der Stein strahlt so stark, er würde jeden, der ihn anfasst, innerhalb von Augenblicken töten!«

Scoro winkte ab. »Ihr vergesst, dass ich von ihm gezeichnet bin. Mir wird er nichts tun. Euch schon. Deswegen geht ihr hinaus.«

»*Mister Scoro*«, sagte Laureen, »dieser Stein ist ein unbekanntes, überschweres, hochgradig radioaktives Element. Sie sprechen davon, als ob es ein lebendes Wesen wäre!«

»Er ist weder das eine noch das andere«, widersprach der uralte Alchemist und hustete so ausgiebig, als ob sein letztes Stündlein ohnehin geschlagen hätte. »Seht bitte ein, dass Eure Erkenntnisse über den Stein der Weisen höchst lückenhaft sind. Ihr werdet mir vertrauen müssen, wenn Ihr das Geheimnis der Unsterblichkeit erfahren wollt.«

Laureen atmete tief durch, hob die Schultern und gab nach. »Okay. Wie Sie meinen. Dann machen wir es so.«

»Geht hinauf ins Schloss und wartet, bis ich den Summer betätige«, befahl der Alchemist. »Das sollte genügen als Schutz.«

Also bereiteten sie alles vor. Hendrik nahm den Codex vom Bett, klappte ihn vorsichtig zu und trug ihn zurück in die Küche, um ihn wieder im Aktenkoffer zu verstauen. Westenhoff bugsierte Scoro so an den Rand des Bettes, dass er mit einer Hand bis auf den Boden fassen konnte; allerdings musste der uralte Mann dazu auf dem Bauch liegen, was ihm merklich unangenehm war. Laureen und Adalbert zogen den Apparat in Scoros Reichweite und öffneten den seitlichen Schnappdeckel, durch den der Stein ins Innere des Kessels gelangen sollte. Eine Bewegung würde genügen, ihn zu schließen und sicher zu verriegeln.

Den Sicherheitsbehälter wuchteten sie direkt daneben. Laureen stellte das Codeschloss so ein, dass man den Verschluss einfach abheben konnte, dann stand sie ruckartig auf, spürbar beunruhigt ob der Gefahr, die damit geschaffen war.

»Der Deckel ist schwer«, gab sie zu bedenken. »Werden Sie imstande sein, ihn zu –«

»Geht endlich!«, stieß Scoro mit erstickter Stimme hervor.

Sie gingen. Passierten die Schleuse, die Gewölbekeller, stiegen die steinerne Wendeltreppe empor, blieben in der Eingangshalle stehen, in der nur eine schwache Birne brannte, ein Notlicht, in dessen Widerschein die Porträts an den Wänden hoch über ihnen beunruhigend lebendig wirkten. Mit dem Gefühl, beobachtet zu werden, schaute Hendrik zu den Bildern hinauf und fragte sich zum ersten Mal, ob sie wohl Vorgänger Max Westenhoffs darstellten? Über die Jahrhunderte hinweg mussten schließlich eine Menge Leute in Scoros Diensten gestanden haben.

»Wir hätten uns nicht darauf einlassen sollen«, sagte Laureen nach einer Weile. »*Foolish.* Was, wenn er es nicht schafft? Was, wenn er nur den Sicherheitsbehälter öffnet und den Stein freilegt? Dann können wir nicht mehr hinuntergehen. Der Stein wird alles verstrahlen. Und Schutzanzüge, die einer solchen Strahlung standhalten, gibt es nicht.«

Adalbert warf Hendrik einen vielsagenden Blick zu. *Am CERN schon*, sollte das wohl heißen.

»Ich glaube«, erwiderte Westenhoff ruhig, »das sind ganz unnötige Sorgen. Er weiß, was er tut.«

Wie zur Bestätigung ertönte in genau diesem Moment ein Summer.

»Scoro«, erklärte der Mann, der sein halbes Leben lang einen Schlossbesitzer gespielt hatte. »Wir können zurück.«

Als sie zurückkamen, blieben sie unwillkürlich an der Schwelle zu Scoros Gelass stehen.

Der bislang so düstere Kellerraum war wie verzaubert. Der Apparat – was auch immer sein Zweck war – arbeitete. Flüssigkeiten gurgelten durch seine Leitungen, blubberten, siedeten, strömten. Ein unwirkliches Licht erfüllte die gläsernen Kolben und Röhren, warf sinnverwirrende Reflexe an Decke und Wände.

»Max!«, röchelte Scoro, dessen Kopf nach vorn gesunken war und drohte, von der Matratze zu kippen.

Sofort stürzte Westenhoff vor. Er hob den ausgemergelten Körper hoch und bettete ihn zurück in seine gewohnten Kissen. Laureen setzte derweil rasch den Deckel wieder auf den leeren Sicherheitsbehälter: Dessen Inneres, das wusste auch Hendrik dank seines Bruders, war sicher kontaminiert.

»Nein!«, hörte man Scoro keuchend protestieren. »Nicht das!«

»Ach so«, sagte Westenhoff hastig. »Richtig.«

Er eilte zu einem der Wandschränke und holte etwas aus einer Schublade: einen transparenten Schlauch, erkannte Hendrik, und ein Injektionsbesteck. Mit beiden hockte er sich auf den Rand von Scoros Bett, zog dessen rechten Arm zu sich heran und setzte ihm mit erstaunlich ruhiger Hand eine Kanüle. So, wie der Arm aussah – wie ein von Wind und Wetter gegerbtes altes Ankertau –, kam es Hendrik wie ein Wunder vor, dass die Nadel überhaupt darin verschwand, aber sie tat es.

Blut kam keines heraus, jedenfalls nicht so viel, dass man welches gesehen hätte. Westenhoff befestigte ohne Zögern das eine Ende des Schlauches an der Infusionsnadel.

Und das andere Ende – an einem der Ventile des Apparates!

»Was wird das jetzt?«, fragte Laureen.

»Schnell«, drängte Scoro. »Ehe die Kraft aufgebraucht ist.«

Westenhoff warf Laureen einen um Entschuldigung heischenden Blick zu. »Er wird es Ihnen nachher erklären«, sagte er und drehte das Ventil langsam auf. Die Flüssigkeit, die im Inneren des Apparates auf ausgeklügelte Art mit dem winzigen

Rest des Steins der Weisen in Kontakt kam, floss golden schimmernd in den Schlauch und von dort in Scoros Leib.

Adalbert wandte sich ab und raunte Hendrik in der Bewegung ins Ohr: »Die sind völlig durchgeknallt.«

Scoro lag mit geschlossenen Augen da, während die leuchtende Flüssigkeit in seinen Körper sickerte, sein Atem ging hechelnd. Hendrik starrte ihn an und fragte sich, was das eigentlich sollte. Der Mann verstrahlt sich doch jetzt, oder?

Ein übler Verdacht kam ihm. Ein ganz, ganz übler.

Wie mochte es sein, über achthundert Jahre lang zu leben? Wie mochte es sein, den weitaus größten Teil dieser Zeit an ein Bett gefesselt zu sein, zu schwach für alles und angewiesen auf fremde Hilfe?

Wie mochte es sein, in einer solchen Lage *nicht sterben zu können?*

Wurden sie hier womöglich nur Zeugen und Komplizen einer besonders komplizierten Form von Sterbehilfe? War dieser Mann, der nicht sterben konnte, seit ewigen Zeiten des Lebens überdrüssig und sah in dieser Prozedur die einzige Chance, seiner Existenz zu entkommen?

Scoros Atem wurde ruhiger. Ging es schon zu Ende? Hendrik fuhr sich mit der Hand übers Gesicht, kämpfte gegen den Abgrund der Enttäuschung an, der sich in ihm auftat. War alles Lüge gewesen? War sogar die Vollkommenheit nur ein Schwindel?

»Das Elixier, das wir geschaffen haben«, begann Scoro plötzlich mit leiser, aber fester Stimme zu erklären, »nennt man *das Blut des Horus*. Ich habe davon auf meiner ersten Reise in den Orient gehört, habe auch einige Texte und Rezepturen abgeschrieben, doch sie waren, wie seit alters her unter Alchemisten üblich, verschlüsselt. Ich vermochte nicht, sie zu enträtseln. Auf meiner zweiten Reise, als ich mit den wahren Adepten in Kontakt kam, erhielt ich dann den Schlüssel zu diesen Texten. Zu spät, denn da hatte ich den Stein der Weisen schon wieder verloren.«

Er öffnete die Augen. Sie atmeten alle erschrocken ein,

ein Chor des Einatmens, denn – seine Augäpfel leuchteten golden!

»Das Blut des Sonnengottes«, fuhr Scoro fort, »gilt als so wunderkräftig, dass es jede Krankheit zu heilen vermag.« Er hob den Kopf an, zum ersten Mal, seit Hendrik ihn kannte, und blickte sie der Reihe nach mit seinen leuchtenden Augen an. »Jede Krankheit – sogar die meine.«

Es dauerte noch eine gute Stunde. Eine Stunde, in der sie Zeugen wurden, Zeugen einer vollständigen, absolut unglaublichen Verwandlung.

Nach und nach griff der goldene Schimmer auf Scoros gesamten Körper über, hüllte ihn ein und leuchtete zugleich aus, was mit diesem geschah: Sie sahen, wie sein Leib anschwoll, wie sich das ausgezehrte Skelett wieder in Fleisch kleidete, wie sich Muskelstränge bildeten und die knotige, faltige, verwelkte Haut sich wieder glättete. Mit jeder Minute gewann Scoro an Kraft, verjüngte sich zusehends.

Das alles ging in beklemmender Stille vor sich, abgesehen von dem Gluckern und Gurgeln der Maschine. Scoro hielt die Augen die meiste Zeit geschlossen, stöhnte nur ab und zu, musste sich dehnen, bewegen, strecken. Keiner sagte ein Wort. Alle standen oder saßen sie nur regungslos da und schauten zu, sich dessen bewusst, Zeuge eines Wunders zu sein, das sie so vermutlich nie wieder erleben würden. Sie hatten tausend Fragen, zugleich aber spürte jeder von ihnen, dass dies nicht der Moment war, sie zu stellen.

Und nach und nach verschwanden die Fragen auch wieder.

Schließlich, so allmählich, wie die Morgenröte die Nacht beendet, erlosch das goldene Leuchten, sowohl dasjenige, das Scoros Leib eingehüllt hatte, wie auch das des Apparates. Der Raum, in dem sie sich befanden, wurde wieder zu einem gewöhnlich aussehenden Kellerraum, erhellt von einer altersschwachen 25-Watt-Glühbirne.

Aber es war zugleich der Raum, in dem ein kräftiger Mann die Decke zurückschlug und, unbekümmert um seine Nacktheit, aus dem Bett stieg, in dem er unausdenkbar lange Zeit zugebracht hatte. Er wirkte auf den ersten Blick wie ein Vierzigjähriger mit Glatze, doch er hatte eine Ausstrahlung, die einen in seinen Bann schlug.

»Ich bitte, mich kurz zu entschuldigen«, sagte John Scoro und verließ den Raum. Gleich darauf hörte man im Bad die Dusche rauschen.

Und die Flüssigkeit in den gläsernen Röhren und Kolben des Apparates war, das sah Hendrik jetzt erst, *schwarz* geworden.

»Unbelievable.« Flüsternd brach Laureen das Schweigen. *»Did this really happen? I can't believe it.«*

»Wenn er tatsächlich ein halbes Jahrtausend lang kraftlos im Bett gelegen hat«, murmelte Adalbert mit gerunzelter Stirn, »woher weiß er dann, wie eine Dusche funktioniert? Woher weiß er, wo die Dusche *ist?*«

Westenhoff schüttelte seufzend den Kopf. »Er hat stets darauf bestanden, auf dem Laufenden gehalten zu werden darüber, was in der Welt vor sich geht. Diese Räume hier sind zuletzt in den Siebzigern renoviert worden. Das hat größtenteils mein Adoptivvater gemacht, und er hat alles mit ihm besprochen.« Er räusperte sich. »Und für technische Entwicklungen hat sich Scoro immer sehr interessiert. Er betrachtet sie als eine Art Fortsetzung der Alchemie.«

»Unbelievable«, flüsterte Laureen noch einmal.

Das Rauschen der Dusche verstummte. Man hörte die Duschkabine klappern, dann eine Weile nichts, dann, wie Türen geöffnet wurden. Gleich darauf kam Scoro zurück, mit feucht glänzendem Schädel, aber bekleidet: eine weite graue Hose, ein schwarzes Hemd und braune Slipper.

»Nun denn«, sagte der Alchemist, an seinem Gürtel nestelnd. »Zeit, aufzubrechen.«

»Aufbrechen? Wohin?«, wunderte sich Adalbert.

Scoro bedachte ihn mit einem stechenden Blick. »Zur Marienburg natürlich. Den wahren Stein der Weisen holen.«

25.

Im Krankenhaus hatten sie Bedenken, ihn gehen zu lassen, obwohl die Röntgenaufnahmen nichts von dem zeigten, was zu befürchten gewesen wäre. »Da hams a Masn g'habt«, sagte der Oberarzt, doch der Schlüsselbewahrer erwiderte nur: »Eher einen dicken Schädel.«

Schließlich gaben sie nach, er unterschrieb alles, was sie ihm vorlegten, und stieg ins Taxi. Sein erster Weg führte ihn zurück in sein Büro, nicht nach Hause, denn so etwas hatte er nicht, nur einen Platz, an dem er schlief. Sein Büro *war* sein Zuhause, das war ihm jetzt klarer als je zuvor.

Hier war zu seiner Erleichterung alles in Ordnung. Der Bruder, der ihn gefunden hatte, hatte nicht nur Alarm geschlagen, sondern auch daran gedacht, die unersetzlichen Dokumente zurück in den Safe zu legen und dessen Tür zu schließen, ehe die Polizei eintraf.

Im Grunde sah alles so aus wie gehabt. Nur das Kruzifix auf seinem Schreibtisch fehlte: Die Spurensicherung hatte es einbehalten, der Fingerabdrücke wegen.

Unnötig. Er wusste ja, wer es gewesen war, und hatte es den Kriminalbeamten auch gesagt.

Er wusste nur nicht, was das alles sollte.

Allerdings ... *ahnte* er es.

Und das, was er ahnte, trieb ihn zur Verzweiflung.

Würde ausgerechnet er vor der großen Aufgabe seines Ordens versagen? Dies war ohne Zweifel eine der kritischsten Stunden in dessen Geschichte, gefährlicher noch als das Verbot des Ordens 1938. Mehr als ein halbes Jahrtausend lang hatte sich niemand für den *Codex Scoro* interessiert, war dessen Existenz in Vergessenheit geraten, genau wie der Ort, an dem sich der Stein befand. Und nun plötzlich das! Erst tauchte diese goldene Rüstung wieder auf, dann wurde der *Codex* gestohlen ...

Das konnte nur eines heißen: dass jetzt irgendwo irgendjemand beides besaß.

Eine höchst gefährliche Kombination.

Zu allem Überfluss hatte er das, was geschehen war, auch noch befördert. Hatte den Übeltäter geradezu eingeladen, ihm Vertrauen entgegengebracht, ja, einen Verbündeten in ihm gesucht! Ein schwerer Fehler, wie er nun wusste. Ja, es hieß, liebe deine Feinde. Aber nirgendwo stand geschrieben, dass man ihnen seinen Safe öffnen musste.

Der Schlüsselbewahrer setzte sich hinter seinen Schreibtisch, legte die ausgebreiteten Hände auf die antike Tischplatte und dachte nach. Das, was gestern geschehen war, zwang ihn dazu, mit allem zu rechnen, auch mit dem Schlimmsten.

Und das hieß, dass es jetzt erforderlich war zu handeln. Vielleicht hatte er noch eine Chance, seinen Fehler wiedergutzumachen.

Er drückte eine Taste an seiner Sprechanlage, eine, die er bisher nur selten benutzt hatte.

»Dominik?«, fragte er. »Ich brauche ein Auto. Umgehend.«

»Ja?«, drang eine erstaunt klingende Stimme aus dem Lautsprecher. »Kein Problem. Ich habe gerade einen Peugeot da und –«

»Keines von unseren. Telefonieren Sie die Mietwagenfirmen ab. Ich brauche einen Porsche oder so etwas, den schnellsten Wagen, den Sie auftreiben können.«

»Verstehe.« Er verstand nicht, wie auch? Alles, was er wusste, war, dass am anderen Ende dieser Leitung jemand saß, dessen Wünsche zu erfüllen waren, ganz gleich, wie ausgefallen und unverständlich sie klingen mochten. »Ich mach mich sofort daran.«

»Danke.«

Er unterbrach die Verbindung, stand auf und ging zurück zu dem Safe im Nebenraum. Öffnete ihn. Kniete sich davor hin und fasste ins allerunterste Fach und dort nach ganz hinten, wo der Innenraum so aussah, als schließe ihn eine Metallplatte ab. Tatsächlich war sie nur mit starken Magneten befestigt und mit einem kräftigen Ruck zu lösen, und dahinter fanden sich zwei Dinge, die der Schlüsselbewahrer nun ans Licht beförderte.

Eines davon war eine Pistole.

Das andere war Munition dafür. Eine *Menge* Munition.

Ein jäher Schmerz durchzuckte seinen Kopf, als er sich wieder aufrichten wollte, zwang ihn, innezuhalten, tief Luft zu holen, zu warten, bis die schwarzen Schleier verschwanden. Langsam. *Wenn du es eilig hast, mach langsam* hatte sein Vater immer gesagt.

Endlich hievte er sich empor, kam sich zum ersten Mal so alt vor, wie er war. Er legte die Pistole und die Schachteln mit der Munition oben auf den Safe, schloss die Tür sorgfältig wieder. Dann steckte er die Waffe in die rechte Tasche seines Mantels und die Munition in die linke.

Eine Stunde später stieg er in einen schneeweißen Porsche 911, rückte den Sitz ganz nach hinten, um Platz zu haben, und tippte sorgfältig sein Ziel ins Navigationssystem ein: *Malbork, Polen.*

900 km, ermittelte der Computer. *Voraussichtliche Fahrtzeit: 9 Stunden 32 Minuten.*

Der Schlüsselbewahrer nickte, ließ den Motor an und fuhr los. Die Marienburg. Wenn er rechtzeitig kam, konnte er vielleicht noch verhindern, dass der Stein der Weisen aus seinem Versteck befreit wurde.

Als Hendrik erwachte, waren sie immer noch unterwegs.

Autobahn. Blaue Schilder mit seltsam fremden Ortsnamen. Rechts und links endlose Reihen dürrer Tannen.

Und immer noch trug sie der altehrwürdige Sechszylindermotor des altehrwürdigen Mercedes mit kraftvollem Summen vorwärts.

Laureen schlief. Ihr Kopf ruhte auf Hendriks Schulter, und das, was er da an seinem Oberarm spürte, musste ihre Brust sein. Das gefiel ihm. Irgendwo kitzelte ihn eine vorwitzige rotblonde Strähne ihres Haares: Das nahm er gerne in Kauf.

Irgendwann hatte ein Fahrerwechsel stattgefunden, der

ihm entgangen war. Es war nun Adalbert, der den Wagen steuerte; nebenbei hielt er Scoro auf dem Beifahrersitz einen leisen, wortreichen Vortrag über moderne Atomphysik. Westenhoff schlief wie ein nasser Sack bei ihnen auf der Rückbank, den Kopf nach hinten auf die kopfstützenlose Lehne gekippt. Sein Mund stand so weit offen, dass es geradezu debil aussah, und das, was er von sich gab, war eine Mischung aus Röcheln und Schnarchen.

Und der Mercedes fuhr und fuhr, vollkommen gleichförmig und zielstrebig.

Was für eine absurde Szene, dachte Hendrik und schloss die Augen wieder.

Ihr Aufbruch, mitten in der Nacht, war ihm arg überstürzt vorgekommen. Scoro, kaum ein paar Minuten zuvor vom Skelett wieder zum menschlichen Wesen geworden, hatte sofort Stress gemacht: Er wisse nicht, wie lange die Aufladung anhielte, sie dürften keine Zeit verlieren, hätten nur diese eine Chance, das Große Werk zu vollbringen.

Laureen hatte, als ihr aufging, dass Scoro nach Polen fahren wollte, und zwar nicht irgendwann, sondern jetzt gleich, heftigen Protest erhoben: Man habe ihr die kostbare Steinmaterie abgeluchst mit dem Versprechen auf körperliche Unsterblichkeit! Und das Rezept dafür wolle sie haben, ehe sie irgendwohin zu gehen bereit sei!

Scoro hatte sie grob am Arm gepackt und angefahren: »Ihr versteht nicht – in dieser Welt *gibt* es keine Unsterblichkeit. Sind Berge ewig? Nein, mit den Jahrtausenden werden auch sie zu Staub. Sind die Sterne ewig? Nein, auch sie verlöschen irgendwann. Sogar die *Materie selbst* zerfällt eines Tages! Der einzige Weg ist, in die Vollkommenheit einzugehen, wo all das keine Rolle mehr spielt. Die einzige Rettung ist das Große Werk. Entscheidet Euch.«

Laureen hatte ihn zornig angefunkelt und erklärt: »Ich gehe selbstverständlich mit.«

»Ihr werdet alles zurücklassen müssen. Seid Ihr bereit dazu?«

»No problem.«

»Ihr seid mit drei Männern Begleitung hier eingetroffen, hat mir Max berichtet. Wo sind diese Männer jetzt?«

»In dem Hotel im Ort, wo ich sie hingeschickt habe.«

»Schickt sie fort«, hatte Scoro verlangt. »Entlasst sie aus Eurem Dienst. Entlasst alle, die für Euch arbeiten. Brecht alle Brücken hinter Euch ab.« Er ließ sie los. »Jetzt sofort.«

Während Laureen sich zurückzog und telefonierte, irgendwo auf der Welt Leute aus dem Schlaf riss und mit stakkatoartigen Anweisungen eindeckte, hatte Scoro weiter die Runde gemacht. Hatte Max Westenhoff tief in die Augen gesehen, ihm die Schulter getätschelt und gesagt: »Du bist natürlich bereit. Du warst es schon immer.« Anschließend hatte er ihn, Hendrik, angesehen und genickt, wie ein Lehrer, der mit einem schwierigen Schüler ausnahmsweise zufrieden ist.

Adalbert hingegen hatte Scoro nur mit einem kurzen Blick gestreift. So, als sei dessen Bereitschaft oder Nichtbereitschaft irrelevant.

Seltsam, fand Hendrik, jetzt, da er darüber nachdachte.

Während Laureen noch am Telefon hing, hatte Scoro Westenhoff angewiesen, den metallenen Kessel des Apparates samt Inhalt auszubauen. Sie würden ihn, erfuhr Hendrik, mitnehmen, in einem gepolsterten Korb, desgleichen einen Koffer voller Essenzen, Tinkturen und Gerätschaften, der wahrhaftig aussah wie die Handtasche eines reisenden Alchemisten.

Im Osten begann es zu dämmern, als sie aus dem Schlossportal traten. Das also sei ein Automobil, murmelte Scoro, als sie den Mercedes erreichten. Tatsächlich – keine Pferde! Er sah zu, wie Westenhoff das minimale Gepäck im Kofferraum verstaute, nahm anschließend bereitwillig auf dem Beifahrersitz Platz und ließ sich das Konzept des Anschnallens erklären.

Und dann waren sie losgefahren, ohne weitere Umstände. Auf die A7 Richtung Fulda, Kassel, Göttingen und so fort. Irgendwann mussten sie Berlin südlich passiert haben und später Frankfurt an der Oder, aber da hatte Hendrik längst geschlafen.

Irgendwo im Nirgendwo eine Autobahnraststätte. Verschlafenes, fröstelndes Herumstehen auf rissigem Betonboden. Frischluftschock, der Lärm des vorbeibrausenden Verkehrs, das Empfinden, am ganzen Körper eingerostet zu sein. Und kein Gefühl dafür, welche Tageszeit sie eigentlich hatten. War schon Mittag? Nein, oder?

Scoro dagegen war hellwach. Kerzengerade stand er da und beobachtete seine Umgebung aufmerksam. Man merkte, dass alles neu für ihn war, doch er wirkte dabei nicht naiv, nicht im Geringsten – eher wie ein dunkler Magier, der aus einer anderen, fantastischen Welt in diese geraten war und sich nun bemühte, die Regeln von Einhornzauber und Feenstaub in den hiesigen Gegebenheiten wiederzuerkennen.

Er gesellte sich zu Adalbert, während dieser den Wagen auftankte. Hendrik sah zu, wie der Alchemist den Finger in den Tankstutzen steckte, ihn mit Benzin benetzt herauszog und beschnüffelte, ja, sich damit sogar auf die Zunge tippte. »Erstaunlich«, hörte er ihn sagen.

Westenhoff übernahm das Bezahlen, besorgte auch etwas zu essen, Sandwiches und Getränke.

»Polen hat den Euro noch nicht, oder?«, fragte Laureen.

»Nein«, sagte Westenhoff, »aber sie nehmen ihn trotzdem.«

»Da drüben ist ein Bankautomat«, warf Adalbert ein und deutete in eine Richtung. »Da könnte man Zloty rauslassen.«

Westenhoff verzog das Gesicht. »Muss nicht sein. Hinterlässt Spuren.«

Scoro gab seinen Beobachtungsplatz am Rand des Parkplatzes auf und gesellte sich zu ihnen. Cola war offensichtlich nicht sein Geschmack, das Sandwich dagegen schon.

»Ich habe nachgedacht«, sagte er zu Adalbert. »Darüber, was Sie über diesen … *Atomkern* gesagt haben.«

»Ja?«, meinte Adalbert kauend.

»Sie haben gesagt, dass es falsch ist, sich vorzustellen, er *bestünde* aus kleineren Teilchen – Protonen, Neutronen und so weiter. Dass er in Wirklichkeit erst in diese Teilchen zerfällt, wenn man ihn zertrümmert.«

Adalbert nickte, schluckte hinunter und sagte: »Ganz genau. Bei uns in Genf könnte ich Ihnen übrigens zeigen, wie so etwas praktisch aussieht.«

Scoro ging nicht darauf ein. »Im Grunde«, erklärte er, »ist das gar nicht so anders als das, was wir versucht haben. Wir haben es durch hundertfaches Verdampfen und Destillieren versucht, und Sie machen es mit einem Teilchenbeschleuniger. Aber es ist dasselbe Prinzip: Die Materie zuerst zu brechen, um sie neu entstehen zu lassen.«

Hendrik sah, wie sein Bruder stutzte.

»Das«, räumte Adalbert blinzelnd ein, »könnte man so sehen. Ja.«

»Bemerkenswert«, stellte Scoro zufrieden fest.

Mit Ausnahme des uralten Alchemisten suchten sie alle noch einmal die Toiletten auf, ehe es weiterging. Auf dem Rückweg zum Wagen und außer Hörweite der anderen fragte Hendrik seinen Bruder, was er vorhabe – Scoro ans CERN zu locken?

Adalbert bedachte ihn mit seinem üblichen Großer-Bruder-Blick. »Denk doch ein einziges Mal wie ein Wissenschaftler. Ein strahlendes Mineral mit Eigenschaften, die es gar nicht geben dürfte, und ein Mann, der über achthundert Jahre alt ist! Das zusammen wird Fragen beantworten, die wir uns noch gar nicht gestellt haben.«

»Und wie willst du das anstellen? Ihn von der Alchemie zur Kernphysik bekehren?«

Adalbert schüttelte unwillig den Kopf. »Er ist in einem altertümlichen Weltbild aufgewachsen, aber er ist nicht dumm. Muss auch ab und zu etwas gelesen haben in seinem Bett; mit Newton ist er einigermaßen vertraut, und von Planck und Curie hat er zumindest schon mal gehört. Meiner Einschätzung nach fehlt nicht mehr viel, und er kippt. Er hat vor, irgendein bizarres Ritual durchzuführen, wenn wir ankommen, um die Elemente zu beschwören oder so einen Kram. Ich glaube, wenn er feststellt, dass das nicht so funktioniert, wie er sich das vorstellt, wird er mit sich reden lassen.«

»Wenn. Sein letztes Ritual hat ziemlich gut funktioniert, würde ich sagen. Und bizarr war es auch.«

Sein Bruder gab ein unwilliges Schnauben von sich. »Werden wir ja sehen. Wenn seine Tricks alle funktionieren, sollten sowieso eher wir uns bekehren als er, oder?«

Und dann kamen sie endlich an. Hendrik war überrascht, wie groß die Marienburg war, selbst nach heutigen Maßstäben. Normalerweise wirkten historische Gebäude in der Realität viel kleiner als auf Fotos. Aber als sie die Brücke über die Nogat überquerten und die Burganlage zum ersten Mal zu sehen bekamen – ein wahres Gebirge aus rotbraunen Ziegelsteinen –, verschlug es ihm den Atem. Und jenseits der Brücke standen noch allerlei Mauerreste mitten in einer modernen Wohnsiedlung: Das hieß, die Anlage war früher *noch* gigantischer gewesen!

Um sie herum erstreckte sich eine ganz normal wirkende Stadt an einem ganz normal wirkenden, strahlend schönen Sommertag. Sie kamen an Tankstellen, Supermärkten, Möbelgeschäften und parkenden Autos vorbei, an Hochhäusern, ein paar übrig gebliebenen, heruntergekommenen Altbauten und vielen, vielen üppigen Bäumen, die den Blick auf die Burg erst im letzten Moment freigaben.

»Wow«, sagte nun sogar Adalbert. »Ganz nett groß. Und das haben wirklich alles diese Deutschordensritter gebaut?«

»Im Krieg ist viel beschädigt worden«, sagte Westenhoff. »Polen hat die Burg wieder restauriert, aber nach den alten Zeichnungen.«

Die Renovierungsarbeiten waren zum Teil noch im Gange. Neben der Zufahrt, die sie passierten, hatte man ein Gelände mit einem hölzernen Bauzaun abgesperrt. Sie erhaschten einen Blick auf Baufahrzeuge und ein mit Planen abgehängtes Gerüst vor einem Stück der äußersten Festungsmauer. Nur Arbeiter sah man keine. Ein einzelner Mann war damit beschäftigt, Werkzeug zu reinigen, das war alles.

»Im Krieg?«, wiederholte Adalbert. »Wieso das?«

»Die Nazis hatten die Burg besetzt, wollten sie zu einer SS-Ordensburg machen. Deutsches Kulturerbe und so. Dabei haben sie das Innerste der Burg nach außen gekehrt, als hätten sie gewusst, dass hier der Stein der Weisen verborgen liegt.«

»Sie hatten nie eine Chance, ihn zu finden«, warf Scoro ein.

»Wir aber schon?«, fragte Hendrik.

Scoro neigte den Kopf. »Wenn man genau weiß, wo sich der Stein befindet, und auch, wie man sich Zugang zu ihm verschaffen kann, dann stehen die Chancen jedenfalls deutlich besser, denken Sie nicht?«

Es war eine gigantische Anlage aus Türmen, hohen Mauern, riesigen Dächern, Torbögen, Wehrgängen und einem Kirchturm. Dass alles aus demselben Material bestand – rotbraunen Ziegelsteinen –, ließ die Burg als ein einheitliches Ganzes erscheinen. Ein *kolossales* Ganzes.

Der Parkplatz vor dem Haupttor, mitten in den akkurat gemähten Grünanlagen, mit Kopfstein gepflastert und von Andenkenläden gesäumt, war voll. Busse standen da, etliche Dutzend japanische Touristen scharten sich gerade um einen Mann, der einen blauen Schirm in die Höhe reckte. Adalbert bog, ein »Zufahrt verboten«-Schild ignorierend, in eine ungeteerte Straße ein, die ein Stück von der Burg weg auf einen anderen, nur mit grauem, festgetretenem Kies bedeckten Platz führte. Hier standen schon einige Autos und ein paar metallene Müllcontainer, eine Art Recycling-Center offenbar. Und der Himmel hing voller Überland-Stromleitungen.

Sie stiegen aus, Hendrik mit dem Gefühl, etwas völlig Absurdes zu tun. Vier verschwitzte Männer und eine Frau, die nachmittags um vier Uhr mit nicht mehr Gepäck als dem, was sie auf dem Leib trugen, aus einem Auto stiegen, mit dem sie weit über tausend Kilometer gefahren waren.

»Wird das kein Problem geben?«, fragte er Scoro, während sie alle fünf steifbeinig auf die Burg zumarschierten. »Mit all den Touristen, die gerade da sind?«

»Im Gegenteil«, sagte Scoro. »Auf diese Weise können wir uns in Ruhe umsehen.«

»Umsehen?«

Der glatzköpfige Alchemist lächelte dünn. »Ich war hier auch noch nie.«

Im Haupteingang herrschte ein reges Kommen und Gehen. Westenhoff übernahm es, sich in die Schlange vor dem Schalter einzureihen und Eintrittskarten für sie alle zu besorgen. Hendrik sah ihn einen Fünfzigeuroschein zücken, aber nichts zurückbekommen, nur die Karten.

Danach passierten sie das Tor. Bildtafeln gaben einen Überblick über die Renovierungsarbeiten der vergangenen Jahrzehnte: Offenbar war die Marienburg eine Dauerbaustelle.

Der Innenhof. Groß, durch begrünte Flächen gegliedert. Antike Kanonenrohre waren auf hölzernen Gestellen ausgestellt und sahen nicht mehr gefährlich aus. Über dem höchsten Burgturm wehte die polnische Flagge. Und überall Touristen: Männer in kurzen Hosen und Sandalen, Frauen mit Sonnenhüten. Kinder, die einander jagten, mit Plastikschwertern fochten oder sich an den Händen ihrer Eltern langweilten.

Hendrik blieb unwillkürlich stehen. Von innen her betrachtet, sah die Burg noch eindrucksvoller aus, mit ihren riesigen Dachflächen, den langen Reihen schmaler Fenster, all diesen monumentalen Mauern, deren Gewicht man förmlich zu spüren meinte. Trotzdem hatte er Mühe, sich vorzustellen, dass hier einstmals echte Ritter verkehrt waren, dass sie in ihren Rüstungen geübt, gegen Feinde gekämpft, miteinander diskutiert, gegessen und getrunken hatten: Dazu war alles zu gemütlich hergerichtet worden, sah zu sehr aus wie ein Museum oder ein Freizeitpark in historischer Kulisse, nicht wie ein wirkliches Relikt vergangener Zeiten.

Immerhin, es gab keine quietschbunten Imbissstände oder dergleichen. Die waren alle draußen. Es hätte schlimmer sein können.

Er beeilte sich, zu den anderen aufzuschließen, die Scoro nicht von der Seite wichen. Der Alchemist ging langsam, jeden Schritt mit Bedacht setzend, sah sich dabei aufmerksam um, wirkte, als sauge er den Anblick der Burg in sich auf. Hendrik beobachtete ihn eine Weile, dann lief ihm eine Gänsehaut über den Rücken, und er schaute woandershin.

Auf einer Seite des Hofes hatte man einigen Hochmeistern bronzene Standbilder errichtet. Die Gesichter kamen Hendrik erstaunlich lebensecht vor, doch eine Tafel klärte darüber auf, dass die Kunstwerke relativ modernen Ursprungs waren: Sie stammten aus dem 19. Jahrhundert.

Schon wieder das 19. Jahrhundert, dachte Hendrik missmutig.

Eine deutschsprachige Gruppe kreuzte ihren Weg, grauhaarige Studienreisende, die den Vortrag ihres Reiseführers mit Smartphones mitschnitten. »... der im Jahr 1280 erbaute Nordflügel mit der Kapelle und dem Kapitelsaal, der bereits über eine Fußbodenheizung verfügt ...«, bekam Hendrik mit und auch, wie die Zuhörer anerkennend ehrfürchtig nickten. Fußbodenheizung! Im 13. Jahrhundert! Hätte man auch nicht gedacht, so was.

»Hier ist es nicht«, erklärte Scoro halblaut. »Wir müssen ins Hochschloss.«

Und wieder marschierte er voran, unerbittliche Entschlossenheit ausstrahlend. Über einen hölzernen Steg und eine Zugbrücke ging es in den innersten Teil der Burg, der, wie Hendrik sah, von dem Teil, in dem sie bis jetzt gewesen waren, umschlossen wurde. Wobei dieser, wenn man den Schemazeichnungen glauben wollte, ursprünglich seinerseits von einer noch weitläufigeren Festungsanlage gesichert worden war.

Enorm, wie gesagt.

Über dem Zugangstor prangte ein Relief, das einen schnauzbärtigen Ritter zu Pferde zeigte, das Schwert kampfbereit auf der Schulter. Der Innenhof hinter dem Tor war enger, die Gebäude ringsum noch wuchtiger. Ein Bauwerk mit einem zeltartigen Holzdach etwa in der Mitte des Hofes entpuppte sich als ehemaliger Brunnen: 18 Meter tief, behauptete die Informationstafel.

Hendrik versuchte, sich vorzustellen, wo man hier ein faustgroßes, hochgradig radioaktiv strahlendes Stück Mineral hätte verstecken können. Die spontane Antwort darauf lautete: Überall. Auch wenn es notwendig gewesen war, den Stein in einem mit Blei ausgekleideten Kasten zu verwahren: Dieser Kasten hätte sich in jeder beliebigen Stelle jeder beliebigen Burgmauer unterbringen lassen.

Andererseits lautete die Antwort: Nirgends. Denn diese Burg war im Lauf der Jahrhunderte massiv zerstört und wieder aufgebaut worden, nicht nur gegen Ende des Zweiten Weltkriegs. Zudem hatte es immer wieder Umbauten, Erweiterungen und dergleichen gegeben. Wo hätte der Platz sein sollen, von dem man vor fast siebenhundert Jahren mit Sicherheit hätte wissen können, dass er unangetastet bleiben würde, egal, was geschah? Ein Ort zumal, den niemand fand, der danach suchte?

Hendrik hatte nicht den Hauch einer Ahnung, wo er den Stein verborgen hätte, wäre es damals seine Aufgabe gewesen. Erst recht nicht, wenn er an das Ausmaß der Zerstörungen dachte, das die Fotos beim Haupteingang gezeigt hatten: riesige Löcher in den Mauern, eingestürzte Türme, abgebrannte Dachstühle, Gebäude in Trümmern liegend.

Irgendwo in den tiefsten Tiefen vielleicht. Andererseits, wenn ihm das nach einer Minute Nachdenken einfiel, dann war es auch anderen eingefallen. Den Nazis zum Beispiel, die sowohl die Zeit als auch die Mittel gehabt hatten, das gesamte Fundament der Burg zu untersuchen.

Und dabei hatten sie, laut Scoro, keine Chance gehabt, den Stein zu finden.

Rätselhaft.

Scoro stand in der Mitte des Hofes, drehte sich mehrmals um sich selbst, studierte die Wände eingehend. »Wir müssen hinauf«, erklärte er schließlich.

Sie erklommen eine Treppe in den oberen Stock, folgten ihm den Kreuzgang entlang, auf dem sich der gesamte Innenhof hätte umrunden lassen. Doch Scoro bog vorher ab, in einen mindestens sechzig Meter langen Gang, der über etliche Pfeiler aus der Burg hinaus zu einem Turm direkt am Fluss führte.

Von hier aus hatte man einen weiten Blick auf die Umgebung. Scoro studierte das langsam fließende Gewässer unter ihnen und dessen sanft auslaufende Ufer, an denen dichte Vegetation wuchs, Schilf und Gras, und sich grünes Zeug ansammelte, Algen wohl.

Ein Stück unterhalb der Burg machte gerade ein Schiff fest, ein flacher Kahn mit Sonnenschirmen und Sitzbänken an Deck, mit dem offenbar Touristen die Nogat auf und ab geschippert wurden. Auf der anderen Flussseite lag ein ganz ähnliches Boot vor Anker. Während die Passagiere gemächlich von Bord gingen, begann die Mannschaft mit Putzarbeiten. Es schien die letzte Fahrt heute gewesen zu sein.

»Das hier muss der Turm sein«, murmelte Scoro und spähte aus anderen Fenstern, von denen aus man das Hochschloss sah. »Der Aborttturm, nicht wahr?«, wandte er sich an Westenhoff, der ein Informationsfaltblatt bei sich trug.

»Ja«, sagte der. »Sie nennen ihn allerdings Dansker. Klingt wahrscheinlich besser.«

Hendrik stutzte. *»Aborttturm?«*

Westenhoff wies auf die eigentümliche Holzkonstruktion in der Mitte des großen Raumes. »Ein Plumpsklo. Zu seiner Zeit eine überaus fortschrittliche hygienische Einrichtung.«

Hendrik versuchte, sich das vorzustellen: Wenn einen Ritter des Nachts ein Bedürfnis geplagt hatte, dann war er also bis hier heraus gegangen, um sich zu erleichtern? Und seine Ausscheidungen waren wohin gefallen? In ein Loch in zwanzig Meter Tiefe? Oder direkt in den Fluss?

Und was hatte das nun mit dem Versteck des Steins der Weisen zu tun?

Darüber wollte Hendrik lieber gar nicht so genau nachdenken. Hatten sich die Deutschordensritter damals am Ende gesagt, *wir verbuddeln ihn an der unappetitlichsten Stelle der ganzen Burg und scheißen darauf?*

Nein, das konnte nicht sein. Zwar hatte Hendrik keine eigenen Erfahrungen mit Plumpsklos, aber ein Seminarteilnehmer, ein begeisterter Camper, hatte einmal erzählt, dass solche Plätze im Gegenteil sehr häufig umgegraben wurden: Sei es, um die Fäkalien besser mit Erde zu vermischen, sei es, weil jemandem etwas hineingefallen war, das es wiederzubeschaffen galt.

»Die westliche Ecke also«, setzte Scoro sein rätselhaftes Selbstgespräch fort und rieb sich das Kinn. »Gut. Zurück in den Hof.«

Er machte kehrt und sauste den Weg zurück, den sie gekommen waren. Ein wohlbeleibtes amerikanisches Ehepaar, das ihnen entgegenkam, drückte sich ganz erschrocken an die Wand des Ganges; ob es da draußen gefährlich sei, rief der Mann ihnen nach.

»*No*«, beruhigte ihn Hendrik, da keiner der anderen darauf antwortete. »*We're just in a hurry.*«

Im Innenhof drunten hielt Scoro geradewegs auf die westliche Ecke zu, direkt unterhalb der Stelle, an der oben der Gang zum Abortturm hinaus abging. Hier führten zwischen den Säulen und Spitzbögen zwei Treppenabgänge abwärts, die von fern an Kohleschütten oder dergleichen erinnerten. Man sah Stufen hinab bis zu hölzernen Lattengittern, die den weiteren Weg versperrten. Sie stiegen hinab, Westenhoff hatte eine kleine Taschenlampe bei sich, funzelte durch die Gitterstäbe: Dahinter befanden sich leere Kellerräume, einer nach links weitergehend, der andere nach rechts, beide mit Böden aus massiven Granitsteinen.

Scoro genügte ein Blick; er war der Erste, der wieder in den Hof hinaufstieg. Dort betastete er die Säulen rechts und links der beiden Abgänge, ging mehrmals hin und her, schien nach etwas zu suchen.

»Erstaunlich«, meinte er schließlich und trat ein paar Schritte zurück. »Man sieht tatsächlich nicht das Geringste.«

Hendrik fing einen Blick Adalberts auf. Einen siegessicheren Blick.

Sollte es alles so enden? So erbärmlich? Ein sinnloser Ausflug, ein seltsamer Mann, der verrückt wurde, eine Legende, deren Spur sich längst im Gewirr der Zeiten verloren hatte? Hier *war* nichts! Und *in* den Säulen schon gar nicht. So unbeschädigt, wie die meisten der Blöcke in den Säulen wirkten, handelte es sich bestimmt nicht mehr um dieselben, die man damals unter dem Hochmeister Werner von Orseln verbaut hatte. Damals, als es um die Frage gegangen war, wo man den Stein der Weisen verbergen konnte für alle Zeiten.

»Ich habe genug gesehen«, erklärte Scoro. »Lasst uns zum Automobil zurückkehren und mit den Vorbereitungen beginnen.«

»Vorbereitungen?« Hendrik hatte das Gefühl, zu schreien vor Enttäuschung. »Was für Vorbereitungen?« Nein, er schrie nicht. Aber enttäuscht war er.

Scoro sah ihn scharf an, musterte die anderen, dann wieder ihn.

»Zunächst«, sagte er, »ist es höchste Zeit, euch einzuweihen in das Geheimnis, wo sich der Stein befindet. Anschließend werden wir ihn holen.«

Die Burg leerte sich allmählich. Die Touristenbusse waren alle weg, als sie durch das Tor traten, der Parkplatz war frei.

»Soll ich den Wagen nach vorn holen?«, bot Westenhoff an.

»Nein«, sagte Scoro. »Der Platz dort hinten eignet sich gut.«

Schweigend marschierten sie die ungeteerte Straße entlang, wichen einem entgegenkommenden Auto aus, in dem eine Familie saß. Die Kinder auf dem Rücksitz starrten ihnen nach, als ahnten sie, dass hier etwas Merkwürdiges vor sich ging.

Unterwegs gab Scoro Westenhoff halblaut einige kryptisch klingende Anweisungen. Als sie beim Wagen ankamen, öffnete dieser sofort den Kofferraum und holte ein paar Metallteile heraus, die er zu einem Dreifußgestell zusammensetzte.

»Und wo?«, fragte er, das Ding in der Hand.

Scoro wirkte ungeduldig. »Egal. Irgendwo hier.« Er zeigte auf eine Stelle drei Schritte weit weg, am Rand der bekiesten Stellfläche, wo sich Abfallpapierchen mit vertrocknetem Unkraut mischten. »Da, von mir aus.«

Gehorsam stellte Westenhoff den Dreifuß auf, dann installierte er einen mit Butangas betriebenen Campingkocher darunter. Als die Flamme gleichmäßig brannte, holte er den Korb mit dem Kessel, hievte das metallene Teil auf das Gestell. Ohne die Apparatur, deren Teil der Kessel gewesen war, sah er aus wie ein schiefes Ei voller wulstiger Schweißnähte, wie der missglückte Nachbau eines überdimensionalen Modells eines Herzens in Stahl. Nach einer Weile zog Westenhoff die Korken aus den Anschlussöffnungen. Man hörte die Flüssigkeit schwappen, die sich von Scoros Verwandlung her noch darin befand, und ein stechender, fremdartiger Geruch verbreitete sich.

»Das Blut welcher Gottheit ist nun an der Reihe?«, erkundigte sich Adalbert spitz.

Scoro ließ sich nicht provozieren. »Derlei ist nicht mehr nötig«, erklärte er ruhig. »Wir werden einfach in die *Rubedo* eintreten, die letzte Stufe vor der Vollkommenheit.« Er wandte sich seinem Assistenten zu. »Max – der Brief!«

»Ah ja, richtig.« Westenhoff eilte zurück zum Kofferraum, holte eine abgegriffene Ledermappe heraus und gab sie Scoro.

Dieser reichte sie an Laureen weiter. »Lest das, während wir arbeiten. Dann werdet ihr nachher besser verstehen, was wir zu tun haben.«

»In der ersten Klarsichthülle ist der Originalbrief«, warf Westenhoff beflissen ein. »Aber der ist auf Latein und schwer zu entziffern. Die Übersetzung ist dahinter. Der Vorgänger meines Adoptivvaters hat sie angefertigt.«

26.

Der Brief

Dem ehrbaren und weisen Herrn, unserem unbekannten Wohltäter, entbieten wir, Friedrich und dessen Familie, unseren getreuen und aufrichtigen Dienst und alles, was wir an Ehre und Gutem vermögen.

Dass Ihr bei uns hinsichtlich der Gerüchte und Vorfälle, die den Deutschen Orden betreffend derzeit im Land umgehen, Erkundigungen einholen wollt, haben wir wohl verstanden und zur Kenntnis genommen. Dahingehend teilen wir Euch mit, was wir darüber wissen, und wollen Euch, so gut wir es vermögen, getreu davon berichten.

Dass Ihr Euch der Not meiner Schwester und ihrer Familie angenommen habt, danken wir Euch. Ich hätte es, ich gestehe es frei heraus, aus eigenen Stücken nicht vermocht, dem Wahlspruch meines Ordens zum Trotze, der da lautet »Helfen, wehren, heilen«. Als Mann des Schwertes habe ich mich, wie ich in aller Demut sagen darf, im Felde oft bewährt. Doch kein Schwert vermag drückende Schulden abzuwehren, auch reicht das bescheidene Vermögen eines einfachen Ordenritters nicht hin, den Opfern selbiger Schulden zu helfen, schlechte Böden zu heilen und damit den Grund fortwährender Missernten zu beseitigen, Ursache besagter Schulden – nun, wer das vermag, der vermag viel!

Der Preis, den Ihr mir für Eure Güte abverlangt, ist ein geringer, und obgleich Ihr mir durch Euren Mittelsmann ausrichten ließet, dass es gleich sei, was ich berichte, wenn es nur die Wahrheit wäre, fürchte ich doch, Euch zu enttäuschen.

Allein, mehr als das, was ich auf der Marienburg erlebt habe, vermag ich nicht zu berichten, zumal ich nur ein Zuschauer war, dem die tieferen Zusammenhänge weitgehend unbekannt blieben. So vertraue ich darauf, dass Euch, wie Ihr mir bestellen ließet, der einfache Bericht eines einfachen Mannes genügen mag, und will Euch alles, was ich weiß, jetzt und zu aller Zeit gerne mitteilen, in der Hoffnung, dass es Euch willkommen und zu Diensten ist.

Allerdings muss ich Euch beizeiten warnen, dass Ihr wohl einiges von dem zu Berichtenden unglaubwürdig, ja geradezu mirakulös finden werdet. Ich versichere Euch jedoch bei meiner Ehre, dass ich nachfolgend nur schildere, was ich selber erlebt habe, dass ich das, was mir von dritter Seite berichtet wurde, nicht als eigene Beobachtung ausgebe, und ansonsten nichts hingefügt oder weggelassen habe.

Dass ich zu erzählen habe, was ich Euch nun berichten will, dankt sich dem Umstand, dass ich an der Seite unseres Hochmeisters Werner von Orseln ritt, als es im Jahre des Herrn 1327 gegen Kujawien ging. Warum dieser Feldzug notwendig war, vermag ich Euch nicht zu sagen, derlei erfährt ein einfacher Ritter nicht; wir sind gehalten, unseren Oberen im Vertrauen auf Gott zu gehorchen und die Befehle zu befolgen, die man uns gibt. So lautete mein Befehl, das Leben des Hochmeisters zu schützen und zu beschirmen, notfalls mit meinem eigenen Leben, und diese Aufgabe suchte ich zu erfüllen.

Auf unserer Reise vergönnte uns Gott, dass wir nicht in Kämpfe verwickelt wurden; nach dem, was ich hörte, waren wir bei der Einnahme Kujawiens auf wenig Widerstand gestoßen. Für uns verlief alles ruhig, bis der Hochmeister eines Tages eine Nachricht erhielt, die es ihm angelegen sein ließ, nach der polnischen Stadt Kowal zu reisen. Dort stattete er dem Pfarrhaus einen Besuch ab, in dem der ansässige Priester im Sterben lag, wie mich ein Gefährte aufklärte, allein, in welcher Beziehung jener zu unserem Hochmeister stand, wusste auch er nicht.

Daraufhin befahl uns der Hochmeister, ihn zu einem bestimmten Gebäude zu begleiten, einer alten Schmiede. Er betrat sie mit ein paar seiner Vertrauten, und sie brachten darin geraume Zeit zu, während wir Wache hielten, wenngleich keinerlei Gefahr drohte. Als der Hochmeister wieder zum Vorschein kam, wirkte er enttäuscht, und ich hörte ihn sagen: »Sie haben alles mitgenommen. Folgt ihnen nach Osten und befragt Leute, welche Richtung die beiden eingeschlagen haben.«

Von wem die Rede war und was diese mit sich genommen hatten, kann ich Euch nicht sagen, so wenig, wie ich weiß, warum dies dem Hochmeister so wichtig war.

Vielmehr befahl er die Rückkehr nach Marienburg. Es schloss sich unserem Zuge aber unterwegs der Transport eines Gefangenen an, dem der Hochmeister viel Bedeutung beizumessen schien, denn er rief alle Ritter, die er nur entbehren konnte, zur Verstärkung herbei und schärfte uns allen ein, höchste Wachsamkeit walten zu lassen, damit der Gefangene auf keinen Fall entkommen oder befreit werden könne. »Indem wir dieses Mannes habhaft wurden«, sprach er zu uns, die wir um ihn versammelt standen, »haben wir eine große Aufgabe erfüllt, eine Aufgabe, die unserem Orden einst von Papst Bonifatius zugedacht worden ist. Der Mann steht nämlich mit dem Teufel im Bunde, und auch das Buch und die Kiste, die er bei sich hatte, sind des Teufels. Ich verbiete jedem bei der höchsten Strafe, auch nur eines davon zu berühren.«

Diese seine Rede jagte uns gewaltige Furcht ein, denn wir kannten unseren Hochmeister als einen ernsten und sehr frommen, doch zugleich unerschrockenen Mann. Diese Dinge aber, das spürten wir inwendig sehr wohl, lösten selbst in ihm große Furcht aus.

Der Gefangene war ein großer, beleibter Mann, dessen Alter nicht zu erraten war, denn er wirkte alt und jung zugleich, je nachdem, in welchem Moment man ihn ansah. Sein Name, erfuhr ich irgendwann, sei Mengedder, und er sei ein Medicus gewesen im Fränkischen, ehe er sich den schwarzen Künsten verschrieben hatte. Es war aber nicht erlaubt, mit ihm zu sprechen; uns hatte es der Hochmeister verboten, und dem Gefangenen hatte er angedroht, ihm die Zunge herausschneiden zu lassen im selbigen Moment, in dem er das Wort an jemanden richtete.

Mit Gottes Hilfe erreichten wir die Marienburg ohne jeglichen Zwischenfall. Dortselbst ließ der Hochmeister den Gefangenen ins tiefste Verlies des Hochschlosses verbringen und unterstellte ihn der Aufsicht des Ordensbruders Johann von Endorf, der durch ein Fieber im Jahr zuvor sein Gehör eingebüßt hatte und also unempfänglich sein würde für Einflüsterungen seines Gefangenen. Hernach ließ sich der Hochmeister ein mit geweihtem Wasser getränktes weißes Leintuch bringen, worin er das Buch, das Mengedder mit sich geführt hatte, einschlug und mit sich nahm, um es persönlich zu verwahren. Die Kiste aus dem Besitz des Gefangenen, die übrigens außerordentlich schwer war, schwerer, als wenn sie mit purem Gold gefüllt gewesen wäre, was uns alle sehr verwunderte, sie wurde ebenfalls an einen sicheren Ort geschafft, aber ich gehörte nicht zu denjenigen, die erfuhren, wohin.

Nachdem dies alles geschehen war, nahm das normale Leben wieder seinen Gang, und wir vergaßen den Gefangenen bald, da die Grenzkriege mit Polen weitergingen und es vonnöten war, die Wälle der Marienburg zu erhöhen und die Gräben zu vertiefen. Entsprechend vergingen die Jahre mit allerlei Kämpfen und Reisen, deren Schilderung hier nichts zur Sache tut, und an den seltsamen Gefangenen dachte ich überhaupt nur noch, wenn ich dem Johann von Endorf begegnete, der nach wie vor dessen Hüter war, da er für die Schlacht nicht mehr taugte. Er war aber ein finsterer Geselle, und der Umgang mit dem Teufelsanbeter war nach meinem Dafürhalten nicht geeignet, daran etwas zu ändern.

Wisst, Herr, aus irgendeinem Grunde schien der Johann von Endorf in mir jemanden zu sehen, dem er sich anvertrauen konnte, denn wann immer er mich allein an einem Tisch sitzend antraf, gesellte er sich zu mir und erklärte, er warte nur darauf, dass der Hochmeister den Gefangenen endlich zum Tode verurteilen und ihm eine andere Aufgabe geben würde. Er sagte dies aber auf jene undeutliche Weise, in der jemand spricht, der sein Gehör eingebüßt hat und sich selber nicht mehr reden hört; im Laufe der Zeit wurde seine Sprechweise immer unverständlicher, und nicht wenige gingen ihm deswegen aus dem Weg, was ihn nur noch mehr verbitterte. Irgendwann fiel mir auf, dass er nicht mehr sprach, sondern sich mittels einer kleinen Wachstafel verständigte, die er mit sich führte. Zu fragen, wo und bei wem er das Lesen und Schreiben gelernt hatte, kam mir aber nicht in den Sinn, obgleich es im Nachhinein wünschenswert wäre, ich hätte es getan.

Sodann geschah es um Michaelis im Jahre 1330, dass sich der Johann von Endorf zu mir setzte, seine Wachstafel hervorzog und darauf schrieb: *Der Gefangene kann Gold machen. War dir das bekannt?*

Ich, der ich, müde von einem langen Ritt, bei einem Krug Bier saß und mir nichts weiter wünschte als meine Ruhe, las es und schüttelte nur den Kopf. Wohl hatte ich von Alchemisten gehört, die behaupteten, Gold aus unedlen Metallen machen zu können, allein, ich glaubte derlei Geschichten nicht.

Es ist so, beharrte Johann. *In der Kiste hat er den wahren Stein der Weisen mit sich geführt, mit dem kann er aus Merkurium Gold machen.*

Auch diese Behauptung veranlasste mich zu nicht mehr als einem Schulterzucken.

Warum nutzt der Hochmeister das nicht aus?, schrieb Johann weiter. *Wir könnten dem Ellenlang Polen einfach abkaufen!* Mit Ellenlang meinte er aber den polnischen König Ladislaus, den man ob seiner kurzen Statur so nannte.

Ich bemächtigte mich seines Griffels und schrieb: *Es wäre Teufelsgold.*

Johann gab einen Laut von sich, der ein »Nein« sein mochte oder auch nicht, und schrieb: *Mengedder sagt, das sei nicht wahr.*

Da endlich begriff ich, dass es niemand anders als sein gefährlicher Gefangener gewesen war, der meinem Ordensbruder in den verflossenen Monaten und Jahren das Lesen und Schreiben beigebracht hatte.

Wir könnten ihm die Kiste bringen und ihn beaufsichtigen, während er Gold macht, schrieb Johann weiter. *Tut er etwas Verdächtiges, töten wir ihn.*

Dieser Vorschlag und dass er ihn mir derart offen unterbreitete, erzürnte mich. Ich riss ihm die Tafel fort, löschte alles aus, was darauf geschrieben stand, und ging meiner Wege. Hätte ich geahnt, was noch geschehen sollte, hätte ich unverzüglich den Hochmeister aufgesucht und ihm gesagt, dass sein Plan, den Gefangenen durch eine unbeeinflussbare Person zu beaufsichtigen, hintertrieben worden war, allein, in jener Stunde galt meine Verbundenheit dem Ordensbruder, der meiner Einschätzung nach, betraut mit einer unerfreulichen Aufgabe, einer Versuchung anheimgefallen war. So hielt ich es für das Beste, den Vorfall zu vergessen.

Anlass, dies zu bedauern, hatte ich einige Wochen darauf, und nur dank der Gnade unseres Herrn bin ich noch nicht verloren. Denn eines Sonntags nach der Vesper entstand plötzlich ein Auflauf in der Burg, ein Geschrei hub an, und ein Gerücht machte die Runde, das ich zuerst kaum glauben konnte, nämlich, dass Johann von Endorf den Hochmeister niedergestochen habe, allein, so war es. Ich habe von einigen, die dabei waren, glaubhaft erfahren, dass der Hochmeister in der Pforte zur Konventskirche ob einer Mitteilung, die ihm Johann gemacht hatte, mit diesem in Streit geraten, und endlich hatte jener den Dolch gezückt und das Ungeheuerliche getan.

Welcher Natur die Mitteilung Johanns von Endorf gewesen war, erfuhr ich, als kurz darauf alle zusammengerufen wurden, die an dem Transport des Gefangenen von Kowal zur Marienburg beteiligt gewesen waren, und ich möchte sie Euch wissen lassen.

Besagter Johann von Endorf hatte nämlich auf dieselbe Weise, die er bei mir versucht hatte, andere Helfer gewonnen, um sich der Kiste des Alchemisten, die bis dato in einem Versteck hinter dem Altar der Privatkapelle des Hochmeisters geruht hatte, zu bemächtigen. Gemeinsam hatten sie sie dem Alchemisten in die Zelle geschafft, zusammen mit allerlei weiteren Dingen, die dieser verlangt hatte, um Gold machen zu können. Seine Helfer hatte Johann im Verlies bei dem Gefangenen belassen, diesen zu bewachen, und war gegangen, den Hochmeister zu der Vorführung einzuladen, offenkundig in der Erwartung, dieser würde ob der Aussicht auf unermessliche Goldschätze anderen Sinnes werden.

Das Wundersamste war jedoch, was sich daraufhin ereignet hatte. Es war nicht etwa der Gefangene entflohen oder dergleichen, nein, was man vorfand, als sich das Entsetzen über den feigen Mord an unserem Hochmeister gelegt hatte und man eilte, den teuflischen Alchemisten und seine Kiste wieder voneinander zu trennen, war vielmehr, dass die Zelle selbst, worin Mengedder in Gewahrsam gehalten ward, verschwunden war mitsamt der Treppe hinab, gerade so, als sei beides niemals errichtet worden. Die fragliche Treppe war die mittlere von dreien gewesen, die in jener Ecke des Innenhofs, die auf den Abortturm hinaus gerichtet ist, abwärts ging, und nun waren nur noch zwei übrig, die in zwei Lagerräume des ersten Kellergeschosses führten. Das Stockwerk darunter hingegen, in dem sich die Zelle befunden hatte, war nicht mehr aufzufinden.

Dies konnte sich niemand erklären, allein, es war so; mit meinen eigenen Augen habe ich es gesehen und kann es bezeugen, obgleich ich es selbst kaum zu glauben vermochte. Der Großkomtur, Otto von Bonsdorf, Stellvertreter des Hochmeisters, ordnete schließlich verstärkte Wachen an und verpflichtete uns alle zu strengem Stillschweigen über das Vorgefallene, ließ hernach aber in höchster Verschwiegenheit Mauerwerk entfernen und Schächte ausheben mit dem Ziel, das verschwundene Kellergeschoss wiederzufinden – vergebens.

Wisst, Herr, dass ein Teil eines Gebäudes spurlos verschwinden kann, hat uns so sehr in Unruhe versetzt, dass wir glaubten, es bliebe letztlich nur, die Burg, die Schauplatz solch teuflischen Blendwerks geworden war, anzuzünden, sie niederzubrennen und bis auf die Grundmauern abzureißen, um dem Spuk ein Ende zu bereiten. Dann wurde am Tag vor des heiligen Simons Tag im Jahr darauf mit Luther von Braunschweig der neue Hochmeister gewählt, dem dieser Beschluss oblag. Dieser kam zu dem Schlusse, dass das, was wir mit angesehen hatten, nicht das Wirken des Teufels gewesen sei, sondern das Wirken Gottes, dem es gefallen hatte, den Alchemisten mitsamt seinem verfluchten Stein der Weisen aus der Welt zu entfernen und an einen Ort außerhalb davon zu verbringen, wo von beiden keine

Gefahr mehr für seine Schöpfung ausginge. Es sei die Aufgabe unseres Deutschen Ordens gewesen, den teuflischen Stein, der trügerischerweise jener der Weisen genannt wurde, aufzufinden und von da an sicher zu verwahren für alle Zeiten; diese Aufgabe sei nun, mit Gottes Hilfe, erfüllt. Er gab eine neue Ordensregel aus, nämlich die, Außenstehenden gegenüber die Existenz des Steins der Weisen und die Verbindung des Ordens zu diesem unter allen Umständen zu leugnen, und schuf ein geheimes Amt, dessen Aufgabe es sein sollte, das Wissen um die wahren Zusammenhänge zu hüten, auf dass es weder allgemein bekannt werde noch völlig in Vergessenheit gerate. Vielmehr sollten diejenigen, die den Orden führten, bis in alle Zukunft darüber Kenntnis haben, gleichwohl aber schweigen.

Indem ich Euch diesen Bericht gebe, habe ich gegen diese Schweigeregel gewisslich verstoßen, und Gott der Herr vergebe mir meine Schwachheit. Wird mir Glück und Recht zuteil, so werde ich mit Gottes Hilfe es noch zustande bringen, dass ich vor Gott und den Meinen bestehen kann. Auch habe ich nicht unüberlegt gehandelt, wiegt meinem Empfinden nach doch meine Schuld darob gering, verglichen mit meiner Schuld Euch gegenüber, zumal dieser Verstoß keinem Menschen etwas nützen kann, denn nach allem, was wir wissen, muss sich der fragliche Stein immer noch im Verlies des Alchemisten befinden, das auf so unerklärliche Weise aus der Welt entrückt worden ist, und ohne Zweifel muss jener, abgeschnitten von Wasser und Nahrung, rasch darin den Tod gefunden haben, sodass der Stein wahrhaft unzugänglich verwahrt ist, jetzt und für alle Zeiten, selbst wenn man um den Ort weiß.

Ihr sollt wissen, dass wir den Brief, den Ihr an uns gesandt habt, vernichtet haben. So sollt Ihr es auch mit diesem Brief halten.

Soweit unser getreuer und wahrhaftiger Bericht. Gegeben am Freitag nach Sankt Martinstag, Anno Domini 1345 zu Königsberg, vormals Tiltenikin.

Friedrich von L.

27.

Laureen ließ den Ordner sinken.

»Abgedreht«, lautete Adalberts Urteil. »Ich bin gespannt, wie er sich *da* rausreden will.«

»Ich kann mir das nicht vorstellen«, bekannte Laureen. »Wie kann ein Teil eines Gebäudes verschwinden, ohne dass alles einstürzt?«

Hendrik wusste nicht, was er sagen sollte. Er schaute hinüber zu den beiden Männern, die ein paar Schritte weiter am Rand des provisorischen Abstellplatzes über den Kessel auf dem Dreifuß gebeugt dastanden. Das hieß, nur Scoro stand gebeugt da, Westenhoff kniete inzwischen vor dem Aufbau und ließ nach den Anweisungen des Alchemisten irgendwelche Pulver in die Öffnungen des metallenen Gefäßes rieseln.

Um ihre Umgebung kümmerten sie sich überhaupt nicht, und es schien sie auch nicht zu kümmern, ob man sie beobachtete. Denn das tat zumindest eine Frau aus dem Fenster eines der umstehenden, barackenartigen Häuser heraus; als sie Hendriks Blick bemerkte, zog sie rasch den Vorhang vor.

Jetzt ließ Westenhoff etwas von dem Trank, den sie da bereiteten, in ein Glas rinnen. Die Flüssigkeit war schlammigbraun.

»Noch ein bisschen«, sagte Scoro, worauf Westenhoff den Inhalt des Glases zurück in den Kessel schüttete.

Auf jeden Fall, dachte Hendrik, war dies die Stunde der Wahrheit. John Scoro war gestern um diese Zeit noch ein Skelett gewesen, zu kraftlos, um den eigenen Kopf zu heben, und ein Trank aus diesem Kessel hatte ihn wieder ins Leben zurückgeholt, wie durch Zauberei. Nun bereitete er allem Anschein nach die nächste Zauberei vor, wenn Hendrik auch nicht den Hauch einer Ahnung hatte, wie ein weiterer Trank ihm helfen sollte, den verschwundenen Stein der Weisen zu finden.

Die Stunde der Wahrheit, wie gesagt. Und eine Situation, die den Glauben daran, dass Scoro wusste, was er tat, auf eine schwere Probe stellte.

Scoro hatte bemerkt, dass sie mit der Lektüre fertig waren, und kam herüber.

»Nun?« Er zog die dünnen Augenbrauen spöttisch hoch. »Zu welchen Schlussfolgerungen sind Sie gelangt?«

»Dass es auch im Mittelalter schon fantasievolle Märchenerzähler gegeben hat«, sagte Adalbert. »Schade, dass sie ihr Leben als Ritter vergeudet haben.«

»An wen war der Brief gerichtet?«, fragte Laureen. »An Sie?«

Scoro neigte bestätigend den Kopf. »Es war zu einer Zeit, als ich noch handlungsfähig war. Ich musste vorsichtig sein, da ich keinen Wert darauf legte, den Deutschen Orden wissen zu lassen, dass ich noch lebte.«

»Aber das ist doch offensichtlich Unsinn, was der Mann Ihnen geschrieben hat! Ein Teil eines Gebäudes kann nicht einfach verschwinden!«

»Das ist es, was der gewöhnliche Verstand denkt«, meinte Scoro. »Deswegen war ich überzeugt, dass der Mann die Wahrheit gesagt hat, in diesem Punkt ebenso wie in allen anderen. Hätte er lügen wollen, hätte er sich eine glaubwürdiger klingende Geschichte ausgedacht.«

»Aber –«

Scoro unterbrach sie mit einer raschen Handbewegung. »Das Verlies ist immer noch an Ort und Stelle. Vermutlich steckt sogar noch der Schlüssel im Schloss. Dass es nicht mehr auffindbar ist, liegt daran, dass es Mengedder gelungen ist, seinen Kerker auf eine andere Ebene der Existenz zu versetzen. Mithilfe des Steins, natürlich.«

Adalbert runzelte die Stirn. »Eine andere Ebene der Existenz? Was soll das heißen?«

»Wir nehmen normalerweise nur eine Ebene der Existenz wahr – diejenige, auf der wir uns selber befinden. Die gewöhnliche Welt, wie man so sagt. Doch daneben existieren zahllose weitere Ebenen, am selben Ort, zur selben Zeit und doch voneinander getrennt, nur unterschieden durch den Energiegehalt, oder sagen wir besser, den Grad der Vollkommenheit.« Scoro machte eine wegwerfende Geste. »Denken Sie an die Legenden über Geister: Es sind einfach Begegnungen mit anderen Existenzebenen. An manchen Orten und zu manchen Zeiten werden die Grenzen zwischen den Ebenen durchlässig.«

»Das würde doch aber heißen«, schlussfolgerte Adalbert höchst skeptisch, »dass Mengedder längst mit dem Stein entflohen ist, oder?«

»Nein. Das hätte er unmöglich können. Indem er unsere Existenzebene verlassen hat, hat er sein Verlies zugleich in ein vollkommenes Gefängnis verwandelt.«

»Ah ja? Und warum hätte er so etwas tun sollen?«

Scoros Blick ging nachdenklich in die Ferne. »Sagen wir, ich habe einen Verdacht. Wir werden sehen, ob ich recht behalte.« Er drehte sich um, deutete auf den Kessel. »Genug der fruchtlosen Diskussionen. Das Elixier müsste jetzt so weit sein. Max, die Gläser!«

Westenhoff holte fünf Gläser aus der Tasche und begann, sie mit dem zu füllen, was aus dem untersten Hahn des Kessels rann: mit einer rubinrot schimmernden Flüssigkeit, einem dünnen Rotwein nicht unähnlich – nur, dass sie von innen her zu leuchten schien.

»Folgendes«, sagte Scoro, »und ich muss Sie bitten, mir dabei genauestens zu gehorchen: Es ist von entscheidender Bedeutung, dass wir das Elixier alle im selben Moment zu uns nehmen und in einem einzigen Schluck. Wir werden uns deswegen im Kreis aufstellen, ich werde von fünf rückwärts zählen, bei eins setzt jeder von uns sein Glas an die Lippen, um es bei null ohne Zögern zu leeren. Haben Sie das verstanden?«

»Kreis. Countdown von fünf. Ex auf null«, rekapitulierte Adalbert.

»So schwer ist das ja nun nicht zu verstehen«, meinte Laureen.

»Was bewirkt dieses Elixier?«, wollte Hendrik wissen, der sich wunderte, warum das keiner von den anderen fragte.

Scoro nahm das erste Glas, das ihm Westenhoff reichte, und händigte es Laureen aus. »Dieses Elixier wird uns, wie ich vorhin schon angedeutet habe, in die *Rubedo* versetzen, die letzte Ebene vor der Vollkommenheit. Allerdings nur für begrenzte Zeit – zehn bis zwölf Stunden, schätze ich.«

»Und dann?«, fragte Laureen erschrocken.

»Danach«, erklärte Scoro und reichte Adalbert das nächste Glas, »wird die Kraft des Steinfragments aufgebraucht sein. Das heißt, was immer wir vollbringen wollen, wir müssen es jetzt vollbringen oder scheitern.«

Er gab Hendrik das nächste Glas, nahm das vorletzte selber und bedeutete ihnen näher zu kommen. Westenhoff füllte sein eigenes Glas, schaltete den Brenner ab und beeilte sich, zu ihnen in den Kreis zu treten.

Nach wie vor kümmerte sich Scoro nicht im Geringsten darum, was um sie herum geschah. Ein Mann kam heran, ging auf sein Auto zu, starrte neugierig herüber ... sagte aber nichts, sondern stieg ein und fuhr davon. Vermutlich hielt er das hier einfach für ein Trinkgelage aus irgendeinem Anlass, dachte Hendrik.

Er schnupperte an seinem Glas. Das Elixier roch nach nichts. Und so aus der Nähe sah es auch nach nichts Besonderem aus, am ehesten nach gefärbtem Wasser.

Womöglich behielt Adalbert doch recht, und es war alles nur Schwindel.

Die Stunde der Wahrheit eben.

»Auf das Große Werk«, sagte Scoro und hob sein Glas. »Auf dass es endlich gelinge.«

»Auf das Große Werk«, sagten Westenhoff und Laureen im Chor. Adalbert sagte nichts, und Hendriks Spruch kam hinterher, wie ein Echo. Er schluckte. Es mangelte ihm nicht an Entschlossenheit, nein. Ganz bestimmt nicht. Nicht ihm, der alle Brücken hinter sich verbrannt hatte.

»Fünf«, sagte Scoro.

Es war nur Adalberts Gegenwart, die ihn irritierte. Was hatte er ihn auch dazuholen müssen! Verdammte Sentimentalität!

»Vier.«

Konzentration jetzt. Innere Sammlung.

»Drei.«

Wenn sich das alles hier doch nur ein *bisschen* mehr wie ein historischer Moment angefühlt hätte!

»Zwei.«

Wie auch immer. Jetzt blieb ihm sowieso nur noch: Augen zu und durch.

»Eins.«

An die Lippen, richtig. Bloß jetzt den Moment nicht verpassen –

»Null.«

Sie waren zu fünft, aber die Bewegung, mit der sie den Inhalt der Gläser hinabkippten, war ein und dieselbe, so zeitgleich, als hätten sie es geübt.

Absolut synchron und in einem Zug.

Es war gut, dass Scoro sie vorgewarnt, dass er darauf bestanden hatte, den Inhalt des Glases in einem Zug zu trinken, denn was immer das war in den Gläsern, dieses Elixier, man hätte es nicht in zwei Schlucken hinabgebracht. Nicht, weil es so schrecklich schmeckte – es schmeckte eigentlich nach gar nichts –, sondern wegen seiner Wirkung: Es war, als tränke man Benzin, ein Glas hochenergetischen Raketentreibstoffs, der im Körper sofort zu Gas wurde und explodierte.

WOMM!

Hendrik schloss die Augen, unwillkürlich, konnte nicht anders, oder vielmehr, sie schlossen sich von selbst. Er hatte das Gefühl, zu schwanken, vielleicht auch zu keuchen, er wusste es nicht, es war einfach eine Reaktion auf das Ungeheuerliche, was da vor sich ging, die Wucht, die auf jede einzelne Zelle seines Körpers zugleich einschlug. Er spürte es bis in die Fingerspitzen, bis unter die Fußnägel, spürte jedes Haar auf der Außenseite seiner Hand, jedes seiner Organe. Ein Atemzug brauste wie ein Orkan, jedes Pulsieren des Herzens dröhnte wie ein Donnerschlag. Der Boden schwankte unter seinen Füßen, der Himmel über ihm erbebte, die Luft selber schien zu Feuer zu werden, nein, nicht zu Feuer, zu einer ungeheuren Energie, einem Brennen, das mit geradezu süchtig machender Lust verbunden war, ein verführerisches Lodern, das ihn erfasste, verzückte, erschauern ließ. Es war ein Brand, der die tiefsten Wurzeln seines Seins erfasste, der seine Seele selbst in Flammen setzte, verbunden mit einer Ekstase, die ihn zittern ließ und wünschen, es möge niemals enden.

Doch sie endete. Und endete zugleich nicht.

Das Zittern des Untergrundes ließ nach, das Beben des Himmels, das Brennen der Luft. Hendrik schwankte nicht mehr, aber er spürte, dass er verwandelt war, erfüllt von etwas, das fast zu groß war, als dass es im Inneren eines einzelnen Menschen Platz gehabt hätte, und er wusste, er würde die Augen wieder öffnen können, gleich, gleich, und zugleich wusste er, dass alles wahr war, dass Scoro wirklich den Weg in die Vollkommenheit kannte, und ja, und ja, und ja, er, Hendrik Busske, er würde ihn dorthin begleiten. Er hatte es geschafft, so gut wie geschafft, er würde in die Vollkommenheit eingehen, gemeinsam mit Laureen, der Frau, die so unglaublich war wie alles, was hier und jetzt geschah, einfach unglaublich, alles übersteigend, was er sich je ausgemalt hatte, weil die Vollkommenheit größer war als alles, größer selbst als die kühnste menschliche Fantasie. Ja, er fühlte sich jetzt schon verwandelt. Die letzte Stufe vor der Vollkommenheit, ja. Ja.

Er spürte das Glas in seiner Hand, kalt, rund, leicht, senkte den Arm, ließ es zu Boden fallen, geräuschlos. Fand das Gleichgewicht wieder, ließ es zu, dass sich seine Augen wieder öffneten.

Was war das?

Die Welt war … nein, nicht verschwunden. Verwandelt.

Verschwunden waren die Menschen. Die Welt selber war noch da, aber blass geworden, grau, durchscheinend. Eine Welt, die aussah, als habe sich Nebel zu Gebäudekonturen verfestigt, zu Schattenrissen von Bäumen, zu Linien an den Rändern von Wegen, unwirklich, schon fast nicht mehr da, eher Theaterkulisse als Realität.

Nur die anderen waren noch da, sahen unverändert aus. Scoro. Laureen. Adalbert. Westenhoff. Sie alle leuchteten geradezu vor dem Hintergrund der grauen, farblosen, konturarmen Welt. Schauten sich um, genau wie er, wahrscheinlich genauso verwundert über das, was sie sahen.

»*That's … crazy*«, flüsterte Laureen.

»Was zum …?«, keuchte Adalbert.

Scoro sagte nichts, stand nur da, den Blick nach innen gerichtet. Und Westenhoff sagte auch nichts, starrte nur mit großen Augen vor sich hin, die Hand mit dem Glas vor die Brust gepresst, mit riesigen Augen, den Mund weit geöffnet, nach Luft schnappend wie ein Fisch.

Hendrik hörte ihn keuchen, aber sonst … sonst hörte er nichts. Nicht nur die Menschen waren verschwunden, auch der Lärm, den sie machten. Und nicht nur der, auch das Zwitschern der Vögel, das Rauschen der Baumwipfel, das Knattern der Fahnen im Wind – alles verstummt. Die veränderte Welt war still bis auf die Laute, die sie selber von sich gaben.

»Was ist das?«, hauchte Adalbert fassungslos.

»Wir haben uns über die Welt, wie wir sie kannten, erhoben«, erklärte Scoro mit dunkler Stimme. »Wir befinden uns auf einem höheren Energieniveau als die gewöhnliche Materie, von der wir deswegen nur noch schwache Schattenbilder wahrnehmen. Alles, was wir nun noch brauchen, um uns endgültig von dieser Welt zu lösen, ist der Stein der Weisen.«

»Ha!«, stieß Westenhoff hervor, kippte nach vorn, blieb schwankend stehen. Das Glas entfiel ihm, zerbrach geräuschlos auf dem grauen, konturlosen Boden. »Ha …!«

Scoro sah ihn ungehalten an. »Max. Was soll das?«

Westenhoff richtete sich mit sichtlicher Mühe wieder auf, das Gesicht nass vor Schweiß. »Ich …«, begann er, hielt keuchend inne, setzte noch einmal an. »Ich …«

Dann verdrehten sich seine Augen, und er stürzte zu Boden wie eine Marionette, deren Fäden jemand durchgeschnitten hatte.

Laureen war sofort bei ihm. Sie ging an seiner Seite in die Hocke, hob seine Augenlider, befühlt seine Halsschlagader, schüttelte kummervoll den Kopf. Dann knöpfte sie ihm rasch die Weste auf, das Hemd, horchte an seiner Brust, begann mit einer Herzmassage, kraftvoll und energisch, dabei leise vor sich hinzählend …

Hendrik löste sich allmählich aus seinem Schreck, sah ihr zu, fasziniert von der Kompetenz, die sie bei alldem ausstrahlte. Es schien zu stimmen, dass sie die perfekte Ausbildung erhalten hatte.

Nach etlichen Versuchen mit der Herzmassage ließ sie von Westenhoff ab. *»He's dead«*, stieß sie hervor, sah auf und wiederholte auf Deutsch: »Er ist tot, fürchte ich.«

Scoro hob die nahezu haarlosen Augenbrauen. »Bedauerlich«, sagte er und wirkte dabei nicht schockiert, eher ungehalten, »aber nicht zu ändern. Legen wir ihn in den Wagen.«

Diesmal fühlten sich Hendrik und Adalbert angesprochen. Ganz automatisch fasste Hendrik nach dem nur schemenhaft erkennbaren Türgriff, und als ihm bewusst wurde, was er tat, erwartete er, ins Leere zu greifen – doch nein, da war irgendetwas, etwas, das wirklich war und doch nicht wirklich, jedenfalls ließ sich die halbtransparent scheinende Wagentür öffnen, und sie konnten den Leib Westenhoffs gemeinsam packen und auf den Rücksitz bugsieren.

»Gut, gehen wir endlich«, sagte Scoro, als das vollbracht war.

Hendrik blieb in der offenen Tür stehen. »Sieht man ihn? Ich meine … in der normalen Welt? Die übrigen Menschen?«

Der Alchemist musterte ihn unwillig. »Nein. Wahrscheinlich nicht. Noch nicht. Nach einiger Zeit, wenn sein Körper die Aufladung verliert …« Er schüttelte den Kopf. »Niemand weiß das.«

Hendrik spürte die Ungeduld der anderen, schloss die Wagentür. »Okay«, sagte er. »Gehen wir.«

Sie hatten ja recht. So bedauerlich es war, dass der Mann, den er einst für einen Schlossbesitzer gehalten hatte, so kurz vor Erreichen des absoluten Ziels gestorben war, so war doch niemandem damit gedient, sich davon aufhalten zu lassen. Besonders, wenn die Zeit, die ihnen für den Weg zum Ziel zur Verfügung stand, ebenfalls begrenzt war und niemand wusste, *wie* begrenzt.

Nur die Ekstase von vorhin … Während sie zu viert den grauen Weg auf die graue Burg zu gingen, suchte Hendrik in seinem Inneren nach einem Echo jener übermenschlichen Lust, die ihn vorhin erfüllt hatte, die in ihm nachgeklungen war, selbst noch, als Westenhoff schon am Zusammenbrechen gewesen war …

Weg. Verschwunden. Verschüttet.

Als zerre sein altes, hinterhältiges Leben nach wie vor an ihm. Das ihm nie etwas gönnte, keinen Sieg ohne Tränen, keinen Erfolg ohne Enttäuschung, keinen Triumph ohne einen Tropfen … ach was, ohne einen ganzen *Eimer* Wermut!

Höchste Zeit, dass er in die Vollkommenheit gelangte und das alles hinter sich ließ.

Sie gingen schweigend und raschen Schrittes, Scoro vornweg. Als sie sich dem Hauptportal näherten, sah Hendrik Schatten darin wabern, menschliche Umrisse, die auftauchten und gleich wieder verschwanden: Spuren von Leuten vermutlich, die die Burg verließen oder betraten und sich natürlich hier drängten, da es der einzige Zugang war.

Doch niemand der anderen sagte etwas oder hielt inne, auch Scoro nicht, der einfach weiterging, und tatsächlich, es war nur, als durchquere man eine flüchtige Nebelschwade.

Der Innenhof des Mittelschlosses. Die Grasflächen waren nicht mehr als solche zu erkennen, nur graue Umrisse auf grauem Grund. Die Kanonenrohre, Sitzbänke, Büsche und Bäume: alles nur undeutliche, farblose Konturen. Einzig die bronzenen Statuen der alten Hochmeister waren noch einigermaßen erkennbar, und Hendrik fiel auf, dass Scoro um sie herumging, als er den Weg hinüber ins Hochschloss einschlug.

Wieder über den Steg, nicht mehr aus Holz, sondern nur noch eine begehbare Schemazeichnung. Die Zugbrücke desgleichen, kaum als solche auszumachen. Von dem Relief über dem Zugangstor keine Spur mehr. Der Innenhof des Hochschlosses: der Grund eines viereckigen Schachtes aus grauem Nichts, darin wie ein zeltartiger Schatten der Brunnen.

Und schräg gegenüber, in der westlichen Ecke, in Richtung des AborttURMS, fanden sie tatsächlich nicht zwei Treppenabgänge vor – sondern drei.

Laureen begann, die Torbögen und schattenhaften Umrisse der Fenster darüber abzuzählen.

»Vergesst es«, sagte Scoro, als er bemerkte, was sie tat. »So funktioniert das nicht. Auf der Ebene der Unvollkommenheit sind wir außerstande, die Realität so wahrzunehmen, wie sie ist. Darauf beruht der Trick, den Mengedder angewandt hat.«

»Es waren vorhin genauso viele Torbögen«, konstatierte Laureen fassungslos. »Sechs. Es waren vorhin sechs Bögen, und es sind immer noch sechs. Wie kann das sein?«

»Es waren immer sechs. Es waren auch immer drei Abgänge.«

»Aber als wir das erste Mal hier waren, waren es nur zwei. Und dieser«, sie deutete auf die Treppe zur Linken, »war hier.« Sie deutete auf die mittlere Treppe.

»Das war die Täuschung«, sagte Scoro und trat an eben diese Treppe. »Verschwendet Eure Zeit nicht weiter. Kommt.«

Er stieg die nur undeutlich wahrnehmbaren Stufen hinab, und Hendrik und die anderen folgten ihm. Es fühlte sich seltsam an – als träte man auf etwas Weiches, Nachgiebiges, das nur als eine Art grauer Schaum zu erkennen war.

»Was ist das?«, wollte Adalbert wissen. »Fühlt sich an wie … wie vermoderte Überreste von irgendetwas.« Hendrik hörte ihm an, dass ihn bei diesem Gedanken ekelte.

»Möglich«, meinte Scoro. »Fallende Blätter und Staub, die

in den Gang geraten sind. Niemand hat sie je weggekehrt. Ich nehme an, dass der Boden knöcheltief voller Kompost liegt.«

Adalbert ächzte. »Widerlich.«

Es ging tief hinab und dann geradeaus, bis der Gang plötzlich zu Ende war.

»Eine Tür«, stellte Scoro fest, nachdem er das Hindernis betastet hatte. »Die Tür des Verlieses, vermutlich.«

»Was, wenn der Schlüssel von innen steckt?« Hendrik musste an den Schlüsselbewahrer denken, der das behauptet hatte. Er fragte sich, was der alte Mann über all das hier wirklich gewusst hatte.

»Das mag sein«, sagte Scoro. »Aber da wir uns auf einer energetisch höheren Ebene befinden, kann uns das nicht aufhalten.« Er trat einen Schritt zurück und warf sich gleich darauf mit ungeduldiger Wucht gegen die nur umrisshaft als solche zu erkennende Tür.

Etwas knackte, kaum lauter als ein Ast, auf den man im Wald tritt, dann schwang die Tür beiseite.

Licht empfing sie. Ein sanfter gelber Schein, fast so, als schiene in dem Raum hinter jener Tür die Sonne, die diese Welt ansonsten vermissen ließ.

»Oh«, machte Laureen.

»Sehr gut«, erklärte Scoro mit unüberhörbarem Triumph.

»Wieso?«, fragte Hendrik. »Wieso ist das gut?«

»Weil auf dieser Existenzebene einzig der Stein der Weisen es vermag, Licht auszustrahlen«, sagte der Alchemist und trat über die Schwelle.

Für ein Verlies war der Raum dahinter verblüffend groß. Eher eine niedrige Halle als ein Kerker.

»Da ist er«, sagte Scoro. »Der Stein.«

Auf einer Art Podest lag ein etwas mehr als faustgroßer, blassgelb leuchtender Klumpen inmitten eines Kranzes aus dunklen, scharf zugeschliffenen Klötzen, die sein Licht einzufangen, zu bündeln, ja, zu bändigen schienen. Sieben breite, intensive Strahlen gingen in alle Richtungen von der Anordnung aus, und jeder dieser Strahlen traf auf einen massiven, schwarzen Klotz, der ihn spiegelte und in eine andere Richtung umlenkte, nach weiter hinten im Raum.

Sie folgten den Strahlen, die das nebelhafte Wallen im Inneren des Verlieses durchschnitten wie Ströme flüssigen Goldes und die sich endlich an einem Punkt vereinigten.

An diesem Punkt lag … etwas. Nein – *jemand.* Ein menschlicher Körper, uralt, mumienhaft runzlig und vertrocknet, am ganzen Leib schwarz verfärbt, die Gliedmaßen zum größten Teil verfault – und doch lebendig. Er lag da auf dem steinernen Tisch, den Kopf in strahlendes Gold getaucht, und bewegte sich kaum merklich, aber unablässig, wand sich, erzitterte, erschauerte alle paar Sekunden und stieß dabei keuchende Laute aus, ein geradezu wollüstig klingendes Stöhnen.

Es war ein übelkeitserregender Anblick und dennoch einer, von dem man die Augen nicht abwenden konnte. Hendrik trat näher, wie hypnotisiert. Je länger er den fortwährenden Bewegungen des verkrüppelten, verrotteten Körpers zusah, von dessen Gesicht nur noch Löcher und fleischige Stummel übrig waren, umso mehr wurde er den Eindruck nicht los, dass dieses … *Ding* da sich in monströser Wonne wand, in einem Orgasmus, der seit Jahrhunderten andauerte.

»Was ist das?«, hauchte er.

»Das«, hörte er Scoro sagen, »ist Mengedder.«

28.

Es war Viertel vor sieben Uhr, als der Schlüsselbewahrer die Marienburg erreichte. Er lenkte den Porsche auf einen der freien Parkplätze, stellte den Motor ab, öffnete die Tür und machte sich einmal mehr an die anstrengende Aufgabe, sich aus dem tief liegenden Sitz zu seiner vollen Körpergröße zu entfalten.

Nach der langen Fahrt tat ihm jeder Muskel im Körper weh. Er hatte nur zwei Mal eine kurze Pause eingelegt, und auch nur, weil die Natur ihn dazu gezwungen hatte, ansonsten war er gefahren wie ein Henker, getrieben von lodernder Panik. Geschwindigkeitsbeschränkungen hatte er grundsätzlich missachtet, und er war mindestens zweimal geblitzt worden. Zweifellos würde er nach seiner Rückkehr Gelegenheit haben festzustellen, wie gut die Polizeibehörden der verschiedenen europäischen Länder zusammenarbeiteten.

Er bewegte den Kopf hin und her in dem vergeblichen Versuch, seinen verkrampften Nacken zu lockern, und ließ es, als dieser dabei nur grässlich knirschte. Er sah sich um. Alles wirkte friedlich. Ein schöner Sommerabend, der sich seinem Ende zuneigte.

Was nun? Sein Blick wanderte über die Nummernschilder der Autos, die noch hier standen, hielt Ausschau nach einem deutschen Kennzeichen. In der Tasche seiner Jacke spürte er das Gewicht seiner Pistole, die mitgenommen zu haben ihm inzwischen lächerlich vorkam: Was würde er damit schon ausrichten?

Eine Frau fiel ihm auf, die an einem der Andenkenläden am Rande des Platzes gerade die Kartenständer ins Innere schaffte. Er überquerte die freie Fläche raschen Schrittes und stand vor ihr, als sie wieder herauskam.

»*Dobry wieczór*«, sagte er und versuchte, sich seine Anspannung nicht anmerken zu lassen. *Guten Abend.*

Sie musterte ihn misstrauisch von Kopf bis Fuß. *»Chcesz?« Sie wünschen?*

Der Schlüsselbewahrer zückte das Foto von Hendrik Busske, das er aus seinen Unterlagen mitgenommen hatte. Er hatte es aus einer Zeitschrift ausgeschnitten. Es war ein vorteilhaftes Bild, vor allem aber dem heutigen Erscheinungsbild des Mannes, der ihn niedergeschlagen hatte, ähnlicher als die Fotos, die der Detektiv vor über einem Jahrzehnt aufgenommen hatte.

»Haben Sie zufällig diesen Mann gesehen?«, fragte er und hielt ihr den Ausschnitt hin.

Sie schaute gar nicht darauf. »Sind Sie von der Polizei?«

»Nein«, sagte der Schlüsselbewahrer. Er nahm seinen Seidenschal ab, sodass sie seinen Priesterkragen sehen konnte. »Es handelt sich um … sagen wir, eine verirrte Seele.«

»Oj!« Die Frau erschrak richtiggehend. Sie beugte sich rasch über das Bild und betrachtete es eingehend.

Der Respekt vor der Geistlichkeit. In Polen war er einfach noch lebendiger, als der Schlüsselbewahrer es gewohnt war.

»Kann sein«, meinte sie schließlich. »Da war ein Mann, der so ähnlich aussah. Heute Nachmittag. Er ist zusammen mit drei anderen Männern und einer Frau in die Burg gegangen. Die Frau hatte rote Haare, so.« Sie hob die Hände, deutete eine wallende Mähne an.

Laureen Turner!, durchzuckte es den Schlüsselbewahrer. Er hatte keine Ahnung, wer die anderen Männer sein mochten, aber allein der Gedanke, dass die amerikanische Milliardärin, die die goldene Rüstung an sich gebracht, und Hendrik Busske, der ihm die Aufzeichnungen des Alchemisten geraubt hatte, gemeinsame Sache machten, dass sie beide hier waren, am Ort des unzugänglichen Verstecks des unheilvollen Steins, war alarmierend genug.

»Wann war das?«, fragte er.

Sie strich sich die eigenen, glanzlos blonden Haare aus der Stirn. »Vielleicht so gegen vier, halb fünf. Sie sind in die Burg gegangen und vor etwa einer Stunde wieder herausgekommen.« Sie deutete in Richtung der Straße, die am Ende des Parkplatzes zwischen hohen Bäumen von der Burg wegführte und zu der ein Verkehrsschild die Zufahrt verbot. »Sie sind nach dort hinten gegangen. Seither habe ich sie nicht mehr gesehen.«

Der Schlüsselbewahrer holte tief Luft. »Danke«, sagte er. »Vielen Dank.«

Er steckte das Foto wieder ein, behielt die Hand gleich in der Tasche, um den Griff der Pistole gelegt. Dort hinten also. Er nickte der Frau noch einmal zu, dann marschierte er los, mit weit ausholenden Schritten. Er hätte gern einen Plan gehabt, was er nun tun würde, eine Strategie, aber alles, was er hatte, war seine Angst, vor der großen Aufgabe seines Ordens zu versagen, eine Angst, die ihn bis in die letzte Faser seines Körpers erfüllte. Seine Angst und seine Hoffnung, dass ihm eine höhere Macht beistehen würde, wenn es darauf ankam.

Hendrik kämpfte gegen den Impuls an, sich zu übergeben, als er sah, wie sich in dem Unterarmstumpf des Leibes vor ihnen dicke weiße Maden bewegten.

»Wenn wir nicht in dieser … in dieser anderen Existenzebene wären«, fragte er mit einer Stimme, die ihm selber fremd in den Ohren klang, »würde er dann stinken?«

»Unerträglich«, sagte Scoro knapp.

»Aber wie …? Was ist mit ihm geschehen?«

Der Körper auf dem steinernen Tisch war groß und massig, die Haut schwarz und verrunzelt, fast wie verkohlt. Mengedder. Er war nackt, oder so gut wie nackt, aber allem Anschein nach nicht, weil er sich damals nackt auf den Tisch gelegt hatte, sondern weil ihm die Kleidung im Lauf der Zeit vom Leib gefallen war. Vielleicht hatten die unablässigen unwillkürlichen Bewegungen das Gewebe weggescheuert, vielleicht war es auch einfach irgendwann zerfallen.

Der einzige Teil seines Körpers, der nicht verstümmelt, angefault oder angefressen war, war ausgerechnet sein Glied. Dick und prall und unförmig angeschwollen ragte es empor, und wenn es gerade mal nicht zitterte und pulsierte, ähnelte es einem strammen Ast an einem verfaulenden Baum.

»Was Mengedder hier gemacht hat«, sagte Scoro mit finsterem Blick, »ist, mithilfe des Steins etwas zu konstruieren, das man *Punkt der Verzückung* nennt. Genau das, was ich mir gedacht hatte, dass er tun würde.«

»Das heißt, es ist wirklich das, wonach es aussieht?«, fragte Adalbert entgeistert. »Der Typ hat seit siebenhundert Jahren einen Orgasmus nach dem anderen?«

Scoro winkte ab. »Man kann ihm nicht einmal einen Vorwurf machen, diesen Irrweg eingeschlagen zu haben. Er hatte ja nichts, keinen Lehrer, keine Einweihung – nur mein Buch mit Aufzeichnungen, die einzig für mich bestimmt waren und ihm damit unverständlich bleiben mussten. Schon als ich das letzte Mal mit ihm gesprochen habe, hat ihn das Rätsel der sexuellen Energie enorm fasziniert, das ist mir nicht entgangen. Ich habe versucht, ihn davon abzubringen. Aber wahrscheinlich hätte ich nicht versuchen sollen, ihm zu erklären, dass das große Werk zu vollbringen bedeutet, einzutreten in die reine, pure Ekstase der wahren Existenz. Das war in dem Moment sicher ein denkbar ungeeignetes Argument. Es muss ihn in seinen Plänen geradezu beflügelt haben.«

Hendrik sah, wie sein Bruder immer noch fassungslos auf den erschauernden Rumpf hinabsah. »Siebenhundert Jahre?«, wiederholte Adalbert. »Ohne zu essen? Ohne zu trinken?«

»Wenn man es richtig macht, kann die Energie des Steins die natürliche Lebensenergie eines Körpers vollkommen ersetzen«, erklärte Scoro beiläufig. »Was hier offensichtlich nicht der Fall ist. Kein Wunder – er hat Aufzeichnungen benutzt, deren letztendlicher Sinn nicht einmal mir selber klar war.«

»Dann besteht ein Zusammenhang zwischen der sexuellen Energie und der Energie des Steins?«, fragte Laureen.

»Selbstverständlich«, sagte Scoro. »Es gibt viele Namen dafür. Die einen nennen es Qi, die anderen es Prana, wieder andere Pneuma – gemeint ist immer dasselbe: die Energie des Lebens selbst.« Er betrachtete den zuckenden Leib, schüttelte bedauernd den Kopf. »Er hat die Ekstase gesucht – und gedacht, das hier sei sie.«

»Aber schon mal nicht schlecht für den Anfang, oder?«, meinte Adalbert.

Scoro schnaubte unwillig. »Die Ekstase – die *wahre* Ekstase – liegt weit jenseits von dem, was wir hier sehen. Das ist Anfängerkram. Und mit *ewiger Glückseligkeit*«, fügte er hinzu, »hat es nicht einmal ansatzweise zu tun.«

Damit stemmte er sich gegen den Tisch, auf dem der elende, schwärende Leib Mengedders sich lustvoll stöhnend wand. Energisch schob er ihn einen guten Meter weiter, sodass dessen Kopf gänzlich aus dem Brennpunkt der golden schimmernden Strahlen geriet.

Die Bewegungen hörten auf. Etwas wie ein langer, unsagbar erleichtert klingender Seufzer drang aus dem verstümmelten Mund.

Dann zerfiel der Körper zu Staub.

Die schmale Straße endete auf einem behelfsmäßig wirkenden Platz unter Hochspannungsleitungen, auf dem sich im Lauf der Zeit ein wenig Kies festgetreten hatte. Der Schlüsselbewahrer schritt die geparkten Autos ab. Er fand tatsächlich eines mit einem deutschen Nummernschild, sogar mit einer Nummer, die er aus seinen Dossiers kannte: der weiße, gut zwanzig Jahre alte Mercedes eines gewissen Max Westenhoff, des Mannes, dem das Schloss gehörte, in dem Hendrik Busske seit rund zehn Jahren lebte.

Der Schlüsselbewahrer hob verwundert die Brauen. Was hatte der hier zu suchen?

Seinerzeit, als Busske nach Burlingen gezogen war, hatte er sich natürlich auch über den Besitzer des Schlosses erkundigt. Max Westenhoff, hatte ihm der Detektiv berichtet, war alleinstehend und sehr vermögend, und er gab viel Geld für alchemistische Schriften aus, für alte wie neue. Woraus man schließen durfte, dass die Alchemie sein Hobby und er deswegen mit Busske in Kontakt getreten war. Dann die Geschichte mit dem angeblichen Schlossbesitz Busskes – ein Marketingtrick, ganz klar. Wie viel Busske dafür zahlte, hatte der Detektiv nicht herausgefunden, aber gelohnt hatte es sich für dessen Seminarfirma allemal. Abgesehen davon pflegte Westenhoff Umgang mit einer Vielzahl von Spinnern und Träumern in aller Welt. Nichts hatte darauf hingedeutet, dass der Mann in irgendeiner Weise ernst zu nehmen war.

Der Schlüsselbewahrer starrte den Mercedes an. Vielleicht, überlegte er, hatte Busske sich einfach dessen Wagen geliehen. Nach seinem eigenen wurde schließlich gefahndet.

Das klang jedenfalls wie eine gute Erklärung.

Er umrundete das Fahrzeug. Dahinter stand, am Rand des Platzes, ein Campingkocher unter einem Gestell, auf dem ein groteskes Metallgefäß ruhte. Ein paar Glasscherben waren über den Boden verstreut.

Höchst seltsam.

Erst jetzt bemerkte er, dass auf dem Rücksitz des Wagens jemand lag. Ein alter Mann mit dichtem grauen Haar, die Augen geschlossen. Der Schlüsselbewahrer trat näher, klopfte an die Scheibe.

Keine Reaktion.

Er klopfte noch einmal, kräftiger. »Hallo?«, rief er.

Nichts.

Er betrachtete den Mann genauer. Jetzt erkannte er das Gesicht. Max Westenhoff, kein Zweifel.

Und es sah nicht so aus, als atme er.

Der Schlüsselbewahrer zog am Türgriff. Der Wagen war unverschlossen. »Hallo«, sagte er. »Herr Westenhoff?« Er beugte sich über ihn, rüttelte ihn an der Schulter.

Und hielt inne, als dessen Kopf haltlos zur Seite kippte.

Er befühlte die Stirn. Kalt. Tastete nach dem Puls und fand keinen. Richtete sich langsam wieder auf und sah sich grübelnd um. Was hatte das alles zu bedeuten?

Er drückte die Tür zurück ins Schloss, sich dessen bewusst, dass er Fingerabdrücke darauf hinterließ. Fingerabdrücke, die noch zu einem Problem für ihn werden mochten.

Aber das war im Augenblick nicht wichtig.

Zwei Minuten später stand er am Haupttor an der Kasse.

Die Frau hinter der Scheibe war im Begriff, Geld zu zählen und dabei Scheine in ausländischen Währungen auszusortieren. Ein Fünfzigeuroschein lag obenauf.

»Das Gelände ist bis zwanzig Uhr geöffnet«, erklärte sie mit einem Blick auf die Uhr an der Wand, »aber die Ausstellungen haben um neunzehn Uhr geschlossen. Deswegen ist der Eintritt jetzt frei.«

»Danke«, sagte der Schlüsselbewahrer und marschierte los, die Hand in der Tasche, am Griff der Pistole. Inzwischen kam es ihm nicht mehr lächerlich vor, sie dabeizuhaben. Ganz im Gegenteil.

Hendrik starrte den Aschehaufen an, der immer weiter in sich zusammenfiel. Als ginge von irgendwoher ein Wind, von dem sie nichts spürten, wehten dünne schwarze Flocken vom Tisch und verloren sich in der Konturlosigkeit, die sie umgab.

Wie eine Echoschleife hallte in seinem Geist der letzte Laut wider, den der zerfressene Körper von sich gegeben hatte. Hatte es tatsächlich geklungen wie unendliche Erleichterung, oder wollte er sich das nur gerne einreden?

Ihn schauderte.

»Nun«, hörte er Scoro sagen, »wir haben, was wir brauchen, um die endgültige, die *wirkliche* Reise anzutreten. Deswegen noch einmal die Frage: Sind Sie bereit dazu?«

»Ja«, sagte Hendrik, ohne nachzudenken.

»Ja«, sagte Laureen im selben Atemzug.

Ja. Ja, nur endlich weg aus dieser Welt, in der so grauenhafte Schicksale möglich waren wie dieses hier.

Adalbert, fiel Hendrik auf, sagte nichts. Aber das schien Scoro wiederum nicht zu stören, denn der nickte und sagte: »Gut. Dann gilt es, etwas zu finden, in dem wir den Stein transportieren können.«

»Transportieren?«, fragte Laureen. »Wozu?«

»Hier geht es nicht«, erwiderte Scoro. »Wir müssen uns noch weiter von der Welt lösen. Und der Stein ist sehr schwer.«

Sie fanden kurz darauf einen Kasten, der äußerst befremdlich aussah: Sein Äußeres bestand aus denselben schattenhaften Umrissen wie alles andere auch, doch seine Innenseite war klar und deutlich wahrnehmbar – allerdings ebenfalls grau.

»Blei«, erklärte Scoro. »Diesen Behälter habe ich im Jahre 1293 anfertigen lassen, um den Stein darin zu transportieren. Sein Inneres ist durch den Kontakt damit aufgeladen, deswegen ist es auf dieser Existenzebene konkret.«

Den zugehörigen Deckel fanden sie nirgends, aber Scoro meinte, den könnten sie auch weglassen. »Es trennt uns nichts mehr von der Vollkommenheit, und auf dem Weg dahin werden wir ihn nicht brauchen.«

Der Kasten hatte schon für sich genommen beachtliches Gewicht. Sie wuchteten ihn neben das steinerne Podest, auf dem der Stein der Weisen sein mattgelbes Licht verstrahlte. Die scharfkantigen Elemente, mit denen Mengedder seinen *Punkt der Verzückung* konstruiert hatte, fegte Scoro achtlos zu Boden, dann schoben sie den Stein gemeinsam über die Platte. Das war so anstrengend, als würden sie ein Auto anschieben, und als der Stein endlich von der Kante kippte und in den Kasten fiel, tat er es mit einem Donnerschlag, als wäre ein Komet auf die Erde gestürzt.

Hendrik fragte sich, wie sie nun beides zusammen transportieren wollten: Außen an dem Behälter waren vier Ringe befestigt, schemenhaft erkennbar, aber als Tragegriffe denkbar ungeeignet. Doch ehe er eine entsprechende Frage stellen konnte, kam Laureen schon mit einem länglichen Etwas an, einer Art Stange. »Dort hinten liegt noch eine«, sagte sie, während sie die Stange durch die zwei Ringe der einen Kastenseite schob.

Hendrik holte die zweite Stange und befestigte sie auf der anderen Seite des Kastens. Scoro und Laureen packten die vorderen Enden, Hendrik und Adalbert die hinteren, und so, zu viert, schafften sie es, den Kasten hochzuheben, wie eine winzige Sänfte von gleichwohl enormem Gewicht.

»Gehen wir«, sagte Scoro. »Vollbringen wir das Große Werk.«

Hendrik musterte seinen Bruder verstohlen. Adalberts Blick war voll nackter Gier auf den Stein vor ihnen gerichtet, irrlichterte geradezu in dem schimmernden Schein, der aus dem Kasten aufstieg.

Alles klar. Adalbert lauerte nur auf eine Gelegenheit, den Stein in seine Gewalt zu bekommen. Scoro fühlte sich zu sicher, wenn er dachte, dass sie nichts mehr von ihrem Ziel trennte: Wenn es noch eine Gefahr gab, die den Weg in die Vollkommenheit vereiteln konnte, dann war das sein Bruder und dessen Traum vom Nobelpreis.

Aber was sollte er tun? Scoro warnen? Wie denn?

Nein, vielleicht würde ein Kampf zwischen Brüdern unausweichlich werden, ehe es vollbracht war. Im Grunde, sagte sich Hendrik, kämpften sie doch schon ein Leben lang gegeneinander. Im Grunde war ein solcher Kampf längst überfällig.

Er musste nur darauf vorbereitet sein.

Sie verließen den verborgenen Kerker, zwängten sich durch den Gang bis zur Treppe und stiegen dann, keuchend und ächzend, in den Innenhof hinauf.

Der war erfüllt von bewegten Schatten, und eine Schrecksekunde lang meinte Hendrik, die Umrisse des Schlüsselbewahrers zu erkennen, ausgerechnet! Im nächsten Moment waren die Konturen wieder verschwunden, verschmolzen mit dem allumfassenden blassen Grau dieser Welt, und Hendrik war sich nicht mehr sicher, was er da gesehen hatte. Einen Geist? Oder hatte ihm sein schlechtes Gewissen einen Streich gespielt?

Er musterte die anderen. Sie wirkten arglos, konzentrierten sich schweigend darauf, den Kasten zu schleppen, schienen nichts dergleichen bemerkt zu haben.

Hendrik räusperte sich. »Es kann uns niemand sehen, habe ich das richtig verstanden?«

»So ist es«, sagte Scoro nur.

Sie verließen das Hochschloss, überquerten den Hof des Mittelschlosses. Auch hier sah man schattenhafte Bewegungen. Hendrik hielt unwillkürlich wieder Ausschau, entdeckte aber nichts Bekanntes mehr.

Also war es wohl doch nur eine momentane Täuschung gewesen.

Sie näherten sich dem Haupteingang, der wie ein dunkles, halbrundes Maul in einem konturlosen grauen Klotz auf sie zu kam. Wohin wollte Scoro eigentlich? Und – was hatte Adalbert vor?

Das war die Frage. Zweifellos, sagte sich Hendrik, dachte sein Bruder gerade darüber nach, wie er es anstellen konnte, den Stein alleine zu transportieren. Denn es hatte keinen Sinn, ihn an sich zu bringen, wenn er das nicht hinbekam.

Was würde ihm dazu einfallen? Hendrik betrachtete die skizzenartig wirkenden Fensterbögen vor ihnen, die nebelhaft scheinenden Dachflächen. Er hatte keine Ahnung. Und zugleich wusste er, dass das nichts zu bedeuten hatte; in geistigen Wettkämpfen mit seinem Bruder hatte er sein Leben lang den Kürzeren gezogen.

Das Haupttor. Wieder ein Gewirr bewegter Schatten, die auftauchten und vergingen. Wieder keine Umrisse, die ihm bekannt vorkamen.

»Zum Fluss«, sagte Scoro und deutete nach links.

Sie schlugen die angegebene Richtung ein, wanderten mit ihrer leuchtenden Last an gewaltigen Mauern entlang, die wie wabernde Schatten über ihnen aufragten und mit jedem Schritt, den sie taten, an Substanz zu verlieren schienen. Der Weg führte in einem Bogen zu einer Brücke, die über den Fluss führte, über die Nogat …

Woher wusste er, wie der Fluss hieß? Hendrik versuchte, sich zu erinnern, wo er den Namen aufgeschnappt hatte. Von einer Tafel bei ihrer ersten Besichtigung? Aus einem der Faltblätter? Er wusste es nicht mehr. Er wusste nur, dass das der Name des Flusses war: Nogat.

Sie überquerten die Brücke. Der Fluss war eine dunkle, glatte, unmerklich wogende Fläche, die aussah, als hätte jemand eine schwarze Plastikplane von einem Ufer zum anderen gespannt. Kein Geräusch, kein Rauschen, kein Plätschern – nichts.

»Wir nehmen eines der Schiffe«, bestimmte Scoro und zeigte auf eines der länglichen Gebilde, die am Ufer aufgereiht lagen. »Das da.«

»Ein Schiff?«, entfuhr es Hendrik.

Scoro deutete nach rechts. »Wir fahren den Fluss hinab. Draußen auf dem Meer, losgelöst von allem, werden wir dann die mystische Brücke passieren und hinübergehen in die wahre, in die eigentliche Welt.«

Scoro dirigierte sie. Sie gingen an Bord mit ihrer Last, über einen träge schwankenden Steg, platzierten den Kasten mitten auf das Deck, auf die Stelle, die der Alchemist bestimmte. Dann löste er die Leinen, stieß sie vom Halteplatz ab und wollte, als das Boot davontrieb, wissen, wer von ihnen sich damit auskannte.

»Puh«, entfuhr es Hendrik. Klar – woher sollte sich ein Mann, der Jahrhunderte lang nur im Bett gelegen hatte, mit modernen Schiffen auskennen?

Adalbert hob nur die Hände, machte ein ratloses Gesicht.

Würde es *daran* scheitern? Nein, oder? Sie hatten den Stein. Der Stein war das Wichtigste. Sie würden einfach etwas anderes versuchen …

Laureen zuckte mit den Schultern. »*No problem.* Das hat mir mein Vater schon beigebracht, als ich sieben war.«

Sie marschierte nach hinten zum Ruderhaus, öffnete die dünne, unwirkliche Tür, bückte sich unter die Armaturen, und gleich darauf hörten sie ein kräftiges, sattes Brummen aus der Tiefe: ein anspringender Motor.

»Bravo«, sagte Scoro.

Das Motorengeräusch verlor sich wieder, schien verschluckt zu werden von dem nebelhaften, unfertigen Grau, aus dem der Rest der Welt bestand. Doch das Schiff setzte sich in Bewegung. Laureen griff in das imposante Steuerrad, als hätte sie ihr Leben lang nichts anderes getan, und sie glitten lautlos hinaus in die Mitte des Flusses.

Es war tatsächlich, als lösten sich die Verbindungen zur alten Welt auf. Hendrik sah zurück, auf die Marienburg, die hinter ihnen zurückfiel und deren Konturen mit dem Hintergrund verschmolzen, wie ein verblassendes Nachbild auf der Netzhaut. Die Brücke, die sie überquert hatten, war schon nicht mehr zu sehen.

Und so glitten sie dahin, durch eine zunehmend traumhafte graue Welt, dem verheißungsvollen Meer entgegen. Niemand sagte ein Wort, alle standen sie nur da und warteten: Scoro am Bug, als wolle er unbedingt der Erste sein, der das Meer erreichte, Adalbert und Hendrik je auf einer Seite in der Mitte, und Laureen am Steuer.

Hendrik versuchte, sich darüber klar zu werden, wohin sie eigentlich fuhren, aber seine Erinnerungen an diese Teile der Europakarte waren äußerst lückenhaft. Wo mündete dieser Fluss, die Nogat? In die Ostsee, oder? Irgendwo nördlich oder nordwestlich lag Danzig – gab es nicht eine Danziger Bucht? Er wusste es nicht.

Er wollte auch nicht fragen. Letzten Endes, sagte er sich, war es ja wohl nicht mehr wichtig. Die Welt, aus der sie kamen, schwand dahin, verlor an Konturen, an Details, zerlief zu immer formloserem Grau. Bäume und Büsche, anfangs noch erkennbare Umrisse, waren schon keine mehr zu sehen, wenn er zum Ufer blickte.

Und der Himmel … Farblos. Keine Sonne, kein Mond, keine Sterne. In der Welt, die sie hinter sich ließen, war es Abend gewesen, fiel Hendrik ein. Mit anderen Worten, inzwischen musste es längst Nacht sein und dunkel – doch davon merkte man nichts, das Grau war immer noch dasselbe.

Das Schweigen wurde tiefer und tiefer. Und warum auch nicht? Es gab nichts mehr zu sagen. Sie waren unterwegs, sie würden es vollbringen, das Ungeheure, das Beispiellose, das Große Werk, und das Schweigen, das sie erfasst hatte, diese ehrfürchtige Stille, war dem nur angemessen.

Und so, wie sie lautlos dahinglitten, verlor er allmählich auch das Gefühl für das Vergehen der Zeit. Wie lange waren sie schon unterwegs? Stunden? Minuten? Tage? Wochen? Er hätte es nicht mehr sagen können.

Ab und zu änderte der Fluss die Richtung. Sie folgten ihm, immer in der Mitte des Stroms, immer noch allein. Was mochten die Menschen der gewöhnlichen Welt sehen? Ein leeres Schiff, das dahintrieb? Oder – gar nichts?

Hendrik dachte eine Weile darüber nach, kam zu keinem Schluss, merkte nur, dass ihn das nicht mehr interessierte.

Sie bewegten sich stetig, doch es war eine Bewegung in Bewegungslosigkeit, ein Treiben in gleichzeitigem Verharren. Sie standen da und warteten, ohne Ungeduld, ohne Eile. Jetzt, da alles getan war, was zu tun gewesen war, fiel auch die Anspannung von ihnen ab, und ob es nun noch eine Stunde dauerte oder eine Million Jahre, das spielte keine Rolle mehr.

»Seltsam«, sagte Hendrik irgendwann, einfach so, ohne nachzudenken, ob es angebracht war, die Stille zu durchbrechen. »Alles ist farblos, nur der Stein leuchtet gelb.«

Die Worte fielen in das umfassende Schweigen wie Kiesel in das Wasser eines spiegelklaren Sees, lösten Wellen aus, die sanft verliefen.

Dann, irgendwann, drehte sich Scoro um und sagte: »Das ist nur der Beginn. In der Vollkommenheit wird es auch das nicht mehr geben. Keine Farben mehr. Keine Geschmäcker. Kein Gut und kein Böse. Keinerlei Unterschiede mehr. Weil alles vollkommen sein wird, alles.«

Auch diese Worte vergingen, ein filigranes Muster einander überlagernder Schwingungen, Druckunterschiede, die sich auflösten und umfassender Einheitlichkeit wichen. Hendrik nickte, sah, dass Adalbert ebenfalls nickte, steckte die Hand in die Tasche seiner Jacke.

Und erfühlte etwas darin. Ein Stück Papier.

Er zog es heraus und las:

Lieber Papa,

ich bin so traurig, dass du Mama nicht mehr lieb hast. Ich wünsche mir so sehr, dass alles wieder gut wird und so schön, wie es immer war, aber wenn das nicht gehen sollte, dann wünsche ich mir, dass du mich wenigstens nicht vergisst.

Deine Pia.

29.

Er starrte das Stück Papier ungläubig an. Woher um alles in der Welt kam das jetzt?

Er las den Text noch einmal, spürte, wie ihm der Mund trocken wurde dabei, wie sich etwas um sein Herz krallte … Das war Pias Schrift, kein Zweifel. Wie oft hatte er schon solche Zettel in seinen Taschen gefunden, in den unmöglichsten Situationen! Wie verhext. Ja, verhext. Sie musste diesen Zettel geschrieben haben, während er und Miriam sich gestritten hatten … kurz bevor sie gegangen waren … hatte ihn in seine Jacke geschmuggelt, natürlich, die hatte ja draußen im Flur gehangen …

Aber wie war es möglich, dass der Zettel *erst jetzt* auftauchte? Erst *hier?* Wie oft hatte er seither in die Tasche seiner Jacke gefasst …!

Nun, vielleicht nicht so oft, wie er dachte.

Er knüllte das Papier zusammen, sah auf. Schaute umher.

Was tat er hier? Wo war er? War das hier Wirklichkeit, oder träumte er nur einen absurden Traum?

Er blickte zum Ufer, versuchte Konturen auszumachen, aber da war nichts, nichts mehr, nur noch graue Schatten, dunkle Umrisse, ein Nebel, der kein Nebel war, sondern eine Welt, die sich auflöste. Die er zurückließ.

Pia. Ausgerechnet jetzt.

Wie sie das nur immer angestellt hatte …!

Er schluckte schwer. Dass er jetzt an sie denken musste, das machte es schwer, verdammt noch mal.

Er sah ihr Gesicht vor sich, die scharfen Gesichtszüge, ihren wachen Blick. Wie sie zu ihm gekommen war, um sich die Buchstaben erklären zu lassen, weil sie lesen wollte und nicht warten, bis die Schule es ihr beibrachte. Wie sie Geschichten von den bepelzten kleinen Leuten erzählt hatte, die im Garten lebten.

Und von dem Insekt im Bett, das von Westenhoff gefüttert wurde. Himmel noch mal, sie hatte mehr gesehen als alle anderen!

Der Jahrmarkt. Wie sie darauf beharrt hatte, dem stets genau gleichen Plan zu folgen, die immer gleichen Attraktionen in der gleichen Reihenfolge, und zum Schluss das Riesenrad. Wie er sie hatte festhalten müssen beim ersten Mal. Ihr Lachen, als die Welt unter ihnen versank, als alles ganz klein wurde. Wie sie es erst gar nicht hatte fassen können.

Wie ihr Gesicht strahlen konnte, wenn sie etwas sah, das sie faszinierte.

Wie ernsthaft sie immer das Rad mit den Börsenvorhersagen gedreht hatte, bemüht, ihm zuzuarbeiten. Wie er ihr vorgelesen hatte, als sie mit Röteln im Bett gelegen hatte, so elend und fiebrig und schwach. Wie sie, ganz klein noch, an seiner Hand gegangen war. Wie sie zu ihm aufgeschaut hatte, zu ihrem Vater, voller Bewunderung und Vertrauen.

Wie er sie das allererste Mal im Arm gehalten hatte, winzig, schrumpelig, und wie sie gar nicht geschrien, sondern ihn nur erstaunt angeschaut hatte, aus großen, dunklen Augen.

Verdammt.

Hendrik musste blinzeln, sah sich um, wischte sich ein Staubkorn aus dem Augenwinkel. Ein Staubkorn, weiter nichts. Holte das Blatt noch einmal heraus. Wie konnte das sein? Wie konnte das so echt, so wirklich, so real aussehen? Das war nicht zu fassen. Die ungelenke Schrift. So schrieb sie immer, wenn sie wollte, dass es besonders schön wurde, obwohl genau das Gegenteil dabei herauskam.

Himmel, er konnte den Klang ihrer Stimme hören, wie sie diese Sätze gesagt hätte! Aber sie hatte sich nicht getraut, hatte sich irgendwo in der Wohnung verkrochen und es nicht gewagt, sich zu Wort zu melden …

Verdammt, woher kam dieser ganze Staub, der einem hier in die Augen flog?

Er holte tief Luft, steckte das Papier wieder weg. Erinnerungen. Es waren nur Erinnerungen. Es tat weh, dass sie ausgerechnet jetzt hochkamen, doch vielleicht musste das so sein. Vielleicht war es nötig, um auch das vollends loslassen zu können. In der vollkommenen Welt würde es ja keinen Schmerz mehr geben, also … also würden sicher auch diese Erinnerungen verschwinden.

Hmm.

Er betrachtete den Stein, das frostig-gelbe Licht, das aus der Bleikiste aufwärts zu perlen schien, und musste daran denken, wie er zum ersten Mal davon gelesen hatte, nicht ahnend, was daraus werden sollte. Zürich. Das Grandevue au Lac. Das alte Buch, das er aus dem Antiquariat gestohlen hatte …

Die erste von vielen Grenzüberschreitungen, die er begangen hatte. Der Schlüsselbewahrer fiel ihm wieder ein. Wie er dagelegen hatte, die große Gestalt, niedergestreckt von seiner Hand, mit einem gusseisernen Kruzifix auch noch!

Er wusste nicht einmal, ob der Mann noch lebte. Tatsächlich hatte er sich das bis jetzt nicht einmal *gefragt!* Er hatte nur den Codex haben wollen. Um dabei zu sein. Um jetzt hier auf dem Schiff zu stehen und mit dem Stein der Weisen an Bord der Vollendung entgegenzufahren.

Was war nur aus ihm geworden?

Es waren nur Erinnerungen, sagte er sich. Atmete ein, wenn er auch nicht wusste, was er da eigentlich atmete. Spürte sein Inneres beben. Nur Erinnerungen, schärfte er sich ein. Erinnerungen an ein vorläufiges Leben. Ein unvollkommenes, falsches, misslungenes Leben in einer unvollkommenen, falschen, misslungenen Welt. So musste er das betrachten!

Es herrschte nach wie vor Stille, nach wie vor Schweigen, aber das war nur noch äußerlich: In seinem Inneren tobte blanker Aufruhr. Das Gefühl von Zeitlosigkeit und unbegrenzter Geduld war weg wie nie gewesen, stattdessen erfüllte ihn fieberhafte Unrast. Wie lange sollte das alles noch dauern, verdammt noch mal? Warum vollzogen sie den Übergang nicht so schnell wie möglich, hier und jetzt? Was sollte das alles?

Er musterte die anderen. Adalbert stand reglos wie eine Statue. Scoros Rücken war unbewegt. Und auch als er sich umdrehte, sah er nur, wie Laureen die Hände am Steuerrad hatte und stur geradeaus blickte, an ihm vorbei.

Er war allein. Allein mit seinen Erinnerungen, seinen vielen, unerträglich vielen Erinnerungen. Wieso quälten sie ihn so? Was sollte er damit denn noch? Er war doch schon dabei, in die wahre Welt hinüberzuwechseln, in die Welt von der Vollkommenheit reinen Goldes!

Unerträglich auch, wie langsam sie sich den düsteren Strom hinab bewegten, durch diese öde, graue Karikatur einer Welt, in einer Stille, die ihm auf einmal abscheulich vorkam, erdrückend in ihrer Kälte! Es war so still, dass er seinen eigenen Atem hörte, jeder Atemzug so laut, dass er kilometerweit zu hören sein musste. Selbst seinen Herzschlag spürte er bis in den Bauch, nein, bis in die Fußsohlen – es war wie ein Trommeln auf das Schiffsdeck, eine beständig anschwellende Vibration.

Und ihn fröstelte. Das Schweigen drückte auf seine Ohren und half doch nicht gegen die Stimme in seinem Inneren, die schrie und schrie und schrie … Niemals hätte er in Wirklichkeit so laut schreien können, seine Stimmbänder wären sofort gerissen!

Ruhig. Ruhig. Das war bestimmt nur eine Phase. Etwas, das vorübergehen würde. Ein Stadium des Übergangs. Er hatte keinen Grund, vor Angst zu schreien. Wovor hätte er Angst haben sollen? Er hatte einen Mann von einer mumienartigen Halbexistenz ins Leben zurückkehren sehen, einen Mann, der achthundert Jahre alt war, und alles nur dank eines Steines, der eine Legende war, der größte Schatz aller Zeiten, ein Schatz, den die kühnsten Geister der Menschheit vergebens gesucht hatten … doch er, er hatte ihn gefunden! Er hatte es geschafft, dabei zu sein, als er aus einem absolut unglaublichen Versteck geborgen worden war, der Stein der Weisen, der Wunder vollbracht hatte und weitere Wunder vollbringen würde.

Wunder, flüsterte eine hässliche, nagende Stimme in seinem Inneren, die vielleicht nicht für menschliches Fleisch und Blut bestimmt waren. Wunder, für die ein Preis zu zahlen war. Ein Preis, der zu hoch war.

Seine Seele. In einem blitzartigen Moment der Erkenntnis bekam seine Angst einen Namen, und der Name war, dass er Angst hatte, seine Seele zu verlieren.

Das verblüffte ihn, der doch nicht im Mindesten religiös war. Der Kirchen nur als Sehenswürdigkeiten betrachtete. Der nicht einmal bei seiner eigenen Hochzeit in eine Kirche gegangen war. Und der natürlich noch nie im Leben Kirchensteuer gezahlt hatte, nicht einen Cent.

Aber so war es. Das war seine Angst. Seine uralte, archaische Angst.

Und als er den Blick hob und nach vorne schaute, in die Richtung, in der ihm die goldene Welt versprochen war, da erblickte er, schattenhaft und dünn, in der Ferne eine Brücke über dem Fluss. Eine Brücke, die aussah wie seine letzte Chance.

Er sagte: »Lasst mich aussteigen.«

Niemand reagierte. Es war, als hätte er nichts gesagt, als wären seine Worte von der Stille ringsumher verschluckt worden.

Also sagte er es noch einmal. Lauter. »Haltet an. Ich will aussteigen.«

Jetzt kam Bewegung in Scoros hagere Gestalt. Es schien Jahrzehnte zu dauern, bis er sich zu Hendrik herumgedreht hatte und fragte: »Was reden Sie da?«

»Ich geh nicht mit«, erklärte Hendrik entschlossen. »Lassen Sie mich aussteigen. Da vorne, an der Brücke. Da gibt es bestimmt eine Stelle, wo das geht.«

Scoro starrte ihn durchdringend an, schien nicht glauben zu können, was er hörte.

»Aussteigen? Jetzt?«

»Ja«, sagte Hendrik. »Bitte.«

Der Alchemist schüttelte den Kopf. »Ich habe Sie gefragt«, sagte er mit hörbarem Ingrimm, »ob Sie bereit sind, mit mir zu kommen, und Sie haben Ja gesagt. Und ich habe Sie nicht nur einmal gefragt. Und Sie haben nicht nur einmal Ja gesagt!«

»Ich weiß«, bekannte Hendrik, das Stück Papier in seiner Tasche umklammernd. »Aber ich habe es mir anders überlegt.«

»Sie enttäuschen mich.«

»Das tut mir leid.«

»Und ich kann nicht glauben, dass Sie es diesmal ernster meinen als die anderen Male.«

»Ich …« Hendrik hielt inne, wusste nicht, was er darauf sagen sollte. Nichts, am besten. »Wir müssen das nicht diskutieren. Lassen Sie mich einfach aussteigen.«

»Hendrik!«, kam es von hinten. Laureen, die das Steuerrad arretiert hatte und nach vorn kam. »*Don't be a fool!* Wir werden ewig leben – ewig und in Vollkommenheit!«

Hendrik sah sie an, las Fassungslosigkeit in ihrem Gesicht.

Wurde schwankend in seinem Entschluss. Ja, vielleicht war er ja wirklich ein Narr, jetzt noch auszusteigen.

»Hören Sie auf sie«, meinte Scoro. »Und vergegenwärtigen Sie sich noch einmal, was wir hier zu tun im Begriff sind. Nach Jahrtausenden menschlicher Existenz, nach Jahrtausenden menschlichen Strebens ist dies das erste Mal, dass sich Menschen wieder die Chance bietet, in die wahre Welt zu wechseln und in die Vollkommenheit zu gelangen – und *das* wollen Sie ausschlagen?«

Hendrik suchte den Blick seines Bruders. Der würde ihm beistehen. Der würde mit ihm kommen. Adalbert wollte den Stein, weiter nichts. Vielleicht nur ein Stück davon, für sein Labor.

»Adalbert«, bat er. »Was ist mit dir?« Jetzt war die Gelegenheit, das musste er doch erkennen! Sie beide gegen eine Frau und einen alten Mann!

Doch scin Bruder sah ihn nur nachdenklich an, machte keinerlei Anstalten, die Initiative zu ergreifen. »Kennst du die Geschichte ›Ein Hungerkünstler‹ von Franz Kafka?«, fragte er versonnen.

»Was?«, meinte Hendrik.

»Es ist eine Erzählung über einen Hungerkünstler, wie sie früher auf Jahrmärkten gezeigt wurden. Man bewundert ihn, wie ausdauernd er hungern kann, aber er hungert selbst dann weiter, als ihn niemand mehr beachtet. Am Schluss liegt er ganz klein und dürr im Stroh, kaum davon zu unterscheiden, und den Arbeitern, die ihn wegräumen müssen, verrät er sein Geheimnis, nämlich, dass er nur gehungert habe, weil er die Speise, die ihm schmeckte, einfach nicht gefunden hat. Sonst hätte er sich vollgegessen wie alle anderen auch.«

Hendrik starrte seinen Bruder verständnislos an. Was sollte das, um alles in der Welt?

»Wir haben diese Geschichte in der Schule gelesen, in der elften oder zwölften Klasse, und ich habe oft daran denken müssen«, bekannte Adalbert. »Weil es mir mit dem Leben im Grunde genauso gegangen ist. Lange Zeit dachte ich, es ist, weil ich keine Frau gefunden habe. Oder nicht die richtige. Ja, eigentlich ...« Er hielt inne, warf Hendrik einen prüfenden Blick zu. »Ich habe Miriam immer für die vollkommene Frau gehalten. Von dem Moment an, in dem ich sie das erste Mal getroffen habe, damals im Wohnheim. Aber dann bist du gekommen und hast sie mir weggeschnappt.«

»Was?« Hendrik traute seinen Ohren nicht.

»So war es doch. Du hast mich besucht, in deinem schicken Investmentberateranzug, sie hat dich gesehen, und schon war es passiert. Alle meine Annäherungsversuche für die Katz.«

»Davon hast du nie ein Wort ...« Hendrik räusperte sich. »Das habe ich nicht gewusst.« Er hatte es wirklich nicht gewusst. Nie auch nur den Hauch einer Ahnung gehabt.

»Ich weiß. Du hast so viel nicht gewusst. Warum auch? Dir hat ja jede Speise geschmeckt. Und jede Frau gefallen.«

»Willst du damit sagen, dass ich schuld bin, dass du ...?« Hendrik schüttelte den Kopf, versuchte gleichzeitig, das Gefühl abzuschütteln, ein Stück aus dem absurden Theater aufzuführen. »Außerdem war das ja wohl auch Miriams Entscheidung, oder?«

Adalbert lächelte versonnen. »Du verstehst mich falsch. Ich mach dir doch keinen Vorwurf. Wenn ich sage, dass ich Miriam für die vollkommene Frau gehalten habe, dann heißt das nur, dass ich geglaubt habe, mein Leben würde vollkommen, wenn ich sie hätte. Aber als ich dann doch einmal mit ihr geschlafen habe, war es ein so enttäuschendes Erlebnis, dass mir klar wurde, es gibt nichts, nichts, nichts, was mein Leben vollkommen machen kann.« Er wies in die Richtung, in die das Schiff glitt. »Bis zu dieser Sache hier. Ich komme nicht mit, Hendrik. Vergiss das CERN, vergiss das Standardmodell der Materie, vergiss den Nobelpreis. Wenn du aussteigst, dann ohne mich.«

Hendrik stand starr, während ein kaltes, tausendfüßiges Kribbeln seine Wirbelsäule abwärts wanderte. Sein Hals war trocken, er musste zweimal schlucken, ehe er ein Wort herausbrachte.

»Du hast mit *Miriam* geschlafen?«

»Ja.«

»Mit meiner Frau?«

Adalbert hob die Schultern. »Wenn du es so sehen willst …«

»Wann? Wann war das?«

Sein Bruder holte geräuschvoll Luft. »Du warst weg, ein Seminar halten. Das Wochenende nach Mutters Beerdigung.«

Potsdam. Das zweite Seminar. Das Wochenende, nach dem Miriam so seltsam unleidig gewesen war und ihn gebeten hatte, Adalbert nie wieder einzuladen.

Kurz danach war Miriam schwanger gewesen.

»Dann bist *du* der Vater von Pia«, stellte Hendrik fest.

Adalbert hob die Augenbrauen. »Bitte?«

Natürlich. Jetzt war alles klar. Jetzt, da dieser Gedanke im Raum stand, erkannte er Pias Züge in Adalberts Gesicht. *Deswegen* hatte sie die Busske-Nase und war doch vom Wesen so anders. *Deswegen* ihre Neigung zu gelegentlich zwanghaftem Verhalten. Daher ihre auffallende Intelligenz.

Und zeitlich – er rechnete rasch, überschlug die Monate – kam es hin, absolut.

»Pia hat Blutgruppe AB«, erklärte er. »Aber ich habe Blutgruppe A und Miriam ebenfalls. Also kann Pia nicht meine Tochter sein.«

Adalbert sah ihn erstaunt an. »Ich habe auch Blutgruppe AB.«

»Miriam hat gesagt, es sei eher eine Vergewaltigung gewesen als ein Seitensprung.«

Das schien an Adalbert abzuperlen. »Nun, niemand hat mich je als romantischen Menschen bezeichnet. Wir haben eine Flasche Rotwein getrunken, und ich habe ihr erklärt, was ich für sie empfinde. Und dann …« Er zuckte mit den Schultern. »Kann sein, dass ich etwas aufdringlich war.«

»Ich fasse es nicht«, stieß Hendrik aus. »Ich fasse es nicht, dass ich das hier und jetzt quasi so *en passant* erfahre. Und vor allem fasse ich es nicht, dass du es *wagst*, Sex mit Miriam als ›enttäuschend‹ zu bezeichnen. Das ist … das ist … nein. Dazu fällt mir nichts mehr ein.«

»Hendrik«, mischte sich Laureen ein. »Lass das doch hinter dir. Das ist alles Vergangenheit. Denk lieber an das, was vor uns liegt!«

Hendrik sah sie an, und aus irgendeinem Grund fiel ihm erst jetzt auf, dass sie dieselbe Art von Armband trug wie Adalbert – ein Band mit einer ALCOR-Plakette.

Wie hatte der Schlüsselbewahrer gesagt? *Die Transhumanisten sind die Alchemisten von heute.*

Er wandte sich ab, sah Scoro an. »Lassen Sie mich aussteigen. Oder ich springe über Bord!«

Er musste nicht über Bord springen. Sie erhoben keine Einwände mehr, sondern lenkten das Schiff an den Rand des Flusses, legten an einem Vorsprung unterhalb der Brücke an. Scoro ergriff eigenhändig ein Paddel, das er gegen den Brückenfuß stemmte, um das Anlegemanöver ohne Beschädigung des Rumpfes vonstattengehen zu lassen.

»Also, gehen Sie, Sie Narr«, meinte er, als der Abstand bis auf wenige Handspannen geschrumpft war.

Hendrik sprang ohne Zögern hinüber, fühlte festen Boden, auch wenn er nicht sehen konnte, woraus dieser Boden bestand. Beton, vermutlich.

»Werde ich irgendwann in die normale Welt zurückkehren?«, fragte er.

Scoro stemmte sich schon wieder gegen das Paddel, um das Schiff zurück in die Fahrtrinne zu schieben. »Das weiß niemand«, erklärte er grimmig. »Das hier hat vor uns noch nie jemand gemacht.«

»Ah«, machte Hendrik. »Okay. Dann … alles Gute.«

Scoro hob nur abfällig die Brauen. Adalbert schaute so teilnahmslos herüber, als sei nicht das Geringste vorgefallen. Und als das Schiff weiterfuhr, bedachte ihn Laureen vom Steuer aus mit einem traurigen Blick.

Hendrik entdeckte eine Treppe, stieg sie hinauf, gelangte auf eine Straße. Die Brücke war schmal. Zwei klobige, umrisshaft zu erahnende zickzackartige Stahlträger trugen sie. In der Mitte des flussabwärts gelegenen Fußgängerüberwegs hielt er an, um dem Schiff nachzusehen, wie es langsam davonglitt.

Das Land war hier flach, und es dauerte lange, bis es außer Sicht kam. Man sah die Umrisse einiger Häuser, Büsche und Bäume, aber sonst nicht viel.

Trotzdem blieb Hendrik stehen, wo er war, die Hände auf das Geländer gestützt, und starrte ins Leere, ohne dass er hätte sagen können, warum. Vielleicht, weil er nichts anderes wusste, das er hätte tun können. Vielleicht, weil alles, was er jetzt noch empfand, unendliche Erschöpfung war.

Oder vielleicht, weil er irgendwie wusste, dass noch etwas geschehen musste.

Also stand er da und wartete. Das Gefühl von Zeitlosigkeit kehrte zurück, das Gefühl, hier bis in alle Ewigkeit stehen bleiben und warten zu können. Das Gefühl, zu spüren, wie sich sein Fleisch in Marmor verwandelte.

Dann plötzlich, endlich, erhob sich weit draußen, dort, wo das Meer sein musste, ein helles Licht – ein grausam helles, alles überstrahlendes Licht, so hell, wie er sich immer eine Atomexplosion vorgestellt hatte, heller als die Sonne, heller als tausend Sonnen, heller als alles, was es sonst an Licht geben mochte. Es sah tatsächlich aus, als öffne sich für einen Moment eine Tür zum Himmel, oder zur Hölle, oder zu einer anderen, energiereicheren Welt.

Und dieser Moment dauerte an. Es war kein Blitz, den er sah, sondern ein Aufsteigen von Licht, eine strahlende Infektion, die den gesamten Himmel erfasste und in überirdischer, übermenschlicher Helligkeit erstrahlen ließ. Es war ein absolutes Licht, ein erbarmungsloses Licht, ein Licht, in dessen Schein kein Fehler je verziehen und keine Schuld jemals abgetragen werden konnte. Und es hielt an, erstrahlte so lange, dass man nicht anders konnte, als sich vorzustellen, wie jemand mit einem langsamen Gefährt währenddessen eine Brücke passierte oder einen sonstigen Übergang aus dieser Welt in eine andere.

Und schließlich … verging es wieder, erlosch, und da es so unfassbar hell gewesen war, war es, als versinke die ganze Welt in unrettbares Dunkelgrau, auf immer verloren.

Hendrik wusste, es war vorbei. Und er würde seinen Bruder niemals wiedersehen.

Was er nicht wusste, war, ob er gerade noch einmal davongekommen war – oder ob er die größte Gelegenheit versäumt hatte, die sich je einem Menschen geboten hatte.

So stand er immer noch, als ganz allmählich, fast unmerklich, die Farben zurückkehrten. Und die Geräusche. Die Gerüche. Unter ihm floss wieder Wasser, zwischen flachen Ufern, an denen Gras und Schilf wuchsen. Häuser schälten sich aus der Konturlosigkeit, und Bäume, und Wolken am Himmel. Hinter ihm ratterte ein Lastwagen über die Brücke, so laut, dass Hendrik erschrocken herumfuhr.

Die Welt war zurück.

Er sah auf seine Hände hinab, drehte sich verwundert noch einmal um: Da, wo er sich am Geländer festgehalten hatte, hatten sie Abdrücke im Stahl hinterlassen.

30.

War die Welt schon immer so farbig gewesen, so detailreich, so überwältigend? Hendrik wusste plötzlich nicht mehr, wie man das machte: gleichzeitig zu gehen und zu schauen. Er musste nach jedem Schritt stehen bleiben, um sich neu zu orientieren, die Fülle der Eindrücke zu verarbeiten.

Ein Auto kam, hielt vor einem dunkelbraunen Holzhaus mit weißen Fenstern. Hendrik beobachtete staunend, wie ein Mann ausstieg, einfach so, und rasch die Stufen zur Haustüre hinaufeilte und im Haus verschwand. Das Auto war grün, doch der Lack schimmerte golden im Sonnenlicht.

Über ihm der Wipfel eines gewaltigen Baumes. Dessen Zweige raschelten im Wind, ein unablässiges Flüstern, das in jedem Augenblick anders klang als zuvor, fast so, als wolle ihm der Baum etwas sagen. Vögel, die hineinflogen, als verstünden sie die Botschaft.

Eine Bushaltestelle mit einem Wartehäuschen aus Beton, die Wände vollgeklebt mit Plakaten, die er nicht lesen konnte, aber nirgendwo ein Fahrplan. Und niemand, der wartete. Hendrik blieb stehen, versunken in den Anblick des wild wuchernden Unkrauts am Straßenrand, das ihm wie ein unglaubliches Kunstwerk vorkam: eine Komposition aus Grün- und Brauntönen, vollkommen in ihrer inneren Harmonie.

Irgendwann ging er weiter, einfach die Straße entlang. Schritt um Schritt, Fuß vor Fuß, er hatte es ja nicht eilig, musste nirgendwohin. Zeit, er hatte Zeit. Alle Zeit der Welt. Kein Ziel mehr, keinen Plan, keine Aufgaben, die es zu erledigen galt. Ruhe erfüllte ihn, Ruhe und Zeitlosigkeit.

Die Sonne stieg höher, was ihn wunderte. Ein Auto hielt, ein rostiger Lieferwagen, an dessen Steuer eine verwittert aussehende Frau mit Kopftuch saß, die ihn etwas fragte, das er nicht verstand. Er lächelte, fasziniert von der Schönheit ihres

Gesichts, in dem ein ganzes Leben geschrieben stand, und sagte ihr, sie solle sich keine Sorgen machen, alles sei gut. Schließlich gab sie es auf und fuhr weiter.

Später hielt ein Auto mit drei jungen Leuten darin. Es waren zwei Männer und eine Frau, die Englisch sprachen und wissen wollten, ob sie ihn mitnehmen sollten; sie seien unterwegs nach Gdansk.

»Gdansk«, wiederholte Hendrik nachdenklich. »Ja, das wäre gut.«

Also nahmen sie ihn mit, fragten ihn aus, was er mache und wie es komme, dass er mutterseelenallein eine Landstraße in Polen entlangwandere.

»Ich war auf einem Schiff«, sagte Hendrik. »Aber dann bin ich ausgestiegen.«

»Ein Schiff? Was für ein Schiff?«, fragte das Mädchen.

Hendrik sah sie ratlos an, wusste nicht, wie er das erklären sollte. »Ich weiß es nicht. Ein Schiff eben. Es fuhr ins Meer hinaus.«

Sie wechselten bedeutungsvolle Blicke, einigten sich offenbar wortlos darauf, dass er ein bisschen verrückt war. Der Junge am Steuer meinte, im Radio hätten sie gemeldet, dass heute Nacht eines der Touristenschiffe in Malbork gestohlen worden sei. Sie lachten alle drei, Hendrik verstand nicht, wieso.

Später saß er dann in einem Hotelzimmer in Gdansk, einem Hotelzimmer mit einem Telefon. Es war beigefarben, das Telefon. Darunter lag, in Plastik eingeschweißt, eine Bedienungsanleitung auf Polnisch und Englisch.

Hendrik setzte sich davor und starrte es an.

Die Fahrt nach Gdansk hatte nicht lange gedauert, eine knappe Stunde. Die jungen Leute hatten ihn im Zentrum abgesetzt, nachdem er auf ihre Fragen hin mehrmals versichert hatte, es sei alles in Ordnung, er werde zurechtkommen. So ganz hatten sie es ihm wohl nicht geglaubt, aber er hatte ein Hotel gefunden und sogar gleich ein Zimmer bekommen. Da er ohne Gepäck war, hatte er im Voraus bezahlt, und seine Kreditkarte hatte noch funktioniert.

Und nun saß er hier vor dem Telefon.

Um eine internationale Verbindung herzustellen, stand in der Anleitung, musste man dreimal die Null wählen: die erste Null, um ins Telefonnetz zu gelangen, dann zwei Nullen als internationale Vorwahl, gefolgt von der Landesvorwahl.

Hendrik lehnte sich zurück, gegen die weiche Rückenlehne des Sessels, der mit einem in Braun- und Blautönen gestreiften Stoff bezogen war. Ob hier in Polen wohl auch schon nach ihm gefahndet wurde? Wurde der Meldezettel, den er ausgefüllt hatte, irgendwo ausgewertet?

Das Telefon.

Die Vorwahl für Deutschland war 49.

Er hatte feuchte Hände.

Er vermisste die Ruhe, die ihn heute Morgen auf der Straße erfüllt hatte. Das war eigentlich ein schöner Zustand gewesen. Aber etwas gab es doch, das er noch erledigen musste. Und besser, er tat es, bevor sie kamen, um ihn zu holen.

Das Telefon. Er beugte sich vor, hob den Hörer ab. Wählte die drei Nullen, die 49 für Deutschland, dann die Nummer von Miriams Eltern.

Es klingelte, seltsam nahe. Einmal. Zweimal. Dreimal.

Nach dem fünften Mal hob jemand ab.

»Bei Wegmann?« Miriam.

»Bitte leg nicht auf«, sagte er. »Ich bin's, Hendrik. Ich … bitte, leg nicht auf. Ich würd's verstehen, wenn du es tust, absolut, aber, bitte, ich muss dir was sagen, was versuchen zu erklären, von dem ich noch gar nicht weiß, ob ich es überhaupt hinbekomme, aber es ist so, dass ich … dass ich denke, irgendwie hast du auf jeden Fall das Recht, das zu erfahren, und darum … also, jedenfalls, bitte, leg nicht gleich auf.«

Atemlos lauschte er in die Stille, die schrecklich lange anhielt, bis sie dann endlich, ganz leise, sagte: »Okay. Ich hör dir zu.«

Und nun? Wie beginnen? Alles, was er sich überlegt hatte, war verschwunden wie nie gedacht.

»Ich bin gerade in Danzig, im Hotel …« Wie hieß das Hotel eigentlich? Es fiel ihm nicht ein. Auf der Anleitung stand es auch nicht. »Egal. Ich … Miriam, ich habe schlimme Dinge getan. Ich habe einen Mann niedergeschlagen und ausgeraubt. Niedergeschlagen, womöglich sogar umgebracht. Ich schätze, die Polizei fahndet schon nach mir. Und das ist noch nicht alles. Die Sache ist … ich weiß gar nicht, wie man das überhaupt erklären soll …«

Er hielt inne. Nein, es hatte keinen Zweck zu versuchen, jetzt die ganze Geschichte zu erzählen. Er musste bei dem bleiben, was wesentlich war.

»Wie auch immer, von all den Dingen, die ich getan habe, bedaure ich am meisten das, was ich dir angetan habe. Wie ich mich all die Jahre verhalten habe und vor allem, was ich dir am Schluss an den Kopf geworfen habe. Das war so daneben, so unverzeihlich, so absolut … Du hattest völlig recht, mir meine Affären vorzuhalten und dass ich keinerlei Recht habe, dir irgendwas vorzuwerfen. Ich weiß nicht, was da in mich gefahren war, ich … wie soll ich sagen …«

Das klang alles so lahm, so schrecklich banal. Er würde es nicht schaffen rüberzubringen, was er ausdrücken wollte. Ausgeschlossen. Die Tür war zu, die Milch verschüttet, die Brücke verbrannt.

Immerhin hatte sie noch nicht aufgelegt.

»Ja, und übrigens weiß ich jetzt, warum du damals gesagt hast, ich soll Adalbert nie wieder einladen«, stieß er hervor und war sich sicher, dass sie jetzt aber bestimmt den Hörer aufknallen würde, weil es einfach keine einfühlsame Art gab, über so etwas zu sprechen. »Er hat es mir gesagt. Und so, wie er darüber gesprochen hat … wie soll ich sagen? … es kann unmöglich etwas gewesen sein, auf das man eifersüchtig sein dürfte.«

Sie sagte nichts, schien immer noch zuzuhören.

»Ich war so ein vollkommener Idiot, ein Drama aufzuführen darum, ob Pia meine leibliche Tochter ist oder nicht – ich meine …« Er musste schlucken, konnte es nicht, weil sein Mund so trocken war. »Sie ist doch mein Kind! Sie war es immer. Sie … Weißt du, sie hat mir einen Zettel in die Jacke geschmuggelt. So, wie sie es oft gemacht hat. Während wir in der Küche gestritten haben, stell dir vor. Ich hab ihn gefunden, gestern irgendwann … oder heute Nacht, ich weiß nicht mehr … Jedenfalls hab ich gemerkt, wie irre ich war. Irre, ja. Es ist unglaublich, wie man sich in völligen Wahnsinn hineindenken kann! Genau das hab ich nämlich gemacht: mich in völligen Wahnsinn hineingedacht. Um ein Haar hätte ich –«

Er verstummte. Unmöglich, das zu erklären. Anders, er musste es anders angehen.

»Du hast mal gesagt, ich würde immer suchen, wäre nie zufrieden. Oft hast du das gesagt. Es gab eine Zeit, da war das fast ein *running gag* zwischen uns. Weil es gestimmt hat. Ich hab immer nach etwas gesucht – und dabei hab ich gar nicht genau gewusst, was eigentlich. Und vor allem«, sagte er und spürte, wie seine Stimme zu zittern anfing, »hab ich nicht gemerkt, dass ich es schon längst hatte.«

Atmen. Jetzt bloß nicht peinlich werden. Es jetzt nicht noch verderben, nachdem sie ihm schon so viel Zeit geopfert hatte.

»Miriam – mir ist klar geworden, dass du mich immer geliebt hast, wirklich geliebt, und wie sehr. Du hast immer zu mir gehalten, in jedem einzelnen Moment, du hast mich bei allem unterstützt, egal, was es war, egal, wie sehr es dir Angst gemacht hat, sogar, wenn es dir wehgetan hat …« Er musste Luft holen, weil sie ihm ausging. »Diese Frauengeschichten … Ich war so ein Idiot. Ich hatte bei dir doch alles. Es war … keine Ahnung, eine Suche nach Selbstbestätigung, was für ein toller Hecht man ist, die Suche nach dem Kick des Unerlaubten, nach Aufregung … und ich hab echt geglaubt, du kriegst das gar nicht mit und ich nehm dir damit nichts weg und so weiter. Was sich Männer halt schon seit Adam und Eva einreden.«

Er starrte ins Leere, in die kahle Anonymität seines Zimmers, hatte das Gefühl, das Echo seiner eigenen Worte zu hören.

Und sich dem Punkt zu nähern, um den es ging. Ihm so nahe gekommen zu sein, dass ein Entkommen nicht mehr möglich war.

»Ich kann jetzt sehen, dass du mich immer geliebt hast, während ich dich immer auf Abstand gehalten habe, die ganzen Jahre. So, als wäre unsere Ehe, unser gemeinsames Leben nur etwas Vorläufiges, bis sich was Besseres findet. Das muss dir schrecklich wehgetan haben. Trotzdem hast du weitergemacht, dich nicht abbringen lassen. Ehrlich – ich habe keine Ahnung, wie du das fertiggebracht hast. Verdient hab ich es jedenfalls nicht.«

Jetzt war es so weit. Jetzt wurden die Erinnerungen wach, kamen wie eine Sturmflut über ihn. Wie sie an einem lauen Sommerabend beim Essen auf der Terrasse saßen, mit dem Blick auf den riesigen, wunderbaren Garten. Wie wunderbar alles war, während er nur darüber nachdachte, wie er noch berühmter, noch reicher, noch bedeutsamer und wichtiger werden konnte.

»Wenn ich jetzt auf mein Leben zurückschaue, dann sehe ich jemanden, der es damit verschwendet hat, nach etwas anderem zu suchen, etwas Größerem, Vollkommenerem, Idealerem. Ich war nie einverstanden mit meinem Leben so, wie es jeweils war. Und mit anderen Worten heißt das doch, ich habe es *nicht geliebt*. Ich hab gedacht, ich müsste irgendwas erreichen, weil sonst alles keinen Wert hätte, und darüber hab ich völlig vergessen … na ja – es zu *leben*. Ich war im Geist immer woanders, nie da, wo ich war. Wo du warst. Wo unsere Tochter war. Ich hab's versiebt. Vor lauter Ehrgeiz, es vollkommen richtig zu machen, hab ich es vollkommen falsch gemacht.«

Seine Hand schmerzte, so fest hatte er den Hörer umklammert. Er lockerte den Griff. Nicht, dass er das Ding noch zerbrach.

»Klar, das hätte ich alles auch schon früher merken können«, sagte er und fühlte sich auf einmal wie ausgeleert, zum Sterben müde. »Aber ich hab's halt erst jetzt gemerkt. Jetzt, wo es zu spät ist. Aber ich wollte es dir wenigstens sagen.«

Dann herrschte Stille. Ein Schweigen, das schier endlos dauerte. Hörte sie immer noch zu?

Wahrscheinlich wollte sie es ihm überlassen, das hier angemessen zu beenden.

Nur gerecht.

»Also«, begann er noch einmal und spürte einen Stich im Herzen bei dem Gedanken, dass dies wahrscheinlich das letzte Mal, das allerletzte Mal sein würde, dass sie miteinander sprachen. »Miriam, ich … ich will mit alldem nur sagen, dass mir klar geworden ist, wie unmöglich ich dich behandelt habe. Und dass es mir leidtut, entsetzlich leid.«

Wenn er sie doch nur erreichen könnte! Wenn er es nur hinbekäme, ihr zu vermitteln, wie viel sie ihm immer bedeutet hatte, trotz allem, und dass *das* die Wahrheit war und nicht all das Hässliche, Böse, was er vor ihrer Trennung zu ihr gesagt hatte!

»Und vielleicht … klar, nicht jetzt, nicht gleich, aber irgendwann einmal … also, ich meine, wenn du dir eines Tages einmal trotz allem vorstellen könntest, mir vielleicht noch eine Chance zu geben, dann … dann … es ist viel verlangt, ich weiß, aber … also, nur für den Fall …«

Er konnte nicht mehr weiter. Die Worte gingen ihm aus. Der Atem auch. Und jetzt hörte er sie weinen.

Sie weinte lange. Lange und leise. Dann sagte sie: »Oh, Hendrik – ja, natürlich. Komm einfach. Komm, so schnell du kannst.«

Dann weinten sie beide.

Der Schlüsselbewahrer hatte die Nacht im Auto verbracht – keine gute Idee, wie er am Morgen feststellte, als er sich mühsam ins Freie entfaltete: Er fühlte sich, als hätte ihn jemand ausgiebig verprügelt.

Dabei hatte ihn im Gegenteil die ganze Nacht über niemand behelligt. Er hatte den Wagen ein paar Mal verlassen, dem Ruf der Natur folgend, hatte einmal Männer in dicken Jacken patrouillieren sehen, Sicherheitsleute wohl, aber sie hatten ihn in Ruhe gelassen. Erstaunlich eigentlich.

Es war schon heller Tag. Hatte er also doch geschlafen, den Sonnenaufgang verpasst. Er dehnte sich, schalt sich einen alten Narren – er war völlig durchgefroren, kam sich vor wie ein Hähnchen aus der Tiefkühlabteilung – und verzog sich schließlich ungelenken Schrittes hinter die Büsche, um sich zu erleichtern.

Der weiße Mercedes stand immer noch an seinem Platz, stellte er fest, als er zurückkam und sich umschaute. Auch sonst sah alles unverändert aus.

Und doch … irgendetwas war anders geworden.

Er betrachtete den Himmel, schnupperte die kühle Morgenluft, versuchte, sich darüber klar zu werden, woher dieses Gefühl kam. Dieses Gefühl, dass irgendetwas Bedeutsames geschehen war.

Als wäre ein schweres Gewicht von der Welt genommen worden. Ja, so fühlte es sich an. Eine eigenartige, fast heitere Leichtigkeit erfüllte ihn, schien in allem rings um ihn zu liegen, eine Leichtigkeit, wie er sie schon lange nicht mehr gespürt hatte. Nicht mehr, seit er ein Kind gewesen war, und selbst da …

Einer Eingebung folgend, fasste er in den Halsausschnitt seines Hemdes und zog den bleiernen Anhänger hervor, das Insigne seines Amtes. Löste den Verschluss und klappte ihn auf.

Und sah – weit weniger überrascht, als angemessen gewesen wäre –, dass das goldene Kruzifix der Elna von Hirschberg, das Kreuz aus Teufelsgold, zu einer formlosen, golden schimmernden, dickflüssigen Masse zerflossen war.

Er starrte eine Weile darauf, bis ihm zu Bewusstsein kam, dass er lächelte. Dann schloss er den Anhänger wieder und verstaute ihn an seinem gewohnten Platz.

Zeit, nach Hause zu fahren.

Ach ja, der Mercedes. Das konnte nicht so bleiben. Er ging zu einem Bus hinüber, dem gerade eine große Gruppe japanischer Touristen entstieg, und bat ein Mädchen, das Englisch sprach, ihm ihr Mobiltelefon zu leihen. Er rief die Polizei an und setzte sie, ohne seinen Namen zu nennen, von dem toten Mann auf dem Rücksitz in Kenntnis.

Er sah sie noch kommen: zwei blau-weiße Wagen mit der

Aufschrift *Policja*, die ihm auf dem Weg von der Marienburg in die Stadt begegneten.

Gut.

Ein paar Stunden später saß Hendrik tatsächlich unbehelligt am Gate des Lech-Walesa-Flughafens Gdansk. Er hatte eine Bordkarte für einen Fensterplatz in der siebzehnten Reihe des Lufthansaflugs nach Frankfurt am Main in der Hemdtasche und sah einer Frau zu, wie sie die Ständer mit den Zeitungen auffüllte.

Sie erinnerte ihn an jemanden. Er kam bloß nicht darauf, an wen.

Egal. Noch eine Stunde, bis sein Flug ging. Er legte den Kopf in den Nacken, blinzelte hinauf in die scharfkantige Dachkonstruktion aus Stahl und Glas. Viel Glas. Das eine Menge Rollos erforderlich machte, damit die Sonne die Abflughalle nicht in ein Treibhaus verwandelte.

Sonderlich bequem waren die Sitze nicht. Hendrik stand auf, um nach einem Telefon zu suchen. Es war ohnehin Zeit.

Er fand einen Fernsprecher, der Kreditkarten akzeptierte, und wählte die letzte Nummer, die er vom Hotel aus angerufen hatte, bevor er zum Flughafen gefahren war.

»Kanzlei Ernst Schneider und Partner«, meldete sich die vertraute Stimme der Kanzleisekretärin.

»Busske noch einmal«, sagte Hendrik.

»Ah, ja«, rief sie fröhlich. »Doktor Schneider hat schon auf Ihren Rückruf gewartet.«

Gleich darauf hatte er seinen Anwalt in der Leitung. »Also, Herr Busske – ich hab mich durchgefragt und mit den zuständigen Beamten gesprochen. Es läuft tatsächlich eine Fahndung gegen Sie. Man wirft Ihnen Körperverletzung in Tateinheit mit Raub und versuchten Totschlag vor.«

»Versuchten Totschlag?«, wiederholte Hendrik. »Heißt das –?«

»Ja«, sagte der Anwalt. »Der Mann ist relativ unverletzt geblieben, abgesehen von einer Platzwunde.«

»Ah, gut.« Hendrik atmete auf. »Gut.«

»Dass Sie sich stellen wollen, hat man wohlwollend registriert. Allerdings weiß man dank moderner Informationstechnologie längst, wann Sie heute Abend hier in Frankfurt landen, und hätte Sie ohnehin erwartet«, erklärte der Anwalt. »Die Polizeibehörden haben sich darauf verständigt, dass die Polen Sie unbehelligt ziehen lassen werden und sich die Polizei in Deutschland Ihrer annimmt. Vorausgesetzt, Sie steigen tatsächlich in dieses Flugzeug.«

»Hab ich vor«, erwiderte Hendrik. »Tatsächlich sitze ich schon am Gate und warte nur noch aufs Boarding.«

»Gut. Ich sehe zu, dass ich am Flughafen bin, bis Sie ankommen, damit ich bei Ihrer ersten Einvernahme dabei sein kann.«

»Danke«, sagte Hendrik. »Und dann? Man wird mich an Österreich ausliefern, nehme ich an?«

»Darauf wird es vermutlich hinauslaufen, ja. Europäischer Haftbefehl. So ist das nun mal.« Er räusperte sich. »Muss man sehen. Auf jeden Fall kenne ich einen hervorragenden Kollegen in Wien, der Sie vertreten würde.«

»Verstehe«, sagte Hendrik. »Danke.«

»Aber egal wie es weitergeht«, fuhr der Anwalt fort, »Sie sollten sich auf eine Gefängnisstrafe gefasst machen. Die österreichische Staatsanwältin ist der Auffassung, dass Sie bei Ihrem Vorgehen den Tod des Mannes billigend in Kauf genommen hätten, und das will Sie Ihnen nicht durchgehen lassen.«

Hendrik schloss einen Moment die Augen, atmete tief durch. »Ja. Da kann ich ihr leider nicht widersprechen. Sie hat völlig recht, das hätte ich. Ich … Ja, wie immer das Urteil lauten wird, es ist schon in Ordnung.«

Er fühlte etwas, das er noch nie zuvor empfunden hatte: das Bedürfnis, Sühne zu leisten. Sühne für das, was er anderen angetan hatte. Sühne zu leisten, um zurückkehren zu dürfen in die Gemeinschaft.

Dass es Gerichte gab, Gesetze, Gefängnisse – das machte alles eher leichter. Was das anbelangte, hatte alles seine Ordnung, ging seinen Gang. In anderen Bereichen würde es schwieriger werden. Was Miriam und Pia anbelangte, vor allem. Da galt es so viel gutzumachen, dass es zum Verzweifeln war.

»Ein weiterer wesentlicher Punkt«, hörte er den Anwalt sagen, »ist das antike Buch, das Sie entwendet haben. Das will man wiederhaben. Hoher ideeller und historischer Wert. Ich hoffe, das existiert noch?«

»Ja«, sagte Hendrik. »Das existiert noch. Es liegt im Schloss, unbeschädigt.« Scoro hatte keinen Wert darauf gelegt, den Codex mitzunehmen. Das Buch enthalte vor allem Irrtümer, hatte er gemeint. »Eine andere Frage, Herr Schneider – meinen Sie, es wird möglich sein, dass ich noch mit meiner Familie sprechen kann, ehe … ehe alles seinen Gang geht?«

Der Anwalt schnaufte vernehmlich. »Ich kann nichts versprechen. Es hängt davon ab, ob wir den Richter davon überzeugen können, dass Sie bereit sind zu kooperieren und dass keine Fluchtgefahr besteht. Dann könnte es erst mal auf Freilassung gegen Kaution hinauslaufen.«

»Das wäre schön«, sagte Hendrik dankbar.

Nach dem Gespräch ging er auf die Toilette. Beim Händewaschen fiel ihm endlich ein, an wen ihn die Frau vorhin erinnert hatte: an die Hellseherin! Damals auf dem Jahrmarkt!

Er hatte noch im Ohr, was sie gesagt hatte: *Da ist ein Geheimnis, das Sie und Ihren Bruder trennt. Ein zweites Geheimnis wird Sie beide wieder zusammenbringen. Es wird Sie unausweichlich aneinanderketten, bis die Frage beantwortet ist. Einer von Ihnen wird die Frage mit dem Leben beantworten. Der andere mit dem Tod.*

Gar nicht so schlecht geraten.

Er betrachtete sich im Spiegel. Das Licht der Leuchtstoffröhre darüber war gnadenlos, ließ ihn jede einzelne Falte in seinem Gesicht erkennen.

Er war älter geworden seither.

Und irgendwann würde er sterben. Das war unausweichlich.

Aber bis dahin würde er lieben. Und geliebt werden. Er

konnte jetzt sehen, dass das Universum genau dafür gemacht war und für nichts anderes.

Er war sich sicher, das Leben gewählt zu haben.

– ENDE –